國家社科基金
GUOJIA SHEKE JIJIN HOUQI ZIZHU XIANGMU
後期資助項目

唐别集考

上

齊文榜 著

中華書局
ZHONGHUA BOOK COMPANY

圖書在版編目(CIP)數據

唐别集考/齊文榜著. —北京:中華書局,2025.2
(國家社科基金後期資助項目)
ISBN 978-7-101-15456-6

Ⅰ.唐… Ⅱ.齊… Ⅲ.中國文學-古典文學研究-唐代
Ⅳ.I206.42

中國版本圖書館 CIP 數據核字(2021)第 239982 號

書　　名	唐别集考(全三册)
著　　者	齊文榜
叢 書 名	國家社科基金後期資助項目
責任編輯	白愛虎
封面設計	毛　淳
責任印製	陳麗娜
出版發行	中華書局
	(北京市豐臺區太平橋西里 38 號　100073)
	http://www.zhbc.com.cn
	E-mail:zhbc@zhbc.com.cn
印　　刷	三河市宏盛印務有限公司
版　　次	2025 年 2 月第 1 版
	2025 年 2 月第 1 次印刷
規　　格	開本/710×1000 毫米　1/16
	印張 91¼　插頁 6　字數 1500 千字
國際書號	ISBN 978-7-101-15456-6
定　　價	460.00 元

國家社科基金後期資助項目
出版説明

後期資助項目是國家社科基金設立的一類重要項目，旨在鼓勵廣大社科研究者潛心治學，支持基礎研究多出優秀成果。它是經過嚴格評審，從接近完成的科研成果中遴選立項的。爲擴大後期資助項目的影響，更好地推動學術發展，促進成果轉化，全國哲學社會科學工作辦公室按照“統一設計、統一標識、統一版式、形成系列”的總體要求，組織出版國家社科基金後期資助項目成果。

全國哲學社會科學工作辦公室

目　録

序

陳尚君

我於本書，期待甚殷，蓋緣欲重新編訂全部唐詩，務必摸清今存與唐詩有關之全部家當，其間重中之重，則是摸清全部唐詩選本與别集的存世文本及其相互關聯。四十多年前，當我起步關心唐詩相關文獻之時，對宋、元、明、清以來學人所作工作，充滿敬畏，真以爲天地間唐人遺文，已經蒐羅殆盡，所涉考證，無不盡善盡美，今人研究唐詩，只要購備基本文本，稍作閲讀，參酌前人議論，即能寫出合格論文。然從局部契入，則頗滋疑惑，越加深入，疑問越多。於是發憤依憑唐宋書志，廣求唐詩善本，逐次披閲，逐詩對校，因懷疑而證僞，因讀僻書而漸有輯佚，積累稍多，稍得成編。適逢時代風會，學風遽變，得緣蹒跚學林，漸悟門徑，稍有創獲，亦一樂也。而印象最强烈者，則爲初涉學苑之際曾專心閲讀之一些學人著作，萬曼先生《唐集叙録》爲其一也。

一九七九年夏間，因欲完成導師交代的學年考題《大曆元年後之杜甫》而遍讀杜集各通行本，追究杜甫永泰元年初離開成都草堂之原因，斟酌前人各家注本對杜甫相關詩歌之繫年及依據，追溯源頭而對杜集祖本即王洙編《杜工部集》二十卷之文獻依憑産生興趣。這時可以參考的前人論著，一是洪業（煨蓮）先生之《杜詩引得序》，二是收在爲紀念杜甫誕辰一二五〇年所編《杜甫研究論文集》中的萬曼先生《杜集叙録》，再利用《古典文學研究資料・杜甫卷》網羅唐宋人所見杜甫文本的零星記載，披檢從《續古逸叢書》本《宋本杜工部集》所見杜甫自編文集之殘碎痕跡，從此本及宋各家注本與錢注杜詩中追查王洙所據從樊晃《杜工部小集》到晉開運官本杜集之部分面貌，寫成《杜詩早期流傳考》一文。此文刊出稍晚，初稿寫成則在讀研期間，且希望彌補前引洪、萬二文忽略的早期結集部分，當然首先仍然得力於二文對宋以後杜甫各集之充分考察。

稍後方知道《杜集叙録》是萬氏《唐集叙録》之一部分，全書在 1980 年

11月由中華書局出版，我則於次年4月購於上海古籍書店，很快通讀一過，眼界大開，受益良深。那時已經完成學位論文，因爲國務院學位工作會議即將召開，答辯被無限期推遲，於是據萬書指示的線索，頻繁地在學校圖書館借閲唐人别集與歷代總集，與手邊的中華書局本《全唐詩》逐篇對讀記録，别集當然僅是能出借的通行文本，總集則包括從《文苑英華》到《唐音戊籤》之類規模浩大的總集。此爲我治《全唐詩》之起步，雖略顯笨拙，因此而積累文獻，稍窺門徑，不能説全無意義。

萬曼（一九〇三～一九七一），是作家曹禺的兄弟，新文學的重要作者，曾主編各種新文學刊物，一九五一年起任教開封師院中文系，以教授現代文藝爲主。《唐集叙録》是他晚年轉型之著作，身後方得出版。此書對一百又八家唐别集之著者、書名、卷數、成書過程、歷代刊刻、編輯注釋及善本收藏，作了充分詳盡的考察與記録，爲今人研究唐人别集之存逸完殘、文本變化，提供了極其豐富的資料。中華書局編輯部的出版説明稱此書"對於研治唐代文學史、目録版本學以及從事文學古籍整理的讀者來説，是一部資料豐富、使用方便的參考書"，是很客觀公正的評價。我在問學之初因此書指示而得充分閲讀唐集，梳理唐代詩文文獻，至今記憶猶新。

《唐集叙録》出版後，各方評價都給予高度肯定，在特殊時期能完成這樣高水平的著作，尤屬難能可貴。當然不同意見也有，比方我曾聽到黄永年先生的評價，認爲談唐集版本之專著，主要依靠歷代公私書志的記載，未能目驗手校存世各本，因此而談版本源流，畢竟尚隔一層。黄先生治中古史，於版本書志尤其諳熟，其説當然足備一家言。

齊文榜先生比我略長幾歲，就從學經歷來説，還可以説是一代人。從1989年開始，因爲與河南大學合作編纂《全唐五代詩》的緣故，認識熟悉，來往漸多。他是秉性淳厚、執着不移的學者，所著《賈島詩校注》、《賈島研究》早已蜚聲學林，廣獲好評。他之待人真誠，爲學踏實，在多次交談中尤讓我感動。最近三四十年唐代文學研究在基本文獻建設方面成就卓著，編纂《唐人著述考》、《唐集考》等重大選題，友朋間曾多次提出，但彼此達到一定學術層級，都深知此類選題簡單編排文獻，羅列面上資料，似乎成書不難，但要在每一點上窮究文獻，追根刨底，又談何容易！我本人也曾有慮及此，僅作幾篇鋪排文獻的文章，如《唐人编选诗歌总集叙录》、《〈新唐書·艺文志〉补——集部别集类》之類，就畏難放棄了。此後獨自新定全部唐詩，經手唐集版本很多，且逐詩同異皆有所記録，要寫版本或流傳考，則自感學力和精力都無法達到。

文榜先生很早就與我談過他欲從事此一工作的設想。那時因項目合作多次到開封，説到前輩的成就，説到現在的工作條件與完成可能，大約也説到入門，要求達到今日學界期待之學術目標，則誠屬不易。那時的期待是《全唐五代詩》可以合作完成，其他相關話題也没很留心。四五年前，他來電告此一工作已經完成三分之二，其他部分可以陸續完成，寄來打印稿兩厚册。稍翻，即感到極大的震撼，這是何等的毅力，二十年來爲此南北奔走，付出多大代價，乃能臻此巨編。他囑我書出時爲序，以彰成就，以告未覩門徑者，我自不能推託，更感義不容辭。上月寄下最後一校校樣，多達一千四百多頁，煌煌一百五十萬言，誠爲當代不可多得之力作。

與萬曼《唐集叙録》作比較，本書有哪些不同和創獲呢？有幸先期讀到，可以略作介紹。

齊考最顯著的學術追求，是特别重視對百餘家唐集之手檢目驗，與通行本部分對校後揭示其特點與優劣，在充分參考前賢今哲研究所見後揭示文本價值。他在前言中，特别説明，他的工作圍繞四個主要方面進行。一是版本特徵考，二是版本優劣考，三是版本源流考，四是四庫唐集底本考。這四方面都很重要，齊先生傾注精力與熱情，皆完成得極其出色。所謂版本特徵，即含行格版式、文字結體、卷題標目、卷前序目及卷後附録，涉及編輯、校訂、刊刻者之相關信息。明清私家藏書志也多關注及此，惜把握分寸不一，學識體會更有差距，齊先生堅持始終，凡所經手皆自審定，故於各本特徵有可靠準確的記録。所謂版本優劣，則必於一集之各本分别對校後，方得區分評騭。蓋優劣不僅在行格之疏朗，字體之悦目，更在於内容之完缺，文字之正訛，承前之賡續，新校之精審。就我所知，歷代刊刻唐集，承續多於創新，學者與書坊各有貢獻，然成書上版則端賴刻工之勞作，其間任何一點疏漏都會災及梨棗，貽誤學人。今人喜稱宋本，鄙視明刊，僅就大端説，具體鑒别，則宋刊也有訛誤滿紙者，明刻亦有莊重不苟者，善讀者自能分别高下。齊先生經目唐集文本很多，他所作評價一般來説是可以信任的。所謂版本源流，今人有專治此一端學問者，且多喜以圖表表示，以清眉目。對此我時有疑問，殆同一版刻，常存版數百年，後世不斷修版，一版而前後刷即有所不同。已逸之祖本或善本，久已難見，憑一二片段之記載，即欲推斷其全貌，總有以偏概全之嫌。後之刊刻者，對所據文本有故意狡猾其辭者，若戴叔倫集之摻入元明僞詩而號稱源出宋刻，近代靈鶼閣印五十家唐集而號稱皆據棚本，學者如何據信？而若雲間朱氏、汲古毛氏、洞庭席氏之尊重古本，不妄改前賢，久已傳爲佳話。此就其大端言，細節則出入仍多。齊先生重視於此，努力揭櫫真相，指明源流，又時時把握分寸，字斟句酌，足爲楷範。至於關注四庫底本，關注《唐音統籤》及季振宜《全唐詩稿本》之底本，殆因諸書影響巨大，直接形成了今日通行唐詩的基本面貌，在此花費更多的氣力，都是值得的。

以下試舉齊書對幾種代表性唐集之研究，展示本書總體成就之一斑。

齊先生所見唐集版本，極其豐富，幾乎網羅殆盡。比如駱賓王集，是中宗朝敕命郗雲卿編纂，後世或刊足本，或以詩行，或作箋注，基本面貌則大同小異。齊書指出其集宋時有兩次刊刻，今僅存蜀刊五卷殘本。殘本經毛晉配補，似恢復原貌，齊考則指出其悖繆者三，以爲此本雖影響甚大，未堪稱善本。他所見駱集元明刊本，則有南京存十卷元刻本，兩相比對，他認爲宋蜀刻即江藩所云宋俗本，元本與之並不同源。對明銅活字本，他認爲是“明代刊行較早且舛誤較少的本子”。對明刊無注本，所見有朱警本、張明本、張遜業本、楊一統本、《唐詩紀》本、許自昌本、鄭能刻本、《唐音統籤》本、《唐四傑集》本等，可稱完足，他也各有評價。駱集注本，明清兩代較多，殆因駱氏反抗武氏而不惜亡命，有砥礪士節之意義，齊先生所見明注評本有陳魁士注本、虞氏注本、梅之焕注本、顔文選補注本、王衡評本，清注則以陳熙晉注本爲代表，對其後出轉稱精博，作了精當的分析。此外，清刊白文本也羅列了所見之十餘種。駱集在唐集中分量居中，歷代變化不算太大，齊先生用力如此，其他各集可以想見。

杜甫集在唐集中最稱複雜，齊書以此集獨占一卷，用一百一十八頁的篇幅來詳盡地加以考察。卷末他説明曾參考前引洪業、萬曼及拙説，以及今人周采泉、莫礪鋒、蔡錦芳説，但披覽之下，仍處處可見他對杜集各本及歷代箋注之獨特見解。如今人信爲今存杜集最早刊本之《續古逸叢書》本《宋本杜工部集》，張元濟認爲王琪蘇州本之下傳本，與配本五卷吴若本皆刊於南宋初年。澳門曹樹銘《杜集叢校》認爲配本並非吴若本，而是晚出之宋槧。齊考舉内證加以反駁，維護張説，頗爲有力。至於張氏據印底本之浙本，他認爲刊者可能爲王洙孫王寧祖，其説甚新。對於較早之治平本之傳抄本，知有明定府刊本，有著録，曾爲鄧邦述所藏，但下落不明。此本確未見今人徵校，鄧氏藏書很大一部分今存臺灣，或仍有存留。僞王洙注出鄧忠臣，吴若本雖全書不存，但校記賴錢謙益注本而存，錢注所引則今存錢曾影宋抄本，這些前人已言，揭出來仍很重要。至駁錢抄不出治平本，舉證確鑿。對早期注杜諸家成就之評述，不始於齊考，但評述甚清晰。南宋集注本，齊考對九家注、黄希父子本、託名王狀元《杜陵詩史》本、蔡夢弼《草堂詩箋》本等，皆用力甚深地展開論列，所涉重要問題都講到了。至元、明、清三代之無數治杜著作，本書當然無法全講，但重要者不曾遺漏，重點書有深入分析，也讓我欽佩作者之取捨眼光。

最近幾十年新發現的幾種唐集足本，本書皆有十分深入全面的評述。王績五卷足本《王無功文集》，本書先揭示宋、清兩代都有五卷本刊刻保存的記録，重點介紹上海圖書館藏乾隆時大興朱筠抄五卷足本，國家圖書館藏東武李氏研録山房抄五卷本和同治陳文田晚晴軒抄五卷本，對三本之文本面貌與保存文獻價值，都有很充分的分析。對《張説集》三十卷足本的介紹，則引清顧廣圻《王摩詰集跋》，揭出宋蜀刻《張説之集》三十卷，江都汪孟慈曾爲之寫副本。此書清初爲劉體仁所得，其後轉入大興朱氏椒花吟舫，復影寫一部，再後則有東武李氏研録山房抄本。這兩種抄本，齊先生皆得寓目，稱前本之前二十五卷與通行的伍氏龍池草堂本、朱氏結一廬本無異，後五卷則多存佚文，且引朱玉麒説，將朱本散出後的遞藏情況給以交代。李本則引傅增湘説，揭示其與朱本關係，指出所少詩二首，文三篇，爲李氏所删。且指出此本補輯張説佚文三十四首，傅增湘有此本“最足最精”的評價，齊考表示贊同。張祐之《張承吉文集》十卷宋蜀刻本，久不爲學人所知，二十世紀五十年代北京圖書館從香港購歸，方得爲學者所用。齊考究明此本之流播始末，對其保存佚詩及所存訛誤，則參考了孫望、尹占華之研究，可謂簡明得要。

本書有關李白、王維、白居易、韓愈、元稹、柳宗元、李商隱各集之考察，皆精彩披紛，探究全面而深入，在此不能一一介紹，讀者可以細心體會。

齊文榜先生長期任教於河南大學。河南大學是一所歷史悠久的學校，雖歷經滄桑巨變，仍始終能保持中州文史研究之學術精神與樸實傳統。其中唐詩研究，是由學術大家李嘉言先生奠定的格局。李先生早年研究賈島，所著《長江集新校》與《賈島年譜》，久爲學林稱道。二十世紀五十年代，李先生更承其師聞一多先生遺説，倡議重新改編《全唐詩》，積極組織唐詩互見索引的編纂。李先生的後輩，自學成才的佟培基教授著《全唐詩重出誤收考》，齊文榜先生接續作賈島研究，皆能將前輩學術發揚光大，提升到新時代的學術層次，誠爲學林佳話。文榜先生的這部《唐別集考》，接續了萬曼先生的有關工作，以二十多年的努力，大發宏願，盡最大可能地閲遍所有存世唐集之重要版本，和宋元以來歷代注唐集之文本。本書二十卷，篇幅是萬書之六倍。考及唐集一百又六種，與萬書所收一百八種比較，本書增加了吴筠《宗玄先生文集》和楊巨源《楊少尹集》二種，萬書有而本書所無者則有李觀、權德輿、李德裕、唐彦謙、羅隱五家，萬書以章碣附收於章孝標下，齊書分作二家。兩家都不收陸贄集，或因其近於奏議集，也不收徐鉉集，或因其一般視爲宋集。就主要存世唐集言，本書已堪稱大備。本書涉及多少唐集，我未作逐一清點，估計總數應在千種以上。如此多的文本，大多分存於國内各公私藏家之手，要求遍閲，已屬不易，爲纂本書，同一人之文集宜將此本與各本比較，以確定其價值，以版本與書志著録與歷代考跋比讀，以分析前賢諸説之得失，並揭示各本在傳播史上的地位，更非淺嘗所可完成。作爲當代研究歷代唐別集刊刻、編校、箋注、會解及研究史的集大成著作，本書無疑可以在學術史上占據特定的位置，爲後人之唐集與唐代文學研究，奠定堅實的基礎。由於齊先生没有長期在海外研究與工作的經歷，於海外所存唐集諸本，凡聽聞者都作了記録，未及親閲亦稍存遺憾，希望有條件的學者可以接續完成有關的工作。

承齊先生委託作序，學力不充，體會未切，謹述所知，向齊先生與本書讀者請教。

二〇二一年十一月一日於滬上

前　言

唐代是中華民族歷史發展的鼎盛時期，國力强盛，經濟繁榮，民族精神昂揚向上，國際交流廣泛深入。所有這些，促使唐代文化空前繁榮。著名歷史學家范文瀾説："唐代文化不僅是中國封建文化的高峰，也是當時世界文化的高峰。"（《中國通史》第三編第七章《簡短的結論》）而作爲觀念形態文化重要組成部分的文學，在唐代十分發達：詩歌進入黄金時期，散文堪稱百世典範，且"李杜"、"韓柳"等大家、名家輩出，彪炳千秋；唐代小説與詞也臻於成熟，爲以後宋詞和明清小説的繁榮在文體方面作了光輝的鋪墊。南朝目録學家阮孝緒云："頃世文詞，總謂之集。"（《七録序》）就是説一個朝代全部文學作品的總匯，謂之諸部典籍之集部。職是之故，輝煌燦爛、光焰萬丈的唐代文學，就保存在唐代衆多作家的别集之中，這是大唐盛世留給我們民族的一份寶貴文化和文學遺産。而今重視唐集，考察研究唐集，妥善保存現有的唐集，繼承大唐盛世留給我們民族的這份寶貴遺産，不僅對增强中華民族的文化自信，建設社會主義文化强國具有重要的促進作用，而且對唐代文學與史學，以及版本學、校勘學、目録學等學科也具有重要的學術價值。

一

據《隋書·經籍志》記載，我國别集産生於東漢。歷史反復證明，理智的覺醒總是滯後的，正如早在先秦時期即已形成優良的文學傳統，但直到魏晉才實現文學的自覺一樣，我國文集的編纂雖自發於東漢，且中經魏晉文集編纂意識的覺醒，但直到唐代才真正實現文集編纂的自覺。例如白居易多次自編詩文爲集，分藏五處，以求永傳；襄陽名士王士源四方尋求，千方百計購采孟浩然詩歌，編成《孟浩然詩集》三卷傳世；李白先託魏顥，彌留之際又託族叔李陽冰爲其編纂文集；柳宗元臨終託稿好友劉禹錫；杜牧生前託稿外甥裴延翰等都是適例。不僅如此，唐代各級官吏甚至最高統治者，也積極參與作家别集的整理與編纂，諸如宣歙觀察使范傳正到任後，首先將李白改葬青山之陽，以實現李白生前的遺願，接着又多方搜求李白佚作，將陽冰所編十卷《草堂集》增至二十卷；集賢殿御書院牒令湖州刺史于頔編纂《皎然集》，納於延閣書府；中宗降敕編輯《駱賓王集》；代宗詔令王縉編進其兄王維《王右丞集》；等等。更有甚者，《朝野僉載》作者張鷟，開元初因事下獄當死，仍念念不忘自己文集的編纂，上《陳情表》云"就死無恨"，唯念"近來撰集詩賦表記等若干卷，編集擬進，繕寫未周……伏愿陛下遂臣萬請之心，寬臣百日之命，集録繕寫，奉進闕庭"(《全唐文》卷一七二)。可見唐朝上自中央下至地方，從最高統治者到普通文士，編輯作家别集，令其流芳百世已成爲普遍的自覺與共識，這是唐代以前從來未有過的文學現象。

再者，唐代實行詩賦取士，舉子"納卷"的科條，"行卷"、"温卷"的風尚，也促成大量舉子自編詩文爲集，元結的《文編》、皮日休的《文藪》，等等，均是舉子納卷的産物(傅璇琮《唐代科舉與文學》第十章《進士行卷與納卷》)；而胡震亨有關"晚唐人集多是未第前詩"的説法(《唐音癸籤》卷二十六)，更是科舉制度及進士行卷風氣催生唐集編纂的最好注腳。

正是别集編纂的普遍自覺和科舉制度的有力推動，使得有唐一代别集的數量劇增，遠遠超過唐前歷代别集的總和。據《新唐書·藝文志》記載，唐人别集多達五百餘家；《唐音癸籤》卷三十則綜合多種書目文獻進行統計，使唐集總數接近七百家；而《唐研究》第一期所載陳尚君《〈新唐書·藝文志〉補》又增補唐集四百餘家，從而使唐集總量超過千家。《郡齋讀書志·集類·總論》云"别集……極於有唐"，非虚語也！這些唐集的編纂，爲保存輝煌燦爛的唐代文學和文化，作出了卓越的貢獻。

然而這千餘家唐集問世後，一千多年來隨着時光的流逝，能傳承至今者不過二百六十家左右，而且其中一半還是明清兩代重輯而成的。清代著名學者錢大昕即感慨："唐人集傳於今者尠矣！"(《跋徐夤〈釣磯文集〉》，四部叢刊本《潛研堂文集》卷三十一)唐集散逸的速度令人震驚！這就提醒我們，對於現存的唐集，若不及時加以科學的整理和妥善的保存，將會給我們民族文學和文化造成無法彌補的損失。而要科學整理和妥善保存現存的唐集，版本的稽考和源流系統的梳理就成爲首先和必須解決的問題。

二

漢代劉向校理群籍，即已重視版本的不同。在手工鈔書的漫長歲月裏，書籍生産不易，相同典籍的不同版本畢竟不多。趙宋以後，雕版印刷事業繁榮發達。書籍生産手段的革命性變革，使得同一典籍的不同版本紛紛涌現。尤其是唐集，在一千多年的流傳過程中不斷地發生演變，不僅由唐五代的寫本演繹出宋元明清乃至近現代的大量鈔本，而且又由寫本演變出兩宋槧本（還有活字本），迨元明清及近現代，宋槧又演繹出數量更加龐大的歷代翻刻本。不寧唯是，這些形形色色、多種多樣的歷代鈔本和刻本，由於生産者態度的差異，及問世後歷經水火、兵燹、蟲咬、鼠嚙等災害的洗禮，於是又有文字歧誤者、篇章闕失者、卷次訛奪者，真乃千差萬别，不一而足，其中有善本，也有劣本，甚至還出現了蓄意造假的僞書，等等。對這些儀態萬方、良莠不齊的各種唐集版本，若不加以徹底的稽考和清理，深明其版本優劣和源流系統，欲科學地加以利用和妥善保存，便只能成爲空談。

我國學者對同書異本的大量著録，正好始於宋代雕版印刷事業繁榮之後。南宋初尤袤《遂初堂書目》最早開始著録唐集的不同版本，唯其僅記書名及作者，不録卷數，過於簡略乃其不足。迨陳振孫《直齋書録解題》，已相當詳細地區分入録典籍，包括唐集刻時與刻地的異同、卷帙的多寡、編次的差異、篇章的增減、文字的正誤、附録的有無，以及書品的優劣，等等，凡是後世學者所關注的唐集版本問題，陳氏差不多都注意到了。兩宋雕版印刷的繁榮，促進了版本目録之學的巨大進步。但是宋代唐集歷世尚少，版本的源流問題尚未引起學者們的關注。明末清初以後，錢曾、何焯、黄丕烈、顧廣圻、瞿鏞、楊紹和、陸心源、丁丙等等，近現代以來繆荃孫、葉德輝、王國維、傅增湘、張元濟等一大批學者及版本目録學家，開始注意對唐集的版本源流問題加以探討。然而近代以前，由於中國缺少西方那樣的公益性圖書館，皇家雖有大量藏書但一般學者難以利用，所以那時唐集的版本研究就一家而言，零碎而不成系統；就全部唐集而言，在數量方面尚未形成規模。

隨着近代西方先進科學和研究方法的傳入，唐集版本研究漸次呈現嶄新氣象，先後産生了一批版本研究的高質量大作，岑仲勉先生的《論〈白氏長慶集〉源流並評東洋本〈白集〉》一文（《歷史語言研究所集刊》第九本，一九四七年；又見《岑仲勉史學論文集》頁二六至一六七）就是其中的佼佼者。不過那時學界的唐集版本研究，多停留在一家一集的考訂上，規模化的研究著述依然未能出現。

新中國成立後，二十世紀八十年代初，中華書局始出版萬曼先生《唐集叙録》，對百四家（附見四家）唐别集的編次體例、唐以後的流傳演變情形及版本源流系統加以考述，成爲規模化唐集版本研究的開山之作。但萬《録》存在一個明顯的缺憾，即較多依據排比唐以後歷代公私書目，及有清與近現代"一些著名考訂家、校讎家、收藏家、賞鑒家的藏書叙録題跋及有關考證、校勘成果"（該書中華書局編輯部《出版説明》），進行歸納概括，撰爲《叙録》，而對各集現存的歷代傳本則較少檢視。這種做法，在方法論上名曰"間接研究法"。版本目録之學，徵實性很强。離開對版本的具體考察，容易流於空疏甚至導致舛誤。著名文學史家、藏書家鄭振鐸先生云："研討唐詩刻本，是一門大學問。非廣搜異本，多集資料，不易有可靠的結論也。"（《西諦書話·高常侍集》）即將"廣搜異本"的徵實性放在首位。由於多采用間接研究法，使得萬《録》所叙唐集主要傳本被遺漏者有之，版刻年代被誤判者有之，版本源流辨析不明者亦多有之，等等。這是完全可以諒解的。萬《録》著於二十世紀五六十年代，那時信息手段滯後，交通不便，個人出行也受到諸多限制。在那樣的情勢下，萬先生以一己之力，欲稽考散藏於全國各大圖書館中的百餘家唐集之數千種歷代傳本，談何容易！萬先生遺憾"未能到通都大邑盡發藏書"（該書頁一三七）就是最好的説明。萬《録》的缺憾乃時代使然。進入二十一世紀，中國言實出版社出版趙榮蔚《唐五代别集叙録》，乃唐集版本規模化研究的又一力作。該書所叙唐集數量頗有增加，然而同萬《録》一樣，趙《録》對各家唐集現存的歷代傳本同樣較少檢視。

至於新中國成立後，尤其近三十多年來，單篇發表的版本源流考一類文章（包括一些唐别集校注本所附者），由於采用了存世傳本的考訂與書目序跋等文獻相結合的科學方法，大都考證精審，版本源流系統甄辨清晰。而謝思煒《白居易集綜論》和劉真倫《韓愈集宋元傳本研究》，更是以專著的規模對一家唐集的歷代傳本加以考究，功力獨到，新見迭出，堪稱唐别集版本研究的翹楚。但上述成果畢竟有限，相當一部分唐集的版本及其源流系統尚未得到具體的考訂和徹底的梳理。

三

本書正是在上述背景下展開研究的，所以特别注重具體檢視、稽考百餘家唐集現存的歷代傳本，尤重主要傳本；對於已經散逸的歷代傳本，則盡量綜合各種相關文獻加以考述；同時注意吸收往哲今賢已有的研究成果，取其精華、匡其訛誤，補其不逮。研究工作大致圍繞以下幾個方面進行：

（一）版本特徵考。對百餘家唐集現存的歷代傳本，尤其主要傳本，具體檢視其行格版式、文字結體、卷題標目、卷前序目與卷後附録題跋，以及編輯者、校訂者、刊刻者等等版本的外在特徵。對後世加上去的題跋文字、鑒藏印記，等等，亦酌加摘録和稽考。對百餘家唐集已經散逸的歷代傳本的版本特徵，亦綜合各種文獻予以追考。

（二）版本優劣考。勘驗百餘家唐集現存歷代傳本的文字正誤、編次體例、篇章多寡、卷帙分合及佚文輯補等情形，以確定其内在質量。同時結合外在質量，對其版本優劣加以實事求是的綜合品鑒。

（三）版本源流考。唐集版本研究的重要宗旨之一，就是釐清版本的源流系統，爲唐集使用者了解諸家版本的品第優劣及源流系統提供參照。然而到目前爲止的百餘家唐集，相當一部分的版本源流尚未梳理清楚。有鑒於此，本書對版本源流尚未理清的唐集，着力加以清理；對已經梳理而存在訛誤者，則着力澄清其訛誤。

（四）四庫唐集底本考。這一問題，本來屬於上一研究方面，這裏特別提出來加以説明。《四庫全書》凡收唐集近百家，除少數交代底本外，大部分未言究據何本録入，令四庫本唐集的使用者深感不便。館臣這種做法，余嘉錫《四庫提要辨證》曾深表不滿。不過，一本唐集在手，若對該集版本源流没有全面深切的瞭解，欲指明其前後承傳關係，是絶不可能的。而館臣校書，也不可能將大量時間花在版本源流探討方面，於是四庫本唐集前所弁《提要》及《四庫總目》所叙各唐集，便只能用"内府藏本"或"某某巡撫採進本"、"某某家藏本"等敷衍之辭交代版本依據。余嘉錫曾對少量四庫本唐集的底本加以探尋，但多數唐集的底本仍舊是個謎。《四庫全書》聲望很高，本書乃唐集版本研究的專書，遂將探求四庫本各唐集（屬本書所考百餘家者）的底本作爲一項要務。如四庫所收劉蜕《文泉子集》，《總目》著録其版本爲"《文泉子集》一卷，兵部侍郎紀昀家藏本"。又曰："集十卷，今已不傳。此本爲崇禎庚辰閩人韓錫所編，僅得一卷，蓋從《文苑英華》諸書採出，非其舊帙。存備唐文之一家，姑見崖略云爾。"表明四庫本《文泉子集》所據乃明末韓錫重輯的一卷本。像這樣明確交代底本的例子，《總目》中比較少見，然而就是這一明確交代底本的《文泉子集》，卻與《四庫》所收《文泉子集》的實際卷數存在很大差異：四庫録存本實爲六卷，而《總目》卻著録爲一卷。此點余嘉錫《辨證》亦未提及。蓋館臣初編劉集時别無善本，遂據總纂官紀昀家藏一卷本録入，後發現有更好的六卷本，隨即抽换，而《總目》的叙録卻未及修正。《總目》既未叙及六卷本，所以六卷本之底本館臣也未作交代。本書經過反復稽考，發現四庫六卷本，其分卷、篇目、編次與明天啓四年吴馡重編問青堂刊六卷《劉蜕集》完全相同，文字亦與問青堂本相差甚微，甚至連問青堂本出校的異文也照樣迻録，可見四庫六卷本所據乃問青堂本無疑。唯館臣鈔録時不慎，另生出一些新誤，故二者文字稍異。諸如此類的例子，本書中尚多，不枚舉。經過努力，本書所考四庫本唐集的底本，絶大部分有了準確的答案。

本書還基本查清了胡震亨《唐音統籤》、康熙敕編《全唐詩》所收百六家唐集的底本。

四

本書始撰於二十一世紀之初，現在已十多個年頭了。二十一世紀前後出版業的發展，在計算機、數字化、互聯網等高科技手段推動下日新月異，從前難得一見的大量唐集善本、珍本、孤本、秘本等等，魔幻般地變成輕而易舉即可獲取的通行本。諸如《蜀刻本唐人集叢刊》、《敦煌寶藏》、胡震亨《唐音統籤》，以及《中華再造善本》、《四庫全書》、《四部叢刊》等一系列叢書中的大量唐集珍本，還有各級各類出版社所出名目繁多的唐集珍本之影印本、校注本與域外回傳的諸多唐集善本，爲本書撰寫提供了極大的版本查閲之便。而網絡查詢的便捷，也爲獲取學界唐集版本研究的前沿信息提供了便利。二〇一五年，筆者呈送本書初稿一百一十萬字，申報國家社科基金後期資助項目。獲準立項前後，筆者多次赴國家圖書館、上海圖書館、南京圖書館等，充分利用時代惠賜的各種便利條件，具體稽考百餘家唐集的歷代傳本，努力將實證研究法、對比研究法、史學研究法與其他科學方法結合起來，以實證法勘察百六家唐集現存的數千種歷代傳本，尤其主要版本，盡可能地記録其“實然性”版本特徵；用對比法甄辨各家唐集形形色色傳本之間的種種差異，鑒别其品第優劣；以史學法從縱向的時間序列方面，釐清各家唐集歷代傳本間複雜的承傳關係和源流系統。百餘家唐集的考述工作脱稿後，經過反復修改，而今成爲奉獻在讀者面前的這部百餘萬字《唐别集考》。

十多年來，除去上課及先是帶碩士生、後來帶博士生，公餘之暇全都投入本書的撰寫中去了。十多年的唐集稽考實踐，筆者深感唐代文學燦爛輝煌，大家、名家如泰山北斗般受人敬仰，進而轉化爲巨大的長盛不衰的驅動力，推動百餘家唐集一千多年來奇幻般地演化成層出不窮的傳鈔本、刊刻本、改編本、評點本、注釋本、編年本、分類本、分韻本等等紛繁複雜的歷代各種傳本，和同樣紛繁複雜的大量書目、序跋、考論等文獻材料；而面對如此衆多的各種傳本和豐富的文獻資料，僅以個人十多年之努力稽考，其艱巨和困難可想而知。唯其如此，其間對各家唐集歷代傳本的考述及版本源流的梳理，缺點和錯誤勢所難免；何況有時當遍勘一家唐集的衆多版本，並綜覽各種材料對其版本源流系統形成一定認識之後，明知由於某些版本的散逸和文獻的不足徵，使得形成的認識尚有欠周嚴之處，卻還是堅持把這種認識記録了下來，因爲筆者深知，這樣的認識得之非易，且稍縱即逝，立此存照，對讀者而言或可成爲有益的借鑒，正如劉伯温的名聯云：“豈能盡如人意，但求無愧吾心。”爲了共同耕耘好唐别集研究這片廣袤的土地，對於此類“欠周嚴之處”及其他舛誤，深望讀者諒之，博識君子，有以教之。

齊文榜

二〇一六年六月十六日於河南大學文學院

凡　例

一、本書考述唐代（習慣上包括五代）一百零六位作家的詩集、文集、詩文合集、詩詞集、詩詞文合集等；因詞集已有專書稽考，故本書不再涉及。

二、所考各集，首稽其原編的纂集者、編輯體例、書名卷數及成書年代等，次考其唐宋元明清乃至近現代傳本的存、佚、闕、未見等情形，以及刊刻者、傳鈔者、庋藏者、題跋者、校注者、品鑒者、評論者等等。當代整理出版的唐别集，亦扼要加以介紹。於中尤詳祖本、重要傳本；一般翻刻本、傳鈔本則視情況或從簡或略而弗及。

三、各家現存的歷代重要傳本，力求檢視原書，録其行款、版式、牌記及序跋中與版本相關的文字，辨析其篇章增減、卷次分合及文字正誤等等，同時對其版本優劣酌加品鑒，並指明庋藏地點。其歷代遞藏關係及卷内鑒藏印记，亦酌情加以考述。

四、各家考述旨在究明版本源流系統，爲此尤重探究歷代各傳本所據之底本，辨析上下位本之間的承傳關係，並在此基礎上最終釐清其版本源流系統。

五、對各家已經散佚的歷代重要傳本，則依據書目題跋等相關文獻材料，也盡可能地予以追考，以完善其版本源流系統之梳理。

六、本書原則上只録全集；無全集者，考其有代表性的選集。故全集今存者選集一般不加考述；重要選集，則視情況而定。

七、本書所考，包括宋元明清等歷代的重輯本，清人重輯者以乾隆爲限；乾隆以後之輯本，除重要者外，一般不予考述。

八、明清人所編的一些唐人合集及總集，諸如鮑松《李杜全集》、吴琯《初盛唐詩紀》、胡震亨《唐音統籤》、季振宜《全唐詩稿本》、康熙敕編《全唐詩》等等，凡一家一卷或多卷者，其實與唐人别集無異，後世整理唐集不少以之爲底本。職是之故，對上述一類合集及總集所涵之百餘家唐集，本書視同别集，亦加考述。

九、域外所存百餘家唐集之歷代傳本，同一版本若國内尚存，一般僅只提及，不再考述；國内已無傳本者，本書依據所能占有的材料，亦加考述。

十、各集考述，均首列作家小傳，以知人論世，但内容從簡，以避繁冗。歷代編刊者、傳鈔者、序跋者、庋藏者、評點者、校注者等等，一般不作介紹；若行文需要，介紹盡量從簡。

十一、所考各集，均以書名標目，次爲考述正文，最後列“參考文獻”。唐集往往一集多名，標目則一般選用通行者。

十二、考述涉及的歷代各朝年號、紀年干支，凡首見者括注公元年代；同一家考述重見之年號、干支紀年，一般不再括注公元年代。

十三、考述中涉及的地名，僅於作家小傳中表明籍貫者括注今名，其餘視情況而定是否括注今名。

十四、本書所考各集，以著者生年爲序編次爲二十卷，生年不詳者，以大致生年次之。

十五、考述盡量吸收往哲今賢的研究成果，凡有徵引，均注明出處，重要者以“參考文獻”形式集中附於各家考述之後，注明版本，並在此表示誠摯的謝意。

十六、考述徵引的典籍原文，均加校勘，訛衍者加方括弧“[ ]”表示，脱漏者以方框“□”表示，校正及增補的文字加六角括弧“〔 〕”表示，以免歧誤。

十七、反復多次徵引的典籍版本，另列《主要徵引典籍版本》附於書後，正文不再加注所據版本，以簡練行文；出現頻次較少的典籍，則隨文注明所據何本，以便讀者按覈。

唐别集考卷第一

東皋子集

王績(五九〇～六四四)字無功,絳州龍門(今山西河津)人。隋末大儒文中子王通之弟,生性好學,博聞强記。舉孝悌廉潔科,授秘書省正字,出爲六合縣丞。唐初以前官待詔門下省,後爲太樂丞,不久棄官還鄉,隱居東皋,自號東皋子,悠遊著書而終。

績於隋末唐初清高自持,嗜酒放誕,所作詩文多與飲酒及隱居生活有關,然大都散佚。友人吕才輯爲《東皋子集》五卷,且爲之序曰:

> 君所著詩賦雜文二十餘卷,多並散逸,鳩訪未畢,且編成五卷,君又著《隋書》五十卷未就,君第四兄太原縣令凝續成之。君又著《會心高士傳》五卷,並《酒經》、《酒譜》二卷及《注老子》,並别成一家,不列於集云。(王績著,韓理洲會校《王無功文集》,上海古籍出版社一九八七年第一版)

據此,王績作品散佚頗多,而吕氏鳩集編纂的五卷本,由今天仍然可見的清代五卷鈔本(詳下)可知,首卷賦九首;第二至三卷詩凡百十五首;第四卷書五首;第五卷雜著二十九首;賦詩雜著共百五十八首。此種五卷本,武周時已傳至西域,今敦煌寫卷伯二八一九號文書,經王重民先生考證,即爲《東皋子集》五卷原帙之殘卷,"載賦三篇,起《遊北山賦》之後半,《元征賦》全,訖《三月三日賦》之前半",與今存清五卷鈔本首卷之前三首賦編次正同。卷中有僞周武后所制"國"、"天"等字,故王重民先生斷定此殘卷爲武則天當制時期的寫卷。二十世紀三十年代王先生尚在國外,未見清五卷鈔本;而明清以來傳鈔和刊刻的多爲三卷本,《元征賦》等賦不見於各種三卷本,且也無存於《文苑英華》、《唐文粹》、《全唐文》等通行總集中,今重得此賦於敦煌古卷中,故王先生"爲之狂喜"(以上《敦煌古籍叙録》卷五,頁二八四至二八六)。王先生因全録《元征賦》,並以殘存的《遊北山賦》與三卷本所收《遊北山賦》對校,作校記附於文後(同上)。唐末,此種五卷本還遠渡重洋,傳到日本,日人藤原佐世奉敕編《本朝見在書目録》(《古逸叢書》影印舊鈔本,今名《日本國見在書目録》)第三十九"别集家"類著録有"《東皋子集》五卷"。藤原佐世卒於醍醐天皇昌泰元年(八九八,唐昭宗乾寧五年),故其《目録》所載,乃當時日本國家和天皇私人的藏書。據此可知,晚唐以前《王績集》已傳到日本,且吕才所編《王績集》原名爲《東皋子集》,凡五卷。或謂名《東皋子集》者爲陸淳删節本,非是。五代劉昫《舊唐書·經籍志》著録的"王績集五卷",當即五卷本的《東皋子集》。

唐時傳世的另一種《王績集》二卷,就是由陸淳據五卷本删節而成的《東皋子集》,陸淳《删東皋子後序》曰:

> 王君……生于隋季,人莫之知,故其遺文高跡不顯。余每覽其集,想見其人,恨不同時得爲忘形之友。故祛彼有爲之詞,全懸解之志,庶乎死而可作,無愧異代之知音爾!其祖宗之由,出處之行,前《序》備矣,此不復云。(四部叢刊續編本《東皋子集》)

陸淳字化卿,後避唐憲宗李淳諱,改名曰質,字伯沖,吴郡人,大曆末嘗官左拾遺,轉太常博士,貞元十一年(七九五)爲左司郎中改國子博士,永貞元年(八〇五)爲給事中、太子侍讀,不久病卒,其生平事蹟具兩《唐書》本傳。陸淳改名,蓋在爲太子侍讀時。《删東皋子後序》既署名"陸淳",則删節事在改名前,可能即在兩爲博士官期間。由陸氏所據《東皋子集》來看,亦可證唐時《王績集》原名《東皋子集》。陸淳删節二卷本既成於大曆以後兩爲博士期間,此亦可證僞周武后時《東皋子集》的敦煌寫本,爲五卷本原帙無疑。

迨宋時,《崇文總目》首先著録"《東皋子集》二卷"。《總目》乃北宋仁宗慶曆時崇文院三館一閣藏書的實録。此種二卷本,乃陸淳删節《東皋子集》的卷數。稍後成書的《新唐書·藝文志》著録"王績集五卷"。南宋初晁公武《讀書志》著録"王績《東皋子集》五卷",可見唐宋行世的王績集名《東皋子集》。晁氏曰:

> 右唐王績無功也。龍門人。隋大業中,舉孝悌廉潔,授六合丞。棄官耕東皋,自號東皋子。《唐書》以爲隱逸。集有吕才序。稱其幼岐嶷,年十五謁楊素,占對英辯,一坐盡傾,以爲神仙童子。薛道衡見其

《登龍門憶禹賦》，歎曰："今之庾信也！"且載其卜筮之驗者數事云。（《郡齋讀書志校證》卷十七，頁八二七至八二八）

陳振孫《書録解題》卷十六亦著録"《東皋子》五卷"，曰："其後陸淳又爲《後序》。"可見宋時五卷本《東皋子集》之後，亦附有陸淳《集序》。總之宋代世上流行的主要是五卷本的《東皋子集》，然陸淳刪節的二卷本《東皋子集》亦有著録，《宋史·藝文志》除著録"《王[續]〔績〕集》五卷"外，還著録"陸淳《東皋子集略》二卷"，益表明二卷本《東皋子集》乃陸淳所刪。不過，宋時行世者還有三卷本《東皋子集》卻未見著録，晚清王文進《文禄堂訪書記》著録一孫星衍鈔《東皋子集》三卷，卷中有孫氏手録余蕭客《跋》曰："集爲北宋槧本，吴松岩影鈔，予以注先君《蘇黄滄海集》，託再從弟仁山轉借得之，從遊吾子，再請影寫，以四日有半而畢。然虞尚有脱誤，當求元本及别本正之，良不易得，如何？乙未初秋蕭客伯淵録。"乙未爲道光十五年（一八三五）。孫星衍《岱南閣叢書》即收有《王無功集》三卷仿刻本，孫氏《序》曰："吴門余蕭客影鈔宋槧本，前有吕才《序》，稱五卷，疑非唐時編次本。唐陸淳有《删東皋子序》，此或其所删歟！"可見宋時《東皋子集》除二卷本外，還有三卷刊本行世。唯余蕭客謂宋三卷《東皋子集》爲北宋槧本，非是。從後世所傳三卷本收有朱熹《答王無功思故園見鄉人問》一詩，以及徵引蔡絛《西清詩話》、葛立方《韻語陽秋》所收王無功佚詩來看，宋刊三卷本當爲南宋中後期編成。而有學者認爲，三卷本爲明人所編，推斷的時間似太遲了些。

王集宋刻，傳至清代者不僅有三卷本，還有五卷本。陸心源《皕宋樓藏書志》著録曰："《東皋子集》三卷附録一卷。舊鈔本，唐太原王績無功撰，吕才序，陸淳《删東皋子集序》。吴氏手跋曰：'庚子初冬，於鮑以文丈處見宋槧本，凡五卷，視此增多三十餘篇，惜未假得校補，書此以俟。十八日延陵吴翌鳳記。'"（《皕宋樓藏書志》卷六十八，頁七六七）鮑以文名庭博，刊有《知不足齋叢書》，然卻未收此本。吴《跋》表明宋槧五卷本晚清時仍存於世，今已不知下落。勞權校《讀書敏求記》亦曰：嚴修能先生謂"吾友以文，曾見是書宋刻本，凡五卷"（《錢遵王讀書敏求記校證》卷四上，頁一八五）。《增訂四庫簡明目録標注》除著録"《東皋子集》三卷"外，尚有"宋刊五卷本"。可惜這些宋槧今皆不傳，我們只好由後世所鈔的五卷本（詳下），間接窺探宋刻五卷本的面目了。

元明兩代傳鈔和刊刻的王集，五卷本唯陳第《世善堂藏書目録》卷下著録“《東皋子集》五卷”，然不言究係何種版本；二卷本則罕見。其他則多爲三卷本或一卷本，其主要版本有以下一些：

（一）林鈔本。林雲鳳祖父手録《王無功集》三卷，藏國家圖書館。雲鳳《跋》曰：“右《王無功集》，家大父手録，藏之篋中久矣。近得其軼詩三首，皆表表耳目，而是集不載，因附記於此。萬曆壬寅季夏朔，雲鳳書于吴興沈氏之西樓。”壬寅爲萬曆三十年（一六〇二），此本既雲鳳祖父所鈔，時間當在萬曆初年前後。此本從林家散出後，嘗歸清人韓應陛，《韓氏讀有用書齋書目·集部》著録此本曰：“《王無功集》三卷（舊鈔本），明萬曆三十年壬寅林雲鳳手跋。何義門手校並跋。”此本是現存《王績集》最早的三卷本，又經名家何焯手校並跋，故彌足珍貴。此本上卷爲《遊北山賦》一首；中卷收詩三十二首；下卷雜文十一首。林雲鳳所補佚詩三首附於卷後，分别爲《望野》，見《唐詩品彙》；《過酒家》，見《唐音遺響》；《北山》，見《升庵詩話補遺》。顯然，此鈔本出自南宋人改編的三卷《東皋子集》無疑，與五卷本（詳下）相較，此三卷本不僅删減篇目，且删改所存篇目的標題，如此本卷中《遊仙四首》，五卷本題作《過山觀尋蘇道士不見題壁四首》；此本《策杖尋隱士》一首，五卷本作《盧新平宅賦古題得策杖隱士》；《詠妓》一首，五卷本作《裴僕射宅詠妓》；等等。不僅如此，三卷本還删削吕才《序》文。與五卷本相較，此本吕《序》較大的删節即有五處之多。其他删改文字的地方多達數十處，總計删削達九百餘字，約占吕氏原《序》半數之多，晁公武《讀書志》所引二事，即在删去的文字之内。後世學者所見多此類三卷本删節之吕《序》，故慨歎不見《讀書志》所引吕《序》文字。不過，三卷本對五卷本亦有輯補逸佚的工作，如此本《田家三首》，五卷本題作《田家》，唯存第一首；其餘二首可能即爲陸淳或宋人所補。另外《北山》、《過漢故城》、《益州城西張超亭觀妓》、《辛司法宅觀妓》、《詠巫山》第五首、《祭杜康文》一題凡六首，五卷本也不載，而見於此本或其他三卷本，亦當爲陸淳或宋人所補。然而追本溯源，三卷本畢竟出自五卷本，二本所載篇目文字並無太多的不同，而且因此本鈔成較早，所以文字亦有可正今傳清代五卷鈔本者，如五卷本（詳下）《采藥》“腰連戊巳旦，負鍤丙辛日”二句，“連”與“鍤”相對爲文，故“連”當爲“鐮”字之訛；而此字其他三卷本皆作“鐮”字，良是，等等。

（二）詩紀本。黄德水、吴琯《初盛唐詩紀》所收《王績》詩一卷。《初盛唐詩紀》凡一六〇卷，卷前有雲杜主人李維楨所撰《唐詩紀序》，末署“萬曆乙酉冬十月"。"乙酉"爲萬曆十三年(一五八五)。次爲《刻唐詩紀·凡例》。此本半葉九行十九字(另一種十行十九字)。四周雙邊,版心魚尾下署"初唐卷之某",再下方爲葉碼。《詩紀》所收《王績》詩一卷,詩凡四十九首。《詩紀·凡例》云:"是編多本人原集,或金石遺文,故不復列。"可見所據乃王績集之本集。將此本與後出的趙鈔本(詳下)相較,僅少收《食後》、《過漢故城》、《詠妓》、《益州城西張超亭觀妓》、《辛司法宅觀妓》、《詠巫山》等六首。此本所收四十九首,除《石竹詠》一首編於最末外,其他四十八首詩二本編次完全相同。文字方面,此本與趙鈔本也相差甚微,與其他三卷本則相差較大。如此本《山中叙志》"張奉聘賢妻"句,"張奉",林鈔本作"張鳳",趙鈔本則作"張奉",與此本同。又如《薛記室收過莊見尋率題古意以贈》首句"伊昔遭喪亂","遭"字,趙鈔本同,林鈔本則作"逢";"忽若形骸疏"句,"忽若"二字,趙鈔本同,林鈔本則作"對接";"蹙迫常不舒"句,"蹙迫"二字,趙鈔本同,林鈔本則作"歲歲"。可見此本之底本,當是一個與趙鈔本相同或接近的本子,换言之,此本與趙鈔本同源。《詩紀·凡例》云:"是編校訂,先主宋版諸書,以逮諸善本。有誤斯考,可據則從,其疑仍闕,不敢臆斷,以俟明者。"可見《詩紀》對入編諸集是做過一番校勘工作的,因而保留並增入了許多題下注和正文夾注的校文,很有參考價值。

(三)趙鈔本。趙琦美鈔《東皋子集》三卷附録一卷。趙琦美字玄度,號清常道人,室名脈望館,常熟人。官刑部郎中,性喜聚書,常假借繕寫,網羅而校讎之。其《脈望館書目》著録有"《東皋子集》一本",當即此本。趙氏於卷前《附録》後跋曰:"金陵焦太史先生本録出,校於清溪官舍。時萬曆三十七年十月十四日漏下初鼓,清常道人。"中卷末亦有趙《跋》曰:"己酉三十七年十月十三日漏初下,清常校。"焦太史即焦竑,嘗予修國史,所撰《國史經籍志·序》自稱"史官焦竑",故世稱"焦太史"。焦竑家富藏書,趙氏假焦竑家藏本鈔録此集,洵屬情理之常。此本清初歸錢曾述古堂,《讀書敏求記》有著録。錢氏書散出後,又爲昭文張金吾收得,見《愛日精廬藏書志》卷二九。迄近代又歸常熟瞿鏞,《鐵琴銅劍樓藏書目録》著録曰:"《東皋子集》三卷,舊鈔本。唐王績撰,唐《志》,晁、陳書目俱作五卷。此止三卷,有吕才、陸[淳]〔淳〕《序》,舊爲脈望館藏書,繼歸述古堂,見《敏求記》。卷末有趙清常題記云:'金陵焦太史本録出,校於清溪官舍。時萬曆三十七年十月十四日。'"(《鐵琴銅劍樓藏書目録》卷十九,頁二七四)《四部叢刊》續編《集部》

所收《東皋子集》三卷附録一卷，即據瞿氏藏本影印。新中國成立後，此本由瞿氏後人捐獻給國家，今藏國家圖書館。半葉九行二十字。卷前有吕才《東皋子集序》(已删節)、陸淳《删東皋子集序》，以及《東皋子傳》、蘇軾《書東皋子傳》、陳振孫《直齋書録解題》、《周氏涉筆》、晁公武《讀書志》中有關《王績集》的文字。卷後附録，收王績所與唱和者崔善爲、辛某以及朱仲晦所作詩四首。正集三卷，上卷收賦一首《遊北山賦》；中卷詩五十五首；下卷雜著十三首。與五卷本相較，少收詩文八十九首。顯然，此本與林鈔本當同出陸淳删節本，然與林鈔又有不同：第一此本所收詩文多二十五篇。第二文字有不同，如此本卷中《贈梁公》首句“我欲圖世樂”，“欲”字，林鈔本作“亦”。如此本《野望》“樹樹皆秋色”句，“秋”字，林鈔本作“春”，而其他三卷本皆作“秋”，林鈔本當誤。如《晚年叙志示翟處士正師》一首，林鈔本無“正師”二字。如《山中叙志》“張奉聘賢妻”句，“張奉”，林鈔本作“張鳳”，其他三卷本皆作“張奉”，良是，見韓理洲五卷本會校《王無功文集》。又如此本《入長安詠秋蓬示辛學士》“逢風或未歸”句，“或”字，林鈔本作“忽”，而其他三卷本皆作“或”。再如《在京思故園見鄉人遂以爲問》“忽逢門前客”句，“門前”二字，林鈔本作“問前”，顯誤。可見此本與林鈔本雖同出於陸淳删節本，然文字還是有不同的，表明二本所據的底本，並非同一種三卷本。而此本較林鈔本，無論收詩數量還是文字質量，顯然要優長些。

(四)黄刻本。萬曆末黄汝亨刻《東皋子集》三卷附録一卷，國家圖書館、上海圖書館等有藏本。黄氏《刻東皋子集序》曰：“焦弱侯先生每向余言：‘《東皋子集》宜與《陶淵明集》並傳，顧陶集已有善本，而是集獨缺。’先生乃出以授予，與予友高孩之相賞莫逆，予乃轉授鮑生元則繕刻之。吾輩浄眼讀一過，甚爲爽然，勝讀《鵩鳥賦》遠矣。”弱侯，乃焦竑字。高出《黄刻東皋子集叙》亦曰：“無功……集久不傳，余受自焦先生。先生亦之龍門，而顧深好無功，斯亦喟然之與千古同契焉者乎！余以質之貞父先生，遂木以傳。”這裏的“焦先生”，亦當指焦竑。黄、高二《序》皆言受《東皋子集》三卷於焦竑，此必有一訛。然無論如何，黄刻本出自焦竑本當無問題。若是，則黄刻《東皋子集》三卷與趙鈔本同源，故二本收詩、分卷、編次、文字相同。唯因疏於校勘，故不及經過校勘的趙本精確。如此本卷中《田家三首》其一“阮籍生平懶”句，“生平”二字，林鈔本、趙鈔本作“生年”；當以“生年”爲是。又如此本《晚年叙志示翟處士正師》結句“誰知身後憂”，“身後”二字，林鈔本、趙鈔本皆作“身世”，後出的孫刻本、羅刻本（詳下）亦作“身世”，可見此本作“身後”誤，等等。然而訛誤畢竟是個别的，此本與趙鈔本因同出於焦弱侯本而同多異少。

（五）曹刻本。崇禎十四年辛巳（一六四一）曹荃刻《東皋子集》三卷附録一卷，今國家圖書館、中國科學院、中國社會科學院歷史所等圖書館均有藏本；國家圖書館藏本其一有黄丕烈、李芝綬跋。曹荃《刻東皋子集序》末署“崇禎辛巳暮春梁溪曹荃題”。與黄刻本相較，此本除多《與江公重借〈隋紀〉書》一首外，其餘所收賦詩雜文完全相同；分卷、編次亦相同。文字也基本相同，如此本《田家》其一“阮籍生平懶”句，“生平”二字，林鈔本、趙鈔本作“生年”；其他三卷本作“生涯”；唯黄刻本與此本同作“生平”。如此本《晚年叙志示翟處士正師》“誰知身後憂”句，“身後”二字，清鈔五卷本作“我世”；林鈔本、趙鈔本作“身世”；唯黄刻本與此本同作“身後”。再如《入長安詠秋蓬示辛學士》“逢風或未歸”句，“或”字，林鈔本作“忽”；趙鈔本、黄刻本雖同作“或”，然趙鈔本不傳於曹荃，而黄刻本應爲當時流行的本子，故此本所據當爲黄刻本。而黄刻本出自焦弱侯本，故歸根到底此本亦屬於焦本系統。然而由於疏忽，此本又增加了一些新的訛誤，如《薛記室收過莊見尋率題古意以贈》“切切心相依”，“相依”，韓理洲五卷本會校《王無功文集》（詳下）判爲失韻；而五卷本及其他三卷本皆作“相於”，良是。又如《采藥》“赤白尋雙木”，“雙木”，五卷本與其他三卷本皆作“雙術”，甚是，此本誤，等等。

（六）統籤本。胡震亨《唐音統籤》所收《王績詩》一卷，編卷二十。胡震亨，字孝轅，號遁叟，海鹽（今屬浙江）人，萬曆二十五年（一五九七）浙江榜舉人，崇禎時，曾官定州知州，遷兵部職方員外郎，世稱“胡職方”；惜《明史》無傳，生平仕履大致見於《嘉興府志》。《統籤》成書於明末，然其刊行卻在清初。《統籤》收詩來源，據《癸籤》卷三十至三三集録部分的内容，包括各家别集、總集、詩話、金石刻辭、書畫真跡等等。此本收詩五十四首，較詩紀本溢出《食後》、《過漢故城》、《辛司法宅觀妓》、《詠妓》、《詠懷》等五首。此本編次雖與詩紀本不同，但是文字卻與詩紀本相差甚微，而與其他三卷本的文字則相差較大，如此本《晚年叙志示翟處士正師》“庚桑逢處跪”句，“庚桑”，趙鈔本、黄刻本、曹刻本皆作“庚衮”；而林鈔本、詩紀本與此同作“庚桑”；“逢處”，趙鈔本、黄刻本、曹刻本皆作“逢桑”；林鈔本、詩紀本與此本同作“逢處”。由於林鈔本非通行本，而詩紀本爲刻本，世所通行，故胡氏應是以詩紀本爲底本，再補入以上五首詩編輯而成的。再者，詩紀本各家詩入選時皆經過校勘，故正文間頗多異文，其他三卷本則較爲少見。而此本夾注的校記，絶大多數與詩紀本相同，這益可證明此本乃是依詩紀本爲底本改編而成的。

清代刊刻和傳鈔的《王績集》，其主要版本有以下幾種：

（一）全唐詩本。康熙敕編《全唐詩》所收《王績詩》一卷。《全唐詩》乃康熙敕令彭定求、沈三曾、楊中訥等十位翰林，僅用一年又十個月的時間，在胡震亨《唐音統籤》與錢謙益輯、季振宜遞輯《全唐詩稿本》兩書的基礎上纂修而成的。康熙《御製〈全唐詩〉序》云："朕此發内府所有《全唐詩》，命諸詞臣，合《唐音統籤》諸編，參互校勘，搜補缺遺，略去初盛中晚之名，一依時代，分置次第。"内府所藏《全唐詩》，即錢謙益發軔、季振宜最終成就之《全唐詩稿本》及其謄清稿。季氏《稿本》今藏臺灣"中央圖書館"，屈萬里、劉兆祐曾將其編入《明清未刊稿彙編第二輯》，一九七九年九月由臺灣聯經出版事業公司影印出版；季氏《稿本》之謄清稿，今藏北京故宫博物院，二〇〇〇年十月，故宫博物院和海南出版社聯合出有影印本。而季氏《稿本》中的《王績詩》一卷，則是將上述詩紀本原刻入編，又以《文苑英華》、《唐文粹》二書參校，故文字較前各本轉精。如《稿本》之《入長安詠秋蓬示辛學士》一題，於"入"字前增入"建德破後"四字，使題目與原五卷本相同。又如《薛記室收過莊見尋率題古意以贈》"爾爲背風鳥"句，"背"字，詩紀本原無校文，季氏據《文苑英華》對勘，旁記一"培"字；而五卷本（詳下）正作"培"；等等。康熙敕修《全唐詩》中的王績詩，便是將季氏《全唐詩稿本》中的《王績詩》一卷悉數收入，又據唐音統籤本增入《食後》、《過漢故城》、《辛司法宅觀妓》、《詠妓》、《詠懷》等五首；據他本增入《益州城西張超亭觀妓》、《詠巫山》等二首，故較詩紀本多出詩七首。文字方面，編臣又對所收各詩重加校勘，恢復了被季氏删去的一些文字，又如《晚年叙志示翟處士正師》一首，"正師"當爲翟處士的名字，詩紀本原爲"小字"注於題下，季氏將其删去，館臣又將其恢復，良是。如《薛記室收過莊見尋率題古意以贈》"蹙迫常不舒"句，"蹙迫"二字，季氏據《文苑英華》將二字校改作"歲歲"；編臣雖依季氏亦作"歲歲"，卻將删去的"蹙迫"二字改爲校記，注於"歲歲"之下，以備參考，可見校勘之審慎。然而此類校勘畢竟只是少數，故總體來看，此本依然屬於詩紀本系統。

（二）朱鈔本。乾隆時大興朱筠鈔《王無功文集》五卷，今藏上海圖書館。朱學勤《結一廬書目》卷四著録此本，且題識曰："《王無功文集》五卷（計一本），唐王績撰，舊鈔本，朱笥河藏書。"即指此本。朱筠字竹君，號笥河，乾隆十九年（一七五四）中進士，曾爲翰林院侍讀學士，後降爲翰林院編修，所居椒花吟舫聚書至數萬卷。三十七年（一七七二）爲安徽學政時，上書乾隆請修《四庫全書》，次年乾隆正式下詔，開館修書，朱筠任"校辦各省送到遺書纂修官"（見《四庫全書總目》卷首），四十六年（一七八一）《四庫》修成在即，朱筠去世。可見此本鈔成，當在乾隆四十六年以前。半葉十二行，工筆鈔寫於刷印的格子紙上。卷前有吕才《王無功文集序》，下方題銜"大唐太常丞吕才序"。卷後無補遺。正文五卷：首卷賦九首（後五首有題無文）；次卷詩六十首；三卷詩五十五首；四卷書五首；五卷雜著二十九首。五卷凡收賦詩雜文百五十八首。今存明代較早且較完整的三卷趙鈔本，較此五卷本少收賦八首（有題無文），詩六十首，雜著二十一首；總共少賦詩文八十九首。此蓋陸淳删節本所據之五卷本的原貌。如上所述，陸删本不僅删減篇數、删改題目，而且删削吕才《序》達一半左右（詳林鈔本）。今存五卷本的另外兩個鈔本（詳下），與此本相同。此本不僅是現存王績集收録作品最多的本子，似也較完整地保存了吕才五卷原編、原《序》的面貌，因而文字方面有很多優長。如此本《薛記室收過莊見尋率題古意以贈》"曳履出門迎"句，"履"字，各三卷本及《文苑英華》皆作"裾"，顯誤。又如此本《過山觀尋蘇道士不見題壁四首》其二"金壺新煉乳"句，"煉"字，除林鈔本外，各三卷本及《文苑英華》皆作"練"，亦誤，等等，可見此種五卷本校勘價值頗大。韓理洲云："元代以降，五卷本不見著録……近代學者爲解決這樁懸案，也是'中心藏之，何日忘之'。一九三五年九月十五日，王重民先生在巴黎圖書館發現了伯二八一九號敦煌唐寫本殘卷《王績集》五卷本佚文，曾'爲之狂喜'；余嘉錫先生精心考稽了清代目録學家的記述，深爲遺憾地寫道'此書足本在晚清猶有存者，惜不得見之矣'；萬曼先生也審慎地留下了期待來考的遺言：'五卷本似存若亡，究不知［當］〔尚〕在人間否？'"（韓理洲會校《王無功文集·前言》）五卷本的重新發現，確爲一大快事也，爲王績的研究提供了寶貴的文本支撑。

然而，朱筠既任《四庫全書》"校辦各省送到遺書纂修官"，其所珍藏之稀世珍籍《王無功文集》五卷鈔本，卻未呈進給朝廷，録入《四庫全書》中，致使此本又繼續沉埋二百多年後才重新爲世人提起，真是件憾事，也是一個謎團。

（三）四庫本。《四庫全書》所録《東皋子集》三卷。《四庫全書總目》謂"此本爲明崇禎中刊本"，則此本出於曹刻本當無問題。然館臣判三卷本《東皋子集》爲宋以後人僞託吕才纂輯的，則大錯特錯。《總目》曰：

> 《唐書·藝文志》載績集五卷。陳振孫《書録解題》亦云"其友吕才鳩訪遺文，編成五卷，爲之序"。而今本實止三卷。又晁公武《讀書志》引吕才序，稱績年十五，謁楊素，占對英辨。薛道衡見其《登龍門憶禹賦》，歎爲"今之庾信"。且載其卜筮之驗者數事。今本吕才《序》尚存，而晁公武所引之文則無之。又序稱"鳩訪未畢，緝爲三卷"，與《書録解題》不合。其《登龍門》一賦亦不載集中。或宋末本集已佚，後人從《文苑英華》、《文粹》諸書中采績詩文，彙爲此編，而僞託才序以冠之，未可知也。此本爲明崇禎中刊本。卷首尚有陸淳《序》一首，晁陳二家目中皆未言及，其真僞亦在兩可間矣！（《四庫全書總目》卷一四九，頁一二七七）

正如余嘉錫批評的："《提要》未細讀淳《序》，不知其有所删削，徒因今本不全，遂疑爲後人所輯；又不考《唐文粹》，更疑吕才《序》爲僞託，陸淳《序》爲真僞兩可；其亦勇於疑古矣。《書録解題》云：'其友吕才，鳩訪遺文，編成五卷，爲之序。有《醉鄉記》傳於世。其後陸淳又爲後序。'不知作《提要》者，何以於其末句熟視無睹，竟謂晁、陳二家皆未言及陸淳之《序》，豈所謂心不在焉、視而不見也歟？"（《四庫提要辨證》卷二十，頁一二五〇）言辭雖然激烈了點，但批評還是很有道理的。

（四）黄校本。《東皋子集》三卷，舊鈔本，有黄丕烈校跋、並録清吴翌鳳跋，今藏國家圖書館。每半葉九行二十字。卷前有吕才《序》、次陸淳《序》。卷後有附録，收投贈詩以及《文獻通考》等各家之説。黄丕烈跋此本並臨吴枚庵跋曰：

> 乙未四月燈下校畢，枚庵。
>
> 庚子初冬，於鮑以文丈處見宋槧本，凡五卷，視此增多三十餘篇，惜未假得校補，書此以俟。十八日延陵吴翌鳳記。
>
> 余向藏《東皋子集》，係骨董鋪收諸王西沚家者，苦無别本對勘。

丁丑秋假得吴枚庵藏本手勘一過，並臨枚庵校字及後跋二條，其行款彼此如一，想同出一源也。八月下弦後一日記，復翁。

道光紀元中秋後六日，訪友琴川于遵古堂，見插架有此，拔之出，乃明刻也。歸取舊藏王西沚家鈔本對，有同異，竟又是一本。此分卷一二三，目之叙次亦殊，因手校如右。復見心翁記。（又見《黄丕烈書目題跋》，頁三七二）

據此，此王西沚鈔、黄丕烈校跋之《東皋子集》三卷，與吴枚庵鈔本同源，而與明刻本則各異。此本後歸吴門百耐家，傅增湘嘗見之，《藏園群書經眼録》卷十二有著録。

（五）孫刻本。嘉慶三年孫星衍刻仿宋巾箱本《王無功集》三卷補遺二卷，收入《岱南閣叢書》。孫星衍《東皋子集叙》曰：

《王無功集》三卷，吴門余蕭客影鈔宋槧本，前有吕才《序》，稱五卷，疑非唐時編次本。唐陸淳有《删東皋子序》，此或其所删歟？卷中有摘句，引宋人所撰書，疑又爲宋時訂定。然按之錢遵王《讀書敏求記》，稱從金陵焦太史録出，今世罕傳者，亦即此本也。《文獻通考》十五卷，"十"字疑衍。晁公武則云："薛道衡見其《登龍門憶禹賦》，歎曰：'今之庾信也！'"今集無此賦。《唐文粹》所載又有[續]〔績〕《與陳叔達重借隋記書》、《重答杜君書》二篇，亦不見集中，其非吕才原編明矣。余購求唐人文集頗多，而[續]〔績〕集爲冠，急刊以傳世……以逸文及陸淳《序》附於後。山東督漕使者孫星衍序。

據此可知，此本所據乃余氏影鈔宋槧本。由此可見，宋時亦有三卷刻本《王無功集》，而宋時公私書目皆失載。孫氏以爲，此本與錢曾所記出於焦太史本的趙鈔本，皆陸淳删節本，非吕才原編，甚是。半葉九行十六字。卷前有吕才、陸淳二《序》，孫星衍《序》；卷後有《東皋子集補遺》上下二卷。正文三卷，上卷收《遊北山賦》一首；中卷凡收詩五十六首，殘句四則；下卷收雜著十一首。卷後補遺二卷，上卷收《三日賦》一首，《子推抱樹死贊》等贊文十三首，末注曰："右王[續]〔績〕賦一首，贊十三首，從《永樂大典》録出補刊。"下卷收《與陳叔達重借隋記書》、《重答杜君書》二首。與趙鈔本相較，正文中卷多詩《詠懷》一首，殘句四則；下卷少《祭處士仲長子光文》、《自撰墓誌》二首。文字方面，此本雖曰出自影宋鈔本，與趙鈔本出處不同，然文字並無多少優長。如卷中《薛記室收過莊見尋率題古意以贈》"歲歲常不舒"句,"歲歲"二字,趙鈔本作"蹙迫"。又如此本《田家三首》其一"阮籍生涯懶"句,"生涯",林鈔本、趙鈔本作"生年";黄刻本、曹刻本作"生平"。又如此本《詠妓》"不應合曲誤"句,"合"字,林鈔本、趙鈔本、黄刻本、曹刻本皆作"令",五卷本則作"須"。再如此本《獨酌》"浮生知幾日"句,"浮生"二字,林鈔本、趙鈔本、黄刻本、曹刻本皆作"在生",等等。張元濟曾以此本與《四部叢刊》影印趙鈔本對勘,而後跋趙鈔本曰:

> 孫刻詩篇,編次與是本不合,且缺《祭處士仲長子光文》及《自撰墓志》二篇,頗疑所據之本各異。又是本吕《序》明言輯成三卷,並無五卷之説。蓋孫氏實未親見此本,其所云"亦即此本"者,僅爲揣度之詞。然《唐書·藝文志》,晁、陳二《志》均作五卷,是當時必有兩本,一爲五卷,一爲三卷,不能指爲孰誤孰不誤也。孫氏學術淹貫,刻書校讎尤精,然以所刻與是本校,異同近百許字,其足以糾正是本者不過數字,餘則皆誤。於此益知古書校勘之難,而古本之可貴矣。兩本異同列表如左,讀者審之。甲戌初春海鹽張元濟。(《東皋子集》,四部叢刊續編本)

張氏謂此本與四部叢刊本所據各異,且此本文字錯訛較多,甚是。孫氏容或未親見趙鈔本,其所云"亦即此本",蓋爲揣度之詞,然張氏據趙鈔本吕《序》謂"輯成三卷",因而判定吕《序》"並無五卷之説",卻是不正確的,這是由於過分相信趙鈔本吕才《序》而致誤。今五卷鈔本仍在世,特别是《唐文粹》所載吕《序》均有"輯成五卷"的話,張氏謂"並無五卷之説",乃一時疏於考證耳。

(六)李鈔本。東武李梴研録山房鈔《王無功文集》五卷補遺一卷附録一卷,今藏國家圖書館。李梴字松溪,號雨樵,東武(今山東諸城)人,乾隆五十八年癸丑(一七九三)進士,著有《襪綫集》及《研録山房詩鈔》。此本中的校記,所引諸書有《全唐文》。《全唐文》成書於嘉慶十九年甲戌(一八一四),故此本當爲嘉慶後期至道光間鈔本。藍格,竹紙,半葉十一行二十字,版心下方有"東武李氏研録山房校鈔書籍"雙行小字。與朱鈔本相較,二本所收作品數量、分卷、編次完全相同,從文字方面看,二本也相差甚微。韓理洲先生曾將此本與朱本對勘,發現凡此本所出示的"訛誤衍奪的原文,皆見於朱本”(韓理洲會校《王無功文集·前言》),如此本卷二《贈梁公》“疏曠豈不懷”句,“疏曠”誤,此用《漢書·疏廣傳》之典,故當作“疏廣”;而朱本亦作“疏曠”。再如此本卷三《采藥》“腰連戊巳旦,負鍤丙辛日”句,“連”與“鍤”對,故“連”字應爲“鐮”字之訛;而朱本亦作“連”,等等,可見此本之底本當爲朱鈔本無疑。唯此本與朱本相比,有以下幾個特點:第一,此本卷後有李氏據孫刻本和《全唐詩》所作的《補遺》,凡收詩文八首;第二,此本經過李氏二次校勘,行間和天頭有墨、朱二色校記,頗有參考價值。勘驗這些校文,可進一步證明此本是由朱本過録而來的。

(七)陳鈔本。同治四年乙丑(一八六五)陳文田晚晴軒鈔《王無功文集》五卷,今藏國家圖書館。陳氏於此本《後記》云:

> 鄙意以爲,五卷本吕才所輯也。三卷本陸淳所删也。此爲大興朱氏竹君傳鈔足本。首卷《河渚賦》以下但存其目,豈傭書者省手耶?《全唐文》失載賦六首、祭文一首、贊六首;增《祭杜康新廟文》一首。又《祭仲長子光文》增“凡我故人”以下兩段。《全唐詩》則較是集闕佚過半矣!標首曰“《王無功文集》”,宋時蜀刻唐集如此。時同治乙丑古重陽日,陳文田硯鄉氏識于宣南寓齋之晚晴軒。
>
> 又,原鈔本每半葉十二行,每行二十一字。附記。同治四年。

據此可知,此本出自朱鈔本,故收録作品的數量、分卷、編次與朱鈔本全同,文字也幾無差異。唯陳氏《後記》謂三卷本乃陸淳所删,則非是。前文已述及,陸淳所删乃二卷本,南宋人增入補遺,方始分爲三卷。不過,陳氏謂此種五卷本標目曰“《王無功文集》”,唯宋蜀刻本唐集如此,且所記朱鈔本的行款,也與南宋蜀刻本唐集相同,如今存南宋蜀刻本唐集《陸宣公文集》、《劉文房文集》、《孟東野文集》、《昌黎先生文集》、《劉夢得文集》、《李長吉文集》等十餘家文集(見《宋蜀刻本唐人集叢刊》),標目風格正同,即大多以作者姓字標目,行款皆爲每半葉十二行、每行二十一字。可見今存朱筠鈔五卷本《王無功文集》,所據當爲蜀刻本《王無功文集》五卷無疑,而此刻宋時公私書目俱失載。蜀刻本《王無功文集》五卷的底本,當爲五卷本之《東皋子集》應無問題。

(八)羅刻本。光緒三十二年丙午(一九〇六)羅振玉唐風樓據孫星衍本刊《王無功集》三卷補遺二卷校勘記一卷。此本卷前收孫星衍《東皋子集序》、陸淳《删東皋子集序》。而吕才《東皋子後序》,孫本原無,爲羅氏據《唐文粹》補入。卷後《東皋子集補遺》二卷末,羅氏繼補《燕賦》、《自撰墓誌銘》、《祭處士仲長子光文》三首,另一首《答陳尚書書》,則爲蔣黻所補。黻爲此本所撰《後記》明言乃重刊孫刻本,故文字當屬於孫刻本系統。唯羅氏以舊得宋巾箱本,勘正孫刻本,並撰爲《東皋子集校勘記》一卷附後。由《校勘記》可見,孫刻本錯訛處不少,如《遊北山賦》"擕始晬之鳴鶴"句,羅氏校曰:"'晬'原誤作'醉',據《全唐文》改。"又如《石竹詠》"萋萋結緑枝"句,羅氏校曰:"'結'原誤作'給',據《全唐詩》改。"等等。故此,羅刻本雖爲重梓孫刻本,然經羅氏的校勘和增補遺佚,此本自然優於孫本。然而由於書版者一時疏忽,孫刻本個别舛誤處,羅氏已校出且寫入《校勘記》,而刻本卻並未糾正。如《贈李徵君大壽》"副君迎綺李"句,羅氏校曰:"'季'原作'李',誤,今改。"甚是,然此本卻仍誤作"李",可見刊刻書籍欲令其無誤,殊非易事也。正如潘景鄭所言:

> 《東皋子集》世通行衹孫氏岱南閣倣宋本,孫氏所據自余蕭客影鈔宋槧所出,然校正誤字,亦殊未盡。清光緒丙午(1906)羅氏唐風樓據所藏舊刻巾箱本校孫本重梓,是正甚多,作校勘記一卷。又於《文中子》内,檢得《答陳尚書書》一首,附諸卷末,於孫刻爲精善矣。近涵芬樓影印明清常道人手鈔本,校正孫氏誤字,至百許。清常道人本,即《讀書敏求記》所據爲善本者,所校羅氏刻本,亦殊未合。吾族香雪草堂藏有王西沚家鈔本《東皋子集》,黄蕘圃以墨筆度吴枚庵校本,以朱筆校明刻本,比勘精審,所正誤脱,亦有孫、羅二刻所未及者。是本於去秋在市廛爲吾友鄒君百耐所得,余假歸,校讀數日,以勘各本,互有是正,洵乎善本之難盡!(《著硯樓題跋》,引自萬曼《唐集敘録》,頁三)

潘氏所言各本優長及校書之甘苦,頗合情理。

(九)清鈔本。清無名氏鈔《東皋子集》三卷《附録》一卷,南京圖書館藏,清光緒乙亥餘杭盛起朱筆校、清丁丙跋。半葉九行十八字,行楷結體,鈔於無格白紙上。卷前首曹荃序、次参校姓氏、次吕才序、次陸淳序、次目録。卷後《附録》一卷,收新舊《唐書》本傳、蘇軾《書東皋子傳》、《遺事》、集評等。各卷首題"東皋子集卷之某",三行下方署"明梁谿曹荃元宰定"。丁丙跋曰:"《東皋子集》三卷,舊鈔本……晁、陳兩目均稱遺文五卷,河東吕才編序，陸淳後序。此明梁谿曹荃定爲三卷，附録劉昫、宋祁、蘇軾三傳，並遺事、集評。”（又見《善本書室藏書志》卷二十四）合丁氏此跋與各卷曹荃題署觀之，此本所據底本乃曹刻本，這也可從文字方面得到證明。如曹刻本卷二《薛記室收過莊見尋率題古意以贈》“切切心相依”句，“相依”二字，此本同，然韓理洲五卷本會校《王無功文集》判爲失韻（詳下），五卷本及其他三卷本皆作“相於”，良是。又曹刻本同卷《采藥》“赤白尋雙木”句，“雙木”，此本同，而五卷本與其他三卷本皆作“雙術”，甚是，曹刻本與此本誤。“相依”、“雙木”皆曹刻本獨有訛誤，而此本皆與之同，可見此本的確是據曹刻本鈔出者。此本雖經盛起校過，但上述訛誤卻未能校出，因知其所用校本非善本也。

新中國成立後，對王績集的整理研究一向比較冷落。迨一九八一年，上海古籍出版社推出《唐詩小集》叢書收入王安國《王績詩注》，方打破沉寂局面。此本“以《全唐詩》作爲底本，校以明鈔本和孫刻本，以及上海圖書館藏明萬曆刻《東皋子集》和光緒丙午（三十二年，一九〇六）羅振玉唐風樓刻《王無功集》。文字擇善而從，並擇要作出校記。注釋力求簡明準確……原集中《益州城西張超亭觀妓》、《詠巫山》二首係誤收盧照鄰、宋之問之作，今删去。有關王績生平事蹟的材料，作爲附録列於書後”（該書《前言》）。凡收王績詩歌五十二首，由於作者未見五卷本《王無功文集》，因而所收詩歌不及五卷本的一半，可謂一大憾事。

一九八五年，中華書局出版《叢書集成初編》所收《王無功集》三卷附補遺二卷，乃是據孫星衍刻本影印的。

一九八七年上海古籍出版社推出韓理洲會校《王無功文集》五卷，此本“以經過精心校讎的東武李氏研録山房鈔本作底本……所用校本凡十五種”，其中包括朱鈔本、陳鈔本兩個五卷本，以及現今存世的有代表性的三卷本、總集、詩話等；對李氏原先使用的校本，“除其所云删節本，因未指明版刻，無從確知外，餘者均一一作了重核，訂正了原校若干疏誤”，精心結撰成“五卷本會校《王無功集》”。此本卷首《前言》，對所用各本以及與校勘相關的問題一一作了扼要説明。卷末於李氏《補遺》後，韓氏據《全唐詩外編・全唐詩續補遺》增補遺詩《績溪嶺詩》一首，據《全唐文紀事》卷四十七增補《祭禹文》殘句一則，雖不一定必爲王績作品，然可爲研究者提供寶貴的資料。另外，卷後三個附録，分别爲“序跋著録”、“傳記資料”、“集評”，以便讀者。不過此本個别地方亦有疏誤處，如卷三《贈李徵士大壽》“睦昶避中郎”句，“睦昶”，依作者校記，當作“陸昶”爲是；而今作“睦昶”，非是。然白璧微瑕，無妨此本成爲現今《王績集》收録作品最多、文字最爲可靠的本子。

王梵志詩集

王梵志（約隋至初唐在世），衛州黎陽（今河南浚縣）人。佛家在俗弟子，唐代著名民間通俗詩人，生平事蹟見《桂苑叢談》引録之《史遺》（《太平廣記》卷八二所引《史遺》基本相同）。由於其生平材料僅見於筆記小説，因而引起種種猜測，或以其爲出家和尚，或以其爲西域胡僧，等等，甚或否認王梵志其人的存在。然而此類猜測，還須有力的材料加以證實。

王梵志詩歌，唐宋兩代曾廣泛流傳，頗有影響，范攄《雲溪友議》、何光遠《鑒戒録》、黄庭堅《題跋》等近二十種著述均有稱引。鄭樵《通志・藝文略》、《宋史・藝文志》均著録《王梵志詩一卷》。唐代王梵志詩還遠傳國外，日本平安朝（七八四～八九七）藤原佐世編《日本國見在書目録》三九《别集家》著録“王梵志集二，王梵志詩二卷”（《古逸叢書》影印舊鈔本）。明以後，王梵志詩歌傳者漸少，至清編《全唐詩》，則隻字未收王梵志的作品。

清末，神奇的敦煌藏經洞被打開，千年以前出於各階層人士之手，總數達數萬件的文獻卷册重見天日。這批極其珍貴的文化瑰寶，内憂外患的清政府根本不予重視。而當時列强在華的文化間諜一聽到消息，便紛紛潛至西域，運用各種手段進行掠奪，致使這批文化珍品空前驚人地流失散佚；於是《王梵志詩集》也隨之被劫藏到英、法、俄等國。

一九〇七年及以後的二十年間，英籍匈牙利人斯坦因曾四次偷偷前往敦煌，先後竊往英國的文書總計近萬件，今藏不列顛博物院。其中《王梵志詩集》寫卷有下列十二個：

（1）斯〇七八八原卷卷端題“王梵志詩集并序上”。卷末三次題記：“大雲寺學士郎鄧慶長。”原卷殘損，序文尚全，存詩十五首，殘詩三首。（2）斯一三九九原卷前後與上下嚴重殘損，唯存殘詩十三首。（3）斯二七一〇原卷末題“王梵志一卷”，接有題記：“清泰四年丁酉歲十二月合書，吴儒賢書，從頭自續氾富川。”（按：五代後唐末帝“清泰”只有三年，丁酉歲爲後晉高祖天福二年，公元九三七年，題記有誤。）存詩六十五首，殘詩一首。（4）斯三三九三原卷卷端題“王梵志詩一卷”，卷末題“王梵志詩一卷盡”。可辨的日期有“二月二十六”、“二月十八”等，餘則塗抹不清。存詩九十一首，殘詩一首。（5）斯四二七七原卷前後皆殘，存詩二十三首。（6）斯四六六九原卷前後俱殘，存詩二十二首，殘詩五首。（7）斯五四四一原卷前爲“季布罵陣詞文”，詞文末有題記：“太平興國三年戊寅歲（九七八）四月十日氾禮目學士郎陰奴兒自手寫季布一卷。”次爲王梵志詩，卷前三次題“王梵志詩集卷中”。卷末殘，存詩十九首，殘詩二首。（8）斯五四七四原卷前後嚴重殘損，唯存詩四首，殘詩一首。（9）斯五六四一原卷前後殘損，唯存詩二十五首，殘詩二首。（10）斯五七九四原卷前後殘損嚴重，上方亦有殘損，唯存十一行，殘詩十二首。（11）斯五七九六原卷卷端題“王梵志詩集卷上并序”。次爲序之全文。次存詩二首，殘詩一首。餘皆殘損。（12）斯六〇三二原卷前後嚴重殘損，唯存詩四首，殘詩一首。

另有斯〇五一六《歷代法寶記》載無住和尚引王梵志詩一首。

一九〇八年，法國人伯希和從敦煌竊走文書精品六千多件，今藏巴黎法國國家圖書館，其中《王梵志詩集》寫卷有下列十五個：

（1）伯二六〇七原卷題“王梵志詩一卷”。此卷爲習字者信筆所書，僅有詩半句。（2）伯二七一八原卷前爲王梵志詩，首末題“王梵志詩一卷”，存詩九十一首，殘詩一首。次爲《茶酒論一卷》，卷末有題記：“開寶三年壬申歲正月十四日知術院弟子閻海真自手書記。”（按：“開寶三年”爲庚午，公元九七〇年；“壬申歲”爲開寶五年，題記有誤。）（3）伯二八四二原卷爲卜筮書，已殘。背面用道書補綴。補綴處其上有《太上玄一真人真錠光説無量妙道轉神入定妙經》殘文；接爲王梵志詩，首題“王梵志詩一卷”，末有題記：“己酉年二月十三日學士郎全文。”然唯録詩十四首。（4）伯二八一四原卷前部分殘損，卷末題“王梵志詩卷第三”。次行題記：“大漢天福三年庚戌歲閏四月九日金光明寺僧自手建記寫畢。”次行又題記：“大漢天福三年歲次甲寅七月二十九日金光寺僧大力自手記。”隔行題“王梵志詩卷第一”，下接書《兄弟須和順》詩一首。（按：“庚戌歲”爲後漢隱帝劉承祐乾祐三年，公元九五〇年，題記年號或干支有誤。）存詩二十一首，殘詩二首。（5）伯三二一一原卷首尾俱殘，存詩五十七首，殘詩四首。（6）伯三二六六原卷前後殘，存詩四十一首，殘詩一首。（7）伯三四一八原卷前後俱殘，存詩四十六首，殘詩一首。(8)伯三五五八原卷卷端題“王梵志詩一卷”,卷末題“三年正月十七日三界寺”。存詩九十一首,殘詩一首。(9)伯三六五六原卷首末題“王梵志詩一卷”,存詩九十一首,殘詩一首。(10)伯三七一六原卷首末題“王梵志詩一卷”,存詩九十一首,殘詩一首。(11)伯三七二四原卷首末皆殘,存詩二十二首,殘詩一首。(12)伯三八二六原卷前部分爲佛教文字;次爲王梵志詩,首題“王梵志詩集卷”,接録詩半首。(13)伯三八三三原卷前部分殘,卷末題“王梵志詩卷第三”,次行題記:“丙申年二月拾九日蓮臺寺學郎王和通寫記。”存詩五十二首,殘詩二首。(14)伯四〇九四原卷前部分殘,下方亦殘損多處,卷末題“王梵志詩集一卷”,次行題記“王梵志詩上、中、下三卷爲一部,又(下殘五至七字)”;次行又題記“惟大漢乾祐二年歲當己酉白藏南(下殘五至六字)”,次行接書“葉節度押衙樊文升奉命遣寫詩(下殘三至四字)”,次行接書“册謹録獻上伏乞容納請賜(下殘三至四字)”。存詩五十八首,部分詩有殘損。(15)伯五九一六原卷題“王梵志詩集卷上”,原卷情況尚不清楚。

另有伯二一二五《歷代法寶記》、伯三二〇一與伯三八七六之《佛書》三個寫卷,各引王梵志詩一首。

一九〇〇至一九一四年間,沙俄奧勃魯切夫、鄂登堡等先後到敦煌,盜竊寫卷達萬件以上,長期深鐍幽閉,秘不示人。一九六三年,莫斯科出版《亞洲民族研究所敦煌特藏漢文寫本解説目録》第一册,其中有《王梵志詩集》寫卷五個:

(1)蘇一四五六原卷卷首殘損,卷末題記:“大曆六年(七七一)五月日抄王梵志詩一百一十首沙門法忍寫之記。”這是迄今發現年代最早的王梵志詩寫卷,與斯坦因、伯希和所劫王梵志詩寫卷的内容皆不同,文獻價值極爲重要。《解説目録》曰:

> 紙捲……無開頭。三葉,一〇七行,每行二六字。紙黄色,精緻,但不光滑。最後一葉很精細,但嚴重損傷。……行界由折疊而成,楷書,微細。詩歌照例不標題,其中有一首以“王梵志《回波樂》”標題。在原卷中,八十首和一百首處加有符號。據此符號,本卷係從六七首起。紅色筆與黑色筆的符號均有。

此卷存詩四十四首,部分文字殘缺。(2)蘇一四八七原卷首末俱殘,下部邊緣亦殘破，唯存二十四殘行，詩十三首，部分已殘。(3)蘇一四八八原卷前後俱殘，唯存二十四行，詩二十一首，部分詩句已殘。(4)蘇二八五二原卷前後俱殘，唯存五殘行，詩一首，殘詩二首。(5)蘇二八七一原卷前後及上部皆殘，唯存十五行，詩八首，部分已殘。

除上述三國藏本外，《敦煌遺書總目索引・敦煌遺書散録》(《敦煌遺書總目索引》，商務印書館一九六二版)著録李盛鐸藏"散二一九"號，爲"王梵志詩卷一，辛巳年十月寫本"，尚未公之於世；日本奈良寧樂美術館藏一王梵志詩敦煌寫卷，爲《王梵志詩集》一卷鈔本，存詩八首。

綜上，王梵志詩敦煌寫卷共三十四個(不含其他四個徵引王詩的佛教文獻寫卷)，其中明確題署卷次者十七個，其編次可分爲三類：(1)三卷本，即標明卷第一、第二、第三，與卷上、卷中、卷下之三卷本；(2)一卷本，即標明爲一卷本者；(3)法忍本，即法忍鈔"王梵志詩一百一十首"本。目前，三卷本的兩種序號内，前者只存"卷第三"，後者唯存"卷上"、"卷中"，兩相對應的卷次尚未發現，因此兩種編次的相應各卷，所收作品是否完全相同，一時還難以斷定。而且三卷本、一卷本、法忍本三類編次之各卷作品，亦無一首彼此相互重複。至於唐宋詩話、筆記、小説中所引王梵志詩，也無一首與三卷本、一卷本、法忍本中的作品相重複。

上述王梵志詩集的庋藏及編次情況，是學者們主要是我國的學者們經過近一個世紀的努力才查考清楚的。我國學者劉復(半農)曾遠涉重洋，最早對巴黎藏王梵志詩寫卷加以鈔録整理。一九二五年，他把鈔回的三個王梵志詩寫卷編入《敦煌掇瑣》："瑣三〇"(伯三四一八)、"瑣三一"(伯三二一一)、"瑣三二"(伯二七一八)(劉半農《敦煌掇瑣》上輯，中央研究院歷史語言研究所一九二五年刻本)。其中，只有"瑣三二"原卷題記標明"王梵志詩一卷"；另外兩個由於原卷殘損，只籠統題爲"五言白話詩"，實際亦是王梵志詩寫卷。一九二六年前後，胡適趁在歐洲考察之機也曾閲讀《王梵志詩集》的部分敦煌原卷。迨一九三五年《世界文庫》第五册出版，收入鄭振鐸校補的《王梵志詩一卷》與《王梵志拾遺》(《世界文庫》第五册，上海生活書店一九三五年版)。《王梵志詩一卷》乃據伯二七一八、伯三二六六兩個王梵志詩寫卷校録而成；《王梵志拾遺》則據胡適《白話文學史》所引伯二八一四寫卷中的五首王梵志詩，及散見於唐宋詩話、筆記、小説中的王梵志遺詩輯集而成。二者收詩數量雖不多，卻是王梵志詩的最早校録本，文字校勘和詩歌分首亦較《掇瑣》前進了一步。然而,伯希和劫取的王梵志詩敦煌寫卷到底有多少個?二十世紀六十年代,王重民編輯的《伯希和劫經録》(《敦煌遺書總目索引》,商務印書館一九六二年版)出版,才將巴黎藏王梵志詩寫卷的概貌反映出來。王重民在法國查明:巴黎藏王梵志詩敦煌寫卷有十個:伯二七一八,伯二八四二,伯二八一四,伯三二一一,伯三二六六,伯三五五八,伯三六五六,伯三七一六,伯三八三三,伯四〇九四。另外兩個伯三四一八,伯三七二四標爲"五言白話詩殘卷"者,後來考證,實際亦是王梵志詩寫卷。

倫敦藏王梵志詩寫卷,日本昭和七年(一九三二)出版的《大正新脩大藏經》卷八五首先收入斯〇七七八。一九三六年,我國學者向達在極其困難的條件下閲覽了倫敦所藏五百個左右的敦煌寫本,先後寫出了《記倫敦所藏的敦煌俗文學》和《倫敦所藏敦煌卷子經眼目録》(向達《記倫敦所藏的敦煌俗文學》,《新中華雜誌》一九三七年五卷第十三號),著録了斯〇七七八,斯二七一〇,斯三三九三,斯五四四一,斯五四七四,斯五七九六等六種王梵志詩寫本。一九五七年我國學者劉銘恕,據倫敦不列顛博物院所攝全部敦煌原卷膠片,編成《斯坦因劫經録》(向達《敦煌卷子經眼目録》,《北平圖書館圖書季刊》一九三九年新一卷第四期)。《劫經録》明確著録倫敦藏王梵志詩寫卷有十個,即向氏著録的六個,再加斯一三九九,斯四六六九,斯五六四一,斯五七九四四個;同時著録的兩個"禪詩"寫卷斯四二七七,斯六〇三二,實際也是王梵志詩寫卷。劉銘恕還考證出伯三二一一(即"瑣三一"),正是斯五四四一王梵志詩集"卷中"的内容,從而使長期按無名氏"五言白話詩"處理的伯三二一一寫卷,亦得歸入王梵志詩集中。至此,斯坦因劫經中王梵志詩寫卷的面貌,也基本得到澄清。

鄂登堡等所劫王梵志詩集的五個寫卷,除蘇一四五六號原卷題記明確標爲"王梵志詩一百一十首"外,後四個寫卷經張錫厚考證,蘇一四八七、蘇二八七一兩個寫卷的詩,已見於伯三八三三王梵志詩集卷第三;蘇一四八八中的詩,已見於伯二七一八王梵志詩一卷;蘇二八五二中的詩,則見於伯三四一八、伯三七二四兩個王梵志詩殘卷(劉銘恕《斯坦因劫經録》,《敦煌遺書總目索引》,商務印書館一九六二年版)。所以這後四個寫卷,當然也是王梵志詩寫卷無疑。

在澄清敦煌王梵志詩寫卷概貌的基礎上,第一個將敦煌王梵志詩寫卷化零爲整、輯斷簡散篇爲專集者，乃我國學者張錫厚。其《王梵志詩校輯》纂成於一九七九年，一九八三年十月由中華書局正式出版，前五卷大體據敦煌原卷的編次編排，收入斯坦因、伯希和與蘇編王梵志詩寫卷二十九個。其凡例曰：

> 本書校輯的敦煌寫本有：英國斯坦因編號十二個寫本；法國伯希和編號十五個寫本；蘇聯編號一個殘本。（按：指蘇一四五六，然當時全卷尚未公佈，張氏僅據刊出的卷末照片録詩六首。）

實際上《校輯》收入斯坦因、伯希和與蘇編王梵志詩寫卷共二十九個，該書附載的斯四二七七中的"梵志體"禪詩十二首，實際亦是王梵志詩。張氏曾用竭澤而漁的辦法，查閲了倫敦藏斯坦因所劫全部寫卷的膠片（編號〇〇〇一～六九八〇），巴黎藏伯希和所劫全部寫卷的有關照片，以及王梵志詩的相關資料（張錫厚《蘇藏敦煌寫本王梵志詩補正》，《社會科學》一九八二年第二期），因此除去少數幾個卷子由於種種原因未能獲見外，《王梵志詩校輯》前五卷幾乎囊括了當時所有已知的王梵志詩敦煌寫卷。張氏還把《詩式》、《雲溪友議》、《林間録》、《梁溪漫志》、《焦氏易林》等十九種詩話、筆記、小説、類書、佛藏等典籍中散見的王梵志詩三十四首，一併輯爲第六卷。全書共收詩三百四十八首，成爲一時録詩最多、最全的本子。在編排體例上，《校輯》也比較得當。其《凡例》云：

> 本書基本依據敦煌寫本原卷"卷次"之順序，依次編爲：卷一（原題"卷上"）、卷二（原題"卷中"）、卷三（原題"卷第三"）、卷四（原題"一卷"、卷五（一題作"五言白話詩殘卷"）、卷六（輯録散見於敦煌遺書、唐宋以來詩話筆記内王梵志佚詩）、補遺（收録一一〇首殘詩），此外還附載敦煌寫本"禪詩"殘卷内（斯四二七七）類似"梵志體"的詩作。

這一編排體例，保存了王梵志詩敦煌寫卷原有編次的面貌，態度是相當審慎和科學的。卷中之詩，原本没有詩題，也不分首，《校輯》依内容、叶韻斟酌分篇，據首句擬題；每首詩後，依先後順序統一編號，總三百四十八首，頗便閲覽。在文字校訂方面，前五卷每卷選用一種寫本作底本，以内容相同的卷子參校，擇善而從。各詩不作詳釋，僅對某些口語、俗語、方音、叶韻、佛教用語及難懂詞語作簡注於各詩下。書後之附編，收録作者《敦煌寫本王梵志詩著録簡況及解説》、《敦煌寫本王梵志詩原卷簡況》、《王梵志詩評述摘輯》、《敦煌寫本王梵志詩考辨》、《唐初民間詩人王梵志考略》、《王梵志詩語辭索引》等有關王梵志的文獻資料多篇，以便讀者。總之，此書乃第一部系統地從敦煌遺書中整理編輯出王梵志詩歌的“全集本”，在敦煌學研究範圍内堪稱首創。然而正因爲此書問世較早，所以在王梵志生平及佚詩的考訂、文字的校録、俗詞俚語的詮釋等方面，仍有可訂補之處。

法國漢學家戴密微，長期堅持整理和研究王梵志詩歌，他的《王梵志詩集·附太公家教》（後附校注）與張錫厚《王梵志詩校輯》先後成書，編次大體相同，一九八二年在巴黎出版；然而收詩數量及文字校訂等方面均不及《校輯》。

王梵志詩歌的釋注，據筆者所知最早始於趙和平、鄧文寬《敦煌寫本王梵志詩校注》（載《北京大學學報》一九八〇年第五、六期），但當時僅限於伯三二一一、伯三四一八兩個寫卷。二十世紀八十年代中期，臺灣學者朱鳳玉《王梵志詩研究》（分《研究篇》與《校注篇》）出版（張錫厚《關於敦煌寫本王梵志詩整理的幾個問題》，《文史》第十五輯），朱氏校注王梵志詩歌的數量雖有所增加，但仍然不全。

一九九一年十月，項楚《王梵志詩校注》由上海古籍出版社出版。此書編次，前六卷仿張錫厚《王梵志詩校輯》及戴密微《王梵志詩集》的體例；卷七收入項氏一九八八年八月於歐洲友人處新獲的法忍和尚大曆六年鈔“王梵志詩一百一十首”殘卷影本中的詩四十四首，又采納朱鳳玉的研究成果，將蘇一四五六號與斯四二七七號兩個殘卷拼合。朱氏證明這兩個殘卷，原爲法忍鈔“王梵志詩一百一十首”的同一個寫卷，因斷裂爲二，才分别被劫藏於兩地。正因爲如此，張錫厚《校輯》所存疑的斯四二七七號殘卷中的詩，被項楚全部録入王梵志詩的正文，從而使該書校録的王梵志詩歌總數達三百九十首之多，一時成爲王梵志詩歌的“全輯本”。另外，在王梵志生平探討、各寫卷編輯年代考證以及詩歌思想内容與藝術特點的分析等方面，該書亦頗多創獲。《王梵志詩集》的作者及不同寫卷的編輯年代問題，是王梵志研究中歷來聚訟紛紜的難題，項氏博徵文獻，細心考證，頗多新見。如《王梵志詩集》中的詩歌非王梵志一人所作，《王梵志詩集》也並非一時編輯而成，這一看法前人雖已提出，但項氏的分析顯得更加剴切穩妥。項氏認爲：王梵志的全部作品可分爲四個部分：第一，寫卷中有編號的三卷本《王梵志詩集》（項氏《校注》之一、二、三卷，包括卷五中的寫卷）；第二，寫卷中標明爲一卷本的《王梵志詩集》(項氏《校注》之卷四);第三,法忍鈔"一百一十首"《王梵志詩集》(項氏《校注》之卷七);第四,散見於詩話、筆記、小説中的王梵志詩歌(項氏《校注》之卷六)。三卷本《王梵志詩集》主要作於初唐及武則天時代,編成於開元以前,因爲其中看不到禪宗南宗思想的影響,而南宗禪的興盛,衆所周知是在開元以後。法忍本《王梵志詩集》主要部分乃"盛唐時期的産物",因爲"其中有許多作品明顯地表現出禪宗南宗的思想"。而一卷本《王梵志詩集》,則是在《太公家教》的基礎上改寫而成的。《太公家教》成書於八世紀後半期,所以"一卷本《王梵志詩集》編寫於晚唐時期","出於唐代一位民間知識分子之手,而借用了王梵志的大名,以廣流傳"。法忍本、一卷本的詩,不見於三卷本《王梵志詩集》,原因正在於其後成。散見的王梵志詩歌"産生在《詩集》編定之後……是在從盛唐、中晚唐、五代乃至宋初的很長時期内陸續産生、並附麗於王梵志名下的",因此這些詩也不見於三卷本、法忍本、一卷本的《王梵志詩集》。由於項氏的分析剴切中理,見解獨到,使項氏的結論"王梵志詩是若干無名白話詩人作品的總稱",顯得説服力較强,且使以往認爲《王梵志詩集》乃王梵志一人所作的看法,顯得有些絶對。王梵志詩雖然出自衆人之手,但對王梵志其人,項氏並不否認,且認爲最能代表其"特點和成就的,仍然是三卷本《王梵志詩集》"。又,在敦煌王梵志詩寫卷的文字校録方面,項氏前此曾發表過一系列論文,諸如《〈敦煌寫本王梵志詩校注〉補正》、《〈王梵志詩校輯〉匡補》、《王梵志詩校注》等等(趙和平、鄧文寬《敦煌寫本王梵志詩校注》,《北京大學學報》一九八〇年第五、六期),新見勝義,紛陳迭出,鉤沉發微,創獲頗多。此書撰成,文字考訂益加精粹。該書還對語詞事典詳加訓釋,功力獨到。唯寫卷文字録入偶有訛誤處,參《文史》二〇〇二年二期所載拙文《〈王梵志詩校注〉指瑕》。然美玉微瑕,全書皇皇七八十萬字,是目前王梵志詩歌整理校輯與注釋的優秀之作。

【參考文獻】朱鳳玉《王梵志詩研究》,臺灣學生書局一九八六上册、一九八七下册　項楚《〈敦煌寫本王梵志詩校注〉補正》,《中華文史論叢》一九八一年四期　項楚《王梵志詩校注》,《敦煌研究》一九八五年二期(總第四輯),《敦煌吐魯番文獻研究論集》第四輯,北京大學出版社一九八七年版

駱賓王集

駱賓王(六二七～六八四)字觀光,婺州義烏(今浙江義烏)人。七歲能詩,尤妙於五言。嘗爲道王府屬官,後對策中第,授奉禮郎,因事被謫,嘗從軍西域,亦嘗奉使入蜀,與盧照鄰有酬唱。返京後任侍御史,不久被誣下獄。遇赦出爲臨海丞,世稱駱臨海。徐敬業起兵討武則天,軍中檄書皆出其手。敬業兵敗後逃亡,爲僧而終(一説伏誅)。與王勃、楊炯、盧照鄰齊名海内,號“初唐四傑”。

駱賓王的作品,乃魯國郗雲卿所編。郗氏《駱賓王文集序》述此甚明,其略曰:“兵事既不捷,因致逃遁,遂致文集悉皆散失。後中宗朝,降敕搜訪賓王詩筆,令雲卿集焉,所載者即當時之遺漏,凡十卷。此集並是家藏者,亦足傳諸好事。”(宋蜀刻本《駱賓王文集》,《中華再造善本·唐宋編》)由“此集並是家藏”一語知,十卷本《駱賓王集》,顯然爲郗雲卿所編定。魯地與揚州不遠,故敬業兵敗後,郗氏家能收得賓王散佚的作品,並最後由郗氏編定。日人藤原佐世《日本國見在書目録》第三十九“别集家”類著録“《駱賓王集》十卷”。據此可證駱集原名《駱賓王集》,且唐末以前已傳至日本。

入宋,《崇文總目》、兩《唐志》、晁公武《郡齋讀書志》、陳振孫《直齋書録解題》均作十卷,可見宋代駱集的通行本爲郗雲卿編十卷本。不過《舊唐書·文苑》本傳謂:“則天素重其文,遣使求之。有兖州人郗雲卿集成十卷,盛傳於世。”這和郗《序》稱中宗時敕求賓王詩筆的説法不同,但謂文集十卷則是相同的。《新唐書·文藝》本傳改爲“中宗時詔求其文”,與舊《唐書》不同,所據當爲郗氏《序》。又《宋志》載駱賓王《百道判》三卷,今已不可見。

宋槧《駱賓王集》,今所知者至少有兩種不同的版本,這一點陳振孫《直齋書録解題》説得很清楚,曰:

> 《駱賓王集》十卷,唐臨海丞義烏駱賓王撰……又有蜀本,卷數亦同,而次序先後皆異。序文視前本加詳,而云廣陵起義不捷,因致遁逃,文集散失,中宗朝詔令搜訪。案:本傳言賓王既敗,亡命,不知所之,與蜀本序合。(《直齋書録解題》卷十六,頁四六七。)

陳氏首先著録十卷通行本,接云又有蜀本十卷,編次與通行本完全不同,故陳氏特地指明。蜀刻本當是一個重新編輯而成的新本子。今宋蜀本《駱賓王文集》十卷殘本存前五卷，藏國家圖書館，半葉十一行二十字；各卷卷端題“駱賓王文集卷第某”，每卷有子目接連正文。以前學者多以爲是北宋刻本，今人李致忠判爲兩宋之際眉山地區刻本。今考書中高宗嫌名“溝”字有諱有不諱者，可證此本乃南宋初年刻本。而蜀刻殘本，目録卷四《遊靈公觀》以下至卷十尚全，正文則存前五卷，其餘部分皆毛晉鈔配：目録卷四《遊靈公觀》以上，毛晉蓋據所存前五卷正文鈔配；而正文後五卷，毛氏蓋據所存後五卷目録鈔配，然後再補鈔郗雲卿《序》冠於卷首，恰巧補綴成一部《駱賓王文集》十卷完帙。所以此本十卷的篇目及編次，乃蜀本所原有，書名則爲《駱賓王文集》。其十卷編次爲：卷一賦頌三首（卷目誤《靈泉頌》爲《靈泉賦》——筆者），卷二至五雜詩百十五首，卷六表一啓七，卷七啓五書四，卷八至十雜著三十三首，詩賦雜著共百六十八首。不過卷五《餞駱四得鐘字》，乃另一首失題“甲矛驅車入”誤併入該題，合爲一首；卷七《與親情書》，乃《再與親情書》誤併入該題，合爲一首，故此本實收作品百七十首。《書録解題》只言蜀本十卷“次序先後皆異”，而未説明究與通行的十卷本“異”於何處？今宋代通行本已不可見，故無從得知蜀本編次到底有何種改變？然細繹蜀本，發現其編次確有不少悖謬處，如卷九“雜著”，首爲《帝京篇》、《疇昔篇》，二首皆駱集中的長詩，尤其《帝京篇》在當時即已被稱爲絶唱（《舊唐書・文苑傳》本傳），此本不入“雜詩”，卻編在雜著内，此悖謬者一。又此本卷十收有《樂大夫挽歌五首》、《丹陽刺史挽歌三首》，此八首亦當編入“雜詩”卷内，而此本卻編在卷十“雜著”一體内，此悖謬者二。卷五《餞駱四得鐘字》，併入“甲［矛］〔第〕驅車入”一首，然此首並不押“鐘”字韻，實誤二首爲一首；卷七《與親情書》，併入《再與親情書》一首，亦誤二首爲一首，此悖謬者三。可見此本編次的確有諸多不當之處；而翻刻時因粗疏新增的訛脱衍倒之謬尚不在内。所以此本實在算不上善本，唯因其他宋刻十卷本均已無存，遂使此本成爲稀世之珍，加之元明以後傳鈔和刊刻的本子多祖蜀本，使得此本在駱集版本系統中影響非常大。元明兩代，蜀刻本不見於各家書目。至清初毛扆時，此本方著於録，《汲古閣珍藏秘本書目》著録爲“宋版《駱賓王集》，二本，藏經紙面，八兩”。此本從毛家售出後，輾轉爲顧抱沖所得，黄丕烈曾借鈔一部，並跋於卷後曰：

> 此宋板《駱賓王集》，余友顧抱沖小讀書堆藏書也，余欲假歸傳録

> 非一日矣。歲丁巳,抱沖下世,遺孤尚幼,一切書籍俱托季弟東京代司筦鑰,以余素與抱沖好,故時得借觀。此册昨歲假録,至今始竣事而還之。檢《汲古閣珍藏秘本書目》,有云"宋板《駱賓王集》二本,藏經紙面,八兩",當即是書。近日書價踴貴,其視毛氏所估,不知又添幾倍,阿和兄弟,其善守之。嘉慶甲子十月十有四日,蕘翁黄丕烈識。

此《跋》末有"蕘翁"朱文印記。卷前後又有顧廣圻《跋》文兩則。黄家書散出後,此本先後又爲汪士鐘、楊紹和庋藏,書中鈐有各家遞藏印鑒可證,《楹書隅録》亦有著録。民國時,傅增湘曾獲見此本,《藏園群書經眼録》卷十二有著録,最後入藏國家圖書館。一九八六年中華書局《古逸叢書三編》之二十二《駱賓王文集》十卷,即據此本影印出版。上海古籍出版社《宋蜀刻本唐人集叢刊》所收《駱賓王文集》十卷,亦據此本影印。近年《中華再造善本·唐宋編·集部》所收《駱賓王文集》十卷,也是據此本影印的。

元明兩代傳鈔和刊刻的駱集,其主要版本有以下一些:

(一)元刻本。元刻《駱賓王文集》十卷,今藏南圖,有丁丙跋。半葉十一行十八字。《平津館鑒藏記書籍》著録有此本,謂乃元刻,然卷首無郗雲卿《序》。而通行本《徐敬業討武氏檄》,此本題作《李敬業以武后臨朝移諸郡縣檄》。通行本"六尺之孤何托",此本作"六尺之孤安在",與《直齋書録解題》引同。孫氏《廉石居藏書記》亦著録此本曰:右《駱賓王文集》十卷,冠以列傳,先列《熒火賦》,終於《丹陽刺史挽詞》。余所藏駱集凡五本,一十卷、一二卷、一四卷、一六卷、一八卷,唯此本最古。但二卷本前有郗雲卿《序》,此本反無之,又無刊書人叙,或書賈所去。孫氏所記,與前述當是同一個本子。江藩《半氈齋題跋》曰:"《駱賓王文集》,明以後所刻有四卷、六卷、八卷,皆非古本。此本十卷,係元時所槧,卷目與《郡齋讀書志》、《宋史·藝文志》同,當是郗雲卿次序之舊本也。俗本有《軍中行路難》一首,'君不見封狐雄虺自成群'云云。又有《行路難》一首,'君不見玉關塵色暗邊庭'云云。十卷本《軍中行路難》即俗本之《行路難》,而無'君不見封狐雄虺自成群'一首。《唐詩所》云'君不見封狐雄虺自成群'一首,乃辛常伯詩。《詩所》之言,自必有據,疑後人誤以常伯詩羼入賓王集中耳。此本無此詩,其爲雲卿所編無疑矣。"(引自萬曼《唐集叙録》,頁二七)江氏謂所見十卷本爲元刊本,有《軍中行路難》(君不見玉關塵色暗邊庭)一首,而無《軍中行路難》(君不見封狐雄虺自成群)一首,俗本則有之。若是則此本與宋蜀本不同,宋蜀本有《行軍軍中行路難》(君不見封狐雄虺自成群)一首,而無《行路難》或《軍中行路難》(君不見玉關塵色暗邊庭)一首。可見宋蜀本正是江氏所謂的俗本;而此本與宋蜀本收録作品的不同,表明與宋蜀本並不同源。陳振孫《直齋書録解題》曰:

> 《駱賓王集》十卷,唐臨海丞義烏駱賓王撰。賓王後爲徐敬業傳檄天下,罪狀武后,所謂"一抔之土未乾,六尺之孤安在"者也。其首卷有魯國郗雲卿序,言賓王光宅中廣陵亂伏誅,莫有收拾其文者,後有敕搜訪,雲卿撰焉。又有蜀本,卷數亦同,而次序先後皆異。序文視前本加詳,而云廣陵起義不捷,因致遁逃,文集散失,中宗朝詔令搜訪。案:本傳言賓王既敗,亡命,不知所之,與蜀本序合。(《直齋書録解題》卷十六,頁四六七)

若此江氏所説的元刊本十卷,正是與宋蜀本次序先後皆異的宋代十卷通行本之原編無疑。

(二)明銅活字本。明銅活字印《駱賓王集》上下卷,天一閣藏書。此本半葉九行十七字,左右雙欄,白口單黑魚尾下鐫"駱賓王集卷上(下)"字樣。上卷賦二首、五言雜詩二十、七古六,下卷五律六十一、五排三十三、五絶六、七絶一,詩賦共百二十九首。王國維《傳書堂藏善本書志·集部》著録《三勃集》一卷時,稱此類明銅活字印唐人集爲"活字本唐百家詩",可見家數之多。大規模叢編唐人別集,據筆者所知蓋始於明正德、嘉靖間吴中袁翼輯刊《唐五十家集》。後來,朱警之父增編成槧本《唐百家詩》(詳下)。銅活字所印唐集,數量雖然不少,時間也在袁氏《唐五十家集》之前,然尚未形成叢編形式,亦無《唐百家詩》之名,與宋蜀刻本唐集情形相似,蜀刻唐集多達六十家,然無叢編"唐六十家集"之名(參《直齋書録解題》卷十六《王右丞集》)。明銅活字本唐百家詩集,歷經滄桑,逐漸散逸,迨二十世紀八十年代初,存世者僅餘其半,上海古籍出版社將國家圖書館、天一閣、北京大學圖書館等"所藏各本加以匯集",叢編成銅活字本《唐五十家詩集》影印出版。各家版式、行款相同,詩分體編次。明代這些活字本唐集的刊行時間,《中國版刻圖録》於明銅活字本《岑嘉州集》八卷後謂:"銅活字本唐人集,傳世頗罕,前人多誤認爲宋刻本。原書面目,已不可考。范氏天一閣藏三十四家,北京圖書館藏四十六家。觀字體紙墨,疑弘、正間蘇州地區印本。"(北京圖書館編《中國版刻圖録》)徐鵬銅活字本《唐五十家詩集・前言》亦曰:“年代似不應早於弘治以前,而可能印行於稍後的正德年間。”若是賓王此本乃明代刊行較早的本子,其所據底本,應爲宋槧。今考此本文字與宋蜀本多同,如五言雜詩《出石門》“藤細弱鈎懸”句,“鈎”字,宋蜀本同,而明詩紀本(詳下)作“絲”。五律《送王明府上京参選》“别引繞繁絃”句,“絃”字,宋蜀本同,而詩紀本作“操”。五律《餞駱四二首》其二“甲矛驅車入”句,“甲矛”二字,宋蜀本同,陳注本(詳下)作“甲第”。五律《秋月》“西南徒自賞”句,“南”字,宋蜀本同,詩紀本、陳注本作“園”。五排《棹歌行》“葉露舟難蕩”句,“露”字,宋蜀本同,詩紀本、陳注本作“密”等等,可證此本文字的確淵源於宋蜀本或其近似的本子。但此本詩分“五言排律”一體,考“排律”創始於南朝,顔延之、謝瞻等皆有作品傳世。唐代科舉取士亦用排律,杜甫與元、白等均有繼作,且有長達百韻之作,名曰“長律”,然終唐宋兩朝尚無“排律”之名。迨元末楊士弘《唐音》出,始用“排律”之名編次唐詩,明初高棅《唐詩品彙》繼之,因《品彙》影響廣泛,“終明之世,館閣宗之”(《明史》高棅本傳),遂使“排律”一詞廣泛使用。徐師曾《文體明辨序説》云“唐興始專此體,而有排律之名”,乃一時失考致誤耳。此本既用“五排”一體編次賓王詩,故當爲明人分體改編本。而各體詩的先後編次,與其在蜀刻本中的先後順序相同,這表明此本乃是把蜀刻本諸詩分體依次録出,再分編爲上下兩卷而成的。此本文字也經過校勘,改正了蜀本一些訛誤,如此本《餞駱四二首》,宋蜀本作一首《餞駱四得鐘字》,大誤。此本文字有訛脱,如五言雜詩《在江南贈宋五之問》“彈隋空斂笑”句,“斂”字誤,宋蜀本作“歡”,良是。五律組詩《秋晨同淄州毛司馬秋九詠》,第一首脱去題目“《秋風》”,而蜀刻本題目不脱,等等。總體來看,此本不失爲明代刊行較早且舛誤較少的本子。

(三)朱警本。嘉靖十九年庚子(一五四〇)朱警輯刻《唐百家詩・初唐二十一家》所收《駱賓王集》上下卷。《唐百家詩》卷前首徐獻忠序,次目録,目録後有朱警《題識》。《唐百家詩》之前,有明袁翼刻《唐五十家集》,此乃筆者所知最早的大型唐集叢編本。稍後警之父據以增編,成《唐百家詩》;迨警又增十二家,凡百十二家。警《題識》曰:“先大人馳心唐藝,篤論詞華,乃雜取宋刻,裒爲百家……友人徐君伯臣作《唐詩品》一卷……遂乃狥其所尚,差爲品目。于舊本之外,補入一十二家,而以徐君所撰冠諸其端。”故此

《唐百家詩》流布有版本先後之不同，詩人數目亦有多寡之異（參本書《魚玄機集》朱警本）。此本半葉十行十八字，左右雙欄，白口單黑魚尾下鐫“駱賓王集上（下）”字樣。卷上賦二首、雜詩四十二，卷下雜詩七十五，詩賦共百十七首。較之銅活字本，此本詩不分體，總名“雜詩”，而失收《帝京篇》與《疇昔篇》二篇名作，及《樂大夫挽歌五首》、《丹陽刺史挽歌三首》等整十首。可見此本所據底本並非銅活字本，活字本詩分體編次。蜀刻本詩不分體，統稱曰“雜詩”，此本詩類目與蜀刻本同。《帝京篇》與《疇昔篇》二篇名作，蜀刻本編在卷九“雜著”内，《樂大夫挽歌五首》、《丹陽刺史挽歌三首》凡八首，蜀刻本編在卷十“雜著”内，朱警父子一時疏忽，故而未能收録。《帝京篇》與《疇昔篇》二首皆駱集中的長詩，尤其《帝京篇》唐時即被稱爲絶唱，此本失收，可謂憾事。就文字而言，此本當參考過銅活字本，活字本卷上《在江南贈宋五之問》“彈隋空斂笑”句，“斂”字誤，此本誤同，宋蜀本作“歡”，甚是。此本也糾正了活字本一些訛誤，如活字本《秋晨同淄州毛司馬秋九詠》第一首脱去題目“《秋風》”，此本蓋據蜀刻本，故不誤。上圖藏《唐二十二家詩集》所收《駱賓王集》二卷，實即此本，所謂《唐二十二家詩集》，乃掇拾《唐百家詩》之殘剩，湊成二十二家者，並非明代别有《唐二十二家詩集》刊行，書前二十二家目録與正文字體不同，顯爲後人補刻者，亦《二十二家詩集》並非嘉靖十九年（一五四〇）原刻的有力證據。

（四）張明本。張明《唐四傑集》所收《駱賓王詩集》一卷，有嘉靖二十七年戊申（一五四八）刻本，國家圖書館有藏。左右雙邊，白口單花魚尾下署“駱賓王集”，半葉十行十八字。詩分體，與銅活字本同，且二本文字也相差甚微，爲明代較早的據銅活字本翻刻的賓王集。

（五）張遜業本。嘉靖三十一年壬子（一五五二）張遜業輯刻《十二家唐詩》所收《駱賓王集》二卷。半葉九行十九字，今國家圖書館有藏。十二家順序爲王勃、楊炯、陳子昂、駱賓王、盧照鄰、杜審言、沈佺期、宋之問、孟浩然、王維、高適、岑參。各集均上下二卷，每卷前皆署“永嘉張遜業有功校正，江都黄埻子篤梓行”。版心魚尾上鐫“東壁圖書府”，下有“江郡新繩”四字。《王勃集》前有張遜業撰《王勃集序》，末署“嘉靖壬子歲秋日”。其他各集均無序。今持與銅活字本相較，知此本乃是由銅活字本翻刻而成的，不過此本既稱“張遜業校正”，表明張氏曾參校過他本。今檢此本，的確改正了前面所舉銅活字本的一些訛誤，且字裏行間夾注許多校記，極有參考價值。

（六）陳魁士注本。陳魁士注萬曆八年庚辰（一五八〇）劉大烈等刻《新刊駱子集注》四卷。半葉十行二十二字，注文小字雙行統低一格。四周雙邊，白口單魚尾上鐫"駱子集注"，下爲卷次及葉碼。卷前首湖廣荆州府推官李寀邦亮《刻駱子集注序》、次爲賓王遺事、次郗雲卿序、次詩話二則、《新唐書》本傳、目録等。各卷首題"新刊駱子集注卷之某"，次行署"知舒城縣事閩漳後學陳魁士注釋"，三至五行爲校刻者劉大烈、王無違、孫大貴署名，六至八行爲門生校字者金鳳等十人署名。此本凡録文三十七篇、詩百二十五篇，合計百六十二篇。江藩謂元刊本有《軍中行路難》（君不見玉關塵色暗邊庭）一首，而無《軍中行路難》（君不見封狐雄虺自成群）一首（參元刻本）。此本有《行軍軍中行路難》（君不見封狐雄虺自成群）一首，與蜀刻本同，故應是以蜀刻本一系的本子爲底本注釋者。賓王集前此無注本，故此本注釋雖簡略，然創注之功不可没。《天禄琳琅書目》後編卷十八著録此本，謂凡頌一、賦二、詩百十七、表一、對策三、啓十、書五、序九、雜著六，計百五十四篇。由於天禄編臣將《秋晨同淄州毛司馬秋九詠》只作一篇計，故只有百五十四篇。編臣注云："魁士，漳浦人，嘉靖戊午舉人，官工部主事。"此本今國家圖書館、天津圖書館、山東圖書館等有藏。另上海圖書館藏本有清駱士奎校跋；南京圖書館藏本有清丁丙跋，《善本書室藏書志》卷二四有著録，但葉逢春《序》及陳魁士自《序》、劉大烈《書後》，此本闕焉。

作爲駱集創注本，此本翻刻者頗多，有萬曆十九年辛卯（一五九一）蔣孟育批點、楊大謨刻《鼎雕注釋駱丞文抄評林》十卷，五册。此本莫友芝《郘亭知見傳本書目》、孫星衍《廉石居藏書記》均有著録，孫氏曰："陳魁士注本十卷似與古合，然題云《文鈔評林》；分詩叙入文類，而七言古詩中缺《軍中行路難》及《行路難》、《憶蜀地佳人》詩三首。《凡例》云：'集中闕誤有参之舊本皆不可考者，不敢妄有增入。'似非明妄入，或即古本未可知，俟再考。"（引自《唐集叙録》，頁二五）陳魁士注本只四卷，楊氏此刻十卷，蓋已據十卷本改編，且删去了江藩指爲僞詩的《行軍軍中行路難》。此本今日本京都大學文學部中國語學文學哲學研究室有藏本（嚴紹璗《日藏漢籍善本書録·集部·别集類》）。又，萬曆二十四年（一五九六）陳大科刻《靈隱子注》六卷，半葉十行二十字，白口四周雙邊，南圖有藏，莫友芝《郘亭知見傳本書目》、孫星衍《廉石居藏書記》有著録，孫氏曰："又有《靈隱子》六卷，明舒城令陳魁士注，陳[士]〔大〕科刊，拔檄文於首篇，次序益亂。"（引自《唐集叙録》，頁二五）此本日本亦藏有多部，見嚴紹璗《日藏漢籍善本書録》。

（七）楊刻本。萬曆十二年甲申（一五八四）楊一統刻《唐十二家詩》所收《駱賓王集》一卷。半葉九行二十字，今北京大學圖書館有藏。十二家順序爲王勃、楊炯、盧照鄰、駱賓王、陳子昂、杜審言、沈佺期、宋之問、孟浩然、王維、高適、岑參。諸家排序雖與張遜業本稍異，卻顯得更合理一些。各家皆一卷，詩分體。《王勃集》前有黄道日序、東郡孫仲逸序、楊一統自序。孫氏《刻唐十二家詩序》曰：

> 都有唐諸作而隲之，則玆集數人爲首。今海内人士，不翅沈酣枕藉之，故江都之刻（張遜業本），不數載已復初木。余友人楊允大再刻于白下，而校加精焉，屬不佞序之首簡。……萬曆甲申玄提月。

據此，此集乃據張遜業本校勘上版，卷首《唐詩十二名家叙略》稱，此書校勘由楊一統、張伯履、丘陵、孫仲逸、李本芳五人分别承擔。此本收詩、篇目、序次俱同張遜業本，文字雖經過校勘，但與張本大抵一致，故應屬銅活字本系統。

（八）詩紀本。萬曆十三年乙酉（一五八五）黄德水、吴琯輯刻《初盛唐詩紀》所收《駱賓王詩》三卷。此本半葉十行十九字。左右雙邊，版心白口，單黑魚尾。版面上部空出一横欄，校記均記於欄内相應界行處，版式顯與後來新編重刊每半葉九行本《初盛唐詩紀》不同。此本凡收詩百二十八首（九行本補入《詠鵝》，收詩百二十九首）。與銅活字本相較，此本多出《從軍行》（平生一顧重）、《送劉少府遊越》、《稱心寺》、《陪潤州薛司空丹徒桂明府遊招隱寺》、《送别》等五首；而少《行軍軍中行路難》“君不見封狐雄虺自成群”、《餞駱四二首》等三首。不過，與銅活字本相較，此本已無脱漏的文字，且經過校勘，文字較銅活字本精粹，字裏行間夾注許多異文，頗有參考價值。就版本淵源而言，此本與宋蜀本、銅活字本明顯有别。如卷二《在江南贈宋五之問》“揆拙迷三省”句，“省”字，宋蜀本、銅活字本皆作“雀”。“郢路少知音”句，“知音”，宋蜀本、銅活字本皆作“叢臺”。又如五律《秋月》“西園徒自賞”句，“園”字，宋蜀本、銅活本皆作“南”。再如此本五排《幽縶書情通簡知己》“昔歲逢陽意”句，“陽意”，宋蜀本、銅活字本皆作“陽曆”。可見此本文字不同於宋蜀本，當由張遜業本或其近似的本子改編而成的。

（九）虞注本。烏程陸宏祚、仁和虞九章、錢塘童昌祚同訂釋《唐駱先生文集》六卷，萬曆十九年辛卯（一五九一）武林虞氏更生齋刻本。此本今國家圖書館、北大圖書館、上海圖書館、復旦圖書館等有藏；南圖藏本有清沈復燦、丁丙跋。半葉九行十八字，白口左右雙邊。《善本書室藏書志》著録曰："是集卷一頌、賦、五言古詩，卷二五言律詩，卷三排律、五言絶句、雜言，卷四七言古詩、七言絶句、序類，卷五表啓類、啓類，卷六雜著類、檄類。前列本傳，次附録，唐魯國郗雲卿序、唐孟棨《本事詩》、宋劉定之説、《唐詩紀事》、新都楊升庵説、華亭徐獻忠説、太倉王鳳洲説。萬曆辛卯汪道昆爲序云：'武林虞君更生，耆古而雅言詩，初唐獨左袒義烏，因以暇蒐其全，義烏益不朽矣。'"（《善本書室藏書志》卷二十四）此本又有陸鳴勳重刊《唐駱丞先生文集》六卷，今日本京都大學文學部中國語學文學哲學研究室有藏本，共七册（未見）。此本又有萬曆建寧書林余仙源刻《新刻唐駱先生文集注釋評林》六卷。

（十）許刻本。許自昌輯萬曆三十一年癸卯（一六〇三）許氏霏玉軒刻《前唐十二家詩》所收《駱賓王集》上下卷，北大圖書館有藏。十二家排序與楊一統本同。十二家前有許自昌《新刻前唐十二家詩叙》，末署"萬曆癸卯孟夏長洲許自昌書"。各家均爲上下二卷，版式行款相同，半葉九行十九字，匠字結體，字大如錢，刊印清晰。左右雙邊，白口單魚尾。各家首卷次行下方署"明長洲許自昌玄祐甫校"。賓王此本書名、行款、分卷、篇目、序次及文字等均與張遜業本相同，乃據張本翻刻，然此本文字經過校勘，改正了張刻的一些訛誤，在賓王集諸古本中乃一較精粹的本子。

（十一）鄭刻本。晉安鄭能刻《前唐十二家詩》所收《駱賓王集》上下卷。鄭刻《前唐十二家詩》，南圖藏本殘損，部分以鈔葉配補，國家圖書館藏有單行本，另美國及日本國會亦有藏本。中國社會科學院、中國人民大學主編《域外漢籍珍本文庫》第三輯《集部》收有日本國會藏全本之影印本。十二家爲王勃、楊炯、盧照鄰、駱賓王、陳子昂、杜審言、沈佺期、宋之問、孟浩然、王維、高適、岑參，各家均上下二卷，版式、行款相同，作品分體編次。十二家前首爲萬曆三十一年癸卯許自昌《新刻前唐十二家詩叙》，各家卷端次行下方均署"晉安鄭能拙卿重鐫"，第十二家《岑嘉州集》卷末有"閩城琅嬛齋板，坊間不許重刻"牌記一個。可見此《十二家唐詩》，乃許自昌《前唐十二家詩》的"重鐫"本。許刻《前唐十二家詩》所據乃張遜業《十二家唐詩》（已見）。鄭振鐸《劫中得書記》著録楊刻本《唐十二名家詩》曰："合刻初盛唐詩十二家者，有嘉靖壬子永嘉張遜業本，有晉安鄭能本，余皆未見。此本題爲‘重刻’，卻未説明係覆刊何家者。三家所選十二家，名目皆相同，未知張鄭二家孰爲祖本。”鄭振鐸謂楊氏題曰“重刻”，未交代覆刻何家本。實際上楊刊孫仲逸《刻唐十二名家詩序》已明言所據乃張遜業本，鄭氏一時失考，故有此疑。若是則許刻、鄭氏重刻十二家詩，與楊刻十二家同源於張刻十二家詩，故而四種十二家詩“名目皆相同”。賓王此本半葉九行十九字，四周單邊，白口單黑魚尾，上象鼻内鐫“駱賓王集”四字。此本作品分體編次，卷上賦二首、五古三、七古六，卷下五律七十二、五排四十三、五絶七、七絶二，詩賦共百三十五首。此本與許刻本書名、分卷、篇目、序次相同，文字差别亦甚微。

（十二）梅注本。梅之焕注萬曆三十五年丁未（一六〇七）閩書林龍田劉大易《刻梅太史評釋駱賓王文抄神駒》四卷。今南京圖書館、武漢圖書館等有藏本。日本御茶之水圖書館也有藏本（嚴紹璗《日藏漢籍善本書録》），一册。此本版面分頭注與正文兩部分，注文居上部，約占五分之一版；下部正文約占五分之四。正文半葉十一行二十一字左右，注文小字雙行。頭注每半葉約二十行、行約六字。卷前有汪道昆《叙》、《駱賓王傳》。卷端題“刻梅太史評釋駱賓王文鈔神駒”，次行、三行分别署“麻城梅之焕彬甫釋”、“直隸孫承宗稚繩父訂”、“閩書林龍田劉大易梓”。卷末有“龍飛萬曆丁未歲劉龍田精梓發行”蓮花牌記一個。

（十三）顔注本。顔文選補注《駱丞集注》四卷，萬曆四十三年乙卯（一六一五）顔氏家刻本。今上海圖書館、浙江圖書館、山東圖書館、北大圖書館、青島博物館等均有藏本。半葉九行二十字，小字雙行同，注文統低一格。四周單邊，白口無魚尾，版心上頂邊欄鐫“駱丞集注”，下接邊欄爲卷次、葉碼。卷前首睡庵居士湯賓尹序，次目録，次駱賓王遺事三則，次《新唐書》本傳。首卷卷端題“駱丞集注卷一”，次行署“宛上後學顔文選補注”，下列校勘者四人，顔氏之子逢聖、心聖、翼聖，及其孫紹庭。此本凡頌一、賦二、詩百三十、表一、對策三、啓十、書五、序九、雜著六，合計百六十七首。《四庫全書總目》曰：“其集新舊《唐書》皆作十卷，《宋・藝文志》載有《百道判》三卷，今並散佚。此本四卷，蓋後人所裒輯。其注則明給事中顔文選所作，援引疏舛，殆無可取。以文選之外别無注本，而其中亦尚有一二可採者，姑並録之，以備參考焉。”（《四庫全書總目》卷一四九，頁一二七八）館臣以十卷本已散佚，不確。顔氏之前，已有陳魁士、虞九章、黄蘭芳等多家駱集注本，館臣謂顔文選之外别無注本，亦誤。以爲文選注本"殆無可取"，此論亦欠公允。然館臣與瞿氏《鐵琴銅劍樓藏書目録》卷十九謂"顔文選注本，止四卷，非舊第"，則是實言。

（十四）王評本。晚明王衡評《唐駱先生集》八卷，刻本，南京圖書館有藏。半葉八行十八字，四周單欄，白口無魚尾，版心上頂邊欄右側鎸"駱集"二字。卷前唯汪道昆序，次總目。各卷前有子目。卷後《補遺》録《靈隱寺》詩一首，次本傳、《附録》等，最後爲王衡跋、湯賓尹跋。此本卷一爲頌、賦、五古，卷二爲五律，卷三五排、五絶、雜言，卷四七古、七絶，卷五表啓類，卷六序類，卷七雜著類，卷八檄類，詩凡百三十四首，文三十七首，合計百七十一首。詩文首數與蜀刻本相同，但蜀刻本詩歌統稱"雜詩"，而此本詩分七體，中有"排律"一體；而"排律"之名始於元末楊士弘《唐音》，至明代方廣泛使用，是知此本乃明人的改編本。此本卷一、卷五編次與蜀刻本相近，其他各卷均與蜀刻本編次不同，然卻較蜀刻本顯得更合理一些：如挽歌八首及《帝京篇》、《疇昔篇》均已歸入詩歌類；《餞駱四得鐘字》已與"甲第驅車入"拆分爲二首，但卷五《與親情書》仍與《再與親情書》誤併爲一首，與蜀刻本同。此本文字也經過校勘，博采衆長，不主一本，故較前此各本爲優。王衡及諸家評語，用套紅刻於天頭；又此本爲點版，用四種不同的紅色符號表示贊賞的字句，又用小紅圈斷句，以便讀者。此本《附録》收有天啓間陳繼儒論賓王語，因知爲晚明刻本，在明刻諸賓王集中堪稱善本。

（十五）統籤本。胡震亨《唐音統籤》所收《駱賓王詩》五卷，編卷二十九至三十三，乙籤四十三。此本分體編次，首卷五古三首、七古五首，第二卷五律四十四，第三卷五律二十七，第四卷五排二十三，第五卷五排二十、五絶七、七絶一、雜言一，共百三十一首。與詩紀本相較，僅多五律《春夜韋明府宅宴得春字》、五排《游法華寺十韻》二首。二本文字也相差甚微，且行間夾注的校記也幾乎全同詩紀本。這表明此本是以詩紀本爲底本，補入二首佚詩，重新編輯而成的。至於此本與詩紀本分卷與編次的不同，乃因胡氏改三卷爲五卷且調整了原本編次所致。不過，胡氏對入編諸詩，也參照他本作了校勘，因而此本增加了一些題下注或正文間夾注有校記，頗富參考價值。

（十六）叢刊本。《四部叢刊》影印明翻元刊本《駱賓王文集》十卷。半葉十行十八字，左右雙邊。各卷首題“駱賓王文集卷第某”，並有子目接連正文。卷前唯《新唐書》本傳，無郗雲卿《序》及總目；今卷前之郗《序》，乃據清石研齋重雕宋蜀本補入（見版框右外側下方注）。卷一賦、頌三首，卷二至五雜詩百零五首（目存詩脱者十首不計），卷六表一、啓七，卷七啓四、書五，卷八序十一、對策三（目存文脱者三首不計），卷九至十表啓書序策雜著三十三，詩文凡百七十二首。然而卷五《餞駱四得鐘字》，實爲二首誤併作一首；卷七《與親情書》實與《重與親情書》誤併爲一首，故此本實存百七十四首。與宋蜀本相比，目存而詩文脱者十三首。所存詩文，雖云據黄氏石研齋本補苴罅漏，但與蜀刻本相較，訛脱仍然較多，有的甚至脱去數句至十數句。如《海曲書情》脱“白雲照春海”以下六句；《早秋出塞寄東臺詳正學士》脱“□□蘭延閣”以下十六句，等等，單字隻句之誤則隨處可見。不過，此本雖稱不上善本，然各卷子目與宋蜀本各卷子目所存作品數量，除卷三衍《軍中行路難》（君不見玉關塵色暗邊庭），卷四衍《靈隱寺》一首外，其餘完全相同，且各卷子目編次也十分接近。所以從收録作品數量、分卷、編次等情形看，此本顯然是由宋蜀本或其衍生本翻刻的。就文字方面而言，此本也多與宋蜀刻本同，如此本卷二《在江南贈宋五之問》“揆拙迷三雀”句，“雀”字，宋蜀本、銅活字本同；而詩紀本、陳注本（詳下）作“省”。“郢路少叢臺”句，“叢臺”二字，宋蜀本、銅活字本同；而詩紀本、陳注本作“知音”。又如此本卷五《幽縶書情通簡知己》“昔歲逢陽曆”句，“陽曆”二字，宋蜀本、銅活字本同；而詩紀本、陳注本皆作“陽意”。再如卷五《秋月》“西南徒自賞”句，“南”字，宋蜀本、銅活字本同；而詩紀本、陳注本作“園”，等等，均可證此本是據宋蜀本或其近似的本子翻刻而成的。

另，黄用中《新刻注釋駱丞集》十卷，萬曆二年甲戌（一五七四）書林詹海鯨刊本，二册，今日本京都大學文學部中國語學文學哲學研究室有藏本（未見）。又，明崇禎十三年庚辰（一六四〇）熊氏敬事堂刻《駱臨海文集》四卷，目録後有牌記一個“崇禎庚辰仲秋敬事堂詮訂”，半葉八行十九字，白口四周單邊，卷前有熊人霖序、次萬曆辛卯（十九年，一五九一）汪道昆序、次熊人霖《駱臨海墓碑記》、次《唐書》本傳、次《凡例》、次目録。正文首題“明進賢熊人霖伯甘詮訂”，眉欄間有評語。每册有“石室分藏”、“秘閣圖書之章”等印記，今日本宫内廳書陵部有藏本，嚴紹璗《日藏漢籍善本書録·集部》有著録，未見。

（十七）四傑集本。明無名氏刻《唐四傑集》所收《駱賓王集》上下卷。南圖藏本有鈔配葉，丁丙跋。此《唐四傑集》無書名，前後無序跋，不著刊刻者姓名，亦不言所據何本，“《唐四傑集》”乃丁丙擬名，四集前另紙有丁丙墨筆跋曰：“《傳是樓書目》有《初唐四傑集》，孫淵如《書目》有《唐四傑集》，不著輯人姓名，影寫宋刊本。此其近之。有‘樸學齋圖書’。”丁氏因擬書名“《唐四傑集》”，且判此四集文字近於孫氏所謂“影宋寫本”《唐四傑集》。此本半葉十行十八字，左右雙欄，白口單白魚尾下鐫“駱賓王集卷上（下）”。上卷賦二、雜詩四十二，下卷雜詩七十五，詩賦共百十九首。此本詩歌類目、首數與朱警本全同；又朱警本《餞駱四二首》，此本同，而宋蜀本作一首《餞駱四得鐘字》，誤；又朱警本《在江南贈宋五之問》“彈隋空斂笑”句，“斂”字誤，此本誤同，而宋蜀本作“歡”，良是，等等。此本文字與朱警本多同，且並其訛誤亦相同，可見此本所據底本乃朱警本，而非宋本。然此本《秋晨同淄州毛司馬秋九詠》，第一首脱去題目“《秋風》”，而蜀刻本、朱警本不脱，蓋爲此本一時疏誤所致。

清代刊刻和傳鈔的駱集，其主要版本有以下一些：

（一）全唐詩本。康熙敕修《全唐詩》所收《駱賓王詩》二卷。本書前已述及，《全唐詩》是在明胡震亨《唐音統籤》和清季振宜《全唐詩稿本》兩書的基礎上修訂而成的。而季氏《稿本》中的《駱賓王詩》一卷，乃是將上述詩紀本原刻入編，删去標明詩體的字樣，再補入《詠鵝》一首，共得詩百三十首；再用《文苑英華》、《樂府詩集》等參校而成，故此本一時收詩最多，文字也較一般駱集爲優。如此本《秋月》“月滿鏡輪圓”句，原無校文，季氏參校《英華》分别於“月”字旁注一“桂”字，於“輪”字旁注一“光”字，頗富參考價值。又如《同張二詠雁》“唼藻蒼江遠”句，“蒼”字，季氏據《英華》彭叔夏校記改作“滄”字，甚是，等等。而康熙敕修《全唐詩》中的《駱賓王詩》，便是將季氏《稿本》中的《駱賓王詩》一卷悉數收入。文字方面，編臣也作了進一步校勘，補充季氏《稿本》校勘未及之處。如《賦得白雲抱幽石》一首，題下原無校文，編臣據他本於題下出校“一本無賦得二字”，等等。故從文字方面而言，《全唐詩》的參考價值顯得更大一些。

（二）項刻本。星渚項家達乾隆四十六年辛丑（一七八一）刻《初唐四傑集》所收《駱丞集》四卷。此本卷前唯《舊唐書·文苑傳》本傳，次目録；卷後無附録。正文四卷，卷一賦頌三首、五古三、七古六，卷二五律六十八、五排

四十二、五絶七、七絶一，卷三啓十、書六，卷四序九、雜著十，凡詩百二十七首，文三十八首，詩文共百六十五首。項氏《初唐四傑集序》明確交代《四傑集》之版本淵源，其略曰："余所見《王子安集》，明張燮作十六卷，張遜業不分卷；《楊盈川集》，明童佩作十卷；《駱丞集》，明顏文選、施羽王並作四卷；唯《盧升之集》不著編輯人氏……兹取現存各本，互相點勘，合刻成編，集名卷目仍之。"可見此本乃是以顏文選本或施羽王本爲底本，去其注文後編輯刊刻而成的，故有賦有詩亦有文，顯然與只收賦詩的許自昌本無關。此本文字校勘較精，極少訛誤者。

（三）四庫本。《四庫全書》所收明顏文選注《駱丞集》四卷。《四庫全書總目》曰："（駱）集新舊《唐書》皆作十卷，《宋·藝文志》載有《百道判》三卷，今並散佚。此本四卷，蓋後人所裒輯。其注則明給事中顏文選所作，援引疏舛，殆無可取。以文選之外别無注本，而其中亦尚有一二可採者，故姑並録之，以備參考焉。"可見四庫本《駱丞集》四卷，乃是據顏文選注本録入的。

（四）秦刻本。嘉慶二十一年丙子（一八一六）秦恩復刻《駱賓王文集》十卷附顧廣圻《考異》一卷。卷前有魯國郗雲卿《序》，次目録，目録末有"嘉慶丙子歲夏閏六月石研齋秦氏重刊"牌記一個。卷後有秦恩復《序》，顧廣圻《駱賓王文集考異》一卷。《考異》末有"許翰寫楊肇刻"六字草書。秦氏《序》曰：

> 《駱賓王文集》，余友元和顧澗蘋廣圻用汲古閣毛氏所藏本影寫，近從之借來，以校世行各本，判然不同。證諸《直齋書録解題》，蜀本也，分卷凡十，爲賦頌一、詩四、表啓書二、雜著三，前有郗雲卿《序》。又考舊新兩《唐志》，皆以十卷著録。是此實爲唐宋相仍、雲卿編次之舊矣，惜其流傳絶少，遂摹刊印行。澗蘋復取《文苑英華》互勘，凡注"集作"大抵相合。其遇有可疑及《集》非《苑》是，並《苑》無注者，皆加決定，撰次爲《考異》一卷。至於《苑》有差違，或兩得通，雖則甚夥，咸在所略。蓋非難了，宜省繁蕪。又世行本無足信據，故亦置而弗論。既成，屬余書首以著緣起，兼發其凡云。時嘉慶丙子八月，江都秦恩復序。

可見此本乃宋蜀本的忠實覆刻本，收録作品首數、分卷、編次、版式也一仍宋蜀本之舊。宋蜀本卷五誤將《餞駱四得鐘字》與"甲矛驅車入"二首併作一首、誤將卷七《與親情書》和《重與親情書》二首併作一首，此本仍之；甚至連卷三、卷四兩卷子目所脱《鄭安陽入蜀》、《過故宋》也依底本之訛並不補目（正文二詩存）；宋諱也一律予以保留，可見此本對蜀刻原本之忠實。不過對宋蜀本文字的脱漏處，此本則據顧廣圻《考異》，能補者則補足之，無可補者，則留墨釘以示之；對宋蜀本的訛誤處，亦依顧氏《考異》加以改正。然而從總體上看，此本仍屬於宋蜀本系統。由於此本覆刻較精，故對後世影響不小，清宣統三年辛亥（一九一一）藏古圖書館印行《唐人三家集》所收《駱賓王文集》十卷附《考異》一卷，即以此本爲底本精印發行。新中國成立後，一九七三年九月中華書局出版《駱賓王文集》十卷，就是據此本原刻影印發行的。

（五）宗祠本。松林宗祠刻《駱臨海集》十卷，嘉慶二十五年庚辰（一八二〇）刊行。内封面題“臨海全集”，左側下方署“松林宗祠藏板”。版框上方署“嘉慶庚辰重刊”。半葉九行二十字，小字雙行同。左右雙邊，白口單黑魚尾，魚尾上署“駱臨海集”，魚尾下題卷次。各卷首題“駱臨海集卷之幾”，第三行下方署“松林後裔校訂”，第五行題署文體名稱。卷前有嘉慶二十五年義烏知縣程璋《序》，次録舊本諸序，有明萬曆辛卯汪道昆《序》、次明金繼震《序》、次清康熙丁亥蔭氏《序》、明萬曆辛卯蔡鼎臣《後序》、康熙丁亥蕭山毛奇齡《重刊臨海集序》、乾隆二十六年趙宏信《駱臨海文集序》、《新唐書》本傳、附録、備考、目録等。卷後無附録。正文十卷：卷一頌賦三首，卷二五古三，卷三五律六十九，卷四五排四十二、五絶七，卷五七古六、七絶一，卷六序九，卷七至八表啓書十六，卷九至十雜著九，凡詩百二十八首，文三十七首，詩文共百六十五首。卷首程璋《序》述此本刊刻緣起甚悉，其略曰：

> 公後裔有松林、楂林、梅林三派，賢材踵起，代不乏人，迄於今，士皆説禮敦詩，農則服田力穡，克守先業，世奉蒸嘗，知公之遺澤綦遠也。庚辰春，其松林裔孫，修治譜系，將以《臨海集》重壽梨棗，請序於余。余不敏，其曷以播揚茂烈，闡贊鴻文。第念先哲之遺編，皆精神所寄也，子孫而不忘先人之遺徽，皆賢子孫也。又何敢以不文辭，用弁數言，以志嚮往……嘉慶二十五年歲次庚辰仲夏月，知義烏縣事毗陵程璋謹撰。

此本編次雖亦十卷，然與宋蜀本不同；詩分體編次，去宋蜀本更遠。詩文後大多有摘引前賢的簡短評語，次爲“考”，以墨圈圍之，頗爲醒目，所考内容，類同注釋，然大都比較簡略，故實是駱集的一個簡注本。

（六）梅林本。梅林駱景誼重梓《駱侍御全集》四卷，道光二十九年己酉（一八四九）滋德堂刻本。此本内封面題“侍御文集”，右側有“梅林裔孫景誼重梓”，左側有“滋德堂藏板”等字樣。版框上方署“道光己酉新鐫”。卷前有《新唐書》本傳、駱賓王遺像、吴之器《駱臨海丞列傳》、胡應麟《補唐書駱侍御傳》、熊人霖《駱臨海墓碑記》及《序》四首。卷後附顧廣圻《考異》一卷及陳坡《跋》。各卷卷端題“駱侍御全集卷之某”，次兩行署“明宛上顔文選原注，梅林後裔景誼重梓，孫凌雲、文炳校字”。半葉九行二十字，小字雙行同。四周雙邊，白口單黑魚尾上題“駱侍御全集”，魚尾下題“卷之某”。此本收詩百三十三首，文三十七首。陳坡《跋》述此本刊刻原委及版本源流甚詳，其略曰：

> 駱侍御公集，流傳既久，刻本甚多，向惟《文苑英華》及汲古閣所藏蜀本爲最善。至明有雲間陳眉公增注，又有宛上顔給諫補注……義烏爲公所産地，向有黄公景韓刻本。近又有松林後裔之刻，大約仍黄公之舊，略有考注，而不及陳、顔之詳。梅林裔孫諱景誼者，嘗取黄本，訂其訛舛，補其遺漏，未及付工，齎志以没。令孫凌雲、文炳，去冬取所藏本相示，欲重梓以承先志，余深爲嘉歎，因即以訂正囑余。余惟侍御公以沉博絶麗之才，名隆四傑，其詩文非注釋不能令讀者了然。惟顔本最爲詳贍，而徵引太多，又間有以己意銓解者，故《欽定簡明書目》謂其“頗爲弇陋”。兹特取而節删之，庶有以補本邑新刻之略，而不致厭陳、顔舊刻之繁，或不虚此一番棗梨乎！又嘗閲元和顧澗蘋石研齋重雕本，後有《考異》一册，則取《苑》本、蜀本互勘而重加決定，較世行本尤堪信據，亦附刻於末，以備參詳。至注中仍不無錯字，則以庫本未見，坊刻多訛，不及細爲改正，尤望博雅君子，有以糾予之不逮云。時道光三十年仲春月，同邑後學陳坡敬跋。

據此可見，此本乃顔文選注本的一個删繁就簡本，屬於顔注本的衍生本。而陳氏選用顔注本作爲底本，等於抛棄了駱景誼原來訂補黄注的稿本，然就刻本的品質而言，此本實勝於駱景誼訂補之黄本。

（七）陳注本。陳熙晉《駱臨海集箋注》十卷附録二卷，咸豐三年（一八五三）松林宗祠刻本。陳氏以爲，駱集唐宋時皆以姓名命集，至明金繼震本始稱《駱先生集》，顏文選本稱《駱丞集》、並稱《侍御集》，又有稱《義烏集》、《武功集》、《靈隱子集》者，名稱不一。胡應麟始稱《臨海集》，以賓王最後官“臨海丞”名集，陳氏仍之，故名《駱臨海集箋注》。又，駱集郗雲卿次爲十卷，金繼震等並作六卷；顏文選等又作四卷；康熙中黄之綺本復爲十卷等等，卷數多寡不一。陳氏此本從郗雲卿原編，仍爲十卷。又，顏文選以古風、律詩、排律、絶句等編次作品，然詩至賓王時，尚無古律之分；而宋蜀本編次，陳振孫《直齋書録解題》已謂其與舊本編次先後皆異，可見已非郗雲卿原編，故陳氏此本編次“從《陶集》冠《停雲》、《柳集》首準雅之例，先雜詩，次賦、頌，次表、狀、對策，次啓、書，次雜著”較爲近郗本之原編。至於注釋，陳氏采用以史證詩的方法，用兩《唐書》與賓王一生履歷互相印證，藉以考見時事以注駱詩，其所不知，付之闕如。注文凡所引書，必注出處，以便讀者核檢。陳氏還用多種善本加以校勘，以訂正駱集在長期流傳過程中形成的訛脱衍倒，並輯補宋蜀本失收的作品七首（《駱臨海集箋注・凡例》）。這些優長，使此本成爲一時收録作品最多、文字最可信據、注釋最爲精詳的本子。正如上海古籍出版社《出版説明》所云：

> 這個全集箋注本的特點是：第一，爲明清兩代流行的各種駱賓王集做了總結的工作。由於賓王反抗失敗，詩文散佚，各家所輯，卷數多寡不同，漏收的也不少；陳氏吸收前人成果，斷以己見，並多方輯録佚文，加以考訂，分體編年，釐定爲一個完善的全集本，基本上解決了駱集的編訂與輯補問題。第二，慎重地在文字上做了校補的工作，過去流行本各篇文字上的一些脱漏錯誤，都爲之補録、訂正，使賓王今存詩文恢復本來面目，這對於讀者是有益的。第三，也是這個本子最大的成就，就是全書加上了極有價值的箋釋……引文有時不分主次，略嫌累贅。但總的説來，他的工作基本上是應該肯定的。

此評價還是準確和公允的。較之宋蜀本，此本輯補佚詩《陪潤州薛司空丹徒桂明府遊招隱寺》、《送劉少府遊越州》、《從軍行》、《軍中行路難同辛常伯作》（君不見玉關塵色暗邊庭）、《靈隱寺》、《稱心寺》、《秋日仙游觀贈道士》凡七首；佚文《上兗州張司馬啓》、《聖泉詩序》凡二篇；共輯補散佚詩文九首。而宋蜀本卷五《餞駱四得鐘字》中誤併入的“甲矛驅車入”一首，卷七《與親情書》中誤併入的《再與親情書》一首，此本將二首分出獨立。又將宋蜀本獨存的八首詩序、詩啓移入詩歌部分，置於相應各詩題目之下，使序文與詩意互相發明。經過此番纂輯之後，此本凡收詩百三十三首，文四十首，詩文共百七十三首。編次方面，在弄清賓王生平仕履的基礎上，此本詩文兩部分各依年代編排，以便讀者。校勘方面則充分吸收前人，包括顧廣圻《駱賓王文集考異》的成果，參校諸本，謹慎改正宋蜀本等其他本子的訛脱衍倒之處，使文字更加精粹。

陳氏注本優長雖多，但其在世時並未付梓。陳氏去世三年後，方由駱氏家族松林一支刊行而訛誤較多。民國二十六年（一九三七）黄侗重刊此本時，吴鏡元及駱氏後人駱德輝、駱允協等用諸本反復勘對，糾正訛誤千餘條（《重刊例言》），可謂精審。新中國成立後，中華書局上海編輯所吸收黄侗本的校勘成果，於一九六〇年出版排印本；一九八五年上海古籍出版社對中華書局上編所本再作修訂，糾正了斷句的某些缺失，重印發行，以供讀者之需。

（八）胡刻本。胡鳳丹輯《金華叢書》所收《駱丞集》四卷附《辨僞考異》二卷，同治八年己巳（一八六九）刻本。半葉九行二十字，四周雙邊，版心白口單黑魚尾上題“駱丞集”，魚尾下題“卷之幾”、葉碼，下方近邊欄有“退補齋藏板”雙行小字。卷前有胡鳳丹《重雕駱丞集序》，次目録。卷後附胡氏《駱丞集辨僞考異》二卷。正文四卷，卷一賦頌三首、表狀對策書啓檄文露布序等三十八，卷二五古三首、七古六，卷三五律七十二，卷四五排四十三、五絶七、七絶一、雜言一首，凡詩百三十三，文四十一，詩文共百七十四首。胡氏《重刻駱丞集序》曰：

> 《駱丞集》，前明有單行本，吾婺之義烏柘林子孫藏於祠。迨我朝乾隆年間，欽定全唐詩文，駱丞文三卷、詩三卷均與焉，《四庫全書目録》曾採載之，稱四卷。道光初，義烏陳明府津刻《駱侍御集》，注解甚晰。近爲兵燹所毁，板籍散亡。同治戊辰，余覓得江東孫公素本，不分卷數，其文亦缺而不全，祇載《熒火》與《蕩子從軍》二賦暨《靈泉》一頌而已，詩則即《全唐》集中所載也。己巳春，余裒輯《金華文粹》，將博採駱丞遺集，彙付手民，因取《全唐文》所載《爲齊州父老請陪封禪表》，以及《祭趙郎將》諸作共三十八篇，挨次鈔刊，合詩文爲四卷，俾成完璧。

又因校對各本，頗有異同，另纂《辨訛考異》二卷……同治八年夏月同郡後學胡鳳丹月樵甫謹序。

《全唐詩》乃康熙年間所編，《全唐文》成於嘉慶時期，胡氏謂“乾隆年間欽定全唐詩文”，非是。胡氏又謂《四庫全書》所采四卷駱集，乃乾隆年間的《全唐文》三卷，亦無根遊談。《四庫》所録《駱賓王集》，乃明顏文選所注《駱賓王集》四卷，《四庫全書總目》言之甚明。不過據胡氏此《序》可知，此本所收之文，取自《全唐文》(賦頌三首除外)，詩則由孫公素本間接取於《全唐詩》，因而成爲一個新的儷合本。胡氏能據諸本參校，將所得異文彙爲《辨僞考異》二卷，附於書後，亦審慎之舉也。

(九)叢雅居本。叢雅居鄒氏同治十二年癸酉(一八七三)重刊星渚項氏《初唐四傑集》所收《駱丞集》四卷。半葉九行二十一字。版心下方有“叢雅居鄒氏刊”雙行六小字。此本收録作品首數、分卷、編次以及文字等，一仍項氏原刻。

(十)江刻本。江標光緒二十一年乙未(一八九五)影刻《唐人五十家小集》所收《駱賓王集》上下二卷。此本封面左側鐫“南宋陳道人家本”。半葉十行十八字，左右雙邊，白口單魚尾。上卷録賦二首，雜詩四十二；下卷雜詩七十五，詩凡百十七首，詩賦共百十九首。此本所據底本，江標謂乃“南宋陳道人家本”，表明所據乃南宋書商陳起的書棚本，加之此本行款亦與陳起父子所刻書棚本相同，很容易使人以爲此本所據的確爲書棚本。事實並非如此，此本文字與明銅活字本幾乎完全相同，如此本五言雜詩《出石門》“藤細弱鉤懸”句，“鉤”字，宋蜀本、銅活字本同；而詩紀本、清陳注本作“絲”。又如此本五律《送王明府上京參選》“别引繞繁絃”句，“絃”字，宋蜀本、銅活字本同；而詩紀本、陳注本作“操”。又如此本五律《餞駱四二首》其二“甲矛驅車入”句，“甲矛”二字，宋蜀本、銅活字本同；而陳注本作“第”。又如《秋月》“西南徒自賞”句，“南”字，宋蜀本、銅活字本同；而詩紀本、陳注本作“園”。再如五排《棹歌行》“葉露舟難蕩”句，“露”字，宋蜀本、銅活字本同；而詩紀本、陳注本作“密”；等等，尤其是《在江南贈宋之問五》“彈隋空歡笑”句，“歡”字，銅活字本誤作“歛”，此本亦誤作“歛”字，而他本皆不誤。另，此本《餞駱四》作“二首”，其二爲“甲矛驅車入”，亦與銅活字本相同，而不同於宋蜀本誤併二首作一首之《餞駱四得鐘字》。又銅活字本《秋晨同淄州毛司馬秋九詠》，第一詠脱闕題目“《秋風》”，此本同，等等。可見此本蓋是據銅活字本，極可能是據朱警本翻刻的，江標不知，以爲所據乃宋書棚本，大誤。

（十一）文瑞樓本。上海文瑞樓宣統三年辛亥（一九一一）石印《駱賓王文集》十卷本，二册。半葉十四行三十字。四周雙邊，版心單魚尾上署"駱賓王集"，魚尾下爲卷數。各卷卷端題"駱賓王文集卷第某"，次行題署詩體。三行以下爲卷目，目連正文。此本卷前有郗雲卿《序》，次總目。卷後有秦恩復《序》、顧廣圻《駱賓王文集考異》一卷。此本書名，收録作品數量、分卷、編次、卷前卷後附録等，與秦恩復石研齋覆刻宋蜀本完全相同；文字亦與石研齋本同，故應是據秦本寫版石印的。如此本卷五《餞駱四得鐘字》仍爲一首；卷七《與親情書》也未分作二首，保持了秦氏刻本文字的原貌。

（十二）鴻寶齋本。上海鴻寶齋書局民國丁卯（一九二七）石印《駱賓王文集》十卷附《考異》一卷。此本實用文瑞樓《駱賓王文集》十卷之石版重印者，所改動者，僅爲將原附於卷後的《考異》一卷，移至卷前目録後；另於各詩體名稱上及《考異》内各卷目上加一雙圓圈，以醒眉目，其餘一如文瑞樓本。故此本實爲秦氏石研齋本的一個衍生本。

盧照鄰集

盧照鄰（六三四？～六八六？）字升之，號幽憂子，幽州范陽（今河北涿州）人。少博學，善屬文，年二十爲鄧王李元裕府典籤，鄧王愛重之。龍朔中爲益州新都尉，秩滿滯留蜀中多年，與王勃相唱和。後入洛染風疾，輾轉於長安、太白山與潁洛之間，以服餌爲事，疾甚足攣，一手又廢，終因不堪病痛之苦投潁水而死。照鄰工文善詩，尤長於七言歌行，與王勃、楊炯、駱賓王齊名海内，號"初唐四傑"。

照鄰作品，四庫館臣謂其有"自編之集，當以是賦（案指《窮魚賦》）爲第一"（《四庫全書總目·盧升之集七卷》）。張鷟《朝野僉載》則謂照鄰"著《幽憂子》以釋憤焉，文集二十卷"。九世紀末日人藤原佐世所編《日本國見在書目録》第三十九"别集家"下著録有"《盧照鄰集》廿卷"。可見照鄰確有文集二十卷，且晚唐已傳至日本。《舊唐書·經籍志》及本傳也説盧照鄰有"文集二十卷"。但《崇文總目》僅著録"《盧照鄰集》十卷"，又"《幽憂子》三卷"；而《新唐書·藝文志》曰："《盧照鄰集》二十卷，又《幽憂子》三卷。"可見北宋時除《幽憂子》三卷外，還有二十卷本和十卷本兩種照鄰集傳世。迨南宋，晁公武《郡齋讀書志》卷十七曰："盧照鄰《幽憂子》十卷。"晁氏所記誤，應爲"《盧照鄰集》十卷"，而《幽憂子》無十卷本，所以陳漢章《崇文總目輯釋補正》卷四《盧照鄰集》十卷條補曰："晁《志》稱《幽憂子集》十卷。然《崇文目》亦别有《幽憂子》三卷，《宋志》同。蓋《幽憂子》亦如元次山之《琦玕子》，别爲一書，晁《志》誤。"陳振孫《直齋書録解題》著録："《盧照鄰集》十卷。"《宋史・藝文志》著録同。是知南宋時，傳世者唯十卷本，二十卷本已無傳。迨宋元以後，以上各本均已散佚。

明代流傳的《盧照鄰集》主要版本有以下幾種：

（一）銅活字本。明銅活字本《盧照鄰集》上下卷。此本行款、版式與銅活字本《駱賓王集》相同。上卷賦五首、五古二十七、七古五，下卷五律二十一、五排十六、五絶十一、雜言騷體五，詩賦共九十首。此本有脱文多處，如卷上五古《宿晉安亭》"舊石開紅□"句，缺末一字；"□鳥復參差"句，缺第一字。《送梓州高參軍還京》"北遊君□似"句，缺第四字，等等，亦白璧微瑕耳，當爲所據底本已殘損。本書前《駱賓王集》銅活字本已述及，銅活字本乃弘治、正德間蘇州地區刊本，故此本乃明代刊行較早的盧集，其所據底本蓋爲宋本。丁丙《善本書室藏書志》著録七卷本照鄰集時謂"宋刻有二卷本，載賦詩及《五悲》，唯無《樂府九章》與騷序對問書讚碑十七篇"（《善本書室藏書志》卷二十四）。此本所據或爲宋二卷本，然此本有"五言排律"一體，而"排律"一名，始自元末楊士弘《唐音》（參明銅活字本《駱賓王集》），可見此本乃明人的分體改編本。

（二）活字本。明活字印本《盧照鄰詩》一卷。國家圖書館藏本有楊桐鳳跋文二則，其一曰："此宋版王子安、盧升之集也，予少時得之金匱孫氏，計宋至今已歷六七百年矣。雖楮墨殘蝕而古香猶留，後之覽者，可不寶諸。桐鳳識。"其二未署"同治辛未冬月，桐鳳再識"。謂爲宋本，顯誤。此本卷端題"盧照鄰詩"，卷尾題"盧照鄰詩終"，但卷内卻詩賦並收，計賦五首，詩分體，凡五古二十五、七古五、五律二十一、五排十六、五絶十一、雜言騷體五，共八十三首，詩賦合計八十八首。本書前已述及，"排律"之名，始見於元末楊士弘《唐音》，明代方廣泛使用；此本既用"排律"一體編次諸詩，則此本爲明人分體改編本無疑，而絶非宋本明甚。與銅活字本相較，唯少《于時春也慨然有江湖之思寄贈柳九隴》、《至望喜矚目言懷貽劍外知己》二首；其餘篇什，編次完全相同。二本文字也區別甚小，如此本五排《綿州官池贈別》"仙氣下靈關"句，"氣"字，銅活字本作"佩"；"荒池春草斑"句，"斑"字，銅活字本作"班"；等等，然這畢竟只是少數。此本文字有漫漶和脱漏，脱漏情形亦大多與銅活字本同，如銅活字本卷上五古《宿晉安亭》"舊石開紅□"句，缺末一字；"□鳥復參差"句，缺第一字，此本所缺字皆同。銅活字本七古《失群雁》"復道郊□重奇色"句，缺第四字；五律《還京贈别》"戲凫分斷□"句缺末一字，此本所缺均同；等等，可見此本所據底本應爲銅活字本。此本字裏行間夾注不少異文，表明此本文字曾作過校勘，因而没有銅活字本一些明顯訛誤，如上舉銅活字本誤"斑"作"班"即是。此本所用活字，雖然亦是楷體，但文字結體與銅活字本明顯不同，故與銅活字本所用並非同一套活字，當爲别一套活字印本無疑。《中華再造善本·明代編·集部》所收《盧照鄰詩》一卷，即是以此本原大影印的。總之此本亦爲明代出現較早，且文字較精的盧照鄰集。丁丙《善本書室藏書志》著録有宋二卷本，其略曰："宋刻有二卷本，載賦詩及《五悲》，惟無《樂府九章》與騷序對問書讚碑十七篇。"（《善本書室藏書志》卷二十四）丁氏所述"宋刻二卷本"的情形，與此活字本及銅活字本相同，故疑所著録者蓋亦銅活字本或明活字本，而非宋本。

（三）朱警本。嘉靖十九年庚子（一五四〇）朱警輯刻《唐百家詩·初唐二十一家》所收《盧照鄰集》二卷。此本版式、行款與前述《駱賓王集》朱警本（已見）完全相同，詩賦共八十三首。較之銅活字本，此本除雜言騷體五首未收外，其餘賦及詩之分體、首數、編次、文字等均與銅活字本相同。如銅活字本卷上五古《宿晉安亭》"舊石開紅□"句，缺末一字；"□鳥復參差"句，缺第一字；《送梓州高參軍還京》"北遊君□似"句，缺第四字；等等，此本均與之同。又如銅活字本五排《綿州官池贈别》"仙佩下靈關"句，"佩"字，此本同，而明活字本作"氣"；"荒池春草班"句，"班"字，此本同，而明活字本作"斑"；等等，可見此本乃是據銅活字本或其近似的本子翻刻的。另上圖所藏《唐二十二家詩集》所收《盧照鄰集》二卷，實即此本。所謂《唐二十二家詩集》，乃書賈掇拾朱警《唐百家詩》之殘剩，拼合爲二十二家者，參本書《駱賓王集》朱警本。

（四）張遜業本。張遜業輯嘉靖三十一年壬子（一五五二）刻《十二家唐詩》所收《盧照鄰集》二卷。半葉九行十九字，今國家圖書館有藏。十二家中，盧照鄰爲第五家。各家均上下二卷，唯録詩，且詩分體。每卷前均署“永嘉張遜業有功校正，江都黄埻子篤梓行”。版心魚尾上鎸“東壁圖書府”五字，下有“江郡新繩”四字。首家《王勃集》前有張遜業撰《王勃集序》，末署“時嘉靖壬子歲秋月”。其他各集均無序。王國維《傳書堂藏善本書志》在著録《王勃詩》一卷時説“（其本）乃從活字本唐百家詩出，而併其卷數者”，所言頗有道理。所謂“活字本唐百家詩”，即明銅活字本唐人詩集，其中即有《盧照鄰集》上下兩卷。其實，此本也是據銅活字本翻刻者，唯上版前張氏作過校勘，改正了銅活字本的一些訛誤，並出校了不少異文，頗有參考價值。

（五）楊刊本。楊一統刊《唐十二家詩》所收《盧照鄰集》一卷。此本刻於萬曆十二年甲申（一五八四），半葉九行二十字，今北京大學圖書館有藏。十二家順序與張遜業本稍異而顯得更爲合理些。各集皆一卷，詩分體。《王勃集》前有黄道日序、東郡孫仲逸序、楊一統自序。孫氏《刻唐十二家詩序》曰：

> 都有唐諸作而隲之，則兹集數人爲首。今海内人士，不翅沈酣枕藉之，故江都之刻（張遜業本），不數載已復初木。余友人楊允大再刊于白下，而校加精焉，屬不佞序之首簡。……萬曆甲申玄提月。

由此《序》可知，此集是據張遜業本校勘上版的。卷首《唐詩十二名家叙略》稱此書校勘，由楊一統、張伯履、丘陵、孫仲逸、李本芳五人分别承擔。此本收詩篇目、序次俱同張遜業本，文字雖經過校勘，但與張本大抵一致。

（六）詩紀本。黄德水、吴琯《初盛唐詩紀》之《初唐詩紀》所收《盧照鄰詩》二卷。此本半葉十行十九字（另一種九行十九字，乃此本之增補重刊本），左右雙邊，版心魚尾下署“初唐詩紀卷幾”，再下方爲葉碼。此本版面上部留有一横欄，所有校文，記於該行相應的横欄内，乃此種版本的特殊之處。此本二卷，編次雖不分體，但實際上是依詩體編次的，首卷五古二十五首、七古三、騷體詩三，另一卷五律二十四、五排十九、五絶十一、七絶五，凡九十首（另一種收詩九十三首，乃十行本《詩紀》的增補重刻本）。《詩紀·凡例》曰：

> 是編多本人原集，或金石遺文，故不復列。
>
> 是編校訂，先主宋版諸書，以逮諸善本。有誤斯考，可據則從，其

疑仍闕，不敢臆斷，以俟明者。

可見《詩紀》對入編諸集，並不一味固守原本，而是下過一番校勘重編功夫的。故此本收詩篇數較他本爲多，也比較準確。文字方面，則參考他本，保留並增入了許多題下注，正文間夾注不少異文，很有參考價值。

（七）許刻本。許自昌刻《前唐十二家詩》所收《盧照鄰集》二卷。此本刊於萬曆三十一年癸卯（一六〇三），半葉九行十九字，今北京大學圖書館有藏。十二家排序與楊一統本相同，《王勃集》前有《新刻前唐十二家詩叙》，末署"萬曆癸卯孟夏長洲許自昌書"。每卷前署"明長洲許自昌玄祐甫校"。此本書名、行款、分卷、篇目、序次及文字與張遜業本相同，應是據張本翻刻的。

（八）鄭刻本。鄭能刻《前唐十二家詩》所收《盧照鄰詩》上下卷。十二家中，照鄰爲第三家。各家均上下二卷，版式、行款相同，作品分體編次（參本書《駱賓王集》，此不贅）。此本卷上賦五首、五古七、七古五，卷下五律二十九、五排二十六、五絶十一、雜言騷體五，詩賦共八十八首。鄭能《前唐十二家詩》乃許自昌《前唐十二家詩》的重刊本（參本書《駱賓王集》鄭刻本），故盧氏此本與許刻本書名、分卷、篇目、序次皆相同，文字差别亦甚微。

（九）統籤本。胡震亨《唐音統籤》所收《盧照鄰詩》三卷，編卷二十六至二十八，乙籤四十二。此本詩分體編次，首卷《中和樂》九章、五古十一首、七古三、騷體六，第二卷五律三十二，第三卷五排二十六、五絶十一、七絶五、殘句一則，共百零三首，殘句一則。與增補重刻黄德水、吴琯詩紀本《盧照鄰詩》相較，溢出《中和樂》九首、騷體《釋疾文》三、五律《酬楊比部員外暮宿琴堂朝躋書閣率爾見贈之作》、殘句一則，凡溢出十三首，殘句一則。除殘句一則出自《詩式》外，其餘蓋由胡氏輯自《文苑英華》等。分體方面，與詩紀本也略有不同，《結客少年場行》、《三月曲水宴》、《宿晉安縣》、《早度分水嶺》、《至望喜矚目言懷貽劍外知己》、《贈李榮道士》等六首，詩紀本歸入五古，統籤本則歸入五排。其餘各首，除編次稍異外，二本文字方面並無多大區别。可見此本乃是以詩紀本爲底子，增補遺詩十三首，殘句一則，並調整六首五古入五排，重編爲三卷而成的。較之詩紀本文字，此本唯少數地方略有差異。如詩紀本《宿晉安寺》，"寺"字，統籤本作"縣"等等。另外此本增加了不少校記，表明胡氏參照他本作了校勘。然因胡氏一時疏忽，此本又出現了一些新誤，如《梅花落》"梅院花初發"句，"院"字下，詩紀本有校記曰"一作嶺"。胡氏不慎,卻將"一作嶺"誤置於"梅"字之下,使此句異文成爲"嶺院花初發",顯誤。又如詩紀本《宿晉安寺》,"寺"字,銅活字本作"亭",而胡氏改作"縣",缺乏文本依據,不當改;清編《全唐詩》時,編臣不從統籤本而從季氏《全唐詩稿本》作"亭"字,甚是。

(十)張輯本。張燮輯《幽憂子集》七卷附録一卷,收入崇禎十三年(一六四〇)漳州刊《初唐四子集》。此本傅增湘有藏,見《藏園群書題記》卷十一,又見《藏園群書經眼録》卷十二《集部一》;《四部叢刊》初編所收《幽憂子集》七卷附録一卷,即據傅氏藏本影印。半葉九行十八字,目録前張氏識曰:"盧照鄰本傳,存二十卷。近代永嘉單行詩賦,僅二卷。今彙詩文共七卷。"接爲《參訂諸名公姓氏》,凡十二人,加張燮則達十三人之多,可見此七卷本乃張燮等人搜尋散佚,重加纂輯的本子。此本卷前有張燮《幽憂子集題詞》,卷後《附録》收兩《唐書》本傳,駱賓王《豔情代郭氏答盧照鄰》詩一首,以及遺事、集評各一則。此本卷一賦五首、五古十七(附王勃《和詩得煙字》一首),卷二七古五、五律三十一,卷三五排二十、五絶十一、七絶五(附王勃、邵大震同作二首)、中和樂九章,卷四至五騷體九,卷六序七、對問一,卷七書三、贊二、碑一,詩文共百二十六首。此本的版本淵源,當是在增補重刊詩紀本的基礎上,輯補佚詩佚文,改編爲七卷而成的。故此本卷一五古十七首,卷二七古五、五律三十一,卷三五排二十、五絶十一、七絶五,凡八十九首,均與重刊詩紀本各體詩的編次一致。上述各詩的文字,兩本也基本相同,唯個别地方稍有出入。此本輯補散佚詩文三十七首,均出自《文苑英華》,然而《英華》中尚有《三國論》一首,據中華書局影印本所附《英華索引》,亦當爲盧照鄰撰,而此本未能輯入。由於詩紀本盧詩,文字經過吴琯校勘;《英華》文字也經過宋周必大、彭叔夏勘正,所以張燮輯刊《幽憂子集》七卷,可謂明以來盧集的一個較好的本子,頗受後人青睞,清代的七卷本盧集,大都是以此本爲底子編刊而成的。

(十一)四傑集本。明無名氏刻《唐四傑集》所收《盧照鄰集》上下卷,南圖藏本有丁丙跋。此本行款、版式與本書前述四傑集本《駱賓王集》(已見)均相同。上卷賦五首、五古二十七、七古五,下卷五律二十一、五排十六(未標類目)、五絶十一、雜言騷體五,詩賦共九十首。此本文字與銅活字本及朱警本多同,而與明活字本多異,如明活字本五排《綿州官池贈别》"仙氣下靈關"句,"氣"字,銅活字本作"佩",此本同;"荒池春草斑"句,"斑"字,銅活字本作“班”，此本同；等等。此本文字有漫漶和脱漏，脱漏情形亦與銅活字本多同。如銅活字本卷上五古《宿晉安亭》“舊石開紅□”句，缺末一字，此本所缺字同；“□鳥復參差”句，缺第一字，此本所缺字同。五律《還京贈别》“戲凫分斷□”句缺末一字，此本亦缺末一字；等等。據上可見，此本所據應爲銅活字本或朱警本，尤其是後者可能性更大。

清代刊刻和傳鈔的照鄰集，其主要版本有以下幾種：

（一）全唐詩本。康熙敕編《全唐詩》所收《盧照鄰詩》二卷。康熙敕修《全唐詩》是在明胡震亨《唐音統籤》和清季振宜《全唐詩稿本》兩書的基礎上修訂而成的。康熙《御製〈全唐詩〉序》云：“朕此發内府所有《全唐詩》，命諸詞臣，合《唐音統籤》諸編，參互校勘，搜補缺遺，略去初盛中晚之名，一依時代，分置次第。”而季氏《全唐詩稿本》中的照鄰詩二卷，乃是將上述詩紀本《盧照鄰詩》二卷原刻入編，再輯補遺詩五古《七日登樂遊故基》、五律《酬楊比部員外暮宿琴堂朝躋書閣率爾見贈》二首，故共九十二首。文字方面，季氏以《搜玉小集》、《文苑英華》、《唐文粹》、《樂府詩集》、《歲時雜詠》等諸書參校，因而文字視前各本爲精。康熙敕修《全唐詩》中的照鄰詩，便是將季氏《稿本》中的《盧照鄰詩》二卷悉數收入，然後增補遺詩《中和樂九章》、《釋疾文》三首，殘句一則編輯而成的，故共百四首，殘句一則，成爲一時收詩最多的本子。另外《全唐詩・補遺一》增補五律《淩晨》一首。文字方面，《全唐詩・凡例》云：“詩集有善本可校者，詳加校定。”此本隨行夾注不少校文，表明當時確曾以善本校勘過，有寶貴的參考價值。

（二）項刻本。星渚項氏乾隆四十六年辛丑（一七八一）仲春刻《初唐四傑》所收《盧升之集》七卷。本書前已述及，項氏在《初唐四傑集序》中已指明四傑各集的版本淵源，其略曰：“余所見《王子安集》，明張燮作十六卷，張遜業不分卷；《楊盈川集》，明童佩作十卷；《駱丞集》，明顔文選、施羽王並作四卷；惟《盧升之集》不著編輯人氏，作七卷，俱與諸家著録不符，中間文義，亦時有舛脱。大率從《文苑英華》諸書裒集而成，非復當時完本。明許自昌刻《初唐十二家集》，僅録四子詩賦。玆取現存各本，互相點勘，合刻成編，集名卷目仍之。乾隆辛丑仲春月，翰林院編修星渚項家達豫齋撰。”可見此《盧升之集》七卷，乃用不知撰人的明《盧升之集》七卷爲底子的翻刻本，卷前有《舊唐書・文苑傳》本傳，次目録，卷後無附録。卷一收賦五首、樂府九章，卷二五古十四、七古五、五律三十一，卷三五排二十三、五絶十一、七絶五，卷四至五騷體九，卷六序七、對問一，卷七書三、讚二、碑一，凡詩百七首，文十九首，詩文共百二十六首。由於此本經過項氏校勘，故文字稍精一些。就總體而言，此本仍屬於明無名氏本的下位本。《四傑集》刊行之後，此本似還有單行者，沈德壽《抱經樓藏書志》卷五十一有著録，曰：“《盧升之集》七卷，乾隆刻本。唐范陽盧照鄰升之撰，前有新舊《唐書》列傳。”所指當即此本。《皕宋樓藏書志》卷六十八著録一舊鈔本，版本特點與此本同，當爲此本的一個鈔本。

（三）四庫本。乾隆敕修《四庫全書》所收《盧升之集》七卷。《四庫全書總目》曰：“其集晁氏、陳氏書目俱作十卷，此本僅七卷，則其散佚者已多。又《窮魚賦序》稱‘常思報德，故冠之篇首’，則照鄰自編之集，當以是賦爲第一，而此本列《秋霖》、《馴鳶》二賦後。其與在朝諸賢書，亦非完本，知由後人掇拾而成，非其舊帙矣。”（《四庫全書總目》卷一四九，頁一二七八）此本卷數與張輯本爲近，應是據張輯本入録者，故館臣有是言耳。

（四）叢雅居本。叢雅居鄒氏同治十二年癸酉（一八七三）秋重刊星渚項氏《初唐四傑集》所收《盧升之集》七卷。半葉九行二十一字，版心下方有“叢雅居鄒氏刊”雙行六小字。此本收録作品數量、分卷、編次以及文字等，一仍項刻本之舊。

（五）畿輔本。王灝輯光緒五年己卯（一八七九）謙德堂刻《畿輔叢書》所收《盧升之集》七卷。此本正集七卷，收録作品數量與張燮輯《幽憂子集》七卷本相同。各卷編次，除將張輯本卷一之五古《早度分水嶺》、《三月曲水宴得樽字》、《至望喜矚目言懷貽劍外知己》三首判爲五排，調至此本卷三之五排内；張輯本卷三《中和樂九章》，此本調至卷一置於賦五篇後之外，其餘各首編次完全相同。至於分卷，唯一、二兩卷劃分，二本略異，張本五古在卷一，此本五古在卷二，如此而已。就文字方面而言，此本與張輯本差異也甚小。如此本卷二之五古《贈李榮道士》末句“真氣曉氛氲”，“氛”字，張輯本作“氤”。《於時春也慨然有江湖之思寄贈柳九隴》末句“歲晏同聯翩”，“同”字，張輯本作“共”。五律《劉生》“黄金鏤馬鈴”句，“鈴”字，張輯本作“纓”，與銅活字本相同。此本卷三五排《和夏日幽莊》，題目之“和”字，張輯本作“初”，等等。然凡文字不同處，此本大都出有校記，表明王氏曾用諸本認真校勘過。由上可見，此本當是以張輯本爲底子的一個重編重校本，故文字較張本更精粹，也更具有參考價值。《叢書集成初編》所收《盧升之集》

七卷，即據此本排印。

（六）江標本。江標影刻《唐人五十家小集》所收《盧照鄰集》上下兩卷。此本封面左側有"光緒二十一年六月江氏影宋"一行。半葉十行十八字，左右雙邊，版心白口單魚尾。上卷賦五首、次五古、七古，下卷五律、五排、五絶。此本錯簡、脱闕嚴重，凡脱失二十五首，錯簡五首，故算不得好本子。其餘各首的編次和文字，與明銅活字本及朱警本完全一致，故應是據明銅活字本，尤其是朱警本仿刻者。然江氏標明乃"影宋"本，大誤。此本各體詩中既有"五言排律"一體，而"排律"一名始見於元末楊士弘《唐音》，唯當時楊氏方始提出，知者尚少，後經明初高棅《唐詩品彙》推激，"排律"之名方爲社會廣泛使用（參前《駱賓王集》銅活字本）。江氏既稱"影宋"，則宋本何能出現以"排律"編次諸詩？江氏將包括"排律"在内的明人分體本，誤認作"宋本"，這表明江氏並不諳知詩體語彙的演進情形，遂將明銅活字本等明人分體本誤作宋本了。《中國版刻圖録》於明銅活字本《岑嘉州集》十卷下曰："銅活字本唐人集，傳世頗罕，前人多誤認爲宋刻本。"是江標可謂誤認明銅活字本等明人分體本爲宋本的又一人。

新中國成立後，照鄰集的整理本，首先有徐明霞的點校本《盧照鄰集》，與《楊炯集》合刊，一九八〇年由中華書局出版。箋注本則有任國緒《盧照鄰集編年箋注》，一九八九年由黑龍江人民出版社出版。校注本則有祝尚書的《盧照鄰集箋注》，一九九四年由上海古籍出版社出版；李雲逸的《盧照鄰集校注》，一九九八年由中華書局出版。

杜審言詩集

杜審言（六四五？～七〇八）字必簡，鞏縣（今屬河南）人，大詩人杜甫的祖父。祖籍襄陽（今屬湖北）。高宗咸亨元年（六七〇）進士及第，釋褐隰城尉，歷官洛陽丞、吉州司户參軍、著作佐郎，遷膳部員外郎。神龍初因交張易之流放峰州，二年（七〇六）召還，授國子監主簿、加修文館直學士，景龍二年（七〇八）卒。

審言年輕時即有文名，與李嶠、崔融、蘇味道合稱"文章四友"，尤長五言詩。《舊唐書·經籍志下》著録"《杜審言集》十卷"，《新唐書·藝文志四》同。是十卷本文集，北宋時尚存，内當有詩有文，乃審言全集。然而經兩宋兵燹，迨南宋初，晁公武《讀書志》僅著録《杜審言集》一卷，且曰："集有詩四十餘篇而已。"（《郡齋讀書志校證》卷十七，頁八三六）可見全集已散逸。陳振孫《書録解題》著録"《杜必簡集》一卷"，且曰："唐初沈、宋以來，律詩始盛行，然未以平側失眼爲忌。審言詩雖不多，句律極嚴，無一失粘者，甫之家傳有自來矣。然遂欲衙官屈、宋，則不可也。"（《直齋書録解題》卷十九，頁五五七）陳氏既謂"詩不多"，可見此一卷本收詩當與晁氏著録本同。《宋史・藝文志七》、《文獻通考・經籍考》六九著録亦同。可見審言集終南宋一世，卷數並未變化。

南宋所傳一卷本乃趙彦清所輯，乾道六年庚寅（一一七〇）楊萬里爲撰序，其略曰："襄陽杜審言字必簡，嘗爲吉州司户。今户曹趙君彦清，旁搜遠摭，得其詩四十三首，將刻棗以傳好事，且以爲户廳之寶玉大弓，屬余[集]〔序〕之。"（《杜審言集序》，明銅活字本《杜審言集》）據此可知，十卷本散逸後，趙彦清乃重輯審言作品，然雖"旁搜遠摭"，頗用功力，也僅得一卷，詩四十三首而已。至於十卷本集，則散逸無傳矣。晁氏《讀書志》最終成書於孝宗淳熙七至十四年（一一八〇～一一八七）之間（《郡齋讀書志校證・前言》），後於趙氏輯録本十餘年。是晁氏《讀書志》、陳氏《書録解題》著録之一卷本，當即趙氏輯録本無疑。不過，此本所録各詩不出《搜玉小集》、《文苑英華》、《樂府詩集》等總集、類書及唐詩選本的範圍，可見趙氏此一卷本，應是據上述總集、類書及唐詩選本重輯者，而與原十卷本並無淵源關係；楊萬里《序》謂趙氏"旁搜遠摭"，蓋以此也。正因爲十卷本散逸無傳，趙氏所輯一卷本，乃據諸總集及唐詩選本重輯而成，故一卷本自問世以來，至今幾不見再有佚詩增入，一卷本遂成爲後世一切審言集的祖本。

今傳宋刻《杜審言詩集》一卷，乃宋仿書棚本，今藏國家圖書館。《中華再造善本》所收審言集，即據此本影印。半葉十行十八字，左右文武雙欄，白口單魚尾下有"審言詩"三字。柳書結體，寫刻俱佳。卷前有"杜審言詩目録"，卷端首題"杜審言詩集"，共録詩四十三首。此種宋刻，楊紹和《楹書隅録》卷四著録之宋本常建、杜審言、岑嘉州、皇甫冉四家詩集皆此種版式。楊氏《楹書隅録》曰："常、杜二集爲一册，岑集二册，皇甫集一册，卷末有明人題識，版刻頗精，古香可挹……杜集共詩四十三首，有明人朱校，頗精核，亦可珍也……四集同出一版，每半葉十行、行十八字，有'克承安雅生'、'元甫停雲生'、'翰林待詔'……'吴郡顧元慶氏珍藏印'、'顧千里經眼記'各印記。”(《楹書隅録》卷四,頁五○七)。此四種宋槧既“同出一版”,而其中《常建集》,有充分證據可確定爲宋仿書棚本,其論證依據,可參看本書《常建集》部分;故其餘三集,包括《杜審言詩集》亦應爲宋仿書棚本無疑。此本既爲宋仿書棚本,則宋刊行有書棚本可無疑也,而書棚本當據趙氏本翻刻者。此本卷中偶有誤字。如五律《晦日宴遊》“解神宜就水”句,“神”字乃“紳”字之訛。又如七律《守歲侍宴應制》“對局深鉤柏酒傳”句,“深”字乃“探”字之誤。又如五排《贈崔融》“明情詎可忘”句,“明”字乃“朋”字之訛。再如五排《和李大夫嗣真奉使存撫河東》“思倍漢家錢”句,“思”字乃“恩”字之訛,等等,然而這些訛誤,皆一望即知。此本乃審言集宋刻唯一存世者,故版本價值極爲寶貴。由於楊紹和曾收藏此本,故卷中有“楊氏協卿平生真賞”、“東郡宋存書室珍藏”二印。二十世紀三十年代,此本自楊家散出後爲周暹所得,故卷首末兩處有“周暹”白文方印,新中國成立後周氏將此本捐獻給國家。

明清以來刊刻和傳鈔的審言集,其主要版本有以下幾種:

(一)銅活字本。正德、嘉靖間銅活字印《杜審言集》上下二卷。銅活字印《唐五十家詩集》所收《杜審言集》二卷,乃據杭州大學圖書館所藏此本影印。半葉九行十七字,左右雙邊,白口單魚尾下有“杜審言集某”字樣。卷前有楊萬里《序》。此本分體編次,卷上五古二、五律二十八,卷下五排七、七律三、七絶三,共四十三首。較之宋仿書棚本,此本收詩首數相同,然因此本乃分體本,故編次與宋刻迥異。本書前已述及,《中國版刻圖録》、銅活字印《唐五十家詩集》徐鵬《前言》均謂:明銅活字本《唐人詩集》,乃弘治、正德間蘇州地區印本。是此本乃明代出現較早的杜集刊本,故其所據底本,當爲宋本無疑。此本文字與宋仿書棚本多同,且並宋槧的訛誤亦照樣沿襲。如上舉仿書棚本的舛誤,此本均與之相同,可見此本乃是以宋書棚本或仿書棚本爲底本,將各體詩分别依次録出,然後再分編二卷而成的。不過因編者不慎,此本又生出一些新的訛誤。如五律《蓬萊三殿侍宴奉敕詠終南山應制》“牛嶺通佳氣”句,“牛”字誤,仿書棚本作“半”,甚是。五排《贈崔融二十韻》“連騎追佳賞,城中及路傍。琴尊横宴席,巖谷卧詞場”四句,仿書棚本“連騎”二句與“琴尊”二句互倒。除誤字外,此本亦有一些文字與仿書棚本不同,如此本五律《春日懷歸》“河山鑒魏闕”句,“鑒”字,仿書棚本作“覽”。五律《和韋承慶過義陽公主山池五首》其五“賞玩期他日”句,“期”

字，仿書棚本作“奇”，校曰：“一作期。”此本五律《和晉陵陸丞早春遊望》“晴光轉緑蘋”句，“轉”字，仿書棚本作“照”。此本五排《贈崔融二十韻》，題中“二十韻”三字，仿書棚本無。“巖谷卧詞場”句，“谷”字，仿書棚本作“沼”，校曰：“一作谷。”等等。可見由於此本刊行較早，故文字方面亦有寶貴的參考價值。

（二）巾箱本。嘉靖七年戊子（一五二八）商任刻巾箱本《杜審言詩集》三卷，今國家圖書館有藏。高儒《百川書志》成書於嘉靖十九年庚子（一五四〇），《書志》著録“《杜審言詩集》三卷，詩凡四十三首”，蓋即此本。半葉九行十五字，白口，左右雙欄。卷前載楊萬里《序》，卷後有任慶雲刻書《跋》。正文詩分三卷，每卷目連正文。此本原爲天一閣庋藏，《天一閣藏書經見録》卷下著録有此本，曰：“前有乾道庚寅楊萬里序，後有嘉靖戊子任慶雲刻書跋，謂重刻康對山本（康本刻之關中）。嘉靖巾箱本，九行十五字，白口，一册。”此本從天一閣散出後，民國時爲上海藏書家蔣汝藻“傳書堂”收得，王國維於一九一九年受蔣氏之聘編成《傳書堂藏善本書志》，《書志》著録此本曰：“《杜審言詩集》三卷，明刊本。楊萬里序，乾道庚寅。慶雲跋，嘉靖戊子。此出康對山關中刊本，分體編次，商任守［慶］〔襄〕陽時刊之。天一閣藏書。”此段文字雖不長，然叙此本版本特徵及版本淵源甚明。商任所刻此本，乃其守襄陽時所槧，其底本爲康對山關中刻本，分體編次。此本自蔣家散出後，又爲近現代版本學家傅增湘收得，《藏園群書題記》著録此本曰：“頃趙斐雲自南中收得三卷本，中版心，款式極古。詩分三卷，每卷目連正文，半葉九行，行十五字，白口，左右雙闌。前有乾道庚寅楊萬里序，言户曹趙君彦清得詩四十三首，將刻棗以傳好事云云。末有嘉靖戊子任慶雲跋，言康對山刻之關中，既官襄陽，知其詩無傳云云。是康氏所翻爲乾道本，此任氏本又從康刻再翻刻者也。予重其罕覯，因以許自昌本校之，而記其異字於表焉。”（《藏園群書題記》卷十一，頁五六六）傅氏記此本版本特徵甚詳，然判此本直接據乾道本翻刻，則未必即是。此本既爲分體本，而分體本多出自明人之手。此本的底本既爲康對山本，則康本蓋爲分體本。康本未知刊於何時，若後於銅活字本，則康氏本或以銅活字本爲底本，亦不是全無可能。傅氏所藏此本，後捐獻給北京圖書館（即今國家圖書館），王重民曾於館中見之，《中國善本書提要》著録此本曰：“《杜審言詩集》三卷，一册（北圖），明嘉靖間刻本……此本爲明嘉靖間任慶雲官襄陽時所刻，謂據康對山闕中刻本上版。考楊氏《楹書隅録》卷四載宋刻本一卷，丁氏《善本書室藏書志》卷二十四載明刻本二卷，均有詩四十三首，蓋分卷雖不同，皆從趙彦清本出故也。”(《中國善本書提要·集部·别集類》，頁四九六至四九七)王氏謂此本與其他不同卷次的本子皆從趙氏本出，話説得較寬泛，自然是不錯的。此本臺灣“中央圖書館”亦有藏，臺灣商務印書館《岫廬現藏罕傳善本叢刊》曾據以影印。

(三)朱刻本。嘉靖十九年庚子(一五四〇)朱警輯刻《唐百家詩·初唐二十一家》所收《杜審言詩集》一卷。半葉十行十八字，左右文武雙欄，白口單黑魚尾下鐫“審言詩”三字。與仿書棚本相較，此本字體已帶匠氣，然寫刻尚佳。卷前唯楊萬里《序》，無目録。卷端首題“杜審言詩集”，下連正文。此本詩不分體，共四十三首，亦與仿書棚本同。此本文字也多與仿書棚本相同，且並其訛誤亦照樣沿襲，如五律《晦日宴遊》“解神宜就水”句，“神”字乃“紳”字之訛；七律《守歲侍宴應制》“對局深鉤柏酒傳”句，“深”字乃“探”字之誤；五排《贈崔融二十韻》“明情詎可忘”句，“明”字乃“朋”字之訛；五排《和李大夫嗣真奉使存撫河東》“思倍漢家錢”句，“思”字乃“恩”字之訛；等等，此本均與仿書棚本誤同。不過此本文字與仿書棚本又不完全相同，如五律《蓬萊三殿侍宴奉敕詠終南山應制》“牛嶺通佳氣”句，“牛”字誤，銅活字本誤同，而仿書棚本作“半”，甚是；此本五排《贈崔融二十韻》“連騎追佳賞，城中及路傍。琴尊横宴席，巖沼卧詞場”四句，銅活字本同，而仿書棚本“連騎”二句與“琴尊”二句互倒；此本五律《春日懷歸》“河山鑒魏闕”句，“鑒”字，銅活字本同，而仿書棚本作“覽”；五排《贈崔融二十韻》，題中“二十韻”三字，銅活字本同，而仿書棚本無；等等，可見此本所據底本應爲銅活字本。另，上圖所藏《唐二十二家詩集》之《杜審言詩集》一卷，實際就是朱刻本。所謂《唐二十二家詩集》，乃書賈掇拾朱警《唐百家詩》之殘剩，綴合成二十二家而成者，参本書《駱賓王集》朱警本。

(四)明仿宋本。明仿宋書棚本《杜審言集》二卷。此本王國維《傳書堂藏善本書志》著録曰：“《杜審言詩集》二卷，明仿宋本。楊萬里序，乾道庚寅。半葉十行，行十八字，出宋臨安書棚本，天一閣藏書。”王氏判此本出臨安書棚本，信然。與宋仿書棚本相較，此本僅版式、行款、收詩、編次與之相同，餘則多有不同處。如文字方面，上舉仿書棚本的誤字，此本均不誤。又，此本與仿書棚本文字亦多有不同，如此本五律《春日懷歸》“河山鑒魏闕”句,“鑒”字,銅活字本同,而仿書棚本作“覽”。此本五排《贈崔融二十韻》,題中“二十韻”三字,銅活字本同,仿書棚本無。“巖谷卧詞場”句,“谷”字,銅活字本同,而仿書棚本作“沼”,校曰“一作谷”,等等,可見此本雖出自書棚本,然文字已用銅活字本或其近似的本子作過校勘,故而較書棚本爲精。不過書棚本一卷,此本二卷,當爲翻刻時改編。又,此本各卷端題“杜審言集卷某”,删去書棚本題中之“詩”字。此本首卷題下鐫有“直在室”橢圓木記一個,爲此本特有的版本標記。臺灣商務印書館一九七三年出版王雲五主編《景印岫廬現藏罕傳善本叢刊》收有此本。

(五)張刻本。嘉靖三十一年壬子(一五五二)張遜業輯刻《十二家唐詩》所收《杜審言集》二卷。此本半葉九行十九字,今國家圖書館有藏。十二家中,杜審言爲第六家。各家均爲上下二卷,每家卷前均署“永嘉張遜業有功校正,江都黄埻子篤梓行”。版心魚尾上鐫“東壁圖書府”五字,下有“江郡新繩”四字。此本首數、分卷、編次,與銅活字本相同,文字也與銅活字本十分接近,故當是據銅活字本翻刻者。不過,此本既稱“張遜業校正”,表明張氏曾參校過其他本子。今檢此本,的確改正了上面所舉銅活字本的一些訛誤,且字裏行間夾注許多異文,頗有參考價值。

(六)楊刻本。萬曆十二年甲申(一五八四)楊一統刊《唐十二名家詩》所收《杜審言集》一卷。半葉九行二十字,今北京大學圖書館有藏。十二家中,杜審言爲第六家。各家皆一卷,詩分體。《王勃集》前有黄道日序、東郡孫仲逸序、楊一統自序。孫仲逸《刻唐十二家詩序》云:“都有唐諸作而隲之,則兹集數人爲首。今海内人士,不翅沈酣枕藉之,故江都之刻(張遜業本),不數載已復初木。余友人楊允大再刊于白下,而校加精焉,屬不佞序之首簡……萬曆甲申玄提月。”據孫《序》可知,此集乃據張遜業本校勘上版者,卷首《唐詩十二名家叙略》稱,此書校勘由楊一統、張伯履、丘陵、孫仲逸、李本芳五人分别承擔。此本收詩篇目、序次俱同張遜業本,文字雖經過校勘,但與張本相差甚微,故應屬於銅活字本系統。

(七)詩紀本。萬曆十三年乙酉(一五八五)黄德水、吴琯輯刻《初盛唐詩紀》所收《杜審言詩》一卷。半葉九行十九字,版心白口單魚尾上有“詩紀”、“杜審言”字樣。此本亦分體編次,計五古二首、五律二十八、七律三、五排七、七絶三,共四十三首。此本的底本,蓋爲楊一統本、抑或張遜業本,而非從宋本或銅活字本來,故文字多與楊氏本或張遜業本同。如上舉仿書棚本與銅活字本的訛誤，此本均已糾正。然而由於所據非仿書棚本，故文字與仿書棚本及銅活字本多有不同。如此本五古《南海亂石山作》"夜魄炯青翠"句，"夜"字，仿宋書棚本、銅活字本作"交"。此本五律《宿羽亭侍宴應制》"碧水摇空閣"句，"空"字，仿書棚本、銅活字本作"雲"。五律《和韋承慶過義陽公主山池五首》其二"橋迴缺岸妨"句，"迴"字，仿書棚本、銅活字本皆作"危"。其三"摇筆弄青霞"句，"筆"字，仿書棚本、銅活字本作"葦"。五律《春日懷歸》"花離芳園鳥"句，"離"字誤，仿書棚本、銅活字本作"雜"。此本七律《守歲侍宴應制》"對局探鉤柏酒傳"句，"探"字，仿書棚本、銅活字本作"深"。七律《春日京中有懷》"今年遊寓獨遊秦"句，"秦"字，仿書棚本、銅活字本作"春"。此本五排《贈崔融二十韻》"草深窮巷毁"句，"毁"字，仿書棚本、銅活字本皆作"敗"。"雅節君彌固"句，"雅"字，仿書棚本、銅活字本作"稚"。五排《贈蘇味道》"南庭戍未歸"句，"未"字，仿書棚本、銅活字本皆作"不"。五排《和李大夫嗣真奉使存撫河東》"無爲大象懸"句，"象"字，仿書棚本、銅活字本皆作"衆"。"關河陜服連"句，"服"字，仿書棚本、銅活字本皆作"伏"。"昔出諸侯上"句，"上"字，仿書棚本、銅活字本皆作"争"，等等。可見此本的確是以楊氏本或張遜業本爲底本翻刻的。此本的訛誤字，五律《和韋承慶過義陽公主山池五首》其四"鹿麛銜妓席"句，"銜"字誤，仿書棚本、銅活字本皆作"衝"。五律《送郎中北使》，題中"送"字下，仿書棚本、銅活字本皆有"高"字；此本脱。又如此本五排《和李大夫嗣真奉使存撫河東》"俄指降臺前"句，"降"字誤，仿書棚本、銅活字本皆作"絳"，甚是。"殺氣西衡白"句，"衡"字誤，仿書棚本、銅活字本皆作"衝"，良是。"莫以崇斑䙩"句，"斑"字誤，仿書棚本、銅活字本皆作"班"，極是等等，當爲改編時一時不慎所致。

（八）許刻本。許自昌萬曆三十一年癸卯（一六〇三）刻《前唐十二家詩》所收《杜審言集》二卷。半葉九行十九字，今北京大學圖書館有藏。十二家排序，與楊一統本同，《王勃集》前有《新刻前唐十二家詩叙》，末署"萬曆癸卯孟夏長洲許自昌書"。每卷前署"明長洲許自昌玄祐甫校"。此本書名、行款、分卷、篇目、序次及文字與張遜業本相同，可見乃是據張本翻刻的。

（九）鄭刻本。鄭能刻《前唐十二家詩》所收《杜審言集》上下卷。十二家中，杜審言爲第六家。各家均上下二卷，版式、行款相同，作品分體編次（參本書《駱賓王集》鄭刻本），此不贅。此本卷上五古二、五律二十八，卷下七律三、五排七、七絶三,共四十三首。鄭能《前唐十二家詩》乃許自昌《前唐十二家詩》的翻刻本(參本書《駱賓王集》鄭刻本),故杜氏此本與許刻本書名、分卷、篇目、序次皆相同,文字差别亦甚微。

(十)統籤本。胡震亨《唐音統籤》所收《杜審言詩》一卷,編卷四十四,乙籤六十六,刻本。胡氏曰:"《唐志》集十卷,《宋志》亡。時有吉州户曹趙彦清,以審言嘗爲其州司户,搜得詩四十三首,爲一卷,刻之户庭。今集即趙本也。"(《唐音統籤》第一册,頁一七四)謂此本淵源自趙本。此本亦分體編次,各體首數與詩紀本同。唯七絶一體,胡氏增補佚詩《劇刺史小鬟》一首,故共四十四首。此本分體雖與詩紀本同,然因胡氏重編的各家唐集,分體之後再進一步分類,故各體詩的編次與詩紀本頗有不同。此本所據底本,胡氏没有明言。今持此本與詩紀本對勘,二本文字多同,且並詩紀本的不少訛誤亦相沿襲。如詩紀本五律《送郎中北使》,題中"送"字下,仿書棚本、銅活字本皆有"高"字,詩紀本誤脱,此本亦脱。詩紀本五律《和韋承慶過義陽公主山池五首》其四"鹿麛銜妓席"句,"銜"字誤,此本誤同,仿書棚本、銅活字本皆作"衝"。又如詩紀本五排《和李大夫嗣真奉使存撫河東》"殺氣西衡白"句,"衡"字誤,此本誤同,而仿書棚本、銅活字本皆作"衝"。"莫以崇斑閡"句,"斑"字誤,此本誤同,而仿書棚本、銅活字本皆作"班",等等。這些都是詩紀本獨有的誤字,而此本皆與之同,可見此本的確是以詩紀本爲底本,調整編次並補入佚詩一首後編輯而成的。然此本文字也有校改,如詩紀本五律《和韋承慶過義陽公主山池五首》其五"賞玩奇他日"句,"奇"字,此本改作"期"。詩紀本五律《春日懷歸》"花離芳園鳥"句,"離"字誤,仿書棚本、銅活字本皆作"雜",此本亦改作"雜"。又如詩紀本五排《和李大夫嗣真奉使存撫河東》"俄指降臺前"句,"降"字誤,仿書棚本、銅活字本皆作"絳",此本改作"絳",甚是,等等。

(十一)全唐詩本。康熙敕修《全唐詩》所收《杜審言詩》一卷。《全唐詩》是在明胡震亨《唐音統籤》和清季振宜《全唐詩稿本》兩書的基礎上修訂而成的。而季氏《稿本》中的《杜審言詩》,乃是將上述詩紀本之原刻入編,删去分體字樣編輯而成的,故此本收詩亦只四十三首。文字方面,季氏作了校勘。季氏藏有書棚本《杜審言詩集》,詩紀本五律《送郎中北使》題下,季氏出校曰:"宋刻《送高郎中北使》。"可證季氏確曾用宋槧本作過校勘。季氏使用的校本還有《搜玉小集》、《文苑英華》、《樂府詩集》等,故文字視前各本爲精。如詩紀本五律《和韋承慶過義陽公主山池五首》其四"鹿麛銜妓席"句,"銜"字誤,季氏徑改作"銜"。其五"賞玩奇他日"句,"奇"字,季氏據校本徑改作"期"。詩紀本五律《送郎中北使》,季氏據宋槧於"送"字下增入一"高"字。詩紀本五排《贈蘇味道》"漢卒尚重圍"句,季氏據《搜玉小集》改作"虜騎獵猶肥"。"雲浄妖星落,秋深塞馬肥"二句,季氏據《搜玉小集》改作"雁塞何時入,龍城幾度圍"。再如詩紀本五排《和李大夫嗣真奉使存撫河東》"俄至降臺前"句,"降"字誤,季氏據宋槧改作"絳"。"殺氣西衡白"句,"衡"字誤,季氏據宋槧於"衡"字旁出校一"衝"字,作爲參考等等,均極是。然而詩紀本的訛誤,季氏亦未能完全予以校正,如五排《和李大夫嗣真奉使存撫河東》"莫以崇斑閡"句,"斑"字誤,仿書棚本、銅活字本皆作"班",甚是,季氏未予校改。詩紀本五律《和晉陵陸丞早春遊望》"晴光照緑蘋"句,"照"字,仿書棚本同,季氏據校本改作"轉",蓋季氏以爲"轉"字較"照"字更生動。然這畢竟只是個别例子,總之季氏《稿本》較此前各本,包括仿書棚本在内,文字更精。康熙敕修《全唐詩》所收《杜審言詩》一卷,便是將季氏《稿本》中的審言詩悉數收入,文字方面重新加以校勘而成的。如季氏《稿本》七律《春日京中有懷》"將軍西地幾留賓"句,"地"字,編臣改作"第"。如五排《和李大夫嗣真奉使存撫河東》"莫以崇斑閡"句,"斑"字誤,季氏未能校改,編臣改作"班"字,良是等等。《全唐詩·凡例》云:"詩集有善本可校者,詳加校定。"此本行間新增一些校文,表明編臣確曾以善本重新作過校勘,因而文字更精。

民國以來出版的審言集有,一九三三年上海民智書局《唐宋三大詩宗集》所收《杜審言集》二卷,未見。新中國成立後,審言集整理研究者比較少,直到一九八二年,上海古籍出版社印行徐定詳《杜審言詩注》,收入叢書《唐詩小集》。此本"以宋刻本爲底本,參照明嘉靖本、張刻本和《全唐詩》,以及《國秀集》、《文苑英華》、《唐詩紀事》、《唐詩鼓吹》、《唐詩别裁》等歷代有影響的選本,逐一作校"(該書《前言》),校勘上還是頗下功夫的。然此本編次卻不依宋刻本,而依《全唐詩》。全唐詩本所據乃明詩紀本,分體編次,已失去了宋趙彦清本的面貌。不過此本注釋簡明扼要,詩中涉及當時史實及杜審言行迹,均較詳細地加以説明。書前冠以《前言》,對審言的生平行事、詩歌内容及藝術特點系統加以介紹,書後附録審言生平事迹材料及歷代詩評摘要,頗便讀者。總的來看,此本不失爲審言集的一個較好讀本。

李嶠集

李嶠(六四五? ～七一四?)字巨山,趙州贊皇(今河北贊皇)人。弱冠進士及第,舉制策甲科,授長安尉。歷官監察御史、給事中等。則天朝官鳳閣舍人,遷同鳳閣鸞臺平章事。中宗朝官禮部尚書,封趙國公。景龍中以特進守兵部尚書、同中書門下三品。睿宗即位,出刺懷州。玄宗立,貶爲滁州别駕,改廬州别駕卒。

嶠富才思,與崔融、蘇味道、杜審言合稱"文章四友",著述頗豐,《舊唐書》本傳謂其"有文集五十卷",《舊唐書·經籍志下》卻著録"《李嶠集》三十卷","三"字應爲"五"字之訛。唐五代世所流行者當即五十卷本。另外,日人藤原佐世《日本國見在書目録·别集家類》著録"李嶠百廿詠一"(《古逸叢書》影印舊鈔本)。"李嶠百廿詠",又稱《李嶠雜詠》,乃天寶六載(七四七)張庭芳由五十卷本内别裁而出,加注後單行於世者(詳下日本傳本)。藤原佐世卒於醍醐天皇昌泰元年(八九八,唐昭宗乾寧五年)。是知晚唐光化以前,《李嶠百廿詠》已傳至日本,而五十卷本未見於《見在書目録》。

入宋,《新唐書·藝文志四》著録"《李嶠集》五十卷,《李嶠雜詠詩》十二卷"。是五十卷本北宋時尚存,此與《舊唐書》本傳所述合,《舊書·經籍志》作"三十卷",不確。《崇文總目》卷六十二亦著録"《李嶠雜詠詩》十二卷"。是知北宋時,除五十卷本完整存世之外,另有《李嶠雜詠詩》十二卷行世,此十二卷《雜詠》,蓋與《日本國見在書目録》著録之"李嶠百廿詠"爲一書,皆《雜詠》之别裁單行本,唯分卷不同而已。

宋室南渡,兵燹之餘,晁公武《讀書志》僅著録"《李嶠集》一卷",且曰:"集本六十卷,未見。今所録一百二十詠而已,或題曰《單題詩》,有張方注。"(《郡齋讀書志校證》卷十七,頁八三七至八三八)可見南宋時,以晁氏之博覽,亦未得見五十卷本,則五十卷本於兩宋兵燹中散逸蓋可無疑。而《李嶠集》一卷,或名《單題詩》,實際就是《李嶠雜詠》百二十首,有張方注,此與《崇文總目》著録的《李嶠雜詠詩》十二卷,亦是同書的不同版本,卻留存了下來。下迨南宋後期,陳振孫《書録解題》隻字未提嶠之文集,且並《李嶠雜詠》亦未提及,唯於卷二十二《文史類》著録《評詩格》一卷,且曰:"嶠在昌齡之前,而引昌齡《詩格》八病,亦未然也。"(《直齋書録解題》卷二十二,頁六四二）由於《書録解題》今傳者乃殘賸之餘，或原本有著録後散佚亦未可知。《文獻通考·經籍考》五十八著録《李嶠集》一卷，又《經籍考》七十六著録《評詩格》一卷，與晁、陳著録同。《宋史·藝文志七》則著録《李嶠詩》一卷、又《李嶠新詠》一卷。顯然"新"字當爲"雜"字形訛。而《李嶠集》十卷，此前未見著録，蓋爲南宋人的重輯本，因原書已佚，故其收録的内容及編次情形已無從得知了。總之南宋一代，五十卷本不見流傳，世所流行者僅《李嶠詩》十卷與《李嶠雜詠》一卷而已。然而元時，辛文房《唐才子傳·李嶠傳》仍曰："今集五十卷、《雜詠詩》十二卷、《單題詩》百二十首，張方爲注，傳於世。"辛氏謂五十卷本元時仍傳於世，大謬不然；又《雜詠詩》十二卷，與《單題詩》百二十首實爲一書，非《雜詠》之外，又有"單題詩"百二十首也（參萬曼《唐集叙録》）。據此可見，《才子傳》著録的各家唐集多非實録。

晁氏所説《單題詩》、即《雜詠詩》張方注，今敦煌遺書中尚存殘卷三種。最先發現敦煌寫卷《李嶠雜詠注》者，乃北大教授、著名文獻學家王重民。二十世紀三十年代，王先生撰《李嶠雜詠注》一文，文中首次披露英藏和法藏的兩個《李嶠雜詠注》敦煌殘卷：斯五五五號、伯三七三八號。王氏曰：

> 斯坦因所得五五五號，爲殘詩十七行，有注；伯希和所得三七三八號卷，僅六行，詩注均相似，書法亦同，知爲同書，恨不知書名與撰人姓氏。劉修業女士爲東方語言學校編所藏華文書目，偶檢《佚存叢書》本《李嶠雜詠》，謂此即《雜詠》殘卷，余檢閲良然。更閲卷端張庭芳序，而知此殘卷詩注，即張庭芳所撰者。斯氏卷始詠《銀》末三句，訖《布》，共六首又三句，在《佚存》本《玉帛部》十首中。伯氏卷存詠《羊》末二句，詠《兔》詠《鳳》各一首全，詠《鶴》僅存開端二句。詠《鳳》詩前有"靈禽十首"一目，則知《全唐詩》無子目者，或因從類書輯出也。然《佚存》本《靈禽》部在《祥獸》部前，卷子本反是，蓋《佚存》本與張庭芳注本不同也。《佚存》本文句與《全唐詩》所輯大致相同，卷子本《錢》至《帛》六詩中，其末二句每與《佚存》本不同，詠《兔》詠《鳳》亦如之。然則庭芳所據，固别一本也。
>
> 天瀑氏跋稱："《朗詠集注》往往引《百詠注》。《宋志》載庭芳注《哀江南賦》，而不及此注，則亡佚之久可知。"余兹獲殘編於英法兩京，恨不得《朗詠集注》者一校之，更以證明余説之不誤也。一九三八年九月八日（《敦煌古籍叙録》，頁二八九至二九〇）。

據此可知分藏英、法的兩個寫卷，原蓋爲同一個寫卷，因斷裂而爲斯坦因、伯希和劫藏兩地。二寫本共存二十三行，録詩十一首，其中三首殘缺。然兩卷並無作者及書名，王重民因劉修業女士相告，方知兩卷所録乃《李嶠雜詠》中詩。王先生據《佚存叢書》所收《李嶠雜詠》卷前所載張庭芳《序》（詳下日本傳本），判定晁公武所説的注《雜詠》之張方，就是張庭芳。《雜詠注》的另一個敦煌寫卷，是現今學者徐俊先生發現的，爲俄藏 Дx 一〇二九八號，此卷背面存《雜詠詩注》九行，詩六首，均殘損不完。以上三個殘卷，卷中所存詩的正文及注文，徐先生全部重加録存，改正了以前學界録文的失誤。而後以日本《佚存叢書》本、明銅活字本、全唐詩本三個《雜詠》重要版本（皆詳下）參校，異文均出校記。三個寫卷所存詩爲：《羊》、《兔》、《鳳》、《鶴》、《銀》、《錢》、《錦》、《羅》、《綾》、《素》、《布》、《硯》、《墨》、《紙》、《酒》、《扇》與《月》，共十七首，涉及“祥獸”、“靈禽”、“玉帛”、“文物”、“服玩”、“乾象”六部。通過研究，徐先生以爲“與日本所存諸寫本相比，敦煌寫本更接近於《雜詠》張注原貌”；但敦煌寫本也有缺陷，除了通常的鈔寫錯失和遺漏外，敦煌寫本還存在着“較爲明顯的節略本的特徵”，及“注文引文大多爲括取其義而言之……這就是説，敦煌三寫本也並非張注原本”（徐俊《敦煌詩集殘卷輯考》，頁三五〇至三五一）。至於《雜詠》的注者，徐先生以爲，未可遽定張庭芳即張方，因爲較晁氏更早的北宋後期人朱翌，其《猗覺寮雜記》卷上即已徵引張方《雜詠》注文，可見晁氏謂張方注《雜詠》必有所據，“今人或謂‘張方’爲‘張庭芳’之誤，似未必。現存文獻中，除日本所傳張庭芳序外，宋元書志、筆記均作張方，不宜遽定爲誤。是否名、字之别，也難以確定”（徐俊《敦煌詩集殘卷輯考》，頁三四七至三四八）。態度是審慎的。然而無論作者爲誰，敦煌三寫卷乃《李嶠雜詠注》現存最早的文本，無論在《雜詠注》的文字校勘方面，抑或在《雜詠注》的綜合研究方面，均有着極其珍貴的價值。

元明以後，中土流行的嶠集唯《雜詠》與其他詩歌的合編本，或一卷、或三卷，甚或四卷、五卷不等，而《宋志》著録的《李嶠詩》十卷，卻未見傳世。至於《李嶠雜詠注》，中土亦不見流傳。清嘉慶時，東瀛所傳《雜詠詩》二卷回傳，爲《雜詠》增加一新的版本，國内紛紛傳刻，故晚清本土有數種《雜詠詩》版本行世。下面分别加以介紹。

先談明清以來刊刻和傳鈔的《雜詠》與其他詩歌的合編本，其主要版本有以下幾種：

（一）銅活字本。明銅活字印《唐人詩集》所收《李嶠集》上中下三卷，《唐五十家詩集》所收《李嶠集》三卷，即據杭州大學圖書館所藏此本影印，行款、版式同《駱賓王集》銅活字本（已見）。此本亦分體本，其中《雜詠》連續編次。卷上賦一首、五古八、七古三，卷中五律《雜詠》八十，卷下五律《雜詠》四十、五律二十五、五排十六、七律二、五絶二、七絶三，詩賦共百八十首。其中《雜詠》百二十首無注文。高儒《百川書志》成書於嘉靖十九年（一五四〇），卷十四著録《李嶠詩》三卷，且謂"其詠物之作凡二十首"，所録當即此本。然"凡二十首"，當爲"百二十首"之誤。《善本書室藏書志》云："李嶠集三卷，明活字本。……舊集五十卷。此則後人摭拾而成，前賦後詩，與嘉靖間徐獻忠所刊《唐詩百家》次第一式，當從宋本出也。"（《善本書室藏書志》卷二十四）丁氏謂此本"從宋本出"，所言頗有見地。本書前已述及，《中國版刻圖録》、《唐五十家詩集》徐鵬《前言》均謂：明銅活字本《唐人詩集》，乃弘治、正德間蘇州地區印本。是此本乃明代出現較早的嶠集刊本，故其所據底本，當爲宋本無疑。具體而言，此本應是以宋《李嶠詩》十卷爲底本，將各體詩分别依次録出，而後分編三卷而成的。本書前已述及，"排律"之名，始見於元末楊士弘《唐音》，明代方普遍使用。此本既以"五排"編次諸詩，則其爲明人分體改編的唐人詩集無疑。此三卷分體本出，宋《李嶠詩》十卷亡，遂使此本成爲明清一切嶠集的祖本，這一點可從文字上得到證明。如《雜詠・雲》"鬱鬱□書堂"句，闕第三字。又如《簫》後四句闕。再如《素》首句前四字闕；第三句前二字闕；等等，銅活字本所闕脱的這些文字，後世各本闕脱均同。僅此一點足可證明，後世各本均是由此本衍生者。此本也有誤字，如七古《汾陰行》"杏蘭爲楫桂爲舟"句，"杏蘭"，當爲"木蘭"之訛。如五律《鳧》"降將貽詩罷"句，"降將貽"似誤，詩紀本作"李陵賦"。又如五律《奉和春日遊苑喜雨應制》"香煙萬壽杯"句，"煙"字當爲"筵"字之誤。再如五律《中宗降誕日長定公主滿月侍宴》，題中"長定公主"，乃"長寧公主"之誤，等等。

（二）朱警本。嘉靖十九年庚子（一五四〇）朱警輯刻《唐百家詩・初唐二十一家》所收《李嶠集》三卷。半葉十行十八字，白口單黑魚尾下鐫"李嶠集卷某"。《善本書室藏書志》曰："《李嶠集》三卷，明活字本。……舊集五十卷。此則後人摭拾而成，前賦後詩，與嘉靖間徐獻忠所刊《唐詩百家》次第一式，當從宋本出也。"(《善本書室藏書志》卷二十四)丁氏所謂徐獻忠刊《唐詩百家》，實即朱警所刻《唐百家詩》，因朱刊《百家詩》前冠以徐獻忠《唐詩品序》，故世人誤以《唐百家詩》乃徐氏所刊。丁氏所謂"明活字本"，蓋明銅活字本。丁氏謂二者"次第一式，當從宋本出"，判此本與銅活字本皆出自宋本，非是。此本分卷、分體、編次，與銅活字本相同，且文字也與銅活字本相差甚微，如銅活字本七古《汾陰行》"杏蘭爲楫桂爲舟"句，"杏蘭"乃"木蘭"之誤，此本誤同。五律《奉和春日遊苑喜雨應制》"香煙萬壽杯"句，"煙"字乃"筵"字之誤，此本誤同。五律《中宗降誕日長定公主滿月侍宴》，題中"長定公主"乃"長寧公主"之誤，此本誤同，可見此本乃是以銅活字本爲底本翻刻而成者，並非出自宋槧也。

(三)黄刻本。黄貫曾輯嘉靖三十三年甲寅(一五五四)黄氏浮玉山房刻《唐詩二十六家》所收《李嶠集》三卷。國家圖書館藏本有周叔弢校。《二十六家》前首黄貫曾《刻唐二十六家序》、次黄姬水序、次二十六家總目，總目末有"嘉靖甲寅首春江夏黄氏刻于浮玉山房"牌記。接有書手"姑蘇吴時用書"、刻工"黄周賢、金贄刻"題名。國家圖書館藏本有"涵芬樓"、"海鹽張元濟經收"等收藏印記，表明此本民國時曾爲上海商務印書館所屬涵芬樓收藏。半葉十行十九字，左右雙欄，白口單黑魚尾。楷書結體，雕刻精審。此本書名、分卷、分體、首數、編次與銅活字本完全相同，文字也相差極微，且連上文所舉銅活字本脱闕、訛誤亦完全相同。如銅活字本七古《汾陰行》"杏蘭爲楫桂爲舟"句，"杏蘭"乃"木蘭"之誤，此本誤同。又如五律《奉和春日遊苑喜雨應制》"香煙萬壽杯"句，"煙"字乃"筵"字之誤，此本誤同。再如五律《中宗降誕日長定公主滿月侍宴》，題中"長定公主"乃"長寧公主"之誤，此本誤同，等等，可見此本乃是據銅活字本或其衍生的朱警本翻刻的。然此本也作過校勘，故文字與銅活字本略有不同，如《雜詠·雲》"鬱鬱□書堂"句，"堂"字，此本作"臺"，等等。

(四)詩紀本。萬曆十三年乙酉(一五八五)黄德水、吴琯輯刻《初盛唐詩紀》之《李嶠詩》四卷。半葉九行十九字，四周雙邊，版心白口單魚尾上有"詩紀"、"李嶠"字樣。此本亦分體編次，計首卷五古八首、七古四、五律三十一，第二卷五律《雜詠》五十八，第三卷五律《雜詠》六十二，第四卷七律三、五排二十、五絶二、七絶四，共百九十二首。較之銅活字本，此本五古溢出《雲》一首，七古溢出《長林令衛象餳絲結歌》一首，五律溢出《奉和送金城公主適西蕃應制》、《奉和九月九日登慈恩寺浮圖應制》、《送沙門弘景道俊玄奘還荆州應制》、《同賦山居七夕》、《送崔主簿赴滄州》、《餞駱四二首》等七首，七律溢出《人日侍宴大明宫恩賜彩縷人勝應制》一首，五排溢出《倡婦行》、《餞薛大夫護邊》、《奉和杜員外扈從校閲》等三首，七絶溢出《送司馬先生》一首，共溢出十四首。銅活字本溢出此本五律《奉和春日遊苑喜雨應制》一首。編次方面，銅活字本五古《晚秋喜雨》一首，此本編入五排。又《雜詠》百二十首的編次，此本與銅活字本除自《日》至《洛》等前二十首相同外，其餘八十首編次完全不同，具體而言：銅活字本自《蘭》至《兔》等四十首（置於前二十首後），此本編爲最後四十首；銅活字本自《城》至《橋》等八首，此本編爲第二十一至二十八首；銅活字本自《舟》至《酒》等十二首，此本編爲第六十九至八十首；銅活字本自《經》至《布》等最後四十首，此本編爲第二十九至六十八首。文字方面，此本與銅活字本亦多有不同。如五古《秋山望月酬李騎曹》"獨軫離居恨"句，"居"字，銅活字本作"君"。七古《寶劍篇》"東皇提昇紫微座"句，"皇提"，銅活字本作"轂顯"。五律《立春日侍宴内殿出剪綵花應制》"早聞年欲至"句，銅活字本作"幸欲聞年至"。如五律《奉和春日遊苑喜雨應制》"香筵萬壽杯"句，"筵"字，銅活字本作"煙"。又如《雜詠・風》"若至蘭臺下"句，銅活字本作"蘭臺宫殿峻"。七律《太平公主山亭侍宴應制》"朱樓畫閣水中開"句，"閣"字，銅活字本作"壁"。五排《奉和幸望春宫送朔方總管張仁亶》"投醪還結士"句，"結"字，銅活字本作"約"。再如五排《皇帝上禮撫事述懷》"春還日再中"句，"還"字，銅活字本作"來"，等等。綜上可見，此本並非自銅活字本而來，應是由黄刻本或朱刻本而來的。

（五）畢刻本。萬曆三十六年戊申（一六〇八）畢懋謙刻《十家唐詩》所收《初唐李嶠詩集》一卷。半葉九行十九字，四周雙邊，白口單魚尾下鐫"李嶠"字樣。此本詩分體編次，凡五古七、七古四、五律百五十七、五排二十、七律三、五絶二、七絶三，共百九十六首。今考此本分體及首數近於詩紀本，而且文字也多近於詩紀本，如詩紀本五古《秋山望月酬李騎曹》"獨軫離居恨"句，"居"字，此本同，而銅活字本作"君"。詩紀本七古《寶劍篇》"東皇提昇紫微座"句，"皇提"，此本同，而銅活字本作"轂顯"。詩紀本五律《立春日侍宴内殿出剪綵花應制》"早聞年欲至"句，此本同，而銅活字本作"幸欲聞年至"。詩紀本五律《奉和春日遊苑喜雨應制》"香筵萬壽杯"句，"筵"字，此本同，而銅活字本作“煙”。詩紀本五排《奉和幸望春宫送朔方總管張仁亶》“投醪還結士”句，“結”字，此本同，而銅活字本作“約”。詩紀本五排《皇帝上禮撫事述懷》“春還日再中”句，“還”字，此本同，而銅活字本作“來”，等等，可見此本應是據詩紀本校勘整理而來的。然此本也參校過其他本子，故文字與詩紀本又有不同。如詩紀本《雜詠·風》“若至蘭臺下”句，銅活字本作“蘭臺宫殿峻”，此本同。如詩紀本七律《太平公主山亭侍宴應制》“朱樓畫閣水中開”句，“閣”字，銅活字本作“壁”，此本同，等等。

（六）統籤本。胡震亨《唐音統籤》所收《李嶠詩》五卷，編卷四十六至五十，乙籤六十八，刻本。此本亦分體編次，計首卷五古七首、七古三，第二卷五律三十二，第三卷五律《雜詠》五十八，第四卷五律《雜詠》六十二，第五卷五排二十一、七律三、五絶三、七絶五，共百九十四首。此本所據底本，胡氏没有明言，今考此本文字，則多與詩紀本、畢氏本同。如此本七古《寶劍篇》“東皇提昇紫微座”句之“皇提”二字，五律《奉和春日遊苑喜雨應制》“香筵萬壽杯”句之“筵”字，五排《奉和幸望春宫送朔方總管張仁亶》“投醪還結士”句之“結”字，五排《皇帝上禮撫事述懷》“春還日再中”句之“還”字，七律《太平公主山亭侍宴應制》“朱樓畫閣水中開”句之“閣”字，等等，均與詩紀本、畢氏本相同，且連其出校的異文也完全相同，而與銅活字本異，可見此本乃是以詩紀本抑或畢氏本爲底本改編而成的。不過較之詩紀本，此本輯補佚詩五律《九日幸臨渭亭登高應制得歡字》、五絶《詠風》、七絶《上晴暉閣遇雪》等三首。而詩紀本溢出此本七古《長林令衛象餳絲結歌》一首，然此詩又見司空曙集，當爲司空氏所作，所以胡氏將此首删去。編次方面，五言《秋山望月酬李騎曹》一首，詩紀本編在五古内，此本調入五排中。又統籤本因分體之後，各體詩再分類，故編次與詩紀本完全不同。然《雜詠》百二十首，此本編次與詩紀本全同，亦可證明此本乃是據詩紀本抑或畢氏本改編而成的，而非出自銅活字本或朱警本。

（七）全唐詩本。康熙敕修《全唐詩》所收《李嶠詩》五卷。《全唐詩》是在明胡震亨《唐音統籤》和清季振宜《全唐詩稿本》兩書的基礎上修訂而成的。而季氏《稿本》中的《李嶠詩》，乃是將上述詩紀本之原刻入編，删去卷次及分體字樣，而後於五古内輯補佚詩二首，於五律《雜詠》前輯補佚詩十三首，於七絶後輯補佚詩五絶《風》一首、七絶《遇雪》一首，凡補佚詩十七首編輯而成的，故此本共二百九首。文字方面，季氏用《國秀集》、《文苑英華》、《樂府詩集》等總集及類書作了校勘，出校不少異文，頗有參考價值。又於題下或詩後增入不少注文，對李詩的考辨與理解很有幫助。如於七古《長林令衛象餳絲結歌》題下增注曰："此首見司空曙集。"此注對了解李嶠與司空氏作品重出情形提供了綫索。又如於《雜詠・燕》後引《吴地記》曰："吴宫人剪燕爪留之，以記更來。"此注對理解詩的内容無疑是有幫助的，等等。康熙敕修《全唐詩》所收《李嶠詩》五卷，便是將季氏《稿本》中的李嶠詩悉數收入，於卷末補入佚詩七律《石淙》一首，删去七古《長林令衛象餳絲結歌》編輯而成的，故《全唐詩》共二百九首。文字方面，編臣以善本重加校勘，故文字較季氏《稿本》更精。同時編臣還增加了一些題下注，或提示脱闕的文字，或指出與他人作品重出的情形。如五古《鷓鴣》一首，編臣於題下增注曰："一作韋應物詩。"此注對李嶠與韋應物詩的重出情形作了有益的提示。

其次來談清嘉慶以後，《雜詠》自日本回傳本土後翻刻和傳鈔的幾種主要版本：

（一）藝海本。嘉慶間吴省蘭刊《藝海珠塵》所收《雜詠》二卷。此本所據底本，乃日本天瀑山人林衡活字印《佚存叢書》之《李嶠雜詠》二卷（詳下），吴氏以全唐詩本與之對勘，校記夾注於字裏行間。然因《雲》、《鶯》、《池》、《箏》等四首，全唐詩本與《佚存》本整詩皆不同，所以吴氏將全唐詩本整詩録存於後，態度是審慎的。此本半葉十行二十一字，左右雙邊，白口單魚尾上有"藝海珠塵"四字，下有"雜詠卷某"字樣。首卷卷端題"藝海珠塵"，次行、三行下方署"南匯吴省蘭泉之輯"、"嘉興陳光鑾金士校"，四行題"雜詠百二十首上"，五行題"李嶠箸"，六行題"卷上"，七行題"乾象十首"，下接正文。卷前無序及其他附録，卷後唯刊張庭芳《序》。此本道光時又有增刻本。

（二）嘉慶鈔本。嘉慶間鈔《李嶠雜詠》二卷，藏於南京圖書館，有清丁丙跋。丁氏《善本書室藏書志》著録有此本，曰："故中書令鄭國公李嶠雜詠二卷，舊鈔本。西域辛文房《唐才子傳》：'《李嶠集》五十卷，《雜詠詩》十二卷，《單題詩》一百二十首，張方爲注，傳於世。'此即《單題詩》也，上卷乾象、坤儀、芳草、嘉樹、靈禽、祥獸，下卷居處、服玩、文物、武器、音樂、玉帛，凡十二部，每部十首。張注已佚。前惟存巨唐天寶六載登仕郎守信安郡博士張庭芳撰序耳。此書傳自東瀛，嘉慶間傳寫者也。"（《善本書室藏書志》卷二十四)丁氏判此本出自東瀛,良是。據丁氏所記此本的版本特徵:十二部,各部均標出名稱,每部十首,張注已佚,卷前唯存張庭芳《序》,等等,則所據爲《佚存叢書》本,殆可無疑也。

(三)正覺樓本。光緒間武昌崇文書局刊《正覺樓叢刻》所收《李嶠雜詠》二卷。此本内封面題"李嶠雜詠",半葉九行十八字,左右雙邊,白口單魚尾上有"李嶠雜詠"四字。卷前首張庭芳《序》,次《李嶠雜詠百二十首上目録》,分乾象、坤儀、芳草、嘉樹、靈禽、祥獸六部,每部十首。下卷首爲《李嶠雜詠百二十首下目録》,分居處、服玩、文物、武器、音樂、玉帛六部,每部十首。首卷卷端題"李嶠雜詠卷上",次行題"乾象部十首",下連正文。上下兩卷凡十二部,共百二十首。各詩均爲白文無注,亦未出校異文。卷後爲天瀑山人《李嶠百詠跋》二則。此本上述各版本特徵,與日本《佚存叢書》之《雜詠》二卷(詳下)全同,故此本應是以《佚存叢書》本爲底本翻刻者。此本刻印俱精,版式略小,然頗便閲覽。

(四)叢書集成本。筆者所見爲中華書局一九八五年北京新一版。此本據《藝海珠塵》所收《李嶠雜詠》二卷排印,見内封面背面關於此本所據版本説明。陳伯海、朱易安《唐詩書録》謂此本據《佚存叢書》本排印,非是。《佚存》本唯白文無注,亦無異文出校;而此本字裏行間夾注異文頗多,顯然是據《藝海珠塵》本排印者。

至於日本流傳的《李嶠雜詠》,這裏也約略加以介紹。《雜詠》約於中唐以前已東傳日本,現存最早的嵯峨天皇(八〇九～八二三)宸翰鈔本就是明證,藤原佐世《日本國見在書目録》著録《李嶠百廿詠》白文本,應即此本。而張庭芳《百廿詠注》,當於宇多天皇寬平六年(八九四)以後八十年間在日本流布漸廣,日本現存的《百廿詠》歷代古鈔本、白文無注本至少有十二種之多,加注者有八種(胡志昂編《日藏古抄李嶠詠物詩注・前言》,上海古籍出版社一九九八年八月第一版)。光格天皇寬政十一年(一七九九,清嘉慶四年)天瀑山人林衡(述齋),輯録中國古佚書多種,纂成《佚存叢書》六帙十七種,以活字印刷行世。其第一帙收有白文《李嶠雜詠》二卷,是謂"佚存叢書本"。此本晚清回傳中土,陸心源《皕宋樓藏書志》卷六十八、《抱經樓藏書志》卷五十一均有著録。民國十三年甲子(一九二四),上海涵芬樓影印佚存叢書本。半葉十行二十字,綫黑口,單魚尾下有"百二十詠卷某"字樣。卷前首"故中書令鄭國公李嶠雜詠百二十首序",次行低四字題銜"登仕郎守信安郡博士張庭芳撰”,次爲《李嶠雜詠百二十首上目録》,凡列乾象、坤儀、芳草、嘉樹、靈禽、祥獸六部,每部十首,每首以一字(詞)標題。次爲《李嶠雜詠百二十首下目録》(此目應在下卷前,蓋裝幀時錯位),凡列居處、服玩、文物、武器、音樂、玉帛六部,每部十首,每首以一字(詞)標題。卷後爲天瀑山人林衡《李嶠百詠跋》二則。全書十二部,共百二十首。《雜詠》又名《單題詩》,蓋因題目皆一字(即一詞,唯《琵琶》一題爲二字,然“琵琶”亦一詞)。此本首卷卷端題“李嶠雜詠”,次行題“乾象部十首”,下接正文。全書十二部,皆標出部名和首數。《雜詠》這種分編十二部、各部均標出名稱的編次方法,蓋爲唐代傳入日本時的編次原貌,非常可貴。相比之下,中土流傳的《雜詠》與其他詩歌的合刊本内,此種編次面貌已被删除得一乾二浄。此本卷前張庭芳《序》曰:

> 《故中書令鄭國公李嶠雜詠百二十首序》,登仕郎守信安郡博士張庭芳撰……頃尋繹故中書令鄭國李公百二十詠,藻麗詞清,調諧律雅。宏溢逾於靈運,密緻掩於延年。特茂霜松,孤懸皓月。高標凜凜,千載仰其清芬;明鏡亭亭,萬象含其朗耀。味夫純粹,罕測端倪。故燕公刺異詞曰:“新詩冠宇宙。”斯言不佞,信而有徵。於是欲罷不能,研章摛句,輒因注述,思郁文繁,庶有補於琢磨,俾無至於疑滯。且欲啓諸童稚,焉敢貽於後賢。于時巨唐天寶六載,龍集强圉之所述也。(涵芬樓影印《佚存叢書》第一帙)

據此可知,張庭芳確曾爲《李嶠雜詠》作過注,作注的緣起主要是爲了童稚啓蒙,時間早在天寶六載丁亥(七四七)。若是,將《雜詠》由五十卷本内别裁而出,加注後單行於世者乃張庭芳。自此以後,《李嶠雜詠注》與五十卷本分别流傳於世,並於晚唐以前遠渡東瀛,傳承至今。此本卷後刊有天瀑山人跋語二則,曰:

> 李鄭公《雜詠》二卷,或稱《百詠》,或稱《百二十詠》。皇朝中葉,甚喜此詩,家絃户誦,至使童蒙受句讀者亦必熟背焉。以故諸家傳本,不一而足。在彼中,則其詩雖散見諸類書各門,而單行本後世蓋軼矣。及康熙中,編《全唐詩》,而《雜詠》亦列乎其中,然佚數句者甚多,豈掇拾諸書所載以裒録者歟?《唐書·藝文志》云:“《李嶠雜詠》十二卷。”“十”字疑有誤。《宋史·藝文志》作“《李嶠新詠》一卷”,其已識其非舊

矣,"新"字恐是"雜"字,因形似譌耳。予所覽數本,而唯此本最係古賸,其爲唐時藍本,不容疑焉。故校而傳之。己未小重陽日,天瀑識。

張庭芳《序》撰於作注時,《朗詠集注》往往引《百詠注》,而今已亡,爰據原本,仍冠其《序》於首。《宋志》載庭芳注《哀江南賦》,而不及此《注》,則逸亡之久可知焉。天瀑又識。(《佚存叢書》第五帙,涵芬樓影印本)

據此跋文可知,《雜詠》或稱《百詠》在日本曾一度"家傳户誦",且童蒙"亦必熟背",可見受重視的程度。但天瀑氏謂此本在中土"蓋軼",則並不正確。由以上所叙中土宋元明清諸本可知,南宋人重輯的《李嶠詩》十卷及其衍生的明銅活字本、朱警本、黄貫曾本等,以及康熙敕編全唐詩本等諸多版本,均保存有《李嶠雜詠》。今持中土現存最早的《雜詠》本,即明銅活字本《李嶠集》所收《雜詠》,與此本對勘,便可立刻發現,銅活字本《雜詠》百首的編次,與佚存叢書本驚人的一致(唯四處小異)。天瀑氏謂其所校此本"最係古賸",並推測其淵源於"唐時藍本,不容疑焉",即此本保存了唐本原貌,所言不無道理,然亦不盡是。清嘉慶間《佚存叢書》本回傳不久,吴省蘭即以其爲底本,持全唐詩本與其對勘,詳細録存校記,輯刊於《藝海珠塵》叢書内,這就是藝海珠塵本《雜詠》(見上)。從藝海本所出校記可以看出,佚存叢書本文字與全唐詩本及銅活字本多有不同,有些詩甚至整首皆異,如《雲》、《鶯》、《池》、《箏》等四首便是。這表明《雜詠》畢竟長久於兩個不同的地域各自傳承,經過上千年流傳,編次或爲唐時舊序,而文字則已"加入了多種因素衍變而成",故無論佚存叢書本,抑或中土傳本,與唐時原本已多有不同。

至於日本今存的八種《百廿詠注》古鈔本,以慶應義塾大學藏室町時期(一三三六～一五七三)鈔本《百二十詠詩注》上下二卷足本爲最古,此本半葉八行十九字,小字雙行同,首有張庭芳《序》。上海古籍出版社一九九八年八月印行的胡志昂編《日藏古抄李嶠詠物詩注》上下二卷,書首冠以胡氏《前言》,胡氏詳細探討了歷史上存在的《李嶠雜詠》諸種版本,以及現存各種古鈔本之間的異文及異文産生的原因,書後附録《李嶠雜詠注》敦煌殘卷照片和《雜詠注》佚文輯存,十分珍貴。然而若將慶應義塾大學藏《雜詠注》,與敦煌寫卷兩相比較,倒是"敦煌寫本更接近於《雜詠》張注原貌"(徐俊《敦煌詩集殘卷輯考》,頁三五一),可惜的是,《雜詠注》敦煌寫卷的全貌,今天已經無法看到了。

綜上可見，嶠集版本有如下特點：(1)《李嶠集》原本五十卷，北宋時尚存於世，兩宋之際散逸於兵燹中。《宋志》著録的《李嶠詩》十卷，乃南宋人所重輯，然元明以後也失傳。(2)《李嶠雜詠》又名《單題詩》，乃天寶間張庭芳於五十卷本内别裁而成，加注後單獨行世。北宋《崇文總目》著録《李嶠雜詠詩》十二卷，南宋晁公武《讀書志》著録《李嶠集》一卷，均《雜詠注》的不同版本。《雜詠注》晚唐以前還流往東瀛，並傳承至今。而中土《雜詠注》除敦煌遺書存有殘卷外，完整的注本，明以後無傳。(3)中土明以後所傳嶠集諸本，乃《雜詠》與其他詩的合編本，均無注文，卷數也多寡不一，其淵源蓋南宋時所輯的十卷合編本。合編本後入《全唐詩》，影響甚廣。(4)中土失傳的《雜詠注》單行本，日人天瀑山人林衡曾以衆本對勘，校爲定本，收入《佚存叢書》，惜僅存白文無注，亦不出校記。《佚存》本清嘉慶時回傳中土，並衍生出藝海本、嘉慶鈔本、正覺樓叢書本、叢書集成本，等等。日本尚有古鈔本《雜詠》三個系統七個本子，然經幾百年流傳衍變，“已非張庭芳注原貌”。相比之下，已不及“敦煌寫本更接近於《雜注》張注原貌”，惜其唯存一二殘片，其全貌今天已經無法看到了！

唐别集考卷第二

王子安集

王勃(六五〇～六七六?)字子安,絳州龍門(今山西河津)人,文中子通之孫。六歲解屬文,九歲著書,摘顔師古注《漢書》之失。未冠登第,授朝散郎,沛王賢聞其名,召爲署府修撰。以戲爲諸王鬥雞檄,爲高宗斥出府。客游巴蜀,久之補虢州參軍,以匿殺官奴罪當死,遇赦革職。父受累貶交趾令,勃往省父,返途渡海溺水而卒。時楊炯、盧照鄰、駱賓王文章與勃齊名,世稱曰"四傑"。

楊炯《王勃集序》曰:"君平生屬文,歲時不倦。綴其存者,纔數百篇。嗟乎促齡,材氣未盡,殁而不朽,君子貴焉……究而序之,分爲二十卷,具諸篇目。"(《文苑英華》卷六九九)此"二十卷",當爲"三十卷"之訛。嚴紹璗《日藏漢籍善本書録》著録《王勃集》唐寫本殘卷四件,其中一件存卷第二十八,另一件存卷第二十九至三十。這兩件唐寫本《王勃集》殘卷,"卷中文字避武則天祖父之諱,凡'華'字皆缺末筆。然文中未曾使用'則天文字'",嚴先生據此推斷殘卷乃則天皇帝垂拱至永昌(六八五～六八九)這五年間的寫本。而其時距王勃下世纔二十年。原卷三十卷,各卷有卷目(子目),卷第二十八、第二十九卷目如下:

〔集卷第二十八〕

墓志下:《遼奚(溪?)員外墓志一首并序》

《陸□□墓志一首并序》

《歸仁縣主墓志一首并序》

《賀[杖]〔拔〕氏墓志一首并序》

集卷第二十九

行狀:《張公行狀一首》

祭文:《祭石提(堤?)山神文一首》

《祭石堤女郎神文一首》

《祭白鹿山神文一首》

《爲虔霍王諸官祭故長史一首》

《爲霍王祭徐王一首》

《祭高祖文一首》

下面五首,嚴先生認爲是卷第三十所收之文,然原卷子已損,卷第卅之卷目已無存。五首篇目如下:

《□没後彭執古血獻忠與(原字簡體)表弟書》

《族翁承烈舊一首》

《族翁承烈致祭文》

《族翁承烈領乾坤注報助書》(《日藏漢籍善本書録·集部·别集類》)

這兩件唐寫本原卷,凡收録作品十五篇,其中《陸□□墓志一首并序》有題無辭,而編次已屆卷第二十八至三十,這足以證明楊炯纂序的《王勃集》原爲三十卷,可無疑也。據嚴先生推斷,此兩件古唐寫卷,應爲日本第七次"遣唐使團"從中國攜帶歸國的文獻,保存至今,已成爲"日本國寶"。這三十卷本的《王勃集》,當即《舊唐書》本傳及《經籍志》著録的"《王勃集》三十卷"。

迨宋時,《崇文總目》著録"《王勃文集》三十卷",稍後的《新唐書·藝文志》、鄭樵《通志·藝文八》均著録《王勃集》三十卷,直到《宋史·藝文志》仍謂"《王勃文集》三十卷"。陳振孫《書録解題》未著録王集。而唯晁公武《讀書志》謂"《王勃集》二十卷",《文獻通考》同晁《志》亦作二十卷。這表明宋時於三十卷本之外,雖然還有二十卷本,但二十卷本畢竟晚出,其始行於世,蓋在宋時。洪邁《容齋四筆》卷五曰"今存者二十七卷",然《四庫全書總目》引洪氏書卻作二十卷,因知"二十七"蓋爲"二十"之訛。另外兩《唐書》還著録《周易發揮》五卷、《次論語》十卷(一説五卷),《黄帝八十一難注》;《崇文總目》著録《舟中纂序》五卷;《宋志》著録《王勃詩》八卷、《雜序》一卷、《才命論》一卷、《醫語纂要》一卷,等等,可惜這些著述宋元以後都没能流傳下來。

三十卷與二十卷本之外,宋時還有一種二卷的書棚本《王勃集》。陳伯海、朱易安《唐詩書録》著録一明嘉靖間覆刻書棚本《王勃集》二卷，今臺灣“國立中央圖書館”有藏，這表明宋時的確刊行過書棚本《王勃集》二卷。因未見原書，不得而詳。

本集之外，宋時還有一種“四傑”叢刊本。《汲古閣珍藏秘本書目》曾著録“《初唐四傑集》一本，宋本影鈔，一兩”。毛氏著録表明，宋時的《初唐四傑集》一直流傳到明清之際，爲毛氏影鈔所據。迨晚清孫星衍《平津館鑒藏記書籍》卷三，也著録一舊影寫本《唐四傑詩集》，凡四卷。孫氏記曰：

> 楊炯、王勃、盧照鄰、駱賓王各一卷，前有景德四年（一〇〇七）汪楠序。每卷不標大題，惟題作人姓名。又楊、王、盧詩前無目，駱賓王詩前有之。此本從北宋本影摹，序文後有“琴泉生”三字、“世恩堂”三字、“汪良用印”四字，影摹墨印。巾箱本。每葉廿六行，行十九字。每葉左方上有“錢遵王述古堂藏書”八字。（《平津館鑒藏記書籍》卷三，頁一〇〇）

據此宋時除本集外，王勃作品還有以“四傑集”叢刊的形式流傳者，且在北宋早年已經出現。據孫氏著録，四傑集只四卷，每人一卷。其中之王集一卷是否有詩有賦，如明人所刊二卷本之《王勃集》，則不得而知。然此種叢刊本，清代以後亦無留存。萬曼先生《唐集叙録》推斷：全集散佚後，此種《四傑集》即爲後來王勃詩的來源。這當然有可能，然元明以後，王勃詩亦可能源自書棚本《王勃集》二卷。究竟如何？這只需將臺灣藏明翻書棚本與明銅活字本（詳下）對勘，便可明白其中原委。

元明兩代流傳的王集，相對其他唐人別集，版本比較單一，主要是有詩有賦的二卷本，或詩賦合併的一卷本，所收作品首數、編次、文字彼此之間區別並不大，表明其可能源自同一種版本。而十六卷的《王子安集》，則爲明末張燮所重緝，名稱既已改變，編次亦非楊炯原編之舊，然而與通行的二卷本相較，所收録的作品已大有增加。今將明代刊刻和傳鈔的《王勃集》主要版本介紹如下：

（一）銅活字本。明銅活字印《王勃集》上下兩卷。半葉九行十七字。本書前已述及，《中國版刻圖録》、銅活字印《唐五十家詩集》徐鵬所撰《前言》均謂：明銅活字本唐人詩集，乃弘治、正德間蘇州地區印本。是此本乃明代出現較早的王集版本，上卷賦十一首，下卷四言古詩一首、五古九、六古一、七古五、五律三十、五排三、五絶三十三、七絶五，凡八體八十七首，詩賦合計九十八首。此本文字小有訛脱，其中賦尤甚，當爲所據底本如此。文字亦有訛誤，如五古《巳浮江上宴》，他本題作“上巳浮江宴韻得阯字”，甚是。如《懷仙》“鳳想疲煙霧”句，此首押“麻”韻，“霧”字失韻，他本作“霞”，良是。再如五律《尋道觀》首句“枝廛光分野”，“枝”字，《英華》作“芝”，甚是，此本誤，等等，然而這些訛誤均一望即知，較易改正，且數量不多。

（二）活字本。明活字本《王勃詩》一卷，國家圖書館藏本有清楊桐鳳跋。半葉十行十七字，行款與銅活字不同；左右雙欄，細黑口無魚尾，版心唯葉碼，亦與銅活字本異；此本楷書結體，筆畫勁健，結體疏朗，加之書品寬大，覽之賞心悦目。此本所用活字雖然亦是楷體，但文字結體與銅活字本明顯不同。綜上可見，此本與銅活字本所使用的並非同一套活字，當是另行鐫刻的别一套活字，《中華再造善本·明代編·集部》所收《王勃詩》一卷，即是依此本原大影印的。此本卷端題“王勃詩”，卷尾題“王勃詩終”，然卷内卻詩賦並收，凡賦十一首，次四古一、五古九、六古一、七古五、五律三十一、五排三、五絶三十三、七絶五，詩凡八十八，詩賦共九十九首。較之銅活字本，此本溢出五律《有所思》“賤妾留南楚”。此外，二本收録作品數量、編次完全相同，且文字方面區别也甚小，如此本五律《尋道觀》首句“枝廛光分野”，“枝”字，銅活字本同；《英華》作“芝”，甚是，此本與銅活字本皆誤。此本文字脱漏情形亦與銅活字本同，然此本已據校本增補了一些脱漏；未增補者，其脱漏與銅活字本相同。據此可見此本所據底本應爲銅活字本。唯此本字裏行間夾注不少異文，表明此本曾作過校勘。又此本糾正了銅活字本一些明顯訛誤，如銅活字本五古《巳浮江上宴》，此本題作“上巳浮江宴韻得阯字”，與通行本同，甚是。銅活字本五古《懷仙》“鳳想疲煙霧”句，該詩本押“麻”韻，“霧”字失韻，此本據校本改作“霞”，與通行本相同，良是。再如銅活字本五古《臨高臺》“廛間狹路黯”句，此本據校本改作“狹路廛間黯”，極是，等等。總之此本亦明代出現較早、且文字較精粹的一種《王勃集》。

（三）朱警本。嘉靖十九年庚子（一五四〇）朱警輯刻《唐百家詩·初唐二十一家》所收《王勃集》上下卷。半葉十行十八字，左右雙邊，白口單魚尾下鐫“王勃集”字樣。此本上卷賦，下卷詩，與銅活字本相同。又二本卷上均録賦十一首，卷下皆收詩八十七首，且這些詩分體、編次完全相同。此本文字也多與銅活字本同，唯此本作過校勘，改正了銅活字本的一些訛誤。如銅活字本五古《巳浮江上宴》一題，明活字本作"上巳浮江宴韻得阯字"，甚是，此本據改。又銅活字本五古《懷仙》"鳳想疲煙霧"句，此首押"麻"韻，"霧"字失韻，明活字本作"霞"，良是，此本據改等等，此本不失爲明代刊行較早且文字錯訛較少的一個《王勃集》。另上圖所藏《唐二十二家詩集》所收《王勃集》二卷，實即此本，參本書《駱賓王集》朱警本。

(四)張明本。嘉靖二十七年戊申(一五四八)張明刻《唐四傑集》所收《王勃集》一卷。半葉十行十八字，左右雙邊，白口單花魚尾下署"王勃集"。此本詩分體，首四古一首、五古九、六古一、七古五、五律三十、五排三、五絶三十三、七絶五，凡八體八十七首，與銅活字本同，且二本文字也相差甚微，可見此本是據銅活字本翻刻的。然此本文字稍有訛誤，如四古《倬彼我系》"啜枝飲水"句，"枝"字，銅活字本作"菽"，甚是，此本誤。此本六古《雜曲》"苦句陽臺薦枕"句，"苦"字，銅活字本作"若"，良是，此本誤。此本五絶《扶風晝留離京浸遠》，題中"留"字，其他本作"届"，揆諸詩意"届"字是，此本誤；等等。這些訛誤當爲翻刻時不慎所致，或所據底本即如此。然此類訛誤畢竟只是少數，此本亦爲明代較早的一種王集，故而清季振宜輯《全唐詩》時，其《稿本》即以此本原刻入編(詳下)，可見其對此本的重視。

(五)張遜業本。嘉靖三十一年壬子(一五五二)張遜業輯刻《十二家唐詩》所收《王勃集》二卷。半葉九行十九字，今國家圖書館有藏。十二家順序，首爲王勃，各集皆上下二卷，每卷前均署"永嘉張遜業有功校正，江都黄埻子篤梓行"。版心魚尾上鐫"東壁圖書府"五字，下有"江郡新繩"四字。《王勃集》前有張遜業撰《王勃集序》，其略曰："有文集三十卷，則未之見。此僅窺一斑云。"末署"嘉靖壬子歲秋日"。其他各集均無序。考此本首數、分卷、編次，與銅活字本相同；文字也與銅活字本十分接近，故當由銅活字本翻刻而成。不過，此本既稱"張遜業校正"，表明張氏曾參校過他本。今檢此本，的確改正了前面所舉銅活字本的部分訛誤，且字裏行間夾注許多校記，極具參考價值。

(六)楊刻本。楊一統刊《唐十二家詩》所收《王勃詩》一卷。此本刻於萬曆十二年甲申(一五八四)，半葉九行二十字，今北京大學圖書館有藏。十二家的順序，首爲王勃，排序與張遜業本稍異。各集皆一卷，詩分體。《王勃集》前有黄道日序、東郡孫仲逸序、楊一統自序。孫仲逸《刻唐十二家詩序》曰：

> 都有唐諸作而隲之，則玆集數人爲首。今海内人士，不翅沈酣枕藉之，故江都之刻（張遜業本），不數載已復初木。余友人楊允大再刊于白下，而校加精焉，屬不佞序之首簡。……萬曆甲申玄提月。

據孫氏此《序》可知，此集乃據張遜業本校勘上版，卷首《唐詩十二名家叙略》稱，此書校勘由楊一統、張伯履、丘陵、孫仲逸、李本芳五人分别承擔。此本收詩篇目、序次俱同張遜業本，文字雖經過校勘，但與張本大抵一致，故應屬於銅活字本系統。

（七）詩紀本。黄德水、吴琯《初盛唐詩紀》之《初唐詩紀》所收《王勃詩》一卷。本書前已述及，《初盛唐詩紀》刊行於萬曆十三年乙酉（一五八五），半葉九行十九字。此本凡録四古一首、五古六、七古三、長短句五、雜體一、五律三十、五排五、五絶三十三、七絶四，殘句一則，共八十八首，殘句一則。與銅活字本、張明本相較，多出《落花落》、《出境遊山二首》、《河陽橋代竇郎中佳人答楊中舍》凡四首，然删去《田家三首》，故首數僅比銅活字本、張明本多一首。此本於四古、五古、七古、五律、五排等八體外，又增入長短句一體，而改六言古詩爲“雜體”，共十體，殊爲瑣碎。而《詩紀》對入編諸集，均做過一番校勘重編工作，因而保留並增入了許多題下注，正文内夾注了許多校記，很有參考價值。而此本校記凡曰“一作某者”，絶大多數與銅活字本、張明本同，故知此本曾以銅活字本、張明本或與二本近似的本子作過校勘。如此本五古《山亭夜宴》“竹晦南阿色”句，“阿”字下校“一作河”，而銅活字本、張明本此字正作“河”。如《詠風》首句“肅肅涼風生”，“風”字下校“一作景”，而銅活字本、張明本此字正作“景”。如此本五律《遊梵宇三覺寺》首句“香閣披青磴”，“香”字下校“一作杏”，銅活字本、張明本此字正作“杏”。再如《郊園即事》“花濃北院深”句，“濃”字下校“一作開”，銅活字本、張明本此字正作“開”，等等。這表明此本的確曾用銅活字本、張明本等作過校勘，然而由於一時疏忽，此本也有一些明顯的訛誤，如《觀物跡寺》一首，銅活字本、張明本等皆題作“觀佛跡寺”，此本顯誤。不過從總體來看，此本還是比較精粹的一個本子，因而在社會上有不小的影響。

（八）許刻本。許自昌輯萬曆三十一年癸卯（一六〇三）刻《前唐十二家詩》所收《王勃集》上下卷。半葉九行十九字，今北京大學圖書館有藏。十二家排序,同楊一統本,《王勃集》前有《新刻前唐十二家詩叙》,末署"萬曆癸卯孟夏長洲許自昌書"。每卷前署"明長洲許自昌玄祐甫校"。此本書名、行款、分卷、篇目、序次及文字與張遜業本相同,當是據張本翻刻的。

(九)鄭刻本。鄭能刻《前唐十二家詩》所收《王勃集》上下卷。十二家中,王勃爲第一家。各家均上下二卷,版式、行款相同,作品分體編次(參本書《駱賓王集》,此不贅)。此本卷上賦十一首,卷下四古一、五古九、七古五、五律三十、五排三、五絶三十三、七絶五、附六言古一,詩賦共九十八首。鄭能《前唐十二家詩》乃許自昌《前唐十二家詩》的翻刻本(參本書《駱賓王集》),故王勃此本與許刻本書名、分卷、篇目、序次皆相同,文字差别亦甚微。

(十)統籤本。胡震亨《唐音統籤》所收《王勃詩》三卷。編卷二十一至二十三,乙籤四十。此本亦分體編次,首卷爲四古、五古、七古凡十七首,第二卷五律三十,第三卷五排五、五絶三十三、七絶四、殘句三則,共八十九首,殘句三則。與詩紀本相較,僅多胡氏據《韻語陽秋》增補的五古《赴虢州别諸弟》一首;二本文字也相差甚微,且行間夾注的校記也幾乎全同詩紀本。如此本五古《山亭夜宴》"竹晦南阿色"句,"南阿"二字,詩紀本同;而銅活字本、張明本皆作"南河"。又如《忽夢遊僊》"真遊邈難再"句,"真遊邈",詩紀本同;而銅活字本、張明本皆作"真魂莫"。此本《郊園即事》"煙霞春旦賞"句,"旦"字,詩紀本同;而銅活字本、張明本皆作"早"。再如五律《尋道觀》"蒼虯不可見"句,"見"字,詩紀本同;而銅活字本、張明本皆作"得";等等,以上諸例表明此本的確是以詩紀本爲底本改編而成的。至於此本與詩紀本分卷與編次的不同,乃因胡氏變二卷爲三卷、且調整了原本編次所致。所以從文字方面可見,此三卷《王勃詩》乃是以詩紀本《王勃集》一卷爲底本,增補五古《赴虢州别諸弟》一首、殘句二則,改編爲三卷而成的。不過胡氏對入編各詩,也參照他本作了校勘,因而此本增加了一些題下注或於正文間夾注不少校記,頗富參考價值。如五排《秋日仙游觀贈道士》題下,詩紀本題注曰:"一作駱賓王詩,無首四句。"此本題下胡氏增注曰:"有作駱賓王詩,無首四句者誤。"判定此詩非駱詩,當屬王詩,且應有首四句,此種判斷,對確定此詩的歸屬提供了可貴的見解。又此本《題玄武山道君廟二首并序》一題,《詩紀》及其他本原皆作《出境遊山二首》,無序;而胡氏改爲此題,且引王勃此詩《序》於題後,俾讀此詩《序》者不僅可明白詩題改動的正確,且對理解此詩極有幫助。

(十一)張燮本。張燮輯《初唐四子集》所收《王子安集》十六卷附録一卷。崇禎十三年庚辰(一六四〇)漳州刊本,《四部叢刊》所收《王子安集》十六卷附録一卷,即據此本影印。卷前有曹荃、張燮、楊炯《序》,卷後有《附録》。正文十六卷:卷一至卷二賦十一首、古詩十六首,卷三近體律絶七十二,卷四至十六序表啓書論等雜文九十八,凡詩八十八,文百九首,詩文共百九十七首。此本文字淵源:雜文八十首輯自《文苑英華》;賦詩據張燮言,乃是以張遜業本爲底子,"並録諸篇,得十六卷"(此本卷首《張燮識》)。然與詩紀本對勘,此本詩歌部分的文字與詩紀本更爲接近,編次除七古一體稍有不同外,其餘各詩的編次也完全一致。唯七古一體,詩紀本將《滕王閣》、《寒夜懷友二首》凡三首歸入七古,而將其餘《江南弄》、《秋夜長》、《採蓮曲》、《臨高臺》、《落花落》等五首標爲"長短句"另分出一體,而此本則將此八首古詩合併標作"七言古詩",二本編次之不同,僅在於此。又詩紀本收有殘句一則,此本無之。再者,此本附有盧照鄰、邵大震二人與王勃唱和詩三首,詩紀本無之。可見,此本乃一輯補重編的王集新本,乃宋元易代王集原編散佚以來收録作品最多的一個本子,《善本書室藏書志》著録有此本。

(十二)四傑集本。明無名氏刻《唐四傑集》所收《王勃集》上下卷,南圖藏本有丁丙跋。此本行款、版式與賓王集之四傑集本相同(已見)。上卷賦十一首,下卷詩凡四古一、五古九、六古一、七古五、五律三十、五排三、五絶二十五、七絶五,詩賦共九十首。此《唐四傑集》前無序後無跋,不著刊刻者姓名,亦不言所據何本。四傑集前另紙丁丙墨筆跋曰:"《傳是樓書目》有《初唐四傑集》,《孫淵如書目》有《唐四傑集》,不著輯人姓名,影寫宋刊本。此其近之。"謂此本文字近於影宋寫本。上舉銅活字本的諸種訛誤,此本均不誤,故應是據宋本翻刻者。

清代刊刻和傳鈔的王集以十六卷本爲主,二卷或一卷本則較少見,其主要版本有以下幾種:

(一)全唐詩本。康熙敕修《全唐詩》所收《王勃詩》二卷。本書前已述及,《全唐詩》是在明胡震亨《唐音統籤》和清季振宜《全唐詩稿本》兩書的基礎上修訂而成的。而季氏《全唐詩稿本》中的《王勃詩》一卷,乃是將上述張明刻《王勃集》一卷之原刻入編,删去各體詩類目,並删除《東皋子集》已收的《田家三首》，又於卷後輯補逸詩五首《落花落》、《雜曲》、《出境遊山二首》、《河陽橋代竇郎中佳人答楊中舍》等。然《雜曲》一詩已見於集中，爲季氏誤補，當删。故《稿本》實收八十八首，較張明本僅多一首。文字方面，季氏用《初學記》、《文苑英華》、《樂府詩集》、《唐詩紀事》等諸書參校，故視前各本爲精。如五古《山亭夜宴》"清興殊未歸"句，"歸"字，季氏依據校本徑直改作"闌"字。如五律《别薛華》題下原無校記，季氏於題下出校曰："《英華》作'秋日别薛昇華'。"《重别薛華》一首，季氏據《英華》於"薛華"二字旁直接添一"昇"字，這些都極具參考價值。然因季氏未再據集本校勘，故張明本的一些訛誤，季氏未能校出。康熙敕修《全唐詩》所收《王勃詩》，便是將季氏《稿本》中的《王勃詩》一卷悉數收入，再補入《九日懷封元寂》一首，故《全唐詩》共録詩八十九首。文字方面編臣也作了進一步校勘，改正了《稿本》未及改正的訛誤，如《稿本》之《倬彼我系》"啜枝飲水"句，"枝"字；又如《雜曲》"苦向陽臺薦枕"句，"苦"字；再如《扶風晝留離京浸遠》，題中"留"字等皆誤，編臣據其他校本分别改作"菽"、"若"、"届"字等，均極是。所以從文字方面來説，《全唐詩》雖應歸於張明本系統，但卻比張本文字更加精粹。

（二）項刻本。乾隆四十六年辛丑（一七八一）星渚項氏刻《初唐四傑集》所收《王子安集》十六卷。《四傑集》前有總目，次爲項氏《序》，其略曰："佘所見《王子安集》，明張燮作十六卷，張遜業不分卷；《楊盈川集》，明童佩作十卷；《駱丞集》，明顔文選、施羽王並作四卷；惟《盧升之集》不著編輯人氏，作七卷，俱與諸家著録不符，中間文義，亦時有舛脱，大率從《文苑英華》諸書裒集而成，非復當時完本。明許自昌刻《初唐十二家集》，僅録四子詩賦。兹取現存各本，互相點勘，合刻成編，集名卷目仍之。乾隆辛丑仲春月，翰林院編修星渚項家達豫齋撰。"據項氏之言，此本乃是據明張燮本翻刻的，故此本書名、分卷、作品數量及編次等，全與張燮本同。卷前有《舊唐書・文苑傳》本傳，次目録；卷後無附録。正文十六卷：卷一賦七首，卷二賦四首、四古一、五古九、七古八、附雜曲一，卷三五律三十、五排五、五絶三十三、七絶四，卷四至七序四十三，卷八表三、啓十，卷九書六，卷十論十二，卷十一頌二，卷十二頌一、贊十，卷十三至十五碑九，卷十六碑一、行狀一，計詩凡九十一首，文百九首，詩文共二百首。就文字方面而言，由於此本經過項氏校勘，故文字與張燮本稍異。然就總體而言，此本仍當屬於張燮一系的本子。

(三)叢雅居本。同治癸酉叢雅居鄒氏重刊星渚項氏《初唐四傑集》所收《王勃集》十六卷。半葉九行二十一字。版心下方有"叢雅居鄒氏刊"雙行六小字。此本收録作品首數、分卷、編次以及文字等一仍其舊,故爲項氏本的一個忠實翻刻本。

(四)醉經堂本。光緒五年己卯(一八七九)華陽醉經堂校梓《王子安集》十六卷。此本内封面題"王子安全集",背面有"光緒己卯夏華陽醉經堂校梓"牌記一個。半葉九行二十一字。版心白口,單黑魚尾上題"王子安集",魚尾下爲卷次,再下方爲葉碼。卷前有《舊唐書·文苑傳》,次目録。各卷首題"王子安集卷某",次行署文體名稱。此本與項刻書名、作品首數、分卷、編次完全相同,就文字而言也幾無差異,故應爲項氏本的一個覆刻本,二本只在文字結體上稍有不同,如項刻本卷十五《益州德陽縣善寂寺碑》"佇青鸞於曉隊"句,項刻本卷十六《常州刺史平原郡開國公行狀》"佇責包茅之貢"句,二句中的"佇"字,此本結體稍異,如此之類,其他則幾無區别。

(五)蔣注本。吴縣蔣清翊(敬臣)撰《王子安集注》二十卷,附録首一卷末一卷,光緒九年癸未(一八八三)蔣氏雙唐碑館刻本,河南大學圖書館有藏。此本内封面題"唐王子安集注二十卷",内封面背面有"光緒癸未仲夏吴縣蔣氏雙唐碑館刊行"牌記一個。各卷首題"王子安集注卷第某",次行署"唐龍門王勃撰,吴縣蔣清翊注"。此本雖爲竹紙,但刻印俱精,一看即知高手所爲。半葉十一行二十五字,小字雙行三十三字。版心白口,單魚尾上鐫"王子安集注",魚尾下署卷數、葉碼。卷前有《未刊著述總目》,次宜振《序》、《凡例》、《王氏世系》及《彙録事蹟》,次目録、楊炯《王子安集序》。卷後爲《補注》一卷。王集向無注本,蔣著此書,自言"自同治甲子,迄光緒甲戌,歲週一紀,稿凡三易",功力可謂深矣。清儒注書,鈔撮類書,沿襲訛誤者比比皆是,名家如仇滄柱、顧俠君諸公亦不能免;而蔣注此書"所引載籍,俱詳寫某篇或某卷,間有原書已亡者,必標明所據之書,冀别於稗販",且卷後綴《補注》一卷,"仿刊誤之例",以正"鈔寫有脱誤處"(該書《凡例》),態度可謂審慎。此書集諸多之優長,故宜振《序》贊曰"若子安之典贍鴻麗","以張燕公與一行之博洽,猶不能盡得其出處",故其注"非粗涉藝文者所能窺其堂奥。敬臣之注斯集也,於自唐迄今鴻才博學所不敢命筆者,毅然爲鑿山導河之舉,不可謂非子安之功臣矣"。所言不爲過譽。

此本正文二十卷：卷一、卷二賦十二首，卷三詩九十三首、殘句二，卷四至卷二十收表啓書序記論等雜文八十三首，賦詩雜文共百八十八首、殘句二。與張燮本、項本相較，此本卷二增補《釋迦佛賦》一首，卷三增補各體詩《落花落》、《九日懷封元寂》、《出境遊山》二首、《河陽橋代竇郎中佳人答楊户舍》、《有所思》、《示知己》、《述懷擬古詩》凡八首，增補文類有：卷九補《鞶鑒圖銘序》一首，卷十補《釋迦如來成道記》一首，卷十五補《太公遇文王讚》一首，卷二十補《梓州慧義詩碑銘》一首，凡四首。共增補散逸作品十二首。此本文字淵源，蔣氏《凡例》言之甚明，其略曰：

> 《子安全集》散佚已久。星渚項氏刊《初唐四傑集》内《王子安集》十六卷，大都録自《文苑英華》。惟詩集有明永嘉張遜業所刊兩卷本，觀《韻語陽秋》引子安佚詩，知張刻亦非足本。是集編次，詩依張氏本；賦及雜文依《文苑英華》。清翊又從《唐語林》輯補贊一首，從崇善寺本輯補賦、記各一首，從《全唐詩》、《初唐十二家集》、《韻語陽秋》輯補詩八首，從《全唐文》輯補序、碑各一首，均依次編入。此外如《續清涼傳》所載《觀音大士讚》、《紹興府志》所載《仙人石詩》，出於依託，概不羼入。
>
> 集中《三月上巳祓禊序》，爲永淳二年作；《游冀州韓家園序》，爲調露元年作。按子安於上元三年歿，二序時代不合，但宋施宿等撰《嘉泰會稽志》，於《祓禊序》已誤署子安名，爾時《子安全集》未佚，宿等蒐輯未必僅據《文苑英華》，知闌入王集[舊]〔久〕矣。今以沿譌已久，故摘其謬而仍存之。（大化書局影印本《王子安集注》）

因知此本賦及雜文輯自《英華》，而詩則出自張遜業本，故此本卷三所收詩歌，《雜曲》以前與張遜業本首數相同。二本編次之區别僅在於此本删去分體字樣，僅將《雜曲》一首移於原編之末，如此而已，餘則二本編次全同。文字方面，所收諸詩亦與明銅活字本下卷相差甚微，然糾正了銅活字本的明顯訛誤。不過遺憾的是，此本卷十《釋迦如來成道記》一首，爲著者輯補之遺文，題下注曰："洪武年崇善寺刊本。"再下方署"釋道誠注"。蔣氏因唐慧悟大師道誠已有注釋，故依李善注《文選》例，凡文有舊注者，不更注。然釋道誠之注，蔣氏卻未采入集中，這就與《文選注》不同了，乃此本一遺憾。今知道誠注，明有慈聖宣文明肅皇太后重刊本，丁福保於民國九年（一九二〇)據以重印,收入《佛學叢書》,由醫學書局發行;此注又收入日本前田惠雲、中野達慧等主編的《續藏經·第壹輯第貳編·乙》第三套第三册,上下二卷。此本重刊時,若能將道誠注依《文選》例收入正文,那就更完美了。

蔣氏注本,又有一九四三年上海鑄記書局石印本,中國社科院文學所藏有稿本一卷。一九九五年上海古籍出版社有汪賢度點校本。另,大化書局一九七三年有影印本。

(六)江刻本。光緒二十一年乙未(一八九五)江標影刻《唐人五十家小集》所收《王勃集》上下兩卷。此本封面左側有"南宋書棚本唐人小集光緒二十一年乙未影刻於湖南使院元和江標記"小字二行。半葉十行十八字,左右雙邊,版心白口單魚尾。上卷録賦十一首,下卷詩八十七首,詩賦共九十八首。詩亦分爲八體,與銅活字本、張明本全同。此本所據底本,依江標所記,乃是"南宋書棚本",加之此本十行十八字,行款亦與南宋書商陳起父子所刻書棚本相同,遂使人以爲此本所據確係書棚本。其實不然,一個最有力的證據是,此本各體詩中赫然包括"排律"一體,本書前已述及,"排律"之名,始於元末楊士弘《唐音》,至明代方廣泛使用。此本既稱"影刻南宋書棚本",則何能出現"排律"一體?江氏謂此本"影刻"書棚本,表明其並不熟悉詩體語彙的演進情形,遂將明人的分體改編本誤作書棚本。再者就文字方面看,此本與張明本更爲接近。如此本四古《倬彼我系》"啜枝飲水"句,"枝"字,張明本同,而銅活字本作"菽"。此本六言古詩《雜曲》"苦向陽臺薦枕"句,"苦"字,張明本同,而銅活字本作"若"。五排《三月曲水宴得煙字》"幽思夢涼蟬"句,張明本同;而銅活字本作"幽楚思涼蟬",與《文苑英華》同。再如五絶《扶風晝留離京浸遠》,題中"留"字,張明本同,而銅活字本作"届",等等。由以上兩點可見,此本乃是以張明本爲底本影刻而成者,故應屬於張明本系統。

另外自近代開始,不少學者從東傳的日本漢籍中輯補王勃佚作。楊守敬《日本訪書志》著録唐寫本《王子安文》一卷,據楊氏所記,此唐寫本載文三十篇,皆序文,乃日本影照本,爲書記官岩谷修所贈,"首尾無序跋,森立之《訪古志》所不載,惜當時未細詢此本今藏何處。書法古雅,中間凡天地日月等字,皆從武后之制,相其格韻,亦的是武后時人之筆。此三十篇中不無殘缺,而今不傳者凡十三篇,其十七篇皆見於《文苑英華》,異同之字以千百計，大抵以此本爲優，且有題目不符者，真希世珍也"（續修四庫本《日本訪書志》卷十七，頁七四一至七四六）。萬曼先生推測，此一卷序文，即《宋史·藝文志》著録的《雜序》一卷本（《唐集叙録》）。楊氏迻録了三十首篇目，並將其中十三篇逸文全部鈔録下來，然其中六篇或僅存其半、或只存數句，十分可惜。

真正由流傳日本的唐寫本輯補王勃佚作的是羅振玉。民國初年羅振玉東渡日本期間，從日人神田喜處假得正倉院印本《王子安集》，凡二十餘紙，載王勃序文四十一篇，其中今集不見者凡二十篇，且唯《送盧主簿序》中間佚數行外，餘皆完好。羅氏持此二十篇，以校楊氏所得十三篇，發現其中的《聖泉詩序》，項刻《王子安集》已載於《聖泉詩》之前，實非佚篇；其餘十二篇中，六篇殘缺不完。故楊氏所輯佚文實僅存六篇。而羅氏所得佚文二十篇，皆完好無缺。而此前，羅氏在國内期間已得日人内藤湖南博士所贈《王子安集》古寫殘卷影印本，其中日人上野氏所藏卷子有王勃墓誌三篇，神田氏所藏卷子有王勃祭文一篇，皆爲不見於今集之佚文。於是羅氏合上述二十篇，凡得佚文二十四篇，是正其訛脱衍倒，彙編成《王子安集佚文》一卷。至於卷子内見諸今集的二十一篇序，羅氏也手校異同，别爲校記附後，於民國戊午（一九一八）八月鉛印出版（《王子安集佚文·序》）。這是王勃作品收穫最多的一次輯佚，其篇目爲：

序

《春日序》　《秋日送沈大虞三入洛詩序》
《送王贊府兄弟赴任序》　《喜沈大虞三等重相遇序》
《冬日送閭邱序》　《什邡西池宴餞柳明府序》
《江浦觀魚宴序》　《與邵鹿官宴序》
《夏日仙居觀宴序》　《張八宅别序》
《九月九日採石館宴序》　《衛大宅宴序》
《樂五席宴群公序》　《楊五席宴序》
《登綿州西北樓走筆詩序》　《至真觀夜宴序》
《登冶城北樓望白下序》　《冬日送儲三宴序》
《初春於權大宅宴序》　《春日送吕三儲學士序》

祭文

《過淮陰謁漢祖廟祭文》

墓誌

《達奚公墓誌》　　《歸仁縣主墓誌》

《衛處士夫人賀[据]〔拔〕氏墓志》(大化書局《王子安集注》所附《王子安集佚文》)

新中國成立後所出的整理本,有聶文郁的《王勃詩解》,一九八〇年二月由青海人民出版社印行。何林天《重訂新校王子安集》十八卷,一九九〇年由山西人民出版社印行。聶氏本未見,姑暫不論。何氏本以明張燮《初唐四子集》所收《王子安集》十六卷爲底本,校勘補遺後,重編爲十八卷而成。此新編的十八卷本,前十六卷全同於張本,後二卷爲新編的補遺卷,其中卷十七輯補序記墓誌凡二十三首,卷十八輯補詩賦銘讚凡九首,共輯補詩賦雜文三十二首。由二卷所列篇目可以看出,除羅氏《王子安集佚文》所補二十四首外,唯多出以下八首:《新都縣楊乾嘉池亭夜宴序》、《靈光寺釋迦如來成道記》、《梓州慧義詩碑銘》、《釋迦佛賦》、《銅雀妓二首》、《述懷擬古詩》、《太公遇文王讚》。此八首中之《銅雀妓二首》,張本原已有之,爲何氏誤補;其餘六首内,五首已見於蔣清翊《王子安集注》,故無所謂補遺;所以真正算得上補遺的只有《新都縣楊乾嘉池亭夜宴序》一首。但何氏卻把蔣本原已輯補的八首作品給遺漏了,這八首分别是:詩七首《洛花洛》、《九日懷封元寂》、《出境遊山二首》、《何陽橋代竇郎中佳人答楊中舍》、《有所思》、《示知己》;序一首《鞶鑒圖銘序》。這表明作者未見過蔣本。由於底本選擇不當,因而造成這種補不勝補的現象。今後王集的整理,應當在蔣本的基礎上,補入羅氏所輯二十四首,及上述唐寫本卷二十七至三十所存的遺文十首(《陸□□墓誌一首并序》有題無辭,不計在内):《張公行狀》、《祭石堤山神文》、《祭石堤女郎神文》、《祭白鹿山神文》、《爲虔州諸官祭故長史文》、《爲霍王祭徐王文》、《□没後彭執古血獻忠與表弟書》、《族翁承烈舊一首》、《族翁承烈致祭文》、《族翁承烈領乾坤注報助書》凡十首;再將陳尚君《全唐詩補編》、《全唐文補編》中的王勃散佚作品,除去重出者一併收入,校注之後便可得到一部面貌全新的《王勃集》。

另有《四部備要》所收《初唐四傑文集》之《王勃集》九卷,凡收文百五首。

楊烱集

楊烱(六五〇～六九三?),華州華陰(今陝西華陰)人。聰敏博學,善屬文。年十一舉神童,待制弘文館。上元三年丙子(六七六),制舉登科,授校書郎,歷太子詹事司直充崇文館學士、梓州司法參軍等,如意元年爲盈川令,世稱楊盈川。長壽二年癸巳(六九三)後卒於官。楊烱擅長五律,與王勃、盧照鄰、駱賓王齊名海内,號"四傑"。

楊烱去世後,其作品由好友宋之問編纂成集。日人藤原佐世九世紀末所編《日本國見在書目録》第三十九《别集家》著録"《楊烱集》三十卷"。可見宋之問所編名《楊烱集》原爲三十卷,晚唐時已傳至日本。《舊唐書·經籍志》載"《楊烱集》三十卷",與藤原氏所記正合。迨宋,《崇文總目》著録"《盈川集》二十卷",次後成書的《新唐書·藝文志》著録楊烱"《盈川集》三十卷",是宋時集名已改爲"《盈川集》",且有三十卷與二十卷兩種本子行世。迄南宋,三十卷本已無傳,晁氏《讀書志》著録的《盈川集》亦只二十卷;馬氏《通考》、《宋史·藝文志》同;然《宋志》同時還著録有楊烱《拾遺》四卷。以上這些本子,宋以後均無傳。

明代,《楊烱集》刊刻和傳鈔的本子主要有以下幾種:

(一)銅活字本。明銅活字印《楊烱集》上下卷。本書前已言之,明銅活字本唐人詩集,乃弘治、正德間蘇州地區印本。所以《唐五十家詩集》所收《楊烱集》,乃明代出現較早的《楊烱集》,故所據底本,應爲宋槧。上卷賦七首,下卷詩,凡五古四、五律十四、五排十四、五絶一(附烱姪女《臨鏡曉妝》一首),詩賦共四十首。此本有脱文多處,如卷下五古《巫峽》"□夜分明見,□□□□□"兩句,脱六字。五排《和劉長史答十九兄》"宫徵諧鳴石,光輝掩燭□"一聯,對句缺末一字,等等,當爲底本已殘損。此本文字也有訛誤,如上卷《卧讀書架賦》"量柄制鑿,術乃取於縱横","柄"字顯爲"枘"字之訛。五排《和劉長史答十九兄》"風飈自落落,文質且彬彬"一聯,"風飈"二字,顯爲"風標"之訛。然而這些皆一望而知的訛誤。總的來説此本乃明代刊行較早、且文字錯訛較少的本子。

(二)朱警本。嘉靖十九年庚子(一五四〇)朱警輯刻《唐百家詩·初唐二十一家》所收《楊烱集》上下卷。此本版式、行款同《駱賓王集》朱警本(已見)。上卷七絶二十二首,下卷五言雜詩三十四首,共五十六首。炯集宋本明以後無傳,故此本所據底本,蓋銅活字本,然此本删去了銅活字本卷上賦七首,只録卷下詩歌,並據唐詩選本及諸總集輯得佚詩二十三首,分編上下兩卷刊行,銅活字本五排《和劉長史答十九兄》"風飈自落落,文質且彬彬"一聯,"風飈"與"文質"爲對,"風飈"顯爲"風標"之誤,而此本誤同,乃此本據銅活字本編輯而成的明證。另上海圖書館所藏《唐二十二家詩集》所收《楊炯集》二卷,實即此本。所謂《唐二十二家詩集》,乃書賈掇拾朱警《唐百家詩》之殘剩拼湊而成者,參本書卷一《駱賓王集》朱警本。

(三)張刻本。張遜業輯嘉靖三十一年壬子(一五五二)刻《十二家唐詩》所收《楊炯集》二卷,今國家圖書館有藏。十二家順序,王勃第一,楊炯第二。十二家各集均上下二卷,唯録詩,詩分體。此本與明銅活字本《楊炯集》書名、卷次、篇目、編次、文字等皆相同,故當是由銅活字本翻刻而成的。只是文字方面作了校勘,字裏行間增加了不少校文,頗有參考價值。

(四)四部叢刊本。童佩輯,韓邦憲、塗傑萬曆三年乙亥(一五七五)刻《楊盈川集》十卷《附録》一卷。《四部叢刊》初編所收《楊盈川集》十卷《附録》一卷即據此本影印,簡稱"四部叢刊本"。此本今國家圖書館、山東圖書館、北大圖書館等均有藏本;南京圖書館藏本有清丁丙跋,北京市文物局藏本有傅增湘跋。半葉十一行二十字,卷前皇甫汸《楊盈川集序》乃據《龍游縣志》補,次目録。卷後《附録》收兩《唐書》本傳、張説《贈别楊盈川箴》、宋之問《祭楊盈川文》及張遜業《楊炯集序》等十二首。皇甫氏《序》曰:

> 楊集□□卷,後止二十卷,今皆無存焉。童氏子鳴耽書籍,謂淫嗜成癖。而盈川者,其所産地也。參兹下民,眷言父母,年祀綿隔,桑梓猶存。遡瀫水以興懷,眺龍邱而寄慨,搜輯遺文,彙哀簡帙,上於郡守。高淳韓侯,深奬斯舉,移之縣令。南昌塗侯,樂董厥成。若子鳴者,學臻博極,識闡淵微,架富緹緗,載充兼兩秘監,取正訪於茂先,内庫所無,詢之宏靖,伐山而采群玉,披沙以檢碎金,共得詩賦四十二首,序表碑銘志狀雜文二十九首(按:文共四十二首,此據縣志轉載,疑誤),勒爲十卷。保殘守闕,存十於千,不愈於湮没乎?夫著作之文,張道濟譬之懸河,宋延清歎其遊刃。若《渾天》之制,考覆精詳,《冕服》之辨,援引該洽,顧不可傳耶!設使生同其時,則吴公之知賈傅,邛令之重長卿,抑奚讓焉。子鳴懼希寶之弗耀,豈抱衡而自私哉!其憐才甄藝,志

蓋可嘉矣。韓名邦憲，己未進士。塗名傑，辛未進士，爲良守令云。

據此《序》可證，《楊炯集》之原編三十卷及後出之二十卷，明時確已失傳。此本十卷乃童氏裒集編次，韓邦憲、塗傑二人刊刻。丁丙《善本書室藏書志》卷二十四著録有此本，謂童佩字子鳴，乃書賈也，以詩名，有集六卷。此本卷一賦八首，卷二五古四、五律十四、五排十四、五絶一（附炯姪女《臨妝曉鏡》一首），卷三序十一，卷四碑二，卷五碑一、銘一、表一、議一，卷六至八神道碑十一，卷九墓誌八，卷十行狀二、祭文四，凡詩三十三、賦八、雜文四十二，詩文共八十三首。關於此本的文字來源，經筆者比勘，詩歌部分當出自張遜業本，因此二本收詩數量、分卷、編次完全相同，文字方面也相差甚微。此本賦與雜文部分，序文之《王勃集序》、碑文之《遂州長江縣先聖孔子廟堂碑》和《少室山少姨廟碑》以及其餘三十一首，當輯自《文苑英華》，故文字多與《文苑英華》同。然輯録仍有遺漏，《東平郡夫人李氏墓誌》一首，見《英華》卷九六四，此本卻未能一併輯入（詳四庫本），亦一時疏忽所致也。

（五）沈刻本。童佩輯、沈巖刻《楊盈川集》十卷《附録》一卷。半葉九行二十字，左右雙欄，白口單白魚尾，上象鼻内鐫“楊盈川集”，魚尾下爲卷次及葉碼。南圖藏本二册，卷前唯目録，卷後《附録》收新《舊唐書》本傳，宋之問贈楊氏詩文、祭文等，《唐會要》、《容齋隨筆》、《文獻通考》等所載楊氏事蹟，張遜業《楊炯集序》。各卷首題“楊盈川集卷第某”，次行、三行下方分别署“唐華陰楊炯撰”、“明武勝沈巖校”。卷一賦八首，卷二詩三十三，卷三至十文四十二，詩文共八十三首。《四庫全書》所收《楊盈川集》十卷《附録》一卷，即據此本録入（詳下）。此本陸心源亦曾庋藏，《皕宋樓藏書志》卷六十八有著録；皕宋樓藏書後爲日本人購去，此本隨亦東渡，今藏静嘉堂文庫，嚴紹璗《日藏漢籍善本書録》著録此本曰：“《楊盈川集》十卷附録一卷，（唐）楊炯撰，（明）龍游童佩輯、沈巖校，明沈巖刊本，共二册。静嘉堂文庫藏本，原陸心源十萬卷樓舊藏……係明萬曆年間龍游[、]童佩從諸書裒集，詮次成編。前有皇甫氏《序》，並以‘本傳’及‘贈答’、‘評論文語’等，别爲《附録》一卷。共賦八首，詩三十四首，雜文三十九篇。”所計篇數，與四部叢刊本不同。

（六）楊刻本。楊一統刊《唐十二家詩》所收《楊炯集》一卷。此本刻於萬曆十二年甲申（一五八四），半葉九行二十字，今北京大學圖書館有藏。十二家中，楊炯爲第二家，排序與張遜業本稍異而顯得更合理些。各家皆一卷，詩分體。《王勃集》前有黄道日序、東郡孫仲逸序、楊一統自序。據孫氏《刻唐十二家詩序》可知，此本所據底本乃張遜業本。卷首《唐詩十二名家叙略》稱，此書校勘由楊一統、張伯履、丘陵、孫仲逸、李本芳五人分別承擔。此本收詩篇目、序次俱同張遜業本，文字亦與張本差異甚微。

（七）詩紀本。黄德水、吴琯《初盛唐詩紀》之《初唐詩紀》所收《楊炯詩》一卷。《初盛唐詩紀》凡一六〇卷，卷前有李維楨所撰《唐詩紀序》，末署"萬曆乙酉"，即萬曆十三年（一五八五）。此本半葉九行十九字（另一種十行、十九字）。左右雙邊，版心魚尾下署"初唐詩紀卷某"，再下方爲葉碼。此本收詩雖不分體，但實際上是依詩體編次排列的，首爲五古四首，次五律十四、五排十四、五絶一，共三十三首。本書前引《詩紀・凡例》，謂對入編諸集做過一番校勘重編工作，因而保留並增入了許多題下注及正文間夾注的異文，很有參考價值。如此本五排《和石侍御山莊》"煙霞非俗宇"句，"宇"字下此本出校曰："一作累。"而銅活字本、叢刊本作"累"；《英華》亦作"累"。又如五排《和劉長史答十九兄》"共許刁元亮"句，"刁"字下出校曰"一作陶"；而叢刊本作"陶"；等等。然此本也有失校之處，如五排《和劉長史答十九兄》"光輝掩燭銀"句，"銀"字銅活字本缺，叢刊本作"輪"，而此本失校。叢刊本是一個影響較大的本子，而此本未據以校勘，實乃一缺憾。

（八）許刻本。許自昌輯萬曆三十一年（一六〇三）刻《前唐十二家詩》所收《楊炯集》二卷。半葉九行十九字，今北大圖書館有藏。十二家排序同楊一統本，《王勃集》前有《新刻前唐十二家詩叙》，末署"萬曆癸卯（三十一年）孟夏長洲許自昌書"。每卷前署"明長洲許自昌玄祐甫校"。此本書名、行款、分卷、篇目、序次及文字與張遜業本相同，故是據張本翻刻者。

（九）鄭刻本。鄭能刻《前唐十二家詩》所收《楊炯集》上下卷。十二家中，楊炯爲第二家。各家均上下二卷，版式、行款相同，作品分體編次（參本書《駱賓王集》），此不贅。此本卷上賦七首，卷下五古四、五律十四、五排十四、五絶一，詩賦共四十首，附炯姪女詩一首。鄭能《前唐十二家詩》乃許自昌《前唐十二家詩》的翻刻本（參本書《駱賓王集》），故楊氏此本與許刻本書名、分卷、篇目、序次皆相同，文字差别亦甚微。

（十）統籤本。胡震亨《唐音統籤》所收《楊炯詩》二卷。編卷二十四至二十五，乙籤四十一。此本分體編次，首卷五古四、次五律十四，第二卷五排十四、五絶一，共三十三首，與詩紀本收詩數量、分卷基本相同，文字也基本一致，可見此本乃是以詩紀本爲底本編輯而成的。然而由於胡氏先分體再分類，故編次與詩紀本不同。另胡氏參照他本進行校勘，故與詩紀本文字稍異；又胡氏增加了不少校記，頗富參考價值。如五排《和劉侍郎入興唐觀》，題下原無注文，此本題下胡氏注"觀在嵩山逍遥谷高宗與武后幸嵩山延潘師正造此觀"，此注爲他本所無，對理解詩意頗有幫助。

（十一）四傑集本。明無名氏刻《唐四傑集》所收《楊炯集》上下卷。此本版式、行款同《駱賓王集》四傑集本（已見）。上卷賦七首，下卷五言雜詩三十三首，詩賦共四十首，末附炯姪女詩一首。此《唐四傑集》前另紙丁丙墨筆跋曰："《傳是樓書目》有《初唐四傑集》，《孫淵如書目》有《唐四傑集》，不著輯人姓名，影寫宋刊本。此其近之。"謂此本文字近於影宋寫本，因知此本所據乃宋槧《唐四傑集》。

清代刊刻和傳鈔的《楊炯集》，其主要版本有以下幾種：

（一）全唐詩本。康熙敕編《全唐詩》所收《楊炯詩》一卷。《全唐詩》編纂的基礎是明胡震亨《唐音統籤》和清季振宜《全唐詩稿本》，而季氏《稿本》中的《楊炯詩》一卷，乃是將上述《初唐詩紀》之《楊炯詩》一卷原刻入編，並以《文苑英華》、《唐詩紀事》、《唐詩品彙》等諸書參校，故文字視前各本爲精。如五排《途中》"去去指金墉"句，"指"字，詩紀本原無校記，季氏依據《英華》於"指"字旁出校一"拒"字。五排《和輔先入昊天觀星瞻》，題下原無校記，季氏依據《英華》於題下出校記曰："瞻，一作占。"康熙敕修《全唐詩》中的楊炯詩，便是將季氏《全唐詩稿本》中的《楊炯詩》一卷悉數收入，故從文字方面看，此本應屬於詩紀本系統。

（二）項刻本。乾隆四十六年辛丑（一七八一）星渚項氏刻《初唐四傑》所收《楊盈川集》十卷。《四傑集》之版本淵源，項氏在《王勃集》前所載《初唐四傑集序》中已有明言，其略曰："余所見《王子安集》，明張燮作十六卷，張遜業不分卷；《楊盈川集》，明童佩作十卷；《駱丞集》，明顔文選、施羽王並作四卷；惟《盧升之集》不著編輯人氏，作七卷，俱與諸家著録不符，中間文義，亦時有舛脱。大率從《文苑英華》諸書裒萃而成，非復當時完本。明許自昌刻《初唐十二家集》，僅録四子詩賦。兹取現存各本，互相點勘，合刻成編，集名卷目仍之。乾隆辛丑仲春月，翰林院編修星渚項家達豫齋撰。"據此可知，此本是以叢刊本抑或沈刻本爲底子的翻刻本，故書名、分卷與二本相同；就作品數量而言，此本亦與二本相近。卷前有《舊唐書・文苑傳》本傳,次目録,卷後無附録。正文十卷:卷一賦八首,卷二五古四、五律十四、五排十四、五絶一,卷三序十一,卷四碑二,卷五碑一、銘一、表一、議一,卷六至八神道碑十一,卷九墓誌十,卷十行狀二、祭文四,凡詩三十三,文五十二,詩文共八十五首。就文字而言,此本雖經項氏校勘,與沈刻本稍有不同,然從總體上來説,仍應隸屬於叢刊本系統。

(三)四庫本。乾隆敕修《四庫全書》所收《盈川集》十卷附録一卷。《四庫全書總目》曰:"《盈川集》十卷附録一卷。浙江鮑士恭家藏本……此乃明萬[歷]〔曆〕中龍游童佩從諸書裒集,詮次成編,併以本傳及贈答之文、評論之語,别爲附録一卷,皇甫汸爲之序。凡賦八首,詩三十四首,雜文三十九首。《文苑英華》載其《彭城公夫人爾朱氏墓誌銘》一首,《伯母東平郡夫人李氏墓誌銘》一首,列庾信文後,明人因誤編入信集中。此本收《爾朱氏誌》一篇,而《李氏誌》仍不載,則蒐羅尚有所遺也。"(《四庫全書總目》卷一四九,頁一二七八)館臣僅言此本乃"浙江鮑士恭家藏本",然鮑家所藏究爲何種版本,館臣並未明言。上文已言及,據館臣所叙此本收録詩賦雜文的首數看,此本所據乃沈刻本。館臣又云:凡賦八首,詩三十四首,雜文三十九首;而《文苑英華》尚載其《彭城公夫人爾朱氏墓誌銘》一首,及《伯母東平郡夫人李氏墓誌銘》一首;然後一首列庾信文後,明人因誤編入信集中;此本收《爾朱氏誌》一篇,但是《李氏誌》仍不載,則童氏搜羅尚有所遺也。館臣所言甚是。

(四)叢雅居本。同治癸酉叢雅居鄒氏重刊星渚項氏《初唐四傑集》所收《楊盈川集》十卷(已見)。半葉九行二十一字,版心下方有"叢雅居鄒氏刊"雙行六小字。此本收録作品數量、分卷、編次以及文字等,一仍其舊。

(五)江標本。江標影刻《唐人五十家小集》所收《楊炯集》上下兩卷。此本封面右側有"宋睦親坊本"小字一行,左側有"元和江氏影刊"小字一行。南宋陳起父子的書坊位於臨安府棚北大街睦親坊南,此本封面兩側的題署,儼然表明所據底本乃宋書棚本,加之此本半葉十行十八字,行款亦與陳氏父子所刻諸唐人集的行款相同,頗易使人以爲此本之底本爲書棚本。其實不然,此本上卷爲賦七首,下卷詩三十三首。下卷所收各體詩歌,除卷首第二行標有"五言雜詩"以表明詩體外,以下再無標明詩體的字樣。而下卷所收三十三首詩,總數與明銅活字本相同。編次方面,除《和石侍御山莊》、《和崔司空傷姬》二首此本編在"五言雜詩"中,銅活字本歸入"五言排律”中外，其餘完全相同。且二本文字差别也甚微，連五古《巫峽》一詩闕脱的文字也一模一樣(已見上)。所以江氏所謂的“影宋”，其實是影刻明銅活字本。《中國版刻圖録》於明銅活字本《岑嘉州集》十卷下曰：“銅活字本唐人集，傳世頗罕，前人多誤認爲宋刻本。”江氏即其誤識之人也。

新中國成立後《楊炯集》的整理本，有徐明霞的點校本《楊炯集》，與《盧照鄰集》合刊，一九八〇年中華書局出版。

另有《四部備要》所收《初唐四傑文集》之《楊炯集》七卷，此本只收文四十四首。因是選集，此不述。

沈佺期集

沈佺期(六五六？～七一六?)字雲卿，相州内黄(今河南内黄)人。少善屬文，高宗上元二年乙亥(六七五)登進士第，武后聖曆間累官通事舍人，預修《三教珠英》成，遷考功員外郎，擢郎中等。中宗立以諂附張易之被流驩州，遇赦授台州録事參軍，遷起居郎，爲修文館學士，歷中書舍人、太子少詹事等，封吴興縣開國男，開元初卒。

佺期與宋之問齊名，世號“沈宋”，皎然並稱爲“詩家射雕手”。佺期作品，《舊唐書·文苑傳》謂其“有文集十卷”，《舊唐書·經籍志》著録“《沈佺期集》十卷”，然不言何人編纂。此種十卷本，唐末已傳至日本，九世紀末日人藤原佐世編《日本國見在書目録》第三十九《别集家》著録“《沈[詮]〔佺〕期集》十卷”，可見晚唐時，佺期集即與《宋之問集》一起傳至日本。

入宋，《崇文總目》卷五十九、《新唐書·藝文志四》、陳振孫《書録解題》卷十六，下迨《宋史·藝文志七》著録並同。然晁公武《讀書志》卷十七著録“《沈佺期集》五卷”，卷次的不同，表明有不同版本行世，而五卷本則爲宋以後出現的本子。五卷本五律《驩州風土不作寒食》一詩，《初學記》卷四題作“《嶺表逢寒食》”，《文苑英華》卷一五七題與《初學記》同，題下注曰：“驩州風土不作寒食。”顯然該詩在十卷本内題作“《嶺表逢寒食》”，到了五卷本，則以《英華》注文置换原來的詩題。由此可見，宋世五卷本當出現於《英華》問世以後，晁公武撰成《讀書志》以前。此種五卷本，前三卷爲賦與詩，後二卷爲文(詳下朱鈔本)。此外，還有宋槧詩集本二卷，明以前未見諸家書目著録，清錢曾《讀書敏求記》嘗提及此種詩集，錢氏曰：

> 《沈雲卿集》二卷……此爲吴門［柯］〔柳〕氏藏書，［柯］〔柳〕君名僉，字大中，别號味茶居士。摹寫宋本唐人詩數十種，今皆歸述古書庫中，視《百家詩刻》，真霄壤矣。（《錢遵王讀書敏求記校證》卷四中，頁四〇〇）

所謂“述古書庫”，乃錢曾藏書處。柳僉字大中，號安愚道人，蘇州吴興人。正德、嘉靖間在世，隱居不樂仕進，唯以搜羅奇書，傳寫讎校爲樂。嘗摹寫唐人詩集數十種，後全部歸於錢曾述古書庫，《敏求記》所載即此事；然錢曾記柳僉姓“柯氏”，大誤。唯《沈雲卿集》二卷著録爲“摹寫宋本”，若是則宋世有槧本《沈雲卿集》二卷可無疑也。

以上三種沈集宋槧，明以後未見著録十卷本，蓋已於元明易代燹火中亡佚。五卷本明萬曆時陳第《世善堂藏書目録》卷上有著録，至清乾隆間大興朱筠、山東李梴研録山房均有鈔本《沈雲卿集》五卷（詳下），其底本當爲宋槧五卷本。此後宋槧五卷本便杳無音信了，所以五卷本散佚當在清代後期。宋槧二卷本詩集既有柳大中摹本，柳氏乃明中葉人，因知宋槧二卷本詩集，明中期尚在世間，此後便也散逸無存了。

元朝國祚短促，未見有沈集刊本行世。辛文房《唐才子傳》謂“有集十卷，今傳於世”，乃是據宋代書目而言者，非謂元代尚有十卷刻本傳世也。

明代，唐集傳鈔和刊行進入全盛時期，沈集的傳本頗多，其主要版本有以下幾種：

（一）銅活字本。明銅活字印《唐人詩集》所收《沈佺期集》四卷。《唐五十家詩集》影印明銅活字本《沈佺期集》四卷，乃據杭州大學藏本影印。此本前後無序跋，王國維《傳書堂藏善本書志》稱爲“活字本唐百家詩”。此本詩賦兼收，而詩分七體，計卷一文三首、五古二十二、七古三，卷二五律五十二，卷三五排三十五，卷四七律十四、五絶二、七絶八，詩文共百三十九首。《中國版刻圖録》於明銅活字本《岑嘉州集》十卷曰：“銅活字本唐人集……傳世頗罕，前人多誤認爲宋刻本……觀字體紙墨，疑弘（治）、正（德）間蘇州地區印本。”據此可知，此本乃明代刊行最早的沈集，故其所據底本，應爲宋刻。然並非由宋五卷本前三卷的詩賦改編而成的，理由有三：其一此本詩題往往與五卷本不同，如五律《嶺表寒食》，五卷朱鈔本（詳下）題作“《驩州風土不作寒食》”。又如五排《自考功員外授給事中》，無序，而朱鈔本五卷題作“《寄北使》”，且有序，等等。其二，此本文字往往與五卷本不同，有時甚至溢出數句。如此本五古《自昌樂郡溯流至白石嶺下行入郴州》"濯溪寧足懼，磴道誰云惡"二句，朱鈔本無。其他與五卷本文字不同者尚多，不枚舉。其三，朱鈔本《三日獨坐驩州思憶舊遊》、《度貞陽峽》、《登韶州靈鷲寺》三詩，此本未收。據此可見，此本的底本並非宋槧五卷本，而十卷宋槧元明之際已佚，故此本所據，也只有宋槧二卷詩集本了。只是此本錯訛較多，如五古《古别離》"白日東悠悠，中有西行舟"二句，"日"字誤，朱鈔本作"水"，甚是。五律《喜赦》"津通幽谷暖"句，"津"字誤，朱鈔本作"律"，甚是。"律"指律管，《文選》卷二一顏延之《秋胡詩》"寒谷待鳴律"句，李善注引劉向《别録》有鄒衍在燕吹律而温至，令寒谷生黍之事。此用其典。五排《酬楊給事廉見贈省中》首聯"子雲推辯博，公禮擅詞雄"，"公禮"誤，朱鈔本作"公理"，極是，仲長統字公理。五排《夏日梁王席送張岐州》"此地推雄撫，惟梁寄在期"二句，"期"字誤，朱鈔本作"斯"，良是。再如七絶《餞康郎中洛陽令》，題中"康"字誤，朱鈔本作"唐"，良是，唐郎中洛陽令，指洛陽令唐貞休，等等。這些訛誤，亦可能出自宋槧本詩集，可惜宋槧詩集已佚，今已無從勘證了。

（二）王刻本。正德十三年戊寅（一五一八）王廷相刻《唐沈佺期詩集》七卷，今國家圖書館、蘇州圖書館等均有藏本。半葉十行十六字，白口四周單欄。卷前首王庭相《校唐沈詹事詩集序》，次目録，首卷卷端有"太子詹事相州沈佺期雲卿著"、"刑部郎中江都蕭海校正"、"監察御史浚川王廷相重校"字樣。此本唯收詩歌，分體編次，每體一卷，凡七體，故編爲七卷，共百三十二首。傅增湘《藏園群書題記》著録此本頗詳，其略曰：

> 前有正德戊寅王廷相序，與宋之問並舉，言"同寅劉潤之以二集示余校閲，歲月云遠，謄傳失真，訛謬所裁正者，得什之五六，缺所疑者，竢善本更定焉"。是此集乃沈、宋同刻也。……
>
> 考《雲卿集》明嘉靖《百家唐詩》本分三卷，許自昌本分二卷，活字本分四卷，此本則以詩體爲次，凡五古、七古、五律、五排、七律、五絶、七絶，共七類，析爲七卷，與各本皆不同。取嘉靖本略校，詞句粗有出入。其詩句下注一作某，多爲他本所無。序中所云裁正十得五六者，殆謂此耶？（《藏園群書題記》卷十一，頁五六八）

《藏園群書經眼録》卷十二亦著録有此本，然此本所據底本，傅氏卻未提及。今考王廷相《序》曰：

宋之問、沈佺期等，研揣聲音，浮切不差，號爲律詩……然則詹事、員外實唐一代之宗匠也哉！同寅劉子潤之以二集示余校閲，歲月云遠，謄傳失真，訛謬所裁正者得什之六七耳。缺所疑者，俟善本更定焉。正德戊寅三月朔日浚川王廷相序。（陶敏、易淑瓊《沈佺期宋之問集校注》上册《附録》，中華書局二〇〇一年十一月第一版，頁三四二至三四三）

據《序》，王氏曾對此本"謄傳失真"的文字加以"裁正"，然舛誤仍然不少。今考此本文字，多與銅活字本同，如此本五古《紹隆寺》"起誼世歸難"句，"世歸"二字，銅活字本同；朱鈔本作"歸理"。五律《三日禁園侍宴》，題中"禁"字，銅活字本同；《國秀集》、詩紀本（詳下）作"梨"。五排《酬蘇員外味道夏晚寓直省中見贈》"通宵直禮闈"句，"通宵"二字，銅活字本同；詩紀本作"分曹"、《初學記》作"分宵"。七律《古意呈補闕喬知之》"盧家少婦鬱金香"句，"香"字，銅活字本同；朱鈔本作"堂"等等。不僅如此，銅活字本的不少訛誤，此本也多沿襲。如銅活字本五古《古别離》"白日東悠悠，中有西行舟"二句，"日"字誤，此本同；朱鈔本作"水"，甚是。銅活字本五律《喜赦》"津通幽谷暖"句，"津"字誤，此本同；朱鈔本作"律"，甚是。銅活字本五排《酬楊給事廉見贈省中》首聯"子雲推辯博，公禮擅詞雄"，"公禮"誤，此本同；朱鈔本作"公理"，極是。銅活字本五排《夏日梁王席送張岐州》"此地推雄撫，惟梁寄在期"二句，"期"字誤，此本同；朱鈔本作"斯"，良是，"斯"指岐州。銅活字本七絶《餞康郎中洛陽令》，題中"康"字誤，此本同；朱鈔本作"唐"，良是；等等。據上可見，此本當是以銅活字本爲底本翻刻而成者。不過此本文字也有與銅活字本不同者，然凡銅活字本與此本不同處，則多與朱鈔本同。如此本五古《過蜀龍門》"藻葩垂綵紅"句，"紅"字，銅活字本作"虹"，朱鈔本亦作"虹"。此本五律《喜赦》"還將溢浦月"句，"月"字，銅活字本作"葉"，朱鈔本亦作"葉"。此本五排《酬蘇員外味道夏晚寓直省中見贈》，題中"味道"，銅活字本作"味玄"，朱鈔本、《初學記》、《國秀集》亦作"味玄"等等。此本與銅活字本這些不同之處，當爲王氏所誤改。又銅活字本原爲四卷，此本一體一卷，凡分七卷，而卷六只有五絶二首亦單獨成卷，大可不必。另，銅活字本五古《辛〔丑〕歲十月上幸長安時扈從出西嶽作》、五古《初達驩州》"流子一十八"、五排《塞北》"虜障天驕起"與五排《送韋商州弼》四首，此本未收，當爲翻刻時不慎漏編。由此可見，王氏編刻此集亦屬草草。

（三）朱警本。嘉靖十九年庚子（一五四〇）朱警輯刻《唐百家詩·初唐二十一家》所收《沈雲卿集》上下卷。國圖藏本有傅增湘校並跋。半葉十行十八字，四周單邊，白口單魚尾。此本乃詩集本，詩不分體，共九十二首。較之朱筠鈔本（詳下），此本除漏收《度貞陽峽》、《登韶州靈鷲寺》等數首外，其餘各詩編次二本完全相同。與王刻本、銅活字本相較，此本文字也更近於朱筠鈔本。如銅活字本五律《嶺表寒食》，此題朱鈔本作"《驩州風土不作寒食》"，此本同。銅活字本五排《自考功員外授給事中》，無序，該題朱鈔本作"《寄北使》"，有序，此本同。銅活字本五律《喜赦》"津通幽谷暖"句，"津"字誤，朱鈔本作"律"，甚是，此本同。銅活字本五排《夏日梁王席送張岐州》"此地推雄撫，惟梁寄在期"二句，"期"字誤，朱鈔本作"斯"，良是，此本同。再如銅活字本七絶《餞康郎中洛陽令》，題中"康"字誤，朱鈔本作"唐"，良是，此本同，等等。可見此本乃是據朱鈔本的底本宋槧五卷或其近似的本子，將詩別裁而出，編爲兩卷而成的。唯宋五卷本僅有詩八十二首，其餘各詩應爲輯補。此本文字經過校勘，故與朱鈔本亦有不同處。

（四）張刻本。嘉靖三十一年壬子（一五五二）張遜業序、黄埻刻《十二家唐詩》所收《沈佺期集》上下二卷，國家圖書館有藏本，另此本日本也有庋藏，見嚴紹璗《日藏漢籍善本書録·集部》。王國維纂《傳書堂藏善本書志·集部》著録有此本，曰：

> 《沈佺期集》二卷，明刊本。永嘉張遜業有功校正，江都黄埻子篤梓行。每半葉九行、行十九字，板心魚尾上有"東壁圖書府"五字，下有"江郡新繩"四字，卷末有"方九敘、謝敏行、沈仕、夏一鯨、王應辰、聞得仁、王一夔、張遜膚、王叔果、王叔杲、侯一麟同閲"三行，與前所刊《四傑集》同，即張氏所刻《唐十二家詩》之一，天一閣藏書。

此本亦分體編次，卷上録賦、引、五古、七古、五律，卷下五排、七律、五絶、七絶，凡賦引三篇，詩百三十九首，詩賦共百四十二首。持與銅活字本相較便可立刻發現，此本書名、篇目、分體，編次與銅活字本完全相同，文字也與銅活字本相差甚微，故應是據銅活字本翻刻者，唯將活字本四卷併爲上下二卷耳。

（五）楊刻本。萬曆十二年甲申（一五八四）楊一統輯刻《唐十二名家詩》所收《沈佺期集》不分卷。此本由張刻本校勘重編而成，然將張刻本二卷合併爲一卷,乃二本的最大不同。

(六)詩紀本。萬曆十五年丁亥(一五八七)鄣郡吴琯彙編《初盛唐詩紀》所收《沈佺期詩》三卷。半葉九行十九字,四周雙邊,版心白口單魚尾上鎸"詩紀"並以小字偏右署"沈佺期"字樣,魚尾下爲"初唐卷之幾"。此本唯收詩,第一卷五古二十五首、七古四、雜體一,第二卷五律五十七、七律十四,第三卷五排三十五、五絶一、六絶一、七絶八,共百四十六首。此本文字多與張刻本爲近,故當是以張刻本爲底本翻刻而成的。此本輯補佚詩七首,自《文苑英華》輯補五律《立春日内出剪綵花應制》,自《搜玉集》輯補五排《夜遊》等。文字方面,吴氏以《文苑英華》、《唐詩紀事》等作了校勘,字裏行間出校不少異文和題下注,如五律《銅雀臺》題下注曰:"《宋之問集》中亦載此作。"五排《奉和幸韋嗣立山莊侍宴應制》題下注曰:"《紀事》、《英華》作徐彦伯詩。"又如五排《夏日都門送司馬員外逸客孫員外佺北征》題下注曰:"時相王爲元帥魏大夫元忠爲副。"這些題注,或甄辨沈詩重出,或爲理解詩意提供有益的幫助。不過此本文字仍有不少訛誤,如五古《入衛作》"采蘩憶幽吹"句,"幽吹"誤;銅活字本作"豳吹",極是,《詩經·豳風》曰:"采蘩祁祁。"故此詩將"采蘩"與豳吹聯繫起來,"豳吹",豳地詩歌。如五律《晦日滻水應制》"浮棗溢龍渠"句,"棗"字誤,銅活字本作"藻",甚是。又如五排《酬楊給事廉見贈省中》首聯"子雲推辨博,公禮擅詞雄","公禮"誤,朱鈔本作"公理",極是,此用漢仲長統典故,仲長統字公理。又如五排《從崇山向越當》,題中"越當"誤,銅活字本作"越常",即古越裳國,又有越裳縣,均見《元和郡縣圖志》卷三十八驩州;此詩《序》與詩均誤作"越當"等等。可見此本雖經校勘,然還算不上一個完善的本子。

(七)許刻本。萬曆三十一年癸卯(一六〇三)許自昌校、霏玉軒刻《前唐十二家詩》所收《沈佺期集》二卷,國家圖書館有藏本。此本書名、分卷、收詩、文字一同張遜業本,故應爲張遜業本的忠實翻刻本。

(八)鄭刻本。鄭能刻《前唐十二家詩》所收《沈佺期集》上下卷。十二家中,佺期爲第七家。各家均上下二卷,版式、行款相同,作品分體編次(參本書《駱賓王集》),此不贅。此本卷上賦二、《霹靂引》一、五古二十二、七古四、五律五十二,卷下七律十四、五排三十五、五絶一、七絶八,詩文共百三十九首。鄭能《前唐十二家詩》乃許自昌《前唐十二家詩》的翻刻本(參本書《駱賓王集》),故此本與許刻本書名、分卷、篇目、序次皆相同,文字差別亦甚微。

（九）統籤本。胡震亨《唐音統籤》所收《沈佺期詩》四卷，編卷五十一至五十四，乙籤六十九，刻本。此本首卷五古二十六首、七古四、雜體一，第二卷五律六十二，第三卷五排二十五，第四卷五排十一、七律十二、五絶一、七絶八，殘句一則，另卷九百五十六《辛籤八》“諧謔一”收《迴波詞》一首，故此本共録詩百五十一首，殘句一則。此本文字多同於詩紀本，且並其訛誤也照樣沿襲。如詩紀本五古《入衛作》“采蘩憶幽吹”句，“幽”字誤，此本同；銅活字本作“豳”，良是。詩紀本五律《晦日滻水應制》“浮棗溢龍渠”句，“棗”字誤，此本同；銅活字本作“藻”，甚是。詩紀本五排《酬楊給事廉見贈省中》首聯“子雲推辨博，公禮擅詞雄”，“公禮”誤，此本同；朱鈔本作“公理”，甚是。再如詩紀本五排《從崇山向越當》，題中“越當”誤，此本同；活字本作“越常”，良是；等等，可見此本的底本乃詩紀本。然胡氏對詩紀本亦曾進行去僞存真，輯補遺逸的工作。如詩紀本五排《奉和幸韋嗣立山莊侍宴應制》“鼎臣休澣隙”一首，此詩非沈佺期詩，胡氏删去此首，另外輯補詩紀本失收而載在《英華》中的同題詩“臺階好赤松”。又如七律《紅樓院應制》與《再入道場紀事應制》二詩，本爲僧廣宣詩，胡氏將二詩删除，並於“七言律詩”一體注曰：“舊本有《紅樓院應制》、《再入道場紀事》二律，今考正入《釋廣宣集》。”關於輯補佚詩，胡氏自《詩式》輯補五古《古鏡》，自趙玄度本輯補五律《奉和聖製同皇太子翫遊慈恩寺應制》，自《國秀集》輯補五律《壽陽王花燭》，自《唐詩紀事》輯補五律《巫山高》，又補五律《和洛州康士曹庭芝望月有懷》與《秦州薛都督挽詞》及五排《三日獨坐驩州思憶舊遊》未注出處，凡補佚詩七首，另據《春雨詩式》補句一則。編次方面，此本不但分體，且每體諸詩又分類，故編次與詩紀本大不相同。《迴波詞》一首，此本入“諧謔類”中，本集内不存。由上可見，此本雖出自詩紀本，然已是重新編輯加工的本子了。

（十）明鈔本。明鈔《唐四十七家詩》所收《沈雲卿集》二卷，國圖藏本。此本收詩八十首，不録賦，詩不分卷，各體混編。此本與朱警本接近，蓋由宋槧五卷本别裁而成者，有很高的校勘價值。

清代傳鈔和刊刻的沈集，其主要版本有以下幾種：

（一）全唐詩本。康熙敕修《全唐詩》所收《沈佺期詩》三卷。本書前已述及，《全唐詩》是在胡震亨《唐音統籤》和季振宜《全唐詩稿本》兩書的基礎上修訂而成的。而季氏《稿本》中的《沈佺期詩》,乃是將上述詩紀本《沈佺期詩》三卷原刻剪貼入編,泯去各卷卷題及分體字樣,删去詩紀本誤收的徐彦伯五排《奉和幸韋嗣立山莊侍宴應制》"鼎臣休澣隙",而於五律内增補佚詩《巫山高》"巫山高不極"、《牛女》、《七夕》、《壽陽王花燭》、《春閨》、《奉和聖製同皇太子遊慈恩寺應制》、《秦州薛都督挽詞》、《白鹿觀應制》凡八首,於七律一體末增補《陪幸太平公主南莊詩》一首,於五排一體前增補《陪幸韋嗣立莊》"臺階好赤松"、《三日獨坐驩州思憶舊遊》凡二首,故季氏《稿本》共百五十六首。文字方面,季氏以《初學記》、《國秀集》、《唐文粹》、《文苑英華》、《唐詩紀事》、《樂府詩集》以及銅活字本與統籤本等諸集進行校勘,改正了詩紀本諸多訛誤。如詩紀本五律《晦日滻水應制》"浮棗溢龍渠"句,"棗"字誤,季氏校改作"藻",甚是。又如詩紀本五排《酬楊給事廉見贈省中》首聯"子雲推辨博,公禮擅詞雄","公禮"誤,季氏校改作"公理",甚是。再如詩紀本五排《從崇山向越當并序》,題與《序》及詩中"越當"均誤,季氏均校改作"越常",極是,等等,故《稿本》文字較以前各本爲精。康熙敕修《全唐詩》所收《沈佺期》三卷,便是以季氏《稿本》中的《沈佺期詩》三卷爲底子編輯而成的,並於五古末增補佚詩《古鏡》,於五律内補入《和洛州康士曹庭芝望月有懷》,於七律末補入《守歲應制》一首、於七絶末補入殘句一則,而删去了季氏誤補的五律《白鹿觀應制》,故《全唐詩》共百五十八首、殘句一則,一時成爲收詩最多的本子。文字方面,編臣用銅活字本、統籤本諸集進行校勘,糾正了季氏《稿本》未及改正的訛誤。如詩紀本五古《入衛作》"采蘩憶幽吹"句,"幽"字誤,季氏未及校正,編臣於"幽"字旁出校一"豳"字,甚是。再如詩紀本五絶《寒食》"不知何處水"句,"水"字誤,季氏《稿本》未及校正,編臣校改作"火",甚是,等等,從而使此本文字更加精粹。然編臣亦有誤改處,如詩紀本五排《扈從出長安應制》"珠幰戴相風"句,"相"字下吴琯出校曰:"近本作'松'非。"季氏《稿本》同;而編臣將"相"字改作"松",且出校曰:"一作相。"大誤,"相風"乃古代一種候風器,《三輔黄圖》、《新唐書·儀衛志上》均有記載,編臣不深考,以松風爲是,因而致誤。然而編臣於諸詩題下及詩後,新增了不少題注和詩後注,或辨沈詩之重出,或指出詩題之不同,頗有參考價值。總之清以前沈集諸古本中,全唐詩本無論收詩數量還是文字質量,都是一個較好的本子。

(二)朱筠鈔本。乾隆間朱筠鈔《沈雲卿文集》五卷,上海圖書館藏。朱筠，字竹君，齋號椒花吟舫，主要活動在乾隆時期，故此本應爲乾隆時期鈔本。此本詩賦文兼收，前三卷爲賦與詩，後二卷爲文，凡録賦二首、詩八十二、文二十八。由卷數看，此本的祖本，應爲晁公武《讀書志》著録的五卷本。清初著名藏書家劉體仁，庋藏宋槧唐人詩集頗夥。劉氏圖書散出後，部分入藏大興朱筠椒花吟舫，朱筠影鈔宋蜀本《張説之集》，就是今存最接近宋本原貌的珍本（詳下）。而朱筠所鈔此沈集五卷，其底本可能就是宋槧《沈雲卿文集》五卷。此本較明刻諸本包括朱警本溢出《度貞陽峽》、《登韶州靈鷲寺》二首。

（三）李樾鈔本。東武李樾研録山房鈔《沈雲卿文集》五卷《補遺》一卷，國家圖書館藏。"東武"即今山東諸城。李樾爲乾隆五十八年癸丑（一七九三）進士，研録山房乃其書齋名，此本鈔寫時間蓋在嘉慶時期。大興朱筠乃乾隆時期的著名藏書家，其書散出後，李樾亦曾得其部分藏本，朱筠影鈔《張説之文集》三十卷，即爲李氏所得，並據以摹寫《張説之文集》三十卷《補遺》一卷。李樾此鈔本，極有可能是朱筠鈔本的摹本。《補遺》一卷，係從《全唐文》補《峽山賦》一首。此本與朱筠鈔本具有同樣寶貴的價值。

現今整理本有以下兩種：

（一）連波、查洪德《沈佺期詩集校注》，中州古籍出版社一九九一年十一月出版。此本以詩紀本爲底本，分體、編次一仍其舊，唯五、六、七言絶句總稱"絶句"，而以銅活字本、張刻本與全唐詩本爲校本，以《唐詩紀事》、《文苑英華》、《唐詩品彙》、《唐詩别裁集》諸本作重要參考，所補佚詩，置於每體詩後，並注明出處。沈氏的賦、文及殘句，則收入附録内。注釋力求考清作品年代，除注解典故和詞語外，亦根據需要疏通句意（見該書《前言》）。佺期詩雖舊有明張延登《沈詩評》二卷，而注釋本此本還是第一部，創注之功不可没。書後附有各種參考資料及《沈佺期年譜》，頗便讀者。不過，此書"注釋較爲粗糙，望文生義、誤注失注之處極多"（參《隋唐五代文學史料學》，頁九一），則是應當注意改進的。

（二）陶敏、易淑瓊《沈佺期宋之問集校注》，中華書局二〇〇一年十一月出版。此本是沈佺期詩文的第一個全注本。詩以王刻本爲底子，文以上海圖書館藏朱鈔本爲底本，詩文均采用分體編年的方式編排，不能編年者附於各體之末。底本未收之集外詩文收入正集，於校記中説明依據。底本、其他集本和典籍所載僞作或疑僞之作收入集後"備考詩文"，於按語中説明其爲僞或疑僞的理由。除詩以朱鈔本爲主校本外，詩文均以唐宋至明初總集、類書等進行校勘，擇善而從，有參考價值的異文均予存録。注釋詳於歷史背景、人物交遊、名物典故等，略於詞語訓釋。集後附録兩《唐書》本傳及集序。此本係與《宋之問集校注》合刊，分上下兩册，下册附有《沈佺期宋之問簡譜》及唐人對沈宋的評論，供讀者參考（該書《前言》）。此本注釋簡明精到，對沈氏的生平行履、作品繫年及真僞的考證多有發明，頗具功力。且輯補佚詩二十七首，删除僞作及疑僞之作八首，凡收詩百五十一首，爲沈氏諸集中收詩最精的一個本子；文章的收録也以此本爲最全，遂成沈集中不可多得的讀本。

【參考文獻】陶敏、易淑瓊《沈佺期宋之問集校注・前言》，見《沈佺期宋之問集校注》，中華書局二〇〇一年十一月版

宋之問集

宋之問（六五六？～七一二?）一名少連，字延清，虢州弘農（今河南靈寶）人。高宗上元二年乙亥（六七五）登進士第，歷官縣尉、尚方監丞、左奉宸内供奉等，預修《三教珠英》。中宗立，以附張易之貶瀧州參軍，遇赦北還，累轉户部員外郎，選爲修文館直學士，遷考功員外郎，旋貶越州長史。睿宗立，以諂附武三思流欽州，玄宗先天中賜死。

之問與沈佺期齊名，號“沈宋”，皎然譽爲“詩家射雕手”。之問作品，《舊唐書・文苑傳》謂“友人武平一爲之纂集，成十卷，傳於代”，其纂成當在開元初；唐代流行的之問集當即此種十卷本。《舊唐書・經籍志》著録“《宋之問集》十卷”。迄唐末，十卷本已傳至日本，九世紀末，日人藤原佐世編《日本國見在書目録》第三十九《别集家》著録有“《宋之問集》十卷”，可見當時流傳之廣。

入宋，《崇文總目》卷五十九著録“《宋之問集》十卷”，《新唐書・藝文志四》著録同。宋室南渡，晁公武《讀書志》卷十七著録：“宋之問《考功集》十卷。”陳振孫《書録解題》卷十六著録仍爲“《宋之問集》十卷”。書名的差異，表明兩家著録乃不同的版本。南宋所傳十卷本集之外，尚有二卷本詩集《宋之問集》二卷，乃臨安書棚本，王國維纂《傳書堂藏善本書志・集部》曾

提及書棚本曰：

> 《宋之問集》二卷，明覆宋本。半葉十行、行十八字，明覆宋臨安書棚本，天一閣藏書。

據此可見，二卷本之詩集，宋世已經出現，可惜今已無傳。宋槧《宋考功集》十卷，明萬曆四十四年丙辰（一六一六）陳第《世善堂藏書目録》卷上尚有著録，此後明清衆多書目，再未見其蹤迹，蓋明清易代之際，宋槧十卷盡皆散逸。

元朝入主中原，就筆者所知，並未刊行之問集。明清兩代刊刻和傳鈔的之問集，其主要版本有以下幾種：

（一）崦西本。崦西精舍刻詩集《宋之問集》二卷，此乃明代最早的之問集刻本，《鐵琴銅劍樓藏書目録》著録有此本，瞿鏞曰：

> 《宋之問集》二卷，明刊本。晁、陳二家書目俱載十卷，今存二卷，蓋明人掇拾之本也。板刻清朗，每板心有"崦西精舍"四字。（《鐵琴銅劍樓藏書目録》卷十九，頁二七五）

瞿氏推測此二卷本乃明人掇拾之本，則未必即是，或當爲宋書棚本的下位本。莫伯驥《五十萬卷樓群書跋文》所載《宋之問集》上下卷，亦此本也。《四部叢刊》續編所收《宋之問集》二卷，即據鐵琴銅劍樓藏本影印，後附海鹽張元濟《跋》並《校勘記》一卷。張氏《跋》曰：

> 《宋之問集》二卷，前後無序跋，板心題"崦西精舍"四字，不知爲何人所刻。審其字體，當在明嘉靖時矣。板心題"宋之問上、下"，似所刻不止此一種。涵芬樓舊藏東壁圖書府《十二家唐詩》中有宋集二卷，今已被燬，然板心似無"崦西精舍"等字。華亭徐獻忠刻《唐百家詩》，亦有是集，余未獲覩，不知異同若何。今以《全唐詩》校之，卷首賦二篇爲《全唐》本所無，詩則盡數收入，且溢出數首，惟編次不同，彼此各有訛字，似所出不同一源。今以校得異同之字列左，或可爲讀者之一助歟！（明刊《宋之問集》，四部叢刊續編本）

此本被張氏判爲嘉靖本，斯言可信。此本卷上收賦二首、五古三十九、七古十六，卷下五律七十四、五排二十八、七律三、五絶九、七絶七，詩賦共百七十八首。然七古《下山歌》與七絶《下嵩山歌》實爲一首，故僅得百七十七首。此本文字，張氏謂有訛誤，如卷上七古《至端州驛見杜五審言沈三佺期閻五朝隱王二無競題壁慨然成詠》“調到南中每相見”句，“調”字，《國秀集》、《文苑英華》均作“謂”，細繹詩意，“謂”字是，“調”字誤。又如卷下五律《山莊》“獨予泰山老”句，“予泰”二字誤，《文苑英華》作“與秦”，甚是；此詩頸聯：“輞川朝伐木，藍水暮澆田。”所述爲藍田山莊事，藍田在秦嶺群山中，故作“與秦”爲是，而與泰山無涉。再如卷下五排《遊禹穴迴出石耶》，題中“石耶”，顯爲“若耶”之誤，若耶，即若耶溪，與禹穴皆在山陰，故詩首聯曰“禹穴今朝到，耶溪此路通”。又此本偶有闕文，如卷上五古《浣紗篇贈陸上人》“自長薰□牙”句，缺第四字。又如上卷五古《自洪府舟行直書其事》“銘骨懷□□”句，缺後二字。再者，此本誤入他人詩凡十人二十四首，職是之故陶敏先生斷言：此本“所據決非宋集原集，而是一個明人輯録而且品質極差的本子”(《〈宋之問集〉考辨》，《唐代文學研究》第六輯，廣西師範大學出版社一九九六年九月版，頁六三四)。此説不無道理，然亦非全是。此本有他詩誤入雖屬事實，但卻不一定就是明人的輯本。首先，據前引王國維《傳書堂藏善本書志》所言，宋時已有二卷的書棚本《宋之問集》，此本或即書棚本的分體改編本，而分體改編宋槧唐人詩集，乃明人常見的翻刻唐集的習尚。其次，據陶文所舉，此本誤收之十人爲：唐太宗、沈佺期、康庭芝、王無競、劉希夷、李嶠、李乂、張九齡、王昌齡、賈島等，均爲唐人，而且除太宗、賈島外，餘八人皆之問同時的作者，其中尤以沈佺期誤入詩最多。唐代作家，中唐以前多不注意作品的結集，李白即是一個典型；之問二次流放，加之賜死貶所，故來不及整理自己的作品，因由友人武平一爲之纂輯。初唐詩壇，作家風格尚不鮮明，二人風調又頗相近，故之問集中誤入他人尤其沈詩最多就一點也不奇怪了。職是之故筆者以爲，此本的誤入詩大部分當出於二卷書棚本，而書棚本當由《宋之問集》十卷别裁而成，歸根結底應出於武平一所纂十卷本，少部分或爲宋人所誤入。今十卷本和二卷書棚本皆已散逸，而此本較多地保存了宋之問作品，所以應當説此本的功績還是主要的。

（二）朱警本。嘉靖十九年庚子（一五四〇）朱警輯刻《唐百家詩·初唐二十一家》所收《宋之問集》上下卷。半葉十行十八字，左右雙欄，白口單魚尾。此本除删去重出的七絶《下嵩山歌》外，其餘諸詩分卷、首數、編次等等與崦西本完全相同；即便文字方面也與崦西本差異極小，上述崦西本的數處訛誤與闕文，此本也與之完全相同，可見此本乃是以崦西本爲底本翻刻的。

(三)張刻本。嘉靖三十一年壬子(一五五二)張遜業輯校、黄埻刻《十二家唐詩》所收《宋之問集》二卷。今國家圖書館有藏本,各家均上下二卷。半葉九行十九字。與崦西本相較,此本删去了誤入的沈佺期五律《銅雀臺》和《望月有懷》二首,然重出的《下嵩山歌》卻仍在卷中,故此本共百七十四首。編次方面,此本亦略有調整,將卷上五古《下桂江龍目灘》等三首編入卷下五排;卷上五古《折楊柳》等三首編入卷下五律。文字方面,此本亦多與崦西本同,可見當是由崦西本整理翻刻者。

(四)楊刻本。萬曆十二年甲申(一五八四)楊一統輯刻《唐十二家詩》所收《宋之問集》不分卷,北師大圖書館有藏本。此本雖不分卷,然收詩數量、編次、文字等全同張遜業本,唯删去重出的七絶《下嵩山歌》及誤入的張九齡《旅宿淮陽亭口號》二詩,故收詩只有百七十二首。據此,此本當是由張遜業本抽去卷次後翻刻者。

(五)詩紀本。萬曆十五年丁亥(一五八七)郭郡吴琯彙編《初盛唐詩紀》所收《宋之問詩》三卷。半葉九行十九字,四周雙邊,版心白口單魚尾上鐫"詩紀"、"宋之問"字様,魚尾下爲"初唐卷之幾"。此本詩凡百七十首,亦分體編次,然較之崦西本,此本剔除了誤收詩十九首,而沈佺期五律《牛女》、《壽陽王花燭圖》,李嶠五律《奉和九日侍宴應制》,李乂五排《奉和幸韋嗣立山莊侍宴應制》,賈島五律《江亭晚望》等五首未及删除。又輯補逸詩十四首,計第一卷五古《郡宅中齋》(當出《英華》卷三一七);第二卷五律《過函谷關》(當出《初學記》卷七)、《初發荆府贈長史》(缺首聯,當出《詩式》卷三)、七律《和趙員外桂陽橋遇佳人》(原注見《玉臺後集》);第三卷五排《靈隱寺》(當據《本事詩》、《英華》、《天台集》、《唐詩紀事》諸書),五絶《傷曹娘二首》其二"河伯憐嬌態"(出處未詳)、《詠省壁畫鶴》(當出《初學記》卷二四)、《廣州朱長史座觀妓》、《楊將軍挽歌》、《鄧國太夫人挽歌》、《則天皇后挽歌》、《在荆州重赴嶺南》、《贈嚴侍御》、《謁二妃廟》(上七首當分别出自《詩式》卷三、卷四、卷五)凡十四首(陶敏《〈宋之問集〉考辨》)。搜集編録諸詩,是此本的一大功勞。此本的底本當爲崦西本或張遜業本,但又以《英華》等諸集校勘過,故文字更加精粹。

(六)許自昌本。萬曆三十一年癸卯(一六〇三)許自昌校、霏玉軒刻《前唐十二家詩》所收《宋之問集》二卷,國家圖書館有藏本。此本書名、分卷、收詩、文字一同張遜業本，故當爲張遜業本的忠實翻刻本。

（七）鄭刻本。鄭能刻《前唐十二家詩》所收《宋之問集》上下卷。十二家中，宋之問爲第八家。各家均上下二卷，版式、行款相同，作品分體編次（參本書《駱賓王集》，此不贅）。此本卷上賦二首、五古三十三、七古十六，卷下五律七十五、七律三、五排三十一、五絶九、七絶七，詩賦共百七十六首。鄭能《前唐十二家詩》乃許自昌《前唐十二家詩》的翻刻本（參本書《駱賓王集》），故宋氏此本與許刻本書名、分卷、篇目、序次皆相同，文字差别亦甚微。

（八）張燮本。崇禎十三年庚辰（一六四〇）張燮輯刻《宋學士集》九卷《附録》一卷，今國家圖書館、北大圖書館、福建師大圖書館等均有藏本。另日本亦有藏本，見嚴紹璗《日藏漢籍善本書録・集部》。半葉九行十八字，版心白口，左右雙邊。卷前首崇禎庚辰臘月梁谿曹荃《宋學士集序》，次總目；卷後《附録》一卷，輯録兩《唐書》本傳、駱賓王、陳子昂、韋述、盧藏用諸家贈答餞别之問詩六首，以及之問佚事與他人評述，等等。清沈德壽《抱經樓藏書志》卷五十一，傅增湘《藏園群書經眼録》均著録有此本，傅氏曰：

> 《宋學士集》九卷，唐宋之問撰。明崇禎刊本，九行十八字。前有崇禎庚辰曹荃序。又參校姓氏中題閩漳張燮紹和纂，下列同郡五人，而黄道周次之，疑此書爲張燮刊本，審其版式，與漢魏六朝人集版匡字數無一不同，惟此本最少見耳。有曾剛父習經題詩，録後。（曾剛父藏書，己巳八月廿七日閲。）（《藏園群書經眼録》卷十二，頁一〇〇六至一〇〇七）

此本前六卷收賦與詩，後三卷文，皆分體編次，計卷一賦、五古，卷二五古、七古，卷三至四五律，卷五七律、五排，卷六五排、五絶、七絶，卷七序，卷八表，卷九書、歎佛文、祭文，凡賦二首，詩百七十六首，詩文共百七十八首，另附見他人詩九十五首。此本雖九卷，然卻並非出自十卷本，而“是一個對宋之問作品進行重新整理後形成的新版本”（陶敏《〈宋之問集〉考辨》），較之崦西本，此本有以下優長：（1）剔除部分僞詩。如崦西本中沈佺期五古《有所思》、《長安路》、《芳樹》，劉希夷七古《有所思》，唐太宗七律《餞中書侍郎來濟》，李嶠五律《春日芙蓉園侍宴應制》，張九齡五律《旅宿淮陽亭口號》，王昌齡五律《駕出長安》凡八首。然集中僞詩並未剔除乾净。（2）輯補佚詩十五首。其中十四首已見詩紀本輯佚詩，故應取自詩紀本；唯《别宋常侍》見《文苑英華》卷二六六，乃隋人尹式詩，爲張燮誤輯。(3)輯録文章。此本自《文苑英華》諸書輯録宋之問文章若干，加上《附録》所收諸文，使此本成爲彙集之問作品較爲完備的本子。

(九)統籤本。胡震亨《唐音統籤》所收《宋之問詩》四卷，編卷五十五至五十八，乙籤七十，刻本。此本亦分體編次，計首卷五古三十首，第二卷七古十一、騷體四、五律十九，第三卷五律五十，第四卷五排三十三、七律三、五絶十六、七絶六、殘句三則，共百七十二首，殘句三則。與詩紀本相較，二本文字區别極小，且出校的異文也大多相同，故所據底本乃詩紀本無疑。然二者亦有不同處，第一此本先分體再分類，故每體所收各詩編次已與詩紀本不同。第二詩紀本五排《夜渡吴松江懷古》，此本編入五古。第三此本增補佚詩五律《駕出長安》、《送沙門弘景道俊玄奘還荆州應制》、《藥》凡三首，五絶《失題》一首；而將詩紀本五絶《則天皇后挽歌》、《鄧國太夫人挽歌》、《楊將軍挽歌》凡三首作爲殘句收録，不知何故。第四此本經過胡氏校勘，故少數文字與詩紀本不同，如五律《九月晦日上陽宫侍宴應制》，詩紀本題作"上陽宫侍宴應制"，"九月晦日"四字乃胡氏所加。五律《春日芙蓉園侍宴應制》"歸途笳吹繁"句，"笳"字，詩紀本原作"騎"，胡氏改"騎"作"笳"，而將"騎"字出校爲異文。而詩紀本出校的異文，有些被胡氏删除，有些則被改作正文，而將原先的正文出校爲異文，這也是二本文字不同的原因之一。此類例子較多，不枚舉。第五此本題下和詩後，胡氏增加了不少注文，很有參考價值。如胡氏於所補佚詩《駕出長安》題下注："作王昌齡詩者誤。"此本五排《奉和幸韋嗣立山莊侍宴應制》題下，詩紀本原無注，胡氏增注曰："一作李乂詩。"這些題注對辨别之問詩的重出誤收，提供了有益的參考。又如此本五律《梁宣王挽詞三首》與《魯忠王挽詞三首》題下，詩紀本原均無注，胡氏分别增注曰"武三思也"、"三思子駙馬崇訓也"，二處題注，對理解詩意顯然是很有幫助的。

(十)全唐詩本。康熙敕編《全唐詩》所收《宋之問詩》三卷。本書前已述及，《全唐詩》是在胡震亨《唐音統籤》和季振宜《全唐詩稿本》兩書的基礎上修訂而成的。而季氏《稿本》中的《宋之問詩》，乃是將上述詩紀本《宋之問詩》三卷原刻剪貼入編，删去各卷的卷題及分體字樣，再於卷末輯補佚詩八首編輯而成的，故《稿本》共百七十八首。所補佚詩爲：《稱心寺》(當輯自

《嘉泰會稽志》卷七)、《剪綵》、《桂州陪王都督晦日宴逍遥樓》、《七夕》(上三詩當分别輯自《古今歲時雜詠》卷三、卷九、卷二六)均爲之問詩;而所補《新年作》(當據《三體唐詩》卷五)實爲劉長卿詩,《和宋十一臨江作》(當據《古今歲時雜詠》卷十一)實爲崔融詩,《過函谷關》(未詳出處)詩風不類初唐,亦爲誤收,《駕出長安》乃王昌齡詩,已被詩紀本删除,季氏再次將其補入,或是受了統籤本的影響,統籤本此詩題下注曰:"作王昌齡詩者誤。"文字方面,季氏以《唐文粹》、《文苑英華》、《樂府詩集》諸集参校,改正了詩紀本的一些訛誤。如五古《别之望後獨宿藍田山莊》"爾尋北京路,子卧南山阿"二句,"子"字誤,季氏改作"予",以指代之問自己,甚是。又如七絶《苑中遇雪應制》"青祈遥倚望春臺"句,"祈"字誤,季氏於旁出校一"旂"字,甚是。季氏《稿本》中出校的異文隨處可見,頗富參考價值。康熙敕修《全唐詩》所收《宋之問詩》三卷,便是以季氏《稿本》中的《宋之問詩》三卷爲底子編輯而成的。編臣復於首卷補入五古《芳樹》、《長安路》、《折楊柳》、《有所思》凡四首,七古《有所思》一首;於第二卷補入五律《藥》(當據統籤本)、《奉和九日登慈恩寺浮圖應制》、《送沙門泓景道俊玄奘還荆州應制》、《春日芙蓉園侍宴應制》、《詠笛》、《詠鐘》、《花落》、《旅宿淮陽亭口號》、《内題賦得巫山雨》、《王昭君》、《銅雀臺》、《巫山高》、《望月有懷》、《駕出長安》等凡十四首,七律《餞中書侍郎來濟》一首;共補佚詩二十首;但删除了季氏《稿本》所補佚詩《和宋十一臨江作》與《駕出長安》二首,加上卷八八二《補遺一》輯補的五律《登北固山》與五古《陪群公登箕山賦得群字》二首,故共百九十八首。不過編臣所補,除據季氏《稿本》所補《稱心寺》、《剪綵》、《桂州陪王都督晦日宴逍遥樓》、《七夕》四首,及卷八八二《補遺一》所收《登北固山》與《陪群公登箕山賦得群字》二首,凡六首確爲宋之問佚詩外,其餘絶大部分非之問詩。所以《全唐詩》收詩雖達百九十八首,"而其混亂情況卻遠遠超過了以前的諸本"(《〈宋之問集〉考辨》)。編次方面,編臣也作了調整,將季氏《稿本》五古《郡宅中齋》與七律《和趙員外桂陽橋遇佳人》二首,以及五絶《詠省壁畫鶴》、《廣州朱長史座觀妓》、《謁二妃廟》、《贈嚴侍御》、《在荆州重赴嶺南》、《則天皇后挽歌》、《鄧國太夫人挽歌》、《楊將軍挽歌》凡八首,合共十首調至卷末。文字方面,編臣也作了校勘,並恢復了被季氏删除的一些異文,然此類情況並不多。

(十一)清鈔本。嘉慶以後無名氏鈔《宋考功集》十卷《附録》一卷,今藏上海圖書館，有清周世敬校。此本前六卷爲詩賦，分體編次，凡賦二首、詩百九十九首、附見他人詩六首；後四卷文，分類編次，凡三十三首。全書以朱筆校過，卷後有跋語。此本雖十卷，然卻並非出自宋十卷本，而是《全唐詩》和《全唐文》中宋之問作品的一個整合本，其前六卷所收詩皆見《全唐詩》（包括卷八八二《補遺一》所録二首）；後四卷文，篇目編次均同《全唐文》。故此陶敏、易淑瓊《沈佺期宋之問集校注·前言》推測，此十卷本"斷非出於宋本之原編"；此本卷中有"謝盦"、"數聲漁笛在滄浪"、"周子肅手定本"等鈐印，"謝盦"乃嘉慶進士錢枚别號，是此本結集當在嘉慶十九年（一八一四）《全唐文》編成之後。所言頗有道理。而十卷本的重新結集也表明，原編《宋之問集》十卷，的確已不在人間了。

《宋之問集》現代整理本，有陶敏、易淑瓊《沈佺期宋之問集校注》，中華書局二〇〇一年十一月出版。此本分詩文兩部分，詩歌部分以崦西本爲底本，文則以《全唐文》爲底本。"詩文采用分體編年的方式編排"，無法編年者，附各體之末。底本未收的集外作品收入正集，於校記中説明依據。集本包括底本及其他典籍所載僞作或疑僞之作，歸入卷後"備考詩文"，於按語中説明僞或疑僞的理由。無論詩文，均用唐宋至明初總集、類書等加以校勘，異文擇善而從，底本文意可通，或底本雖誤而無他本可據者，一般不改動原文；異文有參考價值者均予存録，其出處僅舉較早者或較重要者。注釋詳於歷史背景、人物交遊、名物典故等，略於語詞訓釋。卷後附録新、舊《唐書》本傳及集序等，全書後附有《沈佺期宋之問簡譜》及唐人對宋之問的評論，以供讀者參考（該書《前言》）。此書是《宋之問集》的第一個精校全注本，所以顯得特别珍貴。

【參考文獻】陶敏《〈宋之問集〉考辨》，《唐代文學研究》第六輯，廣西師範大學出版社一九九六年九月版　陶敏、易淑瓊《沈佺期宋之問集校注·前言》，見中華書局二〇〇一年十一月出版《沈佺期宋之問集校注》

陳伯玉集

陳子昂（六六一～七〇二）字伯玉，梓州射洪（今四川射洪）人。家世豪富，少馳俠任氣，年十七始折節讀書，睿宗文明元年甲申（六八四）進士及第,釋褐麟臺正字。累官右拾遺,數上書陳政事,遷右衛胄曹參軍。武攸宜東征契丹,爲隨軍參謀,因謀劃不合貶爲軍曹。軍還以父年老辭官歸鄉,縣令段簡爲脅取其家財,逮捕死獄中。

子昂一生作品甚豐,據《獨異記》載,子昂入京應試時已有文"百軸"。胡應麟《少室山房筆叢·經濟會通一》云:"凡書,唐以前皆爲卷軸。蓋今所謂一卷,即古之一軸。"是子昂初赴京時即有文百卷,此雖小説家言,卻與其作品豐富這一點相一致。子昂身後,好友盧藏用將其詩文收集整理,編成《陳子昂集》十卷傳世。盧氏《序》略曰:

> 君諱子昂,字伯玉……昔常與余有忘形之契,四海之内,一人而已。良友殁矣,天其喪予。今采其遺文可存者,編而次之,凡十卷。恨不逢作者,不得列於詩人之什,悲夫!故粗論文之變而爲之序。至於王霸之才,卓犖之行,則存之《别傳》,以繼於終篇云耳。黄門侍郎盧藏用撰。(明弘治刻《陳伯玉文集》,四部叢刊初編二次印本)

盧氏《陳氏别傳》亦謂:"其文章散落,多得之於人口,今所存者十卷。嘗著《江上文人論》,將磅礴機化而與造物者遊,遭家難亡之。"(同上)是盧氏所纂陳集,非即子昂遺稿而成,乃由流傳於世者一篇篇彙集起來的,可謂成之不易。盧氏任黄門侍郎在睿宗景雲年間(七一〇~七一一,見岳珍《陳子昂集版本考述》),時距子昂下世已近十年,陳集纂成即在此時。盧氏以一人之力收纂陳作,且時距子昂下世已近十年,作品遺漏固所不免,這一點《陳氏别傳》亦曾提及,然子昂大部分作品賴此集得以保存流傳,盧氏之功也。大曆六年(七七一),趙儋撰《鮮于公爲故右拾遺陳公建旌德之碑》曰"拾遺之文,四海之内,家藏一本"(四部叢刊初編二次印本《陳伯玉文集》),所指當即盧編十卷本。唐末,此十卷本還東傳日本,九世紀末葉日人藤原佐世《日本國見在書目録》第三十九《别集家》著録"《陳子昂集》十卷",即是十卷盧本唐末傳至日本的明證。在東渡扶桑的同時,陳集還向西傳到了敦煌,今藏巴黎法國國家圖書館的敦煌卷子本,内中編號爲伯三五九〇者即爲陳集。此寫本存卷八《上西蕃邊州安危事》之後半和卷九至十兩個整卷,卷十尾題:"故陳子昂遺集十卷。"可見此殘卷原爲十卷,且其卷十最末一篇爲盧藏用《陳氏别傳》,這與盧藏用《序》言陳集凡十卷,以《别傳》"繼於終篇"的説法合若符契,證明此寫卷所據底本乃盧氏原編無疑。另,倫敦不列顛博物院亦藏有陳集之敦煌寫卷，編號爲斯五九七一、斯五九六七，前者爲殘文四碎片，後者爲殘文一碎片，“並與巴黎所藏《故陳子昂遺集》爲同卷。以楊春重編本校之，並在卷八中”（王重民《敦煌古籍叙録》，頁二九三）。此寫卷雖殘存不足三卷，然卻是現存最古的陳集版本實物，價值極爲珍貴，通過此本，不僅可以窺見唐五代時期陳集面貌之一斑，且文字上亦有寶貴的校勘價值。先看版本價值，學界一般以爲，明楊春重編、楊澄刊刻《陳伯玉文集》十卷（詳下）“大致保存了盧藏用所編十卷本的原貌”（萬曼《唐集叙録》，頁三八）。這無疑是正確的，然而只是出於推測。二十世紀三十年代，王重民曾持敦煌寫卷與楊澄刊本對勘，發現二本“卷九卷十編次無稍異，疑楊春一仍盧本之舊”（《敦煌古籍叙録》，頁二九二），這就借助於敦煌本陳集，進一步證明楊澄刊本的確保存了盧本的原貌，由此也彰顯了敦煌本陳集可貴的版本價值。再看文字方面，敦煌寫本卷八《答制問事八條》“如裴炎劉禕之蘇味道”句，“蘇味道”，楊澄本作“蹇味道”，注曰“本傳作蹇”；“某等干紀亂常”句，“某等”，楊本作“虺貞等”。又如敦煌寫本同卷《上軍機要切事》“誤陷城府此固天恩已應”句，“誤”字，楊本訛作“没”，“城府”，楊本作“府城”，“固”字下，楊本有“宜”字；“陛下又寬刑漏網”句，“網”字，楊本作“纓”，注曰“一作網”；“則全衆皆死”句，“死”字，楊本作“怨”。如寫本同卷《上西蕃邊州安危事》“此虜不安”句，楊本作“虜不自安”；“遐育戎狄”句，“遐”字，楊本作“覆”；“夫心情莫不以求生爲急”句，“心”字，楊本作“人”。再如寫本卷九《諫靈駕入京書》“故雖周公制作夫子著明”句，“明”字，楊澄本誤作“名”；“天下和平”句，“和”字，楊本誤作“利”；“昔者平王遷周，光武都洛，山陵寢廟不在西京，宗社墳塋並居東土”四句，“西京”，楊本誤作“東京”，“東土”，楊本誤作“西土”。又如同卷《諫曹仁師出軍書》“南中士馬，不耐祁寒”句，“祁”字，楊本誤作“初”；“且古來絶漠，多喪士馬”句，“漠”子，楊誤作“漢”；等等，敦煌寫本這些文字，均可證楊澄本之誤，於此可見寫本在文字校勘方面極具參考價值，可惜的是所存不足三卷。

五代劉昫《舊唐書》本傳謂子昂“有文集十卷”，《舊唐書・經籍志》亦著録“陳子昂集十卷”。入宋《新唐書・藝文志四》、晁公武《讀書志》卷十七，下迨《宋史・藝文志七》著録並同。然《崇文總目》卷五十九、陳振孫《直齋書録解題》卷十六卻著録“《陳拾遺集》十卷”，書名的差異，反映出版本的不同。然兩種版本均爲十卷，估計内容應無大的差别。陳氏《書録解題》曰：

《陳拾遺集》十卷。唐右拾遺射洪陳子昂伯玉撰。黄門侍郎盧藏用爲之序。又有《別傳》系之卷末……盧序亦簡古清壯,非唐初文人所及。(《直齋書録解題》卷十六,頁四六七)

可見宋槧十卷本,卷前盧《序》居首,卷末有盧氏《陳氏別傳》殿後,乃盧氏原編無疑。十卷本外,宋時還有二卷詩集行於世,然此種詩集未見諸家書目著録,唯王國維《傳書堂藏善本書志・集部》在著録明仿宋本《陳伯玉集》二卷時曾提及之,其略曰:

《陳伯玉集》二卷,明仿宋本。每半葉十行、行十八字,出臨安書棚本,天[下]〔一〕閣藏書。

王氏謂此種明仿宋本,出自宋臨安書棚本,信然。若是二卷本詩集,宋代即已出現。綜上可知,宋世至少有三種類型的陳集流行於世,一是十卷的《陳子昂集》,一是十卷的《陳拾遺集》,一是二卷本詩集《陳伯玉集》。宋槧十卷傳於後世者,《文淵閣書目》卷九著録《陳伯玉文集》一部三册完全、一部三册闕。《文淵閣書目》乃明正統六年辛酉(一四四一)楊士奇等人奉敕編,而文淵閣内藏書乃永樂十九年辛丑(一四二一)自南京取來,一向貯於左順門北廊,原無完整書目,據楊氏《文淵閣書目題本》云:“近奉聖旨,移貯于文淵閣東閣。臣等逐一打點清切,編置字號,寫完一本,總名曰《文淵閣書目》。”(叢書集成初編本《文淵閣書目》,中華書局一九八五年北京新一版)可見該目乃明正統間文淵閣藏書之實録,且這些書籍乃永樂十九年以前收藏,所以其中的陳集二部,應爲宋槧無疑。而十卷宋槧,清康熙時尚有傳本,季振宜校勘《全唐詩稿本》時,陳子昂《觀荆玉篇》所使用的校本,其中即有“宋刻”(詳下)。此後宋刻十卷就再無蹤跡了。二卷書棚本詩集,明代既有仿刻本,則當時仍有傳本可知。清以後,書棚本不再有人提及,故其散逸當在明末清初之間。

元代未見陳集有刊本。

明代刊刻和傳鈔的陳集主要版本有以下幾種:

(一)楊澄本。弘治四年辛亥(一四九一)楊澄刻《陳伯玉文集》十卷《附録》一卷。半葉十一行二十一字,粗黑口雙魚尾,四周雙邊。卷前首弘治四年辛亥張頤《序》,次盧藏用《序》,次目録。卷後《附録》一卷,凡收《新唐書》本傳、盧藏用撰《陳氏別傳》與《祭陳公文》,以及趙儋《爲故右拾遺陳公建旌德之碑》等文。除《别傳》外，餘皆楊澄輯録的有關子昂的文獻材料。最後爲楊澄《陳伯玉先生文集後序》。首卷卷端題"陳伯玉文集卷之一"，第二、三兩行下方分别署"新都楊春重編"、"射洪楊澄校正"。張《序》略曰：

> 其全集世不多見，其詩文見於他集者亦甚少。今巡撫山西都御史楊公澄，與伯玉爲同邑人，得其全集於中秘，鈔録而來，重複校正，命工刊梓以傳，共若干卷。嗚呼！公之用心厚矣……弘治四年歲次辛亥重陽日，賜進士嘉議大夫……致仕維揚張頤序。（南京圖書館藏本）

前已述及，明内府藏有宋槧。楊氏既據内府藏本鈔寫，命工刊行，故其所據應爲宋槧無疑。方回評子昂《送魏大從軍》"狐塞接雲中"曰："刊本以'狐塞'爲'孤塞'，予爲改定。"紀昀亦評曰："得此評，乃知今本'惟留漢將功'乃後人改本。"（李慶甲《瀛奎律髓彙評》卷二十四，頁一〇一九）方回由宋入元，故其所説"刊本"乃宋槧陳集無疑。由方回評可知，"狐塞"宋槧作"孤塞"，楊氏此本正作"孤塞"，可證此本文字是由宋本而來者。紀昀所指乃詩之結句，全唐詩本、四庫本陳集皆作"惟留漢將功"，而方回評本作"獨有漢臣功"。此句方回未改動，則宋槧作"獨有漢臣功"可知，而楊氏此本正作"獨有漢臣功"。清季振宜《全唐詩稿本》所收子昂詩《觀荆玉篇并序》"吾怪其味甘"句，季氏校曰："甘，宋本俱作甜。"楊氏此本正作"甜"（另一"甜"字已改作"甘"）；又"亦可斷而不惑矣"句，季氏校曰："可，宋刻作何。"楊氏此本正作"何"。又"勿信玉工言"句，季氏校曰："宋刻勿信工言子。"此本正作"勿信工言子"。以上諸例，足可證明此本文字的確出於宋本。前已述及，二十世紀三十年代，王重民曾持此本與敦煌本陳集殘卷對勘，發現二本卷九、卷十篇目、序次完全相同，因疑此本"一仍盧本之舊"，即疑心此本完全保留了盧本的原貌，而所謂楊春"重編者，本無其事，蓋明人嗜名，特題'重編'二字以自炫耳"（《敦煌古籍叙録》，頁二九二）。又，筆者曾以《英華》校此本，發現《英華》校記凡曰"集作某"者，幾乎全與此本合。《英華》纂成於北宋初年，因錯訛太多，南宋時周必大、彭叔夏等重校後，方鏤版刊行，所以《英華》校記凡曰"一作某者"，多北宋始編時校語；而凡曰"集作某者"，乃南宋校語。此本既與《英華》校語"集作某"者多合，亦可證此本出於宋槧陳集。總之此本是今存陳集諸古本中最早且最爲完整的刻本，較好地保存了盧本原貌，因而在陳集流傳史上具有寶貴的價值。宋本雖佚，然而通過此本,可以間接窺見盧編本的概貌:卷一賦一首、詩五十一,卷二詩六十六,卷三至四表三十六,卷五碑七,卷六墓誌銘十四,卷七至八雜著四十三,卷九至十書十五,凡詩百十七首,文百十六首,詩文共二百三十三首。卷前有盧氏《序》,卷後殿以盧氏《陳氏别傳》,此即盧編本之概貌也。不過盧本亦有不足之處,第一,編次方面,文中混有詩,如卷七"雜著"内又收《春臺引》、《彩樹歌》、《山水粉圖》、《喜馬參軍相遇醉歌》等詩四首;又前二卷詩題下既收詩序,卷七"雜著"内又録詩序多首,從而造成序文重出。第二,作品收録不全,除盧氏提及的《江上文人論》外,尚有十三首詩而文集失載(詳徐鵬點校本)。然而美玉微瑕,絲毫掩蓋不了盧本的光輝。至於楊澄所刻此本,因鈔自内府,時間匆遽,所以後來雖經反復勘正,文字錯訛仍然不少,只是這些訛誤多數是一望即知的筆誤,容易校正。總之陳集十卷,世人罕覩傳本,幸賴楊澄自内府鈔出刊行,方得復行於世。此後的各種陳集多祖此本,可見其在陳集流傳史上地位之高。此本清以來諸家書目如孫星衍《廉石居藏書記・内編》卷上、陸心源《皕宋樓藏書志》卷六十八、瞿鏞《鐵琴銅劍樓藏書目録》卷十九、王國維《傳書堂藏善本書志》等均有著録,不一一徵引。此本原刻,今國家圖書館、上海圖書館、南京圖書館、北大圖書館、湖南圖書館等均有庋藏;其中國家圖書館一藏本有清胡珽跋,北京市文物局藏本有張元濟跋,南京圖書館藏本卷八至十及《附録》配清鈔本,有清丁丙跋,《四部叢刊》所收陳集即據胡珽跋本影印,更是易得之書。

(二)王廷本。嘉靖四十四年乙丑(一五六五)王廷刻《子昂集》十卷《附録》一卷。國圖所藏此本原爲黄丕烈士禮居舊物,半葉十一行二十一字,左右雙邊,白口單魚尾下有"卷某"字樣。卷前首盧藏用《子昂集序》、長洲劉鳳子威《序》、王廷《重刻陳拾遺集後序》、次目録。目録分爲前後兩集,後集五卷目録置於卷六前。各卷首題"子昂集卷之某",第二、三行下方分别署"明都御史王廷校刻"、"門人黄姬水劉鳳同校"。卷後《附録》一卷,凡收《新唐書》本傳、《陳氏别傳》、趙儋《陳公建旌德之碑》、《祭文》、《覽文集詩》(闕)。正文卷一賦一首、詩五十一,卷二雜詩六十七(原書注六十八首,非是),卷三表十六,卷四表十九,卷五碑文七,卷六墓誌銘十四,卷七雜著三十七(一首缺文),卷八雜著七,卷九書七,卷十書啓八。較之楊澄本,此本删去了卷前張頤《序》及卷後楊澄《後序》,目録也被割置於兩處,似乎與楊澄本毫無關係。其實不然,此本卷後《附録》仍載有楊澄輯集的《新唐書》本傳、《祭陳公文》，以及趙儋《爲故右拾遺陳公建旌德之碑》等文，這些皆楊澄輯録。且此本文字幾乎與楊澄本全同，且連其訛誤亦照樣沿襲。如楊澄本卷七《薛大夫山亭宴序》“左對青山，俯磐石而開襟；右澄流水，斟緑酒弄清弦”四句，“右澄流水”句誤，《英華》作“右臨澄水”，與“左對青山”形成工對。又如楊澄本卷八《答制問事八條・重任刑科》，“刑”字誤，此本亦誤；味之文意，當作“賢”，《全唐文》正作“賢”，甚是。又楊本卷九《諫刑書》“臣伏見去年八月已來天苦霖雨”句，“去年八月”四字，《英華》同，然“年”字下出校曰：“集無此字。”是彭叔夏所據陳集作“去八月”。揆諸事實，作“去八月”是，據《通鑑・唐紀》卷二十，《諫刑書》上於武后永昌元年九月，若作“去年八月”，則霖雨自垂拱四年八月，一直下到永昌元年九月，整整一年還多。事實絶不至如此。若作“去八月”，即過去之八月，則霖雨尚不足一月，此種天氣尚容有之。可見宋槧陳集原不誤，楊澄本誤衍“年”字，而此本誤同。再如楊本同卷《諫政理書》“故順其時月而爲政”句，“時月”二字，此本同；而《英華》只一“時”字，校曰：“集作月。”是“時月”二字乃楊澄本所獨有，而此本亦作“時月”。弘治本以上諸誤例，此本均與之同，據此可證此本的確是據楊澄本翻刻的。不過此本亦糾正了楊澄本的一些訛誤，如楊澄本卷九《諫靈駕入京書》“天下利平”句，“利”字誤，此本改作“和”，甚是，所據當爲《英華》。再如楊澄本同卷《諫曹仁師出軍書》“且古來絶漢多喪士馬”句，“漢”字誤，此本改作“漠”，甚是，所據亦當爲《英華》，等等。此本原槧國家圖書館、上海圖書館均有藏本；國家圖書館藏本一種有清黄丕烈校並跋，另一種有李希聖跋；上海圖書館藏本卷六闕第二至五葉，附録第十八葉闕後半葉。

（三）邵刻本。隆慶五年辛未（一五七一）邵廉刻《陳伯玉文集》十卷《附録》一卷。此本卷前有邵廉《序》曰：“今刻伯玉集而序之如此。隆慶五年歲辛未秋八月望日南豐邵廉書于建寧郡之蒔蔬處。”是此本乃隆慶時建寧刻本。此本原刻原印已散佚，今存者乃萬曆二年甲戌（一五七四）楊沂補刻本，湖南圖書館、四川圖書館、重慶圖書館等均有藏本，版本概貌詳下四庫本。

清代刊刻和傳鈔的陳集其主要版本有以下幾種：

（一）四庫本。《四庫全書》所收《陳拾遺集》十卷《附録》一卷。此本卷前除館臣《提要》外，唯明人邵廉《陳拾遺集原序》，《序》末署“隆慶五年歲辛未秋八月望日南豐邵廉書于建寧郡之蒔蔬處”，無目録。卷後唯《附録》一卷,内收《新唐書》本傳、盧藏用《陳氏别傳》、趙儋《鮮于公爲故右拾遺陳公建旌德之碑》、盧藏用《祭陳公文》等。此本所據底本,《四庫全書總目》曰:

> 《陳拾遺集》十卷,内府藏本……此本傳寫多訛脱,第七卷闕兩葉,據目録尋之,《禡牙文》、《禜海文》在《文苑英華》九百九十五卷;《吊塞上翁文》在九百九十九卷;《祭孫府君文》在九百七十九卷。又《送崔融等序》之後,據目録尚有《餞陳少府序》一篇,此本亦佚,《英華》七百十九卷有此文,今並葺補,俾成完本。《英華》八百二十二卷收子昂《大崇福觀記》一篇,稱武士彠爲太祖孝明皇帝,此集不載其目,殆偶佚脱,今並補入。(《四庫全書總目》卷一四九,頁一二七八至一二七九)

館臣唯言所據爲内府藏本,卻未説明内府所藏究爲何種版本? 館臣所據底本卷七既闕兩葉,因據《英華》補文五首。底本既不完全,卻不更换其他全本,則内府所藏陳集僅有此種可用之本無疑。乾隆敕修《四庫全書》,詔徵天下圖籍入四庫館中,然於陳集僅得此殘本,可謂一大憾事。此本卷前既獨有邵氏《序》,盧藏用原序並後世他人諸序皆所不收,則内府所藏陳集爲邵廉刻《陳伯玉文集》十卷無疑。今持楊澄本與此本對勘,發現此本除卷二溢出《魏氏園亭人賦一物得秋庭萱草》詩一首,卷七溢出《餞陳少府從軍序》(楊澄本有目無文)與《荆州大崇福觀記》文二首外,其餘分卷、篇目及編次等均與楊澄本同。王重民謂"《四庫》著録本,或即從弘治本出也"(《敦煌古籍敘録》,頁二九三),推測頗有道理,然並不完全正確,事實上此本的確爲弘治本(楊澄本)的下位本,然卻並非直接據楊澄本入録,而是據楊澄本的衍生本邵槧本録入的。

這裏順便談一談與四庫本相關的全唐文本陳集之底本問題。岳珍《陳子昂集版本考述》一文以爲:"《全唐文》的底本當非盧本。"其理由有三:一者二本收文不同,二者二本編次不同,三者二本文字不同。據此三點,《考述》認爲《全唐文》的底本不是盧本(包括屬於盧本系統的楊澄本),而是另一種宋槧《陳拾遺集》十卷。這一説法並不正確,因爲《考述》所舉三點理由均有可商之處。先看第一點,《考述》以爲全唐文本陳集較楊澄本溢出《爲義興公陳請終喪第二表》、《爲義興公陳請終喪第三表》、《謝賜冬衣表》、《座右銘》等文四首,所以不可能出自盧本與楊澄本一系的本子。這一推測並不正確。《全唐文》較楊本溢出文四首是不假,然此四首均見《文苑英華》。

《全唐文·凡例》言，文集外之總集，如《古文苑》、《文苑英華》、《唐文粹》等書之唐文，及總集外散見於史子雜家記載志乘金石碑板之唐文，包括《永樂大典》爲《四庫》已采之外的"單篇斷簡"之唐文，甚至釋道兩藏之唐文，"悉行甄録"，以求唐文之"全"。甄録所得，重行編輯後"以文從人"。職是之故《全唐文》所溢文四首，顯然是據《英華》增入的。若此把《全唐文》較楊澄本溢出文四首，作爲《全唐文》不出於楊本一系本子的根據，顯然是靠不住的。再看第二點，《全唐文》的編纂既然是在各家別集增補佚文之後，統一進行詮次校勘，而後再録入《全唐文》的，輯補的佚文，依體裁散入各體作品之中，這就使得全唐文本陳集的編次，與翻刻本陳集不同。若此將全唐文本與楊澄本一系本子的編次不同，作爲判斷其版本來源的根據，同樣也是不足爲憑的。再説第三點，《考述》凡舉四例，第一例《諫靈駕入京書》"北對嵩邙西望汝海"，"汝海"，《考述》謂《全唐文》不誤，楊澄本誤爲"河海"，然楊本實亦作"汝海"，並不誤。《考述》失誤的原因，乃因所用爲王重民《敦煌古籍叙録》的校例而未檢核原書，王重民誤，《考述》隨之亦誤，所以此例不足爲據。其餘三例：《諫靈駕入京書》"天下和平"句，"和"字，《考述》謂楊澄本誤作"利"；《諫曹仁師出軍書》"南中士馬，不耐祁寒"，"祁"字，《考述》謂楊澄本誤作"初"；"且古來絶漠，多喪士馬"，"漠"字，《考述》謂楊澄本誤作"漢"，而此三例《全唐文》均不誤。但是此三例同樣不能作爲全唐文本不出於楊本一系本子的依據，因爲此三例不僅四庫本陳集均不誤，《英華》亦均不誤。《全唐文·凡例》曰："唐人別集，《四庫全書》所載，多至九十餘種，其中專以詩行者，不過十之三四，其餘文集，悉行甄録。"這是全唐文本陳集以四庫本陳集爲底本的最好説明。須知《四庫全書》在那時具有至高無上的權威，《全唐文》編臣編録陳集，四庫本自當爲其首選。事實上四庫本陳集也確實較以前各本爲優，《全唐文》編臣没理由棄而他取。今從文字方面亦可證明，全唐文本的確是以四庫本陳集爲底本録入的。如楊澄本卷七《送中嶽二三真人序》"玉笙吟鳳瑶衣駐鶴"句，"衣"字，《英華》作"裝"，校曰"集作衣"。前已述及，《英華》凡出校曰"集作某"者，絶大多數與楊澄本合，因知彭叔夏校《英華》所用陳集，與楊本所據宋槧爲同一種或近似的本子，然此"衣"字卻與彭氏所據宋槧不合，是此"衣"字乃楊澄本所獨有，其下位之四庫本亦作"衣"，而今全唐文本亦作"衣"。又如楊澄本卷七《送吉州杜司户審言序》"合絶唱之音人皆寡和"句，"合"字，《英華》同；四庫本作"含"，今全唐文本亦作“含”。再如楊澄本卷九《諫政理書》“故順其時月而爲政”句,“時月”二字,《英華》僅一“時”字,校曰“集作月”。是宋槧陳集作“月”字,而“時月”乃楊澄本所獨有,四庫本同,而今《全唐文》亦作“時月”。以上三例恐怕就不是偶然巧合了,這些例子足以證明全唐文本陳集,的確是據四庫本入録的,换言之全唐文本的底本並非另一種宋槧《陳拾遺集》十卷,而是盧本一系的四庫本。

(二)尊德堂本。道光十七年丁酉(一八三七)楊國楨輯、楊氏尊德堂刻《陳伯玉集》文集三卷詩集二卷《附録》一卷。半葉九行二十二字,左右雙邊,版心白口單魚尾,魚尾上接邊欄署“陳伯玉文集”或“陳伯玉詩集”,下爲卷次。卷前首楊國楨《序》,末有“楊國楨印”、“海粱”二木記,次盧藏用《序》,次《别傳》,次兩《唐書》本傳,次目録。卷後《附録》彙集唐宋至明清諸賢贊譽陳子昂詩文二十九首,最後爲道光丁酉孟夏金堂陳一津撰《伯玉先生小傳》。楊氏《序》曰:

> 其詩向無專集,偶得明人刻本,署新都楊春重編。揭閲之,則不全不備,意甚觖然。因于《全唐詩》中備録其詩,並搜其文之散見於各書者,彙而梓之,計文三卷詩二卷,裒然成集,乃翕然意滿矣。卷端列盧藏用原序一首,别傳一首,新舊《唐書》本傳各一首。知其人必論其世,庶誦讀者得有以考焉。道光丁酉蜀州楊國楨序。(録自岳珍《陳子昂集版本考述》)

《序》謂詩二卷據“《全唐詩》備録”,持與《全唐詩》對勘,此本除溢出《楊柳枝》一首僞詩外,收詩數量、篇目、序次及文字等均與《全唐詩》相同。是此本詩歌二卷確實是據全唐詩本翻刻的。文章三卷,《序》謂“並搜其文之散見於各書者彙而梓之”,觀此言,似此本文三卷,皆楊氏自輯者。然持勘《全唐文》之子昂文,此本收文數量、篇目、序次、文字與《全唐文》相同,且並其訛誤亦照樣沿襲,所不同者,只是將《全唐文》之八卷,縮編爲三卷而已(參《陳子昂集版本考述》)。可見此本三卷文乃是據《全唐文》録入者,楊《序》謂“並搜其文之散見於各書者,彙而梓之”,不過爲自炫之詞罷了。至於此本體例,亦有欠妥之處,如文章部分有《大周受命頌》四章,其中第三章《慶雲章》又録入詩歌部分,誤與盧本同。這一紕漏表明,此本編輯只是依様葫蘆,並無進行體例統一的工作。不過此本亦有所長,即收録詩文較前此各本陳集相對完備，計文集卷一《麈尾賦》一首、《大周受命頌》一首、表四十、雜著四，文集卷二雜著三首、書啓十六，卷三序十二、碑銘二十二、雜著十一；詩集卷一詩二十七，卷二詩五十七，詩文共百九十四首，成爲一時收録作品最多的集本。正因爲如此，後世刊刻陳集者爲求全求備，便多以此本爲底本，如稍後的鐵華齋本，咸豐間陳氏家刻本、光緒間成都刻本等都是此本的翻刻本（詳下）。

（三）鐵華齋本。道光二十二年壬寅（一八四二）鐵華齋刻《陳伯玉集》文三卷詩二卷《附録》一卷，上海圖書館有藏。此本内封面題"陳伯玉集"，左下方小字書"板存鐵華齋"，故稱鐵華齋刻本。此本正文卷次、詩文篇目、序次、文字及版式等，均與楊氏尊德堂本同，顯然是據尊德堂本翻刻者。然卷前後之附録卻被改動，一是刪去了楊國楨《序》末之署名和二方木記，再者將原置卷後的《附録》一卷移於卷前，然卻將其中一部分放在《新唐書》本傳前，一部分放在其後，並脱去最後一葉的詩三首，而將原置於卷前的《别傳》、《舊唐書》本傳移於卷後，從而使此本卷前《附録》變得不倫不類。此本卷後增入道光壬寅張謙《題初刻陳伯玉詩文全集後跋》曰："歲丁酉，客游成都，金堂陳上雲手出一函，謂余曰：'此君所云鄉前輩，吾宗子昂之詩文集也。'詢之，乃知爲襲侯楊海梁制軍所刻。此其功德，當不在撫孤埋胔下也。奉而珍之，如獲至寶，兩代之願未酬，一旦得讀成編於意外，不勝爲之歡欣，爲之慨歎。異時歸里，謹致告於先君子，謂昔之恨不得親見先生於千百年前者，今乃如親見先生於千百年後，顧可忽乎哉？噫！時道光壬寅歲花朝日後學張謙謹跋。"

（四）陳氏家刻本。咸豐四年甲寅（一八五四）陳氏家刻楊國楨輯、楊氏尊德堂本《陳伯玉詩文全集》文集三卷詩集二卷《附録》一卷，上海圖書館有藏本。此本内封面題"陳伯玉集"，右上方小字題"咸豐四年重刊"，左下方署"板存射東陳氏來鳳堂"。此本分卷、篇目、序次、文字、版式全與楊氏尊德堂本同，乃是據尊德堂本翻刻者可無疑也。卷前楊國楨《序》末"楊國楨印"、"海梁"二木記亦依樣仿刻，乃此本據楊氏本翻刻的明證。

明清以來陳子昂詩賦的别裁單行本，其主要版本有以下幾種：

（一）銅活字本。明銅活字印《陳子昂集》上下兩卷本，《唐五十家詩集》所收《陳子昂集》二卷，即據此本影印。《中國版刻圖録》及《唐五十家詩集》徐鵬《序》均謂明銅活字本唐人詩集，乃明弘治、正德間蘇州地區印本，所以此本乃明代刊行較早的一個本子。此本上卷爲賦一首、五古六十六，下卷五律二十八、五排十九、五絶五，詩賦共百十九首。本書前已述及，“排律”一詞始用於元末，此本使用“排律”一體編次諸詩，乃是典型的明人分體改編之唐人詩集。與楊澄本相較，此本溢出五律《魏氏園亭》一首，且文字方面亦多有不同。如此本五律《送魏大從軍》“狐塞接雲中”句，“狐塞”，楊澄本作“孤塞”；結句“惟留漢將功”，楊澄本作“獨有漢臣功”；而“狐塞”乃方回改定，“惟留漢將功”亦後人所改（見楊澄本）。再如此本《觀荆玉篇并序》“吾怪其味甘”句，“甘”字，楊澄本作“甜”，與宋本同；又“亦可斷而不惑也”句，“可”字，楊本作“何”，與宋刻本同；又“勿信玉工言”句，楊本作“勿信工言子”，與宋刻本同（見楊澄本）。這些例子均可證明，此本並非出自宋刻陳集，亦非出於楊澄本，而是另有來歷。《陳子昂集版本考述》一文懷疑，銅活字本出於另一宋本，這並非没有道理；然筆者推測，此本並非由十卷本陳集别裁而成，而是出於書棚本。這是因爲，一來書棚本在明代既有翻刻本行世，那就有可能成爲此本的底本；二來兩本畢竟都是詩集本，故改編起來更方便一些。此本文字亦有不少可取之處，如楊澄本卷一《晚次樂鄉縣》“故鄉香無際”句，“香”字誤，此本作“杳”，甚是。又如楊澄本卷二《别李參軍索嗣》，“索嗣”誤，此本作“崇嗣”，極是，李崇嗣蓋子昂好友，詩中多次出現，如《酬李參軍崇嗣旅館見贈》等，因知“索嗣”實誤。再如楊澄本卷二《月夜有懷》“御月在西軒”句，“御月”，此本作“微月”，良是等等，可見此本在文字方面頗有校勘價值。

（二）朱警本。嘉靖十九年庚子（一五四〇）朱警輯刻《唐百家詩・初唐二十一家》所收《陳伯玉集》上下卷。半葉十行十八字，左右雙欄或四周單邊，白口單白或黑魚尾下鐫“陳伯玉集某”。卷上賦一首、詩六十二首，卷下詩五十六首，詩賦共百十九首。此本詩不分體，而首數卻與銅活字本同，故所據底本並非銅活字本或楊澄本，因銅活字本乃分體本，而楊澄本較此本溢出十四首。此本所據底本，蓋爲與銅活字本同源之書棚本。銅活字本《觀荆玉篇并序》“勿信玉工言”句，“玉工言”，此本同，而楊澄本作“工言子”。銅活字本《晚次樂鄉縣》“故鄉杳無際”句，“杳”字，此本同，而楊澄本誤作“香”。銅活字本《月夜有懷》“微月在西軒”句，“微月”，此本同，而楊澄本誤作“御月”。銅活字本《送魏大從軍》“狐塞接雲中”句，“狐塞”，此本同，而楊澄本誤作“孤塞”，等等，均可證此本與銅活字本同源，其底本應爲書棚本。不過此本文字也作了校勘，故文字與銅活字本亦有不同，如銅活字本《送魏大從軍》"惟留漢將功"，楊澄本作"獨有漢臣功"，此本同。銅活字本《觀荆玉篇并序》"吾怪其味甘"句，"甘"字，楊澄本作"甜"，此本亦作"甜"，等等。

（三）張遜業本。嘉靖三十一年壬子（一五五二）張遜業編、黄埻刻《十二家唐詩》所收《陳子昂集》二卷。十二家者，王勃爲第一家，子昂爲第五家，各家均上下二卷。《王勃集》前有張遜業撰《王勃集序》，其餘各家皆無序。此本半葉九行十九字，今國家圖書館有藏，每卷前均署"永嘉張遜業有功校正，江都黄埻子篤梓行"。版心魚尾上鐫"東壁圖書府"五字，下有"江郡新繩"四字。考此本首數、分卷、編次與銅活字本相同；文字也與銅活字本十分接近，故應是據銅活字本翻刻而成者。不過，此本既稱"張遜業校正"，表明張氏曾參校過他本。今檢此本，的確改正了上文所舉銅活字本的部分訛誤，且字裏行間夾注了許多校記，極具參考價值。

（四）詩紀本。萬曆十三年乙酉（一五八五）黄德水、吴琯輯刊《初盛唐詩紀》所收《陳子昂詩》二卷。半葉九行十九字，四周雙邊，版心單魚尾上署"詩紀"，下署"初唐卷之某"。此本亦分體編次，計《頌》一首、五古六十五、騷體三、雜體一、五律二十九、五排二十、五絶六，共百二十五首。與銅活字本相較，此本溢出《慶雲章》一首，及騷體詩《山水粉圖》、《彩樹歌》與《春臺引》三首，雜體詩《登幽州臺歌》一首，五律《魏氏園亭人賦一物得秋亭萱草》與《晦日宴高氏林亭同用華字》二首，五絶《燈》一首，凡八首。然《慶雲章》乃陳集卷七《大周受命頌四章》中的第三章，《慶雲章》既補入卷一，其餘三章《神鳳章》、《赤雀章》與《甿頌章》卻未一同補入，分明與編例不合。騷體詩《山水粉圖》、《彩樹歌》與《春臺引》三詩，原夾雜於陳集卷七文章内，雜體詩《登幽州臺歌》，原爲盧藏用《陳氏别傳》的引文，此本均作佚詩補入，極是。而五律《魏氏園亭人賦一物得秋亭萱草》與《晦日宴高氏林亭同用華字》二首，則據《古今歲時雜詠》補入。另五絶《燈》一首，本《雜詠》五律《上元夜效小庾體》首尾兩聯之拼合，吴琯失之交臂，而據他本作五絶《燈》補入。此本分體，亦與銅活字本稍異，銅活字本五古《奉和皇帝丘禮撫事述懷應制》與《還至張掖古城聞東軍告捷贈韋五》，此本編入五排；銅活字本五排《登澤州城北樓讌》，此本編入五古。文字方面，此本多與張遜業本爲近，可見乃是據張遜業本或其近似的本子翻刻的。

（五）許刻本。萬曆三十一年癸卯（一六〇三）許自昌輯、霏玉軒刻《前唐十二家詩》所收《陳子昂集》上下二卷。半葉九行十九字，左右雙邊，白口單魚尾。此本上卷卷端題“陳子昂集卷上”，次行下方署“長洲許自昌玄祐甫校”。上卷賦一首、五古六十六，下卷五律二十八、五排十九、五絶五，詩賦共百十九首。此本書名、分卷、篇目、序次、行款與張刻本全同，文字也與張刻本相差甚微。如活字本五律《送魏大從軍》“狐塞接雲中”句，“狐塞”二字，張刻本作“孤塞”，此本同；而“狐塞”乃方回改定。再如活字本《觀荆玉篇并序》“吾怪其味甘”句，“甘”字，此本同；楊澄本作“甜”；又“亦可斷而不惑也”句，“可”字，此本同；而楊本作“何”；又“勿信玉工言”句，此本同；楊本作“勿信工言子”。這些例子均可證明，此本並非出自宋刻陳集，亦非出於楊澄本，而是出自張刻本。

（六）鄭刻本。鄭能刻《前唐十二家詩》所收《陳子昂集》上下卷。十二家中，陳子昂爲第五家。各家均上下二卷，版式、行款相同，作品分體編次（參本書《駱賓王集》），此不贅。此本卷上賦一首、五古六十七，卷下五律二十八、五排十九、五絶五，詩賦共百二十首。鄭能《前唐十二家詩》乃翻刻許自昌《前唐十二家詩》者（參本書《駱賓王集》），故此本與許刻本書名、分卷、篇目、序次皆相同，文字差别亦甚微。

（七）統籤本。《唐音統籤》所收《陳子昂詩》四卷，編卷四十至四十三，乙籤六十五，刻本。首卷五古《感遇詩》三十八首，第二卷五古二十四、騷體四，第三卷五律二十九，第四卷五排二十三、五絶六，共百二十四首。與詩紀本相較，此本據陳集卷七補入騷體詩《喜馬參軍相遇醉歌并序》一首，而删去《慶雲歌》和《登幽州臺歌》二首，故此本首數較詩紀本僅少一首。依文體而言，《慶雲歌》屬“頌”體，不當入詩，此本將其删去，甚是；而《登幽州臺歌》一首，詩紀本據《陳氏别傳》作佚詩補入，本没有錯，此本將其删去，唯在《薊丘覽古贈盧居士藏用七首》題注中提及，就不妥當了。文字方面，此本多同於詩紀本。如詩紀本《感遇詩三十八首・丁亥歲雲暮》“嚴冬陰風勁”句之“陰風”二字，詩紀本五古《薊丘覽古贈盧居士藏用七首・燕昭王》“南登碣石阪”句之“阪”字，《田光先生》“狗義良獨稀”句之“狗”字，詩紀本五古《贈趙六貞固二首》其二“蓬萊久蕪没”句之“萊”字，這些都是詩紀本獨有的文字，而此本皆與之同；且“狗義”之“狗”字，乃詩紀本的誤字，此本亦與之同，可見此本是以詩紀本爲底子編輯而成的。然而此本分體與詩紀本稍有不同，詩紀本五古《題居延古城贈喬十二知之》、《答韓使同在邊》與《夏日暉上人房别李參軍崇嗣》三首，此本歸入五排内。又，此本先分體，再分類（組詩除外），故編次與詩紀本亦不相同，於此可見胡氏用心之細。此本文字胡氏也作了校勘，改正了詩紀本的一些訛誤，故較詩紀本更精粹一些。另此本增加了不少題下注，頗具參考價值。

（八）明仿宋本。明仿宋刻《陳伯玉集》二卷。半葉十行十八字，左右雙邊，白口單白魚尾下有“陳伯玉集卷某”字樣，各卷首題“陳伯玉集卷某”。首卷卷題下方鐫“直在室”橢圓木記一個。卷前無序及目録，卷後無附録。卷上收《麈尾賦》一首、詩五十一首，卷下詩六十七首，賦詩共百十九首。王國維《傳書堂藏善本書志》著録有此本，曰：“《陳伯玉集》二卷，明仿宋本。每半葉十行、行十八字，出臨安書棚本，天[下]〔一〕閣藏書。”王氏謂此本乃宋書棚本的仿刻本，信然。此本收詩首數與銅活字本同，文字也與銅活字本幾無差别。如楊澄本卷一《晚次樂鄉縣》“故鄉香無際”句，“香”字誤，銅活字本作“杳”，甚是，此本同。又如楊澄本卷二《别李參軍索嗣》，“索嗣”誤，銅活字本作“崇嗣”，良是，此本同。李崇嗣蓋子昂好友，子昂詩中多次出現，如《酬李參軍崇嗣旅館見贈》，等等，因知“索嗣”乃“崇嗣”之誤。據此可見，此本與銅活字本均出自宋書棚本。至於銅活字本與此本文字方面的細微差别，則因銅活字本上版前，文字又作過校勘，所以就對原本的忠實程度而言，此本較銅活字本更近於書棚本。此本南京圖書館所藏有清丁丙跋，卷中有丁氏鑒藏印記多枚，丁氏跋判此本爲“明刊本”。筆者推測蓋嘉靖間刻本，因具體時間難以據定，姑置於此。臺灣商務印書館一九七三年出版王雲五主編《景印岫廬現藏罕傳善本叢刊》亦收有此本。在書棚本散逸的情況下，此本就成爲子昂詩集現存諸古本中較好的一個本子。

（九）全唐詩本。本書前已述及，《全唐詩》是在明胡震亨《唐音統籤》和清季振宜《全唐詩稿本》兩書的基礎上修訂而成的。而季氏《稿本》中的《陳子昂詩》，乃是將上述詩紀本《陳子昂詩》二卷原刻入編，删去卷次和各體詩分體字樣編輯而成的。文字方面，季氏用宋本及《唐文粹》、《文苑英華》及《樂府詩集》等諸集參校，改正了詩紀本的一些訛誤。如《稿本》五排《宿讓河驛浦》，題中“讓河”誤，楊澄本同，《英華》與《統籤》均作“驤河”，亦誤；季氏校改作“襄河”，甚是。襄河乃漢水自襄樊以下至長江一段的别稱，而“讓河”、“驤河”則古來無此水名。又如《稿本》五古《觀荆玉篇并序》“吾怪其味甘”句，季氏校曰：“甘，宋本俱作甜。”又“亦可斷而不惑矣”句，季氏校曰：“可，宋刻作何。”又“勿信玉工言”句，季氏校曰：“宋刻勿信工言子。”這些校文，均具有寶貴的參考價值。不過《稿本》亦有欠妥之處，季氏既認可詩紀本將陳集卷七《大周受命頌四章》其三《慶雲章》補在卷首，然卻未將其餘三章補入，則顯與體例有悖（頌非詩故均不應補入——筆者）。康熙敕修《全唐詩》所收《陳子昂詩》二卷，便是以季氏《稿本》中的《陳子昂詩》爲底子，再據統籤本於五古末補入《喜馬參軍相遇醉歌并序》一首，據《古今歲時雜詠》於五律末補入《晦日重宴高氏林亭》與《上元夜效小庾體》二首，於最後補入六言詩《三月三日宴王明府山亭》一首，凡增補佚詩四首。而五絶《燈》一首，實爲五律《上元夜效小庾體》首尾二聯的拼湊，原詩既已補入卷内，故編臣將《燈》一首删去，而後分編二卷而成。所以《全唐詩》共百二十八首。文字方面，編臣也作了校勘，遂使《全唐詩》成爲陳氏詩集中收詩最多、文字最精的一個本子。然而《全唐詩》編次亦有不足處，即與詩紀本和季氏《稿本》一樣，未將《慶雲章》删去，於此可見，季振宜和《全唐詩》編臣，其識見與胡震亨還是有距離的。

近代以來《陳子昂集》的整理本有以下兩種：

（一）徐鵬本。徐鵬校《陳子昂集》，一九六〇年三月中華書局上海編輯所編輯出版。此本以《四部叢刊》影印楊澄本爲底本，校以《全唐詩》、《全唐文》及道光間蜀刻本子昂全集等，詩歌部分，間亦參考《世界文庫》所收《陳伯玉文集》校記。然而此本雖校勘而不出校記，其學術價值則減半矣。編次方面，此本參照《全唐詩》，將底本卷七“雜著”内夾雜的《春臺引》、《彩樹歌》、《山水粉圖》與《喜馬參軍相遇醉歌》等四詩移入第二卷詩歌卷内；又將卷七《送著作佐郎崔融等從梁王東征序》、《春晦餞陶七於江南序》等七篇詩序，移至卷二各該詩題下，俾序與詩珠聯璧合，相得益彰。而底本卷七《餞陳少府序》目録存題，而卷七題與文俱闕，徐氏則據《全唐文》補出全文。至於《慶雲章》一首，因屬“頌”類非詩，故徐氏將其從卷中删去，以整齊編例。至於底本之外的佚文，則據《全唐詩》、《全唐文》、《文苑英華》、《唐文拾遺》等輯補《登幽州臺歌》、《魏氏園林人賦一物得秋亭萱草》、《晦日宴高氏林亭》、《晦日重宴高氏林亭》、《上元夜效小庾體》、《三月三日宴王明府山亭》、《楊柳枝》等佚詩七首，及《爲義興公陳請終喪第二表》、《爲義興公陳請終喪第三表》、《謝賜冬衣表》、《座右銘》、《荆州大崇福觀記》、《無端帖》等佚文六篇(見該書《凡例》),遂使此本成爲一個比以往舊本"較爲完備的本子","集後附録了王運熙先生的《陳子昂和他的作品》和羅庸先生的《陳子昂年譜》,以備閲讀和研究時的參考"(中華書局上海編輯所《出版説明》)。

(二)彭慶生《陳子昂詩注》,一九八一年二月四川人民出版社印行。此本亦以《四部叢刊》影印楊澄本爲底本,校以《全唐詩》、《唐文粹》、《文苑英華》與《唐詩紀事》等,並參用《世界文庫》所收《陳伯玉詩集》的校記。箋注以典故、史實、前人詩文及較難懂的詞語爲主,一般詩句不作串講。編次方面,除組詩外,其餘"皆按年編排,分爲兩卷;凡無法考定具體年月者,則酌情編入某一時期"(該書《例言》)。依據底本,《慶雲章》此本不再收録。底本卷七"雜著"内夾雜的《春臺引》、《彩樹歌》、《山水粉圖》、《喜馬參軍相遇醉歌》等四詩,則依時序編入此本中。底本卷七《送著作佐郎崔融等從梁王東征序》、《春晦餞陶七於江南序》、《夏日暉上人房别李參軍序》、《秋日遇荆州府崔兵曹使讌序》等七篇詩序,移入此本各詩題下,使詩與序相得益彰。而底本以外已爲《全唐詩》收録的《登幽州臺歌》、《魏氏園林人賦一物得秋亭萱草》等六首佚詩,亦依時序補入卷中。楊國楨本所收僞詩《楊柳枝》一首,亦收入卷中備考。卷後《附録》一卷,内收盧藏用《陳氏别傳》、《新唐書》本傳、《陳子昂年譜》及《諸家評論》等,以便讀者。子昂集向無注本,故此本雖僅爲詩注,然而卻是子昂作品的第一個較爲精粹的詩注本。

綜上所述,子昂集版本有如下四個特點:(1)盧藏用編《陳子昂集》十卷,儘管收録不全,編次亦非盡善盡美,然此本流傳至今,使子昂大部分作品得以保存,功不可没。(2)明以後世傳陳集甚稀,幸賴楊澄從内府宋槧鈔出刊行,使陳集復行於世,此後"雖然幾經翻刻,但卻没有發現有什麽大的差異,在唐集刻本中是比較單純而又完整的一種"(《唐集叙録》,頁三八)。(3)明銅活字本蓋出於宋書棚本,故在十卷本外,自有其獨特的價值。(4)清尊德堂本《陳伯玉詩文全集》雖是全唐詩本陳詩與全唐文本陳文的整合本,卻是陳集諸古本中收録作品最全、文字最精的一個嶄新本子。

【參考文獻】岳珍《陳子昂集版本考述》,《四川圖書館學報》一九八九年二期

永嘉集

釋玄覺(六六五?～七一三)字明道,俗姓戴氏,永嘉(今浙江温州)人。少年出家於本地龍興寺,習天台止觀之説,後聞禪宗六祖慧能之名,往謁韶州曹溪,盡決所疑,留宿一夜而返,故時號一宿覺和尚,卒謚無相大師。

玄覺作品,《崇文總目》卷五十五著録"魏静《永嘉一宿覺禪師集》一卷",然《新唐書·藝文志·丙部》著録"玄覺《永嘉集》十卷,慶州刺史魏靖編次"。《崇文總目》與《新唐書》先後成書,著録卷次爲何相差如此之大?且《宋史·藝文志四》亦作一卷。明嘉靖三十八年己未(一五五九)刊宋僧行靖注《禪宗永嘉集》(詳下),卷前載唐慶州刺史魏静撰《禪宗永嘉集序》,"魏静",不作"魏靖",其《序》略曰:

> 静往因薄宦,親承接足,恨未盡於方寸,俄赴京畿。自爾已來,幽冥遼隔,永慨玄眸。積翳忽喪金錍,欲海洪濤,遄沉智楫。遺文尚在,龕室寂寥,嗚呼哀哉,痛纏心腑。所嗟一方眼滅,七衆何依。德音無聞,遠增悽感。大師在生,凡所宣紀,總有十篇,集爲一卷,庶同歸郢悟者,得意忘言耳!今略紀斯文,多有謬誤,用俟明哲,非者正之。(南圖藏嘉靖刊宋僧行靖注《禪宗永嘉集》卷首)

由此可知,魏静所編《永嘉集》一卷,所收不過文章十篇。楊億爲玄覺撰《無相大師行狀》也説:"温州永嘉玄覺禪師者,永嘉人也,姓戴氏……號真覺大師,著禪宗悟修圓旨,自淺之深。慶州刺史魏[靖]〔静〕輯而序之,成十篇,目爲《永嘉集》,及《證道歌》一首,並盛行于世。"(嘉靖刊宋僧行靖注《禪宗永嘉集》卷首)據此可見,《新唐書·藝文志》著録之《永嘉集》"十卷",乃"十篇"之誤。南宋末陳振孫《書録解題》卷十五《總集類》著録"《永嘉集》三卷",題名無"禪宗"二字,亦不著撰人姓名;然既入總集類,當非玄覺一人之作。而玄覺本集的宋代傳本,均已散佚,故今已無從考其詳了。

元代國祚短促,不聞《永嘉集》有刊本。

明代,唐集刊刻和傳鈔達於鼎盛,《永嘉集》也出現了多種版本,據筆者所知,首先刊行於世的乃嘉靖三十八年己未(一五五九)刻宋僧行靖注《禪宗永嘉集》二卷,今南京圖書館有藏,半葉十行二十字,注文統低一格,字體大小與正文同。四周雙欄,白口單黑魚尾下鐫“永嘉集某”。卷前首楊億撰《無相大師行狀》、次閩南宗沙門戒珠《禪宗永嘉集注序》,次唐慶州刺史魏静《禪宗永嘉集序》。卷後附録捨資刊刻此書之杭州沙門真源、洎助緣比丘檀信等發願文一則,次音釋,次印造者清江以及助刊比丘普恩、明净、如林等十四人署名,並聲明“板留昭慶寺戒壇經坊”,最後有“大明嘉靖三十八年六月日刊行”字様。此本所注只有魏静《序》所説的“十篇”,而無《正道歌》。蓋因文字增多,故此本分爲上下兩卷。由於行靖是佛門僧人,故其注釋佛教典籍能左右逢源,廣徵佛典,注釋簡明扼要。值得注意的是,行靖此注多處徵引老子之言以闡釋文義,表現出“三教合一”的明顯傾向。此本的刊行,可證宋時《永嘉集》已有注本。不過因此本刊刻於佛寺,流通范圍有限,故而明清公私書目著録者極稀。而《趙定宇書目》所載“《禪宗永嘉集注》二本”,既不言注者爲誰,也不記卷數,未知是否就是此本,或爲别一注本,今已無從知其究竟了。

降及清代,藏書家吴騫《拜經樓藏書題跋記》始明確著録“《禪宗永嘉集》”二卷,玄覺撰。吴氏曰:“《永嘉集》,唐僧元覺撰,慶州刺史魏靖輯,宋石壁僧行靖注,凡二卷,首有楊億所撰《無相大師行狀》。”此本當爲玄覺作品的彙集與注釋本,由於文字增加,故分爲二卷。

嘉慶間,沙門契清刻《永嘉集》一卷,上海圖書館藏。此本卷後有契清題識曰:“海幢沙門契清奉刻《永嘉集》一卷,流通十方,資薦先父張昇侯,母區氏業謝娑婆,神超净土,再願與法界衆生,同依修習,共證真如。嘉慶六年佛誕日,謹識。”題識後有“板藏海幢寺流通,覺院前聚賢堂刊”牌記一個。此寺院本半葉八行十八字,開版宏敞,字大如錢,頗便頌覽。四周雙欄,白口單黑魚尾,上象鼻内鐫“永嘉集”三字,葉排長號,凡五十五番。卷前首宋翰林學士楊億撰《無相大師行狀》、次唐慶州刺史魏静撰《禪宗永嘉集序》。卷端首題“禪宗永嘉集”,次行下方具款“唐慎水沙門玄覺撰”,尾題“禪宗永嘉集終”,尾題後有音釋。卷後附録玄覺《永嘉證道歌》,《證道歌》後有音釋、譯梵語,最後附録《長蘆慈覺賾禪師坐禪儀》一篇。此本正文只有十篇,玄覺稱爲“大章分爲十門”:慕道志儀第一,戒憍奢意第二,净修三業第三,奢摩他頌第四,毗婆舍那頌第五,伏畢叉頌第六,三乘漸次第七,事理不二第八,勸友書第九,發願文第十,每門千字左右。據此本編次情形看,頗與楊億《無相大師行狀》所記編次情形相符,楊億曰:“真覺大師著禪宗悟修圓旨，自淺之深。慶州刺史魏静，輯而成十篇，目爲《永嘉集》，及《證道歌》一首，並盛行於世云爾。”前文已述及，唐魏静編《永嘉集》唯録文十篇，卷前冠以魏静序。此乃魏静本的原貌。《新唐書・藝文志》所載“玄覺《永嘉集》十[卷]〔篇〕，慶州刺史魏[靖]〔静〕編次”，正指此本。至北宋，楊億既纂成《傳燈録》，廣集禪宗文獻，又撰《無相大師行狀》，故頗疑輯録佚文《證道歌》並編附《永嘉集》以行世者乃楊億，《傳燈録》即收有《證道歌》，是其佐證。而此本除了卷後所附《長蘆慈覺頤禪師坐禪儀》一篇外，其餘應爲楊億重編《永嘉集》的面貌。楊億原本，今已無傳，不意於清嘉慶本中，仍可見其原編概貌，甚爲可貴。

《大正藏》所收《禪宗永嘉集》一卷，題“唐慎水沙門玄覺撰”。此本卷前有魏静《序》，正文只有玄覺所撰“禪宗修悟圓旨”十篇，玄覺稱爲“大章分爲十門”：慕道志儀第一，戒憍奢意第二，浄修三業第三，奢摩他頌第四，毗婆舍那頌第五，伏畢叉頌第六，三乘漸次第七，事理不二第八，勸友書第九，發願文第十。每門千字左右。另，《大正藏》卷四十八還收有玄覺《正道歌》一卷。由《證道歌》别出《永嘉集》之外可知，魏静編《永嘉集》，並非玄覺所有作品的結集，而是如魏《序》所説，只是“凡所宣紀，總有十篇，集爲一卷”之禪宗修悟的小册子。前期禪宗並不看重著書立説，相反倒是主張“教外别傳，不立文字”的，故此期的禪宗大師著作多是散篇單文。玄覺也不例外，其有《禪宗永嘉集》一卷、《證道歌》一首傳世，恰是符合那時的禪門實際的。

至近代，民國四年乙卯（一九一五）如皋冒廣生《永嘉詩人祠堂叢刻》收有《永嘉集》不分卷。此本卷端題“永嘉集”，下方署“永嘉詩人祠堂叢刻”，次行題“唐慎水沙門元覺撰”，下方署“閩侯李文彬質齋校”。此本乃據《大正藏》本重行編輯，上版刊行的。卷前首魏静《永嘉集序》，次楊億《無相大師行狀》；卷末爲冒廣生跋，其略曰：“是集《崇文總目》、《通志》並作《永嘉一宿覺禪師宗集》（《通志》又與《永嘉集》並收，誤爲二書。府縣志皆沿其誤），《宋史・藝文志》作《永嘉一宿覺禪宗集》，又重見作《永嘉一宿覺禪師集》。今從《新唐書・藝文志》題作《永嘉集》。舊有唐魏州刺史魏静《序》文一篇，《唐書・藝文志》作魏靖，《通志》作魏浄，蓋皆傳寫之訛也。通行有明天台沙門傳燈注本，離析合併，殊失舊本面目。今據《藏》本翻刻，並補楊億所撰《行狀》一通於卷端。乙卯六月，冒光生記於甌隱園。”正文爲玄覺所撰文十篇。卷後附《永嘉證道歌》，《證道歌》後爲冒氏《跋》。

民國十一年(一九二二)北京刻經處刊行有《禪宗永嘉集》一卷,上海圖書館有藏。此本卷後有"民國十一年四月北京刻經處識"牌記。半葉十行二十字,左右雙欄,細黑口無魚尾,版心中部鎸有"禪宗永嘉集"字樣。卷前首宋翰林學士楊億撰《無相大師行狀》、次唐慶州刺史魏静撰《禪宗永嘉集序》。卷端首題"禪宗永嘉集",次行具款"唐慎水沙門玄覺撰",尾題"禪宗永嘉集"。卷後附録玄覺《永嘉證道歌》。正文與《證道歌》後有"三歸優婆塞顯湛爲父敬刻"題識。是此本乃私人捐刻本。較之嘉慶本,此本除卷後無附録《長蘆慈覺頤禪師坐禪儀》一篇外,其他與嘉慶本全同。然正文十篇前所冠"大章分爲十門……明發願文誓度一切也"一段總述文字,此本卻錯簡於魏静序後。總述一段文字後,有北京刻經處一段題識,其略曰"案《永嘉集》明季入藏,幽溪尊者爲之注,已盛行於世。顧幽溪注本,重加編次,《勸友人書》則全删。《發願文》則分而爲二,篇目既已易置,字句亦多删節,與古本稍殊矣。竊謂幽溪注本,誠爲别具手眼,而古本流傳千餘載,似亦未可遽廢。今依藏本校刻,俾與注本並行云。北京刻經處附識。"是此本所據,乃明正統道藏本。正因北京刻經處編者未見過單行本《永嘉集》,故不知總叙一段文字置於魏序之後爲錯簡。

《永嘉詩人祠堂叢刻》别有玄覺《永嘉證道歌》一卷附。

張説集

張説(六六七～七三一)字説之,一字道濟,河東(今山西永濟)人,遷居洛陽。武則天載初元年己丑(六八九)應詔舉,授太子校書,歷鳳閣舍人等,以忤旨流欽州。中宗朝擢工部、兵部二侍郎、弘文館學士。睿宗即位擢中書侍郎知政事、監修國史。開元初進中書令、封燕國公,尋出刺相州,左遷岳州,九年辛酉(七二一)入爲兵部尚書知政事,敕令巡邊。十七年復爲左丞相充集賢殿學士知院事,卒謚"文貞"。

張説三度爲相,領袖文壇前後三十餘年,朝廷重要述作,多出其手,與許國公蘇頲並稱"燕許大手筆"。爲文精壯,尤長碑誌;詩多應制奉和之作,貶官岳州期間始有情致,人謂得"江山之助"。嘗自編《岳陽集》,今已無傳。《新唐書》本傳云:"説歿後,帝使就家録其文,行於世。"既謂"録其文",則《舊唐書》本傳謂"有文集三十卷",這三十卷本集,當爲録文者所編無疑。

九世紀末，日本著名文學大臣藤原佐世編《日本國見在書目録》第三十九類"别集家"著録"《張説集》十卷"。現今傳世的三十卷本及二十五卷本《張説之文集》，前十卷均爲詩歌；據此推測藤原佐世著録的十卷本，蓋由本集别裁而出的詩集單行本。此十卷本日本及我國本土今皆不存，故無從知其詳了。

入宋，張集不見於《崇文總目》。《新唐書・藝文志四》著録"《張説集》三十卷"，晁公武《讀書志》卷十七與鄭樵《通志・藝文略》、《宋史・藝文志七》著録同。陳振孫《書録解題》卷十六與馬端臨《文獻通考・經籍考》五十八著録《張燕公集》三十卷，與《新唐書》等著録卷數雖同，書名有别，二者無疑爲不同版本。錢謙益《絳雲樓書目》卷三著録"宋板《張燕公集》三十卷"，當即此種本子。《通志》與《宋史》還分别著録《外集》一卷或二卷，此《外集》當爲南宋以後增補的張説佚作，雖有二卷和一卷之别，内容當無太大不同。可惜的是，以上諸本清初以後皆無傳。

張集宋刻近世仍然流傳者尚有兩種，一爲南宋中期蜀刻本《張説之文集》三十卷，另一爲《張燕公集》二十五卷。蜀本《張説之文集》三十卷，最早著録者乃清人顧廣圻，其《王摩詰集跋》曰：

> 《直齋》所稱蜀本六十家集，世無完書。大興朱氏椒花吟舫有如干家，《權載之》五十卷，嘉慶某年刊行；《張説之》三十卷，江都汪孟慈爲予寫其副，其餘聞有《王子安》等而未審。他則《李太白》三十卷，康熙中繆氏刊之，《駱賓王》十卷曾在小讀書堆，後刊於揚州，二書真本俱歸藝芸。(《思適齋集》卷十五《題跋二》，又見《思適齋書跋》卷四；俱見《顧廣圻書目題跋》頁五六七、六四九)

這是蜀刻本《張説之文集》三十卷見諸載籍的最早記録。然朱氏椒花吟舫所藏諸種宋蜀本，原爲劉體仁藏書，劉氏同年王士禛嘗謂"劉公㦷家有宋刻唐詩三十家"(《藏園群書題記》卷十二《宋蜀本司空表聖文集跋》，頁六三五)。現今傳世的宋蜀刻本唐人文集中，有十一種鈐有"翰林國史院官書"、"體仁"、"公㦷"、"潁川鎦考功藏書印"等印記，乃劉體仁鑒藏元翰林國史院官書蜀刻本唐人文集的確證。學界一般以爲，元代翰林院這些官書，元亡後入藏明朝内府，清有天下後轉爲清廷所有，清初劉體仁利用工作之便，將這些圖書帶出皇宫，據爲己有。劉家圖書散出後，輾轉入藏大興朱氏椒花吟舫。傅增湘《藏園群書題記・影宋本張説之文集跋》亦有關於此本的記述，其略曰：

> 舊傳朱竹君家曾藏宋刊三十卷本，後自椒花吟舫散出，爲劉燕庭所得，其行款與權文公、孫可之、皇甫持正、司空表聖等集同，號爲蜀本。邇來劉氏遺書不守，權、孫諸集先後流入肆間，表聖《一鳴集》爲余所獲。（《藏園群書題記》卷十一，頁五七四）

據此，朱氏椒花吟舫藏書散出後歸諸城劉喜海，《增訂四庫簡明目録標注》、繆荃孫《〈張説之文集〉結一廬剩餘叢書本跋》均有記載。然而蜀本張集自劉喜海家散出後卻下落不明，今不知仍在天壤間否？幸而椒花吟舫庋藏期間，因張集宋本難得，曾據蜀本影寫一部藏之。今此影寫本及其下位之研録山房鈔本皆傳世，藏國家圖書館，所以通過這兩個寫本，可以間接窺見宋蜀本三十卷的面貌。傅增湘《影宋本張説之文集跋》記影宋本面貌甚詳，其略曰：

> 開函展誦，驚喜過望，蓋即數百年來上自秘府，下至藏家，窮搜渴望，懸金購求而不獲之三十卷真本也。各卷詩文次第與伍氏、朱氏二本無異，惟最末五卷與朱氏《補遺》目録對核，則文字出入，大相逕庭矣。通計卷二十六墓誌銘六首，卷二十七表十首，卷二十八序十四首，卷二十九制誥七首，卷三十雜著二十七首。朱本有而宋本無者，凡二十六首；宋本有而朱本無者，二十三首。然其中如《元昌元年對詞》標"文苑策"，朱本只載對策，而策問三道乃佚之；如《謝恩表》、《陳情表》、《進渾儀表》、《謝賜碑額表》、朱氏雖有表文，而批答乃佚之；《勸學啓》後有答令，朱本亦不載。在朱本拾遺補闕，爲功雖勤，然從千百年後綴輯叢殘，而欲期與原本脗合無間，亦戛戛乎其難矣。（《藏園群書題記》卷十一，頁五七四至五七五）

這裏傅氏所説的"伍氏、朱氏二本"，皆後世通行的二十五卷本，後者有《補遺》五卷（詳下）。因三十卷本久違人世，故後五卷世人雖多方輯補，然與蜀本三十卷相較，仍缺佚二十三首。宋蜀本三十卷原貌的留存，爲深入了解張集原編的情形與訂正明以後通行本的訛誤，提供了準確的參照。

宋槧《張燕公集》二十五卷本，最早揭櫫者亦是顧廣圻，其《思適齋書跋》著録有此本，曰：

《張燕公集》二十五卷，宋刻本。右秦敦夫太史藏本，所見《燕公集》以此爲最佳。第十卷末葉“義門之”以上脱，今就他本補之，恰得三葉。蓋其行款每半葉十一行、每行二十字，宋槧唐集類如是，計有多家，此及《李翰林》、《駱丞》皆其一耳。余前别校正燕公文十五卷，又從汪孟慈得椒花吟舫鈔本，多出五卷，又益以《英華》、《文粹》所載若干篇，合此庶爲全集，麤可寫定，唯惜無好事有力者刊以行世也。(《思適齋書跋》卷四，又《思適齋集》卷十五；俱見《顧廣圻書目題跋》頁六四八至六四九、頁五六六)

《思適齋集》卷十五《張燕公集跋》，僅注明題跋時間爲“丙戌”，不言所跋爲宋本。不過，細檢卷中各跋所録宋槧，未標明宋本者亦不少，然只要一讀跋文，即知所跋實宋本也。顧氏《思適齋書跋》四卷含《補遺》二卷，乃現代著名文獻學家秀水王欣夫整理刊行，該書標明此《張燕公集》爲“宋刻本”，必有所據。然今有學者以爲，顧氏判此本爲宋本乃是一個“誤會”(見《宋蜀刻本〈張説之文集〉流傳考》)。此言未確。且不説顧氏乃清嘉慶、道光間的校勘名家，一生校書爲業，嘗爲孫星衍、黄丕烈、胡克家、秦恩復等著名學者和藏書家校刻圖書無算，所見宋槧夥矣，不可能將一明本錯判爲宋槧。單就顧氏著録此本而言，書名《張燕公集》，自與明伍氏等所刻《張説之文集》迥乎不同，不可能將二者混爲一談；且伍氏刻本及其衍生本，舛訛滿眼，幾不可讀，而顧氏所跋此本，歎爲所見張集之“最佳”者，可見此《張燕公集》二十五卷確爲宋槧無疑。此本今已無傳，其詳細情形已無從得知，然顧氏是親見此本的。今者未見此本，而謂顧所判有誤，此筆者所以未敢從信也。

另，王國維亦推測張集宋槧有二十五卷者，其所撰《傳書堂藏善本書志》著録有明鈔本《張説之文集》二十五卷，此本曾爲黄丕烈收藏，行款與明伍氏龍池刻本同，王國維以爲此鈔本與伍氏本“蓋皆從宋刊本出也”，若此，則《張説之文集》亦有宋刻二十五卷者。然王氏未見原書，僅據鈔本推測，與顧氏所言自然有别。

明代張集刊刻和傳鈔的本子，其主要版本有以下幾種：

(一)伍氏本。永樂七年己丑(一四〇九)伍德鈔、嘉靖十六年丁酉(一五三七)伍德裔人於龍池草堂刻《張説之文集》二十五卷。半葉十行二十字。卷前首爲永樂七年夏六月濠上貞隱老人伍德《題記》，謂張集“初以勝國兵燹之變，遺書散逸，僅存其集於敝簏中，猶多魚魯。復輟耕力以正之，遂爲完物，亟欲梓之而力不果。吾後世子孫，有能新之以續有唐之文獻者乎”。《題記》後有牌記“嘉靖丁酉冬十月朔旦椒郡伍氏龍池草堂家藏本校勘”。表明此嘉靖伍氏刻本所據底本，就是永樂年間先祖伍德的校鈔本。伍德所謂“勝國兵燹之變”，當指永樂皇帝與其姪建文皇帝奪位之戰，時兩淮衝要，圖籍損毁嚴重，張集善本難覓，伍氏僅得一“多魚魯”者，經輟耕校鈔，方成完本。是伍德鈔本成於永樂初，乃今天所知明代最早的張集傳本，故王國維推測其“從宋刊本出”(《傳書堂藏善本書志·集部》)。百年後，伍德裔人將鈔本上版刊行，即此嘉靖刻本，也是明代最早的張集刻本。伍氏一族幾代人努力梓行弘揚張集，堪稱書林一段嘉話。不過，因伍氏所據乃一殘本，故脱訛較多，清人汪遠孫曾以影宋鈔十卷本校此本，慨歎“訛文脱簡至不可讀”，汪氏校本後歸傅增湘，《藏園群書經眼録》卷十二有著録。又王國維《傳書堂藏善本書志》著録一明無名氏綿紙鈔本《張説之文集》二十五卷，王氏曾以明鈔與此本對勘，亦謂此本脱訛較多，感慨明鈔之善不下宋本，曰：

> 卷六卷七，伍本皆奪去一葉，卷二十三《爲人祭弟文》二篇，伍本奪一篇，又二十五卷中，伍本全奪一行者凡十處，改正訛闕多至數千字，乃知此本之善，不下宋本也。

可見此本確非善本。此本卷六所脱一葉載詩七首(皆五律)與一題，卷七所脱一葉載五排一首并序，等等，傅增湘對此有詳細記述，其略曰：

> 伍氏刻本流傳頗稀，余壬子歲在南中曾收得一帙，爲毛斧季、汪魚亭舊藏，號爲珍秘，然展卷一觀，訛謬盈幅，且文字奪漏孔多。幸此本經汪小米校正，補詩九首。如卷五之《醉中作》，五絶。卷六之《岳州别姚司馬制許歸侍》、《岳州送李十從軍》、《岳州别均》、《送敬丞》、《送杜丞詩》、《幽州别陰長河》、《幽州送隨軍入秦》，皆五律。卷七之《酬崔光禄冬日述懷贈答》五言排律。并序，皆伍本所遺，而卷五《城南亭作》、《從方秀川同宿》二詩佚句奪行尚所不計。汪氏手校所據爲影宋本，其原出於士禮居，然衹存卷一至十，莫由窺全豹也。(《藏園群書題記》卷十一，頁五七三)

汪小米即汪遠孫，字久也，號小米。王國維、傅增湘所示訛誤，信然。此外，伍氏本訛脱處還有：卷一《應制登驪山寫眺》，題誤，應爲《幸白鹿觀應制》；

卷九《耗磨日飲》三首，前二首此本作趙冬曦詩，當誤，結一廬本作張説詩，甚是，後一首乃趙詩；前十卷之附見詩，題下作者此本多有脱去者，遂誤爲張説詩。又，此本編次亦有錯訛，如卷二御製《石橋銘》，題下脱“御製”二字，錯簡於御製《同玉真公主過大哥山池二首》與張説《奉和同玉真公主遊大哥山池題石壁二首》之間；而結一廬本（詳下）御製《石橋銘》不錯簡。同卷張説《奉和賜王公千秋鏡應制》，錯簡在御製《千秋節錫群臣鏡》前，與此本御製在前，應制奉和置後的編例不符；而結一廬本二詩不錯簡。不過，此本儘管舛錯較多，算不上善本，但因元明以後張集傳世者極稀，而一直深藏内府的宋蜀本世人難得一見，所以此本在當時即被奉爲至寶，據以傳鈔和刊刻者甚衆，遂使此本在張集流傳史上具有重要地位。萬曆十一年（一五八三），此本版片爲項篤壽重修後再印，項氏有《序》，俾此本流傳更廣，《鐵琴銅劍樓藏書目録》卷十九亦有著録。民國年間，此本又被涵芬樓及《四部叢刊》初編據以影印刊行，影響更大。叢刊初編本有《張説之集補》一卷，二次印本有《補遺》、《校記》各一卷。然叢刊本因一時疏忽，卷四第三葉與第四葉錯簡，同卷第七葉與第十葉互倒；且所補遺詩九首，出於傳增湘雙鑒樓藏汪小米校本，皆此本卷中已有者，蓋當時三十卷本（詳下）還未現世。此本原刻現今存世者，尚有國家圖書館藏本和北大圖書館藏本，國圖藏本有明彭年校、明錢穀跋，北大圖書館藏本有朱文鈞校補並録清黄丕烈校跋。

（二）天啓鈔本。天啓七年丁卯（一六二七）鈔《張説之文集》二十五卷，凡六册。此本卷二十五末有護浄居士手識曰：“天啓丁卯八月二十九日録完，十月初九［月］〔日〕訂成□帙，二十九日粗校一過。護浄居士記於含碧樓。”此本所據乃伍氏本，卷首序後有朱筆識語曰：“此書先借［何］〔伍〕氏刻印本鈔，因誤多不可改正。崇禎庚午，先將《英華》、《文粹》諸本校過。至己卯始得葉林宗鈔本，對得二十卷，存五卷，未遇善本，姑俟之。錢牧齋云復缺五卷，非全書也。”卷八末又有手識文，曰：“崇禎己卯，用錢牧齋鈔本校，共增四葉，十月十日。”卷十七末，亦有手識文曰：“崇禎己卯，借葉氏鈔本校過。”識文後尚有“孱守居士”墨筆識文一則。此本卷中收藏有“空居閣藏書記”、“馮氏藏書”、“己倉父印”、“季振宜藏書”、“御史之章”、“滄葦”等印記。“馮氏”、“孱守居士”乃明末清初常熟人馮舒；“滄葦”“御史”指季振宜。護浄居士《題記》亦謂伍氏本“誤多”，然此本數以善本校勘，特别是用錢謙益鈔本校過，增補四葉，又屢爲名家收藏，價值遂增。錢氏藏有宋本《張燕公集》三十卷，因對校知此二十五卷本“復缺五卷”，而此本以錢氏鈔本校過，且增補四葉，故欲研究宋蜀本《張説之文集》與宋刻《張燕公集》差異者，此本乃可靠的參照本，其版本價值之大，自不待言。此本後流入日本，森立之《經籍訪古志》卷六有著録，謂曾藏楓山官庫。然森立氏謂此本只有十卷，不知何故。今此本歸日本宫内廳書陵部收藏，嚴紹璗《日藏漢籍善本書録·集部》有著録。

（三）綿紙鈔本。明無名氏以綿紙鈔《張説之文集》二十卷（卷一至二十），有清彭元瑞跋，國家圖書館藏。彭元瑞，號芸楣，乾隆進士，官至工部尚書，卒謚“文勤”。此本有彭氏《跋文》二則，其一曰：“唐初人文集，流傳固少，此舊鈔本致難得。芸楣。庚子中秋。”庚子爲乾隆四十五年（一七八〇）。今將此本與伍氏本對勘，二者分卷、編次皆同（唯個别篇目前後錯簡），可見此本與伍氏本所據蓋爲同一種宋本，只不過伍氏所據者脱漏舛誤較多而已。如此本卷三苗晉卿《奉和太行山中言志應制》一首，卷四梁昇卿、趙冬羲《奉和聖製答張説南出雀鼠谷》各一首，卷五《季春下旬詔宴薛王山池序》一首，卷六五律七首一題，卷七《酬崔光禄冬日述懷贈答并序》，凡十一首及一題，皆伍氏本所脱闕。又伍氏本卷五《醉中作》有題無詩，此本題與詩俱全。不過伍氏本之脱漏，伍德《題識》已有交代，只是未指明篇目而已。就文字而言，此本亦較伍氏本爲精。如伍氏本卷一《應制登驪山寫眺》，題目誤，此本作《幸白鹿觀應制》，甚是。伍氏本卷四《將赴朔方軍應制》“天文日月送”，“送”字，此本作“麗”，良是。如伍氏本卷五《東都酺宴詩并序》五首其三“翔翔雲舞來”句，“雲舞”二字不詞，此本作“舞鳳”，甚是。又如伍氏本卷九《湘州九日城北亭子》，題中“湘州”誤，此本作“相州”甚是，因此詩有句曰“寧知洹水上”，“洹水”，伍氏本與此本同，在相州，見《元和郡縣圖志》卷十二，相州治所安陽縣即有洹水流過，故以“相州”爲是；後人不知“湘州”誤，反以爲“洹水”不在湘州，因改“洹水”爲“沅水”，大誤。再如伍氏本卷十五《請許王公百官封太山表》“願納不勝懇禱”句，中有脱文，此本作“願納王公卿士列嶽搢紳之衆望，[迴]〔廼〕命有司速定大典，臣不勝懇禱”，較伍氏本溢出二十字之多，等等。可見較之伍氏本，此本確有不少優長。此本民國時爲況夔笙所得，傅增湘嘗見之，《藏園群書題記》卷十一有著録。

（四）明鈔甲本。明無名氏甲鈔《張説之文集》二十五卷。此本至清流入書肆，嘉慶十四年(一八〇九)，黄丕烈無意間發現此本，《蕘圃藏書題識續録》卷三記録此本曰："歲入己巳，諸事攖心，舉向日聚書之興，委諸度外，即自問，亦不知何以若是之落寞也。頃偶從胥門書坊見插架有鈔《張説之文集》，籤取視之，乃舊鈔者。攜歸與明刻對勘，實多是正，可謂新年極得意事。或天將誘予無廢故業乎？命工重裝，俾唐人文集又添一善本云。二月九日春分節後，復翁黄丕烈。"又手跋曰："己巳三月初八日，校毛鈔本十卷。"(《傳書堂藏善本書志》；又見《黄丕烈書目題跋》頁三一五)此本民國時歸上海藏書家蔣汝藻，王國維嘗爲蔣氏編輯書目《傳書堂藏善本書志》，《書志》著録此本曰：

> 每葉十行、行二十字。行款與明嘉靖丁酉椒郡伍氏刊本合，蓋皆從宋刊本出也。黄蕘翁復以毛鈔校此本前十卷，毛鈔出於錢牧翁家宋本，有詩無文，故止十卷。余以此本校伍刻一過，則卷六卷七伍本皆奪去一葉，卷二十三《爲人祭弟文》二篇，伍本奪一篇，又二十五卷中，伍本全奪一行者凡十處，改正訛闕多至數千字，乃知此本之善不下宋本也。有"雲間姚氏"、"胥浦藏書"、"汪士鐘藏"、"于昌進鑒賞"、"于氏小謨觴館"諸印。

此本行款與伍氏刻本相同，故王國維謂二本"蓋皆從宋刊本出也"，皆二十五卷。然王國維以此本校伍氏本，頗得伍氏本之訛脱，表明此本確爲善本。只是此本今已無存，其版本的詳細情形，今已無從得知了。

(五)明鈔乙本。明無名氏乙鈔《張説之文集》二十五卷，烏絲欄鈔本，臺灣"中央圖書館"藏(未見)。

清代張集刊刻和傳鈔的本子，其主要版本有以下幾種：

(一)四庫本。《四庫全書》所録《張燕公集》二十五卷。《四庫全書總目》曰：

> 《唐書·藝文志》載其集三十卷，今所傳本止二十五卷。然自宋以後，諸家著録並同，則其五卷之佚久矣。集中《元處士碣銘》稱，《序》爲處士子將作少監行沖撰，而《唐書·行沖傳》乃不載其爲此官。《爲留守奏慶山醴泉表》，稱萬年縣令鄭國忠狀，六月十四日縣界霸陵鄉有慶山，見醴泉出，而《唐書·武后傳》載此事乃作新豐縣，皆與史傳頗有異同。然説在當時，必無譌誤。知《唐書》之疏舛多矣，此書所以貴舊本

也。集首永樂七年伍德《記》一篇，稱兵燹之後，散佚僅存，録而藏之。至嘉靖間，其子孫始爲梓行，而譌舛特甚。又參考本傳及《文粹》、《文苑英華》諸書，其文不載於集者尚多。今旁加搜輯，於集外得頌一首、箴一首、表十八首、疏二首、狀六首、策三首、批答一首、序十一首、啓一首、書二首、露布一首、碑四首、墓誌九首、行狀一首，凡六十一首，皆依類補入。而原集目次錯互者，亦詮次更定，仍釐爲二十五卷，庶幾復成完本焉。(《四庫全書總目》卷一四九，頁一二七九)

館臣亦謂伍氏本"譌舛特甚"，並於集外廣事搜求，增補散佚六十一首，依類補入，重加編次。可見此本的底本乃伍氏本，然此本增補作品六十一首，皆依類補入，且原集"目次錯互者"館臣亦詮次更定，故此本編次已與原編大不相同。如"表"類作品，伍氏本分編於卷十五和卷二十四，此本集中編於卷十三至十四；等等。館臣於此本用功頗勤，伍氏本諸多脱訛雖未能盡予校正，如卷六伍氏本脱去五律七首及一題，此本依然脱去七首一題便是，但經館臣校改者已復不少。如伍氏本卷一《應制登驪山寫眺》，題目誤，此本已改爲《幸白鹿觀應制》；伍氏本卷五所脱五絶《醉中作》、卷七所脱五排《酬崔光禄冬日述懷贈答》，此本均已補上；伍氏本卷九《耗磨日飲》三首，前二首誤作趙冬曦詩，此本已改爲張説詩；等等。文字方面，經館臣校改者更多。如伍氏本卷二《奉和賜諸州刺史應制》"令若聽重琴"句，"令若"不詞，比本校改作"穆若"，甚是。伍氏本卷三《奉和太行山中言志應制》"復置建神壇"句，"置建"語意重複，此本校改作"建禮"，良是。伍氏本卷七《代書寄薛四》"松柏心當在"句，"當"字，此本校改作"常"。再如伍氏本卷十五《請許王公百官封太山表》"願納不勝懇禱"句，中有脱文，此本據《文苑英華》校補作"願納王公卿士列嶽搢紳之衆望，廼命有司速定大典，臣不勝懇禱"，較伍氏本溢出二十字之多，等等。所以此本無論收録作品數量還是編次、文字等方面，都要較伍氏本爲優。

(二)殿本。乾隆武英殿《聚珍版叢書》所收《張燕公集》二十五卷。國圖藏本有清徐松校。筆者所見爲河南大學圖書館藏福建翻刻武英殿聚珍版叢書本，封面題籤"武英殿聚珍版叢書"，内封面題"張燕公集"，卷前首四庫館臣撰《張燕公集提要》，題下方有"武英殿聚珍版"字樣；次《張燕公集目録》。各卷首題"張燕公集卷某"，次行題款"唐張説撰"。半葉九行二十一字，薄竹紙，四周雙欄，白口單魚尾，魚尾上頂邊欄題"張燕公集"，魚尾下題卷數。卷十第十三葉版心有"道光二十七年修"字樣。有些卷次,不少書葉版心鐫有"光緒十九年補刊(或補刻)"字樣,可見河南大學圖書館所藏乃光緒十九年遞修本。此本目録不載篇目,僅具各卷所收詩文數量,計卷一賦五首、詩三十四,卷二至五詩二百九十五,卷六至七頌二十七,卷八贊十九、銘五、箴三、記一,卷九至十表四十五,卷十一疏二、狀七、對策三、批答一,卷十二序十一,卷十三啓一、書二、露布一,卷十四至二十一碑銘四十三,卷二十二至二十四墓誌銘二十六、行狀一,卷二十五祭文十九,凡詩三百二十九,文二百二十二,詩文共五百五十一首。此本文字,凡與伍氏本不同處,則多與四庫本相同,故知此本是以四庫本爲底子重編而成的。傅增湘曰:

> 乾隆時修《四庫全書》,詔徵天下圖籍,獻之館閣。顧於燕公文集,求所佚五卷,渺不可得,而伍本又多訛舛。乃參考本傳及《文粹》、《文苑英華》諸書,其文不載於集者,得六十一首,依類補入,仍釐爲二十五卷,付武英殿聚珍版刊行,百年以來推爲善本。(《藏園群書題記》卷十一,頁五七四)

不過此本雖以四庫本爲底子,然較之四庫本已有很大不同。第一,調整卷次。此本雖仍爲二十五卷,然詩賦已由四庫本的前十卷,壓縮爲前五卷,其餘各卷分編爲文。第二,更動編次。如四庫本卷二《石橋銘》,題下脱"御製"二字,錯簡於御製《同玉真公主過大哥山池》與張説《奉和同玉真公主遊大哥山池題石壁二首》之間,此本已調至銘類《素盤盂銘》(庫本卷十二、此本卷八)後;《太子少傅蘇公神道碑》原在《姚文貞公碑》(庫本卷十八、此本卷十五)後,此本移於《常州刺史平貞君神道碑》(庫本卷二十、此本卷十九)後;《贈户部尚書河東公楊君神道碑》原在《贈吏部尚書蕭公神道碑》(庫本卷二十一、此本卷二十)後,此本移於《常州刺史平貞君神道碑》(庫本卷二十、此本卷十九)後;《故吏部侍郎元公碑銘》原在《故括州刺史贈工部尚書馮公神道碑》(庫本卷二十一、此本卷二十)後,此本移於《昭容上官氏碑銘》(庫本卷二十二、此本卷二十一)前;《唐故處士河南元公之碣銘》、《平偃師碑尾》、《唐故涼州長史元君石柱銘并序》三首,原在《貞節君碣》(庫本卷二十二、此本卷二十一)後,此本則將三首移於《鳳閣尹舍人墓誌銘》(庫本卷二十三、此本卷二十二)後,可見此本編次方面還是頗用心思的。第三,新增佚文。如四庫本卷六脱去一葉,計詩《岳州别姚司馬紹之制許歸侍》、《岳州送李十從軍歸桂州》、《岳州别均》、《送敬丞》、《見諸人送杜丞詩因以成作》、《幽州别陰長河》、《幽州送隨軍入秦》凡七首，以及《幽州送尹懋成婚》一題，此本（卷三）已全補上。又此本卷十於《爲僧普潤辭公封》表（庫本卷十四）前，增補《謝修史表》、《賜碑額表》、《謝京城東亭子宴送表》、《謝賜鍾馗及曆日表》、《荆州謝上表》、《謝問表》、《謝賜藥表》、《岳州刺史謝上表》凡八表；卷十一增入《謝賜藥狀》、《批答》、《答宰臣賀破賊狀》三首；卷十九增入《邠王府長史陰府君碑》一首，共輯補詩文十九首及一題。第四，校勘文字。此本文字，凡與四庫本不同者，當爲編臣據别本校改。如伍氏本卷一《奉和登驪山矚眺》"臨眺盡園中"句，"臨"字，四庫本作"川"，此本作"林"。伍氏本卷八《古泉驛》"昔聞陵仲子"句，"陵"字，四庫本同，此本作"陳"。伍氏本卷九《岳州九日宴道觀西閣》脱"留題洞庭觀，望古意何深"二句，四庫本同，此本卻不脱。伍氏本同卷《詠塵》"朝隨鳳輦歸"句，"隨"字，四庫本同；此本作"遊"。再如伍氏本卷十《安樂郡主花燭行》"鸞軛風傳王子來"句，"軛"字，四庫本同；此本作"車"；等等。可見此本無論收録作品數量及編次、文字等方面，皆較四庫本爲精。然而此本亦有不足之處。第一，此本編例不統一。如四庫本卷十八《西嶽太華山碑銘》有序亦有銘，然序非張説作，此本因編例不收附見之作，故只收銘而不録序。這本無可非議，但此本卷十九（庫本卷十八）《太子少傅蘇君神道碑》既收序亦録銘，題下卻注曰："按《文苑英華》盧藏用序，張説銘。"依編例，此本應唯收銘不收序，方不悖於編例。又如此本卷十一所增御筆《批答》，亦與編例不符。第二，不收附見作品。較之張集諸本，此本不收附見之皇帝批答及同作詩文，亦編輯上的一大缺點，當然此本也因此省去不少篇幅。叢書集成初編本、萬有文庫本均據此本排印，這或許是其中一個原因吧。

（三）朱筠鈔本。朱筠椒花吟舫鈔《張説之文集》三十卷，今藏國家圖書館，有傅增湘跋。此本竹紙烏絲欄，半葉十二行二十一字，除卷二至卷九外，每卷有子目接連正文。此本卷中鈐有"大興朱氏竹君藏書之印"等鑒藏印記。前已述及，清初宋蜀刻本自劉體仁家散出後，輾轉入藏大興朱筠椒花吟舫。此本既鈐有"大興朱氏竹君藏書之印"，故民國二十三年傅增湘一遇此本，立刻判定爲朱筠據宋蜀刻本鈔寫而成。朱筠（一七二九～一七八一）字竹君，齋號"椒花吟舫"，主要活動於乾隆時期，故此本乃乾隆時期的鈔本無疑。《藏園群書經眼録》著録有此本，其略曰：

按:《唐書·藝文志》載《張説集》三十卷,宋以後諸家著録並同。然世傳各本僅二十五卷,均出自明嘉靖龍池伍氏刊本。四庫及結一廬朱氏二本,雖極力採輯,然不見宋刊,舊觀終不可復。舊傳朱竹君家曾藏宋刊三十卷本,行款與權載之、司空表聖諸集同,號爲蜀本。後歸劉燕庭,今已不可踪跡矣。此三十卷鈔本爲邢君贊亭新得諸臨清徐氏者,行款與蜀本同,鈐有朱竹君印,其爲朱氏椒花吟舫據家藏宋本傳録者斷然無可致疑。數百年來,上自秘府下自藏家窮搜渴想而不可得者,一旦見之,驚喜過望。行當取與諸本對勘,補其缺佚,正前人之謬失,使唐人鉅集缺而復完,亦快事也。(甲戌二月見。)(《藏園群書經眼録》卷十二,頁一〇〇八至一〇〇九)

據此可見,在張集宋槧皆佚的情況下,此本乃唯一接近三十卷宋本原貌的孤本珍本,此本的發現不僅可以補張集後五卷之缺佚,而且可勘正通行本前二十五卷諸多之訛謬,故傅氏驚歎,數百年來不可得之張集三十卷全本重現世間,因而頗感欣慰。"甲戌"爲民國二十三年(一九三四),次年傅氏即將此本與伍氏本、結一廬本(詳下)對勘,撰成《影宋本〈張説之文集〉跋》三千餘字長文,詳細介紹此本的發現經過、遞藏關係、版刻特徵及版本價值等,並記述此本與伍氏本、結一廬本等通行本的異同曰:

各卷詩文次第與伍氏、朱氏二本無異,惟最末五卷與朱氏《補遺》目録對核,則文字出入,大相逕庭矣。通計卷二十六墓誌銘六首,卷二十七表十首,卷二十八序十四首,卷二十九制誥七首,卷三十雜著二十七首。朱本有而宋本無者,凡二十六首;宋本有而朱本無者,二十三首。然其中如《元昌元年對詞》標"文苑策",朱本只載《對策》,而策問三道乃佚之;如《謝恩表》、《陳情表》、《進渾儀表》、《謝賜碑額表》,朱氏雖有表文,而批答乃佚之;《勸學啓》後有答令,朱本亦不載。在朱本拾遺補闕,爲功雖勤,然從千百年後綴緝叢殘,而欲期與原本脗合無間,亦戛戛乎其難矣。余既取朱本對勘一過,其闕佚各文則録附後方。兹將文目臚列於左,期與海内方聞之士共證之。……乙亥五月望日,游黄山、台、蕩回,粗理筆硯,校畢全書,因詳誌始末於後。藏園老人書。(《藏園群書題記》卷十一,頁五七四至五七六)

此本前二十五卷,次第既與伍氏本、結一廬本無異,可見宋蜀本與伍氏本、結一廬本所據之宋本當同出一源。傅氏《跋文》後一一臚列此本後五卷篇目。今後整理張集，此本自應成爲最重要的參考。當然此本不免亦有訛誤，如卷七《和朱使二首》其一“空傳人贈别”句，“贈别”誤，《文苑英華》及各集本均作“贈劍”，良是；其二“塞月帶霜流”句，“塞月”誤，《文苑英華》及各集本均作“寒月”；此本卷八《襄州景空寺題融上人蘭若》“舊知青岩億”句，“億”字誤，其他集本皆作“憶”，《文苑英華》作“意”；等等。關於此本的遞藏關係，朱玉琪《宋蜀刻本〈張説之文集〉流傳考》一文有詳細考述，證成朱筠豜鈔此本傳與其子朱錫庚，朱家書散出後，此本又屢經汪喜孫、徐松、朱學勤、朱澂、張佩綸、徐坊、史寶安、邢之襄等珍藏，新中國成立後由邢氏捐獻給國家。

（四）李梃鈔本。東武李梃研録山房鈔《張説之文集》三十卷《補遺》一卷，國家圖書館藏。此本的重要價值，亦由傅增湘首先揭櫫，其《影宋本張説之文集跋》曰：

> 前跋屬稿甫竟，忽憶及昨歲曾假得周君叔弢所藏《張説之文集》一帙，因開篋檢眎。其書亦正三十卷，爲東武李氏研録山房校寫本，竹紙，藍格，半葉十一行，每行二十字，楮墨精雅，爽心悦目。取後五卷與朱竹君家影宋本對勘，各卷篇第正復相符。惟朱鈔原本經舊人校過，凡題目及文字咸據《全唐文》標舉異同，粘有校簽；李氏鈔本則采其校語，録於本文下。始知李氏固曾親見朱氏影本，從而傳録，且併其校語而取之也。末有《補遺》一卷，則盡取《全唐文》中佚文附入，凡得三十四首，視結一廬輯補者又增十首。是此集流傳於今世者，當以東武李氏所録爲最足、最精之本矣。天下之事，後起者往往突過前人。李氏校録之勤，其有功於燕公者至鉅，余閣置案頭，幾於失之交臂。余校閲既終，爰特著其説於此，用以誌余粗疏之過，且正告當世，倘有傳刻燕公遺集者，庶知所取擇焉。藏園附志。（《藏園群書題記》卷十一，頁五七七至五七八）

此段文義，亦見《藏園訂補郘亭知見傳本書目》卷十二上。傅氏判定此本出自朱筠鈔本，證據鑿鑿，確然可信。且上舉朱筠鈔本的一些訛誤，此本亦照樣沿襲，朱氏一些字的書寫習慣，如“劍”作“釖”，“旁”作“傍”，“鐘”作“鍾”，“揚”作“楊”，等等，此本亦步亦趨，亦可見此本的確是以朱筠鈔本爲底子鈔寫而成者。然此本少詩二首文三篇，當爲李梴所删。梴，山東諸城人，乾隆五十八年癸丑(一七九三)進士，研録山房乃其書齋名。此本鈔寫時間則在嘉慶晚期。民國年間，此本爲袁世凱之子寒雲所得，而華陽人高世異則從袁氏手中索得此本，高世異書齋名"蒼茫齋"，故此本封面題籤下方以雙行小字題曰"蒼茫齋索於寒雲主人"，書中還鈐有"華陽高世異印"、"蒼茫齋所藏鈔本"等十枚印記。後此本爲周叔弢所得，故書内鈐有"曾在周叔弢處"，新中國成立後周氏將此本捐獻給國家(《宋蜀刻本〈張説之文集〉流傳考》)。此本雖亦三十卷，然卷後《補遺》輯補張説佚文三十四首，較後出的結一廬本還多十首，傅增湘因而盛贊此本乃傳世張集中後出居上，"最足最精"的本子。

(五)結一廬本。光緒三十一年乙巳(一九〇五)仁和朱氏刊《結一廬朱氏賸餘叢書》所收《張説之文集》二十五卷《補遺》五卷。此本内封面大字篆書題"重刻明鈔張説之集廿五卷補遺五卷"，書名後小字署"光緒乙巳仁和朱氏刊"。半葉十一行二十一字，左右文武雙欄，粗黑口，單黑魚尾下鐫"張某"，右欄外側下方鐫"結一廬朱氏賸餘叢書"。各卷首題"張説之文集卷第某"，下有子目連接正文。此本所據底本，卷後繆荃孫跋有明確交代，其略曰：

> 仁和朱子涵觀察，出眎所藏彭文勤公本，鈔極舊，惜止廿卷。再據吴仲懌侍郎明鈔本互補以成全璧。今前廿卷用彭本，後五卷用吴本，聊存舊式。而退諸書拾補者，另編五卷，似可復卅卷之舊。質諸方聞之士以爲何如？光緒乙巳三月江陰繆荃孫跋。

是此本乃一整合本，"彭文勤公本"，即彭元瑞藏明綿紙鈔本二十卷(見上)。此本卷前槧有彭氏明綿紙鈔本二十卷《跋》二則，《跋》後有"南昌彭氏"等木記三方，可證此本前二十卷的確是以彭氏所藏明綿紙本爲底本者。此本卷前還槧有明竹紙鈔本二十五卷《題記》一則，《題記》作者爲伍德，伍氏《題記》後鈐有"甲戌進士"、"拂水山樵"白文木記二方。此竹紙本二十五卷，民國時爲邢贊亭收得，傅增湘嘗見之，以爲並非明鈔本，乃清初據伍氏本録出者。是繆荃孫所説的"吴仲懌侍郎明鈔本"，非真明鈔也，實乃清初鈔本。此本後五卷，即以此清鈔本爲底子(參《藏園群書經眼録》卷十二)。可見此本後五卷出自伍氏本。此本前二十卷雖非出自伍氏本，然與伍氏本相較，書名、詩文次第、分卷等皆相同,唯此本脱訛較少,優長頗多。如伍氏本卷六卷七等所脱諸詩,此本赫然皆在卷中;伍氏本卷一《應制登驪山寫眺》題誤,此本作《幸白鹿觀應制》,甚是;伍氏本卷九《秏磨日飲》三首,前二首誤作趙冬曦,此本作張説詩,甚是;伍氏本前十卷之附見詩,題下作者多脱去,遂誤爲張説詩,此本附見諸作均標明作者;伍氏本編次錯訛者,如卷二御製《石橋銘》錯簡於御製《同玉真公主過大哥山池二首》與張説《奉和同玉真公主遊大哥山池題石壁二首》之間,同卷張説《奉和賜王公千秋鏡應制》錯簡在御製《千秋節錫群臣鏡》前,此本均不錯簡,等等。至於文字方面,此本的優長更是難以枚舉。可見此本與伍氏本當出於同一種宋本。此本《補遺》五卷,卷一收頌銘箴表三十首,卷二收疏狀對策批答十三首,卷三收序啓書十三首,卷四收露布碑銘六首,卷五收墓誌行狀九首,共七十一首,較之四庫本,此本多輯補佚文十首,較之宋蜀本後五卷,此本溢出二十六首,可見此本於輯補張説佚作用力甚勤。然此本亦有不足之處,如元昌元年《對詞標文苑策》,此本只載《對策》,而《策問三道》仍佚之;如《謝恩表》、《陳情表》、《進渾儀表》、《謝賜碑額表》,此本雖有表文而《批答》仍佚之;《勸學啓》後有《答令》,此本亦不載;且宋蜀本還有二十三首爲此本所失收(參朱筠鈔本)。職是之故傅增湘曰:"朱本拾遺補闕,爲功雖勤,然從千百年後綴緝叢殘,而欲期與原本脗合無間,亦戛戛乎其難矣。"(《藏園群書題記》卷十一,頁五七五)可謂知言。然而無論如何,在三十卷足本難得一見的情況下,繼伍氏本、四庫本、殿本之後,此本收録作品之多、文字之精均超邁前者,亦戛戛乎其難矣!此本原刻今藏國圖,一本有傅增湘校跋並録清黄丕烈跋,另一本有傅增湘校補並跋。另,嘉業堂叢書本亦是據此本翻刻的。

(六)碧鳳坊鈔本。碧鳳坊影鈔宋《張説之文集》二十五卷,存十卷(卷一至十)。此本曾爲黄丕烈所得,大加稱賞曰:"此碧鳳坊顧氏所藏書也……世傳二十五卷不可得見,此本雖十卷,尚有缺失,然較舊鈔已無可比擬,矧明刻耶。愛日精廬主人聞此書題殘宋刻,欲購之,予曰:'非也,乃影宋本耳。'亦視如宋刻珍之,可謂知所好惡取捨矣。予故爲此書,倍珍貴焉。甲申孟夏蕘夫。"(《蕘圃藏書題識》卷七,見《黄丕烈書目題跋》,頁一四八)甲申爲道光四年(一八二四)。黄氏乃嘉道時期藏書大家,尚感慨二十五卷本不可得見,可見張集傳世之稀少。此本後歸常熟瞿鏞,《鐵琴銅劍樓藏書目録》有著録,瞿氏略述此本之善曰:"《張説之文集》十卷,影鈔宋殘本。唐張説撰，存詩集十卷。舊爲碧鳳坊顧氏藏書，從之傳録，足訂明刻本之誤。如卷首《喜雨賦》二首，一題御製，一題應制，明刻無之，是誤以御製爲自作矣。又卷五《醉中作》五言絶句一首，有目無詩，卷六《廣州蕭都督入朝過岳州宴餞》詩一首，下闕一葉凡詩八首，此本皆全。"(《鐵琴銅劍樓藏書目録》卷十九，頁二七五)由書名及種種優長看，此本蓋與明綿紙本出於同一種宋本。

(七)舊鈔本。舊鈔本《張説之文集》二十五卷，臺灣"中央圖書館"藏(未見)。

張説詩集，唐時已傳入日本，上已述及，九世紀後期日本藤原佐世《日本國見在書目録》第三十九"别集家"著録"《張説集》十卷"，此十卷本應是由集本别裁而出的詩集單行本，只是本土不見宋以前書目著録。國内最早的張説詩集單行本爲明銅活字本，然兼收賦五首，影響最大者則爲詩紀本。今介紹諸種詩集如下：

(一)銅活字本。明銅活字刊印《張説之集》八卷。本書前已述及，明銅活字本唐人詩集乃弘治、正德間蘇州地區印本。是此本乃明代較早出現的張詩集單行本，《唐五十家詩集》所收明銅活字本《張説之集》八卷，即據杭州大學圖書館藏本影印。此本卷一賦五首、五古二十一，卷二至三爲五古四十八、七古十，卷四至五五律九十九，卷六至七五排五十八，卷八七律十三、五絶二十七、六言八、七絶十四，凡詩二百九十八，詩賦共三百三首。此本雖爲分體本，看似與集本不同，然每體詩的編次，卻與其在伍氏本中的先後次序大致相符。又，此本文字多同於伍氏本，且並其訛誤也多所沿襲，如伍氏本卷一五律《應制登驪山寫眺》一詩，題目誤，應爲《幸白鹿觀應制》，此本亦誤作《奉和聖製登驪山寫眺應制》。伍氏本卷五之七古《城南亭作》"偏加日飲醇醪意"句下脱誤九字，此本亦脱誤九字。伍氏本卷六脱缺一葉，而誤將下葉之五律《幽州送尹懋成婚》，併入前一葉五律《廣州蕭都督入朝過岳州宴餞》之題下，作二首，而脱葉之《岳州别姚司馬紹之制許歸侍》、《岳州送李十從軍歸桂州》、《岳州别均》、《送敬丞》、《見諸人送杜丞詩因以成作》、《幽州别陰長河》、《幽州送隨軍入秦》等七首五律及《幽州送尹懋成婚》一題均脱去(參朱筠結一廬本)；此本脱訛與伍氏本全同。又如伍氏本卷七亦脱去一葉，載詩《酬崔光禄冬日述懷贈答并序》五排一首，此本亦脱去該首五排。再如伍氏本同卷五排《偶游龍門北溪忽懷驪山别業呈諸留守》題下脱云作者“韋嗣立”,誤作張詩;此本便亦誤作張詩,而此本是不收附見之作的。就文字而言,此本亦多同於伍氏本,如伍氏本卷二《奉和賜諸州刺史應制》“令若聽重琴”句,“令若”二字,此本同,而四庫本、殿本、結一廬本皆作“穆若”。伍氏本卷四《將赴朔方軍應制》“天文日月送”句,“送”字,此本同,而四庫本、殿本、結一廬本均作“麗”。伍氏本卷五《東都酺宴并序》五首其三“翔翔雲舞來”句,“雲舞”二字,此本同,而四庫本、殿本、結一廬本皆作“舞鳳”。伍氏本同卷《藥園宴武洛沙將軍》“文學引王枚”句,“王枚”,此本同,而四庫本、殿本、結一廬本皆作“鄒枚”。伍氏本卷九《詠塵》“夕畔龍媒合”句,“畔”字,此本同,而四庫本、殿本、結一廬本皆作“伴”。再如伍氏本卷十《五君詠五首》其二“堯美具瞻情”句,“堯”字,此本同,而四庫本、殿本、結一廬本皆作“克”,等等。可見此本與伍氏本頗有淵源,不過因伍氏本校鈔於永樂年間,並未付梓,故此本應是以伍氏本抑或其衍生本爲底子,先將各卷詩分體依次録出,再以五古、七古、五律、五排、七律、五絶、七絶次序編排而成的。然而此本文字有不少明顯訛誤處,如伍氏本卷五之七古《城南亭作》“清商緩轉目騰波”句,“目”字,此本訛作“自”,等等。此本當亦以他本如《唐詩品彙》等校勘過,故文字亦有與伍氏本不同處。《善本書室藏書志》著録此本曰:“左丞相《燕國公文集》三十卷,明刊文集僅二十五卷,載張九齡撰墓志銘。此本八卷,前有賦五篇,後分體詩共三百首。與文集前編詩四卷,首數無大出入,當從宋時單刊詩本重刻也。”(《善本書室藏書志》卷二十四)丁丙所謂的“文集前編詩四卷”者,乃武英殿本也(見上)。“排律”一詞始見於元末楊士弘《唐音》,迨明人才廣泛使用,此本既使用“五排”分標詩體,顯爲明人分體改編本無疑,丁氏謂此本“當從宋時單行詩本重刻”,亦一時失考致誤耳。

(二)朱警本。嘉靖十九年庚子(一五四〇)朱警輯刻《唐百家詩·盛唐十一家》所收《張説之集》八卷。半葉十行十八字,左右雙欄,白口單黑魚尾下鐫“説之集”,葉排長號,凡七十四番。此本書名、分卷、首數等,均與銅活字本相同,文字也與之相差甚微,且並其訛誤也照樣沿襲。如伍氏本卷五之七古《城南亭作》“清商緩轉目騰波”句,“目”字,銅活字本訛作“自”,此本亦誤作“自”,等等,可見此本乃是據銅活字本翻刻的。另上圖所藏《唐二十二家詩集》所收《張説之集》八卷,實際亦即此本。所謂《唐二十二家詩集》,乃書賈掇拾朱警《唐百家詩》之殘剩,合爲二十二家者,參本書卷一《駱賓王集》朱警本。

(三)詩紀本。萬曆十三年乙酉(一五八五)黄德水、吴琯輯刻《初盛唐詩紀》所收《張説詩》六卷。半葉九行十九字,四周雙邊,版心單魚尾上署"詩紀",下署"初唐卷之某"。此亦分體本,計五古六十七首、七古十、雜體二、五律百二、七律十二、五排六十、五絶三十八、六言二、七絶十六,凡三百九首。較之銅活字本,此本溢出十六首:五古《和尹懋秋夜遊㴩湖》、五律《岳州别姚司馬紹之制許歸侍》、《送岳州李十從軍桂州》、《岳州别子均》、《幽州别陰長河行先》、《和尹懋秋夜遊㴩湖》"㴩湖佳可遊"、《與趙冬曦尹懋子均登南樓》、《遊㴩湖上寺》、《右侍郎集賢院學士徐公挽詞二首》其二、七律《㴩湖上寺》、五排《赴集賢院學士上賜宴應制得輝字》、五絶《奉蕭令嵩酒並詩》、《奉宇文黄門融酒》、《奉裴中書光庭酒》、七絶《奉和聖製幸韋嗣立山莊應制》、《和尹從事懋汎洞庭》。銅活字本較此本溢出五首:五律《同劉晃喜雨》、《嶺南送使二首》其二、《和朱使欣道峽似巫山之作》、《奉和山城》、五排《偶游龍門北溪忽懷驪山别業呈諸留守》。然五排一首乃韋嗣立詩,此本誤收。此本一些詩的分體與銅活字本不同,如銅活字本七古《送尹補闕元凱琴歌》與《送武員外郎中春赴秀師嵩山塔下舍利》,此本入雜體(後一首題稍異);五律《河上公》,此本改入五古;銅活字本七律《遥同蔡起居偃松篇》與《贈崔二安平公樂世詞》,此本改入七古。此本文字多同於朱警本,而與銅活字本多異。如銅活字本卷一《奉和聖製賜諸州刺史應制》"令若聽薰琴"句,"令若"二字,此本與朱警本皆作"穆若"。銅活字本卷一《藥園宴武洛沙將軍賦得洛字》"文學引王枚"句,"王枚",此本作"鄒枚",朱警本同。如銅活字本卷三《五君詠五首》其二"堯美具瞻情"句,"堯"字,此本作"克",朱警本同,等等。可見此本應是以朱警本或其近似的本子爲底本編輯刊行的。

(四)畢刻本。萬曆三十六年戊申(一六〇八)畢懋謙刻《十家唐詩》所收《初唐張説詩集》二卷。半葉九行十九字,四周雙邊,白口單魚尾下鐫"張説某"字樣。詩分體編次,卷一爲五古六十六、七古八、五律百六,卷二雜體二、五排六十、七律十二、七排二、五絶三十二、六言八、七絶十六,共三百十二首。此本所據底本,畢氏未言。今考此本分體及首數近於詩紀本,且文字也較他本更近於詩紀本,如銅活字本卷一《奉和聖製賜諸州刺史應制》"令若聽薰琴"句,"令若"二字,詩紀本作"穆若",此本同。銅活字本卷一

《藥園宴武洛沙將軍賦得洛字》"文學引王枚"句,"王枚",詩紀本作"鄒枚",此本同。銅活字本卷三《安樂郡主花燭行》"玉葉瓊蕤際紫微"句,"際"字,詩紀本作"發",此本同。銅活字本卷四《東都酺宴五首》其三"翔翔雲舞來"句,"雲舞"二字,詩紀本作"舞鳳",此本同。銅活字本卷七《古泉驛》"我今行至此"句,"今行至此",詩紀本作"行弔遺跡",此本同。銅活字本卷七《酬韋祭酒見贈》"桃源花路轉"句,"源花"二字,詩紀本作"花迂",此本同,等等。可見此本乃是以詩紀本爲底子編輯而成的。然此本也參校了其他善本,故文字亦有與詩紀本不同處,如銅活字本卷四《送高唐州》"淮流春婉娩"句,"婉娩",此本同,而詩紀本作"畹晚"。銅活字本卷五《湘州九日城北亭子》"寧知洹水上"句,"洹水",詩紀本作"沅水",此本作"湘水",均誤,等等。

(五)統籤本。《唐音統籤》所收《張説詩》六卷,編卷六十七至七十二,乙籤八十,刻本。此本首二卷爲五、七言古詩、雜體,第三至四卷五律,第五卷五排,第六卷七律及四、五、六、七言絶句,分體與詩紀本同,皆爲九體,唯七律一體,詩紀本次於五排前,此本次於五排後。此本共三百八首,僅比詩紀本少一首,因此本删去五排《岳州西城》與《岳州觀競渡》二首誤收詩,而輯補佚詩四言《詠方圜動静示李泌》一首於卷末之故也。此本文字也多同於詩紀本,如銅活字本卷一《奉和聖製賜諸州刺史應制》"令若聽薰琴"句,"令若"二字,詩紀本作"穆若",此本亦作"穆若"。銅活字本卷一《藥園宴武洛沙將軍賦得洛字》"文學引王枚"句,"王枚",詩紀本與此本均作"鄒枚"。銅活字本卷三《五君詠五首》其二"堯美具瞻情"句,"堯"字,詩紀本與此本均作"克"。銅活字本卷三《安樂郡主花燭行》"玉葉瓊蕤際紫微"句,"際"字,詩紀本與此本均作"發"。銅活字本卷四《奉和聖製登驪山矚眺應制》"臨眺盡園中"句,"園"字,詩紀本與此本均作"寰"。銅活字本卷四《東都酺宴五首》其三"翔翔雲舞來"句,"雲舞"二字,詩紀本與此本均作"舞鳳"。銅活字本卷四《恩制賜食於麗正殿書院宴賦得林字》"西園翰墨林"句,"園"字,詩紀本與此本均作"垣"。銅活字本卷四《送高唐州》"淮流春婉娩"句,"婉娩",詩紀本與此本均作"畹晚"。銅活字本卷五《湘州九日城北亭子》"寧知洹水上"句,"洹水",詩紀本與此本均誤作"沅水"。銅活字本卷五《詠塵》"夕畔龍媒合"句,"畔"字,詩紀本與此本均作"伴"。銅活字本卷六《奉和聖製太行山中言志應制》"復置建神壇"句,"置建",詩紀本與此本均作

“建禮”。銅活字本卷六《將赴朔方軍應制》“天文日月送”句,“送”字,詩紀本與此本均作“麗”。銅活字本卷七《古泉驛》“我今行至此”句,“今行至此”,詩紀本與此本均作“行弔遺跡”。銅活字本卷七《酬韋祭酒見贈》“桃源花路轉”句,“源花”二字,詩紀本與此本均作“花迂”。銅活字本卷七《同劉給事城南宴集》“歡遊隔縉紳”句,“遊”字,詩紀本與此本均作“邀”,等等。可見此本當是以詩紀本爲底子編輯而成的。此本優長,首先在於胡氏於分體之後再分類,如五律一體,即以應制奉和、侍宴、奉敕撰等詩居前,而以行旅、登臨、贈答、送别諸詩繼之,最後殿以哀挽詩。第二,胡氏增加了許多注文於題下或詩後,或考證詩的本事,或揭示詩的背景,或指出詩之重收,對理解詩意和將來整理《張説集》極有幫助。如五律《奉和聖製觀拔河俗戲應制》,銅活字本與詩紀本均無注文,胡氏於詩後注曰:“玄宗詩序云:‘俗傳此戲必致年豐,故此云宜秋也。’”此注對理解落句“天意在宜秋”句,顯然是很有幫助的。再如七律《奉和聖製春日幸望春宫應制》題下,活字本與詩紀本皆無注,胡氏增注曰:“中宗時作。”此題注對理解詩的時代背景很有幫助。七律《先天應令》題下,銅活字本與詩紀本皆無注,胡氏增注曰:“又見《玄宗集》。”此注對甄辨此詩重出提供了重要綫索。然此本亦有不足之處,如分體方面,此本第三卷《東都酺宴五首》,其一爲五排,餘四首均爲五律,詩紀本將五首分開,分别編入五律與五排内,顯然更符合分體本的要求。而此本將《東都酺宴五首》全部歸入五律一體内,這就與分體本的體例不甚相合了。

（六）全唐詩本。《全唐詩》是在《唐音統籤》和季振宜《全唐詩稿本》兩書的基礎上修訂而成的。而季氏《稿本》之《張説詩》,乃是將上述詩紀本六卷原刻入編,删去各卷卷題和分體字樣,再於卷首輯補佚詩《唐封泰山樂章》十四首,《唐享太廟樂章》二十五首(其中《凱安》一首重出);再於五律一體輯補佚詩《和朱使欣道峽似巫山之作》、《同劉晃喜雨》、《奉和山城》與《岳州晚景》等四首;於七律一體末補入《遥同蔡起居偃松篇》一首;於五絶内補入《端午侍宴》、《耗磨日飲》、《三月閨怨》等三首,凡輯補佚詩四十六首,故季氏《稿本》共三百五十五首,成爲一時收詩最多的本子。文字方面,季氏用《國秀集》、《唐文粹》、《文苑英華》、《樂府詩集》、《唐詩紀事》及《萬首唐人絶句》等諸書參校,故文字視前各本爲精。康熙敕修《全唐詩》中的《張説詩》五卷,便是以季氏《稿本》中的《張説詩》爲底子,删去季氏所補《唐享太廟樂章》中重出的一首《凱安》“列祖須三靈”,又删去五律《同劉晃喜雨》、

《奉和山城》及《岳州晚景》三首,因《同劉晃喜雨》已見明皇詩,《奉和山城》爲張均詩,《岳州晚景》爲張均詩;再删去五絶《端午侍宴》一首。編臣增補佚詩五絶《耗磨日飲》"春來半月度",故《全唐詩》共三百五十二首。編次方面,唯第三卷五律自《和朱使欣二首》以下與季氏《稿本》不同,應爲編臣調整外,其餘則基本與《稿本》同。文字方面,編臣也作了校勘,故文字較各本更爲精粹。再者編臣於題下或行間增加不少注文,如五古《奉和聖製行次成皋應制》,編臣於題中"成皋"下增注曰:"太宗擒竇建德處。"此注對理解詩意頗有幫助。又如五古《新都南亭送郭元振盧崇道》,編臣於題下增注曰:"一作盧崇道詩,題云'新都南亭送郭大元振'。"此注爲甄别此詩的重出提供了有益的綫索。然編臣也有失誤處,如此本第三卷《湘州九日城北亭子》"寧知沅水上",題中"湘州"誤。前文已辨明,唐無湘州,故當作"相州"爲是;結一廬本正作"相州";詩句中"沅水"誤,伍氏本、銅活字本、結一廬本皆作"洹水",甚是;洹水,相州治所安陽縣即有洹水流過,見《元和郡縣圖志》卷十二。然詩紀本、季氏《稿本》失校,皆誤作"沅水",此本仍作"沅水",是編臣不考之過也。

綜上,張説集版本呈現以下特點:(1)宋刻三十卷足本明以後流傳極稀,蜀刻本亦在清中期失傳,幸有朱筠影寫一本傳世,方使三十卷本原貌留存世間,而足本以李梃鈔本最足最精。(2)明以後所傳二十五卷本,伍氏本最早而舛錯較多,但因三十卷本難見故而被奉爲珍秘,明以後刊刻傳鈔的張集多出自此本,涵芬樓《四部叢刊》據以影印行世,影響更大。然據明綿紙本刊刻的結一廬本,與伍氏本同源而舛錯較少,收録作品也最多,故爲此類本子中之佼佼者。(3)張説詩集,以傳入日本的十卷本爲時最早,然已散佚。本土由集本别裁而出的詩集,以銅活字本八卷爲最早,而以詩紀本最精。詩紀本先入《唐音統籤》,再入《全唐詩》,影響頗大,且屢經胡震亨、季振宜等唐詩大家及《全唐詩》編臣補遺校勘,故而不僅文字精,收録作品也較全。

【參考文獻】朱玉麒《宋蜀刻本〈張説之文集〉流傳考》,《文獻》二〇〇〇年二期

唐别集考卷第三

蘇許公文集

蘇頲（六七〇～七二七）字廷碩，京兆武功（今陜西武功）人。幼時敏悟，一覽千言，輒可覆誦。十七歲進士及第，授烏程縣尉，後又舉賢良方正科，除左司禦率府胄曹參軍。歷中書舍人、工部侍郎等，襲封"許國公"。開元四年丙辰（七一六）遷紫微侍郎、同紫微黄門平章事。八年庚申（七二〇）罷爲禮部尚書，尋出爲益州長史，十五年丁卯（七二七）卒。與燕國公張説同以文章名世，時號"燕許大手筆"。

盛唐以前，文士尚不重視自己作品的輯集編纂。蘇頲亦然，故其作品並非本人所編，而是友人韓休纂集而成者。韓氏《蘇許公文集序》曰："謹撰緝文誥，成一家之言，凡四十卷。"然而這四十卷的《蘇頲集》，北宋《崇文總目》與兩《唐志》皆不載，可見當時流傳甚少。至《國史經籍志》卷五著録"《蘇頲集》三十卷"，已佚去十卷。鄭樵《通志・藝文略》、《宋史・藝文志》亦作"《蘇頲集》三十卷"。南宋時，尤袤《遂初堂書目》著録有《蘇頲集》，然無卷數。晁公武《讀書志》著録"《蘇頲許公集》二十卷……韓休爲序，集本四十六卷，今亡其半矣"。是南宋初已只存二十卷。不過，頲集原爲四十卷，晁氏謂四十六卷，蓋一時疏誤。而晁氏所録的二十卷本是否爲刊本，詩文各幾何？今已不得而知了。

元明兩代頲集刊刻和傳鈔的本子，其主要版本有以下幾種：

（一）銅活字本。明銅活字印《蘇廷碩集》上下卷。本書前已述及，明銅活字本唐人詩集，乃明弘治、正德間蘇州地區印本。是此本乃明代刊行較早的一種頲集，半葉九行十七字，左右雙邊，白口單魚尾，魚尾下有"蘇廷碩集卷某"字樣，下方爲葉碼。兩卷凡收作品八十五首，分體編次。上卷賦一首、五言雜詩十一、七古一、五律二十七，下卷五排二十七、七律十一、五絶三、七絶四，詩賦共八十五首。此本文字有缺訛，如卷下五排《扈從鳳泉和崔黄門》第二聯對句“禮備植□□”，缺末二字。七絶《夜宴安樂公主宅》第三句“天上初移漢匹□”，缺末一字。七律《扈從鄠杜門奉呈刑部尚書舅崔黄門馬常侍》，題中“杜門”乃“杜間”之訛，等等。

（二）朱警本。嘉靖十九年庚子（一五四〇）朱警輯刻《唐百家詩・初唐二十一家》所收《蘇廷碩集》上下卷。半葉十行十八字，四周單欄，白口單黑魚尾下鐫“廷碩集上（下）”。詩分體編次，卷上賦一、五言雜詩十一、七古一、五律二十七，卷下五排二十九（一首殘）、七律十六、七絶四，詩賦共八十九首。然卷下分體頗爲混亂，五排中混有五律，七律中亦混有五律，五絶未標目。此本文字較他本更近於銅活字本，文字也與銅活字本相差極微，且連上文所舉銅活字本訛脱亦完全相同。如銅活字本卷下五排《扈從鳳泉和崔黄門》第二聯對句“禮備植□□”，缺末二字，此本同。七律《扈從鄠杜門奉呈刑部尚書舅崔黄門馬常侍》，題中“杜門”乃“杜間”之訛，此本同。七絶《夜宴安樂公主宅》第三句“天上初移漢匹□”，缺末一字，此本同，等等。可見此本乃是據銅活字本翻刻的，只不過補入佚詩五首罷了。另上圖所藏《唐二十二家詩集》所收《蘇頲集》二卷，實即此本。所謂《唐二十二家詩集》，乃書賈掇拾朱警《唐百家詩》之殘剩，合爲二十二家者，參本書卷一《駱賓王集》朱警本。

（三）黄刻本。黄貫曾輯嘉靖三十三年甲寅（一五五四）黄氏浮玉山房刻《唐詩二十六家》之《蘇頲集》上下卷。半葉十行十九字，左右雙欄，白口單黑魚尾下鐫“蘇廷碩集上（下）”。此本書名、分卷、分體、首數、編次與銅活字本完全相同，文字也相差極微，且連上文所舉銅活字本脱闕、訛誤亦完全相同，可見此本所據底本乃銅活字本。

（四）詩紀本。黄德水、吴琯《初盛唐詩紀》所收《蘇頲詩》二卷，編卷第四十七至四十八。《詩紀》刊於萬曆十三年乙酉（一五八五，已見）。内中頲集半葉九行十九字，四周雙邊單魚尾，魚尾上頂邊欄署“詩紀”字樣（原刻本“詩紀”二字下右邊大都有“蘇頲”二小字，重刊本則無之）。魚尾下署“初唐卷之四十某”，再下方爲葉碼。此本分體編次，首卷五古十二、七古二、五律二十八，第二卷七律十二、五排三十、五絶八、七絶四，共九十六首（重刻本卷末已增入《詠尹字》一首，殘句一則）。與明銅活字本相較，此本溢出十二首：五古《奉和聖製行次成皋途經先聖擒建德之所感而成詩應制》與《餞唐州高使君赴任》，七古《奉和聖製春臺望應制》，五律《故高安大長公主挽詞》，七律《寒食宴於中舍别駕兄弟宅》，五排《奉和聖製途經華嶽應制》與《奉和聖製至長春宫登樓觀稼穡之作》，五絶《奉和聖製過潼津關》、《山驛閑卧即事》、《將赴益州題小園壁》、《詠禮部尚書庭後鵲》、《詠死兔》。就文字方面看，此本顯然經過校勘，行間夾注許多校記，故上舉銅活字本的錯訛處，此本均不誤。不過此本文字亦偶有訛舛，如五古《奉和姚令公温湯舊館永懷故人盧公之作》"空令屬和"句，明顯脱一字，然白璧微瑕，較之前此其他蘇集，此本不失爲一個較好的本子。

（五）畢刻本。萬曆三十六年戊申（一六〇八）畢懋謙刻《十家唐詩》所收《初唐蘇頲詩集》一卷。半葉九行十九字，四周雙邊，白口單黑魚尾下鐫"蘇頲"字樣。詩分體編次，凡五古十一、七古二、五律二十八、七律十二、五排三十一、五絶六、七絶四、六言律一，共九十五首。此本所據底本，畢氏未言。今考此本分體、首數、編次等均與詩紀本相同，唯此本未收五絶《詠死兔》一首，故較詩紀本少一首。此本文字也較他本更近於詩紀本，銅活字本的諸多訛誤，詩紀本不誤，此本亦不誤，可見此本乃是據詩紀本翻刻者。

（六）統籤本。胡震亨《唐音統籤》所收《蘇頲詩》二卷，編卷第七十三至七十四，乙籤八十一。此本詩分體編次，首卷五古十二、七古二、五律二十九，第二卷五排三十一、七律十二、五絶九、七絶四、殘句一則，共九十九首，殘句一則。較詩紀本多三首：五律《奉和聖製九日侍宴應制》（見《歲時雜詠》）、五排《御前連中雙兔》、五絶《吊南華能大師》（見《高僧傳》，又見《張説集》）。此本顯然吸收了詩紀本的長處，故除胡震亨所補三首外，其餘各詩均見詩紀本，且文字方面也吸收了詩紀本的校勘成果，不少校記二本相同。職是之故統籤本《蘇頲詩》不僅是明代收詩最多的一個本子，而且也是文字方面較爲可靠的一個本子。不過所補五律《奉和聖製九日侍宴應制》一首，周必大校《文苑英華》時以爲乃頲詩《奉和九日幸臨渭亭登高應制得時字》之初稿，二詩内容大致相同，胡氏再收入統籤本中，致使二詩重出。

清代刊刻和傳鈔的頲集，其主要版本有以下幾種：

（一）全唐詩本。康熙敕編《全唐詩》所收《蘇頲詩》二卷。《全唐詩》乃是以胡震亨《唐音統籤》、季振宜《全唐詩稿本》兩書爲基礎增删校訂而成的。而季氏《稿本》之《蘇頲詩》二卷，則是用詩紀本原刻入編，删去"五言古詩"、"七言古詩"等分體字樣，再於卷首補入佚詩《祭汾陰樂章》一首，並對文字作進一步校勘而成的。卷首《蘇頲傳》，則由舊刻本《唐書・蘇頲傳》删改成文，故《稿本》中的《蘇頲詩》，僅比詩紀本溢出《祭汾陰樂章》一首。文字方面，季氏以《樂府詩集》等加以校勘，使文字進一步轉精。然而詩紀本的一些訛誤，季氏也有未及改正者，如《奉和姚令公温湯舊館永懷故人盧公之作》"空令屬和"句，脱去一字，季氏亦未補出，等等。再者統籤本所補蘇頲佚詩，季氏《稿本》也未能補入。康熙敕編《全唐詩》所收《蘇頲詩》，則是將季氏《稿本》之《蘇頲詩》二卷原卷入編，再據統籤本《蘇頲詩》補入《御前連中雙兔》一首。《奉和聖製九日侍宴應制》一首，因與《奉和九日幸臨渭亭登高應制得時字》一首内容相同，故周必大以爲前篇乃初稿，清編《全唐詩》時，編臣删去此首，甚是。另一首《吊南華能大師》，因與張説詩重複，編臣蓋以爲乃張詩，故亦删去。編臣另補入七律《九月九日望蜀臺》一首，殘句二則，連《統籤》所載殘句一則，凡三則。然殘句三則中"丑雖有足，甲不全身。見君無口，知伊少人"四句，《全唐詩》卷八六七《諧謔類》作爲一首完詩《詠尹字》收入，遂使此四句詩重出。此四句詩，當以一首完詩爲是，本集殘句項，不當再收此四句。另，《全唐詩》卷二收入《十月誕辰内殿宴群臣效柏梁體聯句》一首，《全唐詩・補遺》收入《人日兼立春小園宴》一首，若是《全唐詩》凡收頲詩百一首，殘句二則，成爲一時收詩最多的本子。文字方面，編臣作了進一步校勘，如卷七十四所收五排《閑園即事寄韋侍郎》，編臣於"郎"字下校曰："一作御。"而統籤本、季氏《稿本》及詩紀本皆作"御"，唯銅活字本作"郎"，可見編臣是參校過銅活字一類本子的。再如五排《奉和馬常侍寺中之作》，銅活字本、詩紀本、統籤本、季氏《稿本》題下均無校記，而全唐詩本此首題下校曰："《英華》作'奉和魏僕射春日還鄉有懷之作'。"可見編臣的確用頲集的其他本子，對《稿本》中的蘇頲詩重新進行過校勘，使文字更加精粹。不過，由於編臣不慎，又增加了一些新的訛誤。如五古《奉和姚令公温湯舊館永懷故人盧公之作》"空令屬和"句，編臣參校《統籤》等本，將此句校改爲"空令還辱和"，而銅活字本、統籤本此句皆作"空令還和辱"，編臣誤將"和辱"二字錯倒爲"辱和"了。然而這畢竟只是少數。總的來説清編全唐詩本《蘇頲詩》二卷，經過編臣的努力，已成爲前此所有《蘇頲集》中收詩最多、文字也最爲可靠的本子。

（二）蘇刻本。道光二十三年（一八四三）同安蘇頲裔孫蘇廷玉刻《蘇許公文集》十一卷。此本今蘇州市、北京師範大學圖書館有藏（見《唐詩書録》），係與頲父瓌作品合刻，凡十二卷，卷一爲《蘇瓌集》。此本卷前有蘇廷玉《校刻蘇許公文集序》;次爲"蘇門先世事蹟",係由《魏書》、《歷代名臣傳》、《隋書》、兩《唐書》等史籍列傳節録的蘇門先賢行履。卷後附録從《唐代叢書》中輯録的蘇頲《壟上記》一卷,以及從鄭棨《開天傳信記》、王仁裕《開元天寶遺事》、鄭處誨《明皇雜録》、杜荀鶴《松窗雜録》等筆記和小説中輯録的"蘇許公遺事數則";最後爲蘇廷玉《跋》。此本十一卷中,前兩卷爲詩,凡録百一首,據廷玉《序》可知,這些詩係從全唐詩本《蘇頲詩》迻録過來的,數目也與全唐詩本契合,故此本應屬於《初盛唐詩紀》本系統。後九卷爲文:卷三至七賦頌各一首、制文百九十四首,卷八敕、德音、册文、赦書二十六首,卷九表二十,卷十狀、判、序、記、論、贊、銘三十五首,卷十一至十二連珠、碑、哀册、謚册十九首,故文共二百九十六篇。這些文章多據《全唐文》録入。《全唐文》收頲文九卷,編卷二百五十至二百五十八,卷數也與此本相合。

(三)清鈔本。清無名氏鈔《蘇廷碩文集》二十卷。此本卷前有韓休《蘇廷碩文集序》,次目録。卷後附録有三:一爲"制誥史傳"四首,二爲"詩文雜記"三十三則,三爲《壟上記》一卷,凡十二條,係蘇頲所記奇聞異事及隨筆之作。正集二十卷,前二卷詩,凡百零一首,詩篇數目、編次悉與全唐詩本《蘇頲詩》二卷合,顯係録自全唐詩本無異。餘十八卷爲文,凡三百零九首,以類編次,與道光時蘇廷玉本《蘇許公文集》之九卷文相較,雖卷數多出一倍,而收文數量只溢出十三首,且六首爲賈至文,其餘各首係從《唐大詔令集》、《文苑英華》等書中輯録的。可見此本十八卷文,大部分當録自蘇廷玉本《蘇許公文集》九卷,而後再增補遺文、重新分卷而成的。然而在清以前的各種頲集中,此本可謂收録作品最多的一個本子。

新中國成立後,《蘇頲集》遲遲未得整理。陳鈞《蘇頲詩文集編年考校》一書,對傳世的蘇頲詩文進行全面整理,增補散佚的詩文二十八首,删除誤收作品三十六首,以及僞作《壟上記》一種,並對大部分作品進行了編年,二〇〇〇年由山西古籍出版社出版,成爲目前最爲可靠的一個讀本。

李北海集

李邕(六七八～七四七)字泰和,揚州江都(今江蘇揚州)人。李善子,少知名。武則天長安初,以李嶠薦授左拾遺,歷南和令、户部員外郎等,開元中爲户部郎中、陳州刺史等，天寶初爲北海太守，世稱“李北海”。李林甫素忌邕才，天寶六載（七四七）借邕與柳績一案有牽連殺害之。

李邕文名籍甚，長於碑頌，詩也爲杜甫所推重。精於書法，尤善行草。邕集，《舊唐書》本傳謂“文集七十卷”，未言誰所編輯。《新唐書・藝文志四》著録《李邕集》七十卷，是北宋時七十卷本還在。而石刻拓本邕之子《李岐墓志》，稱邕有文集一〇八卷。《通志・藝文略八》亦著録“《李邕集》七十卷”，此當據《新唐書・藝文志》，非鄭樵據實著録。迨南宋時，七十卷本已不見於晁氏《讀書志》和陳氏《書録解題》，蓋伴隨北宋滅亡，圖籍北去而不復存於宋地。南宋時唯《書録解題》卷六《時令類》著録李邕《金谷園記》一卷，卷七《傳記類》著録《狄梁公家傳》三卷，此二書亦見於《新唐書・藝文志》。而《宋史・藝文志》所著録的《狄梁公家傳》一卷，當爲《狄梁公家傳》的不同版本。至明代，《紅雨樓書目》卷四著録《李邕文集》，然無卷數。《世善堂藏書目録》卷下著録《李北海集》二十卷，已非七十卷之舊。以上諸集，明以後皆散佚。

今傳《李北海集》六卷，乃明崇禎間刊本，今南京圖書館有藏，卷前首曹荃《序》，卷後有附録一卷，六卷凡收詩四首，文三十七首，詩文共四十一首。此本原爲八千卷樓舊藏，有丁丙跋，《善本書室藏書志》有著録，其略曰：

> 邕事蹟具《唐書》本傳，文集七十卷，《宋志》已不著録。此曹元宰摭拾零奇，編爲六卷。前爲荃《序》，有“煙波漁父”一印。（《善本書室藏書志》卷二十四）

丁氏此言非是。曹荃《序》云：“紹和（張燮字）徵君刻唐人集未竟，而予就其家索其遺書，尚存數十種，將並梓以傳，力亦未之逮也。初得《李北海集》，而余論定之，爲之嚆矢。”陶敏、李一飛據此以爲：此六卷本，乃“明末張燮自《文苑英華》等書中輯録其遺文，未及刊刻而歿，崇禎十三年（一六四〇）曹荃復加論定，刊爲《李北海集》六卷”（《隋唐五代文學史料學》，頁五〇至五一）。所言頗有道理。今傳世單行本《北海集》僅此一種，可見傳本極稀。

清代，邕集有四庫全書本，乃是據曹荃本入録的，館臣叙此本曰：

> 《李北海集》六卷附録一卷，唐李邕撰。邕事蹟具《唐書》本傳。邕文集本七十卷，《宋志》已不著録。此本爲明無錫曹荃所刊，前有荃《序》，稱紹和徵君刻唐人集，初得《北海集》，而余論之。不言爲何人所

編。大抵皆采摭《文苑英華》諸書，裒而成帙，非原本矣。史稱邕長於碑頌，前後所制凡數百首。今惟賦五首，詩四首，表十四首，疏、狀各一首，碑文八首，銘、記各一首，神道碑五首，墓誌銘一首，蓋已十不存一。《舊唐書》稱其《韓公行狀》、《洪州放生池碑》、《批韋巨源謚議》爲當時文士所重。李白《東海有勇婦》一篇稱："北海李使君，飛章奏天庭。"杜甫《八哀詩》稱："朗詠六公篇，憂來豁蒙蔽。"趙明誠《金石録》亦稱："唐六公詠，文詞高古。"今皆不見此集中，殊可惜也。劉克莊《後村詩話》譏其爲葉法善祖作碑，貽千載之笑。然唐時名儒碩士，爲緇黄秉筆，不以爲嫌，不似兩宋諸儒視二教如敵國，此當尚論其世，固不容執後而議前。且克莊與真德秀游，德秀《西山集》中，琳宫梵刹之文，不可枚舉，克莊曾無一詞，而獨刻責於邕，是尤門户之見，不足服邕之心矣。卷末附録，載新舊《唐書》邕本傳及贈送諸作，而别載《文苑英華》所録邕《賀赦表》六篇，題曰"糾繆"，謂考其事在代宗、德宗、憲宗時，邕不及見。其論次頗爲精審。然考彭叔夏《文苑英華辨證》曰："《賀赦表》六首，《類表》以爲李吉甫作，而《文苑》以爲李邕。案邕天寶初卒，而六表乃在代宗、德宗、憲宗時。況《文苑》於[三]〔五〕百五十九卷重出一表，題曰'李吉甫'。又第二表末云：'謹遣衙前虞候王國清奉表陳賀以聞。'正與吉甫《郴州謝上表》末語同。則非邕作也云云。"是宋人已經考證。編是集者用其説而諱所自來，亦可謂攘人之善矣。（《四庫全書總目》卷一四九，頁一二七九）

此本卷後《附録》，收《新唐書》邕本傳與贈送諸作，另有《文苑英華》所録邕《賀赦表》六篇。然此六首表，彭叔夏《文苑英華辨證》已謂乃李吉甫作，再附於邕集後，實編纂者之疏失也。

民國十二年（一九二三），盧靖輯《湖北先正遺書》收有《李北海集》五卷，乃據《全唐文》所收《李邕文》五卷影印。

另外，一九六八年臺灣藝文印書館出版有唐祖培輯《李北海全書》十卷，臺灣大學有藏本（未見）。

張曲江集

張九齡（六七八～七四〇）一名博物，字子壽，韶州曲江（今廣東韶關）

人。七歲知屬文,武后長安二年(七〇二)進士及第,釋褐校書郎,又中道侔伊吕科,授左拾遺,累官中書舍人,開元十八年(七三〇)出爲洪、桂二州都督,按察嶺南。還爲秘書少監、集賢院學士副知院事,俄拜中書侍郎同平章事,遷中書令,封始興縣伯。李林甫排之,改尚書右丞相罷政事,次年貶荆州長史,卒於官,謚"文獻"。

《舊唐書》本傳謂九齡"有集二十卷",不言集名。但盛唐皎然有《讀張曲江集》,中唐劉禹錫亦有《讀張曲江集作》,由二詩觀之,唐世流行的九齡集當名《張曲江集》,凡二十卷,編者何人則不得而知。

入宋《崇文總目》著録"張九齡集二十卷",《新唐書·藝文志四》著録同,另《藝文志三》著録《千秋金鑑録》五卷。宋室南渡,晁公武《讀書志》著録"張九齡《曲江集》二十卷"。尤袤《遂初堂書目》著録爲"《張曲江集》",雖不標卷數,書名卻與皎然、劉禹錫所稱書名同,故九齡集原名當爲"《張曲江集》"。晁《志》記其集曰:

> 集後有姚子彦所撰行狀,吕温撰真贊,鄭宗珍撰謚議,徐浩撰墓碑及《贈司徒敕辭》。(《郡齋讀書志校證》卷十七,頁八三九)

陳振孫《書録解題》著録與晁《志》同,亦名《曲江集》二十卷,且提及"曲江本"、"蜀本"二種版本,陳氏《解題》曰:

> 曲江本有元祐中郡人鄧開序,自言得其文於公十世孫蒼梧守唐輔而刊之,於末附以中書舍人樊子彦所撰《行狀》、會稽公徐浩所撰《神道碑》及太常博士鄭宗珍《議謚文獻狀》。蜀本無之。(《直齋書録解題》卷十六,頁四六八)

"樊子彦",晁《志》作"姚子彦",二者當有一訛。《通志·藝文略》、《宋史·藝文志七》、《文獻通考·經籍考》五十八著録同。可見宋世所通行者,乃《曲江集》二十卷本。又《宋史·藝文志八》著録《張曲江雜編》一卷,今已無傳。

由上可見,九齡集在宋代至少有四種本子:一是内府本,爲《崇文總目》和《新唐志》所著録。二爲家藏本,即九齡十世孫張唐輔家藏本,韶郡人鄧開嘗見之。三爲曲江本,即元祐中鄧開刊於韶州之《曲江集》,亦即晁、陳共同著録的"曲江本",此本所據即張唐輔家藏本,卷後附有姚(樊)子彦《行狀》、徐浩《神道碑》及鄭宗珍《議謚文獻狀》等。四爲蜀本,爲陳《齋》著録,卷後没有任何附録，因此種《曲江集》不見於晁《志》，故疑爲南宋中期以後方始刊行的本子，而《瀛奎律髓》卷二十《和王司馬折梅寄京邑兄弟》方回評即提到"蜀本"，可見蜀本流傳相當廣泛。這四種宋本有一個共同特點，即均爲二十卷。九齡集宋槧，嘉靖間高叔嗣謂其友人應子陽有宋刻本，然非完本（高叔嗣《二張集叙》）。明末清初，錢謙益《絳雲樓書目》卷三著録"宋版張子壽《曲江集》二十八册二十卷"，然爲何種宋刻，則語焉未詳。另《唐音統籤》卷七八曰："鄧開《集序》云：'曲江公詩，其言造道，雅正沖澹，體合賦騷。'"（《唐音統籤》第一册，頁三四二）胡震亨所見"鄧開《集序》"，抑或載於宋槧本，胡氏見而徵引之，此可爲九齡集宋刻明末傳世的又一明證；然胡氏所見鄧《序》，亦可能載之明本中。清以後，宋槧遂不見流傳。

元代國祚短促，筆者未見有九齡集雕本傳世的記載。明清刊本，先有二十卷本，後來又出現了改編的十二卷本。明人喜唐詩，故明以後還出現了别裁而成的詩集本（或冠以賦二首），今分别介紹其主要版本如下。首先是二十卷本，其主要版本有以下數種：

（一）蘇刻本。成化九年癸巳（一四七三）韶州知府蘇韡刻《張子壽文集》二十卷。國圖、上圖均有藏本；南圖藏本卷六至二十配清鈔本，有清丁丙跋。半葉十一行二十二字，四周文武雙欄，粗黑口，雙黑魚尾，上魚尾下鎸"文集卷某"，下魚尾下爲葉碼。卷前首瓊臺邱濬《曲江集序》，次總目。正文各卷卷題下有"曲江集"三字，次爲子目連接正文（卷三、卷十四除外）。卷後唯蘇韡《書文獻張公文集後》，别無附録。陳氏《書録解題》謂曲江本卷後有姚子彦撰《行狀》、鄭宗珍撰《議謚文獻狀》等各文，蜀本無之。此本卷後無任何附録，故當出自蜀本無疑。此本卷二《和王司馬折梅寄京邑昆弟》"方榮與共持"句，"方"字，《瀛奎律髓》卷二十選此詩作"芳"，方回評曰："蜀本作'方'。"此本正作"方"，亦可證此本的確出自蜀本。邱濬《曲江集序》述其搜輯刊刻此本經過甚悉，其略曰：

> 公聲名燁燁，在人口耳，非直以其相業，在當時且甚有文名……予生公六百餘年之後，慕公之爲人，童稚時嘗得韶郡所刻《金鑑録》，讀之灼知其僞，有志求公全集，刻梓以行世。自來京師，游太學，入官翰林，每遇藏書家，輒訪求之，竟不可得，蓋餘二十年矣。歲己丑，始得公《曲江集》於館閣群書中，手自抄録，僅成帙。聞先妣太宜人喪，因攜南歸，期免喪後自備梓刻之。道韶，適友人五羊涂君暲倅郡，偶語及之，太守

毘陵蘇君韡,同知莆田方君新,謂公此集乃韶之文獻,請留刻郡齋。嗟呼!公之相業世孰不知,其文則不盡知也。矧是集藏館閣中,舉世無由而見,苟非爲鄉後進者表而出之,天下後世安知其終不泯泯也哉!是以不揆愚陋,僭書其首。成化九年龍集癸巳仲春初吉,翰林院侍講學士瓊臺邱濬序。(四部叢刊初編本)

九齡集至明代,傳本甚稀,故邱濬搜尋二十餘年,方得於内府一見,手自鈔録,攜以南歸。道經韶州時,知府蘇韡及同知方新請留韶刻之。蘇韡《書文獻張公文集後》亦述此本刊刻經過曰:

韡承乏韶郡之又明日,進拜文獻公祠,退求夫文獻之猶有存者,僅得詩文二十許篇而已,餘未得也。成化己丑冬,始得全集於翰林學士瓊臺丘公仲深所,因念古君子之爲政,必因其俗尚,又必表章其鄉之先賢以爲之勸,俾人樂而從之。蓋悦於使民之道,固如斯也。文獻公之集,一時治道之盛,靡不具載,而此郡之俗易治,樂從者亦多見焉。垂之後世,足以爲訓。捐俸重刊,惠此學者,有能於此,契其道而施之於時,則豈徒爲此郡人而已哉?蓋文之行矣,尚有望於所謂獻者之復起也。常郡江陰蘇韡書。(陳建森《〈曲江集〉版本源流考》,《中國詩學》第八輯,人民文學出版社二〇〇三年六月第一版。版本下同)

可見此成化蘇刻本,是以邱濬館閣鈔本爲底子,由知府蘇韡於韶州捐俸刊行的。此乃明代最早的九齡集刻本。此本各卷卷題下有"曲江集"三字,乃此本據宋槧《曲江集》翻刻的表徵。九齡集在幾乎不傳之時,幸有此本刊行於世,世皆視爲珍異,影響甚大,萬曼先生謂"今所傳各本,皆以成化九年癸巳瓊臺邱濬(仲深)序本爲祖本"(萬曼《唐集叙録》,頁四六),信然。

然而,成化九年所刻九齡集似非一種。杜信孚《明代版刻綜録》於卷三、卷八,分别著録成化九年邱濬和蘇韡各刻有《張子壽文集》,皆二十卷;而《藏園群書經眼録》則著録成化九年邱濬廣東刻本《張子壽文集》二十四卷。傅氏曰:

《張子壽文集》二十四卷,唐張九齡撰。明成化刊本,十一行二十二字,黑口,四周雙闌。前序缺,每卷標題下題"曲江集"三字,各卷目録下接本文,版心陰文記字數。按:此與《武溪集》同時所刊,乃丘瓊山刻於廣東者,嘉靖本從此出,然已改易行欵矣。(陶蘭泉藏書。庚申)

（《藏園群書經眼録》卷十二，頁一〇一一）

若是，則成化九年有三種《張子壽文集》刊行於世，而邱濬一人即刻有兩種，這顯然是不可能的。陳建森博士以爲成化九年只有蘇刻本一種，見其《〈曲江集〉版本源流考》（《中國詩學》第八輯）。然陳博士所記爲白口本，而傅氏所記邱濬刻乃黑口本，且版心用陰文記字數。傅氏所記邱濬本，版本特徵鑿鑿，其存世當不容置疑。若是則成化九年應有二種《張子壽文集》刊行，一爲蘇刻本，一爲丘刻本，與《明代版刻綜録》所記相同。不過，《版刻綜録》所記丘刻本亦二十卷，傅氏所記丘刻本則爲二十四卷。歷代書目所記九齡本集或二十卷，或十二卷（詩集除外），此種二十四卷本尚爲首見，且後世再也無人提起。或者其爲二十卷之誤歟？因其本已佚，詳細情形究竟如何？只好存疑了。

（二）正嘉間刻本。正德、嘉靖間刻《唐丞相曲江張先生文集》二十卷，臺灣"中央研究院"歷史語言研究所傅斯年圖書館藏（未見）。

（三）湛刻本。嘉靖十五年丙申（一五三六）湛若水、鄧一新於徽庠翻刻《唐丞相曲江張先生文集》二十卷。中央民族大學圖書館、上海圖書館、遼寧大學圖書館、南京圖書館及廣東省博物館均有藏本。半葉十行二十字，四周單邊，版心白口，無"曲江集"三字，亦無刻工姓名。卷前首湛若水《重刻唐丞相曲江張先生文集序》，次邱濬《曲江集序》，無總目。卷後唯蘇韓《後序》，無《附録》一卷。《中國古籍善本書目》著録亦無《附録》一卷。湛氏《序》曰：

> 乃求文獻先生文集善本於徽庠，授吾友水部郎中新會鄧君一新翻梓之，置於新泉精舍，庶可以廣播於四方焉爾，因序其説於卷端云。嘉靖十五年歲在丙申八月初七日，賜進士出身資政大夫南京吏部尚書前國子祭酒翰林侍讀兼修國史經筵講官省人湛若水書。

此本既載邱、蘇二《序》，故其底本當爲蘇刻本，屬宋蜀本系統，然書名、行款已變，此亦明人刻書愛改頭换面陋習的反映。王國維《傳書堂藏善本書志·集部》著録有此本，曰：

> 《唐丞相曲江張先生文集》二十卷，明刊本，唐張九齡撰。湛若水《序》，嘉靖十五年。邱濬《序》，成化九年。蘇韓《後序》。每半葉十行、行二十字。板式大小、行款、字體，均與椒郡[任]〔伍〕氏所刊《張説之

文集》同，刊刻亦僅後一年，蓋即用伍本板式也。

伍氏龍池草堂刻《張説之文集》三十卷，較此本晚一年刻成（見前張説集）。張九齡乃繼張説後盛唐又一賢相，桝郡先後刊刻二人文集，可見對二人之重視。

（四）四部叢刊本。嘉靖間無名氏刻《唐丞相曲江張先生文集》二十卷《附録》一卷。民國八年己未（一九一九）上海商務印書館《四部叢刊》初編所收九齡集，即據此本影印，世稱“四部叢刊本”。半葉十行二十字，左右雙邊，白口單魚尾上鐫“曲江集”，下有“卷之某”字樣。卷前有邱濬《曲江集序》，無總目。卷後《附録》一卷，收九齡任官封爵制誥、徐浩撰《碑銘》與吕温撰《張荆州畫贊》等。《附録》後爲蘇韡《書文獻張公文集後》。《叢刊》初編影印此本時，於扉葉標明所據版本曰“上海涵芬樓借印南海潘氏藏明成化九年韶州刊本板高營造尺六寸四分至六寸八分寬四寸四分”。然而潘氏所藏此本，實非成化九年蘇刻本，首先指出這一謬誤者爲王國維。陳建森博士於國家圖書館發現王國維校跋之《四部叢刊》初編影印本《唐丞相曲江張先生文集》二十卷《附録》一卷，並録王國維《跋》文如下：

> 此本邱《序》前，原有嘉靖十五年湛若水《序》，乃重刊邱本，非邱氏原本也。又有成化九年蘇韡《後序》，此本亦佚去。觀堂。（引自《〈曲江集〉版本源流考》，《中國詩學》第八輯）

除王國維所舉卷前原有湛《序》這一確證，表明此本並非成化九年蘇刻本外，還可臚列證據多項，證明此本確非蘇刻本：(1)行款不同。蘇本半葉十一行二十二字；此本半葉十行二十字。(2)附録不同。蘇本無《附録》，此本有《附録》一卷。(3)收録作品不同。此本卷三有《臨泛東湖時任洪州》與《始興南山下有林泉常卜居焉荆州卧病有懷此地》詩二首，蘇本無之。(4)文字不同。如蘇刻本卷二《和黄門盧侍郎詠竹》“身心世所知”句，“身”字，此本作“虚”。蘇本卷五《忝官二十年盡在内職及爲郡嘗積戀因賦詩焉》“言采芳澤多”句，此本作“願言采芳澤”。蘇本卷七《敕置十道使》“其餘常務不可妄干”句，“務”字，此本作“物”，誤。蘇本卷九《敕幽州節度張守珪書》“卿既行軍之法合爾”句，“之”字，此本作“於”。蘇本卷十《敕北庭經略使蓋嘉運書》“若有形勢事資先據”句，“資”字，此本作“變”。蘇本卷十三《慶册皇太子表》“天資生得”句，此本作“天實生德”。又如蘇本卷十七《陪王司馬宴王少府東閣序》"迨乎考層閣憑華軒"句,"考"字,此本作"倚",等等。據上可見,潘藏此本的確不是成化九年蘇刻本。

那麽,此本是否爲王國維提及的湛刻本呢?亦不是。兩本最大區别有二:其一,湛刻本無《附録》一卷,此本有《附録》一卷;其二,湛本版心無刻工姓名,此本版心鐫有刻工姓名:謝裕、陳三、馮希、陳仲、余富、余旺、吴周、余二、程士鸞、李真元、王繼仁、麥保、葉明、詹四、吴五、鄧禮、謝林、施永保、關士芳、余一。這些刻工,其中八人與張振鐸《古籍刻工名録》所載嘉靖九年庚寅(一五三〇)刊《惠安縣志》的刻工姓名相同,他們是:謝裕、陳三、馮希、程士鸞、李真元、王繼仁、麥保、關士芳。據上可見,此本斷非湛刻本可無疑也。湛本既刊於嘉靖十五年(見上),而此本前載有湛氏《序》,故此本自較湛本後出,然最遲當不晚於嘉靖年間(《〈曲江集〉版本源流考》)。由於此本唯載邱、蘇二《序》,别無明顯版本特徵,故諸家書目誤判此本者比比皆是。《抱經樓藏書志》卷五十一著録《唐丞相曲江張先生文集》二十卷《附録》一卷,卷前有成化九年邱濬《序》,即屬此類本子,沈德壽斷爲"明成化刊本",此言顯誤,因成化九年蘇刻本名《張子壽文集》,且無《附録》一卷。《皕宋樓藏書志》卷六十八亦著録一本,版本特徵與沈氏著録同,亦判爲明成化九年刊,所誤與沈氏同。傅增湘《藏園群書經眼録》亦著録有此本,然卻誤斷爲湛刻本。傅氏曰:

> 《唐丞相曲江張先生文集》二十卷《附録》一卷,唐張九齡撰。明嘉靖刊本,十行二十字,板心下方記刊工人名。前成化九年邱濬序。每卷目列文前。清袁廷檮鈔補缺葉。……據《八千卷樓書目》,此本乃嘉靖十五年新會鄧一新刻於徽庠新泉[新]〔精〕舍。(《藏園群書經眼録》卷十二,頁一〇一一)

傅氏所著録者,既有《附録》一卷,版心又記刻工人名,顯然不是湛刻本,而是此本的同版别本,傅氏僅據《八千卷樓書目》所記,即判其爲嘉靖十五年槧於徽庠的湛刻本,亦一時失之深考。

此本既爲嘉靖本,《叢刊》初編者誤將其判爲成化本,這一舛誤,影響甚爲深遠:民國十八年己巳(一九二九)商務印書館重印此本時,扉葉上仍明標"上海涵芬樓借印南海潘氏藏明成化九年韶州刊本板高營造尺六寸四分至六寸八分寬四寸四分";民國二十五年丙子(一九三六)商務印書館出版

《叢刊》初編集部縮印此本，扉葉上改題"上海商務印書館縮印南海潘氏藏明成化本"，且剪去邊框，變成一葉四版，其實仍爲此本；一九八九年上海書店據民國十八年上海商務印書館《四部叢刊》初編縮印本重印此本，仍誤以此本爲成化本；甚至直到今天，學界未及深考《曲江集》版本的學者，仍將此本誤作成化本使用。半個多世紀以來，此本發行甚廣，而以此本爲成化本的謬誤也隨之傳播，影響非常廣泛，述之令人慨然。

（五）四庫本。乾隆敕修《四庫全書》所録《曲江集》二十卷。此本卷前、卷後唯館臣撰《提要》，而邱、蘇二《序》及其他附録均無。《四庫全書總目》曰：

> 《曲江集》二十卷，廣東巡撫採進本……徐浩作九齡墓碑，稱其學究精義，文參微旨，而不及其文集卷數。唐宋二史《藝文志》俱載有《九齡文集》二十卷。其後流播稍稀。惟明《文淵閣書目》有《曲江文集》一部四册，又一部五册。而外間多未之覩。成化間，邱濬始從内閣録出，韶州知府蘇韡爲刊行之。其卷目與《唐志》相合，蓋猶宋以來之舊本也。（《四庫全書總目》卷一四九，頁一二七九）

館臣唯言此本乃廣東巡撫採進本，然所採究爲何本？則並未説明。考館臣所言，僅及蘇刻本，不及其他，故底本蓋爲蘇刻本。今持此本與蘇刻本、叢刊本相較，發現此本文字更近於蘇刻本。如蘇刻本卷七《敕置十道使》"其餘常務不可妄干"句，"務"字，此本同；叢刊本作"物"，大誤。蘇刻本卷九《敕幽州節度張守珪書》"卿既行軍之法合爾"句，"之"字，此本同；叢刊本作"于"。蘇刻本卷十《敕北庭經略使蓋嘉運書》"若有形勢事資先據"句，"資"字，此本同；叢刊本作"變"。蘇刻本卷十三《慶册皇太子表》"天資生得"句，此本同；叢刊本作"天實生德"。蘇刻本卷十七《陪王司馬宴王少府東閣序》"迨乎考層閣憑華軒"句，"考"字，此本同；叢刊本作"倚"。蘇刻本同卷《韋司馬别業集序》"韋公尚其同之樂亡其累之貴"句，"累"字，此本同；叢刊本作"異"，大誤，等等。可見此本文字更近於蘇刻本。不僅如此，蘇刻本的一些訛誤，此本也一併沿襲。如蘇刻本卷九《敕平盧諸將士書》"並勘責鄉貫具以狀聞"句，"責"字誤，此本同；叢刊本作"實"，極是。又"憫彼陽魂當有增飾"句，"陽魂"誤，此本同；叢刊本作"傷魂"，極是，等等，可見此本文字的確更近於蘇刻本，故應是以蘇刻本爲底本翻刻者，可無疑也。然館臣亦用他本校勘過，改正了一些常見的訛誤，如蘇刻本卷二《和黄門盧侍郎詠竹》“身心世所知”句，“身”字，叢刊本作“虚”，此本亦作“虚”。蘇本卷五《忝官二十年盡在内職及爲郡嘗積戀因賦詩焉》“言采芳澤多”句，叢刊本作“願言采芳澤”，此本亦作“願言采芳澤”。蘇刻本卷四《入廬山仰望瀑布水》“坤元曷絲矯”句，“絲”字誤，叢刊本校改作“紛”，甚是，此本亦作“紛”。蘇刻本卷五《雜詩五首》其三“終日塊然生”句，“生”字誤，叢刊本作“坐”，良是，此本亦作“坐”。再如蘇刻本卷八《敕河西節度牛仙客書》“資用有餘動不然備”句，“然”字誤，叢刊本作“無”，此本改作“忘”，皆是，等等。

另，日本寬政九年（一七九七）閏七月，櫻仙井罔洌鈔寫《張曲江集》二十卷《附録》一卷，四册，北大圖書館藏。此本卷前首邱氏《序》，正文各卷首題“唐丞相曲江張先生文集”，卷後《附録》一卷，而無蘇氏《後序》。最後爲櫻仙氏録自他本的蔣思孝《跋曲江文集後》並加按語曰：“洌按一本有蔣思孝跋，因收載於此。”蔣思孝題跋本爲萬曆十二年甲申王民順韶州刻《唐丞相曲江張先生文集》十二卷本（詳下）。據陳建森考證，櫻仙氏此鈔本出自《四部叢刊》本。

二十卷本之外，就是十二卷本。十二卷本乃明人强縮二十卷本所成，除詩文編次稍有不同外，收録作品數量並無變化。明清時期十二卷本的重要版本有以下十餘種：

（一）南雄本。明弘治（一四八八～一五〇五）前後南雄府刻《張文獻公集》十二卷。此本是明代九齡集的重要刻本，可惜今天已經散佚了。然明李而進曾據此本重刊，並在《重刊文獻張公文集後序》中述及此本，其略曰：

> 嘉靖甲辰，而進承乏雄郡。既謁公祠，遂求其集，以圖厥傳。韶刻則已爲人謬加損益而失其真矣，雄本雖仍厥舊，歲久散佚，僅存十之一二，刻既朽蠹，字亦漫滅，文獻無徵，良可慨也。爰介工部次川譚先生，假其原本，偕寅辰宜興萬君溥、壽昌劉君僊恭加校正，始得成集，捐俸重刊……嘉靖乙巳正月暨望，南雄府知府常熟李而進撰。（國圖藏李而進刻《張文獻公文集》遞修本）

這裏李氏《後序》透出兩點版本信息：第一，南雄郡原有刻本，即“雄本”，有朽蠹的書版爲證；第二，南雄本能“仍厥舊”。所謂“厥舊”，顯然是指南雄本能仍“韶刻”（即蘇刻本）原貌。若是，則南雄本是蘇刻本忠實的翻刻本。正因爲如此，李氏遂請宜興萬溥、壽昌劉僮，依南雄“原本”校勘“重刻”，這就是今存的李而進本（詳下）。李而進本既是南雄本的“重刊”本，故書名、作品數量、卷數、編次及文字等等，當與南雄本同。職是之故，今南雄本雖已無存，但通過李而進本，仍可間接窺見南雄本的面貌：此本亦名《張文獻公集》，凡十二卷，半葉十行二十字。至於此本的刊刻時間，亦可據李而進《序》文推得：南雄本書版，李氏見時既已朽蠹，故其刊刻約在嘉靖二十三年甲辰（一五四四）李氏知南雄府之前三四十年左右、成化九年蘇刻本之後十年左右的弘治年間，是今知最早的十二卷本。只是後世書目並無此本的明確著録，唯民國八年（一九一九）王國維爲上海著名藏書家烏程蔣汝藻所編《傳書堂藏善本書志》，其《集部》曾著録一明刊本《張文獻公集》十二卷，版本特徵與此本極其相似，王國維曰：

> 《張文獻公集》十二卷，明刊本，唐張九齡撰。邱濬《序》，成化九年。每半葉十行、行二十字。丘文莊得館閣藏本，手自鈔録，授韶州府知府蘇韡刊之。原有蘇氏《後序》，此本奪。有“樂意軒吴氏藏書”、“臣恩復”、“秦伯敦甫”、“石研齋秦氏印”、“鎦漢臣字麓樵”、“泰州鎦麓樵購于癸丑揚州兵火之後”、“海陵鎦氏染素齋藏書印”諸印。

可見王氏著録之本，其書名、卷數、版式與此本全同，且卷後無李而進《重刊文獻張公文集後序》。顯然蔣氏所藏明刊本，蓋即此南雄刻本。上述民國八年王國維校跋之四部叢刊本，《跋文》提到的“南林蔣氏藏明刊本”，即蔣汝藻藏本。王氏曰：

> 南林蔣氏藏明刊本《張文獻公集》十二卷，前有邱瓊山行書《序》，頗疑爲邱氏原刊。然《曲江集》自唐二《志》及晁、陳諸《録》所載者，均爲二十卷。高叔嗣《張曲江集序》又云：曩歲得《曲江集》京師，蓋邱文莊公録自館閣本，刊傳之。是邱刊云《曲江集》，不云《張文獻公集》也。是十二卷者乃一别本。然取校他本，甚有佳處，但不知其出自何本耳。此本乃亦嘉靖中翻邱本，非邱氏原本也。壬戌十一月廿八日。觀翁識。（《〈曲江集〉版本源流考》）

這裏王國維指出，蔣氏藏十二卷本，非邱氏原刻（即蘇刻本），乃一别刻本，這無疑是正確的。又謂“取校他本，甚有佳處”，亦非虚言，因此本能“仍厥舊”，即忠實地保存了蘇氏原刻的面貌，故而“甚有佳處”。王氏還特地指出

《四部叢刊》所據潘氏藏本，並非蘇氏"原本"。然而因其未見過蘇刻本，故王氏誤以爲蘇本名《曲江集》，而蘇本實名《張子壽文集》，凡二十卷（見上）。蔣藏本後歸上海涵芬樓，《涵芬樓燼餘書録・集部》著録有此本，然卻被誤判爲明成化蘇刻本，曰：

> 《張文獻公集》十二卷，明成化刊本，十二册。樂意軒吴氏、石研齋秦氏、染素齋劉氏舊藏。前有成化九年邱濬《序》，書名題《曲江集》，謂得於館閣群書中，抄録成帙，南歸道韶，太守邱濬、同知方新請留刻郡齋云云，不知刊本何以改稱今名。按《唐書・藝文志》，九齡文集二十卷，《郡齋讀書志》、《直齋書録解題》均稱《曲江集》二十卷，《四部叢刊》景印南海潘氏藏本，亦有成化邱序。諸家藏本均二十卷，獨此爲十二卷。以潘本對勘，詩文篇數全合，惟分卷不同，編次亦稍異。此本邱序以寫本上木，而潘本則爲匠氏所書，故知此爲成化原刻，潘本實由此移録也。

顯然據樂意軒吴氏、石研齋秦氏與染素齋劉氏三家遞藏關係，即知《燼餘書録》所著録者，與王國維所著録的蔣藏本，實即此本。《燼餘書録》判定蔣藏本即成化原刻（蘇刻本），則大誤，不知此本書名、收録作品及卷數等等，均與成化蘇本不同。所可注意者，則《燼餘書録》已發覺《四部叢刊》所據潘本，並非成化原刻，從而糾正了《四部叢刊》初編本的失誤。不過令人惋惜的是，《燼餘書録》著録的這部後世僅見的南雄本，今卻不知流落何方了。

（二）李而進本。嘉靖二十四年乙巳（一五四五）李而進翻刻南雄本《張文獻公集》十二卷。國家圖書館有藏本，江蘇鹽城市圖書館藏有殘本。又遞修本，國圖、社科院文學所均有藏本（《中國古籍善本書目・集部》）。半葉十行二十字，白口單魚尾，書口有"文獻公集卷某"字樣。卷前首邱濬《曲江集序》，卷後唯李而進《重刊文獻張公文集後序》（已見），無蘇韡《後序》。由此可知，此本出於南雄本。前已述及，南雄本出於蘇刻本，故此本文字與蘇本多同。如蘇本卷二《和黄門盧侍郎詠竹》"身心世所知"句，"身"字，此本同；叢刊本作"虚"。蘇刻本卷十三《慶册皇太子表》"天資生得"句，此本同；叢刊本作"天實生德"。蘇刻本卷十七《陪王司馬宴王少府東閣序》"迨乎考層閣憑華軒"句，"考"字，此本同；叢刊本作"倚"；等等。可見較之叢刊本，此本文字實與蘇刻本爲近。不僅如此連蘇刻本的一些訛誤，此本也一併沿襲。如蘇刻本卷四《入廬山仰望瀑布水》“坤元曷絲矯”句，“絲”字誤，此本同；叢刊本作“紛”，甚是。蘇刻本卷五《雜詩五首》其三“終日塊然生”句，“生”字誤，此本同；叢刊本作“坐”，良是。蘇刻本卷九《敕平盧諸將士書》“並勘責鄉貫具以狀聞”句，“責”字誤，此本同；叢刊本作“實”，良是；等等。可見此本的確是以南雄本爲底本翻刻的。然而此本與蘇刻本亦有明顯的不同處：(1)卷次不同。蘇刻本二十卷，此本只有十二卷；但二本收録作品數量相同，編次亦相去不遠。(2)行款不同。蘇刻本每半葉十一行二十二字；此本每半葉十行二十字。(3)文字不同。此本文字與蘇本雖相差甚微，然畢竟還是有差别的，如蘇刻本卷二《和王司馬折梅寄京邑昆弟》“林情迎春早”句，“情”字，此本作“喜”。蘇刻本卷五《驪山下逍遥公舊居遊集》“岑寂罕人至”句，“罕”字，此本作“幽”。蘇刻本卷十七《開鑿大庾嶺路序》“給事中魏山公蘇詵題而銘曰”句，此本無之，等等。杜信孚《明代版刻綜録》卷二著録有此本，定爲嘉靖四十三年李而進刊。此“四十三年”應爲“二十四年”之訛。因爲若言“四十三年”爲修訂時間，則不得言四十三年李氏刊刻此本。故知“四十三年”必爲“二十四年”之訛。

(三)王民順本。萬曆十二年甲申(一五八四)王民順韶州刻本《唐丞相曲江張先生文集》十二卷《附録》一卷。國家圖書館、北京大學圖書館有藏，半葉十行二十字，白口左右單邊，上下雙邊。卷前首楊起元《序》、次王民順《序》，無邱濬《序》。次總目，目後爲張九齡像、玄宗贈九齡司徒制及裔孫張岳題九齡小像一幀等。各卷卷端題“唐丞相曲江張先生文集卷第某”，並有子目連接正文。卷後有蔣思孝《跋曲江文集後》，而無蘇氏《後序》。王民順《序》略曰：

> 公有集……韶先太守蘇韡始刻之郡齋，顧歲久木蠹，字殘闕不可讀。余不佞，奉上命分臬韶陽，祗肅謁公祠，欲取舊本更梓之，而郡守蔣君、邑令張君，僉以爲請，已復請於兩臺，於是督工竣事……梓既成，余不佞，忘其鄙陋，而僭爲之序。旹萬曆十二年甲申孟春吉旦，賜進士第奉政大夫廣東提刑按察司僉事奉敕整飭南韶等處兵備前巡按直隸監察御史豫章金溪後學王民順書。(《張曲江集》,《廣東叢書》第一集)

蔣思孝《跋曲江文集後》曰：

> 舊集刻郡中，久而湮漶，間有欲新之而未逮也。歲甲申，金溪如水

王公持憲兹土，公風度凝著，文章德業，蓋與文獻公氣味相投者，廼謀諸孝、洎二守，秦君應驄欲新其梓以傳，殆千載神會云。不佞仰承德意，而以其事董之曲江令張君履祥焉。工既竣，爰爲之跋。賜同進士出身中順大夫廣東韶州府知府前禮部主客司郎中普安蔣思孝書。(《張曲江集》,《廣東叢書》第一集)

楊起元《重刻曲江先生文集序》與王民順、蔣思孝《序》所言大體一致，亦謂此本刊刻，發起者爲廣東提刑王民順，董理刊刻事宜者乃曲江令張履祥。然三家皆未言此本所據爲何種版本。稽之三家所言，均謂韶刻版蠹字蝕，已不可讀，可見所據並非蘇刻本。此本與蘇本相較，區别顯而易見：(1)二本書名不同，此本名《唐丞相曲江張先生文集》，蘇本名《張子壽文集》。(2)二本卷次不同，此本十二卷，蘇本二十卷。(3)收録作品不同，此本卷二溢出《臨泛東湖時任洪州》與《始興南山下有林泉常卜居焉荆州卧病有懷此地》詩二首，而蘇刻本(卷三)無之。(4)附録不同，此本卷後有《附録》一卷，蘇刻本無之。可見此本並非出自蘇刻本。而較之叢刊本，此本(1)(3)(4)三項皆與叢刊本同，僅卷次與南雄本或李而進本等十二卷本同，故此本所據，蓋爲叢刊本。此本卷前所附九齡畫像、玄宗制詞、裔孫所題九齡小像等頗爲豐富，搜輯亦可謂勤矣。

(四)蔣柳本。萬曆二十八年庚子(一六〇〇)蔣傑、柳希點於南雄府刻《唐丞相曲江張先生文集》十二卷《附録》一卷。大連市、雲南省圖書館有藏本。此本卷前首蔣傑《序》、次柳希點《序》、次王循學《序》。王循學《重刻曲江先生文集序》略曰：

張文獻公實産始興之清化里。始興故粤郡，其竟統轄韶南之域，後割爲邑，而隸於雄。文獻之産今爲雄地，而雄未有公集，謂非風教之一缺也乎？太守普安蔣公慨焉，輿思以屬循學，而瀫水柳公繼守兹土，二公皆豈弟作人，雅意好古，謂韶刻尚多訛漏，更命求得善本參之。梓人訖工，循學不敏，敬綴所聞於後……蔣、柳二公所以刻公集，亦不獨以公也，欲因公以風後起之士，學公之終始一意，不失吾所生者而已矣。萬曆戊戌，山陰王循學序。(《〈曲江集〉版本源流考》)

據此《序》可知，刊刻發起者乃南雄知府蔣傑，時間爲萬曆二十六年戊戌(一五九八)。蔣《序》亦有"因刻公集"之言。然而工未竣而蔣離任，繼任知府乃柳希點，柳命續刊此本。工既竣，柳氏《序》曰：

> 張曲江公遺文與諸詩，凡若干卷，故未之傳也，傳之自邱文莊，從秘閣手録，始殺青布焉。流行久，魯魚帝虎之訛浸甚。前守普安蔣公校而重鋟之，工未竣，予代守之。明年屬保昌王令訖其事，令請予序諸首。（《〈曲江集〉版本源流考》）

柳氏此《序》所言甚明，謂其代蔣之明年，"屬保昌王令訖其事"。保昌王令，即王循學。柳氏代蔣的時間，《廣東通志》卷二十九、道光《南雄志》卷三皆謂在萬曆二十七年，所以書板竣工在二十八年戊戌。《中國古籍善本書目·集部》著録此本正作"萬曆二十八年"。然此本始刻時間，王循學《序》謂在二十六年，完成則在二十八年。此前學界曾對此本的刊刻時間提出質疑，如岑仲勉《張曲江集十刻之表解》，嘗據《廣東通志》和道光《南雄志》所載柳氏代蔣時間在萬曆二十七年，王循學《序》所署刻年爲二十六年，較柳氏代蔣早一年，較此本刻成早二年；而王《序》中卻有"蔣柳二公刻公集"的話。岑先生據此斷言："《志》、《序》當任有一誤。"所言極是。然《志》與《序》何者失誤，誤在何處？岑先生並未明言。揆之實情，其誤當在王《序》，而不在方志。蓋王《序》作於二十六年，然此本竣工延遲至二十八年，此時王氏已成爲柳氏下屬，因亦請柳氏爲《序》，並添改原序，將刻書之功，歸於蔣柳二公。此亦情理中事。然王《序》原先所署時間，卻未隨之改動，於是出現岑先生所指出的王氏"預知"柳刻此本的矛盾。這當然是不對的。另有學者懷疑，《中國古籍善本書目》著録此本刊於萬曆二十八年是否準確，因疑"八"字或爲"六"字之誤。根據上述考證，則知《善本書目》並不誤，二十六年戊戌爲此本始刻時間，二十八年庚子爲竣工時間，比較而言，標注刊刻時間，自當以二十八年庚子竣工時間爲宜。至於此本的版本淵源，王《序》曰："韶刻尚多訛漏，更命求得善本參之。"既謂"更命求得善本"，則所據底本非蘇刻本。而據此本書名、卷第及卷後《附録》一卷看，所據蓋爲王民順本，抑或李而進本，當然這需要進一步證明。《皕宋樓藏書志》卷六十八著録有此本，謂爲"明萬曆刊本"，然卷數卻爲二十卷，顯然有誤。

（五）李延大本。萬曆四十一年癸丑（一六一三）李延大樂昌重刻《唐丞相曲江張先生文集》十二卷《附録》一卷。北京大學圖書館、天津圖書館、吴縣圖書館、重慶市圖書館、四川省圖書館、廣東省立中山圖書館等均有藏。

半葉九行十八字，白口左右單邊。卷前首邱濬《序》，次王民順、楊起元、李延大等《序》，另鄧瑗《曲江公詩集序》也被輯録在内，次總目，總目後有九齡像、玄宗贈九齡司徒制、裔孫張岳題九齡小像一幀等。李氏《補刻曲江集序》曰：

> 聖天子予假歸里，索公集板，則脱漏漫滅者十一二。嗟嗟！公之文豈不爛然于唐，自非邱公得之館閣，楊公新之韶陽，則委于烏有，不朽朽矣……於是覓公舊集友人家，爲補刻焉。然則不佞此補，敢曰全集，抑亦集所由全也……萬曆四十一年歲在癸丑二月初吉，吏部司勳郎同里後學四餘李延大序。（温汝適《曲江集考證》，《廣東叢書》第一集《張曲江集》附）

此《序》題曰“補刻”，《序》中謂“楊公新之韶陽”之“板則脱漏漫滅者十一二”，故當爲補刻楊起元、王民順本。《中國古籍善本書目・集部》著録有此本，然謂李延大萬曆四十一年重修王民順本，實誤，當爲重刻本，因爲二本行款不同，王民順本半葉十行二十字，此本半葉九行十八字，故當爲兩種不同的刻本。然此本既爲增補重刻王民順本，故當爲叢刊本的下位本，與王本有諸多相同處：首先二本書名、卷次、收録作品數量及編次等均同；再者二本卷二均有《臨泛東湖時任洪州》與《始興南山下有林泉常卜居焉荆州卧病懷此地》二首詩，等等。

（六）明黑口本。萬曆四十一年（一六一三）韶州刻《張曲江集》十二卷。顧廣圻《張曲江集跋》述此本曰：

> 明黑口板。疑[即]成化九年丘瓊山所刊，分廿卷，與《新唐志》及《宋志》合，或館閣本爲宋槧也。此萬曆四十一年時韶州刻，書估謂之祠堂本者是也，併作十二卷，甚謬。姑就之一校，除分卷外，未得言全復舊觀。不識宋槧尚在天地間否耳。（《思適齋集》卷十五《題跋二》，見《顧廣圻書目題跋》頁五六七）

此《跋》又見《思適齋書跋》卷四，題曰“《張曲江集》二十卷”，文字全同。細繹此《跋》，“疑即成化九年”句，“即”字應爲衍文，當删。前已述及，成化蘇刻本爲白口本，非黑口，故《跋》文首四字“明黑口板”爲一句，與下文“此萬曆四十一年”以下至尾，皆叙此黑口本；而“疑成化九年”以下至“館閣本爲宋槧也”，乃叙蘇刻本及其淵源所自。兩段文意涇渭分明。蓋蘇刻本顧氏未嘗寓目,故"疑"其分廿卷,與唐宋二《志》合,且推斷館閣藏本爲宋槧也。顯然,顧氏推測是正確的。而衍一"即"字,則成"疑"黑口本爲成化九年蘇刻本了,然蘇刻本爲二十卷,與下文言黑口本"併作十二卷,甚謬"相矛盾。可見"即"字乃衍文,蓋後人誤增,當删。而《思適齋書跋》卷四著録此本作"二十卷",此"二十"顯然是"十二"之誤倒。按顧氏所見此黑口本,與李延大萬曆四十一年樂昌補刻《唐丞相曲江張先生文集》十二卷《附録》一卷本不同,李本爲白口,有《附録》一卷,故此黑口本當爲另一種十二卷本。顧氏嘗校勘過此黑口本,稱"未得言全復舊觀",可見除卷數不同外,此種十二卷本與二十卷本在編次、作品數量方面並無明顯不同,否則二本若差異甚大,就談不上復不復"舊觀"的問題了。

(七)謝刻本。萬曆四十四年丙辰(一六一六)謝正蒙刻《曲江張文獻先生文集》十二卷《附録》一卷。國家圖書館、北京大學圖書館、社會科學院圖書館、湖北省圖書館、廣東省立中山圖書館等有藏,國家圖書館藏本原爲鄭振鐸藏書。半葉九行十八字,白口四周單邊。卷前首邱濬《序》、次楊起元、鄒元標等《序》,有總目。各卷卷端題"曲江張文獻先生文集卷某",下方署"後學謝正蒙重編"。鄒氏《重刻曲江張公集序》曰:

> 謝子聖侍御巡鹺維揚,振飭綱紀,暇乃刻其鄉先達《曲江集》,問序鄒子。鄒子拜而卒業……時萬曆丙辰歲秋月吉旦,吉水鄒元標謹書。(《〈曲江集〉版本源流考》)

此本卷前既有楊起元《序》,故《〈曲江集〉版本源流考》以爲乃翻刻王民順本。然此本錯訛較多,如卷二《奉和聖製初入洛城》,題中"入"字誤,蘇刻本、叢刊本皆作"出",甚是。據《舊唐書·玄宗紀》,開元二十二年春至二十四年冬十月,駐蹕洛陽三年,故此詩首句曰"東土淹龍駕",又曰"十月迴星斗",可見作"出洛陽"爲是。此本卷四《經江寧覽舊跡至玄武》"江山成夷猶"句,"夷猶"誤,叢刊本作"易由",良是,"易由"見《詩·大雅·抑》。此本卷五《在郡秋懷二首》其一"功成名不立"句,"功"字誤,叢刊本作"宦",更妥。再如卷十五《謝赴祥除狀》"一赴祥除終身何託"句,"赴祥"誤,叢刊本作"違外",良是,等等,可見此本舛訛之多。

(八)顧刻本。天啓四年甲子(一六二四)顧懋光韶州刻《唐張文獻公曲江集》十二卷《附録》一卷。南京圖書館、陝西省圖書館、中山大學圖書館等皆有藏。半葉十行二十字，白口四周單邊。卷前首顧懋光《序》，次邱濬、楊起元等《序》。諸《序》後爲里中諸生劉自修《編次訂補凡例》。顧氏《重刻張文獻曲江公全集序》略曰：

> 余既新公祠，求公之集[與]〔於〕後人，而繩武之胤鮮其人。集版藏[保]〔樂〕昌者，又付之祝融，不勝三歎。適孝廉朱君偕其同袍劉君、葉君，出其家藏原本，諦觀之，魚魯帝虎之誤浸甚，遂屬諸生劉自修校訂補遺，而捐俸重付諸剞劂，蓋使文莊表章之意不虚，而後學興起者亦得仰前修以自淑耳……天啓甲子孟秋日廣陵顧懋光書于四知堂。(《〈曲江集〉版本源流考》)

據此《序》可知，李延大樂昌補刻版已毁於火，所以顧懋光《序》曰"重刻"。然此本所據底本，顧氏語焉未詳，僅謂朱孝廉"出其家藏原本"，然爲何種版本？則不得而知。考之劉自修《凡例》，則曰："以萬曆甲申韶州刻，萬曆戊戌南雄刻、萬曆癸丑樂昌刻互校。"所言三本，即王民順本、蔣柳本、李延大本。而李延大樂昌本，乃補刻王民順本者，故與王民順本區别不大。王民順本出自李而進本，是個較好的本子，故此本蓋據王民順本翻刻，而以另外二本及"新舊《唐書》、唐文、《唐大詔令》、《通典》、《會要》、《文苑英華》、《唐文粹》、《唐詩藪》、《全唐詩選》、二張詩彼此校讎"(劉自修《凡例》)，故當是一個文字較精的本子。

(九)張起龍本。崇禎十一年戊寅(一六三八)張起龍江西宜黄刻《唐丞相曲江張先生文集》十二卷《附録》一卷。廣州省立中山圖書館有藏本，半葉九行十八字，白口四周單邊。卷前首張起龍《序》，次九齡像、玄宗贈九齡司徒制、裔孫張岳題九齡小像一幀等，無總目。正文每卷有子目連接正文。卷後唯《附録》一卷，無蘇氏《後序》。張起龍《曲江公文集序》曰：

> 丁丑夏謁選京師，得公是集而珍藏之，因攜赴任宜川。一日見李生光祖，語及□□□，生欣然請付諸梓。龍□曰：余志也。歷四月而剞劂成，校讎之功，李生爲大，是曲江公之幸也夫，是余小子之幸也夫。崇禎戊寅孟春元日，不肖孫起龍百拜撰。男胤泰、胤壯、胤鼎。宜黄門人李光祖、歐陽瀠、羅仲、鄒啓東、鄧官賢、吴亮采同校。(《〈曲江集〉版本源流考》)

據此《序》，此本乃九齡裔孫張起龍槧。至於所據底本，張起龍僅言得公集於京師而珍藏之，並未言是何種版本。《〈曲江集〉版本源流考》以爲，此本書名與王民順、李延大、蔣傑刻本同，因而應爲上述三本中的一種，可備一説。又此本於卷三末增補佚詩《洪州西山祈雨是日即應賦詩言事》一首，注曰："此詩舊本遺之，今補入，載《唐文粹》拾陸卷中。"

（十）曾周本。清順治十五年戊戌（一六五八）曾弘、周日燦韶州刻本《唐丞相曲江張先生文集》十二卷《附録》一卷。首都師範大學、北京市文物局、南開大學、中山大學、安徽師範大學等圖書館有藏本。半葉八行十八字，白口四周單邊。卷前有王民順、邱氏、周日燦及錢朝鼎諸《序》，次總目。各卷卷端有"後學中州曾弘、東萊周日燦仝訂梓"字樣，且有子目連接正文。周日燦《曲江張文獻公集元序》曰：

> 余不佞，猥承觀察南韶之命……攬轡之暇，與中州曾旅菴先生簡公舊集，得公詩文若干卷，因相與哀而刻之……與一時同事守令諸君子，共襄剞劂，刻成當藏之風度樓中，俾公之相業文心，與帽峰蓉岫並垂不朽，是則余采風意也。敬以復旅菴，旅菴其許之乎？謹序。時順治丁酉春王正月，欽差整飭南韶兵備道廣東按察司副使東萊後學周日燦序。（《張曲江集》，《廣東叢書》第一集）

又馮如京《重刻曲江集序》曰：

> 今上龍飛九年，中州旅庵曾公備兵于潮，即墨天近周公備兵于韶，兩賢並軌，政察而民治，訊俗觀風，徵文考獻，得公集而謀諸梓。虞山禹九錢公，時督學粤中，業爲之序而行世矣。比曾公復問序於余。余慨而作曰……順治戊戌夏四月古晉後學馮如京頓首謹敍。（《〈曲江集〉版本源流考》）

此本刊刻時間，岑仲勉《張曲江集十刻之表解》謂其只見錢、周二家《序》，因定"刻成最早在丁酉"；《中國古籍善本書目》著録同。然而參之馮《序》，竣工則在順治十五年戊戌（一六五八），故當以十五年刊刻爲是。至於此本的版本淵源，三《序》均未提及。《〈曲江集〉版本源流考》則據卷前所收王民順《序》，推測底本乃王民順本，可備一説。此本康熙二年（一六六二）重印時，書名改爲《曲江全集》。

（十一）三張本。雍正十三年乙卯（一七三五）張世績、張世緯、張世綱三兄弟韶州刻《唐丞相曲江張文獻公集》十二卷《千秋金鑑録》五卷《附録》

一卷,世稱“祠堂本”。國家圖書館藏本有章鈺校並跋。此本前鐫有“金鑑録全集韶風堂藏版”牌記一個,半葉九行十八字,四周單邊,白口單魚尾上鐫“曲江集”。此本凡有張渠、姚孔鋅、袁安煜、韓海、譚會海等《序》十四篇。《序》後爲九齡像、玄宗贈九齡司徒制、嘉靖乙巳遠從孫張岳題吴道子所畫九齡小像一幀及張文獻公本傳等。次總目。正文首卷卷端題“唐丞相曲江張文獻公集卷之一”,次行、三行下方署“裔孫世績、世緯、世綱重梓”,次有子目連接正文。正文後爲《千秋金鑑録》五卷,卷前有《重刻千秋金鑑録序》、蘇軾《讀張曲江公金鑑録有感》等。《金鑑録》後爲《附録》一卷。按卷前張文獻公本傳末曰:“所著《曲江集》詩賦十二卷、《千秋金鑑録》五卷、《講經語録》二卷、《姓源譜韻》一卷,共二十卷,海内珍之。”據此可見文獻公本傳作者,將《曲江集》二十卷本,理解爲九齡所有著述的總和了。這是一個誤會。明人之所以將二十卷本强行縮編爲十二卷,緣由蓋在於此,殊不知《新唐書·藝文志》在著録《曲江集》二十卷的同時,還著録了《千秋金鑑録》五卷,合計二十五卷,所以將二十卷本强行縮爲十二卷,完全是没有版本依據的想當然之舉。至於此本的版本淵源,諸家刻書《序》衆口一辭,均言出於九齡裔孫世綱家藏本,如韓海《張曲江公文集序》曰:

> 公集自前朝邱文莊在館閣群書中録出,始有傳書。國初東萊周公分臬南韶,重刻於郡,然尚多殘缺。今公之裔孫振文兄弟,始出家藏善本,重剞劂之,舉墜緒而振遺徽,豈徒以文章膏馥沾丐後賢哉,亦俾有志思以自鏡,立身能如公與姚宋諸賢,則措人國家於磐石……旹雍正十二年歲在甲寅季冬大寒日番禺後學韓海拜序。(《張曲江集》,《廣東叢書》第一集)

這裏的“裔孫振文”,岑仲勉《張曲江集十刻之表解》謂“祠堂本卷首題‘裔孫世緯、世績、世綱重梓’,‘振’與‘綱’相關,振文殆世綱之號也”(《廣東文物特輯》,頁一三八)。所言甚是。韓海謂世綱所獻爲“家藏善本”,而譚會海《曲江張文獻公文集序》進一步指出,世綱所獻乃“曾祖家藏舊板”,譚氏曰:

> 雍正十年,予掌教韶郡……得舊刻一本於郡中,余喜曰:“此公之真傳矣。”第讀其《千秋金鑑》,則疑信參半;讀其詔誥奏對,則陰陶莫辨;讀其記頌讚銘,則漫滅不明;讀其賦詠贈答,則闕焉未備……今春公裔振文張子重刻公遺全集,以吾一日之長,請予爲序,詢其來由,則

> 曰："予曾祖家藏舊板，及搜羅群書而成。"……時雍正己卯歲春之吉，賜進士出身改授韶州府儒學教授後學譚會海謹書。(《〈曲江集〉版本源流考》)

袁安煜《序》亦謂世綱所獻乃"家傳古本"。然此古本究爲何種版本？則並未明言。萬曼先生《唐集叙録》引耿文光《萬卷精華樓藏書記》卷一〇三所記，謂"此本亦出於丘本"，此言不可信。因爲邱本二十卷，此乃十二卷本。《〈曲江集〉版本源流考》以爲所據爲明刻十二卷本，所言頗有道理，然卻未指明究爲何種十二卷本。此本卷前載王民順、蔣思孝、李延大諸《序》，且文字多與叢刊本、王民順本爲近，據此兩點看，此本當出自王氏本或其下位之李延大本。如文字方面，叢刊本卷二《和王司馬折梅寄京邑昆弟》"林倩迎春早"句，"倩"字，王民順本、此本同；蘇刻本作"情"。叢刊本卷四《入廬山仰望瀑布水》"坤元曷紛矯"句，"紛"字，王民順本、此本同；蘇刻本作"絲"，誤。叢刊本卷五《忝官二十年盡在内職及爲郡嘗積戀因賦詩焉》"願言采芳澤"句，王民順本、此本同；蘇刻本作"言采芳澤多"，謝刻本作"言采芳澤茝"。叢刊本卷九《敕平盧諸將士書》"並勘實鄉貫具以狀聞"句，"實"字，王民順本、此本同；蘇刻本作"責"，誤。叢刊本卷十《敕北庭經略使蓋嘉運書》"若有形勢事變先據"句，"變"字，王民順本、此本同；蘇刻本作"資"。叢刊本卷十三《慶册皇太子表》"天實生德"句，王民順本、此本同；蘇刻本作"天資生得"。叢刊本卷十七《陪王司馬宴王少府東閣序》"迨乎倚層閣憑華軒"句，"倚"字，王民順本、此本同；蘇刻本作"考"，等等。可見此本文字的確與叢刊本、王民順本爲近，故應是以王民順本或其下位之李延大本爲底子翻刻而成的。不過較之王、李二本，此本輯補佚文頗多，且附見他人相關之作。如此本卷三末輯入九齡佚詩《讀書岩中寄沈郎中》、《奉和聖製途次陝州作》、《登總持寺閣》、《晚憩王少府東閣》、《洪州西山祈雨是日輒應因賦詩言事》、《答王維》凡六首，並附見沈佺期、宋之問、王維、孟浩然等人贈答唱和之作凡九首，但是其中"多有誤收"(《隋唐五代文學史料學》，頁六十)。卷十末增入九齡佚文《請行郊禮疏》、《請誅禄山疏》、《劾牛仙客疏》、《奏對侍中不可賞功》、《奏救太子》、《奏劾林甫》、《諫廢三子》凡七首，搜羅可謂勤矣。此本卷前張九齡本傳一篇不見於他本，亦當爲張氏兄弟所撰，極富參考價值。至於《千秋金鑑録》五卷，據此本卷前"金鑑録全集韶風堂藏版"牌記可知，《金鑑録》原爲單行本，至此本方將其附鐫於卷後。據譚會海《序》，譚氏所得九齡集已附有《金鑑録》，若是則附鐫《金鑑録》者，並非始於此本。附載始於何本？尚待進一步研究。

此本今存者，除國圖所藏章鈺校跋本外，還有廣東省立中山圖書館藏温汝適批校本，民國三十年（一九四一）《廣東叢書》第一集影印《張曲江集》十二卷《附録》一卷，即據温氏批校本影印（删去卷前六《序》及卷後《金鑑録》五卷；《附録》一卷則調至目録後），最後附温氏《曲江集考證》二卷。主編王雲五於内封面右上方題“徐氏南州書樓藏順德温汝適批校”，卷前冠以徐紹棨《温氏校本〈張曲江集〉序》，其略曰：

> 余南州書樓藏有篔坡先生批校原本，書簡之上，將《文苑英華》、《古詩紀》、《文粹》及碑刻、文集互校，各本異同，朗若列眉，爲歷來刊《曲江集》者所未有，一披覽間，而前人之劬學，洵足爲後人矜式……今於《叢書》第一輯取以影印，不惟令讀者景仰曲江功業，亦可觀温氏批校，而知鄉先哲治學之精神矣。至温氏所用以讎校之底本，乃雍正十二年張氏裔孫振文所刻之祠堂本云。中華民國二十九年八月信符徐紹棨識。（《張曲江集》，《廣東叢書》第一集）

據此《序》可知，温氏校本具有寶貴的參考價值。又卷後所附温氏《考證》二卷，亦頗見温氏治學功力。

（十二）古崗本。乾隆間古崗（今廣東新會）一系裔孫刻《唐丞相曲江張文獻公集》十二卷《千秋金鑑録》五卷《附録》一卷。廣東省立中山圖書館有藏，半葉九行二十字，白口四周單邊。卷前有周日燦、錢朝鼎、邱濬諸《序》。諸《序》後爲總目，目後爲張文獻公本傳、九齡像、玄宗贈九齡司徒制等。此本卷三末輯入九齡佚詩《答陸澧》及《寄沈郎中》、《奉和聖製途次陜州》、《登總持寺閣》等七首佚詩，附見沈佺期、王維、宋之問、孟浩然等人寄贈唱和之作凡九首。卷十末輯入九齡佚文《請行郊禮疏》、《請誅禄山疏》及《劾牛仙客疏》等凡七首。正文後收《千秋金鑑録》五卷，卷前有《重刻千秋金鑑録序》、蘇軾《讀張曲江公金鑑録有感》等詩。由此本卷三、卷十所附九齡佚詩佚文，及卷後載《千秋金鑑録》及蘇軾等人的詩歌來看，此本當爲三張本的翻刻本。所輯佚詩較三張本溢出《答陸澧》一首，此詩見於《全唐詩》張九齡卷，蓋據《全唐詩》增入。三張本既槧於雍正末，故此本之刊行應在乾隆年間。

（十三）張曉如本。光緒十六年庚寅（一八九〇）裔孫張曉如韶州校刻本《唐丞相曲江張文獻公集》十二卷《千秋金鑑録》五卷，十册。廣東省立中山圖書館有藏本。此本封面題《曲江集》，扉葉鎸有"光緒庚寅仲秋鏡英精舍藏板"牌記一個，總目題下有"裔孫曉如校勘重刊"字樣。半葉九行十八字，白口左右雙邊。卷前首翰林院編修廣東學政徐琪《序》，次邱濬、王民順等諸家《序》、《跋》，次温汝適《曲江集》刻本考證，次張曉如校刻此本的"識語"，次九齡像、玄宗贈九齡司徒制及張文獻公本傳等。卷後爲《曲江集續刻》和《金鑑録》五卷。《續刻》包括《補遺》、《校勘記》三卷、《年譜》、新舊《唐書》本傳、《紀略》、《外編》各項。其中《補遺》項收皎然《讀張曲江詩集》詩，李延大、湛甘泉、楊起元諸家《序》，梁烔《曲江先生詩鈔序》及《曲江集補遺目録》等；《校勘記》詳列以《唐文粹》、《文苑英華》、《全唐詩》、《全唐文》諸書校勘張集的校記；《紀略》搜録詩話、《郡齋讀書志》及温汝適《曲江集考證》中有關詩文的考證；《外編》輯録歷代各家晉謁曲江祠所賦詩文。由上可見張曉如於此本用功頗勤。此本卷前臚列張渠、韓海、姚孔鋅、袁安煜、張宗栻諸家《序》，因知此本是以三張本爲底子校刻的。

此本板片，民國前後落入書賈之手，羊城張氏宗祠出資購回原板，藏於祠内風度樓。裔孫頡堂、鴻南、伯璜等十一人遂合資，發起修訂增補舊板，"僞者正之，缺者補之，殘者修之，並加刊徐浩所撰公之《行狀》、《碑銘》及《世系表》等，使成完璧"，於民國七年（一九一八）重刊行世（張伯璜《文獻公遺集序》，見《〈曲江集〉版本源流考》），書名則改爲《張文獻公遺集》，卷前鎸有頡堂、鴻南及伯璜等十一位合資者大名。由此可見，此修訂本是以張曉如原版，加刻徐浩撰《行狀》、《碑銘》及《世系表》後重印的，今廣東省孫中山文獻館有藏本，署有"一九五二年八月二十六日張卓民贈送廣東省文物保管委員會收"字樣。

（十四）張子光本。光緒十八年壬辰（一八九二）裔孫張子光韶州校刻《唐丞相曲江張文獻公集》十二卷《附録》一卷《千秋金鑑録》五卷，六册。廣東省立中山圖書館藏，封面書名《曲江集》爲陳伯陶題寫，旁有"光緒壬辰重刊"字樣。卷前首邱濬，次王民順、蔣思孝、李延大、錢朝鼎、周日燦、張渠、韓海、姚孔鋅、袁安煜、張宗裔及張宗栻諸人《序》，次九齡像、玄宗贈九齡司徒制、裔孫張岳題九齡小像一幀，及張文獻公本傳等。正文卷三輯入九齡佚詩《讀書岩中寄沈郎中》、《奉和聖製途次陜州作》、《登總持寺閣》、《晚憩王少府東閣》、《洪州西山祈雨是日輒應因賦詩言事》、《答王維》凡七首，附見沈佺期、王維、宋之問、孟浩然等人寄贈唱和之作凡九首。卷後附温汝適《曲江集》考證，次光緒十六年庚寅九月曲江裔孫張曉如"題識"，次重鐫《曲江集》分刻後學姓氏：計有曲江黄興賢、卞文苞等十五人；又曲江校字裔孫子光、式模、式金、式楷、式穀等。最後爲《金鑑録》五卷，亦陳伯陶題寫書名，旁有"光緒壬辰重刊"、"曉如校對重刊"等字樣。由卷前張曉如"題識"及《金鑑録》書名旁"曉如校對重刊"等來看，此本是以張曉如本爲底本校勘重刻的。又，另一種重刊本，上圖有藏，"光緒壬辰重刊"六字鐫於内封面背面，其版本特徵與此本大同小異，此不贅述。

全集本之外，另有别裁而成的詩集本（或附賦二首），其主要版本有以下幾種：

（一）鄧瑗本。明弘治元年戊申（一四八八）鄧瑗、丁瀠於湘潭刻《曲江詩集》本。此本今已無存，然鄧瑗《曲江公詩集序》見於《樂昌縣志》，其略曰：

> 余近來師事瓊臺邱先生門牆，乃得睹公全集……公全集，先生詳序于首板，行于時。余今年承乏湖臬，公暇因閲諸詩，皆公出牧荆州及往來三湘時題詠，詢荆湘無一人知公詩者。于是出其詩，捐俸命湘潭知縣丁瀠鏤諸梓，題曰《曲江詩集》，以遺荆湘人歌頌……余生公之鄉，嘗思一見全集不可得而今得之，其不喜且幸歟？是詩之梓，當與騷雅並傳，余且得托公名後，其又不喜且幸歟！時弘治元年三月穀旦，奉政大夫□分巡湖南道湖廣提刑按察司僉事前南京大理寺評事樂昌鄧瑗書。（《〈曲江集〉版本源流考》）

據此《序》，鄧瑗乃邱濬門人，因知九齡集有邱濬"詳序于首板"。若是，鄧氏所得九齡全集乃蘇刻本無疑，而其别裁而成的《曲江詩集》，自然出於蘇刻本。可惜此本傳世太少，迨萬曆四十一年癸丑（一六一三）李延大於樂昌補刻《唐丞相曲江張先生文集》十二卷《附録》一卷時，此《曲江詩集》已不可得見，僅於《樂昌縣志》覓得鄧《序》，李氏慨歎之餘，將鄧《序》一併刻入《九齡集》中，並於鄧《序》後跋曰：

> 里中以文獻興者，若二李、三蕭、三黄、二白，尚矣。至忠毅公大節凜然，厥子僉憲湖南，雅意表章，而湖南因得睹。輕縑素練，足備典章之闕。不佞補刻《曲江集》，後得公《序》于縣志，乃知仰止之私，先後圖

之，因並付剞劂，以志喜云。清和日延大書。(《〈曲江集〉版本源流考》)

鄧瑗所刻此本，因直接出自蘇本，文字方面有寶貴的參考價值，李氏不得一見，故頗生慨歎，並將鄧《序》附刻於集中。

(二)銅活字本。明銅活字本《張九齡集》六卷。《唐五十家詩集》所收《張九齡集》六卷，即據此本影印。半葉九行十七字。此本卷一賦二首、四古三、五古二十，卷二五古四十二，卷三七古二、五律四十二，卷四五律四十四，卷五五排三十一，卷六五排二十六、七律二、五絶六、聯句一，凡賦二、詩二百十九，詩賦共二百二十一首。本書前已述及，明銅活字本唐人詩集乃弘治、正德間蘇州地區印本。若是則此本後於蘇刻本，且考此本文字，的確與蘇刻本爲近。如蘇刻本卷二《奉和聖製燭龍齋祭》"精意允益"句，"允益"二字，此本同；叢刊本作"充溢"。蘇刻本同卷《和黄門盧侍郎詠竹》"身心世所知"句，"身"字，此本、李而進本同；叢刊本作"虛"。蘇刻本卷四《入廬山仰望瀑布水》"坤元曷絲矯"句，"絲"字誤，此本、李而進本同；而叢刊本作"紛"。蘇刻本卷五《忝官二十年盡在内職及爲郡嘗積戀因賦詩焉》"言采芳澤多"句，此本、李而進本同；叢刊本作"願言采芳澤"。可見此本是以蘇刻本之詩卷部分爲底子，將各體詩分别依次録出，再加編輯而成的。不過此本文字也進行過校勘，故文字與蘇刻本亦有不盡一致處，如蘇刻本卷二《和王司馬折梅寄京邑昆弟》"林情迎春早"句，"情"字，此本作"暗"，李而進本作"喜"，叢刊本作"倩"。蘇刻本卷四《使還都湘東作》"風朝津樹洛"句，"洛"字，此本、叢刊本均作"落"。蘇刻本卷五《驪山下逍遥公舊居遊集》"岑寂罕人至"句，"罕"字，此本與叢刊本皆作"空"，李而進本作"幽"。再如蘇刻本同卷《在群秋懷二首》，題中"群"字誤，此本與叢刊本改作"郡"，良是，等等。

(三)二張本。嘉靖十六年丁酉(一五三七)高叔嗣輯刻《二張集》所收《張曲江集》二卷。廣東省立中山圖書館有藏。半葉十一行十八字，白口四周單邊，卷前有河南高叔嗣《叙》，卷後有嘉靖三年甲申(一五二四)蘇門山人《記》。高氏《序》曰：

余曩昔得《曲江集》京師，蓋邱文莊公録自館閣本刊傳之。求《燕公集》亡有也，後再至都始寫本，友人大理評事應君子陽有宋刻，然不完。二集缺謬，亡復可考。……叔嗣游郎署時，覽公詩，未覺沉痛。既涉江漢，三復焉，乃知意所繇興，復以嘗踐兹地也，因合刻之，置廣視堂齋中。堂據江夏山首，下瞰江漢，前使君葉縣衛正夫修築。嘉靖丁酉夏四月朔。(《〈曲江集〉版本源流考》)

卷後蘇門山人《記》曰：

亳州薛考功君采，嘗以《曲江集》舊本借余，因次其□，手定各從其類，加冠二賦，倩人録出别存之。嘉靖甲申蘇門山人題于吏部稽勳官舍。(同上)

今合高《序》與蘇《記》觀之，此《張曲江集》蓋原由蘇門山人手定，詩分類編次，首冠二賦。然蘇門山人手定本並未刊行。後高氏官江夏，因與張説、張九齡有同感而合刻《二張集》，其中《張曲江集》當據蘇門山人手定本，卷一賦二首冠前，次爲四古、五古，附見李林甫、蘇頲、裴耀卿等詩；卷二爲五排、五律、七律、五絶、雜言等，附見宋鼎、孫翊、裴耀卿詩，與蘇門山人《記》正同，可見此本是以蘇門山人本爲底子刊刻的。蘇門山人所據爲何本？蘇門山人僅謂"《曲江集》舊本"。然既稱"舊本"，則不會是嘉靖間的近刻本，當爲嘉靖以前的刻本，而嘉靖以前舊槧，則唯有蘇刻本，若是則蘇門山人手定本，所據蓋蘇刻本。

(四)朱刻本。嘉靖十九年庚子(一五四〇)朱警輯刻《唐百家詩·盛唐一十家》所收《張九齡集》上下卷。半葉十行十八字，左右雙欄，白口單黑魚尾下鐫"九[令]〔齡〕集上(下)"。此本書名、首數、編次等皆與銅活字本相同，文字亦與銅活字本相差甚微，甚至並其訛誤亦照樣沿襲。如蘇刻本卷二《和王司馬折梅寄京邑昆弟》"林情迎春早"句，"情"字，銅活字本作"暗"，此本同；而李而進本作"喜"。蘇刻本卷五《驪山下逍遥公舊居遊集》"岑寂罕人至"句，"罕"字，銅活字本作"空"，此本同；而李而進本作"幽"。蘇刻本同卷《在群秋懷二首》，題中"群"字誤，銅活字本改作"郡"，此本亦作"郡"，良是，等等，此本連銅活字本的訛誤亦照樣沿襲，可見是據銅活字本翻刻的。此本版心鐫"集上"或"集下"，然正文卻仍爲六卷，顯然此本編者欲將六卷本縮編爲上下二卷，而卷題尚未及改易，以致出現這一失誤。另上圖所藏《唐二十二家詩集》所收《張九齡集》上下卷，實際上亦即此本，參本書卷一《駱賓王集》朱警本。

（五）詩紀本。黄德水、吴琯彙編《初盛唐詩紀》所收《張九齡詩》四卷。半葉九行十九字，四周雙邊，版心單魚尾之上署“詩紀”，下署“初唐卷之某”。此本詩分體，首卷四古二、五古二十九，第二卷五古三十四、雜言二，第三卷五律八十四、七律二，第四卷五排五十六、五絶六、聯句一，共二百十六首。此本所據底本，當爲叢刊本，因而文字多與叢刊本同。如叢刊本卷二《奉和聖製次成皋先聖擒建德之所》“剪商自文祖”句，“祖”字，此本與銅活字本同；李而進本、謝刻本作“武”。叢刊本同卷《奉和聖製龍池篇》“我后元符從此得”句，“后”字，此本同；蘇刻本作“右”，銅活字本作“有”。叢刊本同卷《酬王履震遊園林見詒》“孟軻應有命”句，“軻”字，此本同；蘇刻本、銅活字本皆作“軒”。叢刊本卷四《入廬山仰望瀑布水》“坤元曷紛矯”句，“紛”字，此本同；蘇刻本、李而進本、銅活字本皆作“絲”，誤。叢刊本卷五《忝官二十年盡在内職及爲郡嘗積戀因賦詩焉》“願言采芳澤”句，此本同；蘇刻本、李而進本作“言采芳澤多”，等等。可見此本是以叢刊本爲底本改編而成的。不過，此本以《文苑英華》等諸本校勘過，部分文字已校改，故凡此本與叢刊本文字不同處，則往往與《英華》相同。

（六）畢刻本。萬曆三十六年戊申（一六〇八）畢懋謙刻《十家唐詩》所收《初唐張九齡詩集》二卷。半葉九行十九字，四周雙邊，白口單魚尾下鐫“張九齡”字樣。此本詩分體，卷一爲四古三、五古六十二、七古二，卷二五律八十六、七律二、五排五十七、五絶七，共二百十九首。此本所據底本，畢氏未言。今考此本分體及首數，頗近於詩紀本，而且文字也較他本更近於詩紀本。如叢刊本卷二《奉和聖製次成皋先聖擒建德之所》“剪商自文祖”句，“祖”字，詩紀本、此本同；李而進本、謝刻本作“武”。叢刊本同卷《奉和聖製龍池篇》“我后元符從此得”句，“后”字，詩紀本、此本同；蘇刻本作“右”，銅活字本作“有”。叢刊本同卷《酬王履震遊園林見詒》“孟軻應有命”句，“軻”字，詩紀本、此本同；蘇刻本、銅活字本皆作“軒”。叢刊本卷四《入廬山仰望瀑布水》“坤元曷紛矯”句，“紛”字，詩紀本、此本同；蘇刻本、李而進本、銅活字本皆作“絲”，大誤，等等，可見此本應是據詩紀本整理而成的。

（七）統籤本。《唐音統籤》所收《張九齡詩》五卷，編卷七十八至八十二，乙籤九十三，刻本。此本首卷四古二、五古四十二，第二卷五古二十二、雜言二，第三卷五律八十四，第四卷五排三十五，第五卷五排二十一、七律二、五絶三、聯句一、殘詩一，共二百十四首。較之詩紀本少二首，因此本將五絶《登荆州城望江二首》,合併爲《登荆州城望江》一首,編入五古卷中,故少一首。因知此本的底本,就是詩紀本,二者詩皆分九體,文字也相差甚微。如詩紀本五古《入廬山仰望瀑布水》"坤元曷紛矯"句,"紛"字,此本同;蘇刻本、李而進本、銅活字本皆作"絲",誤。詩紀本五古《忝官二十年盡在内職及爲郡嘗積戀因賦詩焉》"願言采芳澤"句,此本同;蘇刻本、李而進本、銅活字本皆作"言采芳澤多"。詩紀本五律《和王司馬折梅寄京邑昆弟》"林惜迎春早"句,"惜"字,此本同;蘇刻本作"情",叢刊本作"倩",李而進本作"喜",銅活字本作"暗"。詩紀本五律《和黄門盧侍御詠竹》"虚心世所知"句,"虚"字,此本同;蘇刻本、李而進本、銅活字本皆作"身"。詩紀本七律《奉和聖製龍池篇》"我后元符從此得"句,"后"字,此本同;蘇刻本作"右",銅活字本作"有"。詩紀本五排《酬王履震遊園林見貽》"孟軻應有命"句,"軻"字,此本同;蘇刻本、銅活字本皆作"軒",等等。不僅如此,此本出示的異文,也多與詩紀本相同,此種現象較多,不再枚舉。由上可見,此本乃是以詩紀本爲底本編輯而成的。不過較之詩紀本,二者也有不同處。首先,此本分體後再分類,故各體詩的編次與詩紀本已有較大不同,這是此本編次方面的一大特點,從中亦可見出胡氏《統籤》編纂的良苦用心。其次,七律一體,詩紀本次於五排前,此本次於五排後。其三,胡氏憑着淵博的學識,爲此本增加了不少題下和詩後注,頗有參考價值。如此本五古《和吏部李侍郎見示秋夜望月憶諸侍郎之什其卒章有前後行之戲因命僕繼作》題下,詩紀本原無注,此本胡氏增注曰:"李侍郎,林甫也。其詩云:'握鏡慚先照,持衡愧後行。'"此注援引李林甫詩原句,對理解此詩顯然是有幫助的。再如五排《酬宋使君見贈之作》題下,詩紀本原亦無注,胡氏增注曰:"宋使君,鼎也。九齡代鼎爲荆州,鼎有贈。"此注不僅詮釋了題中的"酬"字,且因獲知"宋使君"爲宋鼎而頓覺詩意豁然。

(八)全唐詩本。康熙敕編《全唐詩》所收《張九齡詩》三卷。本書前已述及,《全唐詩》是在胡震亨《唐音統籤》和季振宜《全唐詩稿本》兩書的基礎上修訂而成的。而季氏《稿本》中的《張曲江詩》,乃是將上述詩紀本《張九齡詩》四卷原刻入編,删去各卷卷題和分體字樣,再於卷末輯補佚詩《奉酬洪州江上見贈》、《司馬崔頌和》、《再酬使風見示刺史裴耀卿》及《石門别楊六欽望》四首,編輯而成的,故此本凡收詩二百二十首。文字方面,季氏也進行了校勘。如詩紀本四古《奉和聖製喜雨》"如物應之"句,"如"字下原校

“一作隨”,季氏將正文“如”字删去,取校記中“隨”字爲正文,良是。再如詩紀本五律《奉和聖製經孔子舊宅》“孔門太山下”句,“孔”字下原校“一作丘”,季氏删去校記中“丘”字,而取正文之“孔”字,等等。康熙敕修《全唐詩》所收《張九齡詩》三卷,便是以季氏《稿本》中的《張九齡詩》爲底子編輯而成的,編臣於四古末增補佚詩《南郊文武出入舒和之樂》一首,於五古末增補《南郊太尉酌獻武舞作凱安之樂》一首,於絶句末增補《答陸澧》一首,故《全唐詩》共二百二十三首。編次方面,此本除將五律《自豫章南還江上作》與五排《酬宋使君見貽》二首前後編次稍作調整外,其餘各詩編次一仍舊編。文字方面,編臣也作了校勘,並恢復了被季氏删除的一些異文,然此類情況並不多。

近代以來出版的九齡集主要版本有以下幾種:

(一)四部備要本。民國二十五年(一九三六)上海中華書局出版《四部備要・集部》所收《曲江集》十二卷《千秋金鑑録》五卷《附録》一卷。此本是據三張本、即此本扉葉所署“祠堂本”排印的。

(二)萬有文庫本。民國二十六年(一九三七)王雲五主編《萬有文庫》所收《唐丞相曲江張先生文集》二十卷《附録》一卷,排印本,文字多與叢刊本相近,故當是以叢刊本爲底本排印的。

(三)國學叢書本。一九六八年臺灣商務印書館出版《國學基本叢書》所收《曲江集》二十卷《附録》一卷,此本的底本蓋叢刊本。

(四)劉斯翰校注《曲江集》,一九八六年十月廣東人民出版社列入《廣東地方文獻叢書》出版。此本分“詩集”和“文集”兩部分,分别選録詩百九十餘首,文二百四十餘首加以校勘注釋,底本則據《廣東叢書》第一集所收《張曲江集》。此本詩以年編次,並加注釋;文則依底本原次僅作標點,未加注釋(見此書《凡例》),後附《張九齡年譜》。此本雖非全注本,然卻是九齡詩的第一個注釋本,亦難能可貴矣。

(五)熊飛《張九齡集校注》,二〇〇八年北京中華書局出版。此本以四部叢刊本爲底本,以蘇刻本、李而進本、謝正蒙本、四庫本、廣東叢書本、四部備要本爲校本,並以明銅活字本、《英華》、《文粹》、《全唐詩》、《全唐文》等諸書參校,故文字視以前各本爲精。“注文重在考明詩文寫作時間及相關人事背景,一般詞語注釋和校文不作繁瑣羅列”(見此書《凡例》),可謂得當。卷二十《補遺》項,收録可確定爲九齡之佚作者;而有載籍作九齡作,實際爲誤載者，收入《備考》項，均予校注。《辨誤》項，收録原以爲九齡文，而實爲白居易《敕新羅王金重熙書》和李邕《北海李公放生池碑》二文。卷後《附録》收入蘇刻本《序》二首，及朝廷授九齡官職封爵的制誥等。最後附《主要參考書目》和《篇目索引》，以便讀者。此本録字稍有不確處，如底本卷四《荆州作二首》其一"已況仕於君"句，"已況"，此本録作"已已"，誤。又如底本同卷《在郡秋懷二首》，此本作《荆州作二首》（該書頁三二〇），此題誤。再如底本卷九《敕奚都督李歸國書》"勿使猜嫌"句，"嫌"字，此本録作"疑"，亦誤，等等。然八十餘萬字的皇皇巨著，有所疏誤亦在所不免，絲毫不減此本作爲《張九齡集》第一個全注本的光輝。

綜上可見，九齡集版本有以下特點：（1）宋槧本元明覆刻甚稀，幾乎斷絶，幸賴邱濬據館閣藏本録出，蘇韡刻之韶州，世方復見，故今傳各本，皆以此本爲祖本。（2）蘇刻本無晁《志》、陳《齋》所説宋曲江本附録各文，附録顯然出自蜀本。後世出現的《附録》一卷本，《附録》中無姚子彦所撰《行狀》、鄭宗珍所撰《謚議》，卷前也没有鄧開《序》，可見與宋曲江本並無關係，换言之後世所傳各本，皆宋蜀本的下位本。（3）九齡集原本二十卷，後世亦有傳本。明人强縮爲十二卷，卷數雖然不同，編次亦稍異，然二者收録篇目及文字並無根本不同。（4）《千秋金鑑録》五卷乃僞作，然出現卻相當早；原爲單行本，其綴附集本並行於世，則是清以後的事情。（5）别裁而成的詩集，始於鄧瑗本，亦出自蘇刻本，中經詩紀本、統籤本逐漸完善，而在諸詩集本中，以全唐詩本爲最善。

【參考文獻】陳建森《〈曲江集〉版本源流考》，《中國詩學》第八輯，人民文學出版社二〇〇三年六月第一版　岑仲勉《張曲江集十刻之表解》，《廣東文物特輯》

徐侍郎集

徐安貞（主要活動於中宗至玄宗朝）字子珍，原名楚璧，龍丘（今浙江衢州）人。應制科舉一歲三擢甲科，開元中歷中書舍人、集賢院學士等職，累遷至中書侍郎，封東海縣子。曾隱居衡嶽山寺，後北歸，天寶初去世。

《雲溪友議》謂李林甫用事，凡計議，安貞多所參助。職是之故安貞雖善五言詩卻不爲時所重,其作品編輯流傳的情形,明以前公私書目皆未見著録。至嘉靖間,童佩始輯集其作品爲《徐侍郎集》二卷,題銜"唐中書侍郎集賢院學士徐安貞撰",並刊刻行世,成爲安貞作品的第一個編輯本。然此本傳世者極稀,唯天一閣有藏本,《增訂四庫簡明目録標注》有著録,謂此本乃童佩所輯,然今已無傳。今知明代刊刻和傳鈔的安貞集還有以下幾種:

(一)趙鈔本。趙琦美(號清常道人)脈望館藏鈔本《徐侍郎集》二卷。此本後歸錢曾述古堂,《述古堂書目》著録作"徐安貞集",《讀書敏求記》著録此本作"《徐侍郎集》二卷,唐徐安貞撰",二者當爲一本。錢曾曰:"安貞常參李右丞議,恐其罪累,逃隱衡嶽山寺,爲掇[疏]〔蔬〕行者,喑啞不言者十年。然猶餘塵瞥起,時時闇誦'峴山思駐馬,漢水憶回舟',及'暮雨〔衣〕猶濕,春風帆正開'之句,可見文人習氣,循迴藏識中一字染神,不與窮塵劫灰同盡於終古也。"(《錢遵王讀書敏求記校證》卷四上,頁一八七)此鈔本後爲瞿鏞收得,《鐵琴銅劍樓藏書目録》著録曰:

> 《徐侍郎集》二卷,舊鈔本。題"唐中書侍郎集賢院學士徐安貞撰"。案安貞原名楚璧,字子珍,信安龍邱人。善五言詩,一歲三應制科,皆及第。開元中爲中書舍人、集賢學士,累遷中書侍郎,天寶中卒。事蹟見《唐書》、《唐會要》。是集凡賦詩一卷,文一卷,附録本傳及詩贊等一卷。傳本[集]〔極〕稀,舊爲脈望館藏書,後歸述古堂,著録《敏求記》中,有趙琦美手跋曰:"辛丑正月初四日,患痰火不能出户,擁爐閲此卷。是年元日,大風可拔木發屋,凡三日乃殺。偶記。"錢曾記曰:"安貞嘗參李右丞議,恐其罪累……(見上)"(《鐵琴銅劍樓藏書目録》卷一九,頁二七八)

新中國成立後,此本由瞿氏後人捐獻給國家,今藏國家圖書館。卷前有目録,卷後有附録。正集卷上收賦一首,詩十首;卷下收文五篇,兩卷凡收詩文十六篇。卷後附録本傳及詩贊等一卷。最後爲趙琦美《跋》文,《跋》唯言"閲此卷",不言此鈔本之由來。趙氏官至刑部郎中,好聚書,缺者假借繕寫,網羅善本而校勘之。故疑此本乃趙氏自鈔,所據底本應爲童佩刊本。

(二)詩紀本。黄德水、吴琯《初盛唐詩紀·初唐》卷五十七收有徐安貞詩十一首,缺題殘句一則。《詩紀》纂成於萬曆十三年乙酉(一五八五)。此本半葉九行十九字,四周雙邊,單魚尾,魚尾上頂邊欄署"詩紀"字樣(一本

“詩紀”下右旁有“徐安貞”三小字，此本當爲重刻）。魚尾下署“初唐卷之五十七”，再下方爲葉碼。此本收詩較沈刻本多一首，當爲吴氏所增補。

（三）統籤本。胡震亨《唐音統籤》所收《徐安貞詩》一卷。編卷八十四。此本收詩十一首，殘句一則。文字方面，與詩紀本有不同。如《從駕温泉宫》“年年待聖人”句，“待”字，詩紀本作“侍”。又如《送丹陽採訪》“天子聽歌謡”句，“歌”字，詩紀本作“謳”，亦與統籤本有别，等等。

清代安貞集刊刻和傳鈔的本子主要有以下幾種：

（一）全唐詩本。康熙敕修《全唐詩》所收《徐安貞詩》一卷。《全唐詩》是以胡震亨《唐音統籤》、季振宜《全唐詩稿本》兩書爲基礎增删校訂而成的。而季氏《稿本》中的《徐安貞詩》，乃是用詩紀本原刻入編，故《稿本》之《徐安貞詩》亦僅十一首，殘句一則。《全唐詩》所收《徐安貞詩》一卷，則是將季氏《稿本》之《徐安貞詩》原卷入編，編卷一百二十四，故《全唐詩》所收安貞詩亦只十一首，殘句一則。文字方面，編臣作了進一步校勘，如《從駕温泉宫》“年年待聖人”句，“待”字，季氏《稿本》作“侍”，編臣參校統籤本改作“待”。又如《送丹陽採訪》“天子聽歌謡”句，“歌”字，季氏《稿本》作“謳”，編臣參校統籤本改作“歌”，並出校曰：“一作謳。”等等。所以全唐詩本《徐安貞詩》經過編臣的校勘，文字更加精粹一些。

（二）舊鈔本《徐侍郎集》二卷。此本見張金吾《愛日精廬藏書志》，張氏曰：“《徐侍郎集》二卷，舊鈔本。唐中書侍郎集賢院學士徐安貞撰。附録《舊唐書》本傳等六則及顧況、趙抃、王瓚詩三首，袁文紀贊一首。”（《愛日精廬藏書志》卷二十九，頁五一五）章鈺《錢遵王讀書敏求記校證》之《徐侍郎集》二卷條注謂此“舊鈔本，當即從清常（趙琦美）本傳録”。若是則此本屬於沈刻本的一個衍生本。

（三）鈔本《徐侍郎集》二卷附録一卷，上海圖書館藏。半葉十一行二十字，楷書結體，鈔於無格白紙上。首卷卷端題“徐侍郎集卷上”，次行具銜名“唐中書侍郎集賢院學士徐安貞撰”，下接正文。卷前唯目録。卷上録賦一首、次詩十首。卷下僅文五首，合計詩文十六首。附録凡《舊唐書》本傳、孫逖《進徐安貞中書侍郎制》及《唐會要》、《雲溪友議》、《吴郡志》等關於徐氏生平事跡，顧況、王瓚等憑弔詩等。據《附録》一卷的内容看，此本所據底本應爲萬曆間刻本。

孟浩然集

孟浩然(六八九～七四〇)字浩然,襄州襄陽(今湖北襄陽)人。早年隱居鹿門山,中年以後北遊洛陽,又漫遊吴越。開元十六年(七二八)四十歲時始赴京應試,未第而歸,復遊吴越。後再入長安,韓朝宗欲薦之,爽約而還。張九齡鎮荆州,辟爲從事。王昌齡自嶺南返京過襄陽,浩然與飲甚歡,食鮮背疽復發,猝然去世。

盛唐山水田園詩壇上,孟浩然與王維雙峰並峙,合稱"王孟"而輝映千秋。但是由於去世突然,浩然作品非其手編,代爲編纂遺作者,乃胞弟洗然與宜城王士源,對此《新唐書·藝文志四》有明確交代,曰:"《孟浩然詩集》三卷,弟洗然,宜城王士源所次,皆三卷也。士源别爲七類。"這表明浩然集原編即有兩種:一爲王編本,一爲洗然所編家集本。所謂"家集",就是"家人的著作集"(羅竹風主編《漢語大詞典》)。王編本今存序文兩篇,對編纂緣起和所編孟集的大概情形均有交代。王氏《孟浩然詩集序》略曰:

> 天寶四載徂夏,詔書徵詣京兆府,過與家臣八坐討論。山林之士麕至,始知浩然物故,嗟哉!……凡所屬綴,就輒毁棄,無編録,常自嘆爲文不逮意也。流落既多,篇章散逸,鄉里搆採,不有其半;敷求四方,往往而獲。既無他士爲之傳次,遂使海内衣冠縉紳,經襄陽思覩其文,蓋有不備見而惜哉。今集其詩二百一十八首,别爲[士]〔七〕類,分上中下卷。詩或缺未成而思清美,及佗人酬贈,咸次而不棄也。(宋蜀刻本《孟浩然詩集》,《中華再造本》唐宋編)

據此,王編本成書於天寶五載(七四六)後,上距開元二十八年(七四〇)浩然去世僅五年。"集其詩二百一十八首"、"别爲七類"乃王編本的主要版本特點。洗然所編家集本,王《序》隻字未提;相反由"凡所屬綴,就輒毁棄,無編録……既無他士爲之傳次"等語看,家集本成書應在王編本之後,因爲王士源乃襄州宜城人,距浩然家鄉襄陽不足百里(見《元和郡縣圖志》卷二一),"敷求四方"的王士源,不可能不訪求浩然的家人;若家集本已成書,王氏焉可斷言"既無他士爲之傳次"? 可見家集本成書定在王編本之後。天寶九載(七五〇),集賢院修撰韋縚獲見王編本,視爲瑰寶,不僅重爲繕寫,增其條目，且爲撰《重序》，“送上秘府”，以求“傳芳無窮”。韋氏《重序》曰：

> 天寶中，忽獲《浩然文集》，乃士源撰，爲之序傳，詞理卓絶，吟諷忘疲。書寫不一，紙墨薄弱。昔虞坂之上，逸駕與駑駘俱疲；吴竈之中，孤桐與樵蘇共爨。遇伯樂與伯喈，遂騰聲於千古。此詩若不遇王君，乃十數張故紙耳。然則王君之清鑒，豈減孫蔡而已哉！予今繕寫，增其條目，復士源之清才，敢自述於卷首！謹將此本送上秘府，庶久而不泯，傳芳無窮。天寶九載正月初三日，特進行太常卿禮儀使集賢院修撰上柱國沛國郡開國公韋滔敘。（宋蜀刻本《孟浩然詩集》，《中華再造善本·唐宋編》）

此“韋滔”之“滔”，乃“縚”之字誤。縚兩《唐書》有傳，又見《元和姓纂》卷二。韋縚《重序》亦未曾提及家集本，可見家集本成書更在天寶九載後。憑實而論，洗然所編家集本，其中不少作品應據浩然手稿，所以在作品的真實性及文字的準確度方面，自然較王士源“敷求四方”所獲世人傳鈔的浩然作品更爲可靠。可惜的是，至今未見家集本有序文傳世，遂使學界長期以來一致認爲家集本無傳。其實這是一種誤解（詳下）。

唐代世上流行的，應爲家集本和王編本這兩種孟集。今存敦煌寫卷伯二五五二、伯二五五五、伯二五六七、伯三六一九、伯三八八五等五個殘卷，存詩十二首，除去重複，共存十首（參徐俊《敦煌詩集殘卷輯考》）。這是今天所能見到的孟詩之最早寫本，表明唐五代時期，孟集已傳到了西域。

《舊唐書·經籍志》收録典籍的下限爲開元末，故天寶以後成書的王、孟、高、岑、李、杜、韓、柳等大家名家的文集均未能入録。

迨北宋，《崇文總目》卷六十一著録《孟浩然詩》三卷。《崇文總目》收録的圖籍，乃慶曆初崇文院三館一閣藏書的實録，且“每條之下，具有論説”（《四庫全書總目》卷八五，頁七二八），即每書撰有敘録。南渡以後敘録逐漸逸佚，唯删存書名、卷數、作者的簡編本傳世，故《總目》所收孟集究爲何種版本，則不得而知。稍後《新唐書·藝文志四》著録《孟浩然詩集》三卷，下注曰：“弟洗然，宜城王士源所次，皆三卷也。士源别爲七類。”此注極爲可貴，不僅指出孟集原編即有家集本和王編本的不同，而且表明北宋仁宗時，兩種孟集仍並存於世，這爲我們今天梳理孟集的版本系統提供了重要綫索。

宋室南渡，晁公武《郡齋讀書志》、尤袤《遂初堂書目》、陳振孫《直齋書録解題》等均著録有孟集。《遂初堂書目》因著録過簡，故不知所録爲何種版本。晁氏《讀書志》卷十七著録《孟浩然詩》一卷，且曰："所著詩二百一十首。宜城處士王士源序次爲三卷，今併爲一，又有天寶中韋縚序。"（《郡齋讀書志校證》卷十七，頁八四六）據晁氏所言，知南宋初尚有一卷本、收詩二百一十首之孟集流行於世。由於此本載有王、韋二《序》，故晁氏將其歸入王編本系統。然而事實上，此本屬於家集本系統（詳下）。南宋後期，陳振孫《直齋書録解題》著録《孟襄陽集》三卷，且曰："唐進士孟浩然撰。宜城王士源序之。凡二百十八首，分爲七類，太常卿韋縚爲之重序。"（《直齋書録解題》卷十九，頁五五八）顯然此本卷數、首數、分類數，均與王《序》合若符契，故學界一致認爲此本保存了王編本的原貌。不過此本書名改爲"孟襄陽集"，已與王編本有所不同。可惜的是以上各本原刻均未流傳下來，爲後世孟集的版本梳理帶來了不便。

宋槧孟集流傳至今者，只有蜀刻本《孟浩然詩集》三卷，今國圖有藏。此本半葉十二行二十一字，卷前首王、韋二《序》，録詩二百一十首。北京圖書館編《中國版刻圖録》、《宋蜀刻本唐人集叢刊》影印本薛殿璽《跋》，均判此種十二行蜀刻本爲南宋中期所槧，而陳氏《解題》失載。此本所載王、韋二《序》及存詩首數，均與晁氏《書志》著録的一卷本合，顯然二者乃同源本。晁氏既將一卷本歸入王編本系統，學界蓋受晁氏影響，長期以來也一致將此本歸入王編本系統。如徐鵬《孟浩然集校注・前言》即判定洗然本"没有流傳下來"，並詳細闡述了蜀刻本屬於士源本系統的種種理由，且十分肯定地説：蜀刻本"從其内容考核，實分爲遊覽、贈答、旅行、送別、宴樂、懷思、田園等七類"，與士源本"别爲七類"合；士源本有詩二百一十八首，蜀刻本"收詩最少"，"可能已在流傳過程中有所遺佚"（徐鵬《孟浩然集校注・前言》，人民文學出版社一九八九年版），言之鑿鑿，似可令人堅信不疑。二〇〇二年《貴陽金築大學學報》第三期發表王輝斌《孟浩然集版本源流考》一文，首次揭櫫蜀刻本屬家集本系統，非常可貴，不過《源流考》見解雖新，卻未作隻字片語的論析，更未拿出堅實有力的證據證明其新見，空口無憑，難以打破學界固有的看法。且作爲考述孟集版本的專文，《源流考》尚未徹底釐清孟集的版本源流系統，不僅將明顧道洪本等多種洗然本系統的孟集誤歸入士源本系統，而且誤判全唐詩本孟集出自汲古閣本（詳下）。蜀刻本乃孟集現存諸古本中唯一的宋槧，是梳理孟集版本系統的關捩，蜀刻本的系統歸屬問題不弄清，則孟集的整個版本源流系統就無法徹底釐清，所以這裏依據筆者發掘的大量新材料，着重對蜀刻本的系統歸屬問題作一番切實的考察和具體的分析。

第一，蜀刻本與王編本文字方面頗有差異。汲古閣刊刻《五唐人詩集》之《孟襄陽集》（詳下）時，毛晉曾用三種不同版本的孟集加以校勘，其中之一爲宋本，另兩種一爲元刻本，一爲明弘治本。毛晉所出校記保存了三種孟集的大量文字材料，非常寶貴。對此毛晉於卷後跋文中明確交代曰：

> 余藏襄陽詩甚多，可據者凡三種：一宋刻三卷，逐卷意編，不標類目，共計二百一十首；一元刻劉須溪評者，亦三卷，類分遊覽、贈答、旅行、送別、宴樂、懷思、田園、美人、時節、拾遺凡十條，共計二百三十三首；一弘治間關中刻孟浩然者，卷數與宋元相合，編次互有異同，共計二百一十八首。至近來《十二家唐詩》及《王孟合刻》等，或一卷，或二卷，或四卷，詮次寡多，本本淆訛。予悉依宋刻，以元本、關中本參之，附以拾遺，共得二百六十六首。間有字異、句異、先後倒者，分注"元刻某"、"今刻某"，不敢臆改云。湖南毛晉識。（民國十五年丙寅上海涵芬樓影印本）

這里毛晉所據"宋刻三卷"存詩二百一十首，卷數、首數均與蜀刻本同，經筆者勘驗毛晉所録"宋本"文字，均與蜀刻本合，可見毛晉所謂"宋刻"就是蜀刻本。毛晉所説"元刻"亦三卷，共二百三十三首，分爲九類（拾遺非類目），顯然此元刻是在王編本的基礎上輯補佚詩、增加類目而成的。至於弘治本三卷，"共計二百一十八首"，卷數、首數與陳氏《解題》著録本悉合，其爲王編本一系的本子無疑。

今檢汲古閣本所出校記，稍加剖析便可發現，宋刻與元刻、時刻本之間文字歧異頗大，而元刻與時刻本之間文字相差甚微。宋刻與元刻、時刻本之間的文字差異，又可分爲兩種情形：(1)部分詩歌宋刻與元刻、時刻句數多寡迥異。如汲古閣本卷一《登總持浮圖》"彌益道心加"句下出校曰："宋刻無'累劫'四句。"又如汲古閣本同卷《還山贈湛法師》"偶與支公鄰"句下出校曰："元刻、時刻俱多'喜得林下契，共推席上珍。念兹泛苦海，方便示迷津'。"是以上二首，宋刻較元刻、時刻均少四句。再如汲古閣本卷三《家園卧疾畢太祝曜見尋》末句出校曰:"'顧予'下八句,元刻、時刻俱缺。"是此詩宋刻較元刻、時刻溢出八句之多,這八句爲:"顧予衡茅下,兼致稟物資。脱分趨庭禮,殷勤伐木詩。脱君車前鞅,設我園中葵。斗酒須寒興,明朝難重持。"諸如此類的例子還可舉出一些,此不贅。(2)宋刻與元刻、時刻遣詞迥異。如汲古閣本卷一《晚泊潯陽望廬山》題下出校曰:"元刻、時刻'望廬山'俱作'望香廬峰'。"今案詩中筆涉東林寺,已超出香廬峰的範圍,故當以宋刻題作"望廬山"爲是;元刻、時刻作"望香廬峰"則意境偏狹矣。又如汲古閣本同卷《尋梅道士張逸人》題下出校曰:"元刻、時刻俱無'張逸人'。"考此詩首聯爲"彭澤先生柳,山陰道士鵝",以陶淵明和山陰道士對舉,亦即以隱逸之士與道士對舉,可見宋刻題中有"張逸人"甚是,元刻、時刻無"張逸人",應誤。再如汲古閣本卷二《留别王侍御》題下出校曰:"元刻、時刻俱作'王維'。"今案唐人酬贈詩,對方若有官職,詩題則用姓氏加官職名以表敬意,此類例子,浩然集中即多有之。此題元刻、時刻直斥王維大名,蓋流傳過程中爲世人所改,應以宋刻"王侍御"爲是。

毛晉這裏所謂"時刻",乃是包括弘治本、《十二家唐詩》和《王孟合刻》等明代三種孟集槧本的合稱,與毛晉跋汲古閣本之"今刻"略同。由上述兩項例證可見,元刻與弘治本等"時刻"文字多同,這就從文字的角度證明元刻與弘治本等時刻同屬於王編本系統。而宋刻與元刻、弘治本等時刻文字差異頗大,部分詩歌竟然相差八句之多。毛晉所説的"宋刻"既然就是蜀刻本,則蜀刻本與王編本文字迥異亦由此得到確證。據筆者統計,汲古閣本凡出校"宋刻某"之異文多達一百五十餘處,這些異文乃蜀刻本與王編本文字迥異的鐵證,而這些異文,大多以蜀刻本爲是,汲古閣本"悉依宋本",而元刻、弘治本等毛晉僅用作校本,這也是蜀刻本優於元刻本、弘治本等時刻的一個有力佐證。

第二,蜀刻本少詩八首並非"遺佚"。王輝斌《源流考》之前,學界一致將蜀刻本較王編本少詩八首的原因解釋爲"可能已在流傳過程中有所遺佚",徐鵬《孟浩然集校注・前言》就是這種看法的代表。事實上這種看法是經不起推敲的,若蜀刻本真的屬於王編本系統,那麼蜀刻本在流傳過程中既已"遺佚"八首,則其現存各詩,邏輯上説應均不出王編本的收録範圍,然而細檢汲古閣本所出校記便可發現,事實並非如此,凡毛晉注明"宋刻有元刻無",或"元刻不載"而宋刻反載其詩者竟達十首之多,這十首詩爲:汲古閣本卷二《與顔錢塘登障樓望潮作》一首，卷三《同曹三御史汎湖歸越》、《盧明府早秋宴張郎中海園即事得秋字》、《臘月八日於剡縣石城寺禮佛》、《與白明府遊江》、《峴亭餞房琯崔宗之》、《送〔先〕〔元〕公之鄂渚尋觀〔生〕〔主〕》、《白雲先生迥歌》、《登峴山亭寄晉陵張少府》及《田家作》（此首汲古閣本校記云"宋刻、元刻俱不載"，大誤，蜀刻本載此首題爲《田園作》，毛晉蓋因題異失察）等九首，此十首詩，今全載於蜀刻本卷中。唯《白雲先生迥歌》乃王迥作、《盧明府早秋宴張郎中海園即事得秋字》乃盧象作，二首原爲孟集的附見詩，蓋後來王迥、盧象二人名字錯入詩題中，遂被誤爲浩然作，其餘八首則均爲浩然詩。元刻本既然出自王編本，輯補佚詩至二百三十三首後，蜀刻本仍有八首超出元刻本的收録範圍之外，顯然這與蜀刻本屬於王編本系統的判斷相抵牾，若蜀刻本真的屬於王編本系統，那麽在已經"遺佚"八首的情況下，蜀刻本决不會反有八首溢出王編本收録範圍之外。那麽蜀刻本録詩是否有過變動？回答是目前還没有材料能够證明這一點。萬曼先生即以爲"孟集在宋代，大致保持原貌，還没有紊亂，元、明以後情形就不同了"（《唐集叙録》，頁七五）。再者，蜀刻本存詩二百一十首，首數恰與晁氏《讀書志》著録的一卷本同，二者應爲同源本。然晁氏未言一卷本及其所據三卷底本有佚失，這亦可間接證明蜀刻本少詩八首並非"遺佚"所致，而是原編就是如此。

第三，蜀刻本並非真正的分類本。徐鵬《前言》謂蜀刻本内容"實分爲遊覽、贈答、旅行、送别、宴樂、懷思、田園等七類"，並以此作爲蜀刻本屬於王編本系統的重要證據之一。王輝斌《源流考》雖云蜀刻本"不是分類本"，但蜀刻本何以不是分類本？《源流考》卻一文莫名。事實上，毛晉跋汲古閣本早已説過：宋刻"逐卷意編，不標類目"，意謂宋刻本各卷隨意編次，未標類目，所以並非真正的分類本。毛晉所説的"宋刻"既爲蜀刻本，今檢蜀刻本各詩編次，亦可證明這一點。請看，依徐鵬《前言》所云，蜀刻本第一類爲"遊覽"，然此類中卻摻有《美人分香》與《聽鄭五愔彈琴》，顯然此二首均不能歸入"遊覽"類中。萬曼先生即云："美人類之詩，亦大半可入懷思類中。"（《唐集叙録》，頁七八）又依徐鵬《前言》，蜀刻本第三類爲"旅行"，然此類中卻雜有《家園卧疾畢太祝曜見尋》一首，顯然此首亦不應編入旅行類中，而應歸入田園類中。再依徐鵬《前言》，蜀刻本殿後一類爲"田園"，然此類中卻雜有《西山尋辛諤》、《陪張丞相登嵩陽樓》、《過融上人蘭若》等遊覽類三首;又雜有《聞裴侍御朏自襄州司户除豫州以投寄》、《登峴亭寄晉陵張少府》等贈答類二首;復雜有《建德江宿》旅行類詩一首;復雜有《同盧明府餞張郎中除義王府司馬就張瓜海作》、《送王吾昆季覲》、《送王宣從軍》、《送從弟邕下第後尋會稽》等送别類四首;復雜有《與王昌齡宴王十一》宴樂類一首;復雜有《上巳日澗南園期王山人陳七諸公不至》懷思類一首。以上十二首,若依徐鵬《前言》所舉七個類目劃分,類屬均很分明,假若蜀刻本真的屬於分類本,在其"大致保持原貌,還没有紊亂"的情況下,是決不會出現如此明顯的分類之誤的。

明顧道洪藻翰齋刻《孟浩然詩集》三卷,所據宋本亦爲蜀刻本(詳下),其《凡例》云:"是集依宋本上中下三卷目録,逐卷隨之,意以類編,初不顯立名目。"(萬曆丙子顧道洪藻翰齋刻《孟浩然詩集》三卷《凡例》,上海圖書館藏)顧氏"意以類編,初不顯立名目"之言,不僅規範了藻翰齋本的編次體例,也間接道出了所據蜀刻本的編次特點:即大致有分類,但比較隨意,所以並非真正的分類本,也不用明標類目。顧氏之言是比較符合蜀刻本的編次實際的,上舉諸多實例,均可以證明這一點。

綜上,蜀刻本不但文字與王編本差異頗大,而且有八首超出了王編本的收録範圍,尤其蜀刻本並非真正的分類本。顧道洪謂蜀刻本與王編本系統的元刻本、明刻本之間"互有字異者,有句異者,有前後倒置者,有通篇不同者"(顧道洪刻《孟浩然詩集》三卷《凡例》)。所有這一切證明,蜀刻本根本不能歸入王編本系統。而宋代,在家集本與王編本並行於世的情況下,蜀刻本既不屬王編本系統,則其屬於家集本系統就是毫無疑議的了。蜀刻本既歸入家集本系統,則與蜀刻本首數相同的晁氏《書志》著録的一卷本及其所據底本三卷,也應屬於家集本系統。再往上溯,則《新唐志》著録的洗然編《孟浩然詩集》三卷,自然也應歸入家集本系統。而王編本則有《新唐志》著録的士源本,及陳氏《解題》著録的《孟襄陽集》三卷本。

由於前此學界誤將蜀刻本及其元明乃至近現代的衍生本皆歸入王編本系統,不僅使得家集本的版本系統被人爲地中斷於宋代,而且造成了元明以後的孟集版本系統的極度混亂。蜀刻本乃梳理孟集版本源流系統的關捩,隨着蜀刻本的系統歸屬問題的徹底澄清,不僅可以使宋代家集本的版本系統恢復舊觀,而且可以使元明以後的孟集版本系統得以徹底釐清。

(一)劉評本。元刻劉須溪評點《孟浩然集》三卷。此本今已無傳,然萬

曆四年(一五七六)顧道洪刻《孟浩然詩集》三卷,其《凡例》曾詳記此本曰:

> 余家藏《孟浩然詩集》凡三種:一宋刻本;一元刻本,即……劉須溪批點者,卷數與宋本相同,編次互有同異,類分標目凡十條:遊覽詩五十七首,贈答詩四十三首,旅行詩三十首,送别詩四十首,宴樂詩十六首,懷思詩十五首,田園詩十九首,美人詩七首,時節、拾遺各三首,共二百三十三首。(上海圖書館藏顧刻本)

據此,此本正文二百三十首,《拾遺》三首。《百川書志》著録有此本,卻謂有詩"二百二十三首",顯誤。上文已證明,此本屬於王編本系統,但已補入佚詩十二首,增補的時間,應在陳録本之後、元刻本之前。《拾遺》三首,應爲劉辰翁輯補。又此本分類標目"凡十條",而《拾遺》非類目,故類目只有九個。王編本原只七個類目,後兩個類目當爲他人或劉辰翁所增。黄丕烈亦嘗藏有此本,後又以重金購得宋蜀刻本,二本互勘,遂謂此本"非特强分門類,不復合三卷原次序,且脱所不當脱……衍所不當衍"(國家圖書館藏宋蜀刻本《孟浩然詩集》三卷黄氏跋)。《百宋一廛書録》論此本更詳,其略曰:

> 余始得須溪先生批點《孟浩然集》元刻本,分三卷,自以爲佳矣。及得此宋刻三卷本,方知元本分卷雖同,而强分門類,脱衍甚多,不如宋刻遠甚。元刻但有宜城王士源序,"宜"誤作"宣",序文首句云:"孟浩字浩然",開卷即錯。通序之錯,不可枚舉。惟宋刻卷首題"孟浩然詩集序,宜城王士源撰",《序》首云:"孟浩然字浩然。"古人名與字多同者,此其可證。王《序》後多《重序》一篇,爲天寶九載正月初三日特進行太常卿禮儀使集賢院修撰上柱國沛國郡開國公韋滔叙,其每卷與元刻異同,不可枚舉。即如《歲晚歸南山作》,《新書》所云浩然"自誦所爲"詩,至"不才明主棄"句云云,豈有史傳載其事,而本集反遺其詩者?元刻脱而宋刻有,此宋刻之妙一也。如《除夕有懷作》,元刻明知《衆妙集》中爲崔塗詩,而猶存之,余觀宋刻卻不如此,此宋刻之妙二也。(《黄丕烈書目題跋》,頁四三四)

上文亦提及,較之蜀刻本,此本不僅作品有脱漏,文字也頗多舛誤。人名舛誤例,如宋蜀本五律《夜泊牛渚趁錢八不及》,題中"錢八",此本作"洛八",當誤;地名舛誤例,如宋蜀本五律《歲晚歸南山》,"南山"二字,此本作"終南山",大誤;又如宋蜀本五排《行出竹東山望漢川》,此本作"行東山出瀟川",

味之詩意，“漢川”是，“瀟川”誤；等等。蜀刻本正因出於家集本，故而没有這些脱誤。由於此本訛誤較多，所以後人多有批評。不過此本刊刻較早，又與蜀刻本源出不同，頗有校勘價值，且此本有不少異文與《文苑英華》相一致，表明《英華》或出於此本，加之此本增入劉辰翁評點，已成爲内容與體例均具特色的本子，後世多有翻刻者。

（二）關中本。明弘治間關中刻《孟襄陽集》三卷。此本今已無存，然毛晉曾有藏，汲古閣刻《孟襄陽集》時曾用爲參校本，上引毛氏《書跋》謂：“弘治間關中刻孟浩然者，卷數與宋元相合，編次互有異同，共計二百一十八首。”此本收詩，與王士源《序》所記合若符契，因知此本保存了王編本的原貌。此本乃王氏原編本的最後一個翻刻本，可惜也已失傳。所幸汲古閣本校記保存了此本與明刻諸本的異文（見上），可以參看。

（三）銅活字本。明銅活字本《孟浩然集》三卷。卷前首王、韋二《序》，卷一爲五古六十一首、七古五，卷二五律百二十九，卷三五排三十七、七律四、五絶十八、七絶七，共二百六十一首。此本乃典型的明人分體改編本唐人詩集，較之元刻本，又增補佚詩二十八首，其中包括蜀刻本溢出王編本的詩十首（含《白雲先生迥歌曰》）。《中國版刻圖録》判此本爲弘治、正德間江南地區印本。若是，則此本乃現存明刊孟集中最早的本子。至於此本的版本淵源，從文字方面看，則多與元刻本爲近。如《春初漢中漾舟》“春潭千丈緑”句下，元刻較蜀刻多“輕舟恣往來”等四句；《還山贈湛禪師》“偶與支公鄰”句下，元刻較蜀刻多“喜得林下契”等四句；《家園卧疾舊遊見尋》“緬懷嵩汝期”句下，元刻較蜀刻少“顧予衡茅下”等八句，以上衍脱情形，此本均同元刻本。且如蜀刻本《送張祥之房陵》“上流據形勝”句，“上流”二字，元刻作“鄢陵”；蜀刻《歲晚歸南山》，“南山”二字，元刻誤作“終南山”。“鄢陵”、“終南山”皆元刻本獨有之字，而此本皆與之同。此本文字多同元刻，且連元刻的訛誤也照樣沿襲，這充分證明此本與元刻本乃同源本；唯元刻增入劉辰翁評點，此本删去劉評並改爲分體編次罷了。職是之故，從文字方面而言，此本應屬於王編本系統。不過因增補佚詩，又分體編次，此本已徹底改變了王編本的原貌。此本文字雖有訛誤，然因刊行較早，故校勘價值頗高。

（四）明活字本。明活字印《須溪先生批點孟浩然集》三卷。卷前有正德元年（一五〇六）南京兵部郎中黎堯卿《序》，次目録。卷上遊覽五十七首、贈答四十三，卷中旅行三十、送別四十，卷下宴樂十六、懷思十五、田園十九、美人七，時節、拾遺各三，共二百三十三首。顯然此本分卷、分類、收詩數量皆與元刻本合，屬於元刻本的下位本。黎氏《序》曰："一日偶得襄陽孟浩然之作……方置几案披閲，忽白下□子安至，見悦之，堅請受梓。乃恨其蠹敗也，掇拾散帙，補其缺而竄其訛謬，付之匠工，期與好事者共之……天子時改元正德夏四月吉，賜進士出身奉議大夫南京兵部郎中東川黎堯卿識。"因爲經過校勘訂補，故此本個别文字與元刻稍有不同。此本文字亦偶有訛誤，如蜀刻本《醉後贈馬四》"相得半酣時"，"得"字，據汲古閣本校記，元刻本作"待"，而此本作"侍"，當誤。上海圖書館藏本原爲繆荃孫所有，卷中有"荃孫"朱文長方印等，唯卷下第四十七葉下半葉、第四十八葉上半葉均爲鈔配。

（五）明覆宋本。嘉靖十五年丙申（一五三六）覆刻無錫楊氏藏宋本《孟浩然集》三卷。此本嚴紹璗《日藏漢籍善本書録・集部・别集類》有著録，嚴氏曰："《孟浩然集》三卷，（唐）孟浩然撰。明嘉靖十五年丙申（一五三六）影無錫楊氏藏宋刊本，共一册。鹿兒島大學中央圖書館岩元文庫藏本。"據書名判斷，所據宋本顯然與蜀刻本不同，或屬王編本系統一宋刻本歟？若然則浩然幸甚，讀者幸甚！惜未能一睹其真容也！異時，若將此本與宋蜀本、汲古閣本所載弘治本等的異文對勘，則定會有新的發現。

（六）屠氏本。嘉靖十六年丁酉（一五三七）屠倬、陳鳳等刻《王孟合集》所收《孟浩然集》四卷，今國圖有藏。此本亦分體編次，共二百六十三首。較之銅活字本，此本溢出五古《洗然弟竹亭》、《齒坐呈山南諸隱》及五絶《送張郎中還京》三首；而銅活字本溢出此本七絶《初秋》一首。從文字方面看，此本與銅活字本爲近，如《春初漢中漾舟》"春潭千丈緑"句下，銅活字本較蜀刻本多四句；《還山贈湛禪師》"偶與支公鄰"句下，銅活字本較蜀刻本多四句；《家園卧疾畢太祝曜見尋》"緬懷嵩汝期"句下，銅活字本較蜀刻本少"顧予衡茅下"等八句。以上衍脱情形，此本均與銅活字本同。銅活字本《襄陽旅泊寄閻九司户》，"襄陽"二字誤，此本同；元刻本作"泊湖"、蜀刻本作"湖中"。銅活字本《送吴宣從軍》，"吴宣"，此本同；蜀刻本、元刻本皆作"王宣"。再如銅活字本《送崔易》，"崔易"，此本同；蜀刻本作"崔遏"、元刻本作"崔逷"。以上諸例中的"襄陽"、"吴宣"、"崔易"，皆銅活字本獨有之詞，而此本均與之同，可見此本是以銅活字本爲底本，補入佚詩二首後，再分編四卷而成的。後世孟集分編四卷即始於此本。由於此本收詩較銅活字本爲多,故後來翻刻孟集者多據此本。不過此本文字與銅活字本也有不同,如此本《送張祥之房陵》"山河據形勝"句,"山河"二字,元刻本、銅活字本作"鄢陵",蜀刻本作"上流"。又如此本《歲暮歸南山》,題中"南山",蜀刻本同;而元刻本、銅活字本皆誤作"終南山",可見此本文字作過校勘。

(七)朱警本。嘉靖十九年庚子(一五四〇)朱警輯刻《唐百家詩》所收《孟浩然集》三卷。半葉十行十八字,左右雙欄,白口單黑魚尾下鎸"孟浩然集"字樣。此本詩分類編次,卷上遊覽二十六、覽望三十一、贈答四十三,卷中旅行三十、送别四十,卷下宴樂十七、懷思十五、田園十九、美人七、時節三、拾遺三,共二百三十四首。劉評本"遊覽"類,此本分爲"遊覽"與"覽望"二類,其餘類目二本均同,唯此本"宴樂"類補入佚詩一首,故共二百三十四首。此本文字也與劉評本多同,如宋蜀本五律《夜泊牛渚趁錢八不及》,題中"錢八",劉評本作"洛八",當誤,此本誤同。宋蜀本五律《歲晚歸南山》,題中"南山",劉評本作"終南山",大誤,此本誤同。宋蜀本五排《行出竹東山望漢川》一題,劉評本作"行東山出瀟川",味之詩意,"漢川"是,"瀟川"誤,此本誤同,等等,此本並劉評本的訛誤亦照樣沿襲,可見乃是據劉評本翻刻者,只是删去了劉評的文字而已。徐鵬《前言》謂此本出自蜀刻本,疏於深考致誤耳。

(八)四部叢刊本。嘉靖中槧《孟浩然集》四卷。卷前首王、韋二《序》,卷後無附録。詩亦分體編次,卷一爲五古六十三首,卷二七古五、五排三十七,卷三五律七十八,卷四五律五十一、七律四、五絶十九、七絶六,共二百六十三首。此本編次的明顯特點,是五排置於七古後、五律前,與銅活字本五排置於五律後、七律前迥異。此本分卷、分體、收録作品數量與屠氏本完全相同,文字也與屠氏本相差甚微。如屠氏本《送張祥之房陵》"山河據形勝"句,"山河"二字,此本同;而元刻本、銅活字本作"鄢陵",蜀刻本作"上流"。屠氏本《和于判官登萬山亭因贈洪府都督韓公》,題中"于判官",此本同;而元刻本、銅活字本、朱刻本皆作"趙判官";蜀刻本作"張判官"。再如屠氏本《夏日浮舟過滕逸人别業》,題中"滕逸人",此本同;而元刻本、銅活字本、朱刻本均作"陳逸人",蜀刻本作"張逸人"。"山河"、"于判官"、"滕逸人",這些都是屠氏本獨有之詞,而此本皆與之同,可見此本所據底本乃屠氏本無疑。此本今存尚有多部,《四部叢刊》初編即據此本影印,簡稱"四部叢刊本”。

（九）張刻本。嘉靖三十一年壬子（一五五二）張遜業輯校、江都黄埻東壁圖書府刻《十二家唐詩》所收《孟浩然集》上下二卷。此本分七體，上卷五古六十三首、七古五；下卷五律百二十九、七律四、五排三十七、五絶十九、七絶六，共二百六十三首。收詩數量與屠氏本、叢刊本完全相同。編次方面，叢刊本五排在七古後、五律前，此本調至七律後、五絶前；其餘各詩，編次完全與叢刊本相同。此本文字也與屠氏本、叢刊本同，故當是據屠氏本或叢刊本翻刻的。然亦偶有誤字，如叢刊本五律《送謝録事之越》“涼風西北吹”句，“北”字，此本訛作“比”。再如叢刊本七絶《涼州詞二首》其二首句“異方之樂令人悲”句，“方”字，此本訛作“萬”，等等。又，此本雖以叢刊本或屠氏本爲底本，但是二本的異文，此本卻極少保留，或録正文而棄異文，或徑取異文而棄正文。如五排《同王九題就師山房》“竹閉窗裏日”句下，叢刊本出校異文曰：“一作竹蔽簷前日。”此本徑録異文，正文則被捨棄。

（十）顧刻本。萬曆四年丙子（一五七六）顧道洪藻翰齋刻《孟浩然詩集》三卷附《補遺》、《拾遺》一卷《外編》一卷。國家圖書館、上海圖書館皆有藏。國家圖書館藏本有清邵曰誠題款。半葉十行十八字，小字雙行同。四周單欄，版心白口單魚尾，上頂邊欄鐫“浩然詩”三字，魚尾下鐫卷次。卷前首王、章二《序》，次《凡例》。《外編》有“孟浩然騎馬吟詩圖”冠首，圖後有顧氏跋，末署“萬曆丙子上元梁源山人顧道洪跋”。首卷卷端題“孟浩然詩集卷上”，次行下方題“宋廬陵劉辰翁評點”，三行下方題“明勾吴顧道洪參校”。三卷各有子目冠於卷前。此本《凡例》曰：

> 余家藏《孟浩然詩集》凡三種：一宋刻本；一元刻本，即劉須溪批點者；一國朝吴下刻本，即高岑王孟等十二家者。暇日集覽窗几，參互考訂，多見異同。因以宋本爲近古，庶鮮失真，廼依之爲準則。互有字異者，有句異者，有前後倒置者，有通篇不同者，並於宋本内注元本作某，今本作某，或二本作某，字句亦如之，隨所詳悉。復照須溪批點增入，以備觀覽。……
>
> 一、是集依宋本上中下三卷目録，逐卷隨之，意以類編，初不顯立名目。上卷計詩八十五首，中卷計詩六十三首，下卷計詩六十二首，共詩二百十首。外有張子容二首，《白雲先生迥歌》一首，二本俱不載，復附入名人懷贈内。

一、元本劉須溪批點者，卷數與宋本相同，編次互有同異，類分標目凡十條：遊覽詩五十七首，贈答詩四十三首，旅行詩三十首，送别詩四十首，宴樂詩十六首，懷思詩十五首，田園詩十九首，美人詩七首，時節、拾遺各三首，共二百三十三首，多於宋本二十三首。卷末須溪别有詩評二條，今併入《外編·詩話類》。

一、今本即《盛唐十二家詩》之一，詩以體編，分爲四卷，計五七言古詩六十八首，五言排律三十七首，五七言律詩一百三十三首，五七言絶句二十五首，共二百六十三首。

一、元本多於宋本二十三首，今本又多於元本三十首，共多於宋本五十三首，另立補遺。又采輯《國秀集》内二首，《文苑英華》内一首，皆諸本所不載者，名爲《拾遺》，與《補遺》共爲一卷。

一、浩然才名逸望，冠絶古今，惜其事文皆散見群籍，爰立《外編》。首録《文苑》、《文藝》本傳，次《襄陽耆舊傳》，繼而序、箋、像贊、跋等雜文四篇，又歷代名人懷贈等詩二十六首，復搜采逸典、詩話等二十八條，萃成一帙，附於集後……梁源山人顧道洪漫志於藻翰齋。（上圖藏顧氏藻翰齋刻本）

據此可知，此本以宋本"爲準則"，録詩二百一十首。所謂"宋本"，據筆者考察就是蜀刻本，所以此本乃蜀刻本的下位本，屬孟洗然所編家集本系統。以元刻本、張刻本爲校本，異文夾注於正文間，有寶貴的參考價值。此本全部過録劉須溪的批點文字，以便讀者。復録元刻本溢出的二十三首，明槧溢出的三十首，凡五十三首爲《補遺》，另據《國秀集》、《文苑英華》輯補遺詩三首，另編爲《拾遺》附後，故共二百六十六首，成爲一時收詩最多的本子。《外編》一卷，則收録浩然生平事蹟，序、箋、像贊、跋等雜文，歷代名人懷贈詩以及逸典、詩話等萃成一帙，以饗讀者。職是之故，此本遂成爲體例合理、編輯完善的整理本。今上海圖書館藏本鈐有"武林葉氏藏書印"朱文長方印、"合衆圖書館藏書印"朱文長方印、"上海圖書館藏"朱文長方印等鑒藏印記，知此本晚清時曾爲杭州葉景葵藏書，民國時歸合衆圖書館，新中國成立後入藏上海圖書館。

（十一）楊刻本。萬曆十二年甲申（一五八四）楊一統刻《唐十二家詩》所收《孟浩然集》一卷。唐十二家，各家一卷，詩分體編次。《王勃集》前有黄道日序、東郡孫仲逸序、楊一統自序。孫氏《刻唐十二家詩序》曰：

都有唐諸作而隲之，則兹集數人爲首。今海内人士，不翅沈酣枕藉之，故江都之刻，不數載已復初木。余友人楊允大再刊于白下，而校加精焉，屬不佞序之首簡……萬曆甲申玄提月。

孫《序》提及"江都之刻"，即張遜業輯、江都黄埻刻《十二家唐詩》所收《孟浩然集》二卷。此本收詩篇目、序次等俱與張遜業本同，文字雖經校勘，但與張本大抵一致，可見此本乃據張遜業本翻刻無疑，唯卷數由二卷合併爲一卷耳。此本嚴紹璗《日藏漢籍善本書録·集部·别集類》亦有著録。

（十二）詩紀本。萬曆十三年乙酉（一五八五）黄德水、吴琯輯刊《初盛唐詩紀》所收《孟浩然詩》四卷。首卷五古五十六首、七古六，次卷至第三卷五律百三十二，第四卷七律四、五排三十九、五絶十九、七絶七，共二百六十三首。此本雖分體編次，然而文字卻多與蜀刻本相同。《詩紀·凡例》曰："是編多本人原集。"又曰："是編校訂，先主宋板諸書，以逮諸善本。有誤斯考，可據則從，其疑仍闕，不敢臆斷，以俟明者。"今案此本五古《初春漢中漾舟》校記，凡三次提及"宋板作某"或"宋板無某"，可見此本文字的確是據"宋板"校訂的。如《湖中旅泊寄閻九司户防》，題中"湖中旅泊"四字，蜀刻本同；而元刻作"泊湖"，銅活字本、屠氏本、叢刊本皆誤作"襄陽"。此本《送崔遏》，"崔遏"，蜀刻本同；而元刻本作"崔逷"，銅活字本、屠氏本、叢刊本均作"崔易"。再如此本《東京留别諸公》，"東京"誤，蜀刻本誤同；而元刻本、銅活字本、屠氏本、叢刊本均作"京還"，甚是。以上諸例可證，此本所據底本確實爲蜀刻本。然此本文字並不固守底本，如此本《峴潭作》，"潭"字，元刻本、銅活字本、屠氏本、叢刊本同；而蜀刻本作"山"。此本《送張祥之房陵》"山河據形勝"句，"山河"二字，屠氏本、叢刊本同；元刻本、銅活字本皆作"鄢陵"，蜀刻本作"上流"。再如《送吴宣從事》，"吴宣"，銅活字本、屠氏本、叢刊本同；而蜀刻本、元刻本作"王宣"，等等，已皆與蜀刻本不同。此本正文間出校異文頗多，並增加了不少題注，可見作過一番切實的校勘工作。然而此本增補佚詩，分體編次，已不同於蜀刻本原編的面貌。

（十三）許刻本。萬曆三十一年癸卯（一六〇三）許自昌輯霏玉軒刻《前唐十二家詩》所收《孟浩然集》二卷。此本書名、分卷、篇目、序次、行款與張刻本全同，文字也與張刻本相差甚微。如蜀刻本五律《夏日浮舟過張逸人别業》，"張逸人"，屠氏本、叢刊本、張刻本作"滕逸人"，此本同。蜀刻本五律《途次》，屠氏本、叢刊本、張刻本作"落日望鄉"，此本同。再如蜀刻本五排《陪張丞相祠紫蓋山[述]〔途〕經玉泉寺》,題中"寺"字,屠氏本、叢刊本、張刻本誤作"詩",此本同。以上諸例可證,此本乃屠氏本、叢刊本、張刻本的下位本。上文已指出,張刻本以屠氏本或叢刊本爲底本,然二本出校的異文,張刻本極少保留,有時徑録異文而棄正文,如二本五排《同王九題就師山房》"竹閉窗裏日"句下出校曰:"一作竹蔽簷前日。"張刻本徑録校文作"竹蔽簷前日",而捨去正文。若是,則"竹蔽簷前日"乃張刻本獨有的文字,而此本與之同,這足以證明,此本是據張刻本翻刻的。不過,此本也改正了張刻本的一些訛誤,如屠氏本、叢刊本七絶《涼州詞二首》其二"異方之樂令人悲"句,"方"字,張刻本訛作"萬",此本改回仍作"方"字,甚是,等等。此本采用匠體字,字大如錢,刊印清晰,極少訛誤,在孟集諸古本中是一個較精的本子。

(十四)鄭刻本。鄭能刻《前唐十二家詩》所收《孟浩然集》上下卷。今國圖藏有孟王高岑四集,各集卷首次行下方均署"晉安鄭能拙卿重鐫",因知此四家爲鄭氏《前唐十二家詩》的零本,但館藏書目題作《唐四家詩》,非是,鄭氏並未另外刊行《唐四家詩》。此十二家均上下二卷,版式、行款相同,皆分體編次。此本卷上五古六十三首、七古五,卷下五律百二十九、七律四、五排三十七、五絶十九、七絶六,共二百六十三首。鄭能《前唐十二家詩》乃許自昌《前唐十二家詩》的翻刻本(參本書《駱賓王集》),故浩然此本與許刻本書名、分卷、篇目、序次皆相同,文字差别亦甚微。

(十五)凌刻本。凌濛初刻朱墨套印本《盛唐四名家集》所收《孟浩然詩集》上下卷,南圖藏本原爲丁丙舊書,《善本書室藏書志》卷二十四有著録。半葉八行十九字,左右雙欄,白口無魚尾。各卷卷端三、四行下方分别署"宋廬陵劉辰翁評"、"明北地李夢陽參"。卷前首王士源《序》、次目録。卷後有劉辰翁、李夢陽、李克嗣三跋及凌濛初題識。此本亦分體編次,上卷五古六十三首、五律三十三,下卷五律百三十二、七古五、七律四、五絶十八、七絶七,共二百六十二首。顯然,此本雖載有劉、李二人評語,然與元刻本分類編次,已迥然不同。劉、李二人評語,多以朱紅套印於天頭上,亦偶有在正文行間者,校記亦用朱紅套印於行間,頗爲省目。卷後凌濛初《跋》曰:

> 《襄陽詩集》劉須溪先生批校本,乃其全者。近更得友人潘景升家所梓行,則復有李空同先生所參評。間相攻駁,亦有删削。蓋李以崛起關中,雄視千古,故每於格調之間深求之,然亦可以見言詩者一[班]

〔斑〕。今全録則從劉本，次第則從李本，以李每言“若干首爲一格”，若從劉，則李批不協耳。獨《除夜》詩“漸與骨肉遠，轉於僮僕親”爲崔塗作，而舊所刻孟集皆有之，聲調意趣雖似相近，然唐王士源《序》云“詩二百一十八首”，今皆逾其數，則向來流傳錯雜，恐亦不免，非易牙亦難辨澠淄矣。（上圖藏凌刻本）

據此，此本文字從元刻本，故應屬於元刻本一系的本子，然亦經過校勘。如蜀刻本《歲晚歸南山》，“南山”二字，元本誤作“終南山”，此本改作“南山”。又如蜀刻本《送崔遏》，題中“遏”字，元刻本作“逷”，此本改作“遏”，校曰“一作易”。再如蜀刻本《和張判官登萬山亭因贈洪府都督韓公》，題中“張判官”，元刻本作“趙判官”，銅活字本、朱本同；屠氏本，叢刊本作“于判官”，此本亦作“張判官”，校曰“一作于”；等等。此本編次，則從李本，故改元刻分類本爲分體本；收詩二百六十二首，較叢刊本等少一首，凌氏謂《除夜》一首爲崔塗作，故削去之。此本嚴紹璗《日藏漢籍善本書録・集部・别集類》亦有著録。

（十六）統籤本。胡震亨編《唐音統籤》所收《孟浩然詩》五卷，編卷一百四至一百八，丙籤二十。此本亦分體編次，首卷五古二十九首，次卷五古二十八、七古六，第三至四卷五律百三十二，第五卷五排三十九、七律四、五絶十九、七絶七，殘句二則，共二百六十四首，殘句二則。胡氏曰：“王士源編集爲詩二百十首，劉[期]〔須〕溪增多二十三首，近世顧道洪本復益三十首。今校定爲二百六十四首。”（《唐音統籤》第二册，頁一四〇）顯然，胡氏謂王編本有詩二百十首，不確，所説乃家集本。又劉須溪增多僅三首，胡氏謂其增多二十三首，亦未確。至於版本淵源，胡氏没有明言。今考此本分體與詩紀本全同，唯五律《春意》一首，此本移入五古，其餘均同詩紀本。統籤本編次，先分體，再分類，所以各體詩的編次與前此各分體本均不相同。此本文字亦多與《詩紀》同，且連詩紀本出校的異文和脱誤也幾乎全同。如蜀刻本《岳陽樓》一首，元刻本、銅活字本、屠氏本、叢刊本皆題作“臨洞庭”，唯詩紀本題作“望洞庭湖贈張丞相”，此本與之同。又如蜀刻本《途次》一首，朱本、顧道洪本、汲古閣本同；而銅活字本、屠氏本、叢刊本題作“落日望鄉”；唯詩紀本題作《途次望鄉》，此本同。再如蜀刻本《送韓使君除洪州都曹韓公父嘗爲襄州使》，題中“嘗”字，唯詩紀本訛作“常”，此本亦訛作“常”，等等。以上所舉諸例，均是詩紀本獨有的文字，而此本全與之同，甚至連其舛誤也照樣沿襲，可見此本是以詩紀本爲底子編輯而成的，故應屬於家集本系統。此本較詩紀本溢出五律《題梧州陳司馬山齋》一首，應爲胡氏輯補的佚詩。此本文字也作了校勘，改正了詩紀本一些訛誤。如詩紀本《送崔遏》，題中"遏"字，蜀刻本同；元刻本作"曷"，銅活字本、屠氏本、叢刊本皆作"易"；胡氏據元刻本校改作"曷"。不過，此類校改並不多。

（十七）汲古閣本。毛晉汲古閣刻《五唐人詩集》所收《孟襄陽集》三卷。"五唐人"者，首孟浩然，次孟郊、李紳、温庭筠、韓偓五家，皆半葉九行十九字，左右雙邊，白口無魚尾，版心下方鐫"汲古閣"三字。此本内封面題"襄陽集"三個大字，版心上方頂邊欄鐫"襄陽"二字。卷前唯王士源《序》，由戈泓草書上版，無總目。各卷首題"孟襄陽集卷第幾"，又各卷有子目，然均單列，置於各卷之前，與他本卷題後綴子目連接正文者迥異。此本分類編次，卷一遊覽五十七首、贈答四十三，卷二旅行三十一、送别四十，卷三宴樂十八、懷思十五、田園二十、美人七、時令三，凡九類，共二百三十四首，《拾遺》三十一首，合計二百六十五首。另附張子容詩二首、王維詩一首。毛晉《孟襄陽集跋》曰：

> 余藏襄陽詩甚多，可據者凡三種：一宋刻三卷，逐卷意編，不標類目，共計二百一十首；一元刻劉須溪評者，亦三卷，類分遊覽、贈答、旅行、送别、宴樂、懷思、田園、美人、時節、拾遺，凡十條，共計二百三十三首；一弘治間關中刻孟浩然者，卷數與宋元相合，編次互有異同，共計二百一十八首。至近來《十二家唐詩》及《王孟合刻》等，或一卷，或二卷，或四卷，詮次寡多，本本淆譌。予悉依宋刻，以元本、關中本參之，附以拾遺，共得二百六十六首。間有字異句異、先後倒者，分注"元刻某"、"今刻某"，不敢臆改云。湖南毛晉識。（跋文又見毛晉《隱湖題跋》，虞山叢刻本，《明代書目題跋叢刊》影印本下册）

上文已言及毛氏所謂"宋本"，即蜀刻本；而毛氏所謂"悉依宋刻"，也只是就文字之大體而言，實則又"以元本、關中本參之"，且參考了顧道洪本，擇善而從，彙爲定本，異文録入校記，保存了元刻本、弘治本等諸本的許多寶貴文字材料。然而就文字總體而言，則應歸入家集本系統，屬於蜀刻本的下位本。至於此本編次和分類，則全從顧道洪本，分爲九類，另有《拾遺》三十一首，所以其編次又保存了顧道洪本的面貌。此本亦有失誤，如《盧明府早秋宴張郎中海園即事得秋字》題下注曰“此首宋刻有元刻無”，元刻既無此首，然“雲物是新秋”句，“新”字下卻出校“元刻高”，顯誤。實則作“高”字者，乃銅活字本。又如《拾遺》中《田家作》一首題下注曰“宋刻元刻俱不載”，然蜀刻本實載此首。再如《庭橘》題下無注，表明此首宋刻、時刻俱有，然蜀刻本實無此首，等等。不過這些皆校勘時疏忽所致。此本上圖有藏，首卷卷題下方有“莫棠字楚生印”朱文長方印、“瑞軒”朱文方印、“尊敕堂”朱文長方印、“獨山莫氏銅井文房藏書印”朱文長方印等，卷後有無名氏以墨筆過録毛氏《孟襄陽集跋》，民國十五年（一九二六）上海涵芬樓影印《五唐人詩集》本《孟襄陽集》三卷，所據即此本。又此本有民國十三年（一九二四）上海東雅書局影印本，内封面題“孟襄陽集”，背面署“中華民國十三年上海東雅書局依汲古閣原本影印”，一函三册，封面題籤上方署“原本影印”，中部爲“孟襄陽集”四個大字，下方爲“君宜署”三小字，及金文木記“鈕”字。

清代以來孟集的傳承情形如下：

（一）全唐詩本。康熙敕編全唐詩本《孟浩然詩》二卷。《全唐詩》主要依據胡震亨《唐音統籤》和季振宜《全唐詩稿本》二書修訂而成。而季氏《稿本》中的《孟浩然詩》，乃是將上述詩紀本《孟浩然詩》四卷原刻入編，删去卷次和各體詩標目，再輯補佚詩《清明即事》、《示孟郊》、《雨》、《題梧州陳司馬山齋》與《歲除夜有懷》凡五首，删去五律《渡揚子江》編輯而成的，共二百六十七首。美國《柏克萊加州大學東亞圖書館中文古籍善本書志》，在著録汲古閣本《孟襄陽集》三卷時説：“季振宜《全唐詩》稿本，其中《襄陽集》正文係用汲古閣刻《唐詩紀事》爲底本。”此言大誤。（《稿本》正文實用詩紀本原刻，版心上方“詩紀”二字清晰可辨。《唐詩紀事》録浩然詩僅九首，其中二首尚非完詩，焉能用作底本？）唯《稿本》卷首浩然小傳，係用《紀事》剪貼而成，著録者未加深考，即判《稿本》孟集用《紀事》爲底本，因而致誤。《稿本》文字，季氏用《河岳英靈集》、《國秀集》、《才調集》、《文苑英華》、《唐詩紀事》、《樂府詩集》、《萬首唐人絶句》、《歲時雜詠》、《瀛奎律髓》等近十種總集參校，用功可謂勤矣，然因校本只用總集，集本多在所棄，故許多舛誤未能得以糾正。如詩紀本《從張丞相遊南紀城獵戲贈裴迪張參軍》一詩，題中“南紀城”誤，蜀刻本誤同；而銅活字本、屠氏本、叢刊本皆作“紀南城”，甚是。不過此類失誤較少見。康熙敕修《全唐詩》所收《孟浩然詩》二卷，便是以季氏《稿本》中的孟集爲底本，删去《稿本》所補《雨》一首，而季氏所删《渡揚子江》一首，編臣又將其補入卷中，並據《統籤》補入殘句二則，分編二卷而成。故《全唐詩》共二百六十七首，殘句二則。文字方面，編臣作了進一步校勘，然《稿本》失校之"南紀城"，編臣亦未能校出。校書不易，於此可見一斑。然白璧微瑕，全唐詩本無論文字品質還是收詩數量，在現傳孟集諸古本中無疑是最好的一種。

（二）汪刻本。康熙四十一年壬午（一七〇二）汪立名校刻《唐四家詩》所收《孟襄陽詩集》上下二卷。半葉十行十九字，左右文武雙邊，粗黑口，單魚尾下有"孟襄陽詩集卷某"字樣，各卷首題"孟襄陽詩集"，卷後均有"天都後學汪立名西亭輯訂"字樣。此本亦分體本，以七體編詩，收詩數量、編次及文字悉如叢刊本，可見此本是以叢刊本爲底本翻刻的。然汪氏也糾正了叢刊本的一些訛誤，如叢刊本五排《陪張丞相祠紫蓋山途經玉泉詩》，題中"詩"字誤，汪氏校改作"寺"字，甚是。叢刊本五律《赴命途中逢雪》，題中"命"字誤，汪氏校改作"京"字，甚是。此本亦偶有失校之處，如《遊明禪師西山蘭若》，題中"遊"字，此本誤作"送"；又如《初年樂城館中卧疾懷歸》，題中"歸"字下，此本衍一"作"字；等等。總之，此本訛字較少，在清刻孟集中，不失爲一個較好的本子。上海圖書館藏有此本，卷内有"村花煙舍"、"陳印浴新"、"五鳳齋主人"等鑒藏印記，只是卷前已殘損，唯存《新唐書》本傳之後半，然正文尚全，字裏行間有無名氏以朱、墨二筆所作校記，且時有批語散見於天頭和字裏行間；卷後有無名氏輯補的佚詩《初秋》、《送邢台州濟》、《賦得黄葉階前有幾堆》三首，《送邢台州濟》詩曰："海上仙山屬使君，石橋琪樹古來聞。他時畫出白團扇，乞取天台一片雲。"《賦得黄葉階前有幾堆》曰："秋風動客心，寂寞對空山。黄葉蕭蕭冷，丹楓漸漸斑。情生聲色裏，趣在有無間。獨步尋詩思，閑階任往還。"二詩不見於《全唐詩》，陳尚君《全唐詩補編》亦未收。

（三）四庫本。乾隆敕修《四庫全書》所收《孟浩然集》四卷。《四庫全書總目》曰：

> 《孟浩然集》四卷，江蘇蔣曾瑩家藏本。……前有天寶四載宜城王士源序，又有天寶九載韋滔序。士源序稱……今集其詩二百一十七首，分爲四卷。此本四卷之數，雖與序合，而詩乃二百六十二首，較原本多四十五首。洪邁《容齋隨筆》嘗疑其《示孟郊》詩時代不能相及。

今考《長安早春》一首,《文苑英華》作張子容,而《同張將軍薊門看鐙》一首,亦非浩然遊跡之所及,則後人竄入者多矣。士源序又稱詩或闕逸未成,而製思清美,及他人酬贈,咸次而不棄。而此本無不完之篇,亦無唱和之作,其非原本,尤有明徵。排律之名,始于楊宏《唐音》,古無此稱。此本乃標"排律"爲一體。其中《田家元日》一首、《晚泊潯陽望香爐峰》一首、《萬山潭》一首、《[渭]〔澗〕南園即事貽皎上人》一首,皆五言近體,而編入古詩。《臨洞庭》詩,舊本題下有"獻張相公"四字,見方回《瀛奎律髓》,此本亦無之。顯然爲明代重刻,有所移改。(《四庫全書總目》卷一四九,頁一二八二至一二八三)

館臣謂蔣氏藏本分體編次,收詩二百六十二首,有僞作《示孟郊》等混入,因判蔣藏本"非原本",乃"明代重刻,有所移改"等等,均極有見地。然蔣藏本究爲何種版本,所來何自?則館臣並未明言。今考此本書名、分卷、收詩數量、編次及文字等,皆與叢刊本完全相同,可見蔣藏本所據乃明刊本或屠氏本,因屬王編本一系的本子。不過,館臣謂"集中稱'張相公'、'張丞相'者凡五首",皆爲張説作,此説顯得武斷,實則經幾代學者研究,今學界一般以爲,集中稱"張相公"、"張丞相"者,乃九齡,浩然與張説實無交往。

(四)方刻本。光緒五年己卯(一八七九)方功惠輯方氏碧琳琅館朱墨套印本《王孟詩評》所收《孟浩然詩集》二卷,宋劉辰翁、明李夢陽評。今中國社科院文學所圖書館有藏本。此本分體編排,上卷五古、五律凡九十六首;下卷五律、五排、七古、七律、五絶、七絶凡百六十六首,共二百六十二首。顯然,此本是據凌濛初本翻刻的。

(五)石印本。光緒十年甲申(一八八四)上海同文書局二次石印《唐人合集》所收《孟浩然集》四卷。《合集》收録王孟高岑四家詩,版式同一,皆半葉十行十八字,左右雙邊,白口無魚尾,口内横綫下題寫書名。此本版心有"孟浩然集卷某"字樣,卷前首王、韋二《序》,卷後無附録。河南大學圖書館藏本原爲萬曼先生私人藏書,卷前有萬先生跋文,墨色燦然若新,卷内天頭地脚出校的異文,蠅頭端楷,密密麻麻,可以看出萬先生對孟集頗下過一番校勘功夫。萬先生《跋》當作於二十世紀四五十年代,其《跋》略曰:

王《序》謂集其詩二百一十七首,分爲四卷;《四庫提要》謂江蘇蔣曾瑩家藏本卷數雖合,而詩有二百六十二首,較原本多四十五首。洪邁嘗疑其《示孟郊》詩,時代不能相及;《長安早春》一首,《文苑英華》作張子容,《同張將軍薊門看燈》一首,亦非浩然遊蹤所及,則後人竄入者多矣。此本與上海涵芬樓影印明刊本卷數、款式完全相同,當同一祖本,亦有《示孟郊》諸詩,不知與蔣氏家藏本同否?萬曼識。

跋文末鈐"萬曼之印"白文方印一枚。當時,萬先生難得一見四庫本孟集,故喟歎"不知與蔣氏家藏本同否"?又謂"此本與上海涵芬樓影印明刊本卷數、款式完全相同,當同一祖本,亦有《示孟郊》諸詩",所言甚有見地。今案:此本乃據屠氏本或叢刊本影寫上版石印,故與叢刊本卷數、款式完全相同,屬於明刊本的影寫石印本。然而細繹此本,發現與叢刊本還是有區别的,此本卷前序凡三版,版心題"浩然集序",叢刊本卷前序版心題"孟浩然集序",多出一"孟"字。其餘分卷、録詩數量、編次及文字全同。

(六)湖北書局本。光緒十三年丁亥(一八八七)胡鳳丹輯湖北官書局重刻《唐四家詩集》所收《孟襄陽集》二卷。此"唐四家"爲王孟韋柳,全一函共五册,河南大學圖書館藏本爲夾板裝,上板封面題籤"唐四家詩集",右上方小字署"清胡鳳丹輯",左方小字題"清光緒十三年湖北官書局重刻本"。《四家詩集·凡例》曰:"是編王孟韋柳四家,均從《全唐詩》録出,復搜求各本或專集或選本,一一考校,凡集中稱某字一作某字者,悉仍全唐詩本之舊,其或檢查他本互有異同者,則曰某本作某字以别之。"河南大學藏本此《凡例》錯裝在《王維集》小傳之後。據《凡例》可知,此本乃全唐詩本的翻刻本,半葉十行十八字,左右雙欄,版心白口無魚尾,題曰"孟集卷某"。卷前小傳,亦全唐詩本所原有,然目録二卷乃新編。首卷卷端題"孟襄陽集卷一"。此本因用他本作過校勘,所以增加了少量校記。

(七)鄂官書處本。民國元年(一九一二)鄂官書處重刊《唐四家詩集》所收《孟襄陽集》二卷。"唐四家"爲王孟韋柳。此本内封面題"唐四家詩集",背面有牌記一個:"中華民國元年鄂官書處重刊。"然細檢此本,乃知是用光緒十三年胡鳳丹輯湖北官書局重刻《唐四家詩集》本的書版重印者,卷前《凡例》及四家詩集的版式、行款,也與胡本完全相同。方知所謂"重刊",只是幌稱,乃舊版重印耳,所謂中華民國"鄂官書處",亦不過是光緒"湖北官書局"的别稱而已,且此本紙張亦改用竹紙,本子的品質自不及胡本耳。

(八)盧刻本。民國十二年(一九二三)沔陽盧氏慎始基齋刻《湖北先正遺書》所收《孟浩然集》三卷。此本内封面題"孟浩然集",背面有"沔陽盧氏愼始基齋借江安傅氏雙鑑樓藏明活字本景印”牌記一個。細檢此本，實與銅活字印《唐五十家詩集》之《孟浩然集》三卷相同，故所謂“江安傅氏雙鑑樓藏明活字本”，即近代著名版本學家傅增湘雙鑑樓所藏明銅活字本《孟浩然集》三卷，然卷前韋縚《重序》已脱去。

（九）陶影本。民國二十四年己亥（一九三五）陶蘭泉珂羅版影印《孟浩然詩集》三卷。此本乃據蜀刻本，由陶蘭泉用現代珂羅版技術依原大影印出版，開版宏敞，字大如錢，紙墨瀅潔，覽之令人賞心悦目。

（十）四部備要本。民國二十五年（一九三六）上海中華書局出版《四部備要》所收《孟浩然集》四卷。此本内封面題“孟浩然集”，背面署“上海中華書局據明刻本校刊”。所謂“明刻本”，即指四部叢刊本，是知此本乃叢刊本的排印本。

新中國成立前，孟集一直没有校注本。新中國成立後，國内校注本逐漸多了起來，最早者爲游信利《孟浩然詩箋注》，一九七五年臺灣學生書局印行。二十世紀八十年代後出版的有：李景白《孟浩然詩集校注》，一九八八年巴蜀書社出版；徐鵬《孟浩然集校注》，人民文學出版一九八九年出版；曹永東《孟浩然詩集箋注》，天津古籍出版一九八九年出版；趙桂藩《孟浩然集注》，旅游教育出版社一九九一年出版；佟培基《孟浩然詩集箋注》，上海古籍出版社二〇〇〇年出版。這些校注本各有特點，所據底本、校本均有説明，不贅。

另外，日本也刊行有孟集多種，這裏據筆者所知，扼要梳理如下：

（一）元禄本。日本元禄庚午（一六九〇）刻《孟浩然詩集》三卷。卷前元禄庚午可昌《序》稱：“得《襄陽集》三[集]〔卷〕，不問字畫善否，篇什多寡，遽命剞劂氏以刻諸版，其所訛缺，姑仍舊本，以俟智者校焉。”（續修四庫本《日本訪書志》卷十四，頁六九九）此本上中下三卷，凡遊覽五十七、贈答三十一、旅行三十、送别四十、宴樂十七、懷思十五、田園十九，凡二百九首。首卷卷端題“孟浩然詩集卷上”，次行題“須溪先生批閲”，三行題“吉安元鼎校正”，中縫題“襄陽集”。據可昌《序》知，其所得孟集，乃元刻本一系的孟集，已殘缺不全。元刻有詩二百三十三首，此本只有二百九首，散逸二十四首。又元刻本十個類目，此本只有七個類目。楊守敬曾以此本與朱警本對勘，謂朱警本亦分類本，但是贈答類《宿廬江寄廣陵舊遊》之下、《荆門上張丞相》之上，多出詩十二首。又下卷田園類之後，尚有美人類七首、時節類三首、拾遺三首，此本均已逸去。可見，可昌所得孟集乃一殘卷。楊氏曰："余所見須谿批點名家詩集，多不載舊序，是其陋也。或坊賈删之。又士源序稱，集其詩二百一十七首，分爲四卷。此本卷數皆不合，知非唐人綴輯之舊。須谿評語類傷佻儇，亦無所發明。唯據《衆妙集》云：'《除夜有懷》一首，爲崔塗詩。'頗見考證。校之明本分體編詩，以近體爲古詩，又竄入他人之詩者，相去天淵矣。"（續修四庫本《日本訪書志》卷十四，頁六九九）楊守敬對劉辰翁功過的批評，自有其道理，然楊氏"疑朱本爲後人綴拾浩然佚詩，而妄立名目以附於後。至《清鏡歎》、《涼州詞》、《庭橘》三首，又分三類。故題爲補遺。其實宋本至《田園類》而止，别無《美人》、《時序》二類爲此本所佚也"（同上）。此論未確，因楊氏未見元刻，亦未見顧道洪本《凡例》和毛晉《孟襄陽集跋》，故不知元刻原貌即已如此，非自朱本方始有後三個類目也。

（二）櫻町本。櫻町天皇元文四年己未（一七三九），京都書林長代源士開版《孟浩然詩集》不分卷。袖珍本，上海圖書館有藏。半葉八行十四字，四周文武雙欄，白口單魚尾下有"孟浩然詩集"字樣。内封面題"孟浩然詩集"，右上方小字題"永華陽先生訓點"，左方小字題"京都書肆志良軒"。卷前唯華陽永洵美撰《孟浩然集叙》，末有木記二枚，"洵美之印"、"武卿"；然而無王、韋二《序》。華陽永洵美《序》曰："余講餘探橐中，取藏之彼集，稍爲删定，旁以國字表，陵陽之微意耳。"《序》中未言所據爲何本。今考此本亦爲分體本，所録各詩與許自昌本同，唯删去各卷卷題，而各詩編次，唯五律《裴司士見訪》，許自昌本在《南山下與老圃期種瓜》後，而此本將其移於五律之末，其餘各詩編次一如許自昌本。顯然此本乃許自昌本或其近似的本子之翻刻本。不過此本文字也作了校勘，改正了許自昌本的誤字。如許自昌本五排《陪張丞相祠紫蓋山途經玉泉詩》，題中"詩"字誤，此本改作"寺"；又如五律《赴命途中逢雪》，題中"命"字誤，此本改作"京"字；等等。然因翻刻者不諳熟中文，故又生出一些新誤。如《登江中孤嶼贈白雲先生迥》，題中"迥"字，此本訛作"逥"；又如《檀溪尋古》，題中"古"字，此本訛作"士"；等等。且此本亦有脱字，但不多耳。總之此本在日本的翻刻本中，不失爲一種較好的本子，故刊行後曾多次重印，見嚴紹璗《日藏漢籍善本書録·集部·别集類》。

（三）明治本。明治四十一年（一九〇八）排印本《孟襄陽集》二卷。袖珍本,上海圖書館有藏。此本爲兩節版,上節較短,每行八小字,内容爲須溪評語。下節正文,半葉十行二十字。四周雙邊,白口單魚尾,魚尾上有“孟襄陽集”字樣。卷前首王士源《序》,次《新唐書・文藝傳》,次目録,目録僅列各卷所收詩體及首數。正文分七體編次諸詩,卷一爲五古五十八首、七古六,卷二五律百三十四、七律七、五排三十六、五絶十九、七絶七、殘句二聯,共二百六十七首。卷末爲詩話。各卷卷端題“孟襄陽集卷之幾”,次行下方題“伊豫近滕元粹純叔評訂”。細繹此本,卷數、首數、編次及文字悉如《全唐詩》,且並其所出異文也相同,只不過各體前增入詩體標目,天頭增入須谿評語,行間加有日文訓點而已,因知此本是據全唐詩本排印者,故就文字而言應屬家集本系統。卷後所録諸家詩話,當爲翻印者所輯。

綜上考察,可以得出如下結論:(1)孟集祖本即有家集本與王編本兩種,二者書名、卷數相同,然首數、編次頗有不同,且前者不分類,後者爲分類本。王編本存詩二百一十八首,分爲七類,乃其主要版本特徵。(2)長期以來,學界一直以爲家集本早已散逸,這是一種誤説。其實家集本不僅没有散逸,而且保存家集本面貌的蜀刻本,乃孟集今存最早且是唯一的宋槧。蜀刻本不僅文字與王編本迥異,而且有九首超出了王編本的收詩範圍,尤其蜀刻本並非分類本,所以蜀刻本絶非自王編本出,而應歸入家集本系統。(3)蜀刻本乃梳理孟集版本系統的關鍵。蜀刻本歸入家集本系統後,孟集的整個版本系統遂得以徹底釐清。家集本系統:宋代有《新唐志》著録本、晁氏著録一卷及其所據底本、蜀刻本,降及明代則有顧道洪本、詩紀本、統籤本、汲古閣本,清代有季氏《稿本》、全唐詩本、湖北官書局本等,近代則有陶蘭泉影印本;家集本因進入《全唐詩》而影響頗大。家集本的版本系統澄清之後,王編本的版本系統亦隨之清晰地呈現出來:宋代有《新唐志》著録本、陳氏著録本,元代有劉辰翁評點本,明代則有弘治本、銅活字本、明覆刻本、屠氏本、叢刊本、張刻本、楊刻本、許刻本、鄭刻本等,清代有汪立名本、四庫本、同文書局石印本等,近代則有《四部備要》排印本。王編本因收入《四部叢刊》影響也不小。(4)王編本系統中的劉辰翁評點本,由於增入劉氏評點而頗負盛名,後世多有翻刻者,從而自成一個系統,元刻本以下,明代則有朱警本、活字印本、凌濛初本,清代有方功惠本、湖北先正遺書本等。(5)家集本、王編本、劉辰翁評點本三個系統的本子還東傳日本,而且在日本皆有翻刻本。

【參考文獻】徐鵬《孟浩然集校注・前言》，人民文學出版社一九八九年版　王輝斌《孟浩然集版本源流考》，《貴陽金築大學學報》二〇〇二年三期

王昌齡集

王昌齡（六九〇？～七五六?）字少伯，京兆萬年（今陝西西安）人。開元十五年丁卯（七二七）第進士，補秘書省校書郎，二十二年又中博學宏詞科，調汜水尉，歷官江寧丞、龍標尉等。安史亂中還江東，爲亳州刺史閭丘曉所殺。昌齡工詩，緒密而思清，時稱"王江寧"。

《王昌齡集》，九世紀末日本藤原佐世編《日本國見在書目録》第三十九《别集家》著録："《王昌齡集》一卷。"若是，昌齡集在唐末已傳至日本。五代劉昫《舊唐書》本傳謂"有集五卷"。

入宋，《崇文總目》著録《王昌齡詩》一卷，與藤原氏著録卷數同。稍後《新唐書・藝文志》著録《王昌齡集》五卷，南宋時晁公武《讀書志》卷十七謂《王昌齡詩》六卷，陳振孫《直齋書録解題》卷十九著録《王江寧集》一卷，《宋史・藝文志四》更謂《王昌齡集》十卷，紛紛不同若是。然《宋史》謂王集有十卷之多，恐誤。元時《文獻通考・經籍考》五十八著録《王昌齡詩》六卷、又《王江寧集》一卷，顯然是本於晁、陳二《志》的。諸家書目著録的不同，表明宋時王集傳本之多，但這些本子，皆隨宋王朝的覆亡而散逸無存了。

元代國祚短促，不聞王集有刻本。

明代出現較早的王集，是銅活字印《唐人詩集》所收《王昌齡集》上下二卷。本書前已述及，明銅活字本唐人詩集，乃弘治、正德間蘇州地區刊本。是銅活字本《王昌齡集》二卷，乃明代出現較早的昌齡集。半葉九行十七字，左右雙邊，白口單魚尾下署"王昌齡集卷上（下）"。首卷卷端題"王昌齡集卷上"。此本詩分體，卷上五古四十九、七古四，卷下五律十、五排一、七律二、五絶十四、七絶六十八，合計百四十八首。由於此本在明代刊行較早，故所據底本應爲宋本，然其直接所據宋本究竟是一卷本、五卷本抑或六卷本？今已無從考知了。

其次是明正德十四年己卯（一五一九）勾吴袁翼刻《王昌齡詩集》三卷，臺灣"中央圖書館"有藏，未見；然而嘉靖間朱警輯刻《唐百家詩》所收《王昌齡詩集》上中下卷，就是據此本翻刻的（詳下），故依據朱警本，可推知此本

三卷凡詩百四十九首，詩不分體，文字偶有闕脱。此本與銅活字本均爲明代刊行較早的本子，而銅活字本爲分體本，此本詩不分體，故所據底本只能是宋槧，而不可能是銅活字本。所以此本應該保存了宋槧本的基本面貌，版本價值非常寶貴。

嘉靖十九年庚子（一五四〇），朱警輯刻《唐百家詩・盛唐一十家》所收《王昌齡詩集》上中下卷。半葉十行十八字，左右雙欄，白口單黑魚尾下鐫"王昌齡某"。詩不分體，卷上五十，卷中三十八，卷下六十一首，共百四十九首。此本書名、卷次與袁翼本相同，且卷後刻有袁翼跋文一則："少伯詩爲中興名家，與儲光羲相埒，而少伯稍聲峻，多遠調。至如'飛雨祠上來，藹然關中暮'、'東峰始含景，了了見松雪'，興象融化，有遺音矣。刻唐詩凡數家，而此尤可喜云。正德己卯鄉進士勾吴袁翼題。"據此，此本蓋據袁翼本翻刻。此本偶有脱字，如《聽彈風入松闋贈楊府□》，題中闕末一字。《悲哉行》"臨風閬吹□，□雲數千里"二句，闕二字。蓋所據底本如此。

嘉靖三十三年甲寅（一五五四）黄貫曾輯黄氏浮玉山房刻《唐詩二十六家》所收《王昌齡集》二卷。半葉十行十九字，左右雙欄，白口單黑魚尾。此本卷上爲五言古詩四十九首、七言古詩四，卷下五言律詩十、五言排律一、七言律詩二、五言絶句十四、七言絶句六十六，共百四十六首。此本書名、分卷、首數、編次，等等，與銅活字本相同，故應是據銅活字本翻刻者。

萬曆十三年乙酉（一五八五）刻吴琯輯《初盛唐詩紀》所收《王昌齡詩》三卷。半葉九行十九字。《詩紀》所收《王昌齡詩》三卷，計首卷五古四十首，第二卷五古二十八、七古五、五律十三、七律二、五排四，第三卷五絶十四、七絶七十二，共百七十八首。《詩紀・凡例》云："是編校訂，先主宋版諸書，以逮諸善本。有誤斯考，可據則從，其疑仍闕，不敢臆斷，以俟明者。"可見《詩紀》對入編各集做過一番校勘重編工作，因而保留並增入了許多題注，正文間夾注不少校記，很有參考價值。校記凡曰"一作某者"，絶大多數與銅活字本同，故知此本曾以銅活字本或與銅活字本近似的本子作過校勘，因而是一個文字比較精粹的本子。

萬曆三十六年戊申（一六〇八）畢懋謙刻《十家唐詩》所收《盛唐王昌齡詩》一卷。半葉九行十九字，仿宋體，四周雙欄，白口單黑魚尾下有"王昌齡"字樣。卷前唯目録。卷端次行、三行下方分署"新安畢效欽增定"、"孫男畢懋康校正"，四行起爲昌齡小傳及詩評。此本凡五古六十六、七古五、五律十三、七律二、五排四、五絶十四、七絶七十三,共百七十七首。此本所據底本,畢氏未言。今考詩紀本以前各昌齡集,收詩皆不足百五十首,至詩紀本方增至百七十八首,吴氏輯補逸佚之功不可没。此本卷數雖與詩紀本不同,然收詩首數、分體與詩紀本相同,故應是參考詩紀本編輯刊行的,故文字亦與詩紀本爲近。南京圖書館藏《十家唐詩》原刻本前有丁丙跋曰:“所據之本,皆宋元刻,足備讎校異同。”而此本所據爲詩紀本,並非宋元本也。

明末胡震亨《唐音統籤》所收《王昌齡詩》四卷,編卷一百九至一百十二,丙籤二十一。首卷、次卷五古七十,第三卷七古五、五律十一、五排五、七律二、五絶十四,第四卷七絶七十四、殘句七則;又卷九百五十六辛籤八諧謔一收昌齡《上馬當山神》一首,故《統籤》凡録詩百八十二首,殘句七則。與詩紀本相較,溢出五律《過薛明府謁聰上人》、五排《與蘇盧二員外期游方丈寺而蘇不至因有此作》、七絶《春怨》、《出塞行》、《上馬當山神》等五首;而詩紀本較此本溢出《駕出長安》一首。二本文字相差甚微,且行間夾注的校記也幾乎完全相同。如詩紀本五古《塞下曲》四首其一“蟬鳴空桑林”句,“空桑林”三字下出校曰“一作桑樹間”,此本同。“出塞入塞寒”句下校曰“一作出塞復入塞”,此本同。詩紀本五排《夏月花萼樓酺宴應制》“月照舞羅空”句,“照”字下校“一作向”,此本同。詩紀本七絶《出塞二首》其一“萬里長征人未還”句,“長征人”三字下校“一作征夫尚”,此本同,等等。至於此本與詩紀本分卷與編次的不同,乃因胡氏改三卷爲四卷,且先分體、再將各體詩分類編次所致。所以從文字方面看,此本乃是以詩紀本爲底本,增補佚詩四首、殘句七則,删去《駕出長安》一首(詩紀本原詩題下注“一作宋之問詩”)改編而成的。對入編各詩,胡氏也參照他本作了校勘,因而此本增加了不少題下注或正文夾注不少校記,頗富參考價值。如五古《酬鴻臚裴主簿雨後北樓見贈》題下,詩紀本原無注,此本增注曰“又見高適集”,此注爲弄清王昌齡和高適的重出詩提供了可貴綫索。

《全唐詩》所收《王昌齡詩》四卷,編卷一四〇至一四三。本書前已述及,《全唐詩》是在明胡震亨《唐音統籤》和清季振宜《全唐詩稿本》兩書的基礎上修訂而成的。而季氏《稿本》中的《王昌齡詩》一卷,乃是將上述《初盛唐詩紀》之《王昌齡詩》三卷原刻入編,删去卷第和各體詩之標目,再於卷中輯補逸詩七首《淇上酬薛據兼寄郭微》、《贈宇文中丞》、《過薛明府謁聰上人》、《與蘇盧二員外期游方丈寺而蘇不至因有此作》、《送喬林》、《奉酬睢陽路太守見貽之作》、《旅望》等編輯而成的，故季氏《稿本》實際收詩百八十五首。文字方面，季氏用《河岳英靈集》、《國秀集》、《才調集》、《文苑英華》、《𠀤文粹》、《百家詩選》、《樂府詩集》、《唐詩紀事》、《萬首唐人絶句》等諸書參校，故文中校記隨處可見，頗有參考價值。而康熙敕修《全唐詩》中的《王昌齡詩》四卷，便是將季氏《稿本》中的《王昌齡詩》一卷，删去季氏誤補的《與蘇盧二員外期游方丈寺而蘇不至因有此作》、《送喬林》、《奉酬睢陽路太守見貽之作》等三首，再於卷四末補入統籤本所輯佚詩《春怨》，故《全唐詩》共百八十三首，殘句七則。文字方面，編臣也作了進一步校勘，如季氏《稿本》所輯佚詩五古《淇上酬薛據兼寄郭微》，題下原無校記，編臣於題下出校曰："一作高適詩。"對弄清王昌齡與高適的重出詩提供了綫索。又如季氏《稿本》七絶《春宫曲》題下原無校文，而編臣於題下出校曰"《唐人絶句》作《殿前曲》"，等等，故此本乃王集收詩最多且文字也最爲精粹的本子。

清鈔本《王昌齡詩集》不分卷。此本半葉七行二十字，鈔於無格白紙上。卷端首題"王昌齡詩集"，次行標分體名稱，下接正文。此本分七體編次，凡五古四十四首、七古三、五律九、七律二、五絶十四、五排一、七絶六十五，共百三十八首。此本五排次於五絶之後，與銅活字本稍異。又，昌齡七絶名作《出塞》"秦時明月漢時關"，此本未録入。此本卷前録有袁翼題詞："少伯詩爲中興名家，與儲光羲相埒，而少伯稍聲[崚]〔峻〕，多遠調，至如'飛雨祠上來，藹然關中暮'、'東峰始含景，了了見松雪'，興象融化，有遺音矣。元大德刻唐詩凡數家，而此尤可嘉云。"正德間袁翼刻有《王昌齡詩集》三卷（已見），此本鈔録袁翼題識，表明此本所據或爲袁氏本。

新中國成立後的整理本有，黄明編校《王昌齡詩集》四卷補遺一卷，凡輯補佚詩二十九首，殘句若干則，一九八一年由江西人民出版社印行。李雲逸《王昌齡詩注》，收入上海古籍出版社《唐詩小集》，一九八四年出版。此本以《全唐詩》爲底本，校以明銅活字本、朱警本、黄貫曾本等，又以唐寫本《唐人選唐詩》、《河岳英靈集》、《國秀集》、《才調集》、《又玄集》、《文鏡秘府論》及宋代相關的諸總集參校；書後附録作者對王詩的"辨僞"，及與王氏相關的詩作和生平資料，等等，頗便讀者。又，胡問濤、羅琴《王昌齡集編年校注》，巴蜀書社二〇〇〇年出版，此本對王詩進行了初步編年，亦具參考價值。

唐别集考卷第四

常建詩集

常建(六九九?～七五三?),秦中(今陜西境内)人。開元十五年丁卯(七二七)與王昌齡同榜登第,曾任盱眙尉,世稱"常盱眙",又稱"常尉"。因"恃才浮誕"而"流落不偶",嘗寓居鄂渚,以詩招王昌齡、張僨同隱。晚年隱於秦中而卒。

常建生前已被譽爲"當時之秀",然其詩結集及在唐五代流傳的情形,因文獻不足徵,今已無從考詳了。

入宋,《新唐書·藝文志四》著録《常建詩》一卷。晁公武《讀書志》卷十七、陳振孫《書録解題》卷十九皆著録《常建集》一卷,《遂初堂書目》亦有《常建集》而不著卷數,但爲一卷本應無可疑。《文獻通考·經籍考》六十九、《宋史·藝文志七》亦著録《常建集》一卷,《文獻通考·經籍考》五十八又著録《常建詩》一卷。可見自宋至元,公私書目所録建集書名雖稍異,而卷數均同。然此一卷本,後世不見流傳。

宋刊建集,今存者凡兩種,均爲兩卷:一爲書棚本,另一爲仿書棚本。此二本宋元公私書目皆失載。書棚本,今藏臺北故宫博物院圖書館,民國二十年(一九三一)故宫博物院輯《天禄琳琅叢書》第一集所收《常建詩集》二卷,即據此本影印,内封面書名爲蔡元培題寫"宋臨安本常建詩集",背面有"中華民國二十年故宫博物院影印"牌記一個。此本半葉十行十八字,左右文武雙欄,白口單魚尾,卷上各葉版心有"常建"字樣(首葉除外),然卷下諸葉版心唯有葉碼。各卷首題"常建詩集卷某",尾題同。卷上末尾鐫有"臨安府棚北大街睦親坊南陳宅刊印"牌記一個。卷上詩三十七首,卷下詩二十首,共五十七首。宋諱如"朗"、"殷"、"筐"、"貞"等字多爲缺筆諱,亦有改字諱者。然此本偶有脱字,如五古《張天師草堂》"遂登□子□,因□田生樽"二句,凡脱三字。彭元瑞《天禄琳琅書目後編》記述此本曰:

《常建詩集》一函，一本。……書二卷。計詩五十七首。上卷末刻“臨安府棚北大街睦親坊南陳宅刊印”，即陳道人書坊也。

《唐書·藝文志》載建集一卷，《書録解題》尚仍之。此本乃陳起宗之書肆所鐫，作二卷，蓋其所分。近毛晉汲古閣所刊乃三卷，其爲元明人所分，不可考矣。明楊士奇家藏。士奇，名寓，以字行，號東里，吉安泰和人。官至大學士。時稱西楊。贈太師，謚文貞。堯峰，汪琬號。（《天禄琳琅書目後編》卷六，頁五二二）

彭氏推測自《唐志》到《書録解題》皆一卷；書棚本“作二卷”，蓋陳起所分。所言可從。此乃現存建集的最早刻本，也是最早的二卷本，明以後所傳建集，均祖此本。此本曾爲楊士奇家藏，故各卷首尾皆有“廬陵楊士奇印”白文方印、“東里草堂”朱文方印。此本從楊家散出後，又爲清初文學家汪琬庋藏。汪氏號鈍翁，晚號堯峰，故下卷尾題下方有“堯峰山莊”朱文方印。汪氏之後，此本進入内府，然乾隆九年甲子（一七四四）詔内廷翰林檢内府藏書，擇其善本進呈覽定，别藏於昭仁殿，乾隆題額曰“天禄琳琅”。四十年乙未（一七七五）敕編《天禄琳琅書目》，而《書目》未收此本，表明當時此本尚未進入内府。但是此本進入内府最遲應在乾隆末，因爲此本卷首卷末均鈐有“乾隆御覽之寶”朱文橢圓印記，卷前後另紙鈐有“五福五代堂寶”、“八徵耄念之寶”、“太上皇帝之寶”三個朱方大印，乃乾隆曾鑒賞此本的明證。待嘉慶二年丁巳（一七九七）編《天禄琳琅書目後編》時，此本方編入目中。民國成立後，此本藏故宫博物院圖書館，民國十六年（一九二七）傅增湘先生入故宫觀書，嘗見此本，並記曰：“常建詩集二卷，唐常建撰。宋臨安陳宅書籍鋪刊本，十行十八字。卷上末尾有‘臨安府棚北大街睦親坊南陳宅刊印’一行。鈐有‘廬陵楊士奇印’、‘東里草堂’、‘堯峰山莊’、‘平陽李子珍賞圖書記’、‘謙牧堂藏書記’諸印（丁卯七月四日閲，故宫藏書）。”（《藏園群書經眼録》卷十二，頁一〇二二）民國二十年，故宫博物院影印此本，收入《天禄琳琅叢書》第一集。然當時蟲蝕已相當嚴重，故編者倩良工描補完善後方行拍照。《天禄琳琅叢書第一集·叙目》曰：“影宋臨安府棚北大街睦親坊南陳宅書籍鋪刊本，即世所稱書棚本也。……《常尉集》，當以此爲最古。原書初印極美，惜蟲蝕太甚，因假建德周氏藏本，倩良工摹寫闕字，影印補完，乃可誦讀。”（故宫博物院影印《天禄琳琅叢書第一集·叙目·常建詩集二卷》）《叙目》所説“建德周氏本”，蓋爲書棚本之同版别本，後不知下落。

新中國成立前，此本移藏臺灣。卷中藏印還有“山莊”朱文橢圓印記、“有何不可”朱文方印、“兼牧堂書畫記”朱文方印（以上卷末）；卷後另葉所鈐乾隆三大方印後，尚有“山光塔景樓”白文方印等。

宋仿書棚本。此本今藏國家圖書館，《中華再造善本·唐宋編·集部》所收《常建詩集》二卷即據此本影印。今持與影書棚本對勘，發現二者書名、版式、行格、分卷、收詩、編次、文字等等幾乎分毫無差，且二本均爲楷書，字之結體及筆畫風神也極爲相像。又《張天師草堂》“遂登□子□，因□田生樽”二句凡脱三字，亦與書棚全同。唯此本卷上末尾無“臨安府棚北大街睦親坊南陳宅刊印”牌記，卷下六葉版心均有魚尾，且中間四葉版心有“常建下”字樣。這些版本特徵表明，此本應爲宋仿書棚本。這裏須指出的一點是：《再造善本》與書棚本僅有一字之差，即此本《落第長安》首句“東園好在尚留秦”之“東”字，書棚本作“家”，據筆者勘驗，此字原亦作“家”，上半雖漫漶，然下半爲“家”字之筆畫頗爲分明。編印者爲便於讀者辨認，遂以墨筆添出上半，因而誤作“東”。除此一字外，二本文字别無差異。此本鑒藏印記有“顧千里經眼記”朱文長方印、“東郡楊紹和字彦合珍藏”朱文方印、“周暹”白文方印、“北京圖書館藏”朱文方印等。據藏印可知嘉慶前後，此本曾爲著名校勘及版本學家顧廣圻鑒藏過，後歸山東聊城楊紹和海源閣，故卷中有“東郡楊紹和字彦合珍藏”朱文方印，《楹書隅録》卷四亦有著録。然而《隅録》除著録此本外，尚有版式相同的宋槧三家集：《杜審言詩集》一卷、《岑嘉州詩集》四卷、《皇甫冉詩集》二卷。皇甫集卷後有明人題識曰：“嘉靖戊午七月既望雲棲館假來。”“雲棲館”乃嘉靖時王穉登書室名，王氏乃武進人，有詩名。《楹書隅録》著録此宋槧四家集曰：

> 右宋槧四家詩集，不詳何人所編，無刊書年月，首常尉、次杜必簡、次岑嘉州、次皇甫茂政。常、杜二集爲一册，岑集二册，皇甫集一册，卷末有明人題識。版刻頗精，古香可挹。余從都中故家得之，重事裝池，並考各本異同附諸於後。……
>
> 按《常建集》，《宋史·藝文志》、晁氏《讀書志》、陳氏《書録解題》均作一卷，惟《四庫》所收汲古閣毛氏本作三卷，與各本異，詩則仍爲五十七首也。此本分上下二卷，上卷詩三十七首，下卷詩二十首。《四庫全書提要》所辨“曲徑通幽處”，謂歐集及《西溪叢語》誤作“竹徑”，此本原詩第四首固作“竹徑通幽”，不誤也。餘可證俗本之誤者尚廿餘字，古

書之可寶如是。……

……四集同出一版，每半葉十行、行十八字。有克承、安雅生、元甫、停雲生、翰林侍詔廬山陽陳徵印、卍墨主人、井養山房、井養山房珍玩、陳崇本書畫印、崇本私印、伯菴、崇本珍賞、陳寅之印、商邱陳群珍藏書畫印、袁褧之印、袁氏尚之、翰林學士任易、晉甯侯裔、周曰東印、吴郡顧元慶氏珍藏印、顧千里經眼記，各印記。（《楹書隅録》卷四，頁五〇七）

據此可見，此宋槧四家唐集版式相同，而《常建集》既爲仿宋書棚本，則其餘三家亦應爲仿宋書棚本，可無疑也。楊氏得書時，四家即合編爲一帙，故楊氏倩工重裝仍爲一函。二十世紀三十年代，四家集自楊家流散，經周暹收藏，今均入藏國家圖書館。楊氏謂此本可證俗本之誤者，尚有二十餘處，校勘價值極高。據楊氏所録四家集内的鑒藏印記，知四集明時尚有藏家顧元慶、文徵明、袁褧等等。顧元慶，江蘇長洲人，明正德、嘉靖間在世。文徵明號停雲生，與袁褧皆江蘇長洲人，二人同時而文氏稍長，均擅書畫，彼此多有唱和。此本清代藏者還有陳崇本，近代藏者有商邱陳群。

元代建集無刊本。明代以後所傳建集各本，皆書棚本和仿書棚本的衍生本，或傳鈔與翻刻，或分體改編，卷次或仍舊式，或增爲三卷，或併爲一卷，種種版本，不一而足。其主要版本有以下幾種：

（一）銅活字本。弘治、正德間銅活字印《唐人詩集》所收《常建集》二卷。此本詩分體，卷上五古三十六，卷下七古三、五律七、七絶十一，共五十七首。此本所據底本，當爲宋書棚本或仿書棚本，理由有三：據現存建集版本資料，此本乃明代刊行最早的建集，故所據底本唯有宋本，此其一。此本首數與書棚本及仿書棚本相同，此其二。五古《張天師草堂》“遂登□子□，因□田生樽”二句所脱三字及三字的位置，與書棚本和仿書棚本相同，且避諱字也多與書棚本同，此其三。由上三點可見此本所據底本，乃書棚本或仿書棚本無疑。清末吴慈培跋其所鈔《唐六名家集》之《常建詩集》三卷曰：“（建集）活字本分上下卷，與《文獻通考》、晁陳兩家著録一卷、此本三卷俱不符。唯《楹書隅録》載宋本《常建集》二卷，當爲活字本所從出。”（國家圖書館藏本）吴氏僅從此本卷數與《楹書隅録》所載宋本卷數相同一點，判此本出自宋本（仿書棚本），證據雖單薄了些，但判斷卻是正確的。可見此本乃是以書棚本或仿書棚本爲底本，將各體詩分别録出，然後再分編兩卷而成的。然此本刊行前也作過校勘，故文字與書棚本（仿書棚本）稍有不同。如此本五古《送陸擢》“聖代多才俊”句，“俊”字，書棚本作“秀”。此本五古《送楚十少府》“寒影明前除”句，“明”字，書棚本作“流”。五古《仙谷遇毛女意知是秦宫人》“前流殊未窮”句，“流”字，書棚本作“臨”。五古《宿五度溪仙人得道處》“二月尋片雲”句，“月”字，書棚本作“人”。五古《西山》落句“白露霑人衣”句，“衣”字，書棚本作“袂”。五古《昭君墓》“迴軍夜出塞”句，“軍”字，書棚本作“車”。此本五律《題破山寺後禪院》“初日照高林”句，“照”字，書棚本作“朗”。五律《聽琴秋夜贈寇尊師》“寒蟲臨砌急”句，“急”字，書棚本作“默”。此本七絶《題法院》“皎月殿中三度磬”句，“皎”字，書棚本作“皓”，等等，與書棚本明顯不同。然而這些文字差異，均可於唐宋明諸總集如《河岳英靈集》、《唐文粹》、《文苑英華》、《唐詩品彙》等書中找到出處，可見此本上版前確實作過校勘。此本今國家圖書館藏有多部，其中一本鈐有“鐵琴銅劍樓”白文方印，《鐵琴銅劍樓藏書目録》有著録，其略曰：“《常建集》二卷，明活字本。《唐志》建詩一卷，陳氏《書録》亦同，汲古刻本作三卷，此二卷本，當亦明人所分也。”（《鐵琴銅劍樓藏書目録》卷十九，頁二七九）瞿氏謂“此本二卷，當亦明人所分”，此言雖有道理，但不全是。分一卷爲二卷者，乃宋陳起，然此種二卷分體本，則確爲明人分體重編也。

（二）朱警本。嘉靖十九年庚子（一五四〇）朱警輯刻《唐百家詩・盛唐一十家》所收《常建詩集》二卷。此本詩亦分體編次，卷一五律七首、七古二、七絶十一，卷二五古十八，共三十八首。較之銅活字本，此本少十九首，各體詩編次也與銅活字本不同，文字與銅活字本有同有不同。如銅活字本五古《宿五度溪仙人得道處》“二月尋片雲”句，“月”字，此本同；而書棚本作“人”。銅活字本五律《題破山寺後禪院》“初日照高林”句，“照”字，此本同；而書棚本作“朗”，等等。這些與書棚本的文字差異，均可於唐宋明諸總集如《河岳英靈集》、《唐文粹》、《文苑英華》、《唐詩品彙》等找到出處。此本文字與銅活字本也有不同處，如銅活字本五古《昭君墓》“迴軍夜出塞”句，“軍”字，此本作“車”，與書棚本同。銅活字本五律《聽琴秋夜贈寇尊師》“寒蟲臨砌急”句，“急”字，此本作“默”，與書棚本同。再如銅活字本七絶《題法院》“皎月殿中三度磬”句，“皎”字，此本作“皓”，與書棚本同，等等。據上可見，此本既不是據書棚本改編的，也非據銅活字本翻刻者，蓋爲朱警據唐宋明諸總集輯録常建詩後重編者，故首數、分體、編次、文字既不同於書棚本，也不同於銅活字本，遂成一個收詩較少、文字面貌獨具的本子。

（三）王準本。嘉靖二十六年丁未（一五四七）王準刻《唐十子詩》所收《常建詩集》三卷。王準，字子推，號石谷山人，嘉靖二年進士，官至禮科給事中，其生平履歷具《明史》卷二〇六《陸粲傳》附傳。“唐十子”爲常建、郎士元、嚴維、劉叉、于鵠、于濆、于武陵、邵謁、伍喬、魚玄機，共十四卷。書前有王準《刊唐十子詩叙》，書後有王準《唐十子詩叙》。此本半葉十行十八字，四周單邊，白口單魚尾下有“常建”字樣。此本亦分體編次，卷一五古十九首，卷二五古十八，卷三五律七、七古二、七絶十一，共五十七首。此本五律居七古前，與銅活字本五律次於七古後稍異。建集至書棚本始分一卷爲二卷，此本又增至三卷。然據王準《唐十子詩叙》，增建集爲三卷者並不始於此本，宋本即已如此，王氏《唐十子詩叙》曰：“余友周水部，吴下得宋本《唐十子詩》，授余刊之……嘉靖丁未孟秋吉旦，西雍石谷山人王準書。”是此《唐十子詩》乃翻宋本。若是，則宋時建集已有三卷分體本者。此説大可懷疑，其實《唐十子詩》所收《常建詩集》三卷，與銅活字本分體極爲接近，此本之異，僅在於將古體一卷分爲兩卷而已，且二本文字也極爲接近。可見周水部於吴下所得《唐十子詩》蓋明刊本，而非宋槧明矣，刊行的時間，蓋在銅活字本之後。《百川書志》成書於嘉靖十九年，《書志》著録有“《常建詩》三卷”，蓋即此《唐十子詩》之《常建詩集》。此本徐𤊹《徐氏家藏書目》卷六亦有著録，徐氏《重編紅雨樓書跋》記述此本曰：“《常建詩集》，萬曆戊子歲夏六月，偶與陳平之、鄭性之過陳女大于山草堂，女大出此見贈。後余以其漫漶，手録一册，置之笥中數年。友人陳惟秦常愛此詩，又謂出余手録者，遂丐以去，余衹留此本也。余家藏《百家唐詩》中有常建一卷，較此本十只六七，又多訛誤。兹雖蛀羨，然校讎無差，又爲社長所贈，尤當珍惜也。己亥春仲惟起書。”（徐𤊹《重編紅雨樓題跋》卷一，《明代書目題跋叢刊》下册，書目文獻出版社一九九四年一月北京第一版，頁二〇六〇）“萬曆戊子歲”，即萬曆十六年戊子（一五八八），徐氏得此本於陳女大，書已漫漶。徐氏將其校讎後存之，並撰此跋文。徐氏後用《百家唐詩》之《常建集》一卷與此本對勘，發現百家唐詩本收詩首數，僅相當於此本“十只六七”。今案徐氏所謂百家唐詩本建集，即朱警本；徐氏謂其一卷，乃一時誤記。《郘亭知見傳本書目》曰：“《常建詩》三卷……明嘉靖丁未余文周仿宋刻《唐十子詩》，自常建至魚元機十人，共十四卷本。汲古閣刻本。”（《藏園訂補郘亭知見傳本書目》卷十二上，頁九九四）亦謂此本乃仿宋刊本，顯爲誤襲王準之言，且誤王《叙》“余友周水部”爲“余文周”。《唐十子詩》，現代學者鄭振鐸藏有一部，其《西諦書跋》有著録，曰：“《唐十子詩集》存七子十一卷，明刊本三册，《常建詩集》三卷。”鄭氏藏本，今藏國家圖書館。

（四）浮玉山房本。嘉靖三十三年甲寅（一五五四）江夏黄氏浮玉山房刻黄貫曾輯《唐詩二十六家》所收《常建集》二卷。黄貫曾，蘇州人，明代著名學者黄省曾之弟。《唐詩二十六家》凡五十卷，前有黄貫曾《刻唐詩二十六家序》，次黄姬水《刊唐詩二十六家序》，次總目，總目末有“嘉靖甲寅首春江夏黄氏刻于浮玉山房”牌記一個，接有“姑蘇吴時用書”，刊工“黄周賢、金贊刻”等書手和刊工題名。書手吴時用亦蘇州人，可見此書刻於蘇州。二十六家中，常建爲第十家。此本半葉十行十九字，左右雙欄，白口單魚尾。此本亦分體編次，所據底本，黄氏没有明言。然以此本與朱警本對勘，發現二本書名、分卷、分體、收詩數量、編次等與朱警本相同，文字也相差無幾，可見此本乃是據朱警本翻刻者。《藏園群書經眼録》云：“按：諸集無序跋，亦不言所據。余取明朱氏刊唐百家集對勘，編次先後既合，詩中缺字亦同，則其自朱本覆刻大略可知。其中亦有出自活字本者，崔顥集次第即與朱刻亦不同，而與活字本合。”（《藏園群書經眼録》卷十七，頁一四五五）可見此本的確出自朱警本。然此本上版前也作過校勘，所以與朱警本相較，文字略有不同。又五古《張天師草堂》“遂登□子□，因□田生樽”二句所脱三字，此本分别以“仙”、“穀”、“醉”三字校補，此後所刊建集，三處脱缺均以此三字補之。《唐詩二十六家》，今國圖藏有二部，一部黄貫曾《序》題下方有“涵芬樓”、“海鹽張元濟經收”等收藏印記，表明民國時此書曾爲上海商務印書館涵芬樓收藏。另一部曾爲鄭振鐸收藏，《西諦書跋》有著録。

（五）詩紀本。萬曆十三年乙酉（一五八五）鄣郡吴琯彙編《盛唐詩紀》所收《常建詩》一卷。半葉九行十九字，四周雙邊，版心白口單魚尾上有“詩紀”字樣。此本亦分體編次，計五古三十六首、七古三、五律六、七絶十二，共五十七首。較之書棚本，此本溢出七絶《吴故宫》一首，而誤脱五律《泊舟盱眙》一首。《吴故宫》當爲輯補的佚詩。此本所據底本，吴琯没有明言。《詩紀·凡例》云：“是編校訂，先主宋版諸書，以逮諸善本。有誤斯考，可據則從。”可見吴氏對各集宋本的重視。然建集書棚本（仿書棚本同）的異文，有未見於此本者。如書棚本《白湖寺後溪宿雲門》“前瞻王程促”句，“王”字下出校曰:“一作去。”而此本“王”字下未出校異文,而此本頗注意出校異文。據此可見,此本所據底本並非書棚本。較之書棚本與銅活字本,此本文字更近於銅活字本。如此本五古《送陸擢》“聖代多才俊”句,“俊”字下出校曰:“一作秀。”而銅活字本作“俊”,書棚本作“秀”。此本五古《宿王昌齡隱居》“茅亭宿花影”句,“亭”字,銅活字本同,而書棚本作“庭”。此本五律《題破山寺後院》“初日照高林”句,“照”字下出校曰:“一作朗。”而銅活字本作“照”,書棚本作“朗”。此本七絶《題法院》“水晶宫裏一僧禪”句,“晶”字,銅活字本同,書棚本作“精”,等等。然吴氏又以他本作過校勘,故文字有異於銅活字本而與書棚本相同者。不過此本獨有的文字也不少,如五古《贈三侍御》“明君錯任才”句,“任”字,書棚本、銅活字本均作“甚”。五古《閑齋卧[雨]〔病〕行藥至山館稍次湖亭二首》其一“齋目清病容”句,“目”字誤,書棚本、銅活字本均作“沐”。五古《夢太白西峰》“時往溪谷間”句,“谷”字,書棚本、銅活字本皆作“水”。此本五古《鄂渚招王昌齡張僨》“溪澗何氤氲”句,“何”字,書棚本、銅活字本皆作“花”。五古《晦日馬鐙曲稍次中流作》“晴天無纖翳”句,“晴”字,書棚本、銅活字本均作“秦”。五古《張天師草堂》“忽而舉霄漢”句,“舉”字,書棚本、銅活字本均作“與”。五古《空靈山應田叟》“豈暇論肥磽”句,“磽”字誤,書棚本、銅活字本均作“埆”。“拽策背落日”句,“背”字,書棚本、銅活字本均作“皆”,當誤。七古《古興》“織成錦衾當爲誰”句,“成”字,書棚本、銅活字本均作“女”。五律《題破山寺後院》“萬籟此俱寂”句,“俱”字,書棚本、銅活字本均作“都”。七絶《嶺猨》“裹裹淒淒清且切”句,“裹裹淒淒”四字,書棚本、銅活字本均作“杳杳裹裹”。七絶《戲題湖上》“竹竿嫋嫋白波際”句,“白波”二字,書棚本、銅活字本皆作“無波”,等等,有改正確者,亦有誤改者。

(六)畢刻本。萬曆三十六年戊申(一六〇八)畢懋謙刻《十家唐詩》所收《常建詩》一卷。十家爲李嶠、張説、張九齡、蘇頲、儲光羲、李頎、常建、崔顥、王昌齡、祖詠,共十二卷。十家前有方弘静、顧起元、朱之蕃、畢力忠四人序。方《序》撰於萬曆十九年辛卯(一五九一),畢《序》撰於萬曆二十年壬辰,前後相差僅一年,然顧《序》則撰於萬曆三十六年戊申,前後相差十六七年,究其緣由,乃因畢氏輯成《十家唐詩》後,請方氏爲《序》,並自爲《序》,然因財力不支未能刊行。畢氏去世十年後,其子懋謙爲成父志,重董此事,終使《十家唐詩》刊刻行世,並請顧氏爲序,説明刊行之不易。後來畢效欽又於"十家"後增入中晚唐詩人張祜、韓翃、温庭筠等十二家，總二十二家，但書名仍舊。此種《十家唐詩》增刻本北京大學圖書館、武漢大學圖書館有藏；南京圖書館藏本爲原刻十家。增刻本之《常建集》面貌依舊，半葉九行十九字，四周雙邊，白口單魚尾下鎸"常建"二字，上象鼻内鎸"盛唐"字樣。南京藏本前有丁丙墨跋曰："所據之本，皆宋元刻，足備讎校異同。"然《常建集》一卷所據爲何種宋元刻本，丁氏卻未説明。今考此本分卷、首數、分體、編次等等，均與詩紀本同，且文字也多同詩紀本，如上文所舉詩紀本獨有的文字，此本多與之同，這足可證明此本所據底本並非宋本，而是詩紀本。然此本文字經過畢氏校勘，故與詩紀本亦有不同處。如詩紀本五古《空靈山應田叟》"豈暇論肥磽"句，"磽"字誤，此本據校本改作"埆"，甚是。詩紀本五古《閑齋卧[雨]〔病〕行藥至山館稍次湖亭二首》其一"齋目清病容"句，"目"字誤，此本改作"朗"，而書棚本、銅活字本均作"沐"。詩紀本五律《題破山寺後院》"萬籟此俱寂"句，"俱"字，此本與書棚本、銅活字本均作"都"。詩紀本七絶《嶺猨》"褭褭淒淒清且切"句，"褭褭淒淒"，此本與書棚本、銅活字本均作"杳杳褭褭"。詩紀本七絶《戲題湖上》"竹竿嫋嫋白波際"句，"白波"，此本與書棚本、銅活字本皆作"無波"，等等。

（七）汲古閣本。毛晉汲古閣刻《唐六名家集》所收《常建詩集》三卷附録一卷。《唐六名家集》，又名《六唐人集》，一九二六年上海商務印書館有影印本。六名家爲常建、韋應物、王建、姚合、鮑溶、韓偓等。此本半葉九行二十一字，左右雙邊，版心白口無魚尾。首卷卷題、卷三尾題下方鎸"汲古閣毛晉據宋本考較"牌記一個。卷後附毛晉所輯集外詩一首、毛晉跋及附録四則。詩亦分體編次，卷一爲五古十八首，卷二五古十八，卷三五律七、七古二、七絶十一，共五十六首。另集外詩《吴故宫》一首。毛晉謂此本"據宋本考較"，然持此本與銅活字本對勘，便可立刻發現，此本不僅收詩首數與銅活字本相同，且編次除《張公子行》一首銅活字本編在七古内，此本調入卷一五古内外，其餘各詩編次與銅活本全同。就文字而言，此本較詩紀本等更近於銅活字本。如銅活字本五古《送楚十少府》"寒影明前除"句之"明"字，銅活字本五古《仙谷遇毛女意知是秦宫人》"前流殊未窮"句之"流"字，五古《西山》落句"白露霑人衣"句之"衣"字，較之書棚本（仿書棚本同），這些都是銅活字本獨有的文字，而此本皆與之同，可見此本乃是以銅活字本爲底本翻刻而成的，毛晉所謂"據宋本考較"，其實是據銅活字本校勘翻刻而成的。銅活字本在明代刊行較早，品質又高，且所據底本多爲宋元善本，故不少人將其誤作宋本，毛晉即是其中之一。此本文字，毛晉亦用詩紀本等作過校勘，故文字與詩紀本有相同處。所補《吴故宫》，題下注曰："見《萬首唐詩》。"此本卷後毛晉《識語》曰："《唐藝文志》及《通考》俱云一卷，今流傳詩五十有七首，不知何人類而析之爲三卷。又見洪魏公載《吴故宫》一絶，因附焉。"但《萬首絶句》内常建名下無此首。《四庫全書總目·常建集提要》也以爲非建詩，所以《四庫全書》所録《常建集》雖以汲古閣本爲底本，而《吴故宫》則被館臣删去。實際上最先輯補《吴故宫》者並非汲古閣本，而是詩紀本，該本最末一首即《吴故宫》，題下無注，不知吴琯輯自何書。毛晉蓋據詩紀本輯補，而臆其出於《萬首絶句》，遂不加檢視，以致失誤。此本國内尚存多部，國家圖書館藏本一種有傅增湘據書棚本校並跋，彌足珍貴。

（八）統籤本。胡震亨《唐音統籤》所收《常建詩》一卷，編卷一百二十二，丙籤二十六，刻本。此本亦分體編次，計五古三十七首、七古三、五律六、七絶十二，共五十八首。詩紀本所補《吴故宫》亦在卷中。此本所據底本，胡氏没有明言，然持此本與詩紀本對勘，便可發現文字與詩紀本相差甚微。如上舉詩紀本的獨有之字，此本除將五古《閑齋卧[雨]〔病〕行藥至[白]〔山〕館稍次湖亭二首》其一"齋目清病容"句中誤字"目"，據參校本改作"沐"，五古《空靈山應田叟》"豈暇論肥嶢"句中"嶢"字，據參校本改作"磽"字外，其餘各例中之獨有字，均與詩紀本相同。且詩紀本五古《閑齋卧雨行藥至山館稍次湖亭二首》，題中"雨"字，亦詩紀本的獨有訛誤，此本也沿誤作"雨"，可見此本是以詩紀本爲底本，經過校勘後編輯而成的。不過由於此本先分體，而後各體詩再分類，如五古諸詩即依感懷、遊覽、贈答、送别、憑弔等再加分類，故此本各體詩的編次與詩紀本並不相同。又胡氏於一些詩題下新增小注，如詩紀本《古意四首》，題下原無注，此本胡氏於題下增注曰："二三《河岳英靈》作祖詠詩。"此題注的增入，爲辨别二三兩詩的歸屬提供了綫索。另，此本文字偶有脱失，如五律《送李大都護》"西望□□□"句，後三字脱，書棚本、銅活字本等此三字作"郭猶子"，不難補上，不知胡氏何以未補。倒是《張天師草堂》"遂登□子□，因□田生樽"二句所脱三字，胡氏據校本分别補作"仙"、"穀"、"醉"。然而"田生"二字，此本卻誤作"田中"，可見此本書版後缺乏校勘，又新增了一些訛舛。

（九）明刻本。明無名氏刻《常建詩集》二卷。此本今南京圖書館有藏，扉葉鈐有"八千卷樓珍藏善本"朱文長方印，卷前另紙有丁氏跋，卷中有丁丙朱筆校記，表明原爲丁丙舊物。半葉十行十九字，四周單邊，白口單魚尾下有"常建集卷某"字樣。丁跋略曰：

> 《宋史·藝文志》、晁氏、陳氏書目皆作集一卷。聊城楊氏海源閣藏宋本《常建詩》二卷，凡詩五十七首。《四庫提要》所辨"曲逕通幽處"，謂歐集及《西溪叢語》誤作"竹徑"。此本原詩固作"竹逕通幽"，不誤也。餘可證俗本之誤者尚廿餘字，古書之可寶如是。此本皆與之合。

丁跋提及海源閣藏宋本(仿書棚本)，謂此本文字與之合，意謂此本當出自仿書棚本。然而事實並非如此，今持此本與銅活字本對勘，便可立刻發現，此本分卷、首數、分體、編次等皆與之相合，且文字也多與之相同。如銅活字本五古《宿五度谿仙人得道處》"二月尋片雲"句，"月"字，此本同，而仿書棚本作"人"。銅活字本五律《題破山寺後禪院》"初日照高林"句，"照"字，此本同，而仿書棚本作"朗"。銅活字本五古《昭君墓》"迴軍夜出塞"句，"軍"字，此本同，而仿書棚本、朱警本作"車"。銅活字本五律《聽琴秋夜贈寇尊師》"寒蟲臨砌急"句，"急"字，此本同，而仿書棚本、朱警本作"默"。再如銅活字本七絶《題法院》"皎月殿中三度磬"句，"皎"字，此本同，而仿書棚本、朱警本作"皓"，等等，可見此本並非出自仿書棚本或朱警本，而是據銅活字本翻刻的。然此本文字也作過校勘，故與銅活字本亦偶有不同處。此本卷上第九葉殘損，爲鈔配葉。卷中藏印有"葉筠"及"江蘇第一圖書館善本書之印記"等。

(十)明鈔本。明鈔《唐四十七家詩》所收《常建詩集》二卷。《唐四十七家詩》今藏國家圖書館。半葉十行十八字。卷前、卷後無附録及目録等。卷上末有"臨安府睦親坊南陳宅書籍鋪印"牌記一個，且分卷、收詩、編次、文字等一如書棚本，可見此本是據宋書棚本鈔寫者。

清代刊刻和傳鈔之建集，其主要版本有以下數種：

(一)全唐詩本。康熙敕修《全唐詩》所收《常建詩》一卷。本書前已言及，《全唐詩》是在《唐音統籤》和季振宜《全唐詩稿本》兩書的基礎上修訂而成的。而季氏《稿本》中的《常建詩》不分卷，乃是將上述汲古閣本的原刻入編，删去卷次及分體字樣，再將集外詩《吴故宫》一首補入正文後編輯而成的。文字方面，季氏以《河岳英靈集》、《又玄集》、《唐文粹》、《文苑英華》、《唐詩紀事》、《樂府詩集》、《初盛唐詩紀》等唐宋明總集作了校勘，故文字較汲古閣本轉精。如汲古閣本五古《空靈山應田叟》"拽策皆落日"句，"皆"字，書棚本、銅活字本同，詩紀本改作"背"；季氏據詩紀本徑改作"背"字。又如汲古閣本七古《古興》"織女錦衾當爲誰"句，"女"字下出校曰："一作成。"書棚本、銅活字本均作"女"，而詩紀本作"成"，出校曰："一作女。"胡氏徑取"成"字而删去校文，等等。康熙敕修《全唐詩》所收《常建詩》一卷，便是將季氏《稿本》之《常建詩》悉數收入，而於編次方面作了調整。銅活字本七古次於五古後、五律前，汲古閣本則將七古調至五律後，而《全唐詩》編臣仍將七古調至五古後，置於五律前。又汲古閣本將銅活字本《張公子行》由七古調入五古内，編臣則仍將《張公子行》歸入七古中。文字方面，編臣以善本重加校勘，故文字較此前各本更精，同時編臣還增加了一些題下注。如季氏《稿本》五古《鄂渚招王昌齡張僨》"沙上飛黄雲"句，"上"字，編臣據校本改作"土"字，而以"上"字出校作異文。《稿本》五古《贈王侍御》，題中"王"字，建集諸本皆同，而編臣據詩意改作"三"字，甚是，等等。

（二）四庫本。《四庫全書》所收《常建詩》三卷。《四庫全書總目》曰："《常建詩》三卷，江蘇巡撫採進本。……《唐書·藝文志》載《常建詩》一卷，此本三卷，乃毛晉汲古閣所刊，云不知何人類而析之。［據］《書録解題》作於宋末，尚稱一卷，則元明人所分矣。……洪邁《萬首絶句》，别載建《吴故宫》一首，此集不載，語亦不類。邁所編舛誤至多，不盡足據，今亦不復增入焉。"（《四庫全書總目》卷一四九，頁一二八三）據此可知，此本乃是據汲古閣本《常建詩集》三卷録入者。而毛晉所補佚詩《吴故宫》，館臣以爲非建詩，故删去，不復録入。文字方面，館臣也作了校勘，故較汲古閣本爲精。如汲古閣本卷二《贈王侍御》，題中"王侍御"，館臣據全唐詩本校改作"三侍御"，甚是，等等。

（三）高遻閣本。同治九年庚午（一八七〇）楊葆彝輯《高遻閣叢書》所收《常盱眙集》不分卷。楊葆彝字奭齡，號鳳阿，又號頨庵、佩瑗等，乃海源閣楊氏第三代主人。葆彝生逢世亂，十年顛沛流離，直到同治八年，方在越州定居下來。次年因感書籍之難得，遂輯成《高遻閣叢書》，凡收《常盱眙集》、《陸清獻年譜行狀》、《學禮質疑》、《楊氏家祭儀》、《歸震川論史例》、《儀禮釋宫》、《唐書直筆》、《嶺表疑録》、《周文忠集》等集，共二十本。書前有楊氏序。《叢書》内唐集唯《常盱眙集》一種。此本半葉十二行二十四字，左右雙邊，版心白口單魚尾。卷後輯《全唐詩・常建小傳》及《四庫全書總目・常建集提要》等。卷端題下有小字一行："計五古三十五首、七古三首、五律十二首、七絶七首。"共五十七首。然實際只五十二首，缺脱《宿王昌齡隱居》、《送楚十少府》、《張山人彈琴》、《白湖寺後溪宿雲門》、《閑齋卧病行藥之山館稍次湖亭二首》凡五題六首。所存各詩，編次與銅活字本略同。可見此本蓋以銅活字本或其近似的本子爲底本翻刻者。

（四）吴鈔本。宣統二年庚戌（一九一〇）吴慈培鈔《唐六名家集》所收《常建詩》三卷。此本藏國家圖書館，有吴氏校並跋三則。吴《跋》其一曰："宣統二年夏，余在奉天。京賈寄汲古閣刊《六唐人集》，議不諧。予特愛常尉詩，爰照毛刻行款傳寫一本置之篋中。閲再稔矣，今秋寫《王建集》成，倩鄧孝先書工□□裝潢，並出此集付裝……壬子中秋後五日裝成識之，偶能。"據此可知，此本是據毛晉汲古閣刊《唐六名家集》本鈔寫而成的，且行款一如毛刻。越二年，迨民國元年壬子（一九一二），吴氏復鈔《王建集》成，因命書工鄧氏將二集裝潢成册，並首次作跋語於書後。吴氏《跋》其三曰："傅[大]〔丈〕沅叔借莫楚生明活字本唐人集若干種，余從轉假《常建集》讎校，是正數字，疑者誤者亦悉録，仍是前死校法。活字本分上下卷，與《文獻通考》，晁、陳兩家著録一卷，此本三卷俱不符。唯《楹書隅録》載宋本《常建集》二卷，當爲活字本所自出。楊氏稱宋本上卷詩三十七首，下卷詩二十首，活字本則上卷詩三十六首，下卷詩二十一首，意宋本《張公子行》不入下卷七古耳。"吴氏謂活字本出自宋本，此言甚是。然又謂"宋本《張公子行》不入下卷七古耳"，則成臆語。吴氏未見宋本，不知宋本並非分體編次，甚至連分類也不嚴格。一般而言，唐宋人編次文集，多爲分類本，至明人方多分體編次，尤其廣泛使用"排律"一體編次文集耳。

綜上可見，《常建詩集》版本可分爲三個系統：（1）一卷本系統，唐宋所傳建集的主要版本即此一卷本，元明以後，此系統諸本無傳。（2）二卷本系統，始自書棚本，其所據當爲一卷本。二卷本宋槧，今尚存書棚本、仿書棚本，校勘價值極大。二卷本尚有明刻、明鈔等本。（3）分體本系統，始於明銅活字本，其後所有分體本，皆其衍生本，或一卷、或二卷、或三卷，不一而足。此本清代進入《全唐詩》和《四庫全書》，影響頗大。

【参考文獻】劉慧敏《〈常建詩集〉版本源流考述》，河南大學二〇〇五届碩士論文

王維集

王維（七〇一？～七六一）字摩詰，祖籍太原祁縣（今山西太原），河東蒲州（今山西永濟）人。玄宗開元九年辛酉（七二一）進士及第，釋褐太樂丞。天寶元年壬午（七四二）任右補闕，五載遷庫部員外郎，轉郎中。安史之亂中陷賊，迫受僞官，亂平責授太子中允，累官至尚書右丞，世稱"王右丞"。晚年篤志奉佛，上元二年（七六一）卒。

王維作品數量頗可觀，然安史之亂中卻佚失大半，維去世後，胞弟縉奉代宗之旨掇拾殘賸，纂而成集。《舊唐書·王維傳》曰：

> 代宗時，縉爲宰相。代宗好文，常謂縉曰："卿之伯氏，天寶中詩名冠代，朕嘗於諸王座聞其樂章。今有多少文集，卿可進來。"縉曰："臣兄開元中詩百千餘篇，天寶事後，十不存一。比於中外親故間相與編綴，都得四百餘篇。"翌日上之，帝優詔褒賞。

可見王維詩文劫後餘存的收集編纂，王縉之功也，而帝王的愛好，也是促成《王維集》最後編定的重要因素。王縉《進集表》曰：

> 中使王承華奉宣進止，令臣進亡兄故尚書右丞維文章。恩命忽臨，以驚以喜。退因編録……臣近搜求，尚慮零落。詩筆共成十卷，今且隨表奉進。曲承天鑒，下訪遺文。魂而有知，荷寵光於幽穸。殁而不朽，成大名於聖朝。（宋蜀刻本《王摩詰文集》，《中華再造善本·唐宋編》）

據此表，維集最初編定爲十卷，詩文四百餘篇。縉《進集表》，宋本《文苑英華》作《進〈王維集〉表》（中華書局一九六六年五月影印本卷六一一，文字稍異），《全唐文》所收從之。王維身後，中晚唐之世流行的維集，應即這種十卷本。晚唐以前維集還東傳日本，九世紀末藤原佐世編《日本國見在書目録》第三十九著録"王維集十卷"，這是日本古典目録中有關王維著作的最早記載。

入宋，《崇文總目》著録《王維文集》十卷，《新唐書·藝文志四》著録《王

維集》十卷。卷數同,集名略異。南宋初,《郡齋讀書志》仍作《王維集》十卷。看來,縉所呈當名《王維集》爲是。

宋槧《王維集》傳於今者,有以下兩種:

首先爲蜀刻本《王摩詰文集》十卷,今國家圖書館有藏。上海古籍出版社一九八二年有影印單行本,後又收入《宋蜀刻本唐人集叢刊》,《中華再造善本》又據以影印,遂令昔日珍本,今成易得之書。此本半葉十一行二十一字,書體柳間顔趣,楷法精密,雕印清晰,看來賞心悦目,呈現出宋本特有風貌。唯後數卷似新手所雕,刀法稍拙。左右文武雙欄,白口單魚尾下有"摩詰某"卷字樣,下爲葉碼。卷前首王縉《進王摩詰文集表》、代宗《答詔》,次《王摩詰文集目録》。各卷卷端題"王摩詰文集卷第某",卷一至三,卷七至八諸卷有子目,目連正文。此本詩文混編,卷一、二、五、六、九、十爲詩(唯卷一有《白鸚鵡賦》一篇冠首),卷三、四、七、八爲文。凡詩六卷文四卷。此本避諱並不嚴格,殷、弘、恒、貞等字,時見缺筆諱,而曙、佶、桓等字皆不諱。但《與工部李侍郎書》"匹夫匹婦,自經於溝瀆","溝"字缺筆諱,而昚、慎等字皆不諱。可見此本應爲南宋初年所刊,乃維集今存諸古本中最早的刻本。《直齋書録解題》著録建昌本與此本曰:

> 《王右丞集》十卷。唐尚書右丞河中王維摩詰撰,建昌本與蜀本次序皆不同,大抵蜀刻唐六十家集多異于他處本,而此集編次尤無倫。(《直齋書録解題》卷十六,頁四六八)

今知建昌本即現仍存世的麻沙本(詳下),該本編次爲前六卷詩,後四卷文。二本相較,除卷一篇目、序次兩本完全相同外(蜀刻本卷末附王涯詩三十首),麻沙本之卷二、卷三、卷四,蜀刻本爲卷四、卷五、卷六;麻沙本之卷五,爲蜀刻本卷九;麻沙本之卷六,爲蜀刻本卷十;麻沙本之卷七、卷八、卷九,爲蜀本卷三、卷二、卷七;麻沙本卷十,爲蜀刻本卷八,相應各卷彼此篇目、序次相差極微。唯麻沙本卷五溢出《送沈子福歸江東》一首,卷六溢出《達奚侍郎夫人寇氏挽歌二首》、《恭懿太子挽歌五首》,卷十脱《唐故京兆尹長山公韓府君墓誌銘》一文,如此而已。麻沙本後出,所增數詩應爲麻沙本輯補的佚詩。麻沙本前詩後文,秩序井然;反觀蜀刻本,詩卷與文卷交錯編排,陳氏《書録解題》斥此本"編次尤無倫",蓋謂此也。然因此本乃現存最早的維集,故版本價值頗高。如《送梓州李使君》"山中一半雨,樹杪百重

泉”,“半”字不作“夜”,藏書家所謂“山中一半雨”本,正謂此也。錢謙益《跋王右丞集》曰:

> 《文苑英華》載王右丞詩,多與今行槧本小異,如“松下清齋折露葵”,“清齋”作“行齋”;“種松皆作老龍鱗”,作“種松皆老作龍鱗”。並以《英華》爲佳。《送梓州李使君》詩:“山中一夜雨,樹杪百重泉。”作“山中一半雨”,尤佳。蓋送行之詩,言其風土,深山冥晦,晴雨相半,故曰“一半雨”,而續之以僰女巴人之聯也。(《牧齋初學集》卷八十三,上海古籍出版社一九八五年九月第一版,頁一七五五)

又如《與工部李侍郎書》:“宿昔貴公子,常不交布衣。盡禮髦士,絶甘分少。”“不”字,此本作“下”。《繡如意輪像贊》:“崇通寺尼無疑、道登等,貴族出家。”“通”字,此本作“敬”,皆極是。當然此本之佳,並不在無訛誤處,而在於年代較早,尚未經妄改,故訛誤一望即知。近人陳乃乾《與胡樸安書》曰:

> 嘗謂古書多一次翻刻,必多一誤。出於無心者,“魯”變爲“魚”,“亥”變爲“豕”,其誤尚可尋繹。若出於通人臆改,則原本盡失。宋元明初諸刻,不能無誤字。然藏書家争購之,非愛古董也,以其誤字皆出於無心,或可尋繹而辨之,且爲後世所刻之祖本也。校勘古書,當先求其真,不可專以通順爲貴。古人真本,我不得而見之矣,而求其近於真者,則舊刻尚矣。(《國學彙編》第一集)

此本一者有佳字,賢於他本,二者即有誤處,一望即知,正其善處。此本詩凡二百九十四題、三百六十六首,文七十篇,詩文共四百三十六篇。較王縉原編“四百餘篇”,差爲近之。

此本多數卷次首尾處鈐有“二泉主人”、“聽松風處”、“子京”、“項墨林鑒賞章”、“藝芸主人”、“汪士鐘印”、“宋本”、“甲”、“東郡宋存書室珍藏”、“楊紹和讀過”、“周暹”等鑒藏印記多枚。卷五末有墨筆題款:“袁褧觀。”下鈐“袁氏尚之”白文方印一枚。表明此本曾經明著名藏書家袁褧、項元汴(子京),清汪士鐘、楊紹和及近人周叔弢(暹)收藏過。新中國成立後,由周叔弢捐贈給國家圖書館。書後有清代著名校勘家顧廣圻跋,其略曰:

> 右《王摩詰文集》十卷,每卷有二泉主人、聽松風處、子京……今藏

汪氏藝芸書舍，與前收《讀書敏求記》所載《王右丞文集》皆宋本而迥乎不合。予讀《文獻通考》引《書録解題》云："建昌本與蜀本次序皆不同，大抵蜀刻唐六十家集多異於他處本，而此集編次尤無倫。"乃悟題"摩詰集"者蜀本也，題"右丞集"者建昌本也。建昌本前六卷詩，後四卷文，自是寶曆二年表進之舊，而蜀本第二以下全錯亂，故《直齋》以爲"尤無倫"也。又讀洪邁《萬首絶句序》云："如王涯在翰林同學士令狐楚、張仲素所賦宫詞諸章，乃誤入王維集。"其王維詩後注云："别本。"維又有《遊春詞》等十五篇，並五言十五篇，皆王涯所作，今以入涯詩中。按蜀本第一卷末有此各篇，但詩前標"翰林學士知制誥王涯"名。蓋其始鈔綴於此，而刻者不知删去耳。亦未誤爲維詩，如洪所見之别本也，若建昌本則固無此矣。(《中華再造善本》影印蜀刻本卷後；又見《思適齋書跋》卷四《集部》、《思適齋集》卷十五《題跋二》，均載《顧廣圻書目題跋》頁六四九、五六六)

顧跋還謂："去歲以建昌本見借，得景鈔一部。兹承示蜀本，遂加對勘。除次序外，其爲多寡異同，亦互有短長。擬合成定本，再奉質正也。是爲跋。道光歲在戊子孟陬月人日，顧千里書，時年六十有三。"跋後鈐"顧千里印"朱白二文方印一枚。顧跋謂題"摩詰集"者，蜀本也，題"右丞集"者，建昌本也，以書名區别宋本維集，自有道理。由顧跋可知蜀刻本中，王涯作品尚未混爲王維之作。

其次爲麻沙本，即南宋麻沙鎮刊《王右丞文集》十卷。此本清初乃錢曾架上物，《讀書敏求記》著録有此本，其略曰："此刻是麻沙宋版。集中《送梓州李使君》詩亦如牧翁所跋作'山中一半雨，樹杪[萬]〔百〕重泉'，知此本之佳也。"(《錢遵王讀書敏求記校證》卷四上，頁一八五)錢氏後因家境窘迫，將部分宋版書賣給季振宜，《季滄葦藏書目・宋版書目》著録曰："《王右丞文集》十卷，二本。"蓋即此本。季氏書散出，此本爲徐乾學傳是樓收得，道光時又歸黄丕烈，顧廣圻《百宋一廛賦》描述此本曰："王沿表進，移氣麻沙。秀句半雨，夙假齒牙。"黄丕烈注曰："《王右丞文集》十卷，每半葉十一行，每行二十字不等，傳是樓舊物也。王縉搜求其兄詩筆，隨表奉進。此刻是麻沙宋版，《送梓州李使君》詩亦作'山中一半雨，樹杪萬重泉'云云，皆見《敏求記》。"光緒時，此本又爲湖州陸心源所得，《儀顧堂題跋》卷十著録有此本，其略曰：

《王右丞文集》十卷,次行題曰"尚書右丞贈秘書監王維",宋刊本……宋諱有缺有不缺,南宋麻沙坊本往往如此。卷二第十三葉之第十八行接連卷三,其卷四、五、六、八、九、十仿此,亦宋本式也。卷六末有跋云:"韋蘇州詩韻高而氣清,王右丞詩格老而味長,雖皆五言之宗匠,然互有得失,不無優劣。以標韻觀之,右丞遠不逮蘇州,至其詞不迫切而味甚長,雖蘇州亦不及也。"凡七十餘字,爲元以後刊本所無。……惟卷二《出塞作》脱廿一字,不免白璧微瑕耳。向爲季[蒼]〔滄〕葦所藏,卷中有"季振宜藏書"五字朱文長印、"季振宜字詵兮號[蒼]〔滄〕葦"朱文長印。後歸徐健庵,有"乾學之印"白文方印、"健庵"二字白文方印。道光中歸黄蕘圃,有"百宋一廛"朱文長印,"蕘圃過眼"白文方印。前有顧千里題語,後有黄蕘圃題語,即《百宋一廛賦》中所謂"王沿表進,移氣麻沙。秀句半雨,夙假齒牙"者也。(《儀顧堂書目題跋彙編》,頁一四六)

此跋將麻沙本的諸特徵及此本之先後遞藏,講得十分清楚。光緒末,皕宋樓藏書被陸心源之子賤價賣給日本岩崎財團,此本隨之入藏静嘉堂文庫。日本河田羆《静嘉堂秘笈志》卷十著録此本曰:

宋麻沙刊本。徐健庵舊藏。顧氏手跋曰:"此麻沙宋刻王右丞詩文全集十卷,道光丙戌歲從藝芸主人借出,影寫一部。復徧取他本勘其得失。雖宋刻亦有誤,而不似以後之妄改,究竟爲第一也……"黄氏手跋曰:"此宋刻《王右丞文集》十卷,二册。頃余友陶藴輝從都中寄來而得之者也……"按此南宋麻沙本,每葉二十二行,每行二十字,版心有字數及刻工姓名。

可見錢曾、黄丕烈、顧廣圻、陸心源及河田羆等中外學者,皆判此本爲麻沙宋版。民國初年,傅增湘赴日本觀書,亦曾於静嘉堂文庫見之,《藏園群書經眼録》著録此本曰:

《王右丞文集》十卷,唐王維撰。宋刊本……白口,左右雙闌。版心上記字數,上魚尾下記王字,下魚尾下記葉數,最下記刊工姓名。卷六後有跋語,論王、韋優劣七十餘字,爲他本所無。季振宜、徐乾學、黄丕烈、汪士鐘遞藏。有黄丕烈、顧廣圻手跋。卷四末有"吴郡袁褧曾觀"觀欵一行。《百宋一廛賦》中著録。按:此書刊工古樸,當爲南渡初鐫，雖偶有補刊之葉，亦復疏雋可喜，顧千里跋乃謂爲麻沙本，何耶！（日本静嘉堂文庫藏）（《藏園群書經眼録》卷十二，頁一〇二〇）

傅氏以爲此本並非麻沙宋本，當一時疏誤。據今人陳鐵民先生考證，此本卷六"韋王詩歌論"，係録自南宋張戒《歲寒堂詩話》卷上。《詩話》提及的年代，最晚爲高宗紹興五年（一一三五）。《詩話》成書，當在此後。而麻沙本録有《詩話》語，則麻沙本之刊行，又當在《詩話》後。故麻沙本刊於南宋當無疑問。此本嚴紹璗《日藏漢籍善本書録・集部・别集類》亦有著録。

麻沙本、建昌本是一是二？其實，麻沙本就是建昌本。麻沙本歸黄丕烈時，顧廣圻《百宋一廛賦》稱贊"王沿表進，移氣麻沙"。黄氏仙逝，藏書盡爲汪士鐘收得。顧氏跋麻沙本曰："道光丙戌歲，從藝芸主人借出，影寫一部。復徧取他本，勘其得失。"丙戌爲道光六年（一八二六），蓋當年顧氏未及從黄氏處鈔録麻沙本，至此方得從汪士鐘借出録副。迨道光八年，顧氏跋蜀刻本時又曰："去歲（汪士鐘）以建昌本見借，得影鈔一部。兹承示蜀本，遂加對勘。"此"去歲"當指道光丙戌，而跋又稱汪士鐘所借乃建昌本，可見在顧氏看來，麻沙本就是建昌本。今人王玉良跋《王摩詰文集》亦曰："建昌本，又稱麻沙宋刻。"（《宋蜀刻本唐人集叢刊・王摩詰文集》王玉良跋）

麻沙本雖流落海外，然國内尚有錢曾述古堂影鈔本，今藏國家圖書館。陳鐵民先生曾獲一麻沙本的影印本，持與述古堂影鈔本對勘，證明述古堂鈔本的確是麻沙本的影鈔本（見其《王維集校注・附録六》之《王維集版本考・附記》）。故今由述古堂鈔本，可間接窺見麻沙本的面貌：此本編次爲前六卷詩，後四卷文。與宋蜀本相較，此本卷五增《送沈子福歸江東》一首，卷六末增《達奚侍郎夫人寇氏挽歌二首》、《恭懿太子挽歌五首》，卷十脱《唐故京兆尹長山公韓府君墓誌銘》一文。而宋蜀本卷九所附崔興宗同詠之《留别》一首，麻沙本收在卷五，題目誤作《留别崔興宗》，且誤作王維詩。可見麻沙本與蜀刻本，彼此有明顯的淵源關係，即麻沙本將宋蜀本原編六卷詩、四卷文，依照先詩後文的原則，調整各卷卷次，增補遺詩，並删除附見的王涯作品，遂使蜀刻本摇身一變，成了麻沙本。换言之，麻沙本（建昌本）出自蜀刻本，只不過編次作了調整，删去了附見的王涯作品而已。若是顧氏跋蜀刻本所謂"建昌本前六卷詩，後四卷文，自是寶曆二年表進之舊"的話，就不對了。不過，麻沙本雖源於宋蜀本，然而由於編刻者不慎，此本脱漏了《唐故京兆尹長山公韓府君墓誌銘》一文。《出塞作》"暮雲空磧時驅"下，脱

“馬秋日平原好射雕護羌校尉朝乘障破虜將軍夜渡”二十一字，又蜀刻本《工部楊尚書夫人王氏墓誌銘》，銘文凡五首，此本脱末二首四十六字（蜀刻本原闕二字）。至於文字方面，麻沙本與宋蜀本有同有異，宋蜀本卷九《留别丘爲》，麻沙本作《留别》，丘爲改成作者姓名，甚是。可見麻沙本翻刻宋蜀本時，曾參考其他本子，校勘上亦自有其價值。

元代，王集刊本唯《須溪先生校本唐王右丞集》六卷。半葉八行二十字，上有劉須溪評點。劉須溪即劉辰翁，入元而逝。辰翁嘗廣泛評點唐代名家詩歌，王維即其一也。此本《黄蕘圃藏書題識》卷七有著録，曰：“嘉慶癸酉（十八年，一八一三）中秋後八日，偶過五柳居，知新從無錫人買得元刻劉須溪評點《王右丞詩》，即借歸與宋刻對。其序次悉同。擬購之，未知許否也?”黄氏所謂宋刻，即其所藏麻沙本也。可見此本當從麻沙本出，不過唯詩無文罷了。此本民國時歸上海涵芬樓，《涵芬樓燼餘書録·集部》、傅增湘《藏園群書經眼録·集部》著録的都是這個本子，《四部叢刊》影印者亦即此本，今藏國家圖書館，上有傅增湘題款。這種本子，陸心源也曾見過，《儀顧堂題跋》卷十記曰：

> 須溪先生校本《唐王右丞集》十卷，題曰“唐尚書右丞贈秘書監王維”，元刊本……卷五《送梓州李使君》“山中一半雨，樹杪百重泉”，不作“山中一夜雨”，與宋本同。卷六《出塞》作“暮雲空磧時驅”下脱“馬，秋日平原好射雕，護羌校尉朝乘障，破虜將軍夜渡”二十一字，蓋亦從宋麻沙本出耳。（《儀顧堂書目題跋彙編》，頁一四七）

此本分卷、篇目、序次與錢曾述古堂鈔本前六卷同，可證陸説不誤。唯此本文字與述古堂鈔本不盡相同，説明上版前曾作過校勘。

明代刊行和傳鈔的《王維集》，其主要版本有以下諸種：

（一）弘治本。弘治十七年甲子（一五〇四）吕夔刊《唐王右丞詩劉須溪校本》六卷，今國家圖書館有藏。此本前後有吕夔序跋，吕氏《重刊唐王右丞詩集序》略曰：

> 詩凡六卷……劉須溪蓋嘗校之。宋元舊刻，歲遠不存。近刻於蜀，字畫頗舛誤脱落。夔以督覲分司，迎鑾公暇，特加披閲，粗爲辨證。遂出俸資之餘，令善小楷者書之，鏤人翻刻如本……弘治甲子四月之望廣信吕夔爲之序。

此序明言“宋元舊刻，歲遠不存”。可見吕氏並未見過元刊本《須溪先生校本唐王右丞集》六卷，其所據乃其前不久蜀中的一個翻刻本，所以吕氏此刻乃一再翻本。此本分卷、篇目、序次全同元刻本，文字與元刻歧異也不多，説明經吕氏校訂，此本乃一較好的翻刻本。《天禄琳琅書目後編》曰：“夔，廣信永豐人。弘治壬戌進士，官杭州知府……今校它本所載《游春詞》三十餘首，此本獨無，蓋即涯等之詩，劉校固屬善本。”（《天禄琳琅書目後編》卷十八，頁七五二）王涯詩乃麻沙本削去，須溪本屬麻沙本系統，自無涯詩。天禄館臣將剔除涯詩之功歸於劉辰翁，非是。

（二）明分體本。明代早期刊行的重要維集，當屬無名氏所刻《王摩詰集》十卷分體本，今國家圖書館有藏。此本卷首爲王縉進集表、代宗答詔。正文前六卷詩，後四卷文。詩分體編次，卷一至二爲五古，卷三七古，卷四五律，卷五五排，卷六七律、五絶、七絶，收詩較述古堂鈔本少《資聖寺送甘二》、《歎白髮》“我年一何長”二首。麻沙本《留别崔興宗》，此本題作《留别》，崔興宗改爲作者姓名，與宋蜀本同。崔興宗行九，博陵人，王維内弟，將南行，王維、裴迪賦同題詩《崔九弟欲往南馬上口號與别》送行，崔興宗因賦《留别》一詩。麻沙本誤將詩題與作者合併，訛作王維《留别崔興宗》，此本改同宋蜀本，甚是。宋蜀本卷一末所附三十首王涯詩，麻沙本已削去，此本又悉數收入作王維詩，大誤。後世王維各種全集、詩集中混入涯詩，此本乃始作俑者。另此本補入《遊春曲二首》，爲今存宋元諸本所無。

此本詩雖分體，但仔細比勘可以發現，前六卷各體諸詩之編次順序，與這些詩在述古堂鈔本中先後出現的順序相同，這表明此本乃是以麻沙本或其近似的本子爲底本，將各體諸詩依次分别録出，然後再分卷編纂，便成了這種分體本。此乃明人改編唐人詩集慣用的常法，屢見不鮮。此本後四卷文，篇目、序次與述古堂鈔本後四卷完全相同。不過述古堂鈔本卷一的《皇甫岳寫真贊》、《宋進馬哀詞》二文，此本移入卷八之末。唯述古堂鈔本卷二《連珠詞五首》，此本不慎脱漏。卷十溢出《唐故京兆尹長山公韓府君墓誌銘》一文，當是據宋蜀本補入。文字方面，此本與宋蜀本、麻沙本各有異同，表明此本翻刻時，曾參考過宋蜀本一系的本子。令人遺憾的是，此本將舊本詩題下及正文中的大部分注文删除，實在可惜。

此本無序跋、牌記及刊刻年月。邵懿辰《四庫簡明目録標注》王維集有“明正德仿宋本，十卷，無注，二十行十八字”，正指此本。此本今北京大學圖書館有藏，函上藏籤標爲“明正德仿宋刊本”。鄭振鐸《西諦書目》集部著録“《王摩詰集》十卷，明嘉靖刊本，四册”，現藏國家圖書館。陳鐵民先生曾將其與十卷分體本對勘，發現二者是用同一書版印刷的，可見鄭氏所謂的“嘉靖本”，實邵氏《目録標注》之正德本。鄭振鐸跋明刊八卷本《高常侍集》（今藏國圖）時，曾談及此本，其略曰：

> 《高適集》……曾在北京隆福寺修綆堂架上，見有明正德、嘉靖間覆宋刻本一部，亦是十卷，有詩有文。一時匆促，未及購之。今天是夏曆戊戌元旦，偕趙萬里君遊廠甸，偶憶及此書，因亟往修綆堂取之歸。玄覽堂所儲唐人集，又多一善本矣。一九五七年夏，曾在藻玉堂取得一部明正德刻本《王昌齡集》，凡三卷。每半葉十行，行十八字，與此本正同。聞正德時曾刻王、高、孟、岑四集，惜予僅得王、高二集。

此跋中，鄭氏又謂所得王集爲正德本。可見此《王摩詰集》十卷分體本，當爲正德刊本。又曰：“頗疑此種十行十八字盛唐人集，當不止是四家，且似不限於盛唐一代。朱警刻的《唐百家詩集》，亦是十行十八字，疑均出於南宋的書棚本。……一九五八年二月十八日燈下鄭振鐸記。”鄭氏疑此種十行十八字分體本，皆出於書棚本，亦有可能。只是書棚本刊於南宋後期，時間又當在麻沙本後，所以書棚本據麻沙本翻刻，亦有可能。

這種十卷分體、詩文全集本，北京大學圖書館另藏一本，字體稍異，當是明十卷分體本的忠實覆刻本。另國家圖書館有兩種明刻六卷本《王摩詰集》，有詩無文，半葉十行十八字。這兩個本子，蓋用上述兩種本子前六卷的版片印刷的詩集本。

（三）銅活字本。明銅活字印《王摩詰集》六卷。本書前已述及，明銅活字本唐人詩集，乃弘治、正德間蘇州地區印本。故此本乃明刊維集中較早且著名的版本，半葉九行十七字，卷前首《新唐書・王維傳》。正文以《白鸚鵡賦》冠首，餘則皆詩。詩分體編次，卷一至二爲五古，卷三七古，卷四五律，卷五五排，卷六七律、五絶、七絶。與十卷分體本前六卷相較，此本溢出《資聖寺送甘二》一首，少《遊春曲二首》之一、《太平樂二首》、《遊春辭二首》、《閨人春怨》、《贈遠二首》等八首。八首中，後七首是麻沙本删除的王涯詩。又十卷分體本編入五古的《送康太守》、《送權二》、《早入滎陽界》、《鄭霍二山人》四首，此本編入五排。《崔録事》、《成文學》二首，此本入五律。序次與十卷分體本基本相同(唯個别詩異)。文字亦基本與十卷分體本相同,如《送梓州李使君》作“山中一夜雨”。可見此本與十卷分體本雖同出一源,但卻是兩個不同的分體詩集本,此本編輯時,當參校過宋蜀本一系的本子。

(四)陳刻本。嘉靖十六年丁酉(一五三七),陳鳳等刻《王孟合集》本《王摩詰集》六卷,係與《孟浩然集》四卷合刊。鄭振鐸曾藏有此本,今歸國家圖書館。卷首有南陽府推官陳鳳撰《刻王孟集序》,其略曰:

> 寅長屠公出貲爲倡,刻置郡齋,别駕胡景顔氏、竇汝成氏咸樂相焉。乃命郡博士吴定甫視其役,命鳳紀其成。王集凡六卷,孟集四卷,爲版二百。適有饒蘇刻者,遂取以即工,故其精倍他刻云。皇明嘉靖丁酉秋七月十有九日。

序後爲王縉進集表及代宗答詔。此本有詩無文,半葉十行十八字。分卷、篇目、序次全同明十卷分體本前六卷,文字亦與之大抵一致,故此本所據當爲明十卷分體本無疑。

(五)十二家本。明中期王維集較重要的刊本當推《唐十二家詩》所收《王摩詰集》十卷。此種《唐十二家詩》凡四十九卷,十六册。書内無刊刻年月及刊刻者姓名。北京大學圖書館藏本,卷首有墨筆鈔補的總目,十二家依次爲:《王摩詰集》十卷、《宋之問集》二卷、《孟浩然集》四卷、《盧照鄰集》二卷、《駱賓王集》二卷、《高常侍集》十卷、《陳伯玉集》二卷、《杜審言集》二卷、《沈雲卿集》三卷、《岑嘉州集》八卷、《王勃集》二卷、《楊炯集》二卷。行款均半葉十行十八字,版式亦相同。然王、孟、高、岑四集版心無魚尾,餘八集均有單魚尾。除鈔補之十二家總目外,卷内無任何“唐十二家詩”標誌,故可分可合,分之則爲别集單行,合之則爲《唐十二家詩》。十二家集中,有的據正德、嘉靖間十行十八字本的唐集舊版片重印,有的則爲其翻刻本,所以卷内無任何“唐十二家詩”的標誌。《王摩詰集》十卷,書名、行款、分卷、篇目、序次、文字皆與上述十卷分體本同。

同一系統的《唐十二家詩》,故宫博物院亦有藏本。張允亮《故宫善本書目》著録:“《唐十二家詩集》,四十九卷,二十册。不著編者名氏,明正德刻本。”鄭振鐸《西諦書目》集部著録:“《十二家唐詩》,存四十四卷,明刊本,八册。”所列十二家集的卷數,俱同北大藏《唐十二家詩》(《王摩詰集》存後五卷)，唯十二家序次，與《唐十二家詩》稍異。這兩種十二家詩皆四十九卷，與北大藏《唐十二家詩》應屬同一系統的本子。

(六)張刻本。嘉靖三十一年壬子(一五五二)張遜業輯校、黄埻刊刻的《十二家唐詩》，是無名氏刊《唐十二家詩》之外另一種影響較大的唐集叢刊本。半葉九行十九字，今國家圖書館有藏。十二家中王維爲第十家。各家均爲上下二卷，唯録詩(維集上卷首冠《白鸚鵡賦》一篇)，詩分體。各卷前均署"永嘉張遜業有功校正，江都黄埻子篤梓行"。版心上部皆鐫"東壁圖書府"五字。《王勃集》前有張遜業撰《王勃集序》，末署"時嘉靖壬子歲秋月"。其他各集均無序。其中《王摩詰集》二卷書名、篇目、文字俱與十卷分體本、《唐十二家詩》本同，唯分卷不同。此本將十卷分體本抑或《唐十二家詩》本之卷一至三所收賦一篇，與古體詩合併爲卷上，卷四至六的近體律詩、排律、絶句諸體併爲卷下。然五排一體，從五律後移至七律後，五、七言絶句前，而每體下各詩編次均未更動。據此可知，此本當是據十卷分體本或十卷《唐十二家詩》本的前六卷改編而成的。

(七)楊刻本。萬曆十二年甲申(一五八四)楊一統刊《唐十二家詩》所收《王維集》一卷。半葉九行二十字，北京大學圖書館有藏。十二家排序與張遜業本稍異，顯得更爲合理一些，不過王維仍爲第十家。各家皆一卷，詩分體。《王勃集》前有合肥黄道日序、東郡孫仲逸序、楊一統自序。孫氏《刻唐十二家詩序》曰：

> 都有唐諸作而隲之，則兹集數人爲首。今海内人士，不翅沈酣枕藉之，故江都之刻(張遜業本)，不數載已復初木。余友人楊允大再刊于白下，而校加精焉，屬不佞序之首簡。……萬曆甲申玄提月。

據此可知，此集是據張遜業本校勘上版的。卷首《唐詩十二名家敍略》稱此書校勘由楊一統、孫伯履、丘陵、孫仲逸、李本芳五人分别承擔。《王維集》校勘者爲孫仲逸。此本收詩篇目、序次俱同張遜業本，文字雖經過校勘，但與張本大抵一致。

(八)許刻本。萬曆三十一年癸卯(一六〇三)許自昌刻《前唐十二家詩》所收《王摩詰集》二卷。半葉九行十九字，北京大學圖書館有藏。十二家排序同楊一統本。《王勃集》前有《新刻前唐十二家詩敍》，末署"萬曆癸卯孟夏長洲許自昌書"。每卷前署"明長洲許自昌玄祐甫校"。此本書名、行款、分卷、篇目、序次及文字與張遜業本相同,當據張本翻刻。

(九)鄭刻本。鄭能刊《前唐十二家詩》所收《王摩詰集》上下卷。十二家中,王維爲第十家。各家均上下二卷,版式、行款相同,詩分體編次(參本書《駱賓王集》鄭刻本),此不贅。此本卷上賦一首、四古一、五古一百、七古三十二,卷下五律百四、七律二十一、五排三十九、五絶六十四、六絶七、七絶三十六,詩賦共四百五首;另附見錢起、裴迪、王縉、崔興宗、盧象、丘爲等詩四十首。此本乃許刻本的翻刻本(參本書《駱賓王集》),故與許刻本書名、分卷、篇目、序次皆相同,文字差别亦甚微。國家圖書館藏有鄭能《前唐十二家詩》之孟、王、高、岑四集,各集卷首次行下方均署"晉安鄭能拙卿重鐫",而館藏書目卻題作《唐四家詩》,非是,鄭氏並未另外刊行《唐四家詩》。

(十)詩紀本。吴琯輯萬曆十三年乙酉(一五八五)刻《初盛唐詩紀》所收《王維集》七卷。中國書店刷印本半葉九行十九字。此本有詩無文,詩分體,卷一至二爲四、五言古詩,卷三七言古詩,卷四至五爲五律、七律,卷六五排,卷七五絶、六絶、七絶,共三百一題三百六十五首。與張遜業本相較,溢出《資聖寺送甘二》、《送孟六歸襄陽》、《過太一觀賈生房》、《東溪玩月》、《相思》、《書事》、《闕題二首》、《歎白髮》"宿昔朱顔成暮齒",凡八題九首。闕《别弟妹二首》、《休假還舊業便使》、《歎白髮》"我年一何長"、《酬慕容上》、《留别錢起》、《留别丘爲》、《送孫秀才》、《愚公谷三首》、《太平詞二首》、《遊春詞二首》、《送春辭》、《塞上曲二首》、《從軍辭二首》、《隴上行》、《閨人送遠五首》、《獻壽辭》、《遊春詞二首》、《秋思二首》、《從軍辭》、《塞下曲二首》、《平戎辭二首》、《贈遠二首》、《閨人春思》、《秋夜曲二首》、《寄河上段十六》,凡二十五題四十二首。然其中《太平詞二首》以下凡十七題三十一首爲誤入之王涯詩,《别弟妹二首》、《休假還舊業便使》、《留别錢起》、《留别丘爲》凡四題五首爲僞作。唯《歎白髮》"我年一何長"、《酬慕容十一》、《送孫秀才》、《愚公谷三首》、《寄河上段十六》凡五題七首爲佚詩。此本收詩篇目、序次雖與張遜業本不同,但從文字方面看,《送梓州李使君》"山中一夜雨","一夜"不作"一半"。又詩體劃分,此本與張遜業本相同。《崔録事》、《成文學》、《鄭霍二山人》三首,宋蜀本在卷十,前冠一總題《濟上四賢詠》。明銅活字本將《崔録事》、《成文學》二首劃入五律,《鄭霍二山人》一首劃入五排。而此本、張遜業本同宋蜀本,總題《濟上四賢詠》,歸入五古。故此本當屬張遜業《十二家唐詩》之《王摩詰集》一系的本子。《資聖寺送甘二》等八題九首詩，當是參考他本補入者，而《歎白髪》、《酬慕容上》等五題七首佚詩，當爲吴氏所删。《詩紀·凡例》曰：

> 是編多本人原集，或金石遺文，故不復列。
>
> 是編校訂，先主宋版諸書，以逮諸善本。有誤斯考，可據則從，其疑仍闕，不敢臆斷，以俟明者。

據此可見，《詩紀》對入編諸集並不一味固守原本，而是做過一番校勘删訂工作的，故此本收詩篇數較他本爲多，也比較準確。文字方面，宋蜀本之異文及題下注文，明十卷本一系的本子將其全部删除，此本則參考他本，保留並增入了許多題下注和正文間夾注的異文，很有參考價值。如《李陵詠》，宋蜀本題下原注："時年十九。"《獻始興公》，宋蜀本題下原注："時拜右拾遺。"十卷分體本及其派生各本，均删去題下注，此本參校宋本，保留題下原注，可作爲理解原詩的重要參考。又如《送元中丞轉運江淮》，宋蜀本、十卷分體本及其派生各本，題下皆無注。此本於題下增入注文曰："一作錢起詩。"爲此詩的辨重辨僞提供了綫索。

（十一）顧箋本。明嘉靖三十五年（一五五六），無錫顧氏奇字齋刻顧起經《類箋唐王右丞集》十四卷。此本乃《王維集》的第一個注釋本，《天禄琳琅書目》卷十有著録，今國家圖書館、上海圖書館、北京大學圖書館、復旦大學圖書館有藏。卷前首顧氏《序》，末署"嘉靖卅四年塗月白分錫〔山〕武陵家墅刻"。次《凡例》，次奇字齋開局氏里，詳記參與校刻者的姓氏，末題"自嘉靖三十四年十二月望授鋟，至三十五年六月朔完局"。次王縉進集表及代宗答詔，次《舊唐書·王維傳》，次王氏世系並圖，次目録，次王維詩畫評一卷，唐諸家同詠集一卷，唐諸家贈題集一卷，王維年譜一卷，外編一卷，次顧氏識語。半葉九行十八字。此本箋注凡詩十卷，然文四卷無注。箋詩先分體，後分類，卷一至二爲五古，卷三七古，卷四至五五律，卷六至七五排，卷八七律，卷九五絶，卷十七絶。此本《凡例》曰："是集舊本係六卷，衹分古、律、排、絶體。今析爲十卷，類爲五十四。"收詩篇目全同十卷分體本，序次因分類編排，故有不同。文集依賦、表、狀、露布、書、序、記、讚、碑誌、哀詞、祭文諸體順序編排，所以部分篇目雖同十卷分體本（闕《長山公韓府君墓誌銘》），而序次不同。此本《凡例》復云：

> 宋刻、川本、吴本、廣信本、楊州本、劉校本六家刻，題篇各别。如

> 《文粹》、《英華》、《英靈》、《友議》、《本事詩》、《樂府集》、《萬首絶句》、《唐詩紀事》、《合璧事類》、《吟窗雜録》……凡二十家，多紀公詩，具列異同，兼述訓解。今孅用互訂，内字未妥，即以諸家校，其善者而從之。

因知此本乃一綜合衆書之長的校注本。然而此本所收篇目及各體詩的編次，均同十卷分體本，文字也多同於十卷分體本。且十卷分體本未收的佚詩，此本均入《外編》。如《資聖寺送甘二》、《歎白髮》"我年一何長"等篇即是。表明此本雖以十卷分體本爲底子，然又不固守一本。《外編》録文四篇，詩十七首，有采自維集别本者，如《淮陽夜宿》等五首，此本注曰："宋本作公詩。"然今存之蜀刻本、麻沙本皆不載，因知顧氏所指宋本與現今傳世者不同。另有采自《雲溪友議》、《文苑英華》、《詩人玉屑》等筆記、類書與詩話者，有真亦有僞，須加以甄辨。

（十二）顧注本。嘉靖三十九年庚申（一五六〇）刊句吴顧可久《唐王右丞詩集注説》六卷附劉須溪評點本，今國家圖書館、安徽省圖書館、四川省圖書館皆有藏。半葉九行十七字，卷首有江陰張衮撰《新刻王右丞詩集注説序》，末署"嘉靖庚申夏六月"。書内鐫牌記一個"嘉靖己未（三十八年）季冬月幾望洞易書院梓行"。此本分卷、篇目、序次皆同元劉辰翁本，故應屬於劉辰翁評本系統。另萬曆十八年（一五九〇）吴氏漱玉齋刻顧可久注《唐王右丞詩集》六卷，爲嘉靖三十九年洞易書院刊本的覆刻本，今國家、上海、天津等圖書館皆有藏本。

（十三）凌刻本。凌濛初刊朱墨二色套印本《王摩詰詩集》七卷，今國家圖書館有藏，無刊刻年月。詩分體，五古、七古、五律、七律、五排、五絶、七絶等，每體一卷。有劉須溪評點，又附姑蘇顧璘評。收詩篇目較十卷分體本、顧起經本多《過太乙觀賈生房》、《相思》、《山中》、《書事》、《失題》等五首（均載顧箋本《外編》），少《春日直門下省早朝》、《口號又示裴迪》凡二首。卷後有凌濛初跋，其略曰：

> 今劉本止七卷。考縉表云"詩筆十卷"，豈並文賦他作之類爲十耶？兹卷悉因劉，從所校也。文賦諸篇，劉無評語。及餘人和章，劉本所無，故俱不贅及。

此跋明謂此本承襲劉辰翁本，但今傳劉校本皆六卷，不分體，諸友人"和章"皆載於卷中，文字也多與此本異。或當時别有一種七卷本之劉辰翁評本傳世，而凌氏此本與今傳劉辰翁評本無關。此本序次多異於他本，文字也與上述諸本各有不同，且存在一些諸本皆同，此本獨異的情況。不過明代後期刻書隨意性太强，“明人刻書而書亡”，清人的批評不無道理。從總體上看，此本文字同於顧箋本之處，較同於他本之處爲多，且一部分詩歌序次與顧箋本同（七律的序次全同顧箋本，五律的序次部分同顧箋本）。據此情況推斷，此本應是以顧箋本爲主而又參考過他本的綜合性校本，抑或據當時行世的别一種劉辰翁評本翻刻。

（十四）統籤本。胡震亨《唐音統籤》所收《王維集》八卷，編卷九十六至一百零三，丙籤十九，刻本。此本分體編次：四古與五古分編二卷，七古一卷，五律二卷，五排一卷，七律一卷，五絶、六絶、七絶一卷，凡八卷。此本所據底本，胡氏未明言。據陳鐵民先生考證，此本乃是將詩紀本悉數收入，删去確知爲王縉所作之五排《遊悟真寺》一首，增補遺詩《休假還舊業便使》、《歎白髮》“我年一何長”、《别弟妹二首》、《愚公谷三首》、《酬慕容上》、《樂城歲日贈孟浩然》、《送孫秀才》、《留别丘爲》、《留别錢起》、《伊州歌》、《寄河上段十六》、《疑夢》凡十二題十五首編輯而成的，故此本共三百十二題、三百七十九首。相較詩紀本，此本只是將七律從五律後調至五排後，獨立成卷，餘則一依詩紀本。由於《統籤》於入編各詩先分體，各體詩再分類，故各體詩之編次與詩紀本有同有異。所補諸詩，除《樂城歲日贈孟浩然》見於《英華》，《疑夢》見於《事文類聚》外，其餘十二首皆宋蜀刻本所載（其中也有僞詩），可見胡氏補詩是很審慎的。此本文字也與詩紀本相同，但胡氏作了進一步的校勘和考證，此本字裏行間夾注的校記頗多，例多不舉；考證例，如五律《和尹諫議史館山池》，詩後胡氏增入考證云：“開元二十年，道士尹愔爲諫議大夫知史館事，故詩有‘莫上空虚’之句。”所增注文，對詩的作年及詩意的理解大有裨益。

清代刊行和傳鈔的《王維集》，其主要版本有以下幾種：

（一）錢鈔本。錢曾述古堂影鈔宋麻沙本《王右丞文集》十卷。麻沙本今存域外（見前），然國内所存此影鈔本足可留麻沙真面。錢曾《述古堂書目》卷二著録此本曰：“《王右丞文集》十卷，二本，宋本影鈔。”此本自錢家散出後，輾轉歸陳揆，其《稽瑞樓書目》著録此本曰：“《王右丞文集》十卷，述古堂影宋本，二册。”陳氏書散出後，此本歸常熟瞿鏞，《鐵琴銅劍樓藏書目録》著録此本曰：

> 《王右丞文集》十卷，影鈔宋本。題尚書右丞贈秘書監王維撰。前有寶應二年（七六三）弟縉進集表及答詔。其書編次，分類不分體。舊爲述古堂藏本，遵王氏［爲］〔謂〕出宋時麻沙本，而"山中一半雨"，不作"一夜雨"，足徵其本之佳。卷首有牧翁題記云："《王右丞集》，宋刻僅見此本。考《英華辨證》，字句與此互異，彼所云集本者，此又不載，信知右丞集好本良不易得也。"（《鐵琴銅劍樓藏書目録》卷十九，頁二七七）

此本新中國成立後，由瞿氏後人捐贈給國家，《中國古籍善本書目》卷二十三《集部・唐五代别集類》有著録。此本卷六末，亦影寫有《歲寒堂詩話》卷上那段論王、韋詩的文字。前已述及，陳鐵民先生曾持麻沙本之複印本，與此本對勘，證明此本確實爲麻沙本的影鈔本。

（二）汪刻本。康熙三十四年乙亥（一六九五）汪立名刻《唐四家詩》所收《王右丞詩集》二卷。四家即王維、孟浩然、韋應物、柳宗元。四家集前有尤侗《唐四家詩序》，汪立名自《序》，汪《序》末署"康熙乙亥長至後十日天都汪立名西亭書"。半葉十行十九字，今國家圖書館有藏本。王維詩上下二卷，詩分體。卷上五、七言古詩，卷下五、七言近體律詩、排律、絶句。除《白鸚鵡賦》此本不録外，其餘收詩篇目、序次均同明十卷分體本之前六卷，文字也相差無多，故應是據明十卷分體本編刻無疑。

（三）全唐詩本。康熙敕編《全唐詩》所收《王維詩》四卷。本書前已述及，《全唐詩》乃是以《唐音統籤》與季振宜《全唐詩稿本》兩書爲基礎編纂而成的。而季氏《稿本》之《王維集》，編輯稍稍有些曲折。《稿本・王維集》並非以《詩紀》而是以許刻本原刻入編，删去所附唱和詩，再輯補佚詩，校訂異文而成的。卷首《王維傳》則録自統籤本《王維集》。輯補佚詩凡《資聖寺送甘二》、《歎白髮》"我年一何長"、《留别崔興宗》、《相思》等十三題十四首（其中有誤收者），故此本共三百三十一題、四百十四首。文字方面，以宋刻《王維集》及《河岳英靈集》、《國秀集》等校勘。但《稿本・王維集》的謄清本，今藏北京故宫博物院，海南出版社二〇〇〇年十月出有影印本，卻並非據季氏《稿本》録出，而是改以詩紀本爲底子，這大概是受了《統籤》啓發，因爲無論收詩數量還是文字的準確度，詩紀本都遠在許自昌本之上。謄清本以詩紀本七卷爲基礎，將《稿本》多出的《宋進馬哀詞》、《休假還舊業便使》、《歎白髮》"我年一何長"、《酬慕容上》、《賦得秋日懸秋光》凡二十題三十首詩，補入各體詩中，共三百二十一題、三百九十五首。文字方面，謄清本與詩紀本大致相同，但又參校統籤本采入了不少注文，如《出塞作》題下胡注："時爲御史，監察塞上作。"(宋蜀本題下有此注，文字稍異)謄清本采入，對理解詩旨頗有幫助。

康熙敕編《全唐詩》所收《王維集》，則是將謄清本入編，而據統籤本補入《伊州歌》、《疑夢》二首，據季氏《稿本》補入《别弟妹二首》、《送孫秀才》等，凡補佚詩四題六首，删去謄清本誤收的《留别崔興宗》，以及混入的王涯詩《遊春曲》、《太平樂》等十一題十九首，故全唐詩本《王維集》共三百十四題三百八十一首，分編四卷。文字方面，編臣作了進一步校勘，題下和正文中增加了不少異文和注文。如《終南山》，詩紀本、統籤本、謄清本題下均無校記。宋蜀本此詩題作《終南山行》，編臣便於此詩題下出校記曰："題下一有'行'字。"《和尹諫議史館山池》，統籤本王詩後胡氏增注文曰："開元二十年，道士尹愔爲諫議大夫知史館事，故詩有'莫上空虚'之句。"而季氏《稿本》、謄清本均無采。《全唐詩》編臣參考《統籤》王詩，將此段注文改爲題下注，對理解此詩作年和詩旨大有啓迪。《酬慕容上》，明銅活字本、明刊十卷分體本、《唐十二家詩》諸本皆訛作"酬慕容上"。"上"字乃"十一"連書之誤(宋蜀本不誤，詩在卷四)，以胡震亨之博學多識，統籤本王詩亦未免此誤。季氏《稿本》、謄清本亦皆誤。《全唐詩》編臣據校本將詩題改作《酬慕容十一》，極是，等等。因此全唐詩本《王維集》四卷成爲一時收詩最多、文字最爲可取的本子。

(四)玉淵堂本。康熙間另有項氏玉淵堂刊王、韋合刻本《王摩詰集》六卷。此本首葉署"依宋版重刊"、"項氏玉淵堂"。卷前有王縉進集表及答詔。半葉十一行二十一字。國家圖書館藏本有黄丕烈校跋並録何焯題識。此本分卷、篇目、序次全同明十卷分體本之前六卷，文字歧異也甚微，故應爲其重刊本無疑。

(五)何校本。康熙間何焯校《王摩詰集》十卷，也較有價值。此本黄丕烈嘗見之，曰："道光乙酉(五年，一八二五)，錢塘何夢華以義門校本《摩詰集》十卷見示。因予先有手校宋本六卷詩不分體者，復以何校參之。"此本後歸張金吾，其《愛日精廬藏書續志》有著録。另鐵琴銅劍樓亦有藏本，乃傳録何焯校本者，《鐵琴銅劍樓藏書目録》著録曰：

《王摩詰集》十卷，校宋本。此傳録義門何氏校本，卷後有題記云：

"《摩詰集》，先借毛斧季十丈宋槧影寫本，屬道林叔校過。康熙己亥，又借退谷前輩從東海相國架上宋槧本手抄者再校此集，庶可傳信矣。"（《鐵琴銅劍樓藏書目録》卷十九，頁二七八）

此本今藏國家圖書館，係一墨筆鈔本，上有鐵琴銅劍樓藏印，半葉十行十八字。此本分卷、篇目、序次皆同明十卷分體本，唯卷十有脱葉。行旁以朱筆録校記。卷後有何氏題記曰："《摩詰集》，先借毛斧季十丈……"（已見）此題記表明，何焯曾先後兩次用宋槧影鈔本與其校本對勘。至於何氏所據兩個本子的源流，楊紹和《楹書隅録》考辨曰：

張月霄《藏書志》有何義門手校本……惟義門跋但謂借毛斧季宋槧影寫本及退谷前輩從東海相國架上宋槧手鈔者校過，其爲蜀與建昌，殊未之及。……且東海相國者，健[安]〔庵〕司寇之弟立齋先生也。《百宋一廛賦》注云："傳是樓舊物。"則所據之宋槧，仍即遵王藏本耳。（《楹書隅録》卷四，頁五〇八至五〇九）

楊氏謂康熙己亥何氏所用校本，係錢曾影鈔宋麻沙本，驗以此傳録本卷四《留别丘爲》，朱筆所改處，與述古堂鈔本相同，題作《留别》，丘爲乃作者姓名，可證楊説不誤。那麽何氏所借毛斧季影寫宋本，又屬何本呢？斧季名毛扆，乃汲古閣主人毛晉之子。毛扆《汲古閣珍藏秘本書目》著録有"《王右丞文集》，四本，影宋版，精抄"。依顧廣圻判别宋版《王維集》之説，此著録本亦爲建昌（即麻沙）本。又《天禄琳琅書目》卷四曰：

《王摩詰文集》，一函，四册。唐王維著，十卷。前維弟縉《進書表》，代宗答詔。……此書前後無序，未審爲宋代何時刊本。自元、明以來，刻維集者甚多，今得此影鈔，以留宋槧面目，亦超出於諸家之上矣。琴川毛氏鈔本。（《天禄琳琅書目》卷四，頁一一五至一一六）

琴川毛氏指毛晉，常熟人，琴川即常熟之别稱。依顧廣圻之説，《天禄琳琅》著録毛氏此影宋鈔本，應屬宋蜀本系統。若此，毛扆就擁有兩種不同的影宋鈔本。那麽何氏所借毛扆者，究爲毛扆兩個鈔本中的哪種鈔本呢？《楹書隅録》著録蜀刻本曰："張月霄《藏書志》有何義門手校本，云：'卷十《工部楊尚書夫人王氏墓誌銘》"寂寞安禪"其三以下，恭讀欽定《全唐文》，注"下缺"。'何本校補銘二首，凡十二句四十八字，亦與此本相合。"（《楹書隅録》

卷四,頁五〇八至五〇九)《銘文》共五首,麻沙一系的本子缺後二首,唯宋蜀本一系諸本才有後二首。傳録之何氏校本,十卷後的脱葉,有朱筆鈔補的《唐故京兆尹長山公韓府君墓誌銘》一文,此文亦唯宋蜀本才有,所補文字也與宋蜀本合。因知何焯借毛扆之鈔本,乃宋蜀本的影寫本無疑。何氏曾先後以兩個不同的影宋鈔本比勘其校本,校勘價值自不容忽視。

(六)趙箋本。乾隆二年丁巳(一七三七)刊趙殿成《王右丞集箋注》二十八卷附録二卷。此本乃《王維集》的第一個全注本,半葉十行二十字。卷前有弁言,卷後有附録。趙氏《箋注序》述其撰爲此書的緣起甚詳,其略曰:

> 若其詩之温柔敦厚,獨有得於詩人性情之美,惜前人未有發明之者。詩注雖有數家,頗多舛鑿。至於文筆類,皆缺如。鄙心有所未盡,爰是校理舊文,芟柞浮蔓,搜遺補逸,不欲爲空謬之談,亦不敢爲深文之説,總期無失作者本來之旨而已。

此本前十五卷詩,後十三卷文,卷前有弁言,卷後有附録,半葉十行二十字。《四庫全書總目》詳述其體例曰:

> 古體詩六卷,近體詩八卷,皆以元劉辰翁評本所載爲斷。其別本所增及他書互見者,則爲外編一卷。其雜文則釐爲十三卷,併爲箋注。又以王縉進表、代宗批答、《唐書》本傳、世系、遺事及同時唱和、後人題詠爲一卷,弁之於首。以詩評、畫録、年譜爲一卷,綴之於末。(《四庫全書總目》卷一四九,頁一二八二)

此本雖詩文俱收,但文字的校訂卻並不用詩文皆備本爲底本,而是詩的部分以劉辰翁評本爲底本,文的部分一準顧箋本。據趙氏自述,他所見維集版本,有"廬陵劉氏(須溪)、武陵顧氏(元緯)、句吴顧氏(可久)、吴興凌氏(初成),四家而已"。這四種本子,趙氏以爲劉辰翁本最善,故用爲底本。趙氏如此處置,確有其道理。今知四本中劉本最早,且直接出自宋麻沙本,劉氏又是詩人兼詩論家,一生評點唐代詩人頗多,王詩經劉氏評定,文字自然更真實可信。顧箋本十四卷,用的是明十卷分體本或其近似的本子爲底本。顧可久注本亦出於劉辰翁本。凌氏本則"悉因劉氏所校"。可見這四種本子,劉辰翁本最早也最可徵信,趙氏取之爲底本,以其餘三本爲主校本,是頗具眼力的。趙氏同時參校唐宋元明各種詩文總集、選集、詩話、筆記等有關王詩的資料,以"校理舊文,芟柞浮蔓",故文字上此本自有其優

長。前十四卷詩的編次,因分體,故與劉辰翁本異。《箋注例略》曰:

> 是編自十四卷以前之詩,皆須溪本所有者。……其別本所增及他籍互見者,另爲《外編》一卷。

此本卷十五《外編》收詩凡四十七首,其中《遊春曲二首》、《送春辭》、《獻壽辭》等三十首皆王涯詩,宋蜀本附在卷一末,明標爲王涯詩,麻沙本皆削去。到明十卷分體本,又悉數收入作王維詩。顧箋本以明十卷分體本爲底本,故此三十首亦誤作王維詩。趙氏以劉辰翁本爲底本,遂將此三十首王涯詩附入《外編》,雖未進一步指明這些詩的歸屬,然這樣處理之後,將王涯詩擯於正集之外,較顧注本更爲妥當。又《外編》中的《賦得秋日懸秋光》一首,見《詩雋類函》和《唐詩類苑》;《疑夢》一首,見《事文類聚》;《過太乙觀賈生房》,見宋蜀本,當爲王維詩;《送孟六歸襄陽》、《東溪玩月》、《相思》、《無題》等六首,亦爲王維詩。

至於後十三卷文,因趙氏所見的四個本子唯顧箋本有文,故收文之篇目、序次、文字多同顧箋本。《送晁監還日本國序》,統籤本移至詩前,此本亦"拔至詩前,以相系屬"(《箋注例略》)。又據劉辰翁本補入《連珠詞五首》、《宫門誤不下鍵判》,凡二目六篇。卷二十八收文凡二目三篇:《畫學秘訣》、《石刻二則》,此三文,《石刻二則》見於顧箋本《外編》,《畫學秘訣》一文則輯自他書。依趙箋本之詩歌編例,此三文亦應附入《外編》爲是。《四庫全書總目》曰:

> 集外之詩,既爲《外編》,其論畫諸篇,亦集外之文,疑以傳疑者,而混於文集,不復分别,體例亦未畫一。(《四庫全書總目》卷一四九,頁一二八二)

館臣批評,頗中肯綮。所缺《長山公韓府君墓誌銘》一文,未能補録。文字方面,趙氏自言曾對顧箋本文集部分予以參訂,糾其疑脱差謬者總五十九字,以意考證得訛誤六十六字。其他介於疑似之間者一仍原本,附注於下。然終因趙氏所見版本有限,故字句校勘,訛誤所在多有。盧文弨《抱經堂文集》卷十三《書〈王右丞集箋注〉後》曰:"書梓成亦不得人覆校,故其誤字當多云。"所言甚是。

從總體上看,由於趙氏底本選擇較好,文字較可徵信,詩文分體編排,輯補逸佚又較審慎,故被《四庫全書總目》譽爲"排比有緒,終較他本爲精"。

然趙本如此編次,已全失宋本面貌。此本箋注雖"往往捃拾類書,不能深究出典",所引書證"皆未免舉末遺本"(《四庫全書總目》),但對顧箋本誤注、漏注處,亦多有訂補。王維精於佛典,顧箋本多未及詳。王琦熟於三藏,趙氏屬其襄助,頗補顧箋所不逮。正因爲如此,趙箋本自刊行以至現代,長期内一直是《王維集》一個較好的注本。《四庫全書》所收《王維集》以趙注本入録,就是對其最好的肯定。

(七)全唐文本。嘉慶敕編《全唐文》所收《王維文》四卷。在王維文彙集校訂方面,全唐文本值得一提。《全唐文》乃清代繼《全唐詩》之後又一部官修大型斷代文學總集。其時正值乾嘉朴學鼎盛時期,阮元、徐松、孫星衍等許多著名學者皆與斯役,又歷時八年,時間充裕,故《全唐文》的編纂品質遠勝於《全唐詩》。就王維文來看,《宋進馬哀詞》,宋蜀本作爲詩歌收入卷一,吴琯《詩紀》、胡震亨《統籤》皆失收。季振宜《稿本》及康熙敕編《全唐詩》皆收之。《送晁監還日本國序》、《送衡嶽瑗公南歸詩序》二文,宋蜀本作文收入卷二。自吴氏《詩紀》、胡氏《統籤》、季氏《稿本》及康熙《全唐詩》,皆將此二文移至詩前。到趙注本,卻將《送衡嶽瑗公南歸詩序》、《宋進馬哀詞》又當作文,分别收入卷十九、卷二十七中。《全唐文·凡例》曰:"詩序已見《全唐詩》者……不更復登。"《宋進馬哀詞》、《送晁監還日本國序》、《送衡嶽瑗公南歸詩序》諸文,已見於《全唐詩》,故此本不録。與趙箋本相較,此本溢出《長山公韓府君墓誌銘》、《代陳司徒謝敕賜麟德殿宴百僚詩序表》、《招素上人彈琴簡》三文,第一篇見宋蜀本卷八,其餘二篇,各本均未收録。而《代陳司徒謝敕賜麟德殿宴百僚序表》一篇,實非王維之作。《全唐文》纂輯,除收録别集、總集中的唐文外,又廣泛輯録散見於《永樂大典》、金石碑板、史子雜記、佛道兩藏中的唐文,故此《全唐文》録入的作品數量,遠較作者别集爲豐。《全唐文·凡例》曰:"文字異同,碑碣以石本爲據。餘則擇其文義優者從之。若文義兩可,則著明一作某字存證。"此本收文篇目、序次、文字同《王維集》各本出入較大,字句下時見異文出注,表明《全唐文》編臣確實下過一番收集和校勘功夫。

新中國成立以來,《王維集》校勘整理以中華書局一九九七年八月出版的陳鐵民《王維集校注》成績最著。此書以趙箋本爲底本,詩歌部分,以宋蜀本、述古堂鈔本、元刊劉辰翁校本、明刻十卷分體本、顧起經本、顧可久本、凌濛初本、全唐詩本等爲主校本,同時以《唐人選唐詩》、《文苑英華》、

《唐文粹》、《唐詩紀事》、《萬首唐人絶句》諸集參校；文部分，以宋蜀本、述古堂鈔本、明十卷分體本、全唐文本爲主校本。這些主校本、參校本中，不少是趙氏未見的古稀珍本，彌補了趙箋本校勘方面的不足，從而爲讀者提供了一個文字正確可信的本子。此書編次“打破原集本序次，重加排比”。全書共分十二卷，卷一至六爲編年詩，卷七未編年詩則按體排列。卷八至十一爲編年文，卷十二未編年文。全書“凡收詩三〇八目三七六首，文七十篇”（該書《前言》）。著者“勉力而爲，多方搜録編年的根据”，爲王維絶大部分詩文作了編年，這在王集整理史上還是首創。此書注釋，力求彌補趙箋本誤注、漏注及詞語典故未能深究原始出處、注釋體例有缺陷等四個方面的不足，同時充分吸收趙箋成果，使注釋更加準確詳明。此本還對《王維集》歷代傳本所收詩文，作了全面的辨僞補遺工作，趙注本卷十五《外編》所收四十七首詩，絶大多數是僞作。前十四卷正編之詩，亦頗羼入他人之什，趙氏均未能予以剔除。陳先生運用廣泛收集到的大量資料，通過仔細甄辨，剔除了趙注本及見於他本的誤收僞作凡四十五篇，收入正編之外的附録一《傳本誤收詩文》内存照，每篇皆加按語，詳其斷爲僞作的根据，頗爲妥當。又此本補入趙本漏收文二篇：《大唐吴興郡别駕前荆州大都督府長史山南東道採訪使京兆尹韓公墓誌銘》、《招素上人彈琴簡》。另此書後有附録六種，除附録一外，其餘《事蹟資料彙録》、《詩評》、《畫評》、《王維年譜》、《王維集版本考》五種，皆具文獻及參考價值，均附於書後，頗便讀者。而歷代有關王維某一詩歌的評論文字，依年代先後編排，綴於相應各詩注文之後，以便讀者。總之，此書乃目前《王維集》現傳各種版本中收録作品最多、文字最可徵信、注釋準確詳明、附載文獻豐富的本子。

【參考文獻】陳鐵民《王維集版本考》，載《王維集校注》附録六，中華書局一九九七年八月第一版

宗玄先生文集

吴筠（？～七七八）字貞節，華州華陰（今陝西華陰）人。少通經善屬文，舉進士不第而篤志道教，天寶初受召至京，度爲道士，入嵩山嵩陽觀。天寶十三載（七五四）再度被召，爲翰林供奉。安史亂起棲息廬山，後遊會

稽,往來天台剡中,大曆末卒於越中,弟子私謚曰"宗玄先生"。

吴筠的作品,其仙逝後二十餘年由太原王顔結集爲三十卷。厥後弟子邵冀玄得三十卷本以授權德輿,請爲序以傳永久。權德輿《宗玄先生文集序》記此事甚詳,其略曰:御史中丞王顔,在先生化去二十五年後,悦其風,得其平生著述四百五十篇,遂"類析遺文爲三十編,拜章上獻,藏在秘府"。德輿《序》接曰:"今徒采獲斯文,以序崖略,且俾後學知道者必知言云。"(民國十四年上海涵芬樓影印明正統《道藏》本《太玄部》尊三)由"今徒采獲斯文,以序崖略"二語看,德輿所序並非學界一般所説的三十卷筠集原本,而是"徒采斯文",即只選文學作品,重行編纂的文集。後來德輿爲吴筠所作《吴尊師傳》有言:"文集二十卷。"這個二十卷本的"文集",應即德輿"徒采斯文"重編之筠集。《四庫全書總目》謂吴筠《集序》與《吴尊師傳》,二文皆出德輿手,信然,但卻一謂三十卷,一曰二十卷,怪其前後乖悖。而今可知三十卷本乃王顔編,帶有"全集"性的;二十卷本爲權德輿重編,屬"徒采斯文"之"文集",二者並非前後矛盾。館臣怪之,乃未深考之過也。

迨宋時,二十卷本及三十卷本皆不傳。最早著録筠集的《崇文總目》謂"《吴筠集》五卷",可見散佚之多。稍後《新唐書·藝文志四》著録"《道士吴筠集》十卷",南宋晁公武《讀書志》卷十七則謂"《吴筠宗玄先生集》十卷",《文獻通考》同。陳振孫《書録解題》著録"《吴筠集》十卷"。《宋史·藝文志》則謂"《吴筠集》十一卷",恐誤。不過這些本子皆已散佚,五卷本和十卷本的具體面目,今已無由考其詳了。另《新唐書·藝文志三》及《藝文志四》、《郡齋讀書志》卷十六《神仙類》、《書録解題》卷十二《神仙類》皆著録吴筠《玄綱論》一卷、《神仙可學論》一卷、《兩同書》一卷、《形神可固論》一卷等著述多種,這些宋代的本子今亦皆不可見。

明代的筠集,唯正統《道藏·太玄部》"尊三"至"尊五"號收有《宗玄先生文集》三卷,刻本。此本當爲吴筠文集的節略本,然此種三卷本與宋十卷本的關係究竟怎樣?今已無從得知。此三卷本卷前有權德輿《宗玄先生集序》,卷上收《岩棲賦》、《竹賦》、《逸人賦》三篇,卷中收《思遠淳賦》、《洗心賦》、《登真賦》、《廬山雲液泉賦》、《玄猿賦》五篇,《神仙可學論》、《心目論》、《形神可固論》三篇,五古四十四首;卷下收五古六十四首,詩文共百十九篇。此本文字有明顯訛誤,如卷下《步虚詞十首》其四"无英與桃君"句,"无"字,《唐文粹》、《樂府詩集》、《唐詩品彙》皆作"元",此本誤。如其九"既登三晨庭”句,“晨”字,《唐文粹》、《樂府詩集》作“宸”,良是,此本誤。如其十“絳樹結丹實”句,“實”字,《唐文粹》、《樂府詩集》、《唐詩品彙》作“實”,似是。又如《覽古詩十四首》其三“漢家策建章”句,“策”字,《唐文粹》、《唐事紀事》作“崇”,甚是,此本誤。其五“子骨烹吴鼎”句,“子骨”,《唐文粹》、《唐詩紀事》作“子胥”,甚是,此本訛。其六“玉卮復動魂”句,“卮”字,《唐文粹》作“色”,良是,此本誤。再如《高士詠·於陵夫妻》“安兹道德重,顧候浮華輕”二句,“候”字誤,當作“彼”,等等,可見疏於校勘。編次方面,此本《覽古詩十四首》其十三、十四兩首,《唐文粹》、《唐詩紀事》合爲一首;細繹詩意,作一首爲是,此本分作兩首,應誤。然此類訛誤畢竟是少數,從總的方面看,此本不失爲明代較好的一種吴集。另,正統《道藏》“尊六”號收吴筠《宗玄先生玄綱論》三篇,凡三十三章;《南統大君内丹九章經》一篇,凡九章;附録權德輿《吴尊師傳》一篇。《道藏》“伯四”號收《上方鈞天演範真經》一篇,凡三章;《太平兩同書》上下二卷,凡十章。後世所傳吴筠作品,多載正統《道藏》中,且後世所傳《吴筠文集》,皆《宗玄先生文集》三卷的衍生物。就文字方面看,此本較其他筠集距宋代最近,故所據版本較好,文字錯訛也較少,因而成爲傳世筠集中有名的善本。

明代還有《唐音統籤》所收《吴筠詩》三卷,編卷九百十一至九百十三,庚籤二道士詩之一至三,鈔本。此本卷上收五古四十八首,卷中五古五十,卷下五古二十;共百十八首。此三卷詩,大部録自《道藏》本,另從《萬首唐人絶句》卷十八、《唐詩品彙》卷二三及《拾遺》一諸書輯補佚詩十首:《别章叟》、《題縉雲嶺永望館》、《題華山人所居》、《聽尹鍊師彈琴》、《題龔山人草堂》、《遊廬山五老峰》、《登廬山東華觀九江合彭蠡湖》、《同劉主簿承介建昌江泛舟作》、《緱山廟》、《湘州望南岳》等。此本文字,胡氏已加校勘,糾正了《道藏》本原有的一些訛誤。如《步虚詞十首》其四“无英與桃君”句,“无”字誤,此本改作“元”。《覽古詩十四首》其三“漢家策建章”句,“策”字訛,此本改作“崇”。其五“子骨烹吴鼎”句,“子骨”顯誤,此本改作“子胥”。《高士詠·於陵夫妻》“安兹道德重,顧候浮華輕”二句,“候”字誤,此本改作“彼”,等等,均極是。編次方面,此本與《道藏》本多有不同,乃因胡氏將諸詩先分體、每體再分類故也。又《道藏》本《覽古詩十四首》其十三、十四兩首,《唐文粹》、《唐詩紀事》作一首;此本亦將二首合併作一首,甚是。然而由於鈔手不慎,此本又增加了一些新的脱誤。脱漏者如《步虚詞十首》其八“靡微

□靈香”句，脱第三字，《道藏》本作“靈”。《覽古詩十四首》其六“異術□莫告”句，脱第三字，《道藏》本作“終”字，等等。訛誤者如，《步虚詞十首》其八“靡微□靈香”句，“靡”字，《道藏》本作“霏”，良是，此本誤。《覽古詩十四首》其八“既以智所遠”句，“遠”字誤，《道藏》本作“達”，良是。其十“臣釁鐘其門”句，“臣”字誤，《道藏》本作“巨”，極是。再如其十四“寥廓詎躋轍”句，“轍”字，《道藏》本作“徹”字，甚是，此本訛，等等。這些當爲鈔手所誤，均是統籤本所獨有者。

清代傳鈔和刊刻的筠集，其主要版本有以下幾種：

(一)《宗玄先生文集》三卷。此本《錢遵王讀書敏求記校證》卷四上著録曰：“《宗玄先生文集》三卷，吴筠集，王顔編次，權載之序，［邵］〔印〕溪黄子羽藏書。”題下注曰：“入《述古目》，上有‘吴筠’二字。”錢曾《述古堂書目》卷二“文集”類著録有此本：“吴筠《宗玄先生文集》三卷。”(《叢書集成初編》本)此本後爲群碧樓收得，故《敏求記校證》注曰：“鄧邦述云：‘此本今歸群碧樓。’”(《錢遵王讀書敏求記校證》，頁一九四)

(二)全唐詩本。康熙敕編《全唐詩》所收《吴筠詩》一卷。《全唐詩》是在《唐音統籤》和季振宜《全唐詩稿本》二書的基礎上編輯而成的。季氏《稿本》所收《吴筠詩》一卷乃鈔本，應録自正統《道藏》本，然後輯補遺佚《聽尹錬師彈琴》、《題龔山人草堂》、《遊廬山五老峰》、《登廬山東峰觀九江合彭蠡湖》、《元日言懷因以自勵詒諸同志》、《同劉主簿承介建昌江泛舟作》、《緱山廟》、《胡無人行》、《别章叟》、《題縉雲嶺永望館》、《題山人所居》等十一首而成，故季氏《稿本》共百十九首。與統籤本相較，《稿本》少《湘州望南岳》一首；溢出《元日言懷因以自勵詒諸同志》、《胡無人行》二首。文字方面，《稿本》糾正了《道藏》本的一些訛誤。如《道藏》本《步虚詞十首》其四“无英與桃君”句，“无”字訛，此本改作“元”。其九“既登玉晨庭”句，“晨”字訛，此本改作“宸”。其十“絳樹結丹賓”句，“賓”字誤，此本改作“實”。《道藏》本《覽古詩十四首》其三“漢家策建章”句，“策”字誤，此本改作“崇”。其五“子骨烹吴鼎”句，“子骨”訛，此本改作“子胥”。其六“玉卮復動魂”句，“卮”字訛，此本改作“色”。再如《高士詠・於陵夫妻》“顧候浮華輕”句，“候”字誤，此本改作“彼”，等等，皆極是。編次方面，《道藏》本《覽古詩十四首》其十三、十四兩首，《唐文粹》、《唐詩紀事》、統籤本等皆將此二首併作一首，甚是。《稿本》參校諸本，亦將此二首併作一首，良是等等。然而由於鈔手不慎，

《稿本》也增加了不少新的訛誤。如《高士詠·顔闔》"世情矜寵譽"句,"譽"字,《稿本》訛作"與"。如《周豐》"静默尊無名"句,"默"字,《稿本》訛作"然"。《師今》"應物方矯行"句,"行"字,《稿本》訛作"竹"。《南郭子綦》"冥寂久灰心"句,"灰"字,《稿本》訛作"交";"安用勞神襟"句,"勞"字,《稿本》訛作"榮"字,等等,可見鈔後疏於校勘。康熙敕編《全唐詩》所收《吴筠詩》一卷,便是將季氏《稿本》中的《吴筠詩》一卷悉數收入,然後對文字加以校勘,糾正了《稿本》未及改正的訛誤,故文字較前各本爲優。然而編臣未能校正的訛誤還有一些,如正統《道藏》本《高士詠·嚴子陵》"一來過帝庭"句,"過"字是,《稿本》訛作"遇",編臣未能校改,故《全唐詩》仍訛作"遇"。《高鳳》"爵禄非所縈"句,"縈"字是,《稿本》訛作"榮"字,編臣未及校改,故《全唐詩》仍訛作"榮",等等。然白璧微瑕,總的來看,《全唐詩》無論收詩數量還是文字質量,均優於其他吴筠詩集。

(三)四庫本。《四庫全書》所收《宗玄集》三卷附省題詩。此本乃據《知不足齋叢書》之《宗玄先生集》三卷附省題詩録入,卷前有權德輿《宗玄集·原序》,卷後附《宗玄集别録》。《别録》凡收《玄綱論》三篇,《南統大君内丹九章經》一篇,最後爲權德輿《吴尊師傳》,吴筠《宗玄集原序》、《宗玄集跋》。正文凡録詩文百十九首。《四庫全書總目》曰:

> 《宗元集》三卷、附録《元綱論》一卷、《内丹九章經》一卷……此本爲浙江鮑氏知不足齋所鈔,末有跋云:"收入《道藏》中,世無别本。"然《文獻通考》云,吴筠《宗元先生集》十卷,前有權德輿《序》,列於别集諸人之次,則當時非無傳本。此跋題"戊申歲",不著年號,疑作於《通考》前也。卷首權德輿《序》,稱太原王顔類遺文爲三十卷。後又有《吴尊師傳》,亦德輿撰,乃言文集二十卷,均與《文獻通考》稱十卷者不合。考德輿《序》稱四百五十篇,而此本合詩賦論僅一百十九篇,則非完書矣……德輿於貞元十七年知禮部貢舉,明年真拜侍郎,故是年作《序》,系銜云"禮部侍郎",其文與史合。而《金丹九章經》前又載筠《自序》一篇,題"元和戊戌"年作。戊戌乃元和十三年,距所謂先生化去之年,又隔四十年,後且云元和中遊淮西,遇王師討蔡賊吴元濟,避亂東岳,遇李謫仙,授以《内丹九章經》,殆似囈語。然則此《序》與《傳》同一僞撰矣。據新舊《書》皆有《元綱》三篇語,則卷末所附《元綱論》三篇,自屬筠作。至《内丹九章經》,核之以《序》,僞妄顯然,以流傳已久,姑併録

之，而辨其牴牾如右。(《四庫全書總目》卷一四九，頁一二八四)

是知筠作除三卷文集、《玄綱論》三篇外，其他載於正統《道藏》與《四庫全書》中的《内丹九章經》、《上方鈞天演範真經》、《太平兩同書》、《宗玄集原序》等，皆非筠作，另，權德輿《吴尊師傳》亦係僞作，賴館臣得以辨明。

另南京圖書館藏有此本一過録本，卷前另紙有丁丙跋，判爲"依閣鈔本"，《善本書室藏書志》亦有著録。

(四)黄鈔本。黄丕烈鈔《宗玄先生文集》三卷。此本《蕘圃藏書題識》卷七《集類一》有著録，曰："《宗玄先生文集》三卷，校鈔本。嘉慶丁卯，借袁氏五硯樓明刻《道藏》本手校，略有異同也。復翁(在卷首)。"又曰："乾隆甲辰重九，吴翌鳳借江藩《道藏》本録於求我齋中，嘉慶乙亥轉從蕘圃借鈔(在末卷後)。"(《黄丕烈書目題跋》，頁一四九)此本後歸山東楊氏海源閣，《楹書隅録續編》卷四有著録，曰："校鈔本《宗玄先生文集》三卷，一册。"並附録上述黄丕烈題識二則。

李太白文集

李白(七〇一～七六二)字太白，號青蓮居士，祖上原籍隴西成紀(今甘肅秦安)，隋末被流放至西域碎葉(今吉爾吉斯斯坦共和國托克馬克城)，李白即生於該地。五歲隨父東返，居於綿州昌隆(今四川江油)，遂爲蜀人。玄宗開元年間(七一三～七四一)，曾先後於蜀中及全國各地漫遊。天寶元年(七四二)以詩名被玄宗召入京師，供奉翰林。三年離京，繼續漫遊各地。肅宗寶應元年(七六二)於當塗仙逝。

李白一生曾兩次託人爲其編纂作品，第一次在天寶十三載(七五四)，李白於金陵"盡出其文"，命年青詩人魏顥爲其編纂文集。魏顥《李翰林集序》記述了此事的詳細經過，其略曰：

顥平生自負，人或爲狂，白相見泯合，有贈之作……因盡出其文，命顥爲集。……解攜明年，四海大盗……經亂離，白章句蕩盡。上元(七六〇～七六一)末，顥于絳偶然得之，沉吟累年，一字不下。今日懷舊，援筆成序，首以贈顥作、顥酬白詩，不忘故人也；次以《大鵬賦》、古樂府諸篇，積薪而録；文有差互者，兩舉之。白未絶筆，吾其再刊。(王

琦注《李太白全集》,頁一四五一至一四五三)

據現有資料考察,魏顥所編《李翰林集》,乃最早成書的《李白集》,其編次:首以贈顥作,顥酬白詩;次以《大鵬賦》、古樂府諸篇,積薪而録。"其文有差互者,兩舉之",蓋指篇目相同而文字歧異較大者,則兩存之。至於卷數,魏顥没有交代。此本當有詩有文,李白早期所作諸如《上韓荆州書》等名篇,自應皆在其中。當時李白尚在,故曰"白未絶筆,吾其再刊"。此本北宋尚存,神宗熙寧元年(一〇六八)宋敏求嘗見之,只有二卷,有詩無文(詳下),已經成了殘本;敏求重編《李太白文集》時曾采用該本,今白集中《送王屋山人魏萬還王屋》及後附魏萬《金陵酬翰林謫仙子》,即魏顥與李白的酬答之作。敏求以後,二卷殘本亦亡。

肅宗乾元二年(七五九),李白曾將一部相當完整的手稿送給僧人倩公,但卻並非請倩公爲其纂修文集,李白《江夏送倩公歸漢東并序》記載了這件極其重要的事情,其略曰:

> 謝安四十,卧白雲於東山;桓公累徵,爲蒼生而一起。常與支公遊賞,貴而不移。大人君子,神冥契合,正可乃爾。僕與倩公一面,不忝古人。……惟倩公焉。蓄壯志而未就,期老成於他日。且能傾產重諾,好賢攻文。即惠休上人與江、鮑往復,各一時也。僕平生述作,罄其草而授之。思親遂行,流涕惜别。今聖朝已捨季布,當徵賈生。開顏洗目,一見白日,冀相視而笑於新松之山耶?作小詩絶句,以寫别意。(王琦注《李太白全集》,頁一二八一)

"今聖朝已捨季布,當徵賈生"二句,表明《序》乃乾元二年所作,時白流放夜郎中途遇赦,已東還江夏。據《序》可知,倩公乃一位輕財好施,重諾信友的倜儻和尚,且"好賢攻文"。李白將"平生述作,罄其草而授之",乃因性格冥合,故而慷慨相施,以便倩公習文借鑒,所以從《序》中根本看不出白請倩公爲其纂修文集的任何蛛絲馬跡。當時李白已五十九歲,距其下世僅僅三年,因知這是一部相當完整的手稿,可惜後來下落不明。李白一生作品大量散逸,這部手稿的佚失當是其中一個極爲重要的原因。

李白第二次託人編纂文集,則在代宗寶應元年(七六二),李陽冰《草堂集序》述此事甚詳,謂當時李白已届彌留之際,因以文稿萬卷相託,陽冰記曰:

> 陽冰試絃歌於當塗，心非所好，公遐不棄我，乘扁舟而相顧。臨當挂冠，公又疾亟，草稿萬卷，手集未修，枕上授簡，俾予爲序。……自中原有事，公避地八年，當時著述，十喪其九，今所存者，皆得之他人焉。時寶應元年十一月乙酉也。（王琦注《李太白全集》，頁一四四六至一四四七）

陽冰，李白稱爲族叔，時爲當塗縣令。《序》曰“草稿萬卷……俾予爲序”，又曰“今所存者，皆得之他人焉”。這表明李白臨終所託“萬卷草稿”並非手稿，而是他人傳録的寫本。這也證實了三年前李白送給倩公者，的確是其平生著述的全部手稿。陽冰感慨：“當時著述，十喪其九。”表明這些出自衆手的寫本雖號稱“萬卷”，而所録作品卻十分有限。由此亦可看出李白作品“十喪其九”，其根本原因並不在安史之亂中白之奔波遷徙，而在送給倩公的那部手稿的散逸；至於魏顥所編《李翰林集》的殘損，則在其次。陽冰所編《草堂集》只有十卷，北宋樂史重編《李翰林集》時利用過這個本子（詳下）。李白部分作品得以留傳，很大程度上得益於陽冰所編十卷《草堂集》；樂史之後，此本亦無傳焉。

唐時主動爲李白纂修文集者，乃宣歙觀察使范傳正。范氏德宗貞元十年（七九四）進士及第，憲宗元和十二年（八一七）爲宣歙等州觀察使，慕李白之名，訪得李白孫女二人，免除其徭役，命當塗縣令諸葛縱，依李白遺願，將白改葬於青山之陽，並撰《唐左拾遺翰林學士李公新墓碑》，碑曰：“文集二十卷，或得之於時之文士，或得之於宗族，編輯斷簡，以行於代。”范氏未舉集名，《舊唐書・李白傳》謂“有文集二十卷，行於時”，當爲此種集本。《新唐書・藝文志四》曰“李白《草堂集》二十卷，李陽冰録”，此顯然有誤，二十卷本《草堂集》，當是范氏在陽冰十卷本的基礎上，增補遺佚而成的。范氏《新墓碑》曰：“或得之於時之文士，或得之於宗族。”這得之“宗族”者，或指陽冰所編十卷本《草堂集》，而新增的十卷，當爲得於“文士”者。可惜宋以後重修白集各家，均無提及此本者。另外日人藤原佐世《日本國見在書目》著録《李白歌行集》三卷。藤原佐世卒於醍醐天皇昌泰元年（八九八，唐昭宗光化元年），這表明晚唐以前李白詩已傳至日本，而《李白歌行集》三卷應爲白集的另一種本子，今已亡佚。

入宋，重編和刊刻的白集主要有以下幾種：

樂史編《李翰林集》二十卷、《李翰林别集》十卷。其《李翰林别集序》曰：

> 李翰林歌詩，李陽冰纂爲《草堂集》十卷。史又别收歌詩十卷，與《草堂集》互有得失，因校勘排爲二十卷，號曰《李翰林集》。今于三館中得李白賦序表讚書頌等，亦排爲十卷，號曰《李翰林别集》。（王琦注《李太白全集》，頁一四五三至一四五四）

這是宋代學者對《李白集》的首次增訂，時間在真宗咸平元年（九九八）。據樂史《序》，陽冰所編《草堂集》只有十卷，經樂史增補散逸，才擴編爲二十卷。再者，《草堂集》當有詩無文，不然樂史不會違背編例，單將於三館所得賦序表讚等散文另編爲《李翰林别集》十卷，而不言《草堂集》内有無散文，如何處理。因此可以斷定：《草堂集》應是一個有詩無文的本子。樂史本明時尚存，楊慎《升庵全集》卷六十於李白《相逢行》下注云："此詩，予家藏樂史本最善。"至清初錢謙益《絳雲樓書目》卷三，録有宋版《李翰林草堂集》二十卷，四册。後絳雲樓遭火，此本失傳，無從得知錢氏所録是兩《唐書》著録的范傳正二十卷本《草堂集》，抑或爲樂史單收歌詩的《李翰林集》二十卷？清以後，樂史本無聞。

神宗熙寧元年（一〇六八）宋敏求所編《李太白文集》三十卷。敏求字次道，進士出身，官至龍圖閣直學士。自父宋綬起，家富藏書，且多爲再三校勘的善本。敏求《李太白文集後序》曰：

> 唐李陽冰序李白《草堂集》十卷，云"當時著述，十喪其九"。咸平中，樂史别得白歌詩十卷，合爲《李翰林集》二十卷，凡七百七十六篇。史又纂雜著爲《别集》十卷。治平元年，得王文獻公溥家藏白詩集上中二帙，凡廣一百四篇，惜遺其下帙。熙寧元年，得唐魏萬所纂白詩集二卷，凡廣四十四篇。因裒《唐類詩》諸編，洎刻石所傳，别集所載者，又得七十七篇，無慮千篇，沿舊目而釐正其彙次，使各相從，以别集附於後，凡賦、表、書、序、碑、頌、記、銘、讚文六十五篇，合爲三十卷。同舍吕縉叔出《漢東紫陽先生碑》，而殘缺間莫能辨，不復收云。夏五月晦，常山宋敏求題。（王琦注《李太白全集》，頁一四七七至一四七八）

據此可知，該本的基礎是樂史三十卷本；同時又作了廣泛地輯佚補闕及重編分類工作。王溥字齊物，後漢乾祐舉進士第一，是後周至宋初名相，卒謚文獻。《宋史》本傳謂其"好聚書，至萬餘卷"。王溥家藏白詩集，當爲五代以前舊本，集名蓋逸去，原本三帙，下帙亦佚，敏求由該本上、中二帙得樂史本失載詩百四篇,可見此本别有來源。魏萬所編《李翰林集》有詩有文;然敏求不言魏萬本名《李翰林集》,只云得唐魏萬所纂"白詩集二卷",故頗疑其所得並非魏編原本,而是一個唯存詩歌的殘本。"唐類詩",蓋指唐顧陶《唐詩類選》,抑或宋初仁贊編《唐宋類詩》二十卷。敏求所謂"沿舊目而釐正其彙次,使各相從",當指對李白詩歌的整理分類,即曾鞏所謂"次道既以類廣白詩"。最後以樂史"《别集》附於後",仍爲三十卷。敏求加工重編的主要部分,乃是李白歌詩。敏求富於藏書,勤於搜討,使李白詩歌增至千篇,數量超過此前各集,可謂白集功臣。然此本尚有不足,如《漢東紫陽先生碑》及王琦《李太白文集輯注》卷三十《詩文拾遺》所收的諸多詩文,此本均未及補入;而且所補詩文中,混有不少僞作,如今存屬敏求本系統的蜀刻本(詳下)所收《謁老君廟》一首,實爲唐玄宗《謁玄元皇帝廟》詩,《送别》實爲岑參《送楊子》,《觀放白鷹》"寒冬十二月"實爲高適《見薛大臂蒼鷹》,《去婦詞》實爲顧況《棄婦詞》,《比干碑》實爲唐李翰《殷太師比干碑》,等等,均未能予以剔除。敏求本後爲曾鞏所得,曾氏在敏求分類的基礎上,進一步考證每類中各詩的編次,曾氏《李太白文集後序》曰:"次道既以類廣白詩,自爲序,而未考次其作之先後。余得其書,乃考其先後而次第之。"(《李太白全集》,頁一四七八)可見白詩分類始於敏求,再由曾鞏考次編年,已相當完善,因而也基本定型,成爲後世各種白集的祖本。神宗元豐三年(一〇八〇),蘇州知州晏知止得曾氏本,將其交給毛漸,命其校訂刊行。毛漸《跋》曰:

> 臨川晏公知止字處善,守蘇之明年,政成暇日,出李翰林詩以授於漸曰:"白之詩歷世浸久,所傳之集率多訛缺。予得此本,最爲完善,將欲鏤板,以廣其傳。"漸切謂李詩爲人所尚,以宋公編類之勤,而曾公考次之詳,世雖甚好,不可得而悉見。今晏公又能鏤板以傳,使李詩復顯於世,實三公相與成始而成終也。元豐三年夏四月,信安毛漸校正謹題。(王琦注《李太白全集》,頁一四八〇)

此本乃《李白集》的第一個刊本,亦即著名的"蘇本",又名晏處善本、元豐本。晁公武《讀書志》著録此本爲二十卷,"二十"顯爲"三十"之誤,趙希弁《讀書附志》曾辨晁氏之誤,甚是。此本彌足珍貴,傳者頗稀,連南宋後期著名目録學家陳振孫亦未能獲睹此本。

現今傳世的宋槧李集,乃南宋初年蜀中刻《李太白文集》三十卷。國家圖書館有藏本,卷十五至二十四凡十卷配清康熙繆曰芑雙泉草堂刻本;此本全帙,今日本静嘉堂文庫有藏。這是今存白集的最早刻本,半葉十一行二十字,白口單(偶有雙)魚尾,魚尾下記"李目"或"李某"卷,版心下方間或有刊工姓名吕、吴、王、袁等,左右雙欄。每卷首行題"李太白文集卷第某",唯卷二十五作"李太白全集"。卷二十五至二十六,卷二十八至三十各卷具銜名"學士贈右拾遺李白"。卷前有目録,卷後有宋敏求、曾鞏《李太白文集後序》、毛漸《題跋》(國家圖書館藏本佚去三人序跋)。此本編次,卷一爲陽冰、魏顥、樂史撰李白集序,李華、劉全白、范傳正、裴敬撰李白墓誌碑碣。卷二至二十四凡二十三卷爲詩,餘六卷爲文。詩分體,首古風,次樂府,次歌吟、贈、寄、别、送、酬答、遊宴、登覽、行役、懷古、閒適、懷思、感遇、寫懷、詠物、題詠、雜詠、閨情、哀傷凡二十一類,蓋敏求所分。每類詩大致按創作先後排列,並在詩題下注明李白行蹤所在,這些題下注文,蓋爲曾鞏考次時加上去的。然這種考次,只限於各類中諸詩的先後排序,並非全書統一編年。且一類中作於同一地者,僅於第一首下注明作者游蹤所在,以後不再重注。此本凡收詩九百九十五首,附魏顥、崔宗之、崔成輔酬答詩三首。雜文首古賦,次表、次書序贊頌銘記碑文等共十類,凡六十六篇,詩文共千六十一篇。文字方面,此本雖有訛誤,但因未經妄改,一望即知其誤。魏顥《李翰林集序》曰"文有差互,則兩舉之"。可見白尚在世時,其作品就有異文。此本異文,隨處可見,不僅個别字句,有的甚至多出大半篇,如《古風》第三十九首即是。這些異文,蓋采自多種不同傳本,頗有參考價值,後世傳本除胡震亨《李詩通》外,很少録載。

有關蜀本的刊刻年代,有不同説法,此本"桓"、"構"二字,有諱有不諱,如卷二《古風》四十六"蓬萊象天構",卷二十九《崇明寺佛頂尊勝陁羅尼幢頌》"皆我公之締構"、"累構餘石"等句中的"構"字,皆缺筆諱,而"慎"字絶對不諱,故此本蓋南宋初年蜀中刻本。北京圖書館編《中國版刻圖録》圖版二十四解説此本曰:北京圖書館藏宋本《李太白文集》出自"成都眉山地區。……前人定此本爲北宋元豐三年晏處善平江府刻本,絶非事實"。《静嘉堂秘笈志》定此本爲元豐刻本,亦誤。從此本編次、分類、收詩數量和卷後附録敏求、曾鞏、毛漸序跋來看,當爲蘇本的翻刻本。陳振孫《書録解題》曰:

别有蜀刻大小二本，卷數亦同，而首卷專載碑、序，餘二十三卷歌詩，而雜著止六卷。有宋敏求後序，言舊集歌詩七百七十六篇，又得王溥及唐魏萬集本，因哀唐《類詩》諸編洎石刻所傳，廣之無慮千篇，以《别集》、雜著附其後。曾鞏蓋因宋本而次第之者也，以校舊藏本篇數，如其言，然則蜀本即宋本也耶？末又有元豐中毛漸題，云“以宋公編類之勤，曾公攷次之詳，而晏公又能鏤板以傳於世”，乃晏知止刻於蘇州者。然則蜀本蓋傳蘇本，而蘇本不復有矣。（《直齋書録解題》卷十六，頁四六九）

據此可見，此本屬於蘇本系統，而蘇本今已無傳。國家圖書館藏本鈐有“水鏡堂居士”、“朱之赤”、“朱之赤鑒賞”、“卧庵居士”、“留耕堂印”等鑒藏印。“水鏡堂”爲明長洲陸修之堂號，“水鏡居士”蓋即陸修之，此本明代當爲陸修之架上物。朱之赤，字卧庵，明末清初長洲人，一説安徽人。蓋安徽爲其祖籍，長洲乃客居。朱氏是當時頗有名氣的藏書家，“留耕堂”蓋其藏書樓。清初，朱之赤與長洲文士廣泛交往，此本先爲陸修之收藏，又歸朱之赤所得，亦是情理中事。後來，此本輾轉歸國家圖書館收藏。《宋蜀刻本唐人集叢刊》，收有此本影印本。静嘉堂文庫藏本原爲徐乾學收藏，後歸繆曰芑，有覆刻本（詳下），繆氏後遞經黄丕烈、汪士鐘、陸心源諸家收藏，清季由陸氏後人售予日人。

光宗紹熙年間，當塗官府刊行有大字本《李白集》三十卷。此本周必大、陸游曾提及，陳振孫也見過此本。周必大《二老堂詩話》“記舒州司空山李太白詩”條曰：太白《瀑布》詩，余見子中守舒日得於宗室公霞，今胡仔《漁隱叢話》載蔡絛《西清詩話》引此詩，然“既誤以斷巖爲斷崖，與第二句相重。赤文作勑文，落落作世眼，攝衣作攝身，皆淺近與前句大相遠。當塗《太白集》本，元無此詩，因子中録寄，郡守遂刻于後。然皆從蔡絛誤本，子中争之不從，僅能改勑爲赤而已”（《歷代詩話》下，頁六七三）。必大所説的“子中”，乃其從兄周必正，《渭南文集》卷三十八載陸游爲其撰《監丞周公墓誌銘》，謂必大官參知政事時，必正“請外知舒州”。《宋史·周必大傳》載其爲參知政事在孝宗淳熙七年（一一八〇），是必正守舒得李白《瀑布》詩並録寄當塗守在淳熙七年以後。必大對當塗本附刻《瀑布》一詩“皆從蔡絛誤本”很不滿意，其實當塗本不光《瀑布》一詩訛誤很多。整個本子品質也不高。陸游《跋太白詩》一文云：“此本頗精。今當塗本雖字大可喜。然極謬誤。

不可不知也。"(《渭南文集》卷三十一,見《陸放翁全集》,頁一九七)可見此本舛誤之多。當塗本既獨有李白《瀑布》詩,而此後咸淳本(詳下)亦載有《瀑布》詩,其誤正作"斷崖"、"赤文"、"世眼",且書末引有光宗紹熙元年(一一九〇)趙汝愚題記,曰"得于東里周子中"。可見當塗本刊刻的時間,在紹熙元年或稍後;且咸淳本當是由當塗本翻刻者,所以由咸淳本可間接窺見當塗本的面貌。當塗本應爲前二十卷詩歌,後十卷文,卷前有李陽冰、樂史、魏顥、曾鞏所撰序文,李華、劉全白、范傳正、裴敬撰墓誌碑碣。卷後附有《新唐書·李白傳》,及紹熙元年趙汝愚關於李白司空山《瀑布》詩的題識。由其分卷情況看,當塗本與樂史本相同,與宋蜀本則異,應屬於另一系統的本子。陳振孫曰:

> 《李翰林集》三十卷。唐翰林供奉廣漢李白撰……家所藏本,不知何處本,前二十卷爲詩,後十卷爲雜著,首載陽冰、史及魏顥、曾鞏四序,李華、劉全白、范傳正、裴敬碑誌,卷末又載《新史》本傳,而《姑孰十詠》、《笑矣》、《悲來》、《草書》三歌行亦附焉,復著東坡辨證之語,其本最爲完善。(《直齋書録解題》卷十六,頁四六九)

陳氏所説"不知何處本",實則爲當塗本而不可能是咸淳本。余嘉錫《四庫提要辨證》"直齋書録解題二十二卷"條,引清范鍇《吴興藏書録》之陳振孫傳,言振孫卒於理宗淳祐九年(一二四九)致仕不久。其時距咸淳本刊刻還有十幾年,振孫家藏"不知何處本",即當塗本無疑。陳氏稱其最爲完善,蓋就其編輯體例而言;而陸游謂其"極謬誤",則是就其文字方面而言的;各執一詞,亦各有其是及其非。

度宗咸淳五年(一二六九)戴覺民刻《李翰林集》三十卷,今南圖有藏本,卷前諸家序、目録及前六卷已佚。詹鍈先生謂此本明以後亡佚,乃一時失考耳。此本每半葉十行,行二十(亦有十八、九)字,楷書結體,筆法嫻熟,覽之賞心悦目。四周單欄,白口無魚尾。各卷端次行署"翰林供奉李白",每卷有子目連屬正文。卷後附《新唐書》本傳、趙汝愚録李白佚詩《題司空山瀑布》一首,咸淳己巳三月望天台戴覺民希尹跋。此本詩分類編次,然因前六卷散佚,故具體分類情形無法知詳。不過前二十卷爲詩,後十卷爲文的大概編次甚明,今録其卷七以後類目如下:卷七贈下,卷八贈下,卷九寄贈,卷十餞送上,卷十一餞送下,卷十二酬答,卷十三留别,卷十四雜擬,卷十五懷古，卷十六登覽，卷十七歌吟，卷十八遊宴，卷十九雜詠，卷二十閨情，卷二十一古賦，卷二十二表，卷二十三書，卷二十四書，卷二十五碑頌，卷二十六記銘頌文，卷二十七讚歌，卷二十八序上，卷二十九序中，卷三十序下。今上海圖書館藏明鮑松刻《李杜全集》之《李翰林集》三十卷，即咸淳本的覆刻本，後有鮑松《刻李杜全集後》跋曰：

> 二家之集，箋注叢出，使其平易正大之詞，反若艱深隱度之語，學者滋惑，往往以李杜藩籬爲難窺，良可慨也。齋居之暇，偶得二集於吾宗先達燕齋先生之裔孫文儒。李集則有文符焉，鐫如其舊。而杜集則伐去其箋解，鳩工梓行。讀者於此反復諷詠而有得焉……大明正德八年歲次癸酉仲秋朔日古歙後學棠樾鮑松謹識。

鮑松字懋承，號鈍庵，安徽歙縣人。其《跋》言李白集"鐫如其舊"，説明此本乃仿刻本，較好地保存了底本的面貌，而此本後有咸淳己巳三月天台戴覺民《跋》曰："是集多趙同舍崇鉴養大所校正。"後世稱戴氏所刻爲"咸淳本"。鮑松仿刻本後既載此跋，那當是翻刻淳熙本無疑。鮑松刻本字體仿宋，刊刻精工，與一般明刻本的確不同。所以據此仿刻本，可以間接窺見宋咸淳本的面貌：咸淳本前二十卷詩，後十卷文。卷前有李陽冰、樂史、魏顥、曾鞏四序，李華、劉全白、范傳正、裴敬撰墓誌碑碣，卷後附《新唐書・李白傳》及紹熙元年七月開封趙汝愚關於李白司空山《瀑布》詩的題識，咸淳五年天台戴覺民希尹《跋》，江萬里《跋》等，詩分爲十四類，與宋蜀本相較，少行役、懷古、閒適、感遇、寫懷、詠物、題詠、哀傷等八類。古風類，宋蜀本唯第二卷一卷，標明五十九首。咸淳本爲二卷（首二卷）。宋蜀本卷二十三《感寓》"咸陽二三月"和"寶劍雙蛟龍"二首，咸淳本編入《古風》類，分别爲其十六、其八。宋蜀本"古風"其十八、十九、二十凡三首，咸淳本則合作一首。《朱子語類》卷一四〇曰："李太白……《古風》兩卷……多爲後人所亂，有一篇分爲三篇者，有二篇合爲一篇者。"可見"古風"的分法，當時已有不同，不光蜀刻本、咸淳本如此。《歌吟》類，此本在第十七卷，宋蜀本在六、七兩卷。此本編次，除"古風"、"樂府"與宋蜀本大體一致外，其餘各類詩編排順序出入很大。蜀刻本經曾鞏編次，題下注明李白行蹤。而此本題下注明李白行蹤者極少。此本收入作品數量，除雜文與宋蜀本相同外，詩歌比宋蜀本少《南陵五松山别荀七》、《觀魚潭》、《雜言用投丹陽知己兼奉宣慰判官》、《庭前晚開花》、《暖酒》、《宣城長史弟昭贈余琴溪中雙舞鶴詩以見志》等六首。宋蜀本既有《贈錢徵君少陽》，又有《送趙雲卿》，二詩完全相同，爲重出詩，而以《贈錢徵君少陽》爲是，咸淳本則不收《送趙雲卿》。《江夏送倩公歸漢東〔詩〕并序》，咸淳本唯於雜文部分收之，而宋蜀本詩與文兩部分皆收之，故與宋蜀本相較，咸淳本共少收詩八首。另蜀刻本附魏萬、崔宗之、崔成輔酬李白詩三首，咸淳本則脱魏萬《金陵酬翰林謫仙子》，而多收《菩薩蠻》、《憶秦娥》詞二首。就文字方面看，咸淳本保存的異文，遠不及蜀刻本爲多。綜上可見，咸淳本不是由蜀刻本來的，但又參考過蜀刻本。此本收詩比蜀刻本少八首，又不收宋敏求《李太白文集後序》、毛漸《跋》，而所收曾鞏序改稱《李翰林集後序》，便是最好的證據。當塗本卷末所附李白司空山《瀑布詩》，此本亦收之，文字正作"斷崖"、"赤文"、"世眼"，且卷末有紹熙元年趙汝愚題跋："得于東里周子中，附於卷末。"可見咸淳本是由當塗本翻刻的，固當屬於樂史所編本系統。陳振孫所謂"不知何處本"卷末所載《姑孰十詠》之《笑矣》、《悲來》、《草書》三歌行及東坡辨證之語，咸淳本在第二十卷《草書歌》及《姑孰十詠》下，皆引有東坡辨證這些作品"語淺近不類太白"的話，也是此本出於當塗本的一個證據。

李白詩注，最早者蓋爲金人王繪的《注太白詩》。王繪字質夫，濟南人，金太宗完顏盛天會二年（宋徽宗宣和六年，一一二四）第進士，其注白詩蓋當南宋前期，黄虞稷《千頃堂書目》有著録，但此書鮮爲世人所知。迨南宋時，出現了楊齊賢《李太白詩集注》二十五卷，左綿有刊本。楊齊賢，字子見，永州寧遠人，古春陵在其地，故稱春陵楊齊賢，寧宗慶元五年（一一九九）進士及第，又兩應制科試皆第一，執政以賢良方正薦，授通直郎。左綿所刊《李太白詩集注》，元人蕭士贇注李白詩時曾利用過這個本子。蕭氏《分類補注李太白詩序例》曰：

> 唐詩大家，數李杜爲稱首。古今注杜詩者號千家，注李詩者曾不一二見，非詩家一欠事與？……一日得巴陵李粹甫家藏左綿所刊春陵楊君齊賢子見注本讀之，惜其博而不能約，至取唐廣德以後事及宋儒記録詩詞爲祖，甚而並杜注内僞作蘇東坡箋事已經益守郭知達删去者，亦引用焉。因取其本，類此者爲之節文，擇其善者存之，注所未盡者，以予所知附其後，混爲一注。全集有賦八篇，子見本無注，此則並注之，標其目曰《分類補注李太白集》。

蕭氏謂"注李詩者曾不一二見",後謂得楊注本,是知齊賢乃白詩創注者。楊注單行本,明高儒《百川書志》卷十四有著録,今已不可見。其注本的特點,蕭氏以"博"字概之。蕭氏《分類補注李太白詩》每首下皆有"齊賢曰",可見楊注者乃李白整個詩集,且甚爲詳細;然而因爲是創注,故不能没有缺陷,蕭氏謂其"博而不能約",表明楊注使用材料不注意檢擇,取唐代宗廣德(七六三~七六四)以後事,及宋儒記録史事的詩詞闌入,甚至將郭知達已指明的僞東坡注杜詩且爲郭氏删除的材料,仍徵引以注白詩,當然就不妥當了。楊氏還有"注所未盡者",且只注詩不注文,李白詩集所附八篇賦,楊氏亦未注。總之楊注固有不足處,但開創之功不可没,後來著名的蕭士贇注本,就是在楊注基礎上進一步提高的。

元代刊刻的《李白集》,其主要版本今知者有以下兩種:

(一)《分類補注李太白詩》二十五卷,宋楊齊賢注,元蕭士贇補注,至大三年庚戌(一三一〇)建安余志安勤有堂刊刻,次年辛亥印行。此本今上海圖書館、北京大學圖書館、復旦大學圖書館皆有藏,半葉十二行二十字,夾注小字雙行二十六字,大黑口,雙黑魚尾,四周雙欄,卷端首題"分類補注李太白詩卷之一",次行署"舂陵楊齊賢子見集注",三行署"章貢蕭士贇粹可補注"。卷前有至元辛卯蕭士贇《序例》,次李陽冰、樂史、劉全白、宋敏求、曾鞏、毛漸所撰序跋碑誌,薛仲邕《唐翰林李太白年譜》,次目録,蕭氏《序例》末有"冰崖後人"四字木記,"粹齋"二字葫蘆式木記,"天樂吟院"四字亞形木記。目録後有"建安余氏勤有堂刊"篆文木記,目録末葉版心有"至大辛亥三月印"七字。蕭士贇,字粹齋,一字粹可,贛州寧都人,宋理宗淳祐(一二四一~一二五二)進士,篤學工詩,著有《詩評》二十餘篇及《冰崖集》,皆佚,事蹟具《江西志》。入元後蕭氏隱居不仕,專心注釋李白詩集。書將成,得楊齊賢注本,惜其博而不能約,且注有未盡者,遂删其注文,補其未逮於後,故名《補注》。前後費時數十年書始成。蕭氏《補注李太白詩序例》曰:

> 唐詩大家,數李杜爲稱首。古今注杜詩者號千家,注李詩者曾不一二見,非詩家一欠事與?僕自弱冠知誦太白詩,時習舉子業,雖好之,未暇究也。厥後乃得專意於此,間趨庭以求聞所未聞,或從師以蘄解所未解。冥思遐想,章究其意之所寓;旁搜遠引,句考其字之所原。若夫義之顯者,概不贅演。或疑其贋作,則移置卷末,以俟具眼者自擇

> 焉。此其例也。一日得巴陵李粹甫家藏左綿所刊春陵楊君齊賢子見注本讀之，惜其博而不能約，至取唐廣德以後事及宋儒記録詩詞爲祖，甚而並杜注内僞作蘇東坡箋事已經益守郭知達删去者，亦引用焉。因取其本，類此者爲之節文，擇其善者存之，注所未盡者，以予所知附其後，混爲一注。全集有賦八篇，子見本無注，此則並注之，標其目曰《分類補注李太白集》。……注成不忍棄置，又從而刻諸棗者……至元辛卯中秋日章貢金精山北冰崖後人粹齋蕭士贇粹可。

《序例》明言此書撰成於元世祖至元辛卯（二十八年，一二九一），且"又從而刻之棗者"，然而實際並未刊行。此本最早上版是在元武宗至大三年庚戌（一三一〇），由建安余志安勤有堂刊刻，第二年辛亥印刷行世，故稱至大辛亥本。一些書目或藏書家著録楊、蕭《分類補注李太白詩》有至元辛卯本或至大庚戌本，其實指的都是至大辛亥印本。如《增訂四庫簡明目録標注》邵章《續録》曰："吴門汪氏藏元至元辛卯刊本。"清張金吾《愛日精廬藏書續志》、民國王文進《文禄堂訪書記》卷四所載《分類補注李太白詩》，卷末皆有"至大庚戌余志安刊刻於勤有堂"的牌記，指的實際都是至大辛亥印本。此本詩歌分類，類目與宋蜀本相同。然與宋蜀本實際分類及分卷不盡一致，蜀刻本有一卷含兩種類目者，此本改爲每卷只含一種類目，或兩卷、數卷共含一個類目，使分卷和分類相一致。此本收録作品數量，與咸淳本較爲接近，比宋蜀本少《南陵五松山别荀七》、《觀魚潭》、《雜言用投丹陽知己兼奉宣慰判官》、《自廣平乘醉走馬六十里至邯鄲登城樓覽古書懷》、《月夜金陵懷古》、《金陵新亭》、《庭前晚開花》、《宣城長史弟昭贈余琴溪中雙舞鶴詩以見志》、《暖酒》等九首。删去《江夏送倩公歸漢東并序》，及魏萬《金陵酬翰林謫仙子》，增補《菩薩蠻》、《憶秦娥》詞二首，附於第五卷末。就編次而言，由於將疑是贋作的詩皆移置卷末，因而所據底本的編次已被打亂，《感寓》二首，此本入《古風》中；宋蜀本《古風》之十八、十九、二十凡三首，此本合作第二十首，以就五十九首之數。就文字言，與宋蜀本相較，此本脱去或有意删去了不少詩歌的句子，如《胡無人》末三句，《贈從兄襄陽少府皓》"託身白刃裏，殺人紅塵中。當朝揖高義，舉世欽英風"四句，此本皆無。類似的例子還有不少。其他或詞句不同，或删去題下注，或删去正文中的異文，或題目、正文及注文中有訛字脱字等等，不一而足。從《感寓》二首入《古風》，以及收録作品數量與咸淳本接近、增補詞二首和文字脱訛等方面看，此本當出自咸淳本,而分類方面又參考了宋蜀本。此本雖錯訛不少,但刊印較精,《皕宋樓藏書志》卷六十九、《儀顧堂續跋》卷十二、《善本書室藏書志》卷二十四、《鐵琴銅劍樓藏書目録》卷十九、《增訂四庫簡明目録標注》等均有著録。《文禄堂訪書記》所録本,鈐有“海虞毛晉子晉圖書記”等印記。此本臺北故宫博物院,日本天理大學圖書館亦有藏。此外國家圖書館、天津圖書館、遼寧省圖書館、南京圖書館,及日本宫内廳書陵部、静嘉堂文庫等還藏有此本的元刻明修本,也很珍貴。

(二)坊刻《唐翰林李太白詩集》二十六卷。此本不載編纂人姓氏,半葉十一行二十字,小黑口,左右雙欄。版心魚尾下或題“白詩幾”或誤署“白寺幾”,乃坊刻本的確證。卷前首列薛仲邕《李太白年譜》,次目録。正文二十四卷爲歌詩,賦則編於卷二十五,而卷二十六專載讚文十七篇,故較楊、蕭注本多出一卷。卷後附樂史、曾鞏、毛漸序跋。就分類而言,此本與宋蜀本同;然分類和分卷一致,這一點又和蕭氏補注本相同。收詩比宋蜀本少《雜言用投丹陽知己兼奉宣慰判官》、《贈歷陽褚司馬》、《對雪醉後贈王歷陽》、《觀魚潭》、《自廣平乘醉走馬六十里至邯鄲登城樓覽古書懷》、《月夜金陵懷古》、《金陵新亭》、《庭前晚開花》、《宣城長史弟昭贈余琴溪中雙舞鶴詩以見志》等九首,删去了《江夏送倩公歸漢東并序》,然卻增補《菩薩蠻》、《憶秦娥》詞二首,附於第五卷之末,重複收録《答王十二寒夜獨酌有懷》。此本《感寓》二首不入《古風》。就文字而言,此本和蕭本一樣,有些篇章或少二句,或少二聯,保存的異文也不多。宋蜀本題下所注的地名,此本删削不像蕭本那麽嚴格。個别詩篇如《發白馬》、《枯魚過河泣》、《梁園吟》等加了一些簡單的注釋,然這些注釋,皆鈔自楊蕭注本。這些表明,此本是在蕭氏補注本的基礎上編輯刊刻的。此本錯訛較多,俗字也不少。如作序的“毛漸”訛爲“毛述”,是坊刻的明證。最後一卷所收讚文十七篇,編者稱作“讚歌”,不知讚在傳統文體分類中屬於散文範疇,並非詩歌的一種,也證明此本坊間編刻的身份。由上可見,此本雖不屬注釋一類的本子,但從分類、分卷、收詩篇目及文字等方面看,卻與楊蕭二家注本較爲接近,但又參考過宋蜀本或咸淳本。總體而論此本雖爲元刊,然參考價值並不大。

明代李白集刊刻和傳鈔的本子,其主要版本有以下一些:

(一)解州本。正德十年乙亥(一五一五)解州刊《分類李太白詩》二十五卷。此本國内已佚,各家書目均不見著録,唯美國艾龍生先生私人“縹囊齋”有藏本，據稱購於日本。每半葉九行十六字，白口，版心有“李詩卷幾”字樣，四周雙欄。首卷卷端題“分類李太白詩卷之一”。卷前有《重刻李謫仙詩序》，稱“解州時將惠文鋟梓以傳……正德十年夏四月吉日北村書”。次爲解州司教王致中《刻李詩引》，次目録。正文分類編次，與元刊《分類補注李太白詩》同，只是削去了注釋。卷後有正德乙亥渭濱逸客《重刊李白詩後序》。卷中有“天尺樓”、“皖桐王騰駪藏”、“槐庭”等藏書印記。卷末有陳仁懋朱筆跋語曰：

> 元蕭粹可本李集，按《天禄琳琅書目》僅二十五卷，嘉靖郭雲鵬爲補梓雜文五卷，以足宋刊三十卷之數，然非復本來面目矣。此本刊先於郭，雖删去注釋，尚存蕭本之舊。今爲校讀一過，正其訛僞，其間足訂郭本之誤字缺句凡數十見，勿以刻書不盡工而忽之也。辛未七月陳仁懋記。

可見此本雖削去了楊、蕭二注，但就分卷、文字而言，仍屬於元刊蕭注本系統。

（二）正德類編本。正德十三年戊寅（一五一八）秦藩府刻《唐翰林李白詩類編》十二卷。國家圖書館有藏本，卷首序文上方鈐有今人“劉盼遂印”一方。半葉十行二十一字，夾注雙行，白口，黑魚尾，版心記“李詩卷幾”，四周雙欄。首卷卷端題“唐翰林李白詩類編卷一”。卷前先列秦藩保安王《唐李太白詩集序》，次李陽冰序。保安王《序》曰：

> 李白唐宗室也，其詩與《杜少陵集》並行於世，所謂“光焰萬丈長”者是也。然李天才豪放，非後之人所能及。予素愛誦其詩，與杜集並藏於府。然杜集版刻在處有之，而李集版刻絶少。兹偶得刊成善本，因命購而藏之，以爲詩家之公器云。時正德戊寅四月良吉秦藩保安王識。

《序》末具銜“秦藩保安王”，表明此本乃明秦藩王府刻本。考之《明史》，知此時之秦王乃朱惟焯，明太祖朱元璋八世孫，其所刻書還有《史記正義索引》一百三十卷，見葉德輝《書林清話》卷五。藩府財力充裕，所頒書籍又多爲宋元善本，故明藩府刻書品質一般都比較高，向來頗受藏書家青睞。此本編次先分體，後分類。體分古體、近體，類分二十一。古體又分爲四言、五言、七言、長短句；近體又分爲五律、五排、七律、五絶、七絶。卷一爲四言、五言古詩，含古風、樂府二類。卷二爲五古，含樂府、歌吟、寄贈三類。卷三爲五古，含寄贈一類。卷四爲五古，含寄贈、留別、送別三類。卷五爲五古，含送別、酬答二類。卷六爲五古，含游宴、登覽、行役、懷古四類。卷七爲五古，含閒適、懷思、感遇、寫懷、詠物、題詠、雜詠七類。卷八爲五古，含閨情、哀傷二類；七古，含樂府、歌吟、寄贈、留別、送別、酬答、游宴、行役、詠物、閨情十類。卷九長短句，含樂府一類。卷十長短句，含歌吟、寄贈、留別、送別、酬答、游宴、行役、寫懷、詠物、雜詠、閨情、哀傷十二類。卷十長短句，含歌吟、寄贈、留別、酬答、游宴、行役、寫懷、詠物、雜詠、閨情、哀傷十二類。卷十一爲五律，五排。卷十二爲七律、五絶、七絶。分體是明人重編唐人詩集常用的體例。由於先分體，再分類，各體詩的類目多雷同疊現；而近體以下，蓋嫌類目繁複雜遝，便不標類目了，遂令體例前後明顯不一。就所分二十一類來看，顯與宋蜀本相同。故此本蓋由宋蜀本改編而成。《百川書志》卷十四，《天禄琳琅書目後編》卷十八明版集部所録《李太白詩》十二卷，“分體分門，無注”，當即此本。

與此本相似的另一槧本，不知刊於何時，每半葉十行二十一字，黑口、雙黑魚尾，魚尾間記“李詩卷幾”，四周雙欄。首卷卷端題“唐翰林李白詩類編卷之一”。卷前有目録，無序跋。編次亦先分體，後分類，且分體、分類與正德類編本全同。然卷九《少年行》、《猛虎行》二詩下引有蕭士贇辨僞的按語，以爲二詩似非太白之作。可見此本與正德類編本又參考過《分類補注李太白詩》，然收詩篇目卻比楊、蕭注本少四篇：即《對雪醉後贈王歷陽》、《贈歷陽褚司馬》、《送趙雲卿》、《白雪歌送友人》。魏顥、崔宗之、崔成輔三首酬答詩，此本亦削去。此本正文偶爾夾注音義，然又多爲普通的字詞，因知爲普及性讀本。此本除引蕭氏按語外，另附有個别按斷類文字，如卷十在《笑歌行》、《悲歌行》、《草書歌》下引有蘇東坡辨此三首乃僞作之語。

（三）陸刻本。正德十四年己卯（一五一九）陸元大刻《李翰林集》十卷。此本國家圖書館所藏鈐有傅增湘“雙鑒樓藏書印”，又有清何焯校並跋；南京圖書館藏本有清丁丙跋；另中國社科院文學所圖書館、湖南圖書館亦有藏。半葉十行十八字，白口、左右雙欄。首卷卷端題“李翰林集卷第一”，每卷有子目連屬正文。此本與宋咸淳本後十卷雜文的分類、序次、篇目完全相同。卷前有樂史《李翰林别集序》，卷後有袁翼《後記》，南圖藏本袁氏《後記》已佚。袁氏《後記》略曰：

> 太白文集十卷，宋樂史所編，即所謂《李翰林别集》者也。史即因李陽冰《草堂集》校勘補輯，定爲詩二十卷，復於三館中得賦序表讚書頌諸篇，定爲《别集》，於是太白之文盡於是矣……予家故有淳熙間刻本，今歸之元大，元大因刻之家塾云。正德己卯鄉進士吴郡袁翼記。

是知此本出於宋淳熙本，所以可貴。所謂淳熙本，可能就是周必大、陸游所説的當塗本。若是，此本雖只刻十卷文，不載詩，然卻屬於樂史、咸淳本系統，而與宋蜀本雜文只有六卷不同。此本後有何焯《跋》，云曾將繆曰芑本（詳下）卷二十五至三十所載雜文六卷，與此本對校一過，發現繆本編次“與此微有不同，文義亦互有短長……太白文見於《文苑英華》，尚有樂史所未收，亦當補刊於後也”。明高儒《百川書志》卷十二著録《李翰林集》十卷，賦八，文六十三，凡收雜文七十一篇，當即此本。清顧廣圻《思適齋集》卷十五《李太白集跋》，孫星衍《廉石居藏書記》内篇上《李翰林别集》十卷均有跋語，孫氏云：“明正德間吴郡袁翼所刻，後有跋，稱重刊淳熙本，即樂史所編，前有樂史序。版藏吾友王國博芑孫家。”即此本也。

陸刻本有清嘉慶八年癸亥（一八〇三）王芑孫淵雅堂重修本，國家圖書館藏本有傅增湘録清何焯校跋。浙江圖書館藏本有清鄭文焯《跋》。王芑孫重修《李翰林别集跋》，其略曰：

> 此版不知何由入吾家……堆積歲久，中多闕蝕。按樂史原序，此本當題爲《别集》，而版心仍題《李翰林集》。明人於校讎體例疏舛類然。今亦不能改，獨爲補刊重印，廣其流傳。持校繆氏雙泉堂所翻臨川晏處善宋本，文字篇目增多，是本有不可廢也。

據此可見，王氏重修的版片乃陸元大所刻。至於謂其比繆本“文字篇目增多”，則並非事實。繆本散文部分缺的只是詩序，而這些詩序，繆本將其歸入相應各詩題之下，且不再重複收録，故篇目雖然差少，而篇章並無闕脱。此集後有王芑孫《重跋》，謂《蘇州府志》載有袁翼生平，云其字飛卿，正德丙子（十一年，一五一六）舉於鄉，以母老不赴公車，晚歲隱居不出而終。而顧元慶《夷白齋詩話》則謂，陸元大本洞庭涵邨世家，性疏懶好遠遊，晚歲刻書爲業，能詩，著有《漫稿》一書。

（四）延平本。嘉靖十五年丙申（一五三六）延平刊《唐翰林李白詩類編》十二卷。半葉九行二十一字，白口，版心記“李詩卷某”，左右雙欄。卷首有目録,卷後有嘉靖四十年辛酉(一五六一)九月楊樞校訂李詩類編的跋語。此本編次,亦先分體後分類。體分五古、七古、長短句、五律、五排、七律、五絶、七絶諸體。各體再分古風、樂府,或分歌吟、寄贈、留别、酬答、游晏、登覽、懷古、感遇等等若干類。這種分體和分類,與正德十三年(一五一八)秦藩府刻本相似,只是此本省去四言古詩一類,將其併入長短句中。《感寓》二首編入《古風》,不録《江夏送倩公歸漢東并序》,及魏萬、崔宗之、崔成輔三首酬答之作。卷末楊樞《跋》曰:"删篇之複者一,增訂者二,正其字訛者千三百有奇。"删複篇一,蓋爲《送趙雲卿》或《白雪歌送友人》。增訂者二,蓋《菩薩蠻》與《憶秦娥》詞二首。

另外,日本《内閣文庫漢籍類目》所載《唐翰林李白詩類編》十二卷,題爲"明萬曆刊",可能别是一種刊本,但大體應屬於此一類型的本子。

(五)嘉靖十八年己亥(一五三九)周藩府刻《唐李白詩》十二卷。此本國家圖書館、四川江油李白紀念館有藏,半葉九行二十一字,白口,版心有"李詩卷幾"字樣,四周單欄。首卷卷端題"唐李白詩卷之一"。卷前有嘉靖十八年周藩府南陵王朱睦楧《李太白詩題辭》,次爲大梁李濂《唐李白詩集序》。朱睦楧,《明史》卷一一六《太祖諸子傳·周王橚傳》有附傳,爲周藩悼王第九子。睦楧以"崇德教,設科選以勵人才"稱,他刻此書,恐怕也是出於同一目的。此本編次同樣先分體,後分類,卷一至八上半五古,含古風、樂府、寄贈、送别、游晏、閒適六類,卷八下半七古,卷九至十長短句,卷十一五律、五排,卷十二七律、五絶、七絶。從此本卷首所録正德十四年(一五一九)大梁李濂《唐李白詩集序》來看,此本當據正德間大梁李濂沔陽刊本翻刻而成(詳下嘉靖二十一年萬氏刻本)。

(六)萬氏刻本。嘉靖二十一年壬寅(一五四二)萬虞愷刊《唐李杜詩集》本。萬虞愷字懋卿,南昌人,嘉靖進士,官至刑部右侍郎。此本半葉十二行二十三字,白口,版心有"李杜詩卷某"字樣,左右雙欄。卷首爲萬虞愷《刻李杜詩集序》,次正德十四年己卯(一五一九)大梁李濂《唐李白詩集序》,次嘉靖五年許宗魯《刻杜工部詩序》,次《新唐書·李白傳》、劉全白《碣記》,《新唐書·杜甫傳》、元稹《杜工部墓誌銘》,次目録。卷後爲無錫庠生邵勳《刻李杜詩後序》。正文前八卷爲李白集,後八卷杜甫集。首卷卷端題"唐李杜詩集卷之一",下署"李集"。編次先分體,再分類。李白集卷一爲古賦、五古,含古風、樂府二類。卷二至五亦五古,含歌吟、寄贈、留别、送别、酬答、游晏、登覽、行役、懷古、閒適、懷思、感遇、寫懷、哀傷十四類。卷六七古與長短句，卷七長短句與五律，卷八五律、五排、七律、五絶、七絶。以上各體，皆含有若干不等的類目，目下繫詩。由於先分體、再分類，所以各體詩之間相同類目重複或多次出現。萬氏《刻李杜詩集序》謂將李濂《唐李白詩》與許宗魯《杜工部詩》"彙而並刻"，是此本李集之分體與分類，蓋亦自李濂《唐李白詩》十二卷而來。然李濂刻本今佚，此本與《分類補注李白詩》相比，少了《笑歌行》、《悲歌行》、《贈歷陽褚司馬》、《對雪醉後贈王歷陽》、《送趙雲卿》詩五首。邵勳補佚可能只有古賦八篇。勳字彬侯，無錫人。

此本臺灣"中央圖書館"藏有一部，八册，封葉内有近代藏書家鄧邦述《題記》三則，第一則曰：

> 李杜詩十六卷，據邵氏《後序》，知爲無錫宰萬氏刻本……但以同時之人翻刻其所雕之本，已形淺陋……由此觀之，殆真鄉里陋儒矣。

萬氏不知表章古籍，顧取此翻刻之，其不足重可知。

（七）李刻本。萬曆二年甲戌（一五七四）李齊芳刊《李杜詩合刻》之《李翰林分類詩》八卷賦一卷。此本國家圖書館、中國社科院文學所圖書館皆有藏，半葉九行十八字，四周單欄，白口單黑魚尾，版心記"李詩卷某"。卷前有李齊芳《李翰林分類詩序》，次潘應詔序，卷後有舒度惟範、李茂年、李茂材等人跋。李齊芳，字子蕃，一作子繁，號壎村，官至參軍，與潘應詔同爲廣陵人。李氏《序》曰："予於暇日，取其《翰林全集》反復類之，斟酌其真贋，而編成是帙。……於是摹良梓人新刻之，得與同志者共焉。萬曆二年暮春下澣廣陵壎村山人李齊芳子蕃甫書。"關於李氏斟酌真贋的具體情況，潘氏《序》中有詳細介紹，曰：

> 故《草書》、《悲歌》、《笑歌》三行，東坡指爲貫休詞格。《胡無人》篇末，僞增"陛下之壽"數語，直是贅疣，潁濱誚之。《襄陽歌》"心亦不能爲之哀"下，有僞增"誰能憂彼身後事，金鳧銀鴨葬死灰"之句。《别蘇明府》詩"高歌賦還邛"下，有僞增"合從又連横，其意未可封"者，横斷血脈，句調不倫。李參軍壎村新刻李詩，因直削之，使不爲太白之蠹。至于《永王東巡》第九章，蕭粹可指其爲非類；《姑熟十詠》王平甫以爲李赤詩。以今考之，其風格詞藻雖非絶盛，然猶不失爲白詩，則不敢削

之。至於吕鵬《遏雲集》載白《清平樂詞》四首，與本集調詞不同，其二首詞意極豔，但詩集未載，傳述杳冥，恐涉曾子固謬采之誤，亦不敢收。其編既成，因授校於潘子，潘子曰："此數百年疑案，惟公定之，有助於白多矣。"遂有是刻。萬曆甲戌初夏吉月廣陵潘應詔啓明甫識。

潘氏此言表明，此本的編輯校訂還是非常慎重的，其編次、篇目與文字大致取於明鮑松仿宋咸淳刻本，故八卷詩共分爲十四類，與咸淳本分類全同。與宋蜀本相較，少收《南陵五松山别荀七》等十首詩，亦無魏萬《金陵酬翰林謫仙子》。《感寓》二首入《古風》，增收《菩薩蠻》、《憶秦娥》詞二首。國家圖書館藏本第一册封面有鄭振鐸跋語，曰："《李翰林分類詩》八卷，賦一卷，明萬曆刻，甚精善。諸家書目皆未見著録。一九五六年十一月十日予得之北京帶經堂。"

（八）詩紀本。明萬曆十三年乙酉（一五八五）吴琯彙編《初盛唐詩紀》所收《李白集》十二卷。北京中國書店刷印本，半葉九行十九字，小字雙行，行亦十九字，四周雙欄，白口單魚尾，上象鼻内有"詩紀"二字，魚尾下有"盛唐卷之某"字樣，下象鼻内偶鐫刊工姓名、字數。各卷卷端題"盛唐第某"，下題"唐詩紀某"。次行題"鄣郡吴琯彙編"，三行題"永嘉周才甫同校"，四行低一字題"李白某"。詩歌編次分體不分類，卷一〇九爲四言、五言古詩，卷一一〇至一二〇爲五言古詩，卷一二一爲七古，卷一二二至一二四長短句，卷一二五爲五律，卷一二六五律、七律、五排，卷一二七爲五絶，卷一二八七絶、聯句，共九百六十八首。《感寓》二首入《古風》，且標明爲六十一首。宋蜀本《古風》之十八、十九、二十等三首，未合爲一首。《菩薩蠻》、《憶秦娥》二詞編入長短句中。咸淳本比宋蜀本少收的八首詩，此本補入三首：《宣城長史弟昭贈余琴溪中雙舞鶴詩以見志》、《觀魚潭》、《雜言用投丹陽知己兼奉宣慰判官》，表明此本曾參考過宋蜀本一系的本子。《詩紀·凡例》云："是編多本人原集，或金石遺文，故不復列……是編校訂，先主宋版諸書，以逮諸善本。有誤斯考，可據則從，其疑乃缺，不敢臆斷，以俟明者。"此本比宋蜀本少收《庭前晚開花》、《暖酒》、《南陵五松山别荀七》三首，以及《笑歌行》、《悲歌行》、《姑熟十詠》、《去婦詞》等凡十多首，當屬《凡例》所謂"其疑乃缺"的作品。《草書歌》雖已收録，但題下注曰："此篇蘇子瞻辨非太白詩。"此本文字校訂相當審慎，除吸收舊本已有的異文外，又新得不少異文，如《駕去温泉宫後贈楊山人》題下注："今本無宫字。"表明此本曾參考過古本。從編次、分體和文字方面看，此本是在正德十三年（一五一八）秦藩府刊《唐翰林李白詩類編》的基礎上編輯而成的，秦藩本詩體分四言古詩，《猛虎行》、《少年行》下引蕭士贇辨僞注語，部分詩歌夾注反切和指明通假的文字，這些特點，此本皆有之。

（九）劉刻本。萬曆四十年壬子（一六一二）劉世教刊《合刻李杜分體全集》之《李翰林全集》四十二卷《年譜》一卷。上圖藏本有明趙士春批，清翁同龢跋。半葉九行十八字，左右雙欄，白口單白魚尾下鐫"李集卷某"，再下爲葉碼。卷前李維楨《合刻李杜分體全集叙》首葉版心下方右側有"夏雲刊"三字。各卷卷端題"李翰林全集卷之某"，次行題署文體名稱。卷前首李維楨《叙》，後有木記三方；次劉世教《合刻李杜分體全集序》；次太原王穉登《校刻李翰林分類全集序》，後有木記二方；次劉世教《凡例》，次列李陽冰、樂史、宋敏求、曾鞏、毛漸等舊序跋，薛仲邕《李翰林年譜》，新舊《唐書·李白傳》，李華、劉全白撰墓誌碣記及蘇軾撰《碑陰記》等，次目録四卷。此本編次，以古賦、古體、近體、雜文爲次，各體詩的編次，則一依編年。卷一至卷二賦，卷三四言古詩，卷四古風，卷五至二十二五古，卷二十三至三十爲七古，卷三十一至三十二五律，卷三十三七律、五排，卷三十四五絶，卷三十五七絶，卷三十六雜體、聯句、補遺，卷三十七表，卷三十八書，卷三十九序，卷四十記、頌，卷四十一讚，卷四十二銘文、碑文、祭文。卷後有劉鑒跋。此本少收《南陵五松山别荀七》、《觀魚潭》、《雜言用投丹陽知己兼奉宣慰判官》、《庭前晚開花》、《送趙雲卿》、《過彭蠡湖》。《感寓》二首入古風。而《金陵新亭》、《月夜金陵懷古》、《自廣平乘醉走馬六十里至邯鄲登城樓覽古書懷》、《宣城長史弟昭贈余琴溪中雙舞鶴詩以見志》四首，列於卷三十六"補遺"内。詞二首《菩薩蠻》、《憶秦娥》附於卷三十六雜體類中。劉世教《凡例》曰：

> （李集）今世盛行，不越二種，一曰編年，一曰分類。編年者不惟諸體淆雜，且集中歲月可考者固多，而傅會臆度亦復不少。分類則錯亂割裂，更益無謂，至有一題數篇，而篇系一類，攬者愈多扼腕。兹刻悉以古近諸體區分，而先後仍本編年。其古賦雜文，並從舊本，分編先後，庶體裁既無淆溷，而次第亦復犂然。凡我同好，能無欣賞！（劉世教《合刻李杜分體全集》之《李翰林全集》四十二卷，上圖藏）

又曰:“體分古近,覩若列眉,稍習聲律,故當能辨。”看來劉世教之所以采用明人常用的分體編輯,重新編纂《李白集》,在於他以爲當時通行的分類本與編年本均有缺陷,而分體則最爲明白了然,一般稍習聲律者即可明辨。且分體,再編年,在當時衆多的李集中自具特色。爲了確保分體的名副其實,劉氏對各體中的詩一一重加鑒定,使此本成爲真正的分體本。劉氏還對以前舊注盡行删削,只録原文;但對注文中混入的李白原注,則細心甄辨,悉爲保存。而對混入白集中的僞詩,則審慎鑒别,如見於《顧況集》的《去婦詞》;原爲崔宗之所作《贈李十二》;又《草書行》、《笑歌行》、《悲歌行》等篇僞詩,此本一併削去,以免魚目混珠。《詠槿》二篇,第二篇分明是詠桂,衆刻踵訛,題目一直與詩不符,此本特爲訂正,重新確定篇題。對李白詩中的變格創調詩,如《鳴皋歌》、《三五七言》等篇,特立“雜體”一類予以收録。對吴琯《詩紀》中收録的輯補詩,其中有似李白者,特設“補遺”一類收録;而對其中僞作如《暖酒》等,亦徑行删除。此本在文字校訂方面也頗下功夫,斟酌異文,訂正訛字,辨别疑似,改俗從雅,改今從古,保存通假字,特撰校記,置於篇後,俾文本更加精確省浄,頗便覽誦。正因爲如此,詹鍈稱“元明兩代的白文《李太白集》,從校勘方面來説,這個本子是最審慎,因而也是價值最高的”(《〈李白集〉版本源流考》)。

(十)嚴劉評本。崇禎二年己巳(一六二九)刻嚴羽、劉辰翁評點《李杜全集》之嚴羽評點《李太白詩集》二十二卷。半葉九行二十字,四周單欄,白口,版心有“李太白集”字様。首卷卷端題“李太白詩集卷之一”,次行題“嚴羽滄浪評點”。卷前有聞啓祥《滄浪須溪評點李杜詩序》,次列劉全白、李陽冰、宋敏求、曾鞏、毛漸等序跋碑傳等,次目録。此本詩歌的分類及編次,與《分類補注李太白詩》二十五卷本相同,唯詩歌合爲二十一卷,賦爲一卷,個别詩題與編次順序稍有出入,故此本若從編次和文字方面看,當與宋咸淳本相近。聞啓祥《序》曰:

> 劉評杜詩久傳于世,無可與匹。兹于樵川舊家忽得嚴所評李詩,從未經刻者。合之如延平龍劍,光焰射斗,何止萬丈?不惟使李杜並生,亦覺嚴劉同世矣。

聞啓祥,字子將,明末錢塘人,《古今圖書集成·文學典》卷一一五《文學名家列傳》謂其“綜博群書,工制舉業,揮洒落筆。其丹鉛甲乙,落紙如飛……

著有《自娱齋稿》”。然而其《序》言得滄浪李詩評本的情形，頗有些撲朔迷離。嚴羽爲宋代詩論大家，《滄浪詩話》亦被奉爲宋人詩論的經典之作，然此所録嚴羽對李白詩的評論，正如王琦《李太白集輯注跋五則》其二所説："求其批郤導窾，指肯綮以示人者，十不得一二。"因而王琦的李白詩注很少引用，後世藏書家也很少著録。詹鍈《〈李白集〉版本源流考》一文引用此本中的大量批語，與《滄浪詩話》的評詩精神仔細對比，發現二者相去太遠，有些還相互悖謬乖離，甚至評語中有"詞曲"並提的話語，這在嚴羽的時代似乎是不可能的，因而斷言：所謂嚴羽評點，並非出自嚴羽本人手筆，而是明人評語冒充嚴羽大名。但是這些所謂的嚴羽評語，有些論點還是可取的。此本中國社科院圖書館藏本有王韜跋，山東省圖書館藏本鈐有郝懿行"雙蓮書屋"篆書印一枚，河北大學圖書館所藏爲殘本，有清趙殿成過録的頂批和夾注。

（十一）胡注本。明胡震亨《李杜詩通》之《李詩通》二十一卷。《李杜詩通》是在完成《唐音統籤》一千卷的基礎上，又用了一年時間撰爲此書。書成之後又頻繁修訂補充，前後五年方成，可見於此書所用心力之多。此本編次，以類統詩，而樂府類居前，次古體、近體、聯句。樂府又細分爲四言、五言、七言、長短句、律體樂府等。古體又細分爲四言、五言、七言、長短句、騷體等。近體則分爲五律、五排、七律、五絶、七絶等，以上諸體編爲三十卷，聯句一體編入附録卷中。此種分體形式，蓋自明正德十三年秦藩府保安王刊《唐翰林李白詩類編》而來，然就其收詩篇目及文字方面來看，應屬於楊、蕭本系統。附録一卷收有經前賢甄辨的僞作，以及宋人《彰明遺事》所載李白幼年之作，並《文苑英華》、郭茂倩《樂府詩集》、舊《唐書》、《東觀餘論》所載諸逸篇等。經證實爲僞作的李赤《姑熟十詠》、李益《長干行》、顧況《去婦詞》等均被删去。舊有楊、蕭二家注文，胡氏嫌其蕪雜繁瑣，無所發明，遂痛加删削，十不存一。胡氏重新自作評注，其中樂府詩較詳些，表明胡氏對李白詩歌的獨到見解。胡氏的評注采用夾注或章節附注，亦有圈點。此本收詩較宋蜀本少《南陵五松山别荀七》、《庭前晚開花》、《宣城長史贈琴溪中雙舞鶴》、《暖酒》、《去婦詞》、《姑熟十詠》、《長干行》其二及《江夏送倩公歸漢東并序》等凡十七首。魏萬、崔宗之、崔成輔酬答的三首附詩，亦删去。《感寓》二首編入《古風》，分别爲其十六、其八。《折荷有贈》見《擬古》其十一注内；《白頭吟》其二見《白頭吟》其一注中；《過彭蠡》見《入彭蠡》

注中。《至邯鄲登城樓書懷》、《月夜金陵懷古》、《金陵新亭》等收入附録内。而《紀南陵題五松山》、《繫潯陽上崔相焕》、《春日歸山寄孟浩然》三詩，胡氏疑其題目有誤，故將三首改作《失題》，亦收入附録内。全書二十一卷，對李白詩歌"頗有發明，及駁正舊注之紕繆，最爲精確，但惜其不廣"（王琦注《李太白全集・跋五則》其二，頁一六八八）。朱大啓《李杜詩通序》亦曰：

> 胡子有三唐五季詩統籤之輯，析名搜逸，懷抱筆札者，積二十年而後成。而于李杜詩，尤加意訓纂。將謀諸梓，命名《李杜詩通》……李注有春陵、章貢兩家……蓋不能貫穿群册，考當時身世遭遇之概，得其指事陳情有合於風人美刺時政之義。……善乎胡子之爲通也，如《豫章行》，……太白在廬山受永王璘辟，及璘潰鄱湖，坐繫潯陽獄並豫章地，以白楊榮落豫章自況，用志璘之傷敗，及己身名隳壞之痛。《蜀道難》，梁陳作者止言其險，太白兼采《劍閣銘》，用之爲恃險割據與羈留佐逆者著戒，非爲嚴武與章仇兼瓊而作。他如……皆爲昔賢發覆。……李杜不没，斯編其可廢耶！

《序》文對《李詩通》的價值作了充分肯定。然此本亦有缺陷，如王琦所謂"注之不廣"，只樂府部分相對詳細些，其餘則過於簡略。

《李杜詩通》撰成不久，即遇明清易代之亂。胡氏命其子將此書與《統籤》藏之山寺中，不久胡氏也就離開了塵世。胡氏之子夏客，談到此書刊刻經過曰：

> 兵燹既過，夏客次第捧歸，深幸手澤無恙。秀水朱子若茂暉，嗜古工吟，讀之頤解。爲追述昔年從父大司寇心許剞劂，曾與立序，以告元昆子葵茂時。子葵仰承先志，亟謀鏤版，夏客亦勉效校勘，不日工竣。我家李杜之學，從是其傳之當今來禩矣。……上章攝提格季秋望日，不肖男胡夏客謹識。

上章攝提格，就是干支之庚寅年，即清順治七年庚寅（一六五〇）。今故宫博物院、南京圖書館、復旦大學圖書館等皆有藏本。丁丙《八千卷樓書目》著録此本爲明刊本，實誤。此本封面中間題"李杜詩通"，右署"胡孝轅先生評注"，左署"鶴洲草堂藏版"。半葉九行十九字，注雙行小字，行亦十九字。四周雙欄，小黑口，單黑魚尾，版心記"李詩通卷某"。卷前有朱大啓《李杜詩通序》，次朱茂時《李杜詩通跋》，胡夏客《李杜詩通》跋，次《李詩通總目》

（卷目），卷目以下爲全書篇目。卷一首列胡震亨改編的《李白傳》，次據薛仲邕《年譜》改編的《李太白年譜》。

《李詩通》還有《唐音統籤》本。日本廣島大學藏一部《唐音丙籤》刻本，自卷一五一《丙籤》三十九李白之一開始，至卷一七一《丙籤》五十九李白二十一止，凡二十一卷。各卷葉數和《李詩通》相當。《李詩通》還有一清鈔本，原爲群碧樓舊藏，今藏臺灣傅斯年圖書館，爲清黄叔璥玉圃手鈔奚禄詒批點《李詩通》。此本無欄綫，半葉九行十九字，注文雙行。首葉有道光庚子（二十年，一八四〇）得此書，道光甲辰（二十四年，一八四四）"九秋仰之記"，及"岳雪樓重裝並題"等題記。此本正文與順治七年刊本相同，因知奚禄詒所批本爲順治七年《李杜詩通》原刻本。奚氏批語或論李詩作法，或評李詩風格，或釋李詩意旨，亦時有發明。唯辨别李詩的真僞，多憑臆斷，與明人朱諫之《李詩辨疑》略無二致，至於以某某詩爲出於王安石或元人之手，尤失之固陋。

除了以上十餘種重要版本外，由於白集注本鳳毛麟角，《李詩通》又成書太晚，故明人屢屢刊行蕭氏補注本，出現了各種不同的覆刻、翻刻和校勘本，甚至連朝鮮及日本也有刊本，可見蕭氏補注本流傳之廣。這裏總括此類版本，簡略介紹如下。

首爲明英宗正統十四年己巳（一四四九）覆刻元建安余氏勤有堂蕭氏注本。此本臺北故宫博物院有藏，原爲觀海堂舊藏，半葉十二行二十字，注雙行二十六字，白口，四周單邊，行款全同元刻，而版式稍有變化。卷前有蕭士贇《序》，次目録。此本前有楊守敬題記曰："此爲明中葉重刊元建安余氏勤有堂本，目録末木記空格即勤有堂木記，翻刻者挖除耳。"《天禄琳琅書目》載有此本，目録後牌記爲"建安余氏勤有堂刊"，而目録末葉版心鐫"正統己巳二月印"字樣。可見臺藏本並非初印，乃挖版後重印者，與《天禄琳琅書目》所記已不相同。《藏園群書經眼録》著録此本云："明翻元建安余氏勤有堂刊本……目後有牌子，字已漫漶，但存框廓而已。按：此明翻本版式牌記與元刊全同，而字體板滯，無元刊圓美之態。前見劉翰怡藏一帙，亦是此本。"（《藏園群書經眼録》卷十二，頁一〇一八）是傅氏所見，亦非初印。《四庫簡明目録標注》邵章《續録》曰："明正統翻本，注齊字多改作齋，刻工遠遜元刻。"可見此本覆刻並不精確。

其次爲明正德元年丙寅（一五〇六）蕭敏重刊蕭氏注本。此本日本内閣文庫有藏,半葉十二行二十字,注小字雙行,行亦二十字,大黑口,雙黑魚尾,題"李詩注卷幾",四周雙邊。首卷卷端題"分類補注李太白詩卷之一"。卷前爲正德丁卯(二年,一五〇七)後正月上澣日蘇葵之《重刊分類補注李太白詩集序》,次蕭士贇《序例》,次目録,目録末葉有雙行草書牌記:"皇明紀元正德太歲丙寅春三月甲辰章貢金精山北冰厓後人粹齋八世從孫一白中子蕭敏重刊。"卷末載蕭敏《重刊分類補注李太白集識後》,其略曰:

> 成化丁未春,敏戰藝北還,時師董司空圭峰先生居内翰,進官右庶子。謂曰:李太白詩,子先世士贇公補注詳盡,奈刻版久燬,世亦有未見者,子大父大章君原有全集,子父叔素志重刊,宜速成之。敏領言歸。先君乘龍先二十年見背。敏既卒業成均,從叔儀鳳又物故。遷延未果。弘治丙辰,敏幸列同甲,急補歸安令……壬戌夏,兄毓來視,囊是集,欲償前志,值赴省召。明年癸亥,轉知瀘州,便歸省。兄付是集,丁寧成事。越二載,政若就緒,乃損俸謄刊。序例、目録、詩注文行款俱仍舊本。唯注文横列太促,今與詩文並之,以便觀覽。其如轂形暨舊板脱落者,今仍缺之,以俟其真。

這段《識語》表明,儘管此本文有殘缺,版式亦稍有改動,但是全書文字仍然是依照楊、蕭注本翻刻的。

復次爲正德十五年庚辰(一五二〇)建陽劉宗器安正書堂翻刻蕭氏注本。此本上海圖書館、湖南圖書館、北京大學圖書館、復旦大學圖書館皆有藏,半葉十一行二十三字,注雙行,行亦二十三字,大黑口,雙黑魚尾,版心記"李太白詩幾",四周雙邊。卷前有蕭士贇《序》,次目録。卷二十五末有"庚辰歲孟冬月安正書堂新刊"雙行長方形牌記一個。《明代版刻綜録》卷二著録有劉宗器安正書堂所刻書。劉氏刻書甚多,葉德輝《書林清話》列有劉氏刻書目録,然《郎園讀書志》卷七謂此本雕版粗惡,錯字甚多。這是明建陽書賈刻書的通病。臺北故宫博物院藏一明覆元至元本,據稱爲"北平景陽宫舊藏",大黑口,四周雙欄,雙黑魚尾,半葉十一行二十三字,小字雙行。《郘亭知見傳本書目》有著録,並云:"明翻至元本,劣。"行款與明安正堂本全同,是所謂明翻至元本,蓋即安正堂本。

此外,朝鮮還有銅活字本、木活字翻刻本。銅活字本,上圖有藏,首尾完整;臺灣"中央圖書館"藏本正文有殘缺鈔補者。此本半葉九行十七字,注文雙行,“齊賢曰”、“士贇曰”有黑圍,墨底白字。字大清晰,行格疏朗。四周雙邊,白口雙黑魚尾,魚尾上有花三葉標誌,有“李白詩某”字樣。開版大方,版框高三十四公分,寬二十一公分。卷前有蕭士贇《序例》,李陽冰、樂史等序,一如元刻。正文楊、蕭注亦同元刻,未作任何删節。校勘頗善,絶少訛誤。然此本無鑄印年月,朝鮮銅活字印本明初已盛行,《增訂四庫簡明目録標注》邵章《續録》在《李太白集》下標注“明正統朝鮮刊文集六卷”。日本《内閣文庫漢籍類目》亦載《唐翰林李太白文别集》六卷,“朝鮮正統十二年慶尚道刊,一册”。朝鮮爲明朝屬國,奉明正朔,故此“正統十二年”,即明英宗正統十二年丁卯(一四四七)。而詩集刊行當先於此類文集,故此本雖不記刊鑄年月,時間也當在正統十二年以前。《韓國古印刷史》謂銅活字初鑄於世宗十六年甲寅(明宣宗宣德九年甲寅,一四三四),黑魚尾,字體雄勁。上海圖書館藏本或即此本,若此,那當稱爲甲寅本。朝鮮銅活字還有再鑄本,日本宫内廳書陵部有藏,十五册,半葉十行十八字,注小字雙行,行亦十八字,字體瘦細。四周雙邊,白口雙三葉花口魚尾,有“李白詩注卷某”字樣,板框高二十六點七公分,寬十六點九公分,比初鑄本要小得多。卷前有蕭氏及各家序,年譜,目録等。末册爲李太白文集,題籤爲“李白集(文集)全”。行格與詩集相同。板心題“李白文集”,前列“李太白文集目録”,收雜文六十二篇(其中之詩序已見詩集,故多出四篇)。書中有“商山朴氏”朱文方印,日本《圖書寮漢籍善本書目》著録有此本。日本尊經閣文庫所藏一部十五册,亦屬再鑄本系統。

朝鮮訓錬都監混用木活字本,日本天理大學圖書館有藏,十四册,半葉九行十七字,注文小字雙行,行亦十七字,“齊賢”、“士贇”字樣爲陰刻。四周雙邊,白口雙三葉花口魚尾,有“李白詩幾”字樣。板框高二十四點八公分,寬十五點九公分。此本卷前首目録,次年譜,次各家舊序,蕭氏序,最後爲萬曆丙辰(四十四年,一六一六)李爾瞻跋。末册爲《李太白文集》,版式與詩集同,板心標“李白文集”,首爲目録。所收作品及次序與銅活字本同。書内有“漼山後人石𥔲季夫章”朱文方印,“田藩文庫”長方墨印等。又此本有修訂本,藏日本東洋文庫,十四册,日人芳村弘道所列此本行格、款識及内容次第等特點,均與朝鮮木活字本相同。

明代刊刻的蕭氏注本中,還有另一類删削注釋、唯存正文的本子,如玉几山人本、郭雲鵬本、許自昌本和汲古閣本等。這些本子,價值雖不及上述諸本,但有的刊刻得相當精緻。玉几山人校刻本,乃嘉靖二十五年丙午(一五四六)玉几山人曹道刻本。曹道字達之,休寧(今屬安徽)人。此本國家圖書館、上海圖書館、重慶圖書館皆有藏,半葉八行十七字,注文雙行小字。四周雙欄,白口雙魚尾,有“李集卷幾”字樣,下方記有刊工姓名“袁”、“化”、“天錫”等。卷前首《重刊序》,次爲李陽冰、樂史、劉全白、宋敏求等所撰序跋碑碣等,次薛仲邕《李太白年譜》,蕭士贇《序例》。首卷卷端題“分類補注李太白詩卷之一”,四行下方題“大明嘉靖丙午玉几山人校刻”。此本對元刊本的目録、正文、注文均有訂正。如元刻目録卷二十四末尾兩首爲《題元丹丘潁陽山居》、《題瓜洲新河餞族叔舍人》,正文卷二十四末尾兩首實際是《巫山枕障》、《南奔書懷》,目録與正文不符。此一失誤,到此本才得以改正。又如《上崔相百憂草》“箭發石開”,元本“箭”字誤作“前”,此本改作“箭”,良是,等等。然此本對元刻本注文有大量删節,楊守敬在其所藏玉几山人本中有一條手識,以爲此本對“注文但略有删節”,不及後來郭雲鵬本删節之甚。實際上此本對楊、蕭注文的删節,約占全書注文的一半,而這種大量删節現象,清人王琦《李太白文集輯注》、日人花房英樹《李白歌詩索引》,以及瞿蜕園、朱金城《李白集校注》等皆無察覺。另外,此本還有重修本,上海、天津、北大等圖書館皆有藏。

嘉靖二十二年癸卯(一五四三)郭雲鵬寶善堂刻本,國家、首都、南京等圖書館有藏。半葉八行十七字,注文雙行,行亦十七字,左右雙欄,白口單魚尾,版心有“李集卷幾”字樣。首卷卷端題“分類補注李太白詩卷之一”,四行下方署“吴會後學郭雲鵬校刻”。卷首爲李陽冰、樂史、李華等所撰序跋碑誌,次目録,目録末有“嘉靖癸卯春元日寶善堂梓行”篆文木記,卷後有《重刻李翰林集後跋》。正文前二十五卷爲古賦和詩,編次與元刊大致相同,但題下所標地名,較元刊本删去的更多。後五卷爲文,題“郭雲鵬編次”,與宋蜀本卷數同,但分卷與順序均有出入。郭氏《後跋》略曰:

> 是集三十卷,愚合别集而成之者,緣舊本注坐繁雜,既仿迪功徐先生《古風》例,將不切題義者删去已半,且恨其文之不載,更以《别集》編次五卷,附於詩後,俾成全書,冀四方觀者庶免瀚漫分散之歎焉。時工告成,敢識愚意於末簡……嘉靖癸卯春正月甲子吴人郭雲鵬謹識。

陸心源《儀顧堂續跋》曰:“明郭雲鵬刊本,增雜文爲三十卷,注則删削過半,有全章删去者，有一章删去四五百言而留一二句者，又增以‘禎卿曰’云云，使古書面目幾無一存，殊爲謬妄。”（《儀顧堂續跋》卷十二，見《儀顧堂書目題跋彙編》，頁四一二）楊守敬《日本訪書志》亦曰：“楊、蕭二注正以詳贍爲貴，雲鵬意取簡約，而學識不足以定去取，適形其陋。特以撫刻差精，爲天禄所收耳。”（續修四庫本《日本訪書志》卷十六，頁七三四）《四庫全書》收録的楊、蕭注本，正是郭氏此本。《四部叢刊》亦據此本影印，蓋取其注文簡約而又有文集附焉。

郭雲鵬本行世後，因自有特點，故霏玉齋有翻刻本，國家圖書館、上海圖書館等皆有藏本。此本無序跋及刊刻年月，半葉十一行二十字，注文雙行，左右雙欄，白口單魚尾，版心有“李集卷某”字樣。卷端第四行下方題“霏玉齋校刻”。前二十五卷爲古賦和詩，後五卷文。文集單獨編卷，首卷卷端題“分類編次李太白文集卷第一”，次行下方題“霏玉齋校刻”。另有一種萬曆重刊郭雲鵬本，半葉十一行二十二字，左右雙欄，白口黑魚尾，版心有“李詩卷之某”。卷前先列目録，題“重刊分類補注李太白詩全集目録”。首卷卷端題“重刊分類補注卷之一”。前二十五卷詩，後五卷文。文則單獨編卷，卷端首題“重刊分類編次李太白文集卷之一”，次行署“瑞桃堂校刻”。以上兩種刻本，皆據郭雲鵬本翻刻，甚至目録中的誤題和錯字亦照樣沿襲。

萬曆三十年壬寅（一六〇二）許自昌《合刻李杜詩集》之《分類補注李太白詩》二十五卷。此本封内首葉分三行題“許玄祐先生校，李杜全集，書林汪復初藏版”。半葉九行二十字，夾注雙行，左右雙欄，白口單黑魚尾，版心有“李詩補注”、“卷幾”字樣。卷前首爲王穉登《合刻李杜詩序》（萬曆壬寅十一月文從簡書），次爲許自昌《刻李杜集小引》，次李陽冰、樂史等所撰序跋碑誌，次薛仲邕《李白年譜》，次目録。首卷卷端題“分類補注李太白詩卷之一”，第四行題“明長洲許自昌玄祐甫校”。許自昌字玄祐，號亦魯，吴縣人，萬曆前後在世，好刻書，此集之外，還有韓柳文集、《前唐十二家詩》等唐集多種。此本乃翻刻玉几山人本，去取楊蕭注文與玉几山人本同。此本亦有翻刻本，然卷前缺王穉登序和許自昌《刻李杜集小引》，封内首葉第三行題“雲林五雲堂藏板”。此本還有日本延寶七年（康熙十八年己未，一六七九）山脅重顯校點翻刻本，日本静嘉堂文庫、漢籍類目集部東洋文庫之部、内閣文庫漢籍類目均有入藏。

明崇禎三年庚午（一六三〇）毛氏汲古閣刻《李翰林集》二十五卷。國家圖書館、河南省圖書館、臺灣“中央圖書館”均有藏。半葉九行二十字，夾注雙行，行亦二十字，左右雙欄，白口單魚尾，版心有“李詩”、“卷幾”字樣。首卷卷端題“李翰林集卷之一”，四行下方署“東吴毛晉子晉重訂”。卷前首陳繼儒崇禎三年《總序》，次毛晉《紀略》，次蕭士贇《序例》，次李陽冰、樂史等撰序跋碑碣等，次《舊唐書·李白傳》，薛仲邕《李翰林年譜》。毛氏《紀略》曰：

> 此吴門舊本也。余總髮受詩，輒讀此書，遇……形類之别，音義之差，及複出逸去者，即朱竄而玄詮之，藏之篋中已十餘年，購古本磨對，亦不下數十餘過，妄意出一定本，公之四方，未遑也。……今年春……忽有客自吴門連艫而來，持此本求售，不覺喜動於中，爲之損緡謝客，挹昆湖之水而洗滌焉，殘缺又過半矣。命良工繕修之……余小子抱影啣思，十餘年來未了之中，於焉少慰已。第念海内嗜古之士雲蒸霞起，於兩先生評注序跋者，不啻千餘，而顧待予修明邪！余湖曲之波臣也，知見笑於海若云爾。

毛氏所説的“吴門舊本”，蓋指許自昌本，許自昌即蘇州人。此本編次内容及注文全同玉几山人本與許自昌本。《感寓》二首入《古風》中，分别作其十六、其八，宋蜀本《古風》之十八、十九、二十凡三首合作第二十首。卷五末增入《菩薩蠻》、《憶秦娥》詞二首。收録的作品，除咸淳本脱去的八首詩外，此本又脱去宋蜀本卷八《贈張公洲革處士》、《上李邕》和《贈臨洺縣令皓弟》以下八首，卷九前二首，及卷十二《望漢陽柳色寄王宰》、《江夏寄漢陽輔録事》等凡十四首。然此本校刻較精，謬誤極少，且訂正了玉几山人本、許自昌本的不少誤字。如卷二十四《［尋］〔潯〕陽紫極宫感秋作》“羞訪季主卜，四十九年非”，玉几山人本“卜”與“四”，分别訛作“上”與“曰”。卷二十五《自代内贈》“妾家三作相”，玉几山人本“妾”訛作“妄”，此本皆予訂正。

清代刊刻的《李白集》，其主要版本有以下幾種：

(一)全唐詩本。康熙敕編《全唐詩》所收《李白集》二十五卷。《全唐詩》是在明胡震亨《唐音統籤》和清錢謙益、季振宜輯《全唐詩稿本》的基礎上修訂而成的。康熙《御製〈全唐詩〉序》曰：“朕此發内府所有《全唐詩》，命諸詞臣，合《唐音統籤》諸編，參互校勘，蒐補遺缺，略去初盛中晚之名，一依年代，分置次第。”内府《全唐詩》，即季氏《全唐詩稿本》及胡氏《唐音統籤》。

季氏《稿本》所收白集，則是將汲古閣本《李翰林集》二十五卷原刻入編。汲古閣本刻得較精，季氏選汲古閣本入編《稿本》是頗有眼力的。然而汲古本也有缺陷，如缺詩十四首；另《贈李十二左司郎中崔宗之》，乃崔宗之贈李白詩誤入正文者。這些失誤，季氏均無察覺，致使《稿本》與謄清稿依樣沿襲了這些失誤。此外，汲古本卷三有《長相思》"長相思在長安"一首，卷二十五《寄遠》十二首之第十一首"美人在時花滿床"；季氏入編汲古本時，又於卷六《長相思》"日色欲盡花含煙"下補入"長相思在長安"和"美人在時花滿床"二詩，從而使新補的二首樂府詩成爲重出詩。當然，季氏對入編的汲古本也作了校勘，如卷十二《贈錢徵君少陽》一詩，題下注"一作《送趙雲卿》"，而卷十八《送趙雲卿》一首，二首完全相同，季氏於題下注"此首已見十二卷，題作《贈錢徵君》，宜删去"。《稿本》將此詩删去，甚是。另外季氏還用《樂府詩集》等不少善本校勘，遂使此本文字更加精確。康熙敕編《全唐詩》，便是將《稿本》所收《李白集》悉數收入，所以全唐詩本《李白集》，《感寓》二首亦入《古風》，且編臣也作了一些校勘編輯工作，如删去了誤入正文的《贈李十二左司郎中崔宗之》和季氏誤補的二首《長相思》，汲古本漏收的十四首詩，編臣將其中的十二首補入卷八之末，而將《望漢陽柳色寄王宰》、《江夏寄漢陽輔録事》二首補入原編處，另據《文苑英華》、《東觀餘論》、《王直方詩話》、《詩話類編》、《唐詩紀事》、《二老堂詩話》等補詩二十六首，斷句八，另編爲第二十五卷，從而使康熙本《全唐詩》成爲一時收詩最多的本子。文字方面，編臣除了保存季氏一書的校勘成果外，又以善本作了校勘。如《蜀道難》"猿猱欲度愁攀援"，"援"字無校文，全唐詩本此字下出校一"緣"字，即編臣的校記。康熙《全唐詩·凡例》曰："詩集有善本可校者，詳加校訂。"此本隨行夾注大量異文，相當一部分出自編臣之手，頗有參考價值。

（二）繆刻本。康熙五十六年丁酉（一七一七）繆曰芑雙泉草堂影刻《李翰林集》三十卷。國家圖書館、首都圖書館、遼寧圖書館等皆有藏。國家圖書館另一藏本有黄丕烈校，上海圖書館藏本有清孫星衍校。此本版式、行款、字體、缺筆諱字，甚至連版心下方刻工姓名等，都全照宋蜀本《李太白文集》三十卷本影刻。文字有校訂，書名改作《李翰林集》，而目録仍稱《李太白全集》。卷首繆氏《記題》曰：

《李翰林集》三十卷，常山宋次道編類，而南豐曾氏所考次者也。歲久譌缺，俗本雜出，增損互異，無所是正，余嘗病之。癸巳秋，得昆山徐氏所藏臨川晏處善本，重加校正，梓之家塾。其與俗本不同者，别爲《考異》一卷，庶使讀是編者，不失古人之舊，而余亦得以廣其傳焉。康熙五十六年五月吴門繆曰芑題於城西之雙泉草堂。

繆氏所得徐氏本，即徐乾學所藏宋蜀本，繆氏後此本歸黄丕烈、汪士鐘、陸心源遞藏，今藏日本静嘉堂文庫。所以繆氏所據乃宋蜀本，非晏處善蘇州本。王琦曰：

姑蘇繆氏獲昆山傳是樓所藏宋刊本，重梓行于時，其書字畫悉仿古刻，精整可玩。……其本叙次先後，卷帙多寡，與蕭、郭二本稍異，而與陳氏所言蜀本相合，即非蘇本亦蜀本也。（王琦注《李太白全集·跋五則》，頁一六九〇）

《四庫全書》所收李白集，即繆氏覆刊本。黄丕烈《百宋一廛書録》亦有著録，顧廣圻《思適齋集》卷十五，陸心源《儀顧堂集》卷二十《北宋本李太白文集跋》等，皆有此書跋語。陸氏曰：

繆本摹刊精工，幾欲亂真。愚竊謂行款避諱及刊工姓名既一一摹刊，宋本即有誤處，亦宜仍之，别爲考異注於下。繆本改易既多，譌誤亦不少，且有不照宋本摹刊者。

陸氏所謂"不照宋本摹刊者"，主要指繆氏對訛漏文字的校改，據花房英樹《李白歌詩索引·繆本宋本對照表》，有二百四十三條，然所改絶大部分正確。此本還有光緒十四年戊子（一八八八）湖北官書局刻《李太白全集》三十卷，一九一四年上海文瑞樓掃葉山房石印本《李太白文集》，商務印書館《萬有文庫薈要》本《李太白集》三十卷，所據皆此本。

（三）王琦注本。王琦校注《李太白全集》，又稱《李太白文集輯注》，三十六卷。李白詩文注釋，楊齊賢《李翰林集注》二十五卷，唯詩注。蕭士贇删補楊注而成《分類補注李太白詩》二十五卷，加注古賦八篇。明林兆珂《李詩鈔述注》十六卷，簡陋殊甚。胡震亨《李詩通》二十一卷，雖精粹，亦只詩注。以上三家僅注釋李白的詩和賦。迨王琦《李太白文集輯注》三十六卷，才真正是李白詩和文的合注本，且是白集最完備的注本。王琦字琢崖，錢塘（今浙江杭州）人，乾隆時期著名學者。早年喪偶，慕林和靖之風，不再續娶，隱居著書，窮半生精力，專心致志注釋李白詩文。他還有《李長吉歌詩彙解》五卷，並幫助趙殿成注釋《王右丞集》中的佛教典故。這三部書的注釋，當時就極負盛名。

王琦注《李太白文集》，由於種種原因，當時出現了三種不同的版本。最早的一種是乾隆二十三年戊寅（一七五八）寶笏樓刻《李太白全集》三十二卷，今上海圖書館、吉林圖書館等有藏。此本内封面雙行題"李青蓮全集輯注，寶笏樓藏版"，半葉十行二十字，注文雙行，左右雙欄，白口單黑魚尾，版心有"李太白文集"、"卷幾"字樣，各標題下方署"錢塘王琦琢崖輯注"，次行以下爲參與校勘者多人的署名。卷前首王琦《序》，次目録。卷後爲附録二卷。正文凡三十卷，卷一古賦，卷二古風，卷三至六樂府，卷七至二十五爲各類古近體詩，編次同《分類補注李太白詩》。《感寓》二首入《古風》，分别爲其十六、其八。宋蜀本《古風》之十八、十九、二十，此本合併爲第二十首，卷五末增入詞二首，較宋蜀本少收詩九首。字句校勘，則以繆氏影宋本參訂。前二十五卷共收古賦八篇，詩九百八十七首；卷二十六至二十九爲雜文，大略依郭雲鵬本後五卷雜文編次，卷數則縮編爲四卷；卷三十爲詩文拾遺，收録詩文五十二首。附録之卷三十一、三十二，分别收有各家序跋碑誌及史傳、年譜等。王琦曰：

> 唐詩人首推李、杜二公爲大家，古今注杜者百餘帙，李之注傳於世者乃少，余所見楊子見、蕭粹齋、胡孝轅三家，外此寥寥未及矣。……爰合三家之注訂之，芟柞繁蕪，補增闕略，析疑匡謬，頻有更定。至於郡國州縣之沿革，山川泉石之名勝，亭臺宫寺之創建，鳥獸草木之名狀，尤加詳考，不厭繁複，蓋將以爲多識之助……第思粹齋之作補注，所以補子見之闕也，而未能盡補其闕。孝轅作《李詩通》，力正楊、蕭二家之譌，而亦未能盡正其譌。余承三子之後，捃摭其殘膏剩馥，廣爲綜緝，夫豈誇多炫麗哉，將以竟三子之業也。……彼楊與蕭實爲之草創于其先者也，余得肩隨胡氏之後而附於討論修飾之列，其亦可乎？乾隆二十三年歲次戊寅正月望日王琦載庵漫述。（王琦注《李太白全集》，頁一六八五至一六八六）

王琦繼三家之後，捃摭其長，删其繁蕪，補充疏漏，匡謬析疑，從而使此書成爲李白詩文最精粹的注本。

王琦注第二種版本，是乾隆二十四年己卯（一七五九）聚錦堂刻《李太白文集輯注》三十六卷，今山西圖書館、福建圖書館、北京大學圖書館、武漢大學圖書館均有藏本。此本内封面題“李太白文集輯注，聚錦堂藏版”二行，行款、版式全同寶笏樓刻本，只是卷首增加了齊召南、杭世駿、趙信《李太白集輯注序》三篇，卷後附録增至六卷。與寶笏樓本相比，卷三十詩文拾遺多《清平樂》三首，《連理枝》二首，編次及注釋也稍有不同，使補遺詩文達五十七首，全書詩文共一千一百三篇。附録部分增四卷，多出詩文八十首及《叢説》、《外記》等。卷末另附王琦《跋》五則。杭世駿《序》曰：

> 吾友王君載庵，以三家之注、之典未核也，結轖之未疏瀹也，疵繆之未剗削也，專精覃思，寤寐太白於千載之上，一一扣其出處，而究其指歸。太白之精神與前注之得失，軒然若揭日月，其諸太白之功臣與？其諸三家之争友與？吾不敢謂載庵之學果什倍於太白；孝轅博極群書，而載庵能掇其瑕礫，即謂之什倍於孝轅可也。且吾言太白才兼仙佛，其藴蓄爲何如耶？二氏之書，與吾儒之著述相埒，上下千古，而能盡讀之者，吾於唐得一人焉，曰段柯古，吾於宋得一人焉，曰釋氏贊寧，吾於前明得一人焉，曰宋氏潛溪。以近代而論，蒙叟研精内典，而玄門之旨奥未窺……載庵早鰥，闃處如退院老僧、空山道士，日研尋於二氏之精英，以其餘事而爲是書，足以發太白難顯之情，而抉三家未窺之妙……乾隆己卯閏月望後一日，友弟杭世駿。（王琦注《李太白全集》，頁一六八三至一六八四）

杭氏《序》全面評價了王注在研核舊注典故，疏通疑難，改正訛誤，揭示太白詩文大旨和爲文精神方面的獨到貢獻，特别是關涉佛道詩歌的注釋，發太白難顯之情，抉三家未窺之妙，成爲王注的一大特色和亮點。

王琦注的第三種版本，是聚錦堂版的修訂本。此本改動增補並不多，如王琦《序》謂“嘗讀錢蒙叟、顧修遠諸家杜注”，修訂本把“錢蒙叟”改作“張爾可”。這種改動，與乾隆二十六年御批删去沈德潛《國朝詩别裁集》卷首錢謙益的詩大有關係，乃清廷禁止錢氏著作流傳的反映。就注文而言，個别地方也有變化，如卷六《豫章行》，修訂本就比前兩個本子多出胡震亨注和王琦按語三百多字。再如卷二十二《郢門秋懷》“朔風正摇落”句下，修訂本增加了《楚辭·九辯》“蕭瑟兮草木摇落而變衰”注文一條，等等。

當然，王注本也有不足之處。首先，王氏未看到宋蜀本《李太白文集》，而以楊、蕭注本爲底本,遂令底本選擇有缺憾。其次,王氏删削繁蕪的楊、蕭二注,自己的注文卻不免亦有繁雜之嫌,尤其地理山川沿革、草木鳥獸蟲魚注釋,更是如此。而官制詮釋則顯得有些簡略,有的考核也歉精審,注釋也有疏漏之處。例如《蜀道難》,最早見於殷璠《河岳英靈集》,該書成於天寶十二載以前,胡注已指出此詩"自爲蜀詠,言其險,更著其誡",而不信蕭注以爲"諷玄宗幸蜀之非"。但王注還兼采二説,其識見就落在胡氏之後。第三,王注也很少詮釋詩文大意,有李善注《文選》"釋事而忘義"的缺陷。然總體來看,王琦注本較以前三家注精粹得多了,對理解李白詩文極有幫助,故《四庫全書》録有此本。

民國時期,上海中華書局依照聚錦堂本排印成聚珍仿宋本《李太白全集》三十六卷,收入《四部備要》,除行格版式稍異外,内容、編次與聚錦堂本完全相同,並糾正了原刻的一些訛誤。商務印書館亦有斷句排印的《李太白全集》,收入《萬有文庫》第一、二集簡編。世界書局還有斷句排印的仿宋本,錯字較多。一九七七年中華書局分段標點本《李太白全集》三十六卷,據《李太白文集輯注》三十六卷修訂本,標點排印,把注音移入正文内,注文加注碼,與正文分開排,長篇詩文還分了段落,改正了原刻的一些錯字,全書中縫在各詩體下分别增了分類項目,以彌補王注删去類目的缺失。全書之末另編篇目索引,甚便讀者。但是黄錫珪《李太白年譜》輯録的三篇文章,王琦注棄而不録,而此書編者卻將其作爲附録收於書後,郁賢皓《李白叢考》已辨明,這三篇文章是獨孤及的。

(四)清廉本。乾隆二十九年甲申(一七六四)清廉學舍刊李調元、鄧在珩合編《李太白全集》十六卷。卷前有李調元《重刻李太白全集序》,卷後附李、鄧二人編《李白年譜》。李氏《序》雖不言版本所自,然其内容大抵據王琦本而削其注文。書後年譜雖署李、鄧之名,實際也是翻刻王琦《李太白年譜》的。近代梁廷璨撰爲《年譜考略》(見《北平圖書館月刊》),及後來一些書目,皆誤以爲李、鄧二氏有合編的《李白年譜》,實爲誤會。此本又有道光間刊本。

(五)吴刻本。光緒三十二年丙午(一九〇六)西泠印社吴隱影刻《李翰林集》三十卷。此本卷首有甲辰(光緒三十年)冬日吴俊卿題寫的書名《李翰林集》,及"光緒三十二年吴隱影宋本付黄岡陶子麟刊西泠社藏版"牌記一個。卷端首行署"荃孫"二字。據詹鍈考證,吴隱雖稱此本據宋本影刻,其實所據並非宋本,而是明鮑松影刻宋咸淳本《李翰林集》三十卷。

(六)劉刻本。宣統元年己酉(一九〇九)劉世珩玉海堂影刻《李翰林集》三十卷。此本卷首有劉世珩《序》,卷後附劉氏《札記》一卷。封裏注明:"貴池劉氏玉海堂景宋叢書之六,光緒戊申(三十四年,一九〇八)正月付黄岡陶子麟刊,宣統建元歲五月竣工,附《札記》一卷。"此本與前本,刊工皆爲黄岡陶子麟。劉世珩《序》,其略曰:

> 《李翰林集》三十卷,宋刻本,每葉二十行,行二十字。白口,單邊,每卷目録連屬正文。後附《新唐書》本傳,有紹熙元年七月開封趙汝愚題云:"右李太白《題司空山瀑布》詩,得于東里周子中,附於卷末。"又咸淳己巳三月天台戴覺民希尹跋云:"是集多趙同舍崇鍳養大所校正。"又有江萬里序,係手書上版。晏知止本《李太白文集》歌吟在六、七兩卷,此則在第十七卷,餘亦前後參差……光緒戊申四月八日貴池劉世珩記。

詹鍈據劉氏此《序》及《札記》描述的所謂宋本特徵,在國家圖書館與上海圖書館查到了劉氏所謂的宋本,其實乃明鮑松影刻宋咸淳本,而非咸淳原刻。劉氏玉海堂影刻鮑松本,樂史《李翰林别集序》"樂史"誤作"樂文"。李華《故翰林學士李君墓誌》"公其博焉","博"字誤作"愽"。卷十目録末重複《江夏送張丞》詩題,正文中並不重複。卷末附録《題司空山瀑布》詩"斷崖如削瓜","瓜"字誤作"爪",等等,這些均和明鮑松本完全相同,而且此本字體也是仿鮑松本影刻的。所以可以斷定劉氏玉海堂本,實際是影刻明鮑松本的,而非真的影刻宋咸淳本。劉氏所以會將鮑松本誤作宋咸淳本,乃因鮑松刻本有單行者,卷後鮑松《刻李杜全集後》跋文蓋逸去,致使劉氏將鮑氏影刻宋本誤作咸淳原刻本了。

新中國成立後,整理出版的白集影響較大者,有瞿蜕園、朱金城《李白集校注》,上海古籍出版社一九八〇年出版。此書以王琦注本作底本,以珍貴的宋蜀本參校,使文字校勘前進了一大步。注釋則吸收楊、蕭、李、王各家之長,彙爲一注,較王注亦有進步。

再就是安旗、閻琦、薛天緯、房日晰合撰《李白全集編年注釋》,巴蜀書社一九九〇出版。此本廣泛吸收前此李白詩文編年成果,對李白百分之八十以上的詩文進行編年,不少注釋亦有新意,爲理解李白詩文提供了新的視角。

李白集整理集大成之作，應屬詹鍈主編《李白全集校注彙釋輯評》三十卷，百花文藝出版社一九九六年十二月出版。此書編寫意旨頗宏，"要寫成一個新注本，超越王注並取代王注"（詹鍈《前言》）。此書用王琦未見的宋蜀本爲底本，用王琦同樣未見的元刻《分類補注李太白詩》二十五卷、明鮑松影刻咸淳本《李翰林集》三十卷等一批元、明、清刊刻的珍稀版本作爲校本，從而使此書正文收録篇目比王琦注本溢出詩九首。編次方面，糾正了王注本所據蕭本任意打亂宋本原有編次的缺陷。文字校勘方面，更是兼采衆本之長，精益求精，保存了宋本異文和曾鞏的編年注文，從而使此本文字優於王琦注本。此本注釋，着力糾正王注不確切的典實和誤引的書證，同時針對王注只引書名，不注篇名和卷數及引文往往與原書不符的缺點，下大功力，一一檢核原書原文，注明篇名和卷數，並施加規範的現代標點符號，甚至連卷帙浩繁的佛道兩藏中的引文，也莫不如此。此書體例也較完備，每篇詩文皆有解題、校記、分段串講、集評和備考，尤其是解題説明創作背景及時間、地點，提示全篇主要内容，故此書雖不屬編年本，但絶大部分作品已指明寫作年代，極便讀者。分段串講則一改王注"釋事忘義"缺陷，引用明朱諫《李詩選注》、唐汝荀《唐詩解》李白詩部分，及清《李詩直解》串講部分；雜文也分段説明段義，以便讀者。輯評彌補楊、蕭、王注很少收録各家評語的不足，廣泛收録各家評語，不少資料是從孤本、秘本上搜集而來的，非常寶貴，其中還引録了一些日本學者的評語。可惜的是，對於綜合性評語，此書一概不收，實乃一大憾事。備考本着"片善不遺"的精神，大量吸收半個世紀，尤其是近十幾年來中外研究李白文章和專著中的成果，並插入編注者必要的注釋與題解、甚至古人對某些詩篇的解釋，以供參考。書後《宋蜀本集外詩文》，收録采自王琦注本，瞿蜕園、朱金城《李白集校注》，《全唐詩續補遺》，《全唐詩續拾遺》等書由咸淳本、《本事詩》、《才調集》、《文苑英華》、《唐詩紀事》、《東觀餘論》等三十多種典籍中廣泛輯得的李白散逸詩文六十八篇，斷句五，存目七篇，成爲目前收録李白詩文最多的本子。書前首爲詹鍈《前言》、次《凡例》。書後爲詹鍈《〈李白集〉版本源流考》，乃作者多年研究白集版本所得，頗多創見。最後附全書篇目索引，甚便讀者。由於著者態度嚴肅科學，體例完備，特别是能批判地吸收前人已有的成果，因而使得這部三百四十餘萬字的皇皇巨著，成爲"編録謹嚴、校勘審慎、注釋分明、評論比較詳備的迄今爲止最爲完善的新版本”(詹鍈《前言》)。

此外,日本也出版了一些《李白集》整理的新版本。一九二八年,日本國民文庫刊行會出版了久保天隨《李太白詩集》。此書是日本最早的李白詩歌詮釋本,編次依據蕭士贇《分類補注李太白詩》,補遺部分則據王琦《李太白文集輯注》本排列。每首詩後分“字義”、“題義”、“詩意”、“餘論”等項,一一介紹楊、蕭、王及《唐宋詩醇》諸家之説,並加上注者的闡釋。幾十年間,此書重版三次,可見在日本影響之大。再就是平岡武夫編《李白の作品》,一九五八年京都大學人文科學研究所出版。此書收有首次公開影印的日本静嘉堂文庫藏宋蜀刻本《李太白文集》三十卷,並附有李白作品《序説》,篇目表和附録。一九八七年,四川巴蜀書社影印的《李太白文集》三十卷,所據即《李白の作品》所收宋蜀本《李太白文集》三十卷影印本。日人花房英樹編《李白歌詩索引》,所據亦《李白の作品》内宋蜀本《李太白文集》三十卷之影印本。

【參考文獻】王琦《李太白集輯注序》、王琦《李太白集輯注·跋五則》、王琦注《李太白全集》後所附序跋,中華書局一九七七年九月第一版　詹鍈《〈李白集〉版本源流考》,詹鍈主編《李白全集校注彙釋輯評》後附,百花文藝出版社一九九六年十二月版

唐别集考卷第五

高常侍集

高適(約七〇一～七六五)字達夫,郡望渤海蓨縣(今河北景縣)。年輕時數求功名不遂,長期客居梁、宋間。玄宗天寶八載(七四九)有道科及第,釋褐封丘尉,天寶十一載(七五二),棄官客河西,哥舒翰表爲左驍衛兵曹參軍,充任掌書記,歷官左拾遺、監察御史等。安史亂中潼關失守,奔赴玄宗行在,擢諫議大夫。肅宗即位擢御史大夫、淮南節度使等。代宗召爲刑部侍郎,轉左散騎常侍,封渤海縣侯,世稱"高常侍"。永泰初卒,謚曰"忠"。

高適的詩文唐代已被彙集流傳,《舊唐書》本傳稱適"有文集二十卷",然二十卷本誰所編輯,則不得而知。

入宋,《新唐書・藝文志》著録"高適集二十卷"。直到明清,這種二十卷本仍有著録,明焦竑《國史經籍志》、清孫星衍《廉石居藏書記》内篇上,皆著録《高常侍集》二十卷。然此二十卷本今已無傳,其佚失當在清代晚期。

《宋史・藝文志》著録《高適詩集》十二卷,這種將詩歌别裁單行的本子,自是一種新編的本子。此本後世已無傳,故不得而詳。

宋仁宗慶曆年間,王堯臣、歐陽修等編纂的《崇文總目・别集類一》著録《高適文集》十卷;同書《别集類三》載《高適詩》一卷,當爲北宋人重新編纂的别本,非"文集二十卷"之舊編明矣。迨南宋初,晁公武《讀書志》著録《高適文集》十卷、《集外文》二卷、《别詩》一卷。《文集》十卷、《别詩》一卷,與《崇文總目》同;《集外文》二卷,蓋爲《文集》十卷本以外之佚文。可見北宋中期至南宋初年,適集有多種版本傳世。至南宋後期,陳振孫《書録解題》唯著録《高常侍集》十卷,此本以高適官銜命名集,與此前著録的諸本皆不同,尤其值得注意的是,此本已無集外詩文,當是南宋人掇拾當時所見高適作品,再次編定的本子。清徐乾學《傳是樓書目》著録"宋版《高常侍集》十卷,二册"。錢曾《讀書敏求記》卷四所記"宋槧本",也是這種本子。此十卷宋槧本,今亦無傳,然清代另有一影宋鈔《高常侍集》十卷,現藏國家圖書館,前有黄丕烈、翁同龢、汪士鐘等人的藏印,半葉十行十八字,字體影摹極精,前數葉連原書版心所鐫本葉字數、刊工姓名等,亦照摹不遺。故此種宋本雖佚,我們仍可據此影寫本,間接窺見宋本的概貌:此種宋刊《高常侍集》十卷,乃詩文合編本,前八卷詩,不分體,亦不編年,每卷前皆題“雜著”二字,總計百八十九題、二百二十五首,第九卷亦題“雜著”,收賦二、讚二、記一、序一、祭文一,第十卷題“表”凡九篇。此本避宋諱至“廓”字,乃寧宗嫌名,當爲寧宗以後刻本無疑。鄭振鐸原藏一明覆宋刻《高常侍集》十卷,今歸國家圖書館,其上有鄭氏跋語,謂“此種十行十八字的盛唐人集”,“疑均出於南宋書棚本”。這話頗有道理,王國維亦有此類看法。陳起一生所刻唐集頗多,陳氏去世後,周端臣吊陳起云:“字畫堪追晉,詩刊欲遍唐。”(《挽芸居二首》其一,《書林清話》卷二)陳氏不唯刊刻唐集很多,且版式大都爲每葉十行十八字,故鄭振鐸推斷此種十行十八字《高常侍詩集》十卷爲書棚本。此種宋刊十卷《高常侍詩集》也成了後世一切高集的祖本,對後世影響頗大。

高集宋槧,今知還有《增訂四庫簡明目録標注・續録》著録的“宋乾道陸游刊本”,此本今已無傳,其詳已不得而知。

明代高適集刊刻和傳鈔的本子,其主要版本有以下幾種:

(一)明刻十卷本。明無名氏刻《高常侍詩集》十卷,國家圖書館有藏。此本題爲“唐本明刻”,然無刊刻年月及刻書人姓名,半葉十行十八字。卷前鈐“鐵琴銅劍樓藏書”印記。前八卷詩賦,詩分體,卷一首《東征賦》與《奉和鶻賦》、次五古,卷二至四亦五古,卷五七古,卷六五律,卷七五排,卷八七律、五絶、七絶,卷九表九,卷十雜著凡讚二、記一、序一、祭文一,前八卷詩凡二百四十一首,詩文共二百五十七首。“排律”之名,始於元末楊士弘《唐音》,至明方廣泛使用。可見此本乃明人分體重編的高集。持與清影宋鈔十卷本比勘,便可立刻發現,此本各體詩的編次順序,與清影宋本中各體詩的先後順序基本相同,唯五律《送董判官》與《别王八》,《送蹇秀才赴臨洮》與《送崔功曹赴越》,五排《陪竇侍御泛靈雲池》與《陪竇侍御靈雲南亭宴詩并序》,七律《同顔少府旅宦秋中》與《夜别韋司士》四組凡八首,蓋因一時不慎次序互倒外,餘則完全相同(所補佚詩除外)。换言之,此本乃是以宋刊《高常侍集》十卷不分體本爲底子,將各體詩分别依次録出,然後再依古近律絶諸體重加編排而成的，此亦明人編纂分體本唐集的常法。而卷九、卷十所標類目和所收篇目，亦與清影宋鈔十卷本同，唯卷次互倒，並將賦兩篇抽出，編於卷一之首；又此本卷十題曰“雜著”，與宋《高常侍集》卷十所標類目相同，更是此本出自宋本的明顯痕跡。所有這些可證，此本出自宋《高常侍集》十卷不分體本或其同類的本子，決無可疑。然較之宋刻《高常侍集》十卷，此本多出十三題十六首，應爲此本所補遺詩。這些遺詩，分别散入相應的各體詩中。此本缺五律《淇上别業》一首，當爲一時不慎漏編所致。此本在明代刊行應比較早，後出的諸種明刊八卷分體本《高適詩集》，蓋别裁此本前八卷而成者（詳下），所以此十卷分體本《高常侍集》，乃高集承上啓下的一個重要本子。

國家圖書館藏有另一明刊分體本《高常侍集》十卷，亦無刊刻年月及刻書人姓名，半葉十行十八字，收詩篇目、分卷、序次、文字與此本相比，唯字體稍瘦，偶有訛字，如五律《使青夷軍入居庸三首》，題中“入”字，該本缺，當爲此本的翻刻本。該本原爲鄭振鐸藏書，有鄭氏跋，其略曰：

> 《高適集》……曾在北京隆福寺修綆堂架上，見有明正德、嘉靖間覆宋刊本一部，亦是十卷，有詩有文。一時匆促，未及購之。今天是夏曆戊戌元旦，偕趙萬里君遊廠甸，偶憶及此書，因亟往修綆堂取之歸。玄覽堂所儲唐人集，又多一善本矣。一九五七年夏，曾在藻玉堂取得一部明正德刻本《王昌齡集》，凡三卷。每半葉十行，行十八字，與此本同。聞正德時曾刻王、孟、高、岑四集，惜余僅得王、高二集。頗疑此種十行十八字盛唐人集，當不止是四家，且僅不限於盛唐一代，朱警刻的《唐百家詩集》，亦是十行十八字，疑均出於南宋的書棚本。

據跋可知，鄭氏將此種十行十八字的分體本唐人詩集，視爲明“覆宋刊本”則非是，宋本絶不可能出現包含“排律”在内的分體本唐人詩集，然判其爲宋書棚本《高適集》的改編本，則近是。

另，北京大學圖書館藏一明刻《高常侍集》十卷，無刊刻年月及刻書人姓名，存前五卷，封面有李盛鐸題記：“集本十卷，此僅有前五卷，木齋記。”前五卷之行款、篇目、序次，與此本前五卷完全相同，文字偶有不同，故當爲此本的翻刻本。孫欽善《高適集版本考》謂該本乃明仿宋刻本（見《高適集校注・附録》，上海古籍出版社一九八四年版），恐非是。

(二)銅活字本。明銅活字印《唐人詩集》所收《高常侍集》八卷,今國家圖書館、浙江大學圖書館、天一閣等均有藏。《四部叢刊》初編集部收有此本;銅活字印《唐五十家詩集》所收此本,則據天一閣藏本影印。此本詩賦兼收,詩分體編次,卷一賦二首、五古二十一,卷二至四五古九十六,卷五七古三十二,卷六五律四十三,卷七五排二十二,卷八七律七、五絶八、七絶十二,詩凡二百四十一,詩賦共二百四十三首。本書前已述及,此種銅活字本乃明弘治、正德間蘇州地區印本。若是,則此本乃現存最早且篇目較爲完足的一個《高適詩集》。此本所據底本,孫欽善《高適集版本考》謂出自明刻十卷本前八卷,可備一説。不過筆者以爲,明刻十卷本前八卷,亦可能借鑒過此本,而此本所據底本,亦可能爲宋刻本。這是因爲此本書名、首數、分卷、序次等等雖與明刻十卷本前八卷相同,文字也基本相同,如此本卷五七古《燕歌行序》"開元二十六年",明刻十卷本同,而諸本多誤作"三十六年";又如此本卷四五古《哭裴少府》落句"□悲哭君去",缺一字,明刻十卷本闕字同;此本卷五七古《崔司録宅燕大理李卿》"飲醉欲言歸□□"句,闕末二字,明刻十卷本亦闕此二字,等等,可見此本與明刻十卷本爲同源本。但明刻十卷本闕五律《淇上别業》一首,此本不闕;又此本卷四五古《李雲南征蠻詩》"晡餐兼僰僮","僰"字,明十卷本誤作"蔌",此本不誤,可證此本並非出自明刻十卷本,而是由宋本直接改編而來的。然究竟如何,還須作進一步研究。然而此本與明刻十卷本,二者之間彼此有借鑒關係,則是可以肯定的。

(三)十二家本。明無名氏刻《唐十二家詩》所收《高常侍集》八卷,北京大學圖書館藏。此本行款、篇目、分卷、序次、文字雖與明銅活字本同,但明刻十卷本闕五律《淇上别業》一首,此本亦闕,又明刻十卷本五古《李雲南征蠻詩》"晡餐兼僰僮","僰"爲"僰"字之誤,此本亦因之,可見此本應爲别裁明刻十卷本之前八卷而成者。

(四)張刻本。張遜業輯校嘉靖三十一年壬子(一五五二)黄埻刻《十二家唐詩》所收《高常侍集》上下卷。半葉九行十九字,字體極精,國家圖書館有藏,北京大學圖書館藏有單行本。十二家中,高適乃第十一家。《王勃集》前有張遜業《王勃集序》,末署"嘉靖壬子秋日"。他集無序。此本雖爲上下二卷,然書名、篇目及文字與明刻十卷本前八卷,及無名氏刻《唐十二家詩》所收《高常侍集》八卷相同,唯將所收各體詩,以古體爲上卷,近體爲下卷，又將五律後之五排，與七律、五絶、七絶編次互倒。可見此本或據明刻十卷本前八卷重新編刻，或據明無名氏刻《唐十二家詩》之《高常侍集》八卷重新編刻者。

（五）楊刻本。萬曆十二年甲申（一五八四）楊一統刻《十二家唐詩》所收《高適集》一卷，北京大學圖書館有藏。十二家排序，與張刻本稍異而顯得更合理些，高適仍爲第十一家。半葉九行十二字，字迹楷體。《王勃集》卷首有序文三篇：黄道日《刻唐十二家詩序》、孫仲逸《刻唐十二家詩序》、楊一統《重刻十二家唐詩引》。孫《序》曰：

> 都有唐諸作而騭之，則兹集數人爲首。今海内人士，不翅沈酣枕藉之，故江都之刻，不數載已覆初本。余友人楊允大再刊于白下，而校加精焉，屬不佞序之首簡。

末署"萬曆甲申玄提月"。據此序，楊氏此本係據張刻本重新翻刻者，其中《高適集》校勘者爲丘陵（子長）。此本雖爲一卷，然各詩分體、序次與張刻本同，文字亦差别甚微，故應是據張刻本翻刻的。唯闕《塞下曲》"君不見塞樹枝"一首（係僞詩）。

（六）詩紀本。黄德水、吴琯輯萬曆十三年乙酉（一五八五）刻《初盛唐詩紀》所收《高適集》六卷。卷首有李維楨《序》。詩分體編次，卷二十五至二十七爲五古，卷二十八七古、長短句，卷二十九五律、七律，卷三十爲五排、五絶、七絶，共百九十九題、二百四十一首。此本分卷與上述各本皆不同，然各體詩的排序與張逊業等一系諸本相同。明刻十卷本、明銅活字本《哭裴少府》落句"□悲哭君去"，所缺一字，張刻本補作"深"，此本亦作"深"；明刻十卷本、明銅活字本七古《崔司録宅燕大理李卿》"飲醉欲言歸□□"句，所缺二字，張刻本校補爲"剡溪"，此本亦作"剡溪"。可見此本應是據張刻本或其近似的本子改編而成的。《詩紀・凡例》曰："是編校訂，先主宋版諸書，以逮諸善本。有誤斯考，可據則從，其疑仍缺，不敢臆斷，以俟玥者。"與張刻本等諸本相較，此本有以下優點，第一，輯補各本佚詩凡三題五首：《途中酬李少府贈别之作》、《淇上别業》、《自淇涉黄河途中作十三首》之第十三首"皤皤河濱叟"、《玉真公主歌二首》。第二，删汰僞詩凡四題四首：《奉和儲光羲》、《漁父》、《塞下曲》"君不見芳樹枝"、《感五溪薺菜》。第三，校改誤字，如《燕歌行序》"開元二十六年"，張刻本等諸本皆誤作"三十六年”,此本改作“二十六年”,極是;清影宋鈔本《同呂員外酬田著作幕門軍西宿盤山秋夜作》“磧路天□秋”句,缺一字,此本既不從張刻本等補作“正”,而是從别本補作“早”。第四,參考宋本系統諸本及其他各本,增入題下注及文中夾注的校記隨處可見,對作品的重出辨僞、創作背景及詩意的理解均有參考價值。如五絶《同群公題張處士菜園》題下增注:“又見岑參集。”這一注文,指出此詩與岑參詩重出,爲後世辨别此詩重出提供了寶貴綫索。又如七古《畫馬篇》題下增注:“同諸公宴睢陽李太守各賦一物。”這一注文,爲理解此詩創作地點、時間及背景提供了頗有價值的參考。文中夾注的校記更是比比皆是,最典型者莫過於七言絶句《和王七玉門關聽吹笛》,《英華》此詩題作《塞上聽吹笛》,文字差别頗大,此本則將《英華》所載此詩全文録存詩後,作爲異文以供參考,頗有校勘價值。

(七)許刻本。萬曆三十一年癸卯(一六〇三)許自昌輯校《前唐十二家詩》所收《高常侍集》上下卷。此本書名、行款、篇目、分卷及文字全同張刻本,係據張刻本翻刻者無疑。

(八)鄭刻本。鄭能刊《前唐十二家詩》所收《高常侍集》上下卷。十二家中,高適爲第十一家。各家均上下二卷,版式、行款相同,作品分體編次,卷上賦二首、五古百十七、七古三十二,卷下五律四十二、七律七、五排二十二、五絶八、七絶十二,詩賦共二百四十二首。鄭能《前唐十二家詩》乃許自昌《前唐十二家詩》的重刊本(參本書卷一《駱賓王集》鄭刻本),故此本與許刻本書名、分卷、篇目、序次皆相同,文字差别亦甚微。而國家圖書館藏有鄭氏刊《前唐十二家詩》王、孟、高、岑四集,各集卷首次行下方均署“晉安鄭能屈卿重鐫”,然館藏書目卻題曰“《唐四家詩》”,非是,鄭氏並未另外刊行《唐四家詩》。

(九)統籤本。胡震亨《唐音統籤》所收《高適詩》六卷,編卷一百十五至一百二十,丙籤二十四,刻本。此本詩分體編次,首卷至第三卷五古百十八首,第四卷七古二十、長短句十一,第五卷五律四十三,第六卷五排二十二、七律七、五絶七、七絶十四,共二百四十二首。此本所據底本,胡氏没有交代,唯曰:“集二卷,《宋志》詩集十二卷。今編六卷。”(《唐音統籤》第二册,頁一九八)今考此本卷數與詩紀本同,且首數因胡氏據《唐詩品彙》輯補佚詩《漁父歌》,故較詩紀本溢出一首。此本文字也與詩紀本相同,如詩紀本《燕歌行序》“開元二十六年”,此本同;而張刻本、許刻本等皆誤作“三十六年"。又如清影宋鈔本(詳下)《同吕員外酬田著作幕門軍西宿盤山秋夜作》"磧路天□秋"句,所缺一字,詩紀本從校本補作"早",此本亦作"早";而張刻本、許刻本等作"正",等等,可見此本乃是據詩紀本編輯而成的。不過因此本先分體,各體詩再分類,故編次與詩紀本不同。

(十)明甲鈔本。明無名氏甲鈔《高常侍集》十卷。此本存前五卷,現藏國家圖書館,前有"大司馬兼御史中丞蘭氏和"印,後有"蘭氏皇翁"印。所存前五卷收詩、行款、篇目、序次、文字與清影宋鈔本前五卷(詳下)相同,可見所據底本乃宋刊《高常侍集》十卷或其近似的本子。

(十一)明乙鈔本。明無名氏乙鈔《唐十八家詩》所收《高常侍集》一卷,現藏國家圖書館。半葉十行十九字。此本僅存詩,首數、序次、文字等與清影宋鈔本(詳下)相同,因知所據當爲宋本《高常侍集》十卷或其近似的本子。唯此本多出《酬龐十兵曹》、《和崔二少府登楚丘城》二首,當爲鈔者輯補的佚詩。

清代刊刻和傳鈔的《高適集》,其主要版本有以下幾種。

(一)全唐詩本。康熙敕編《全唐詩》所收《高適集》四卷。本書前已述及,康熙敕編《全唐詩》主要以胡震亨《唐音統籤》、季振宜《全唐詩稿本》兩書爲基礎增訂而成。然就《全唐詩》所收《高適集》來看,與《唐音統籤》所收《高適集》無涉,而是在季振宜《稿本》的基礎上修訂而成的。而《稿本》中的《高適集》,則是將詩紀本原刻入編,所收篇目、編次全同詩紀本,季氏唯於五言等諸體詩後補入《塞下曲》"君不見芳樹枝"一首(係僞詩),所以季氏《稿本》共二百四十二首。文字方面,季氏以《河岳英靈集》、《文苑英華》、《唐詩紀事》、《樂府詩集》等唐宋諸總集作了校勘,校文或記於天頭,或徑以校本文字改動正文。但總的來看,所出校記並不多,基本上保存了詩紀本的面貌。康熙敕編《全唐詩》所收《高適集》四卷,則是將季氏《稿本》中的高適詩悉數收入,再補入七絶《漁父》,故共二百四十三首,分爲四卷,卷一至二爲五古,卷三七古,卷四五律、七律、五排、五絶、七絶。文字方面,《全唐詩》編臣也作了校勘,如《薊門五首》其二"戍卒厭糟糠"句,季氏塗去"糟糠"二字,以《樂府詩集》校改作"糠覈"。《魯郡途中遇徐十八録事》一首,詩題下,詩紀本原有注文云:"時此公學王書嗟别。"季氏將此注塗去,而《全唐詩》編臣以爲不妥,改回予以保留,爲理解此詩創作情形留下了寶貴的資料。《見薛大臂鷹作》一首,季氏《稿本》題下無注,《全唐詩》編臣於題下增注云:“一作李白詩。”從而爲甄辨此詩的作者提供了寶貴綫索。《全唐詩·凡例》曰:“詩集有善本可校者,詳加校定。”就《高適集》來看,也的確如此。

(二)清鈔本。清影宋鈔《高常侍集》十卷,今藏國家圖書館。此本半葉十行十八字。前有黄丕烈、翁同龢、汪士鐘等人藏印,字體影宋摹寫極精,前數葉連原版心所鐫該版字數、刻工姓名的字樣,亦照録不遺。正文“廓”字缺筆,乃避南宋寧宗嫌名,故其所據底本,當爲南宋後期杭州書商陳起所刻書棚本。

(三)四庫本。乾隆敕修《四庫全書》所收《高常侍集》十卷。《四庫全書總目》謂此本乃“浙江鮑士恭家藏本”,按之《浙江採進遺書總目》,辛集下著録有《高常侍集》十卷,注曰:“知不足齋影宋寫本。”鮑士恭即知不足齋主人鮑廷博之子,可見《四庫簡明目録標注》謂“四庫著録係汲古閣影宋精鈔本”,大誤。《四庫全書總目》曰:

> 此本從宋本影鈔,内“廓”字闕筆,避寧宗嫌名,當爲慶元以後之本,凡詩八卷、文二卷。其集外詩文則無之。考明人所刻適集,以《太平廣記》高鍇侍郎墓中之狐妖《絶句》“危冠高髻楚宫妝,閒步前庭趁夜涼。自把玉簪敲砌竹,清歌一曲月如霜”一首,併載入之,蕪雜殊甚。又《九日》一詩見宋程俱《北山集》,毛奇齡選唐人七律亦誤題適作。此本不載,較他本特爲精審。(《四庫全書總目》卷一四九,頁一二八二)

狐妖《絶句》與《九日》二詩,即張刻本、許刻本等所輯補《聽張立本女吟》與《重九》二詩,均係僞詩。另《奉和儲光羲》、《塞下曲》“君不見芳樹枝”、《感五谿薺菜》三首僞詩,此本亦不載。故此本共百八十九題、二百二十九首,與他本相較,尚闕《塞下曲》“結束浮雲駿”、《銅雀妓》、《同吕員外酬田著作幕門西宿盤山秋夜作》、《哭裴少府》、《部落曲》、《逢謝偃》等六首。此本文字極佳,如《燕歌行·序》,張刻本、許刻本一系諸本皆誤作“開元三十六年”,《英華》作“開元十六年”,唯此本與清影宋鈔本、明銅活字本、詩紀本作“二十六年”,極是。不過此本據知不足齋影宋鈔本録入時,當參校過明無名氏刻十卷分體本及張刻本一系的本子,如此本《李雲南行征蠻歌》“哺食兼僰僮”,“僰”字誤,清影宋寫本《高常侍集》作“僰”,不誤。乃四庫館臣據張刻本一系諸本誤改的明證。又,《酬龐十兵曹》、《和崔少府登楚丘城》、《贈杜二拾遺》三詩,爲清影宋鈔所無,而《四庫》所收《高適集》此三詩赫然俱在，此亦館臣参照明刊十卷本，或張刻本等一系諸本輯入高適佚作的明證。由此可見，《四庫》所收《高適集》，已經館臣加工改動，故現今能保存宋本面貌的，唯清影宋鈔本《高常侍集》十卷一種本子了。

（四）畿輔本。光緒五年（一八七九）定州王灝謙德堂刊《畿輔叢書》所收《高常侍集》上下卷。此本上卷首爲《東征賦》與《鶻賦》，次五古、七古等古體詩；下卷爲五律、七律、五排、五絶、七絶等近體。亦未收五律《淇上别業》，《燕歌行序》也誤作"開元三十六年"；《李雲南征蠻歌》"晡食兼僰僮"，"僰"字亦誤，等等，可見此本乃是據張刻本或許自昌本翻刻者。

（五）敦煌寫卷。羅振玉《鳴沙石室遺書》影寫《唐人選唐詩》所收六家七十三首詩，其中有高適詩《信安王出塞》一首，《上陳左相》僅存前數行（伯二五六七）。其後王重民獲一唐詩選本殘卷（伯二五五二，《巴黎敦煌殘卷叙録》第一輯），載適詩四十八首，其中《自武威赴臨洮謁大夫不及因書即事寄河西隴右幕下諸公》、《同李司倉早春宴睢陽東亭》二首爲佚詩。後王重民又獲一"高適詩集"寫本（伯三八六二，《巴黎敦煌殘卷叙録》第一輯），存詩五十首。其中《遇崔三有别》、《奉贈平原顔太守并序》、《雙六頭賦送李参軍》凡三首爲高適佚詩。一九八四年上海古籍出版社出版孫欽善《高適集校注》所附《高適集版本考》，亦稱伯三八六二爲"高適詩集"。其餘稱作"詩選"寫卷：伯二五五五有《塞上聞吹笛》、《别董大》二首其一；伯二七四八有《燕歌行》；伯三一九五有《燕歌行》（殘），佚詩《送蕭判官賦得黄花戍》；伯三六一九有佚詩《餞故人》、《無題》"一隊風來一隊沙"；伯三八一二有《在歌舒大夫幕下請辭退託興奉詩》（疑僞）；斯七八八有《古大梁惠王行》（殘）、《燕歌行》；斯二〇九四有《漢家篇》（即《燕歌行》）等等，收録寫卷已達十個，包括羅振玉《鳴沙石室佚書》中署爲《唐人選唐詩》之詩選寫卷伯二五六七。一九八九年施淑婷《敦煌寫本高適詩研究》搜集高詩敦煌寫本增至十三個，除上述十個外，又增加伯二九七六、三八八五、四九八四等三個卷號。據施氏統計，十三個寫卷"所收高適詩，去其重者、疑僞者，共得一百零四首"。所補佚詩達八首之多。一九九二年中華書局出版陳尚君校輯《全唐詩補編》，其中《全唐詩續拾》卷一五據伯二九七六，於高適下補入《奉贈賀郎詩一首》，且加按語曰："原卷連録四首詩，不署作者，前二首爲《自薊北歸》、《宴别郭尚書》，《題李别駕壁》（原卷缺題），皆高適作，疑此詩亦爲其所作。"二〇〇〇年中華書局出版徐俊《敦煌詩集殘卷輯考》，在廣泛吸收前人研究成果基礎上，該書對敦煌遺書中所有"殘存的詩集、詩鈔寫本和僧俗雜寫中的零散詩篇，予以輯録和考證"，復檢原卷照片，考辨録文，大大增加了録入文字的準確性，同時對以往研究中存在的問題一一加以甄辨、澄清。經《輯考》查明，除上述十三個寫卷外，伯二五四四亦録有高適詩歌。而伯二六七七與斯一二〇九八兩個卷子，與伯三一九五原爲同卷，殘裂而分爲三，因而可以綴合爲一完整寫卷。俄藏 ДX 三八七一與伯二五五五亦爲同卷，殘裂而分藏俄法兩地，亦可綴合。這樣敦煌遺書中的高適詩寫卷，便增至十七個。所存高適詩歌，據筆者統計，《輯考》所收達百二十三首之多；除去重出十四首，以及疑似者五首外，實存百五首，另有一首題存詩闕。至此敦煌遺書中的高適作品得到徹底清理。

新中國成立後整理出版的本子有兩種。

一種爲劉開揚《高適詩集編年箋注》，中華書局一九八一年版，據明銅活字本排印，以敦煌寫卷、《文苑英華》、《全唐詩》等"補其逸佚，增其題注，校其誤字，録其異文，誤收之詩附載於詩賦之後"。詩分編年、未編年兩部分編次，每詩後有解題，間録過去評論，偶附注者己見，"注文旨在究明出處，詮釋詞義，極常見之詞語一般不注。較長及重要篇章另有箋釋於注文之後"（該書《例言》）。賦則次於詩後，亦加注釋。限於本書體例，文則與《唐書》本傳均作附録，不加箋注。書前冠以《年譜》，書後附録史傳及諸家評論，頗便讀者。

另一種爲孫欽善《高適集校注》，上海古籍出版社一九八四年出版。此本以明刻十卷本爲底本，以清鈔本、明銅活字本、張刻本、許刻本、全唐詩本、敦煌殘卷爲校本，並參校《河岳英靈集》、《文苑英華》等。注釋重在難詞、名物、典故、地名、人物及歷史事件，引據的材料注明出處，句意難懂者稍加串釋。此本增補遺詩十四首，對明刻十卷本及其以外的疑僞之作，附於相應各體之末。編次按詩、賦、文三部分，分別按寫作年代編排，年代無考者居後編列。此本《前言》對高適生平、詩文内容和藝術特點作了扼要介紹；書後附録高適傳記資料、年譜、高集版本考等，以便讀者。

【參考文獻】孫欽善《高適集版本考》，《高適集校注・附録》，上海古籍出版社一九八四年版

儲光羲詩集

儲光羲(七〇六？～七六二?)行十二,潤州延陵(今江蘇鎮江)人。開元十四年(七二六)進士及第,釋褐馮翊縣佐官,歷安宜、汜水尉等,開元天寶之際隱於終南山,後又出爲監察御史等。安史亂中陷賊任僞官,趁隙自歸,亂後貶謫以卒。

光羲集,顧況《儲光羲集序》述其編輯過程曰:“其文篇賦論凡七十卷……嗣息曰溶,亦鳳毛駿骨,恐墜先志,泝洄千里,泣拜告予云:‘我先人與王右丞,伯仲之懽也,相國縉雲,嘗以序冠編次,會縉雲之謫亡焉。後輩據文之士,風流不接,故小子獲忝操簡。’”(銅活字本《儲光羲集》)由此可知儲集初由王縉編次,並有序冠卷首,縉謫亡逸。光羲子溶於是又手編父集爲七十卷,不遠千里,請序於顧況。這七十卷之家集,當即《新唐書・藝文志》所著録的《儲光羲集》七十卷。迨宋室南渡,晁公武《讀書志》卷十七、陳振孫《書録解題》卷十九並作《儲光羲集》五卷,是七十卷本已不復存世。而此五卷本詩集,乃後世儲集的祖本。《宋史・藝文志》著録《儲光羲集》僅二卷,當爲儲集的另一版本。此外《新唐書・藝文志》謂儲光羲别有《政論》十五卷,《唐才子傳》稱又有《九經分義疏》二十卷,今皆散佚。

元明兩代刊刻和傳鈔的光羲集,其主要版本有以下幾種。

(一)銅活字本。明銅活字印《唐人詩集》所收《儲光羲集》五卷。本書前已述及,明銅活字本《唐人詩集》刊行於弘治、正德間,故此本乃明代出現較早的儲集。半葉九行十七字,卷前首顧況《儲光羲集序》、次殷璠及蘇轍論儲詩各一則。此本詩分體,凡卷一至三爲五古百二十五首,卷四爲五古二十四、七古六,卷五爲五律三十六、五排八、七律一、五絶十六、七絶十一,共二百二十七首。此本文字舛誤較多,如首卷五古《採蓮詞》“林下鮫人居”句,“林”字誤,鮫人非居林者,他本作“流”,甚是。同卷五古《述華清宫五首》其五“孰爲非我靈”句,“爲”字誤,他本作“謂”,甚是。卷三之五古《群鴉詠》“家宰收琳琅”句,“家宰”似誤,他本作“冢宰”,良是。卷五之五排《太學貽張筠》“園林在連業”句,“連業”不成辭,他本作“建業”,甚是。再如同卷七律《田家即事》“店色滿林羊酪熟”句,“店色”,他本作“杏色”,良是,等等。然而這些多無心之誤,一望即知,易於改正,所以總體來看此本不失爲明代出現較早且較好的一種儲集。

（二）蔣孝本。嘉靖二十九年庚戌（一五五〇）毘陵蔣孝輯刻《中唐十二家詩集》所收《唐儲光羲詩集》五卷。十二家前有薛應旗序、蔣孝自序。蔣序後有“卧龍橋東三徑主人”牌記一個，次行下方署刻工姓名里貫：“毘陵陳奎刻。”此本半葉十行二十字，左右雙邊，版心白口單魚尾下鐫“儲集卷某”。首卷卷端題“唐儲光羲詩集卷一”，次行題署詩體名稱。此本分卷、首數、編次、篇目悉與銅活字本相同，且二本文字也相差甚微，甚至上舉銅活字本的不少舛誤此本亦多有沿襲。如銅活字本卷一《述華清宫五首》其五“孰爲非我靈”句，“爲”乃“謂”字之誤；銅活字本卷三之五古《群鴉詠》“家宰收琳琅”句，“家宰”蓋“冢宰”之誤；銅活字本卷五之七律《田家即事》“店色滿林羊酪熟”句，“店色”乃“杏色”之誤等等，此本所誤均同，可見此本乃是用銅活字本爲底本翻刻的。不過蔣氏也作了校勘，改正了銅活字本的一些闕誤，如銅活字本卷五之五律《送王上人還襄陽》“雖復詩來去”句，“詩”字誤，此本改作“時”；活字本同卷五排《太學貽張筠》“園林在連業”句，“連業”誤，此本改作“建業”，甚是，等等，所以較之銅活字本，此本文字明顯略勝一籌。

另，明長洲陸汴刻《廣十二家唐詩》所收《唐儲光羲詩集》五卷。十二家前有陸氏自序。十二家爲初唐一、盛唐二、中唐八、晚唐一。上海圖書館藏本封面題籤誤爲《中唐十二家詩》，當爲後人補寫，與書的内容並不相符。又細檢此本，書名、版式、行格、首數、分卷、篇目、序次，甚至書體風神等等悉與蔣孝本同，因知此本乃是用蔣孝本版片重印的，可見《廣十二家唐詩》的版片，並非全爲陸氏所刻，也有拼湊起來者。不過重印前，陸氏對文字作了校勘，然而挖改者並不多。

（三）詩紀本。萬曆十三年乙酉（一五八五）黄德水、吴琯輯刻《初盛唐詩紀》所收《儲光羲詩》四卷。半葉九行十九字，四周雙邊，白口單魚尾上有“詩紀”字樣。此本亦分體編次，除五律末據《王維集》輯補佚詩《藍上茅茨期王維補闕》一首外，其餘分體情形及各體詩的首數，與銅活字本、蔣孝本完全相同，故共二百二十八首。此本文字，也較他本更近於蔣孝本，如銅活字本卷五之五律《送王上人還襄陽》“雖復詩來去”句，“詩”字誤，蔣孝本改作“時”，此本亦作“時”。銅活字本同卷五排《太學貽張筠》“園林在連業”句，“連業”誤，蔣孝本改作“建業”，此本亦作“建業”。銅活字本同卷七律《田家即事》末二句“生時樂死□由命，事在□天□不迷”，凡脱三字，蔣孝本據校本分别補作“皆”、“旻”、“迴”等字，此本三處亦作“皆”、“旻”、“迴”。可見此本乃是據蔣孝本抑或近似的陸汴本編輯而成者，唯蔣孝本五卷，此本合併爲四卷而已。此本文字也作了校勘，改正了底本的一些譌誤。如銅活字本卷一《述華清宫五首》其五結句“孰爲非我靈”句，“爲”字誤，蔣孝本誤同，此本改作“謂”；銅活字本卷三《群鴉詠》“家宰收琳琅”句，“家宰”似誤，蔣孝本誤同，此本改作“冢宰”，良是。銅活字本卷五《田家即事》“店色滿林羊酪熟”句，“店色”不辭，蔣孝本誤同，此本改作“杏色”，極是，等等。此類例子尚多，不枚舉。此本還於題下、詩後或字裏行間增入不少注文和校記，頗有參考價值。

（四）畢刻本。明畢效欽編萬曆三十六年戊申（一六〇八）畢懋謙刻《十家唐詩》所收《儲光羲詩集》一卷。半葉九行十九字，四周雙邊，白口單魚尾下鎸“儲光羲”字樣。南圖藏本前有丁丙跋曰：“所據之本，皆宋元刻，足備讎校異同。”然此本所據究爲何種宋元本？丁氏卻未指明。今考此本，詩亦分體編次，而分體的情形、各體詩的首數及編次等等，均與詩紀本爲近。就文字而言，此本也較他本更近於詩紀本。如銅活字本卷一《述華清宫五首》其五“孰爲非我靈”句，“爲”字誤，蔣孝本誤同，詩紀本改作“謂”，此本亦作“謂”。銅活字本卷三《群鴉詠》“家宰收琳琅”句，“家宰”似誤，蔣孝本誤同，詩紀本改作“冢宰”，此本亦作“冢宰”。銅活字本卷五《田家即事》“店色滿林羊酪熟”句，“店色”不辭，蔣孝本誤同，詩紀本改作“杏色”，此本亦作“杏色”，等等，可見此本乃是以詩紀本爲底本翻刻者。

（五）朱刻本。萬曆四十年壬子（一六一二）朱之蕃輯刻《中唐十二家詩集》所收《唐儲光羲集》一卷。半葉九行十九字，四周雙邊，白口單黑魚尾上頂邊欄鎸“儲集”字樣，魚尾下爲卷數，葉碼。卷前首顧況《唐儲光羲集序》、次殷璠與蘇轍論儲詩各一則。此本詩亦分體編次，然分體情形及各體詩的首數、篇目、編次等，與蔣孝本同。就文字而論，也與蔣孝本相差甚微，且並其譌誤也多有沿襲，可見此本乃是據蔣孝本或其近似的陸汴本翻刻者，然朱氏對文字也作了校勘，改正了底本一些譌誤。如蔣孝本五排《太學貽張筌》“園林在連業”句，“連業”誤，此本改作“建業”。蔣孝本七律《田家即事》“店色滿林羊酪熟”句，“店色”不辭，此本改作“杏色”等等，皆是。不過因爲一時疏忽，此本又出現了一些新誤，如五古《獻八舅東歸》“豈比龍樓前”句下，脱去“寢疾乃就枕，情感唯靈仙。帝鴻師道宗，臣彭亦長年”四句。又蔣孝本《同王十三維偶然作十首》其二“晼晚三伏時”句,“晼晚”,此本作“婉娩”,似誤,等等。

(六)統籤本。胡震亨《唐音統籤》所收《儲光羲詩》六卷,編卷八十九至九十四,丙籤三。首卷至四卷五古百四十四首,卷五七古六、五律二十六,卷六五律十六、五排八、七律一、五絶十六、七絶十一,共二百二十八首。較之蔣孝本及陸汴本,此本溢出五律《藍上茅茨期王維補闕》一首,與詩紀本同。又此本分體情形及各體詩首數,亦與詩紀本同,文字也較他本更近於詩紀本。如詩紀本五古《述華清宫五首》其五結句“孰謂非我靈”句,“謂”字,此本同,而銅活字本、蔣孝本、朱刻本皆作“爲”。詩紀本五古《獻八舅東歸》“寢席乃就枕”句,“席”字,此本同,而銅活字本、蔣孝本均作“疾”,朱刻本此句及以下三句脱。詩紀本五古《題崔山人别業》“封君渭川竹”句,“川”字,此本同,而銅活字本、蔣孝本、朱刻本皆作“陽”。詩紀本五律《送人尋裴斐》“山深由暝煙”句,“由”字,此本同,而銅活字本作“遊”,蔣孝本闕,朱刻本作“隔”。“謂”、“席”、“川”、“由”諸字皆詩紀本獨有的文字,而此本均與之同,可見此本是據詩紀本改編而成的。不過此本因先分體、各體詩再分類,故編次與詩紀本迴異;又此本改詩紀本四卷爲六卷,故卷次與詩紀本亦不同。文字方面,胡氏也作了校勘,改正了詩紀本某些訛誤,且於題下或字裏行間增入不少校記和注文,頗富參考價值。如五律《張谷田舍》題下,詩紀本與銅活字本、蔣孝本均無注文,胡氏於題下增注曰:“鄭谷詩,舊集誤入。”徑判此詩爲鄭氏作,爲甄辨儲氏與鄭谷重出詩提出了可貴的看法。然而此本亦有訛誤,如詩紀本五古《雜詩二首》其二末二句“鄙哉楚襄王,獨如雲陽臺”句,“雲陽臺”三字,銅活字本、蔣孝本均作“陽雲臺”。此乃用楚襄王夢會巫山神女事,故作“陽臺雲”爲是,唯儲氏爲了押韻,故作“陽雲臺”;詩紀本改作“雲陽臺”已非是,胡氏又改作“雲夢臺”,就離題太遠了,非是。然美玉微瑕,胡氏乃明代唐詩學大家,儲詩經胡氏重編後優長頗多,遂成爲儲詩一個高質量的傳本。

(七)明刻本。明無名氏刻《唐儲光羲集》五卷。《天禄琳琅後編》卷十八《明版集部》著録有此本,詩凡二百二十四首,前有顧況《序》、殷璠與蘇轍論儲詩各一條。此本書名、卷數及卷前附録,均與明銅活字本相同,可見此本乃是據明銅活字本或其近似的本子翻刻的。

清代刊刻和傳鈔的儲集,其主要版本有以下一些。

（一）全唐詩本。康熙敕編《全唐詩》所收《儲光羲詩》四卷。本書前已述及，《全唐詩》是在胡震亨《唐音統籤》和季振宜《全唐詩稿本》兩書的基礎上修訂而成的。而季氏《稿本》中的《儲光羲詩》不分卷，乃是將上述朱刻本原刻入編，删去各體詩的標目字樣，再改正某些詩的脱訛編輯而成的，故《稿本》收詩數量與朱刻本相同。文字方面，季氏用《河岳英靈集》、《又玄集》、《文苑英華》、《唐百家詩選》、《樂府詩集》、《唐詩紀事》、《萬首唐人絶句》、《歲時雜詠》、《幽閒鼓吹》等諸總集及類書參校，改正了朱刻本的一些訛誤，且所出校記隨處可見，極具參考價值。如朱刻本五古《採蓮詞》"林下鮫人居"句，"林"字誤，季氏改作"流"；又"采采乘日養"句，"日養"不成詞，季氏改作"暮"。五古《述華清宫五首》其五"孰爲非我靈"句，"爲"字，季氏改作"謂"。五古《群鴉詠》"家宰收琳琅"句，"家宰"蓋誤，季氏改作"冢宰"。七律《田家即事》"店色滿林羊酪熟"句，"店色"不辭，季氏改作"杏色"，等等，皆是。康熙敕編《全唐詩》中的《儲光羲詩》四卷，便是將季氏《稿本》之《儲光羲詩》入編，删去統籤本判爲鄭谷的《張谷田舍》一首，增入詩紀本輯補的佚詩《藍上茅茨期王維補闕》一首，然後再分編四卷而成的，故《全唐詩》四卷共二百二十七首。至於文字方面，編臣也作了進一步校勘，如季氏《稿本》五古《同王十三維偶然作十首》其二"婉娩三伏時"句，"婉娩"二字誤，《稿本》失校，編臣據校本改作"晼晚"，甚是，等等。另，編臣還據《統籤》等校本增加了不少異文和注文，如季氏《稿本》之《述華清宫五首》題下原無注文，編臣據詩紀本增入題注曰："天寶六載冬十月，皇帝如驪山温泉宫，名其宫曰華清。"又如《述降聖觀》題下，季氏《稿本》原無注文，編臣依據校本增入題注曰："天寶七載十二月二日，玄元皇帝降于朝元閣，改爲降聖閣。"這些注文，對理解詩意極有裨益。故此《全唐詩》在儲集諸古本中成爲收録作品較全、文字也較精粹的本子。

（二）四庫本。乾隆敕修《四庫全書》所收《唐儲光羲詩集》五卷。卷前首館臣《提要》，次顧況《序》。各卷次行題"唐儲光羲詩集卷某"，三行題署詩體名稱。詩分體編次，其分體情形及各體詩首數，與蔣孝本相同，故共二百二十七首。此本書名、分卷、篇目、編次等均與蔣孝本相同，文字也與蔣孝本相差甚微，故應是據蔣孝本或其近似的陸汴本爲底本録入者，當然館臣對文字也作了校勘。如蔣孝本卷一《述華清宫五首》其五"孰爲非我靈"句，"爲"字誤，館臣蓋據朱刻本等校作"謂"；蔣孝本卷三《群鴉詠》"家宰收琳琅”句,“家宰”蓋誤,館臣校作“冢宰”;蔣孝本卷五《田家即事》“店色滿林羊酪熟”句,“店色”不辭,館臣校作“杏色”,皆是;又末二句“生時樂死□由命,事在□天□不迷”,凡脱三字,館臣蓋據朱刻本分别補作“皆”、“皇”、“志”等。但就總體而言,此本仍屬於蔣孝本系統。

民國時期,儲皖峰輯《儲氏叢書》收有《儲光羲詩集》五卷附録一卷,上海述學社一九三〇年刊行。

顔魯公文集

顔真卿(七〇九～七八四)字清臣,京兆長安(今陝西西安)人。開元中進士及第,又登文詞秀異制科,累遷殿中侍御史,忤宰相楊國忠出刺平原。安禄山反,河朔盡陷,獨平原舉兵拒守,拜工部尚書、河北招討使。入爲憲部尚書,遷御史大夫。正道直行,忤權奸李輔國、元載、楊炎、盧杞等,多次往返朝野之間,曾爲浙西觀察使、刑部尚書等,封魯郡公。李希烈陷汝州,盧杞使公前往宣諭,拘脅累歲不屈,遂遇害。贈司徒,謚文忠。

真卿有文詞,尤工書。其著述,門客因亮《顔魯公行狀》有詳細記載,謂公永泰二年(七六六)爲吉州别駕時,“與往來詞客詩酒講論,爲樂甚,有所著,編爲《盧陵集》十卷”;“大曆三年(七六八)遷撫州刺史,在州四年,以約身減事爲政,然而接遇才人,耽嗜文卷,未曾暫廢,因命在州秀才左元輔編次所賦爲《臨川集》十卷”;七年爲湖州刺史,“餞别之文及詞客唱和之作,又爲《吴興集》十卷”;公初在平原未有兵革之日,著《韻海鏡源》,成一家之作,始創條目,因遇禄山之亂寢而不修者二十年,“及至湖州,以俸錢爲紙筆之費,延江東文士蕭存、陸士修、裴澄、陸漸、顔祭、朱弁、李莆,清河詩僧智海兼善小篆書,吴士湯涉等十餘人,筆削舊章,該搜群籍,撰定爲三百六十卷”;德宗立,以公爲禮儀使,委之代宗山陵事,山陵事畢,令門生左輔元將前後所制儀注“編爲《儀禮》十卷,今存焉”。令狐峘《顔魯公神道碑銘》所記與《行狀》相同(均見四部叢刊本《顔魯公文集》附録)。《碑銘》還謂公所著各集“並行於代”。可見中晚唐時期,世所通行者,即此諸集。然而唐五代以前,綜合諸集,都爲一帙之舉,未聞有之。《舊唐書》本傳及《經籍志》不見著録真卿集。

入宋,《新唐書·藝文志四》著録《吴興集》十卷,另《新唐書·藝文志二》著録《禮樂集》十卷、《新唐書・藝文志一》著録《韻海鏡源》三百六十卷。而《盧陵集》十卷、《臨川集》十卷,已不見著録。於是吴興沈氏,懼公著作散佚,乃采集所存,纂成十五卷(《公是集》三十四作"五十卷"),並倩劉敞(原父)爲撰《顔魯公文集序》,其略曰:"魯公没且三百年,未有祖述其書者。其在舊史,施之行事,蓋僅有存焉。而雜出傳記,流於簡牘,則百而一二,銘載功業,藏於山川,則十而一二,非好學不倦,周流天下,則不能徧知而盡見。彼簡牘者有盡,而山川者有壞,不幸而不傳,則又至於千萬而一二,未可知也。吴興沈侯,哀魯公之忠而又佳其文,懼久而有不傳與雖傳而不廣也。於是採掇遺逸,輯而編之,得詩賦銘記凡若干篇,爲十五卷,學者可觀焉。"(四部叢刊本《顔魯公文集》)若是彙魯公之作總爲一集者,乃沈侯也。然公之作品,尚有未盡入集中者。於是嘉祐中,宋敏求搜之金石,將所得復纂成十五卷。而敏求本,蓋是在沈編本的基礎上增入金石之文而成,故仍爲十五卷。

宋室南渡,晁公武《讀書志》卷十七著録《顔真卿文》一卷,此蓋爲宋人所編的另一種顔集,後世不見流傳。寧宗嘉定時,永嘉守留元剛徵訪顔集於真卿後人,然家無藏本,只訪得劉敞所序本十二卷,篇簡漫漶,字義舛訛。顯然這是一個殘本,於是重加銓次,益以年譜、行狀、碑銘。留元剛《顔魯公文集後序》曰:

> 予後公三百九十四年而生,又三十五年而守東嘉,訪公之來孫,自五代徙居於此。本朝皇祐、紹興間,嘗録其後,官者六人,忠義之澤滲漉悠久,有自來矣。求公文而刊之,將以砥礪生民,而家無藏本。得劉原父所序十[二]〔五〕卷,即嘉祐中宋次道集其刻于金石者也。篇簡漫漶,字義舛譌。乃以史傳諸書碑蹟雜記,銓次年譜,繫以見聞,參異訂疑,察亡補失。其涉於公之筆,缺而無考,則不敢及焉,故書遺亡,網羅未備,尚俟後人。按《藝文志》、《行狀》、《神道碑》,公佐吉州有《盧陵集》十卷,刺撫州有《臨川集》十卷,刺湖州有《吴興集》十卷、《韻海鏡源》三百六十卷,爲禮儀使有《禮儀集》十卷,今並逸而不傳。(四部叢刊本《顔魯公文集》)

據此可知,北宋時僅存的《吴興集》十卷、《禮儀集》十卷、《韻海鏡源》三百六十卷,迨南宋時又散逸於兵燹中。而元剛所得,乃宋次道本,與劉原父(敞)

所序沈編本，自是兩個不同的本子；然元剛卻謂宋次道本爲原父所序，顯然是將二本混爲一談了。其致誤之由，當因宋次道本卷前載有劉敞《序》，元剛見有劉《序》，遂將二本混爲一談。元剛此本，據其所言，當爲一殘本，只有十二卷，且"篇簡漫漶，字義舛訛"。於是元剛乃"以見聞參異訂疑，察亡補失"，然"缺而無考，則不敢及焉"，態度是非常審慎的。陳振孫《書録解題》著録《顔魯公集》十五卷《補遺》一卷《附録》一卷，即留元剛本，陳氏曰：

> 案《館閣書目》：嘉祐中宋敏求惜其文不傳，乃集其刊於金石者，爲十五卷。今本序文，劉敞所作，乃云吴興沈侯編輯，而不著沈之名。劉元剛刻於永嘉，爲後序，則云"劉原父所序，即宋次道集其刻於金石者也"，又不知何據？元剛復爲之《年譜》，益以《拾遺》一卷，多世所傳帖語，且以《行狀》、《碑傳》爲《附録》。魯公之裔孫裕，自五代時官温州，與其弟倫祥皆徙居永嘉樂清。本朝世復其家，且時褒録，其子孫亦有登科者。(《直齋書録解題》卷十六，頁四七一)

據此可知《解題》著録者，即元剛永嘉刻本，《拾遺》一卷乃元剛所補"世傳帖語"，《附録》一卷所收爲《行狀》、《碑》、《傳》及元剛所著《年譜》等。然元剛所據底本只有十二卷，此本已分爲十五卷。

綜上可知，魯公集宋時編輯了三次，先由沈侯彙集所有存世之作，都爲一集十五卷，劉敞爲序；再由宋敏求益以金石碑刻之文，仍爲十五卷，此本當在沈編本的基礎上增益而成，沈集既有劉敞序，故敏求不復爲序；復由留元剛益以世傳帖語，爲《拾遺》一卷，並撰《年譜》，與唐人所撰《行狀》、《碑》、《傳》等合爲《附録》一卷。魯公傳世之文，至此基本收録完備。惜元剛所得只有十二卷，並非一完帙。至於劉敞《序》所説"沈侯"本，《解題》謂其"不著沈之名"，或"侯"字就是沈氏之名歟？正因爲元剛本收録作品較全，又增以《年譜》及《行狀》、《碑》、《傳》等相關材料，故此本既出，即成爲後世所有魯公集的祖本。

元代不聞魯公集有刻本，《文獻通考·經籍考》五十八著録《顔真卿文》一卷，顯據晁氏《讀書志》逐録，並非元代所存魯公集的實録。至於明焦竑《國史經籍志》卷五著録《吴興志》十卷，因焦氏所編《經籍志》亦是據前代幾種書目雜湊而成的，亦非當時藏書實録，不足爲據。

明代唐集刊行進入高峰，魯公集刊刻和傳鈔的本子亦不少，據筆者所知其主要版本有以下幾種：

（一）四部叢刊本。嘉靖二年癸未（一五二三）錫山安氏館刻《顔魯公文集》十五卷《補遺》一卷《附録》一卷《年譜》一卷。國圖藏本有趙元方跋；北大、上海等圖書館亦有藏本，《四部叢刊》初編所收即據此本影印，簡稱"四部叢刊本"。半葉十行二十字，版心白口單魚尾上有"錫山安氏館"五字，魚尾下有"魯公文集卷之某"字樣。卷前首楊一清《顔魯公文集序》，次劉敞《序》，次目録；卷後首《顔魯公文集補遺》一卷、次《顔魯公年譜》、次《顔魯公行狀》、次《顔魯公神道碑銘》、次新舊《唐書》本傳、次留元剛《後序》、次都穆《後序》。前七卷每卷首題"顔魯公文集"，次行下方題"錫山安國刊"，三行題"卷之某"，後八卷各卷首題"顔魯公文集卷之某"，次行下方署"錫山安國刊"。顯然此本乃是據元剛本翻刻者。楊《序》曰："近錫山安國民泰，得傳録舊本，志重梓之，請予序……予何人斯，敢序公集？而請者之意，有足嘉者，不可以默。顧是集未經較訂，訛謬至不可讀。誠得知言者釐正而銓次之，則詞林鉅工，别自有序述之，奚俟予言。嘉靖二年癸未夏四月朔旦光禄大夫柱國少傅……致仕石宗楊一清序。"據此可知，此本所據底本訛誤較多。都穆《後序》曰：

《顔魯公集》有二：予家舊藏本，凡十五卷；人間所傳，又有宋東嘉守留元剛本，視予家者十五而闕其三，前有劉原父《序》，云輯於吴興沈侯，而不書其名字。考之《館閣書目》，謂嘉祐中宋敏求惜公文不傳，乃集其刻於金石者爲十五卷。及觀元剛之序，則云原父所序，即敏求集其刻於金石者，而乃止十二卷，何也？按公《行狀》，謂其佐吉州有《廬陵集》，刺撫州有《臨川集》，刺湖州有《吴興集》並《韻海鏡源》，爲禮儀使有《禮儀集》。今墓碑所載惟《禮儀集》，而新舊《唐書》列傳於公著述悉皆不載，此殆作史之體然邪！元剛復謂，公所著書逸而不傳，而其本有公文《補遺》及《年譜》、《行狀》，皆予家所無。而予家本自《和政公主碑》至《顔夫人碑》十首，又元剛之所未有，此又何也？舊本皆以詩居首，今僭爲編訂，以奏議第一，表次之，碑銘次之，書序與記之類又次之，而以詩終焉。若補遺諸作，則各從其類，卷仍十五，以符舊集之數。而《年譜》、《碑狀》、《列傳》諸文，别爲繕寫，以附於後。其間字之謞繆，復爲校讎，損壞不可讀者，姑且闕之。……毗陵安民泰欲梓公集，少傅石淙公既爲之序，而復求予言，予久用心於此，因民泰之請，不覺躍然，

遂爲書之。嘉靖癸未九月三日，中憲大夫太僕寺少卿致仕吴郡都穆序。（四部叢刊影印本《附録》）

據此《序》可知：(1)宋留元剛本乃十三卷本，與留氏所據殘本卷數同。(2)都穆謂魯公著述《盧陵集》、《臨川集》、《吴興集》、《禮儀集》及《韻海鏡源》等，"今墓碑所載惟《禮儀集》"，可見顔集原編經宋末及元末戰亂，已散佚殆盡。(3)都穆家藏本乃十五卷全本，故較留氏本溢出《和政公主碑》至《顔夫人碑》等碑文十首。而《補遺》爲留氏所輯，《年譜》與《行狀》乃留氏所撰，爲留氏本所獨有。(4)底本原以詩居首，都穆此本以奏議第一，次表、次碑銘、次書、次序與記之類，最後以詩終焉，這種編次，乃都穆所定，而《補遺》仍附卷後，並未如都穆《後序》所言"補遺諸作，則各從其類，仍十五卷"。又都穆家藏本溢出留本之《和政公主碑》至《顔夫人碑》等十首碑文，此本亦未增入，不知何故？或者此本所據底本實乃留氏本，而非都穆家藏十五卷本。吴焯《繡谷亭薰習録》著録此本曰："今本吴郡都穆改編，嘉靖中毗陵安民泰刻。舊以詩居首，今則首奏議，而表次之，碑銘次之，書序與記又次之，詩終焉，卷仍舊數，詳穆《後序》。前有楊一清序。……公一代偉人，與日星河嶽長留天地，其辭章翰墨散落人間，當亦有鬼神爲之呵護者矣。案鍊師，女冠之稱，魯公有《贈吴鍊師》詩，晏公《類要》引入女道士類，自宋以降皆作道流通稱，識者未可沿其誤也。"（《繡谷亭薰習録》集部一，《清人書目題跋叢刊》十，頁五六〇）

（二）安氏活字本。嘉靖間錫山安氏館銅活字印本《顔魯公文集》十五卷補遺一卷。國家圖書館藏本有趙元方跋；北大圖書館藏本有李盛鐸跋（見《中國古籍總目》）。另日本静嘉堂文庫有藏本，原爲陸心源十萬卷樓舊藏，《皕宋樓藏書志》卷六十八《别集類一》亦有著録。此本半葉十三行十六字，白口，左右雙邊，版心上方印"錫山安氏館"五字，前有劉敞《序》，次留元剛《後序》，次嘉靖二年癸未（一五二三）楊一清《序》，次同年九月都穆《後序》，卷後並有門客因亮撰《行狀》，令狐烜述《碑銘》。各卷次行下方題"錫山安國刊"。此本《鐵琴銅劍樓藏書目録》、《善本書室藏書志》卷二十四亦有著録，瞿氏曰："《顔魯公文集》十五卷，明活字本。唐顔真卿撰。原書已失，嘉祐中宋次道嘗集其刊於金石者，成十五卷，劉原父序。又謂吴興沈氏有輯本，後留元剛刻於永嘉。《序》云沈本即宋本，不知何據？此明錫山安國以活字銅版印行者，板心有'錫山安氏館'五字，較萬曆間魯公裔孫允祚刻本獨完善,殆出留氏舊本。唯《補遺》一卷有目無書,《年譜》一卷亦闕。”(《鐵琴銅劍樓藏書目録》卷十九,頁二八〇)瞿氏質疑留元剛將沈氏本與宋次道本混爲一談,固是,然瞿氏謂劉原父所序爲宋次道本,則誤。瞿氏謂《補遺》一卷“有目無書”,丁丙疑爲“當時先印正集流通,以後未將附録復合歟”,可爲一説。

(三)劉刻本。萬曆十七年己丑(一五八九)劉思誠刻《顔魯公文集》十五卷《補遺》一卷《年譜》一卷《附録》一卷。國家圖書館、遼寧省圖書館有藏;南圖藏本有清丁丙跋;成都杜甫草堂藏本有清陳濂跋。此本乃翻安國本者,《天禄琳琅書目後編》卷十八、《善本書室藏書志》卷二十四均有著録。《天禄書目後編》曰:“《顔魯公文集》一函,四册……書十五卷。凡奏議五、表十一、碑二十、墓碣一、墓誌一、祭文一、書帖七、讚一、題名五、序四、記十二、詩二十五、補遺十五,附録年譜、行狀、神道碑銘,新、舊《唐書》本傳。……萬[歷]〔曆〕己丑山海劉思誠爲平原令所刻,並劉、留、楊、都四序,前有邑人趙焞序,後有學博羅樹聲識。”(《天禄琳琅書目後編》卷十八,頁七五四)南京圖書館所藏原爲丁丙舊書,有徐君政梅花樓珍藏印。

(四)顔胤祚本。萬曆二十四年丙申(一五九六)顔胤祚刻《魯公文集》十五卷。國家、天津、上海、南京等圖書館有藏本。另日本内閣文庫所藏,原係楓山官庫藏本;尊經閣文庫亦有藏,原係江户時代加賀藩主前田綱紀等舊藏。此本《抱經樓藏書志》卷五一《别集類一》有著録,曰:“《顔魯公文集》十五卷,明萬[歷]〔曆〕刊本,唐顔真卿撰,二十五世孫胤祚重刊。”有劉敞序、楊一清序、都穆序、戴熺後序、張居仁序等。顯然此本乃是安氏本的翻刻本,《四庫全書總目》著録安氏本時謂此本曰:“今世所行乃萬[歷]〔曆〕中真卿裔孫允祚所刊,脱漏舛錯,盡失其舊。”可見刊刻較爲草率,未爲善本。

清代傳鈔和刊刻的顔集也不少,其主要版本有以下諸種:

(一)四庫本。《四庫全書》所收《顔魯公文集》十五卷《補遺》一卷《年譜》一卷《附録》一卷。《四庫全書總目》有著録,其略曰:

> 《顔魯公集》十五卷《補遺》一卷《年譜》一卷《附録》一卷。副都御史黄登賢家藏本。……嘉定間,留元剛守永嘉,得敏求殘本十二卷,失其三卷。乃以所見真卿文别爲《補遺》,併撰次《年譜》附之,自爲《後序》。後人復即元剛之本分爲十五卷,以符沈、宋二本之原數。沿及明

代,留本亦不甚傳。今世所行乃萬[歷]〔曆〕中真卿裔孫允祚所刊,脱漏舛錯,盡失其舊。獨此本爲錫山安國所刻,雖已分十五卷,然猶元剛原本也。……即元剛所編亦不免缺略。今考其遺文之見於石刻者,往往爲元剛所未收。謹詳加搜輯,得《殷府君夫人顔氏碑銘》一首,《尉遲迥廟碑銘》一首,《太尉宋文貞公神道碑側記》一首,《贈秘書少監顔君廟碑碑側記》、《碑額陰記》各一首,《竹山連句詩》一首,《奉使蔡州詩》一首,皆有碑帖現存。又《[政和]〔和政〕公主碑》殘文、《顔元孫墓誌》殘文二篇,見江氏《筆録》。《陶公栗里詩》,見《困學紀聞》,今俱採出,增入《補遺》卷内。至留元剛所録《禘祫議》,其文既與《廟享議》複見,而篇末"時議者舉然"云云,乃《新唐書·陳京傳》叙事之辭,亦非真卿本文。又《干禄字書序》乃顔元孫作,真卿特書之刻石,元剛遂以爲真卿文,亦爲舛誤。今並從刊削焉。後附《年譜》一卷,舊亦題元剛作。而《譜》中所列詩文諸目,多集中所無,疑亦元剛因舊本增輯也。元剛字茂潛,丞相留正之子,官終起居舍人。(《四庫全書總目》卷一四九,頁一二八三至一二八四)

館臣所叙元剛本的編輯及遞傳情形甚悉,此本即據元剛本的下位本安氏本録入。元剛本原爲十二卷,安氏本分爲十五卷,此本亦爲十五卷,然館臣謂"猶元剛原本也",表明安氏本雖變元剛本爲十五卷,而編次、文字與元剛本並無不同。元剛本《補遺》一卷,四庫館臣謂其"不免缺略",館臣遂廣事搜討,又輯得佚詩三首,佚文六首,殘文二則,增入《補遺》卷中,而删去了與《廟享議》重出的《禘祫議》及誤收的《干禄字書序》二文。文字方面,館臣也作了校勘。故較之此前諸集,此本顯然是一個收録較爲齊備、文字較前此各本轉精的本子。但是《奉使蔡州詩》一首,《殷府君夫人顔氏碑銘》與《尉遲迥廟碑銘》文二首,不知爲何不在《補遺》卷中?不僅如此,此本尚有其他不盡如人意之處,黄丕烈曾謂:今檢《全唐文》,《殷夫人顔氏》、《尉遲迥》、《和政公主》、《顔元孫》四碑,皆有全文,而"和政公主"《提要》誤作"政和",《顔元孫神道碑》,《提要》誤作墓誌。又案《文忠集》以《全唐詩》校之,少詩二首。以《全唐文》校之,少文二十六首,今又得十八首補入集(參《士禮居藏書記》)。正因爲魯公尚有如此之多散逸的作品,故有道光十九年(一八三九)黄本驥頗費功力的補佚及重編本出現(詳下)。

(二)殿本。乾隆四十七年壬寅(一七八二)武英殿刻《武英殿聚珍版叢書》所收《文忠集》十六卷。此本是以四庫全書本爲底本,用木活字刊印的。然四庫本《補遺》一卷,此本編爲第十六卷,《四庫全書總目》所説《年譜》一卷《附録》一卷,此本未收,又館臣輯補的佚詩《奉使蔡州詩》一首,以及佚文《殷府君夫人顔氏碑銘》與《尉遲迥廟碑銘》二首,《補遺》卷中亦無。或許《四庫全書》七閣之間互有差别,亦未可知。儘管如此,殿本《文忠集》因是皇家内府槧本,當時影響非常大,廣東、福建皆有翻刻本。而粤中翻刻殿本除"正集與《補遺》一仍聚珍版原本"外,孫星華又以黄本驥本(詳下)所采佚文佚詩及詩文闕訪目,加上安刻本所載留元剛《年譜》,"統編爲《拾遺》四卷,其《和政公主碑》、《顔元孫墓誌》,緣聚珍本《補遺》所載既多殘缺,故亦據黄本另刻全文,非重出也。若黄本所編《外集》十八卷,既係他人之作,則不複備列焉"(粤刻殿本孫星華跋)。可見現存魯公集諸多古本中,粤刻聚珍本乃是一個比較合理的本子。《叢書集成初編》所收《文忠集》十六卷《拾遺》四卷,就是據粤刻《武英殿聚珍版叢書》本排印的,《拾遺》卷一收賦奏議注等七首,卷二判牒帖序記讚頌碑銘等二十五首,卷三碑銘碣銘聯句等九首,斷句一則,卷四爲《年譜》。前三卷所補佚詩佚文共四十一首,斷句一則,可見黄本驥氏輯補逸佚功夫之深,所獲之富。河南大學圖書館藏有《福省重刻武英殿聚珍版叢書》之《文忠集》,與《小畜集》合爲一函。《文忠集》凡十六卷(第十六卷爲補遺),卷後《拾遺》四卷(第四卷爲《年譜》),最後爲孫星華跋(與粤刻文字稍異),凡六册,封面題籤"武英殿聚珍版叢書",内封面題"文忠集"。半葉九行二十一字,四周雙邊,白口單魚尾上有"文忠集"字樣,魚尾下爲卷次和葉碼,最下左旁小字署"吴舒帷校"(拾遺卷版心無吴氏名)。各卷首題"文忠集卷某",次行下方題"唐顔真卿撰"。卷前首劉敞《序》,次目録。卷後《拾遺》四卷,第四卷爲《年譜》,最後爲孫星華跋。卷七、卷十四、卷十六(補遺)各卷部分版片,版心下方有"光緒十九年補刊"字樣,表明河南大學藏本乃福建刊殿本光緒十九年修訂本。

(三)顔崇椝本。嘉慶七年壬戌(一八〇二)顔崇椝刻《顔魯公文集》十五卷《補遺》一卷《附録》一卷《年譜》一卷。國家圖書館藏本有清李慈銘校跋;山東、遼寧、湖北、南京、北大等圖書館藏本有清李芝綬校補;中國社科院歷史所藏本有清孫星衍校。此本乃安氏本的重刊本,見莫友芝《郘亭知見傳本書目》卷十二上。

(四)黄刻本。道光十九年己亥(一八三九)黄本驥刻《顔魯公文集》三十卷《補遺》一卷（正集十二卷、外集十八卷、《補遺》一卷），湖北省圖書館、河南大學圖書館有藏本。筆者所據爲河南大學藏本，凡十二册，封面題籤“顔魯公文集”，半葉十行二十一字，四周雙邊，白口單魚尾上有“顔魯公文集”字樣。各卷首題“顔魯公文集卷某”，次行下方題“寧鄉黄本驥仲良編訂”，三行下方題“渦陽蔣瓌維揚參校”。卷前首《四庫全書總目提要》，次《四庫全書簡明目録》提要、次黄本驥案、次《目録》、次顔魯公小像、次《顔魯公世系表》（畢沅原編黄本驥重編）、次《顔魯公年譜》（黄本驥編）。卷後首《顔魯公文集補遺》，次龍啓瑞跋。正文卷一收賦表，卷二收奏疏狀議，卷三元陵儀注，卷四判牒書帖，卷五序記述，卷六至十一贊、頌、辨、題名、碑銘、神道碑銘、表墓碑銘、墓誌銘、墓碣銘、祭文、殘碑、逸文存目，卷十二古近體詩及逸詩存目，凡文十一卷，詩一卷，共十二卷爲真卿作。每卷内黄氏均加有案語。而《外集》十八卷則非真卿作，乃黄氏輯録唐宋至明清諸家有關顔真卿的詩文，卷一收傳贊，卷二收行狀神道碑銘，卷三《年譜》（宋留元剛撰），卷四諸家贈送奉和詩及題詩等，卷五制詔誥疏弔祭文祠記，卷六文集序跋，卷七官階考（畢沅撰）、著作考、《韻海鏡源》始末考、湖州賓客考、生卒葬地考、祠廟考（黄本驥撰）等，卷八雜記，卷九至十八書評凡十卷。全書三十卷，卷碼統編；而卷十三至三十各卷，另標外集卷幾。《補遺》一卷，又收真卿古近體詩四首：《詠陶淵明》、《贈裴將軍》、《峴山石尊聯句》、《大言小言等聯句》。而《外集》補佚，又收書評文十八首，雜記、總論凡五則等等。顯然此種編排體例，頗有些混亂。不過，黄氏對真卿佚文佚詩的搜尋輯録，的確下過一番功夫。據耿文光斗垣《萬卷精華樓藏書記》卷一百五所載，黄本驥字仲良，號虎癡，湖南寧鄉人，官黔陽縣教諭，長於金石學，所刻《顔魯公集》，並《集古録》、《金石録》，均稱善本云。此本卷後龍啓瑞跋曰：

> 長沙黄虎癡二丈，藏富墨林，奥窮筆陣，秦漢之桓碑彝器，盡入籤題；晉唐之樂石祥金，都歸品藻。就中獨嗜，厥有公書。經搜訪者三十餘年，粹精華於五十九種。或豐碑或斷碣，細大不捐；或拓本或雙鉤，精神悉見。蓋先生客中遊覽，每具氈椎；暗裏摩挲，便題蠹臼。訪古於長安肆上，探奇於故紙堆中。率更觀索靖之碑，因而駐馬；李約見子雲之字，取以名齋。故能極希世之珍藏，爲專門之賞鑒。裝池以出，臨風色焕縹囊；韞櫝而藏，入夜光騰芸案。景行斯在，拱璧何加……費半生之心血，存百代之典型。（河南大學藏黄本驥刻《顔魯公文集》）

《跋》文末署“道光十有九年歲次己亥孟冬上澣桂林龍啓瑞謹跋”。由龍氏此《跋》可見，黄氏長於金石，三十多年盡力搜尋輯録真卿佚文佚詩，用心良苦；尤其是聚魯公石刻，按年編目，又博采諸家論説，分載於各目之後。如《集古録》題目跋尾之例，間附案語，並著出典，考顔書者，於斯爲備。據清光緒間孫星華跋粤刻聚珍本《文忠集》統計，黄氏凡輯補魯公佚詩佚文四十一首，可謂夥矣。然此本不足之處在於，《外集》十八卷收文貪多，另所補諸帖中，不少集中已有。孫星華跋論之曰：

> 凡《外集》所列，乃自唐宋以來諸家所作魯公誌狀碑銘制誥及唱和詩文書評等類，悉非魯公手筆，未免蹈明人取盈卷帙之陋習。即其增入正集者，除詩文以外，所收諸帖，往往聚珍本所已收，黄氏改其標題，載諸跋語，其實集中並未另有他帖，以致目録與跋多不相應。如《捧袂帖》，即《與李太保帖》之第一首；《朝回帖》，即《與李太保帖》之第五首；《乞米帖》，即《與李太保帖》之第七首；《奉辭帖》，即《與盧倉曹帖》之第一首，皆聚珍本所已載。黄氏謂可補正集之遺，固失之不考。即黄氏所收輯者，如集載《與李太保帖》第四首，跋中稱爲《硤州帖》；《與李太保帖》第九首，跋中稱爲《謝鹿脯帖》；《與盧倉曹帖》第三首，跋中稱爲《送書帖》之類，皆與目録標題互異，故悉爲糾正之。（《叢書集成初編》之《文忠集》，中華書局一九八五年北京新一版）

孫氏所言此本不足處，頗中肯綮。此乃黄氏貪多所致，然對此本輯補真卿佚詩佚文之詳備，及黄氏所費之功力，孫氏還是稱許的。今録此本卷前黄氏按語一段，可見黄氏用心之一斑：

> 按《唐書·藝文志》：顔真卿有《盧集》十卷，《行狀》作《廬陵集》，《提要》誤作《廬州集》。又云《殷府君顔氏碑銘》、《尉遲迥廟碑銘》二首，增入《補遺》卷。今檢武英殿聚珍版《文忠集》内無此二碑；又《和政公主碑》、《顔元孫墓誌》殘文二首，《提要》云據江氏《筆録》採出，今檢《全唐文》，顔集内《殷夫人顔氏》、《尉遲迥》、《和政公主》、《顔元孫》四碑，皆有全文，而《和政公主》，《提要》誤作“政和”，《顔元孫神道碑》，《提要》誤作《墓誌》。《提要》又曰：附《年譜》一卷，今檢聚珍版《文忠集》無此卷。又案聚珍版《文忠集》，以《全唐詩》校之，少《水亭詠風》、《溪館聽蟬》二聯句詩。以《全唐文》校之，少《象魏賦》、《請除禫服奏》、

《請除素練聽政奏》、《駁韋陟謚忠孝議》、《對三命判》。按《楊志堅妻求別適判》、《劉中使帖》、《世系譜序》、《送高寬仁序》、《汎愛寺重修記》、《湖州石柱記》、《橫山廟記》、《項王碑陰述》、《永字八法頌》、《顏勤禮元孫允南幼輿允臧》、《杲卿》、《和政公主》、《殷君夫人顏君》等十八首,《陸務滋贊》、《蒲塘辨》、《尉遲迥碑銘》,《顏含大宗碑》,共二十有六首。其見於史傳、説部及石刻者,《新唐書·禮樂志》有《請定武成廟釋典奏》,杜佑《通典》有《元陵儀注》及《更定昏禮奏》,宋刻《汝帖》有《一行帖》,留元剛《忠義堂帖》有《朝迴帖》,《硤州帖》、《捧袂帖》、《乞米帖》、《廬八倉曹帖》,《鞏嶸忠義堂續帖》有《南來》、《草篆》、《江外》、《送書》四帖,董其昌《戲鴻堂帖》有《謝鹿脯》、《奉辭》、《近聞》三帖,合而計之,又得十有八首,今得補編入集。(河南大學藏黄本驥刻《顏魯公文集》)

《四部備要》所收《顏魯公文集》三十卷《補遺》一卷,即據黄氏此本校刊排印。備要本内封面題《顏魯公集》,封面背面署"四部備要集部","上海中華書局據三長物齋叢書本校刊"牌記一個,卷前、卷後、正文内容與此本相同。

(五)守政本。宣統二年庚戌(一九一〇)守政書局刻《魯公文集》十五卷,湖北省、河南大學等圖書館均有藏本。筆者所據爲河大藏本,封面題籤"顏魯公文集",内封面正中大字題"顏魯公集",右上方小字題"宣統二年",左下方小字題"守政書局重印",半葉九行二十一字,四周雙邊,白口單魚尾上有"魯公文集"四字,下方爲卷次、葉碼。卷前首渦陽袁大化《序》,署"大清宣統紀元臘月八日渦陽袁大化謹序",次"萬曆二十四年歲次丙申六月吉旦賜進士及第奉政大夫山東提刑按察司僉事奉敕整飭沂州等處兵備兼屯田馬政前巡按直隸監察御史閩漳戴爆譔"《序》,次楊一清序,次劉敞序,均爲七行十五字。次目録。卷後首留元剛《顏魯公文集後序》,次都穆《後序》,次張居仁《跋顏魯公集後》,末署"萬曆丙申莫秋賜進士出身文林郎城武知縣趙郡後學張居仁沐手撰"。各卷首題"魯公文集卷之某",次行下方署"二十五世孫胤祚重刊"。顯然,此本是翻刻明顏胤祚本的。此本開版宏闊,紙用綿紙,印刷亦佳,算是清末刻書中較好的一種。

另外,真卿詩集的主要版本有以下幾種。

(一)朱警本。嘉靖十九年庚子(一五四〇)朱警輯刻《唐百家詩·盛唐一十家》所收《顏魯公詩集》一卷。半葉十行十八字,左右單欄,白口單黑魚尾下鎸“魯公詩集”。此本凡收詩二十五首,其中聯句詩十六首。據筆者所知此前真卿詩歌,尚無别裁單行者,此本蓋朱警將真卿集中的詩歌别裁而出,編爲專集刊行於世,其所據真卿集,蓋爲安刻本或宋刻本。

(二)詩紀本。萬曆十三年乙酉(一五八五)黄德水、吴琯輯《初盛唐詩紀》所收《顔魯公詩》一卷。半葉九行十九字(另一種十行、十九字)。四周雙邊,版心魚尾下署“盛唐卷之一百”,再下方爲葉碼。此本詩凡二十六首,其中聯句十七首。此本所據底本,蓋爲朱警本。較之朱警本,此本溢出聯句一首,應爲吴氏所輯補。

(三)統籤本。《唐音統籤》所收《顔真卿詩》一卷,編卷一百四十五,丙籤四十六,刻本。此本共二十八首,其中聯句詩二十一首。較之詩紀本,此本溢出《詠陶淵明》、《與耿湋水亭詠風聯句》及《又溪館聽蟬聯句》凡三首;而詩紀本溢出此本《贈皎然》一首。但《贈皎然》一首,實爲皎然詩,故胡氏删之。胡氏曰:“按公《行狀》,佐吉州有《盧陵集》十卷,刺撫州有《臨川集》十卷,刺湖州有《吴興集》十卷,官禮儀使有《禮儀集》十卷,後並逸。宋嘉祐中,宋敏求輯其刻於金石者爲十五卷,又吴興東嘉亦有本,多同。内詩各本並止一卷,大都得之吴興郡乘及晝公《杼山集》附載者。其《贈晝公》一詩,即晝公《三癸亭》之作誤入,總非唐本之舊也。”(《唐音統籤》第二册,頁三七〇)據此可知,宋人所編魯公集,其中詩各本皆只一卷,均輯自吴興郡乘及《杼山集》所附魯公詩。其中《贈皎然》一首,據胡氏考證,實爲皎然《三癸亭》詩而誤輯入魯公集者,故胡氏將其删去。而此本溢出詩紀本的三首詩,當爲胡氏輯補的佚詩,其中《詠陶淵明》一首輯自《方輿勝覽》。又詩紀本《三言擬五雜組二首》,每首六句;但是此二首,此本分别作《三言擬五雜組聯句》與《三言重擬五雜組聯句》,可見此二首實爲聯句詩,而非二首三言詩;詩紀本作二首三言詩,當源於宋人輯集魯公詩時,唯將二首聯句詩中的真卿句輯出,且合併爲二首三言詩造成的,胡氏將二首三言詩删去,改爲二首聯句詩,甚是。

(四)全唐詩本。康熙敕修《全唐詩》所收《顔真卿詩》一卷。本書前已言及,《全唐詩》是在明胡震亨《唐音統籤》和清季振宜《全唐詩稿本》兩書的基礎上修訂而成的。而季氏《稿本》中的《顔真卿詩》一卷,乃是將上述詩紀本的原刻入編,卷首補入真卿小傳編輯而成的,故《稿本》有詩亦爲二十六首。康熙敕修《全唐詩》所收《顔真卿詩》一卷,便是將季氏《稿本》之《顔真卿詩》一卷中聯句詩以外的作品悉數入編，再據統籤本補入佚詩《詠陶淵明》一首編輯而成的；而聯句詩則移入卷七八八聯句卷中，再據統籤本補入聯句《與耿湋水亭詠風聯句》、《又溪館聽蟬聯句》、《三言擬五雜組聯句》與《三言重擬五雜組聯句》凡四首，故《全唐詩》共三十一首，其中聯句詩二十一首。然《贈皎然》一首，統籤本已删去，而《全唐詩》仍予保留，遂造成與《皎然詩》卷重出。又前已述及，詩紀本《三言擬五雜組二首》，實爲二首聯句詩，統籤本收此二首時分别作《三言擬五雜組聯句》與《三言重擬五雜組聯句》，而删去《三言五雜組二首》，甚是。《全唐詩》編臣不明於此，遂將《稿本》中的《三言擬五雜組二首》保留，復據《統籤》補入《三言擬五雜組聯句》與《三言重擬五雜組聯句》，從而造成《三言擬五雜組二首》重出，大誤。

蕭穎士文集

蕭穎士（七〇九～七六〇）字茂挺，梁宗室之後，潁州汝陰（今安徽阜陽）人。開元中與李華同榜及第，歷官集賢校理、廣陵參軍等。安史亂平，山南節度使源洧辟爲掌書記。洧卒，流寓江左，淮南節度使表爲揚州功曹參軍。乾元初歸葬先人入祖塋。後客死汝南。

穎士與李華皆古文大家，合稱"蕭李"，同爲唐代古文運動先驅。穎士原有文集，卷數不明，門人柳并爲《序》，久佚，故其子蕭存重爲編《蕭穎士文集》十卷，李華爲序。李華《揚州功曹蕭穎士文集序》曰："有文十卷行於世，其篇目雖存，章句遺逸，古所謂有其義而無其辭者也。"是穎士在世時，有些篇章已經僅存篇名了。

入宋，《崇文總目》卷五十九著録《蕭穎士文集》十卷。稍後的《新唐書·藝文志四》除著録《游梁新集》三卷外，又有《文集》十卷。南宋尤袤《遂初堂書目》著録《蕭穎士集》，不言卷數。晁公武《讀書志》卷十七著録"《蕭穎士集》十卷"，陳振孫《書録解題》著録《蕭功曹集》十卷，且曰："《蕭功曹集》十卷，唐揚州功曹參軍蕭穎士茂挺撰。門人柳并爲序。"（《直齋書録解題》卷十六，頁四七二）是柳并所編穎士集雖散逸，而柳《序》卻存於十卷本内。以上宋世公私書目所載穎士集，書名雖異，而皆爲十卷本。《宋史·藝文志七》著録《蕭穎士集》十卷，《文獻通考·經籍考》著録同。

明代，焦竑《國史經籍志》卷五著録《游梁新集》三卷，又《集》十卷。然而焦竑所編《國史經籍志》，並非當時内府藏書的實録，而是由明以前幾部書目彙集成的，故不能反映明朝當時藏書的實際情形。楊士奇所編《文淵閣書目》，乃是據明英宗正統初内府文淵閣實際藏書纂成的（見楊士奇《文淵閣書目・題本》），是當時内府藏書的實録，然該目未見著録穎士集。這表明，十卷本於元末明初動亂中已經散逸。

迨明朝後期，世上方刊行《蕭茂挺集》（一作《蕭文元集》）五卷，梁溪曹荃編定。此本《藏園群書經眼録》有著録，曰："明崇禎刊本，九行十八字。前有曹荃序，第論其人與文，未及刊集始末。次李華原序，次目録。卷一賦，卷二詩序，卷三表，卷四牋書，卷五書，末綴以附録遺事。按：此集與余藏《宋之問集》編例版式均同，意同時所刊不止此二家也。宋集有張燮序，余頗疑諸集皆燮所編輯，而曹氏爲之刊行耳。（余藏）"（《藏園群書經眼録》卷十二，頁一〇三九）傅氏疑此五卷本乃張燮所輯，曹荃爲之刊行。曹荃，崇禎元年進士，官至福建副使。張燮乃萬曆舉人，年輩長於曹氏，博學多通，好輯古書。傅氏疑此本乃張氏所輯，曹氏刊行，完全有此可能。傅氏又曰："蕭集原本十卷，傳本久絶於天壤。現存諸本均輯自《文苑英華》，而所收文乃各不相同。此疑爲張燮所輯，没後曹荃爲之刊行者。"（《藏園訂補郘亭知見傳本書目・集部二上・别集類一上・漢至盛唐》）傅氏這裏重申此本乃張燮輯集、曹荃刊行的看法，以彰張燮之功。同時也表明，此本與唐宋通行的十卷本和《游梁新集》三卷無關。此本九行十八字，白口左右雙欄，卷前有崇禎十三年庚辰（一六四〇）曹荃序，次李華舊序，次目録。卷一爲賦七篇，卷二詩十七、序四，卷三表六，卷四牋一、書二，卷五書五，詩文共四十二篇，末附遺事若干條。

明末清初時，世上又出現《蕭茂挺文集》一卷本，收文二十五篇，鈔本。《四庫全書》即據此本著録，館臣曰："《蕭茂挺文集》一卷，江蘇巡撫採進本。……《唐志》載穎士《游梁新集》三卷、文集十卷。《宋志》僅載文集十卷，而《游梁新集》已佚。此本前有曹溶名字二印，蓋其所藏。僅賦九篇、表王篇、牒一篇、序五篇、書五篇。史稱其《與崔圓書》，今集中不載。《書録解題》所云柳并《序》，今亦佚之。又後人鈔撮《文苑英華》、《唐文粹》諸書而成，非復十卷之舊矣。然殘膏賸馥，猶足沾溉，正不必以不完爲歉也。"（《四庫全書總目》卷一五〇，頁一二八六）此本僅有文二十五篇，而曹荃本乃詩文合編四十二篇，顯然與曹本不同，故當爲曹荃本之外的另一種輯本。

又有嘉慶三年(一七九八)鈔《蕭秘書集》一卷,今藏北京市文物局。此本八行十八字,《藏園群書經眼録》有著録,曰:"《蕭秘書集》一卷,唐蕭穎士撰。舊寫本。賦十篇,表六篇,牋一篇,書六篇,序二篇,詩十七首。後有嘉慶三年三餘軒主人張鎮南跋。(文友堂見。癸亥)"(《藏園群書經眼録》卷十二,頁一〇三八)此本雖只一卷,然亦詩文合編,共四十二首,與曹荃本同,可見乃是據曹荃本鈔出者。

清代藏書家如陸心源《皕宋樓藏書志》卷六十九著録鈔本《蕭茂挺文集》一卷,前有李華序。晚清時,丁丙嘗見一舊鈔本,書名、卷數與陸氏所見全同,丁氏記曰:"《蕭茂挺文集》一卷,舊鈔本,唐蕭穎士撰。前載新舊《唐書》本傳,次載李華撰《序》曰……《唐志》載文集十卷,《游梁新集》三卷。《宋志》止集十卷,而無《游梁新集》。此本爲後人鈔撮而成,非復十卷之舊矣。"(《善本書室藏書志》卷二十四)丁氏謂"此本爲後人鈔撮而成,非復十卷之舊矣",與四庫館臣所説同,然究爲何時何人所鈔,丁氏亦未説明。繆荃孫謂此鈔本與《四庫》所藏不同,其中《羽山游馬耳山□□□》、《與趙載同游焦湖》、《夜歸作》三首爲《全唐詩》所無,《全唐文》有《爲揚州李長史賀立皇太子表》一篇爲此本所缺,並爲補入(趙榮蔚《唐五代别集叙録》,頁一四六)。是丁氏著録之本,繆氏亦見之。

《藏園群書經眼録》著録一舊鈔本曰:"《蕭茂挺文集》一卷,唐蕭穎士撰。舊寫本。有李華序。繆荃孫以《全唐文》校過。(古書流通處送閲。壬戌)"(《藏園群書經眼録》卷十二,頁一〇三八)

莫友芝《郘亭知見傳本書目》著録《蕭茂挺文集》一卷,亦係鈔本,謂前有"曹溶"(一六一三～一六八五)名字二印,與《四庫全書總目》所説"江蘇巡撫採進本"有"曹溶"二印全同。是此本蓋即《四庫全書》所據之底本。

又清環碧山房鈔《蕭茂挺集》一卷,清汪繼培校並跋,與唐《劉蜕集》合爲一册,今藏國家圖書館。十行二十一字,黑口,四周單邊。光緒間盛宣懷輯《常州先哲遺書》第一集所收《蕭茂挺集》一卷,所據即此鈔本。《八千卷樓書目》著録之盛氏刊本,即此《常州先哲遺書》本。

另外,蕭穎士詩集今知有明萬曆十三年乙酉(一五八五)吴琯彙編《盛唐詩紀》所收《蕭穎士詩》十七首,與李華詩合編一卷。明末有胡震亨《唐音統籤》所收《蕭穎士詩》一卷,所據底本即詩紀本《蕭穎士詩》,胡氏又補佚詩三首:《江有歸舟三章》、《過河濱和文學張志尹》、《舟中遇陸棣兄西歸數日得廣陵二三子書知遲晚次沙墊西岸作》，故統籤本共有詩二十首。清編《全唐詩》是在《唐音統籤》和季振宜《全唐詩稿本》二書的基礎上編纂而成的，而季氏《稿本》中的《蕭穎士詩》一卷，乃是將詩紀本蕭穎士詩十七首詩原刻入編，文字上略加校勘，卷前冠以小傳編輯而成的。康熙敕編《全唐詩》所收《蕭穎士詩》一卷，乃是將季氏《稿本》中的《蕭穎士詩》全部入編，再據統籤本補入佚詩《江有歸舟三章》、《過河濱和文學張志尹》、《舟中遇陸棣兄西歸數日得廣陵二三子書知遲晚次沙墊西岸作》三首，故《全唐詩》亦收詩二十首，成爲存詩較全的本子。

李頎集

李頎（生卒年不詳），東川（今四川東部）人，移居穎陽（今河南登封）。開元二十三年（七三五）進士及第，調新鄉尉，後歸隱穎濱。生平見傅璇琮主編《唐才子傳校箋・李頎傳》。

李頎作品，《新唐書・藝文志》著録《李頎詩》一卷，陳振孫《書録解題》："《李頎集》一卷。"《遂初堂書目》著録同，然不言卷數。今宋元舊槧散佚，無可究詰。

明代出現較早的頎集，是銅活字本《李頎集》三卷。前已述及，王國維與《中國版刻圖録》均已判定，明銅活字本刊行於弘治、正德間。銅活字本《李頎集》三卷，乃明代出現較早的頎集，半葉九行十七字，詩分體編次，卷上五古三十九，卷中七古三十，卷下五律十五、五排十五、七律七、五絶一、七絶六，共百十三首。此本有"五排"一體，"排律"一名，始於元末楊士弘《唐音》，至明代才廣泛使用。據此可見此本乃明人的分體改編本。此本在明代刊行較早，故其所據底本應爲宋槧。

正德十年乙亥（一五一五）劉成德刻《唐李頎集》三卷，今國圖有藏，一册。半葉十行十七字，四周文武雙欄，粗黑口三魚尾，中魚尾上爲卷次，下爲葉碼，上魚尾下鐫"李頎集"字樣。卷前首劉成德《唐新鄉尉李頎詩集序》，次目録。卷後無附録。各卷首題"唐李頎集卷之某"，次行下方具銜名"唐新鄉尉東川李頎著"，三行下方署"河中劉成德校增並編次"。此本詩分七體，卷一爲五古二十四首，卷二七古二十三，卷三五律十三、五排十三、七律七、五絶二、七絶四，共八十六首。劉氏《序》略曰："諸家俱有刊本，而李集不傳。余得録本，義不容秘，遂[於]〔與〕江寧集共刻，以表一時詩人之盛。觀者倘有得，當續入之。旹大德十年歲在乙亥秋七月吉賜進士出身承事郎山東道巡按遼東監察御史兼管提學奉敕閲實軍務舜都劉成德謹識。”下有“河中”、“劉成德印”、“辛未進士”三木記。可見此本乃是劉氏據傳寫本刊行的，《李頎集》刊本之難得於此可見。然傳録本爲何本？則不得而知。此本監藏印記有“曾在海隅沈氏之希任齋”白文大方印、“非昔居士”白文方印、“舊山樓”朱文方印、“虞山沈氏希任齋鑒藏書籍印”朱文長條印、“國立北平圖書館藏”朱文大方印、“趙宗建印”朱文方印、“曾在舊山樓”朱文長方印。

嘉靖十九年庚子（一五四〇）朱警輯刻《唐百家詩・盛唐一十家》所收《李頎詩集》一卷。半葉十行十八字，左右雙欄，白口單黑魚尾下鐫“李頎詩”字樣。此本詩不分體，共百十五首。卷後刻有跋文一則：“頎詩發調清新，辭語秀麗，昔人稱爲高於衆作，亦盛唐一名家也。予藏是詩，諷誦日久，不覺心契，遂爲刻而傳之。正德己卯四月十日。”此乃正德十四年（一五一九）吴郡包山陸涓刻《李頎詩集》一卷（又名《李新鄉集》一卷）之跋語，據此，此本乃是據陸涓本翻刻者，較銅活字本溢出二首。

嘉靖三十三年，黄氏浮玉山房刊黄貫曾輯《唐詩二十六家》所收《李頎集》三卷。此本録詩百十三首，詩分體編次，分體情形與銅活字本同，故應爲銅活字本的翻刻本。

萬曆十三年乙酉（一五八五）黄德水、吴琯輯刊《初盛唐詩紀》之《盛唐詩紀》所收《李頎詩》三卷。半葉九行十九字（另有一種爲十行本）。首卷五古四十一首，第二卷七古二十五、長短句十，第三卷五律十六、七律七、五排十五、五絶一、七絶六，闕文二首，共百二十三首。較明銅活字本溢出十首。《詩紀・凡例》云：“是編校訂，先主宋版諸書，以逮諸善本。有誤斯考，可據則從，其疑仍闕，不敢臆斷，以俟明者。”銅活字本没有異文，此本增入了許多題注，且正文間夾注不少校記，很有參考價值。而校記凡曰“一作某者”，絶大多數與銅活字本同，故知此本曾以銅活字本或其近似的本子作過校勘，因而文字比較精粹。

萬曆三十六年戊申（一六〇八）畢懋謙刻《十家唐詩》所收《盛唐李頎詩集》一卷。半葉九行十九字，四周雙邊，白口單魚尾下鐫“李頎”字樣。此本詩分體，凡五古四十、七古三十四、五律十六、七律七、五排十五、五絶一、七絶六，共百十九首。此本首數、分體、編次等等，均與詩紀本同，且文字也多與詩紀本相同，故應是據詩紀本翻刻者。

明末胡震亨《唐音統籤》所收《李頎詩》三卷，編卷一百三十一至一百三十三，丙籤二十八。此本詩分體，首卷五古四十一，次卷七古二十五、長短句十，第三卷五律十四、五排十四、五言小律三、七律七、五絶一、七絶六、殘句（詩紀本稱闕文）二則，共百二十三首，與詩紀本同。二本文字也相差甚微，且行間夾注的校記也幾乎全同詩紀本。然此本與詩紀本在分體與編次方面又有不同，胡氏在分體的基礎上，再加分類，故調整了原本的編次。然而從文字方面可見，此本乃是以詩紀本爲底本，重新進行分體和編次的。不過胡氏對入編的李詩，也參照他本作了校勘，因而增加了一些題下注或正文間夾注的校記，頗富參考價值，且改正了詩紀本的一些訛誤，如詩紀本五古《寄萬齊融》"昔年至吴郡，常隱臨江樓"二句，"隱臨"二字下原有校文曰："一作憶卧。"李頎昔年嘗至吴郡，則或有此事，但云"常隱臨江樓"，則顯然有誤。故胡氏據詩意及李頎行履，直取第二句中的異文，改作"憶卧臨江樓"，甚是，等等。此本經胡氏校勘後，文字顯然較詩紀本更加精粹。

迨清代，有康熙敕編《全唐詩》所收《李頎詩》三卷。本書前已述及，《全唐詩》是在明胡震亨《唐音統籤》和清季振宜《全唐詩稿本》兩書的基礎上修訂而成的。而季氏《稿本》中的《李頎詩》三卷，乃是將上述詩紀本原刻入編，删去卷第字樣，再於卷中輯補逸詩七古《送山陰姚丞攜妓之任兼寄蘇少府》、七律《九日登高》二首編輯而成的，故《稿本》收詩百二十五首。文字方面，季氏用《河岳英靈集》、《國秀集》、《才調集》、《文苑英華》、《唐文粹》、《百家詩選》、《樂府詩集》、《古今歲時雜詠》、《唐詩紀事》、《萬首唐人絶句》等諸書參校，所出題下注及校記隨處可見，極具參考價值。如五古《鄭櫻桃歌》，詩紀本題下原無注文，季氏據《文苑英華》和《樂府詩集》於題下增加注文近百字，又於"織成花映紅綸巾"下增加注文二十字。又如《聽董大彈胡笳聲兼寄語弄房給事》，詩紀本題下原無注，季氏則於題下加注曰"《英華》題作《聽董庭蘭彈琴兼寄房給事》"，等等，這些對理解詩意，皆極有幫助。而康熙敕修《全唐詩》中的《李頎詩》三卷，便是將《稿本》中的《李頎詩》三卷入編，删去季氏所補七律《九日登高》，而將《送東陽太守》一首移於闕文二首前編輯而成的，故《全唐詩》凡百二十四首。文字方面，編臣也作了進一步的校勘，保留了《稿本》的校勘成果，且恢復了《詩紀》原有而被季氏删去的校文，遂使全唐詩本《李頎詩》三卷的文字愈益準確。

《李頎詩集》一卷，藍絲欄舊鈔本《中晚唐詩集》之一，臺北故宫博物院圖書館有藏本（未見）。

李嘉祐集

李嘉祐（生卒年不詳）字從一，或曰别名從一，趙州（今河北趙縣）人。天寶七載（七四八）進士擢第，授秘書省正字，遷御史，出爲鄱陽令，上元初爲台州刺史。大曆初還朝，歷工部、司勳員外郎等。復出爲袁州刺史，罷任後居蘇州，約卒於大曆末。

嘉祐與劉長卿、錢起、皇甫冉等著名詩人友善，風格婉麗綺美，有齊梁之風。然其文集是如何編纂而成的，限於資料，今已無從知其詳了。

入宋，《崇文總目》卷六十一著録《李嘉祐詩》一卷，《新唐書·藝文志四》著録同。南宋時，晁公武《讀書志》卷十七著録《李嘉祐詩》二卷，陳振孫《書録解題》著録《李嘉祐集》一卷，且曰："亦號《臺閣集》。李肇稱其'水田飛白鷺，夏木轉黄鸝'之句，王維取之以爲七言，今按此集無之。"（《直齋書録解題》卷十九，頁五六一）諸家著録書名各異，表明版本各不相同，作品也有散逸。

陳氏《解題》著録的《臺閣集》一卷，《善本書室藏書志》亦曾提及，丁氏曰："東山席氏得影宋本《臺閣集》於吴郡柳僉家，刊入《百家唐詩》，題袁州刺史李嘉祐，字從一，前有建炎三年正月郡守陽夏謝克家序云……蓋克家亦刺台州，以後守而表揚前徽，因爲刻之。"（《善本書室藏書志》卷二十四）據此，《臺閣集》係建炎台州刻本，當爲現知嘉祐詩的最早刻本。拜經樓亦嘗藏柳僉影鈔宋《臺閣集》，吴焯《繡谷亭薰習録》謂卷後有謝克家跋。宋槧《臺閣集》及柳僉影鈔本今已不知下落，然綜合席本（詳下）及丁丙、吴焯所記，可以間接窺見宋槧《臺閣集》的大概面貌：宋槧書名"臺閣集"，具銜"袁州刺史李嘉祐"，卷前有謝克家序，卷後有謝氏跋，凡收詩百二十八首，編次既不分體，也不分類。謝克家《序》曰：

> 右唐《李嘉祐詩》一卷，以數本參校既定。按嘉祐上元中嘗爲台州刺史，大曆間又刺袁州。今袁州之詩多在，顧天台山水奇秀，略無連絶發揮之，可恨也。李肇記王維"漠漠水田飛白鷺，陰陰夏木囀黄鸝"之

> 句，本之嘉祐，而卷中亦不復見，然《中興間氣》若南薰可録無遺，則當時所傳止此，其放失已多矣。郡之黄堂，悉著唐刺史名氏，至有百餘人，能自表見者無幾，嘉祐獨以詩可貴也。因刻印以遺邦人，後之君子，盍自力於不朽也歟！建炎三年正月甲申，郡守陽夏謝克家記。（涵芬樓影印《唐人八家詩》之《臺閣集》）

據此，建炎初嘉祐詩有數種版本；此《臺閣集》乃參校數本所得的一個文字定本，因而是一個新本。然而李肇所舉"漠漠"之句及嘉祐台州之詩等，集中皆未收，可見散逸多矣。

降及元朝，《臺閣集》有翻刻本。毛晉曾藏一舊鈔本，後爲黄丕烈收得，《蕘圃藏書題識》有著録，其略曰："嘉慶甲戌夏五月，新收此毛子晉舊藏鈔本《臺閣集》。因出向藏精鈔本，手校一過。精鈔本無目與序，此皆有之，似勝……精鈔本向亦疑爲毛鈔，今觀此本，卻有毛氏圖書，似較可信，印鈐'元本'，末有宋人跋，豈元翻宋本歟?"（《蕘圃藏書題識》卷七，見《黄丕烈書目題跋》，頁一五一）據此可知，毛藏舊鈔本鈐有"元本"字樣，黄氏因判其爲鈔元本，且疑元槧乃翻宋本。而"宋本"當指建炎本，"宋人跋語"，當指謝克家《序》。後汲古閣刊行《臺閣集》，謝序在卷後，無謝跋，所據蓋即此舊鈔本（詳下）。

明代是唐集刊刻的繁榮期，特别是前後七子的文學復古運動，使"文必秦漢，詩必盛唐"的觀念深入人心，遂使唐集尤其詩集刊刻進入高潮，各種别集版本紛紛出現。其中傳鈔和刊刻的嘉祐集主要有以下幾種版本。

（一）銅活字本。弘治、正德間銅活字印《李嘉祐集》上下卷。《唐五十家詩集》所收《李嘉祐集》二卷，即據杭州大學圖書館藏此種本子影印。半葉九行十七字，左右雙邊，小黑口，單魚尾下有"李嘉祐集卷上、下"字樣，卷前無序、無目，卷後無附録。詩分體編次，卷上七古五、五律五十八，卷下五律二十三、五排五、七律二十三、五絶三、六言律一、七絶十，凡百二十八首。前文已述及"排律"一名，始用於元人，至明方廣泛使用，此本有"排律"一體，可見爲明人改編的分體本無疑。此本所據底本，丁丙以爲是《臺閣集》，《善本書室藏書志》著録此本曰："《李嘉祐集》二卷，明活字本，何夢華藏書。東山席氏得影宋本《臺閣集》於吴郡柳僉家，刊入《百家唐詩》……此活字本例删序跋，並分體分卷，然詩則一篇不闕，仍《臺閣集》也。"（《善本書室藏書志》卷二十四）丁氏謂銅活字本雖删去序跋，且分體編次，似與席刻本迥異，然收詩與席本相比卻一篇不闕，故應屬於《臺閣集》一系的本子。此言看似有理，其實並不準確。丁氏僅據與席本首數相同，即斷此本亦出於《臺閣集》，邏輯上有欠嚴密處。宋槧嘉祐集，並非《臺閣集》一種，建炎初謝克家所見即有數本，陳氏《解題》除提及《臺閣集》外，正式著録者則爲《李嘉祐集》一卷，所以銅活字本所據底本，筆者以爲應是宋槧《李嘉祐集》一卷，理由有兩點：(1)此本書名與陳氏《書録解題》著録本完全相同，不稱《臺閣集》。(2)此本文字與毛刻、席刻《臺閣集》(均詳下)多異。筆者曾持此本與毛刻、席刻對勘，發現其文字差異還是很明顯的。如此本七古《江上曲》"坐對鸊鵜嬌不語"句，"鸊鵜"，毛刻、席刻同作"鷺鷥"。此本七古《夜聞江南賽神即事》"椒漿醉盡神欲還"句，"神欲"二字，毛刻、席刻同作"迎神"。五律《送友人入湘》"年年古木多"句，"古木"二字，毛刻、席刻同作"湖水"。五律《同皇甫冉赴官留別靈一上人》"對刼雖留興"句，"刼"字，毛刻、席刻同作"物"。七律《自蘇臺至望亭驛人家盡空春物增思悵然有作因寄從弟紓》"南浦菰蒲覆白蘋"句，"蒲"字，毛刻、席刻同作"蔣"。再如七律《晚登江樓有懷》"只憶帝京不可到"句，"不"字，毛刻、席刻同誤作"遥"，等等。這些文字差異，不可能完全出於此本與毛刻、席刻所致，而應爲此本與毛刻、席刻所據底本原來即有不同。由以上兩點可見此本所據底本，並非毛刻、席刻所據《臺閣集》，而是《李嘉祐集》；加之明代刊行的諸種嘉祐集此本最早，故其所據當爲宋刻《李嘉祐集》或其近似的本子。

(二)劉刻本。正德間劉成德刻《唐李嘉祐詩集》五卷。此本黄丕烈曾收得一部，《蕘圃藏書題識》有著録，其略曰：

> 《唐李嘉祐詩集》五卷，□本。李嘉祐詩舊名《臺閣集》，通一卷，不分體。余家藏有二本，皆如是也，其一本毛氏舊藏，前有目，後有建炎年間謝克家跋，是可信其舊矣。是册出劉成德編校，故分五卷。其所以分五卷者，特分體耳，然不及一卷爲是。余取此以校毛藏本，字句多不同，反同於精鈔之一本，亦時與兩本有不合。因盡載異同於毛本上，而此本留爲舊刻之一本云。上有何焯圖記，又有手校字，益可珍矣。乙亥二月二十有一日，復翁記。
>
> 後檢諸藏書家目，亦有標題《李嘉祐詩集》者，知與《臺閣集》並稱也。特五卷乃明人所編耳，舊本亦作一卷也。又記。(《蕘圃藏書題識》卷七，見《黄丕烈書目題跋》，頁一五一)

據此可以看出三點:(1)黄氏原來只知嘉祐詩稱《臺閣集》,及得此本後,檢諸家書目,方知亦有標《李嘉祐詩集》者,與《臺閣集》並稱。(2)黄氏家藏《臺閣集》二本,一本爲毛氏舊藏,另一本爲精鈔本。舊藏本前有目,後有謝克家跋,其爲建炎刻《臺閣集》鈔本無疑。(3)此本文字與舊藏本"字句多不同",卻"反同於精鈔之一本",《蕘圃藏書題識》卷七在著録毛氏舊藏本時亦謂:此劉刻本詞句"多與精鈔本同"。由此可見,此本不屬於《臺閣集》一系的本子。若是,再反觀"精鈔本",因其無明顯標示,黄氏原先又不知嘉祐詩亦有標《李嘉祐詩集》者,故也稱精鈔本爲《臺閣集》;今精鈔本既與此本文字相同,而此本不屬於《臺閣集》一系統的本子,則精鈔本亦不屬於《臺閣集》系統,因而其書名是否爲《臺閣集》也值得懷疑。筆者以爲,此本與精鈔本應屬於《李嘉祐集》一系的本子,與銅活字本屬於同一系統。此本分卷情況,黄氏於毛藏舊鈔本後記曰:"分卷始於七言古詩,次以五言律詩,又五言排律,又七言律詩,以五言絶句、七言絶句終之,大抵皆劉之所編也。編類既不古,且五言後附六言,不别標題,殊爲疏忽。"(同上)黄氏所藏劉刻本,輾轉至民國時爲傅增湘所見,《藏園群書經眼録》有著録,傅氏曰:"《唐李嘉祐詩集》五卷,唐李嘉祐撰。明刊本,十行十八字,黑口單欄。題'唐袁州刺史李嘉祐從一著','監察御史河中劉成德編校'。有黄蕘圃丕烈跋,録後(見前,此略去——筆者)。封面有張芙川題二則:'道光癸巳得之士禮居,芙川珍秘。''此單刻善本也,李明古舊藏。'藏印有:'李鑑私印'朱、'明古'朱、'樸學齋'。(癸丑十二月二十九日顧鶴逸家見)"(《藏園群書經眼録》卷十二,頁一〇三九至一〇四〇)據此可知,黄氏所藏劉刻本,道光十三年癸巳(一八三三)由黄家直接歸張芙川。張家書散出後,又歸李明古,再歸顧鶴逸,傅增湘就是在顧家見到此本的,今不知尚在人間否?

(三)柳鈔本。正德前後吴郡柳僉影鈔《臺閣集》一卷。柳簽字大中,正德、嘉靖間在世,嘗摹寫唐人詩集數十種,後全部歸於錢曾述古書室,《讀書敏求記》載有此事(已見)。柳氏摹寫宋本唐人詩集而傳於今者,《臺閣集》即其一也。柳氏所鈔此本,《善本書室藏書志》卷二十四有著録,丁氏曰"東山席氏得影宋本《臺閣集》於吴郡柳僉家,刊入《百家唐詩》"。柳氏此鈔本,《松鄰叢書》也有著録,其略曰:《臺閣集》一卷"唐袁州刺史李嘉祐從一著,宋建炎三年郡守陽夏謝克家後序。案克家上蔡人,先爲諫議大夫,言蔡京事,後以龍圖閣待制知台州。嘉祐于上元中嘗刺台,後守表揚前烈,因刻於郡齋,序尾只題郡守,是前人失檢點處。末有崇禎四年海虞薛荔子記,稱宋本在吴郡柳僉家,此影録”(《松鄰叢書》乙編)。柳氏此影鈔本既是據宋本《臺閣集》影鈔者,那自然屬於建炎本《臺閣集》系統,而與元刊本《臺閣集》同出一源。可惜此本今已不知尚在人間否?所以有關此本的詳情,今已無從得知了。

(四)朱警本。嘉靖十九年庚子(一五四〇)朱警輯刻《唐百家詩·中唐二十七家》所收《李嘉祐集》五卷。半葉十行十八字,左右雙邊,白口單黑魚尾下鐫“嘉祐集”字樣。首卷卷端題“李嘉祐集卷一”,次行下方具銜“唐袁州刺史李嘉祐從一著”。詩分體編次,卷一爲七古五,卷二五律八十一,卷三五排五,卷四七律二十三,卷五五絶三、六言律一、七絶十,共百二十八首。此本收詩、分體、分卷、編次全同劉成德本,蓋據劉本翻刻而成,屬於銅活字一系的分體本無疑。然此本訛誤較多,如七古《夜聞江南賽神即事》“韓康雲藥不復求”句,“雲藥”二字不辭,銅活字本、席本均作“靈藥”,良是。如五律《句容縣東青陽館作》“雲護欲晴天”句,“晴天”,銅活字本、席本皆作“霜天”。五律《詠螢》“向燭仍分焰”句,“分”字,銅活字本、席本皆作“藏”。五律《送樊兵曹潭州謁韋大夫》“北客始辭春”句,“春”字誤,銅活字本、席本皆作“秦”,甚是。五律《九日》“望山野菊新”句,“望”字,銅活字本、席本均作“空”。再如七律《同皇甫冉登重玄閣》“孤雲獨馬川光暮”句,“馬”字,銅活字本、席本皆作“鳥”,甚是,等等,可見此本刊刻比較粗率,非善本也。

(五)黄刻本。黄貫曾輯嘉靖三十三年甲寅(一五五四)黄氏浮玉山房刻《唐詩二十六家》所收《李嘉祐集》上下卷。半葉十行十九字,左右雙欄,白口單黑魚尾下鐫“李嘉祐集卷某”。此本書名、分卷、分體、首數、編次與銅活字本相同,文字也與其相差無幾。如朱警本七古《夜聞江南賽神即事》“韓康雲藥不復求”句,“雲藥”二字不辭,銅活字本作“靈藥”,甚是,此本同。朱警本五律《句容縣東青陽館作》“雲護欲晴天”句,“晴天”,銅活字本作“霜天”,此本同。朱警本五律《詠螢》“向燭仍分焰”句,“分”字,銅活字本作“藏”,此本同。朱警本五律《送樊兵曹潭州謁韋大夫》“北客始辭春”句,“春”字誤,銅活字本作“秦”,甚是,此本同。朱警本五律《九日》“望山野菊新”句,“望”字,銅活字本作“空”,此本同。再如朱警本七律《同皇甫冉登重玄閣》“孤雲獨馬川光暮”句,“馬”字,銅活字本作“鳥”,甚是,此本同,等等,可見此本是據銅活字本翻刻的,文字較朱警本爲優。

（六）毛藏本。毛晉汲古閣藏鈔元本《臺閣集》一卷。此本今藏國家圖書館，有黄丕烈校跋，《蕘圃藏書題識》有著録，其略曰：

> 嘉慶甲戌夏五月，新收此毛子晉舊藏鈔本《臺閣集》，因出向藏精鈔本，手校一過。精鈔本無目與序，此皆有之，似勝，至詞句亦多異同。……精鈔本向亦疑爲毛鈔。今觀此本，卻有毛氏圖書，似較可信，印鈐"元本"，末有宋人跋，豈元翻宋本歟？彼精鈔亦無宋諱，想亦出元本也。……乙亥二月花朝，收得［史］〔李〕鑑明古家藏本《唐李嘉祐詩集》五卷，爲監察御史河中劉成德編校者。因出此舊鈔本手校一過。記"劉本"者皆是也。其命名、分卷不如此集之古……然詞句亦多與此異，多與精鈔本同，亦間有出於兩鈔本外者，固可引爲校勘之用。余藏有鈔本二，得此舊刻，成三本矣。……（《蕘圃藏書題識》卷七，見《黄丕烈書目題跋》，頁一五一）

據此，毛藏此鈔本，其底本乃元槧，故毛氏鈐以"元本"印記。元槧《臺閣集》所據應爲建炎本，故此本屬於建炎本《臺閣集》一系的本子。黄丕烈以此本與精鈔本對勘，詞句多有異同；後得劉成德《李嘉祐詩集》五卷，持以校精鈔本與此本，則與精鈔本多同，而與此本多異。可見從文字方面衡量，此本也與劉刻本、精鈔本不同，應歸入《臺閣集》一系的本子。

（七）毛刻本。崇禎十二年己卯（一六三九）毛晉汲古閣刻《唐人八家詩》所收《臺閣集》一卷。唐八家爲：許渾、羅隱、李中、李群玉、李商隱、薛能、賈島、李嘉祐。此本半葉十二行二十字，左右文武雙邊，綫黑口，單魚尾下有"臺閣集"字樣，卷端次行下方題"袁州刺史李嘉祐"，下接小字雙行注"字從一或名從一"。卷前有目録，卷後有謝克家《李嘉祐詩集序》（見前）。此本乃建炎本一系的本子無疑。不過毛晉並未見過建炎本，然藏有舊鈔元刻本，所以此本應是據鈔元本翻刻的，共百二十八首，附見竇叔向詩一首，編次既不分體，也不分類。《藏園群書經眼録》著録有此本，曰："《臺閣集》一卷，唐李嘉祐撰。明末毛晉汲古閣刊《唐人八家詩》本。陸貽典據宋刊本校，宋本題《李嘉祐詩集》。有跋録後：'甲辰中秋後四日宋本校於汲古閣下。宋本九行十六字，共計三十二葉。'（余藏）"（《藏園群書經眼録》卷十二，頁一〇三九）傅增湘本今藏國家圖書館。傅氏所見此本另一部，傅氏言何焯曾"據宋本手校，又以墨筆再校"，有何焯跋曰："康熙甲午，用斧季影録

《臺閣集》本校，又改數字。録本缺謝克家跋。"(同上，頁一〇三九)。據此可知，何焯所用校本並非宋本，乃"斧季影録《臺閣集》"，斧季即毛晉之子毛扆，斧季影録本，實際就是毛晉所藏舊鈔元刻本，何氏謂"影録本"缺謝克家跋，而毛氏此刻卷前唯目録，卷後唯謝氏《序》，亦無謝氏《跋》，可見何氏所用的"影録本"，即毛晉藏舊鈔元本，並非宋本。此本國家圖書館所藏另一種有清繆荃孫校；江蘇太倉藏本有清曹炎批校；一九二六年上海涵芬樓出有影印本。

(八)統籤本。《唐音統籤》所收《李嘉祐詩》三卷，編卷二百八十三至二百八十五，丁籤三十四，刻本。此本亦分體編次，首卷七古五首、五律三十八，第二卷五律四十三，第三卷五排五、七律二十六、六言律一、五絶三、六絶一、七絶十一，共百三十三首。較之銅活字本，此本溢出七律《與從弟正字從兄兵曹宴集林園》、《赴南巴留别褚七少府》、《招隱寺送閻判官還江州》，六言絶句《送陸澧還吴中》等凡四首。此本所據底本，胡氏並未明言。今考此本諸詩題下小注及字裏行間出校的異文，多與朱警本同，而銅活字本極少有題注及異文。又此本文字也多與朱警本爲近，如此本五律《句容縣東青陽館作》"雲護欲晴天"句之"晴"字，五律《題裴十六少卿東亭》"斜照窺簷下"句之"下"字，七律《同皇甫冉登重玄閣》"萬井千山海色秋"句之"秋"字，七律《秋曉招隱寺東峰茶宴送内弟閻伯均歸江州》題中之"曉"字等等，較之銅活字本、毛刻本，這些都是朱警本獨有的文字，而此本均與之同。尤其是朱警本的訛誤字，此本亦多與之相同。如朱警本五律《送王端赴朝》頸聯出句"人稀傍何處"之"何"字誤，此本誤同；而銅活字本、毛刻本皆作"河"，與對句"槐暗入關時"之"關"字形成工對，甚是。朱警本《詠螢》"陵虚體自輕"句之"陵"字誤，此本亦誤；而銅活字本、毛刻本皆作"淩"，甚是。朱警本五律《送樊兵曹潭州謁韋大夫》"北客始辭春"句，"春"字誤，此本誤同；而銅活字本、毛刻本皆作"秦"，甚是，等等。此本連朱警本的文字訛誤亦相沿襲，可見乃是以朱警本或其上位本劉成德本爲底本，分編三卷，再補入佚詩四首後編輯而成的。文字方面，胡氏也作了校勘，朱警本訛誤字較多，胡氏用銅活字本等參校，改正了不少訛誤。然因朱警本訛誤太多，校不勝校，故此本仍有不少文字舛訛。

清代刊刻和傳鈔的嘉祐集，其主要版本有以下幾種。

(一)清鈔本。清初影元鈔本《臺閣集》一卷，一册，國家圖書館藏。半葉十行十八字，端楷精鈔，一筆不苟，字大如錢，雋秀精美，鈔於統一刷印的格子紙上，左右雙欄，白口單黑魚尾下書“臺閣集”字樣。卷端首題“臺閣集”，次行下方署“袁州刺史李嘉祐”，下注曰：“字從一或名從一。”此本收詩百二十八首，附見竇叔向詩一首。此本編次既不分體，也不分類，這些均與毛晉汲古閣本相同；汲古閣本出自元《臺閣集》，故此本與毛刻文字多同。如此本七律《自蘇臺至望亭驛人家盡空春物增思悵然有作因寄從弟紓》“南湄菰蔣覆白蘋”句，“蔣”字，毛刻同，而銅活字本作“蒲”。此本七古《江上曲》“坐對鷺鷥嬌不語”句，“鷺鷥”，毛刻同，而銅活字本作“鸊鵜”。此本七古《夜聞江南賽神即事》“椒漿醉盡迎神還（一作“神欲還”）”句，“迎神”，毛刻本同，銅活字本作“神欲”。再如此本五律《同皇甫冉赴官留别靈一上人》“對物（一作“劫”）雖留興”句，“物”字，毛刻本同，銅活字本作“劫”，等等，可見此本的確是據元刻《臺閣集》影鈔者，版本價值頗高。此本鑒藏印記有：“丕烈”朱文方印、“蕘夫”朱文方印、“士禮居”朱文方印，知此本原爲黄丕烈藏書。黄氏書散出後，此本爲同邑汪士鐘所得，故卷中有“汪士鐘印”朱文方印、“閬原父”朱文方印等。汪氏之後，此本蓋爲翁同龢所得，故卷中有“虞山翁同龢印”白文方印、“常熟翁同龢藏本”朱文長條印等。另有印記“金德鑑印”白文方印、“均齋秘笈”朱文方印、“保三”朱文方印、“鏡汀書畫記”白文方印、“雙琯閣”朱文方印等，不知爲誰氏印記。

（二）席刻本。康熙四十一年壬午（一七〇二）席啓寓琴川書屋輯刻《唐詩百名家全集》所收《臺閣集》一卷。此本卷前冠以《李袁州詩集卷首·傳略·評説附》、次《臺閣集目録》。卷端次行下方具銜“袁州刺史李嘉祐”，下接小字雙行注：“字從一或名從一。”卷後鐫牌記一個：“東山席氏悉從宋本刊於琴川書屋。”然據丁丙所言，此本乃是據影宋鈔本刊刻的，並非直接據宋槧翻雕。《善本書室藏書志》著録明活字本《李嘉祐集》二卷時曰：

> 東山席氏得影宋本《臺閣集》於吴郡柳僉家，刊入《百家唐詩》，題袁州刺史李嘉祐字從一，前有建炎三年正月郡守陽夏謝克家序云……此活字本例删序跋，并分體分卷，然詩則一篇不闕，仍《臺閣集》也。席本“送冷朝陽及”，而此本下多“第歸江寧”四字。席本“送越州”，而此本下多“新法曹之任”五字。書貴兼蓄，有以也，有以也。有何元錫印、夢華館藏書印。（《善本書室藏書志》卷二十四）

此本既是據柳僉"影宋本《臺閣集》"翻刻者,故屬於建炎本一系的本子。與出自元槧本的毛晉刻《臺閣集》相較,二本詩均不分體,不分類,皆有詩百二十八首,附見竇叔向詩一首。唯《秋朝木芙蓉》一首,此本在《登溢城浦望廬山初晴直省齋敕催赴江陰》前,而汲古閣本在其後,其餘各詩編次,二本完全相同。不過毛刻本舛誤較多,不及此本文字之精耳。

(三)全唐詩本。康熙敕修《全唐詩》所收《李嘉祐詩》二卷。《全唐詩》是在明胡震亨《唐音統籤》和清季振宜《全唐詩稿本》兩書的基礎上修訂而成的。而季氏《稿本》中的《李嘉祐詩》五卷,乃是將上述朱警本原刻入編,再輯補佚詩七律《送嚴員外》、《赴南中留别褚少府湖上林亭》、《與從弟正字從兄兵曹宴集林園》三首,六言絶句《送陸澧還吴中》一首,凡四首編輯而成的。不過朱警本七絶十首,季氏是以槧本《萬首唐人絶句》卷十所收"李嘉祐十首"代之,然因一時不慎,將最後一首《袁江口憶王司勳王吏部二郎中起居十七弟》給弄丢了,故《稿本》共百三十一首。文字方面,季氏以《中興間氣集》、《極玄集》、《御覽詩》、《才調集》、《文苑英華》、《唐詩紀事》、《萬首唐人絶句》、《樂府詩集》、《歲時雜詠》等唐宋諸總集、類書作校勘,故文字較朱警本轉精。康熙敕修《全唐詩》所收《李嘉祐詩》二卷,則是將季氏《稿本》中的《李嘉祐詩》五卷悉數入編,再輯補《稿本》脱漏的七絶《袁江口憶王司勳王吏部二郎中起居十七弟》,及佚詩《答泉州薛播使君重陽日贈酒》與《題張公洞》凡三首,殘句三則編輯而成的。編次方面,編臣作了調整,將朱警本卷二之五律《故燕國相公輓歌二首》、五律《故吏部郎中贈給事中韋公輓歌二首》,凡四首,調至全唐詩本首卷之末;將朱警本卷四最末一首七律《江湖秋思》,調至全唐詩本七律諸詩之前;將朱警本五絶之後的六律《白田西憶楚州使君弟六言》,調至全唐詩本七律後;將季氏補於《稿本》五絶後的六言絶句《送陸澧還吴中》,調至五絶前。文字方面,編臣也以善本重加校勘,改正了季氏《稿本》未及改正的訛誤,故文字較朱警本、季氏《稿本》更精。然因朱警本訛誤較多,有些訛誤,季氏未及改正,編臣也未能予以校正。如朱警本五律《送王端赴朝》頸聯出句"人稀傍何處"之"何"字誤,《稿本》未校正,《全唐詩》編臣亦未能予以校正。朱警本《詠螢》"陵虚體自輕"句之"陵"字誤,《稿本》未予校正,編臣亦未能校正。朱警本五律《送樊兵曹潭州謁韋大夫》"北客始辭春"句之"春"字誤,《稿本》未予校正,編臣也未予改正;銅活字本作"秦",甚是。朱警本五律《春日淇上作》首句"淇上春風張"之"上"

字誤,《稿本》未予改正,編臣亦能改正;而銅活字本作"水",良是,等等。可見因爲底本選錯,所以季氏雖用諸多總集勤加校勘,改正了一些訛誤,編臣又重加校改,然而校不勝校,舛訛仍未得到徹底糾正。比較而言,全唐詩本《李嘉祐詩》二卷,收詩雖較其他集本爲多,然就文字而言,反不如銅活字,尤其席氏本爲優。

錢考功集

錢起(七一〇? ～七八二?)字仲文,吴興(今浙江湖州)人。天寶九載(七五〇)登進士第,釋褐秘書省校書郎,遷藍田尉,大曆間歷祠部、司勳員外郎等職,與盧綸、韓翃、司空曙等人俱以能詩出入貴遊之門,並稱"十才子",又與郎士元並稱"錢郎",時謂"前有沈宋,後有錢郎",可見推許之至。建中初官至考中郎中,約卒於建中、貞元間。

錢詩體格新奇,理致清贍,《中興間氣集》、《極玄集》等著名唐詩選本均選有他的作品,然而關於錢起詩集的編纂及在唐代的流傳情況,卻缺乏史料記載。入宋,《崇文總目》卷五、《新唐書·藝文志四》皆著録"錢起詩一卷"。晁公武《讀書志》卷一九著録"錢起詩二卷",陳振孫《書録解題》卷一九著録"錢考功集十卷",並謂"蜀本作前、後集十三卷"。同一錢集,卷數如此懸殊,余嘉錫解釋曰:

> 案起集除《唐志》、《讀書志》著録外,《崇文總目》卷六十一、《通志·藝文略》均作一卷,《宋史·藝文志》作十二卷,惟《直齋書録解題》卷十九作十卷,且云"蜀本作前後集十三卷"。《苕溪漁隱叢話》後集卷十七引《夷白堂小集》云:"錢起考功詩,世所藏本皆不同,宋次道舊有五卷,王仲至續爲八卷,號爲最完,然如'牛羊上山小,煙火隔雲深'、'鳥道掛疏雨,人家戀夕陽'、'窮通戀明主,耕桑亦近郊'、'長樂鐘聲花外近,龍池柳色雨中深',此等句皆當時相傳爲警絶,而八卷無之,知其所遺多矣。"鮑慎由所舉諸聯,乃《中興間氣集》所盛稱者,今十卷中皆有之,當爲最完之本。嘗試論之,錢起詩集在兩宋時當有四本,二卷者蓋即一卷本所分,五卷、八卷者各爲一本,此三本皆不傳。十卷之本,既爲慎由所未見,蓋其出最後,當爲南宋人所重編。陳振孫言蜀本作十三卷,而不言文字有異,當即一本,編次不同耳。《宋志》作十二卷,

疑係傳寫之誤，《提要》謂後人分二卷爲十卷，未必然也。（《四庫提要辨證》卷二十，頁一二七〇）

余氏推斷起集兩宋時有四本，當符合宋代起集流傳的實際。一卷、二卷者，實爲一本，《崇文總目》、《新唐書·藝文志》分别有著録，此爲北宋前期傳本。宋敏求舊藏五卷爲一本，當爲敏求搜集逸佚，重編爲五卷者，這是起集卷數在宋代的第一次變化。敏求輯集重編唐集頗多，此可作爲又一例證，可惜未見敏求有序跋等説明性文字傳世。王仲至將五卷"續爲八卷"，所溢三卷，當爲王氏所輯，蓋作品數量增加，故卷數亦有續增，這是起集卷數在宋代的第二次變化。五卷、八卷二本，爲北宋中期傳本，幸得鮑慎由記載，今乃得知。十卷本爲第四種本子，鮑氏元祐六年（一〇九一）方第進士，其主要活動時間在北宋後期，鮑氏既未見十卷本，余氏因推測十卷本爲南宋人所重編，是有道理的。然此十卷本，未見南宋前期之晁公武著録，故當爲南宋中期以後之重編本，由八卷增至十卷，這是起集卷數在宋代的第三次變化。至於蜀本，余氏推測與十卷本僅爲編次不同，文字當無區别，所以未將其單獨作爲一種版本。在宋代，起集通行者爲十卷本，然此本今已無傳，故其詳細面貌今已不得而知了。

元明兩代刊刻和傳鈔的錢起集，其主要版本有以下諸種。

（一）銅活字本。弘治、正德間銅活字印《錢考功集》十卷。前已述及，王國維與《中國版刻圖録》均判定，明銅活字本刊行於弘治、正德年間，乃明代出現較早的錢起集。由書名和卷次來看，此本與陳振孫《書録解題》著録的《錢考功集》十卷相同，且"匡"字缺末筆，故當由宋本翻刻而成。每半葉九行十七字，各卷首題"錢考功集卷某"，次行署文體名稱。卷一爲五古四十八首，卷二五古三十五，卷三七古二十二，卷四五律六十八，卷五五律七十一，卷六五排四十八，卷七五排三十八，卷八七律四十五，卷九五絶《江行無題》百首，卷十五絶三十一、七絶十九，共五百二十五首。然而《江行無題》百首，胡震亨以爲乃錢起之孫錢珝詩，胡氏考辨曰："舊作珝祖起詩，今考詩係遷謫途中雜詠，起無謫宦事，而聲調更復不類。珝自中書謫撫州，其《舟中集序》見《文苑英華》……其爲珝詩無疑也。《蔡寬夫詩話》云：'《江行》百首，錢蒙仲得之他本，因以傳世，元非起集之舊。'宋人語更可據，今直改入珝集。"（《唐音統籤》第七册，頁三四一）胡氏考證詳實，《江行》百首非起詩可無疑也。今删去《江行》百首，則此本共四百二十五首。但起集殊無九卷者，今持此九卷，與蔣孝本《唐錢起詩集》十卷（詳下）相較，發現此九卷與蔣孝本十卷收詩數量僅少一首（此九卷較蔣孝本溢出《早朝》一首，蔣孝本較此九卷溢出《早夏》、《題張藍田訟堂》二首），這表明銅活字本當是由通行之十卷本，加上《江行》百首重編爲十卷而成的。銅活字本乃明人的改編本，這一點還可從此本有"排律"一體得到證明。"排律"一名，乃元末楊士弘首倡，其廣泛使用，則是高棅《唐詩品彙》以後的事。此本卷六、卷七兩卷爲"五言排律"，可見此本確爲明人重編本無疑。然而此本之重編，與蔣孝本編次差異並不大，只不過蔣孝本七古在卷一，此本七古在卷三，但兩者的收詩數量和編次全同；蔣孝本卷四至九凡六卷詩，此本壓縮編爲五卷，然兩者收詩數量及編次幾乎完全相同，此本卷九則增入《江行》百首。蔣孝本卷十有五古六首，此本則將六首五古調入卷一。此本與蔣孝本的差異，僅此而已，可見此本的確是在通行的十卷本基礎上，增入《江行》百首而成的。職是之故，此本與蔣孝本在文字方面差別很小，凡此本與《中興間氣集》、《極玄集》、《文苑英華》、《唐詩紀事》相異處，則多與蔣孝本同，由此亦可證明，此本雖溢出《江行》百首，然而亦屬於十卷本系統的本子。不過較之蔣孝本，此本文字要更精粹一些，此本卷二《初黄綬赴藍田縣作》"三省慚黎元"句，"慚"字，蔣孝本作"漸"，實誤。此本卷四《秋夜梁七兵曹同宿二首》其二"好欲棄吾道"句，"吾"字，蔣孝本作"吴"，大誤。卷五《送萬兵曹赴廣陵》"秋日思遠客"句，"遠"字，蔣孝本作"還"，似誤。此本卷六《奉送劉相公江淮催轉運》"過池鳳不留"句，"不"字，蔣孝本作"下"，細繹詩意，"不"字是，此本形訛作"下"。此本卷七《罷官後酬元校書見贈》"荒枝映鵲疏"句，"映"字，蔣孝本作"應"，味之詩意，"映"字妙，蔣孝本誤。再如此本卷十《送[illegible]別駕還郡》"驥足駸駸吴越間"句，"間"字，蔣孝本作"關"，味之詩意，"間"字是，蔣孝本似誤，等等。然而此本也有缺陷，最突出的一點就是，由於活字排版的限制，此本將底本許多寶貴的異文和注文删削殆盡，如卷八《酬考功楊員外見贈佳句》，蔣孝本題下附有所贈佳句"黄卷讀來今已老，白頭受屈不曾言"，楊員外所贈佳句，他人似難得知，故此題注當爲作者原注；然此本卻因文字過長，將其全部删去，對此詩之詩意理解造成困難，實在可惜。又如同卷《登劉賓客高齋》，蔣孝本題下注曰："時公初退相。"此本將此注删去，顯然影響了對此詩創作背景的理解。此種銅活字本，今浙江大學圖書館有藏，另有民國期間上海涵芬樓影印《錢考功集》十卷、《四部叢刊》初編影印《錢考功集》十卷，以及銅活字印《唐五十家詩集》所收《錢考功集》十卷。另，日本大倉文化財團亦有藏本，見嚴紹璗《日藏漢籍善本書録・集部》。

（二）蔣刻本。嘉靖二十九年庚戌（一五五〇）蔣孝刻《中唐十二家詩》所收《唐錢起詩集》一〇卷。半葉十行二十字，左右雙邊，版心白口單魚尾下鐫“錢集卷某”。傅增湘《藏園群書經眼録》卷十七《集部》六謂“《中唐十二家集》七十七卷，明蔣孝輯，明嘉靖二十九年毘陵蔣孝刊本，十二行二十字”。此言不確，此集便只半葉十行二十字。可見十二家詩集的版片並不統一，乃是拼湊起來的。此本首卷卷端題“唐錢起詩集卷第一”，次行具銜名“考功郎中吴興錢起仲文”。此本詩分體編次，卷一雜言二十八首，卷二五言往體四韻四首、五韻十一、六韻二十四，卷三五言七韻往體九、八韻十一、長韻十二，卷四五言四韻近體五十，卷五五言四韻近體五十，卷六五言四韻近體三十九、五韻十三，卷七五言六韻近體三十五，卷八五言六韻近體十一、七韻六、八韻十五、九韻一、十韻二、十二韻三，卷九七言四韻近體四十五，卷十五言三韻近體六、二韻近體九、二韻往體二十二、七言二韻近體十九、三韻近體一，合計四百二十六首。所謂“雜言”、“往體”，均指古體；“近體”即律詩，五言五韻以上之近體，就是元以後所謂的五排，二韻近體即絶句。《讀書敏求記》著録《錢考功詩集》十卷，亦即此種本子，錢曾曰：“仲文詩佳本絶少。此於雜言、[古]〔往〕體、近體諸篇，編次極當，允爲舊集無疑。自高廷禮之《品彙》出，而[古]〔排〕律之名始著於世，詩家不復辨唐詩編次之非古，唐人集有不改其舊觀者幾希矣。”（《錢遵王讀書敏求記校證》卷四中，頁二〇一至二〇二）可見，此本的版本淵源，似出於一種宋十卷本。銅活字本亦當源於宋十卷本，故除去《江行》百首外，二本各體詩的編次大體相同。然此本經過校勘，故文字與銅活字本稍有不同處，如此本卷二《南中春意》，題中“意”字，銅活字本作“思”。《天門谷題孫逸人石壁》“崖石亂流處”句，“石”字，銅活字本作“口”。卷三《初黄綬赴藍田縣作》“即景真桃源”句，“景”字，銅活字本作“境”。卷四《秋夕與梁鍠文宴》“晴光脆柳枝”句，“光”字，銅活字本作“霜”。卷五《歲初歸舊山》，題下銅活字本有“酬寄皇甫侍御”六字。卷六《憶山中寄舊友》“如何與世違”句，“與世”二字，銅活字本作“此興”。卷七《奉送劉相公江淮催轉運》“用國資戎事”句，“用國”二字，銅活字本作“國用”。卷八《罷官後酬元校書見贈》“惟君到故廬”句，

"故"字,銅活字本作"弊";又"忘機貧負米,憶戴出無車"二句,銅活字本作"未忘金馬詔,猶負茂陵書"。卷九《同程九早入中書》"未厭春光向玉墀"句,"春"字,銅活字本作"螢",等等。此本字裏行間出校不少異文,頗有參考價值。然此本文字亦有不少舛誤,如卷二《夢尋西山準上人》脱去最後一韻"覺來纓上塵,如洗功德水"二句,銅活字本有此二句,良是。卷三《初黄綬赴藍田縣作》"三省漸黎元"句,"漸"字誤,銅活字本作"慚",甚是。卷四《歸故山路逢隱居隱者》,題中"隱居"誤,銅活字本作"鄰居",良是。又《贈鄰居齋六司倉》,題中"齋六"不詞,銅活字本作"齊六",甚是,"齊六"指官司倉者姓齊行六。卷五《送武進韋明府》"歸水獨思鄉"句,"歸水"不詞,銅活字本作"臨水",甚是。卷六《送員外侍御入朝》"垂翅美飛鳴"句,"美"字誤,銅活字本作"羨",良是。《送元中丞江淮轉運》"來經幾卻春"句,"卻"誤,銅活字本作"劫",甚是。《偶成》"霄眠亦在公"句,"霄眠"不詞,銅活字本作"宵眠",甚是。卷七《寇中送張司馬歸洛》"驚魂雁快弦"句,"快"字誤,銅活字本作"怯",甚是。《楚闈玩雪寄薛左丞》,題中"楚"字誤,細繹詩意當作"禁",銅活字本正作"禁"。卷八《同鄔戴關中旅寓》"更昔忘形交"句,"昔"字誤,銅活字本作"惜",甚是。卷九《漢武出獵》"羽獵千千出九重"句,"千千"二字誤,銅活字本作"年年",甚是。卷十《送崔山人歸山》,此本脱去題目。再如《校獵曲》"長陽殺氣連雲飛"句,"長陽"誤,銅活字本作"長楊",極是,等等。可見訛誤之多,未爲善本。然此本編次保存了古本概貌,在起集存世的諸古本中,是一個值得注意的本子。

(三)陸刻本。陸汴輯《廣十二家唐詩》所收《唐錢起詩集》十卷。此本乃是據蔣孝本的版片重印的,不過重印前陸氏對文字作了校勘,挖改雖然不少,但未及改正者仍有一些,可見亦屬草草。

(四)朱刻本。明萬曆四十年壬子(一六一二)朱之蕃校刻《廣唐十二家詩》所收《唐錢起詩集》一卷。十二家中,錢起爲第三家。此本半葉九行十九字,無目録序跋及附録等。與蔣孝本相較,此本僅抽去了卷次,併十卷爲一卷,然各詩的編次悉與蔣孝本同,甚至連各卷卷端所署各體詩的名稱與首數也原樣予以保留,可見此本是以蔣孝本爲底子改編而成的。文字方面,朱氏雖作了校勘,改正了蔣孝本一些訛誤,如蔣孝本卷六《送員外侍御入朝》"垂翅美飛鳴"句,"美"字誤,此本改作"羨"。《送元中丞江淮轉運》"來經幾卻春"句,"卻"字誤,此本改作"劫"。《偶成》"霄眠亦在公"句,"霄眠”不詞,此本改作“宵眠”。蔣孝本卷七《寇中送張司馬歸洛》“驚魂雁快弦”句,“快”字誤,此本改作“怯”。卷八《同鄔戴關中旅寓》“更昔忘形交”句,“昔”字誤,此本改作“惜”。卷九《漢武出獵》“羽獵千千出九重”句,“千千”二字誤,此本改作“年年”。卷十《送崔山人歸山》,題目蔣孝本脱去,此本補上題目,等等,皆極是。然而此本也沿襲了蔣孝本的一些訛誤,如蔣孝本卷七《奉送劉相公江淮催轉運》“用國資戎事”句,“用國”二字誤倒,此本同。又如同卷《楚闈玩雪寄薛左丞》,題中“楚”字誤,此本亦誤作“楚”。再如蔣孝本卷十《校獵曲》“長陽殺氣連雲飛”句,“長陽”誤,此本亦誤,等等,由此可見,此本的確是以蔣孝本爲底本改編而成的。

(五)明鈔本。明無名氏鈔《錢考功詩集》十一卷,存十卷(卷一至五、卷七至十一),有何焯校並跋,國家圖書館藏。《鐵琴銅劍樓藏書目録》有著録,曰:“《錢考功詩集》十卷,舊鈔本。題唐尚書考功郎中吴興錢起仲文撰,集中古體詩題曰‘往體’,與陸龜蒙《松陵集》同,可知其本爲舊矣。義門何氏以朱筆校過,卷末有題記云:‘此册乃明景泰以上抄本,雖書迹不工,猶有元人氣脈,其優於新刻處亦復不少,後人所當珍惜。丙戌秋日焯記。’舊藏稽瑞樓陳氏。”(《鐵琴銅劍樓藏書目録》卷十九,頁二八〇)何氏謂此本乃明景泰以上鈔本,故在明存諸本中乃最古者。

(六)統籤本。《唐音統籤》所收錢起詩九卷,編卷二四一至二四九,丁籤一七,刻本。此本分體編次,首二卷五古,第三卷七古,第四至五卷五律,第六至七卷五排和五言小律,第八卷七律和七言小律,第九卷五、七言絶句。此本分體之後再依題材編次,故編次與銅活字本、蔣孝本皆不同。此本的版本淵源,應是以蔣孝本或其近似的本子爲底本改編而成的,故文字凡與銅活字本相異者,則多與蔣孝本同。如此本首卷《南中春意》,題中“意”字,蔣孝本同,而銅活字本作“思”。同卷《天門谷題孫逸人石壁》“崖石亂流處”句,“石”字,蔣孝本同,而銅活字本作“口”。同卷《初黄綬赴藍田縣作》“即景真桃源”句,“景”字,蔣孝本同,而銅活字本作“境”。此本第六卷《罷官後酬元校書見贈》“惟君到故廬”句,“故”字,蔣孝本同,而銅活字本作“弊”。此本第七卷《憶山中寄舊友》“如何與世違”句,“與世”二字,蔣孝本同,而銅活字本作“此興”。第八卷《同程九早入中書》“未厭春光向玉墀”句,“春”字,蔣孝本同,而銅活字本作“螢”。第九卷《送符别駕還郡》“驥足駸駸吴越關”句,“關”字,蔣孝本同,而銅活字本作“間”,等等,可見此本是以蔣孝本或其近似的本子爲底本改編而成的。此本文字，胡氏作了認真校勘，故上舉蔣孝本的諸多訛誤，此本一一加以校正。同時一些詩題下，胡氏還增加了不少題注，如此本第四卷《奉和聖製登會昌山應制》，銅活字本、蔣孝本題下均無注文，胡氏增注曰："一作趙起詩。"此本第五卷《送元中丞江淮轉運》，銅活字本、蔣孝本題下均無注，胡氏增注曰："一作王維詩。"同卷《別張起居》，銅活字本、蔣孝本題下均無注，胡氏增注曰："時多故。"再如此本第八卷《同程九早入中書》，銅活字本、蔣孝本題下均無注文，胡氏增注曰："葛立方云，起未嘗官中書。起曾孫珝詩，誤入，今兩存，俟再考。"此類注文，或爲辨別錢起與他人的重出詩提供綫索，或爲理解詩意提供有益啓示，參考價值自不容忽視。同時，在錢起佚詩的輯補方面，胡氏也有貢獻，此本凡輯補遺詩五律《題蘇公林亭》一首，七言小律《題張藍田訟堂》一首，五絶《傷秋》、《言懷》、《和張僕射塞下曲》凡三首，七絶《長安落第》一首，共六首。然而由於一時不慎，胡氏亦有失誤。如蔣孝本卷九之七律《九日宴浙江西亭》一首漏編了，故此本共四百三十一首。關於《江行無題》百首的問題，胡氏以爲，此百首絶句乃錢起曾孫錢珝所作，不當收入錢氏集内，故别裁另編入《唐音統籤》卷七三九《戊籤》八八錢珝詩内（見前銅活字本）。然而，由於書版時缺乏校勘，此本又增加了一些新誤，如第五卷《送元中丞江淮轉運》"去問珠官俗，來經石蛣春"二句，"珠"字訛，當作"殊"字，"石蛣"訛，當作"幾劫"，兩句詩竟錯了三個字，但這畢竟只是小疵。胡氏爲明末著名的唐詩學大家，此本經胡氏編輯後，在多個方面對錢集做出了貢獻。

清代刊刻和傳鈔的錢起集，其主要版本有以下幾種。

（一）全唐詩本。康熙敕修《全唐詩》所收《錢起詩》四卷。本書前已述及，《全唐詩》是據胡震亨《唐音統籤》和清季振宜《全唐詩稿本》兩書纂修而成的。季氏《稿本》中的《錢起詩》，則是將上述蔣孝本《唐錢起詩集》十卷原刻入編，然後據《唐音統籤》等校本，於《稿本》卷五末補入五律《題蘇公林亭》一首，於卷九末補入七律《山花》一首，於卷十補入七絶《長安落第》與《言懷》二首、五絶《和張僕射塞下曲》一首，以及《江行無題》百首，故《稿本》共五百三十一首。文字方面，季氏運用善本詳加校勘，使蔣孝本的絶大多數訛誤得以校正，且字裏行間出校許多異文，參考價值很高。然未及改正者還有一些，如蔣孝本卷三《初黄綬赴藍田縣作》"一叨尉京甸，三省漸黎元"，"漸"字誤，《稿本》同。蔣孝本卷七《奉送劉相公江淮催轉運》"用國資戎事”句,“用國”二字誤倒,此本同,等等。康熙敕修《全唐詩》所收錢起詩四卷,便是將季氏《稿本》中的錢集悉數收入,再據統籤本補入遺詩五絶《傷秋》一首,分編四卷而成的。故此本共五百三十二首。編次方面,除將《稿本》卷十《江行無題》百首,由卷後調至該卷《賦得巢燕送客》後外,其餘各詩編次調整者,亦僅數首。文字方面,編臣以善本重加校勘,故較《稿本》更精。如蔣孝本卷三《初黄綬赴藍田縣作》“三省漸黎元”句,“漸”字誤,《稿本》同,季氏未及校改,編臣據善本改作“慚”,良是。又如蔣孝本卷八《同鄔戴關中旅寓》“更昔忘形友”句,“昔”字誤,季氏未及校改,編臣改作“惜”,甚是,等等。《全唐詩·凡例》云:“詩集有善本可校者,詳加校定。”此本隨行夾注不少校文,表明編臣確曾以善本校勘過。然而編臣亦有失誤處,如《稿本》卷一《東陵藥堂寄張道士》“煙露難再期”句,“露”字,銅活字本作“霞”,意似更勝,編臣於是將正文“露”字改作“霞”,並出校一“路”字,顯然“路”字乃“露”字之誤。不過總的來看,經編臣整理後,全唐詩本錢集,無疑是錢集現存諸古本中最精粹的一個本子。

(二)四庫本。《四庫全書》所收《錢仲文集》十卷。《四庫全書總目》曰:“《錢仲文集》十卷,内府藏本,唐錢起撰……其集《唐志》作一卷,晁公武《讀書志》作二卷。今本十卷,殆後人所分。其中凡古體詩皆題曰‘往體’。考陸龜蒙《松陵集》亦以古體爲往體,蓋唐代詩集標目,有此二名,偶然異文,别無他義。又集末《江行絶句》一百首,胡震亨《唐音統籤》以爲本錢珝之詩,誤入起集,有考辨甚詳。然舊本流傳,相沿已久,且珝固起孫,即附録祖集之末,亦無不可。故今仍並存之焉。”(《四庫全書總目》卷一五〇,頁一二八六)館臣唯言此本爲内府藏本,然内府所藏究竟爲何種版本,卻未作説明。今考此本收詩、分卷、編次等等,與蔣孝本完全相同,且各卷卷端所標各詩體的名稱及首數,唯卷二蔣孝本五言往體四韻四首,此本爲五首,五韻十一首,此本爲十首,相差僅一首(此卷四韻四首,五韻十一首是,《夢尋西山準上人》原五韻,蔣孝本脱最後一韻,成了四韻詩,故計數似誤;館臣不知,因改二處數目——筆者),其餘則完全相同,基本保留了蔣孝本的卷目形式。文字方面,除館臣依據善本校改者外,二本也幾無差别,可見此本乃是以蔣孝本爲底本,經過校勘後録入《四庫全書》的。館臣校改的訛誤,如蔣孝本卷四《贈鄰居齋六司倉》,題中“齋六”不詞,此本改爲“齊六”,極是。如蔣孝本卷五《送武進韋明府》“歸水獨思鄉”句,“歸水”不詞,此本改爲“臨水"。如蔣孝本卷六《送元中丞江淮轉運》"來經幾卻春"句,"卻"字誤,此本改爲"劫"字。蔣孝本卷七《寇中送張司馬歸洛》"驚魂雁快弦"句,"快"字誤,此本改爲"劫"。蔣孝本卷八《同鄔戴關中旅寓》"更昔忘形友"句,"昔"字誤,此本改爲"惜"。蔣孝本卷九《漢武出獵》"羽獵千千出九重"句,"千千"二字誤,此本改爲"年年"。再如蔣孝本卷十《校獵曲》"長陽殺氣連雲飛"句,"長陽"誤,此本改爲"長楊",皆是,等等,此類例子尚多,不枚舉。此本不但文字較蔣孝本爲精,而且完全保留了蔣孝本的異文和注文,具有寶貴的參考價值。不過此本文字還有一些訛誤,如蔣孝本卷二《夢尋西山準上人》脱最後一韻"覺來纓上塵,如洗功德水",此本同,館臣未能校補。又如蔣孝本卷三《初黄綬赴藍田縣作》"三省漸黎元"句,"漸"字誤,此本誤同,等等。然而在今存的錢集古本中,此本無疑是優長較多的一種本子。

錢集的現代整理本,有王定璋《錢起詩集校注》,浙江古籍出版社一九九二年出版,未見。

唐别集考卷第六

杜工部集

杜甫(七一二～七七〇)字子美,行二,鞏縣(今屬河南)人。祖審言善詩,登進士第,官膳部員外郎。甫年輕時曾漫遊吴越齊趙,天寶初與李白、高適再遊梁宋。天寶十載(七五一)求仕長安,艱辛備嘗。天寶末始獲右衛率府胄曹參軍,安史亂中陷賊,脱身謁行在,拜左拾遺,因上疏救房琯,出爲華州司功參軍。適關輔饑亂,棄官赴秦州,不久入蜀。嚴武總戎全蜀,表爲節度參謀、檢校工部員外郎。大曆初移居夔州,三年(七六八)出峽,漂泊於岳陽、潭州、衡州一帶,五年(七七〇)卒於舟中。

杜甫一生創作了多少作品,是否親手結集?杜甫及其親友没有留下這方面的片言隻語,對認識杜甫生平及其作品結集增加了難度。杜甫身後最早提及其作品流布情形的,是署名"潤州刺史樊晃"的《杜工部小集序》,其略曰:

> 工部員外郎杜甫……《文集》六十卷,行于江漢之南。嘗蓄東游之志,竟不就。屬時方用武,斯文將墜,故不爲東人之所知。江左詞人所傳誦者,皆君之戲題劇論耳。曾不知君有大雅之作,當今一人而已。今採其遺文,凡二百九十篇,各以志類,分爲六卷,且行於江左。君有子宗文、宗武,近知所在,漂寓江陵,冀求其正集,續當論次云。(《錢注杜詩·附録》,頁七〇九)

樊晃,兩《唐書》無傳,據岑仲勉先生考證,晃進士出身,歷官硤石主簿,汀、潤二州刺史(《元和姓纂四校記》)。《大宋高僧傳》卷十七《金陵鍾山元崇傳》載大曆五年(七七〇),晃已刺潤;柳識《琴會記》載大曆六年正月,浙西觀察使李棲筠朝京闕道經潤州,曾與"刺史樊公"有琴酒之會(《文苑英華》卷八三二);《嘉定鎮江志》"唐潤州刺史條"載,大曆七年晃仍在潤州刺史任上。《小集》既纂於杜甫身後,故其成書蓋在大曆六七年間,距甫去世不過二三年,這是今知最早記載杜集編纂及流布情形的文字。晁謂甫"《文集》六十卷",但只是耳聞,並未親見;且除晁所記傳聞外,唐宋及後人,從來没有見過六十卷本者。元和八年(八一三),子美之孫嗣業,歸葬甫靈柩於偃師,途次荆州,請元稹爲撰《墓銘》,而《墓銘》亦隻字未提甫有《文集》六十卷,或以爲元稹失誤忘書。今人陳尚君先生《杜詩早期流傳考》一文,綜合了早期傳世的各種杜詩版本、手稿、碑刻、選本及他人著述引録杜詩的情形等大量史料,經過仔細研究後認爲,杜甫生前已將詩文董理成帙,編次以寫作時間爲序,所以杜詩編年唐時已然,杜詩號稱"詩史",一爲善紀時事,一爲集以年繫詩,天寶、大曆間的史事歷歷可睹,故有此稱。而文集六十卷,蓋於杜甫去世後由二子宗文、宗武最終結集的可能性很大,成書時間與甫去世差不多同時。六十卷存詩五十卷,文十卷。據唐集每卷收詩一般在五十至七十首之間計,推算出甫作詩蓋在二千五百至三千首之間,亡詩蓋在千首以上。元稹《墓銘》未載文集六十卷,不是元稹忘書,而是宗文子嗣業、宗武後裔將六十卷本丢失了,這是中國文學史的巨大損失(參《杜詩早期流傳考》,出處見本卷末"參考文獻"。下同)。元稹在撰《墓銘》的前一年,於《叙詩寄樂天書》中云"得杜甫詩數百首"。白居易得杜詩最多,元和十年白氏《與元九書》云杜甫"可傳者千餘篇"。元白乃至交,其時又同在朝爲官,頻通聲氣,可證元稹的確没見過六十卷《文集》。元和十一年(八一六),韓愈《調張籍》云:"李杜文章在,光焰萬丈長……平生千萬篇,金薤垂琳琅。仙官勑六丁,雷電下取將。流落人間者,太山一豪芒。"(《韓昌黎詩繫年集釋》卷九)可見博學如韓愈,也未見過六十卷本全集。晚唐杜牧、羅隱、貫休等均有詩提及杜集,皆無具體卷數。所以五代劉昫《舊唐書·杜甫傳》謂"有集六十卷",應是據樊晃《小集序》轉述的,亦非真的見過六十卷本杜集。《崇文總目》著録《杜甫集》二十卷,《總目》乃崇文院三館一閣藏書的實録,這表明六十卷正集宋時的確已經失傳,故此後《新唐書·藝文志》著録《杜甫集》六十卷,《通志·藝文略》謂《杜甫集》六十卷,《玉海·藝文略》云《杜甫集》六十卷,所據應爲《舊唐書》本傳,均非據實著録。

樊晃《小集》,乃杜甫傳世作品的第一個輯録本。此本今已散佚,然《崇文總目》、《新唐志》均有著録,南宋初胡仔尚有收藏,且宋人輯校甫集時多次徵引該集,録存了若干異文,保存了部分面貌。據陳尚君先生考證,現存各種杜集校語有"樊作某"者，不計重複，凡六十二首，相當於全書的五分之一，通過分析這些作品可看出《小集》有以下特點：包括了杜甫一生各個時期的詩歌，兼收各體而偏重古體，别擇頗精多數爲歷來傳誦的名篇。有此三點，故此集在唐代流傳較廣（參《杜詩早期流傳考》）。

五代時期，杜集傳本有"晉開運二年（九四五）官書本"。此本今亦無傳，宋以後公私書目亦未著録，然南宋初吴若刊《杜工部集後記》（見《錢注杜詩·附録》），及後來蔡夢弼《草堂詩箋序》均提及此本。吴、蔡既稱"晉官書本"，則此本應爲後晉官刻本。我國印刷術中唐時已成熟地運用於雕印曆日和佛經，五代開始刊印九經；至於文集，前蜀王衍乾德五年（九二三）蜀僧曇域刻其師貫休《禪月集》，乃文集有刻本之始。此本刊行雖後於《禪月集》二十二年，然卻是官刻文集的第一部，可列爲我國最早刊刻的書籍之一，杜詩爲時所重，可以想見。據陳尚君先生考證，現存各種杜集校語有"晉作某"者，不計重複，凡百十五首，依據這些詩篇可以看出如下特點：此本單收詩歌，各類詩體及題材皆備；該集收録以天寶末至夔州間的詩爲主，夔州詩最多，安史亂前僅二首，出峽後只一首；與《小集》互見詩甚少，僅七首，二者顯無衍生關係；此本附見嚴武詩一首，《小集》附見高適詩一首，與其他唐集附見他人作品體例相同（《杜詩早期流傳考》）。

樊晃《小集》與晉官本外，唐五代時杜集尚有"古本二卷，蜀本二十卷，《集略》十五卷……孫光憲序二十卷……"，均見王洙所編《杜工部集序》（仇兆鰲《杜詩詳注·附編》，頁二二四〇）。古本二卷，列於王氏所見九種杜集之首，故應爲唐本。孫光憲，《宋史》、《十國春秋》有傳，唐末爲陵州判官，五代時避地江陵依高季興，累官南平，卒於宋初。光憲序行之二十卷本，應在其荆南爲官時（《杜詩早期流傳考》）。蜀本二十卷、《集略》十五卷，均列於孫本之前，故亦應爲五代行世的杜集。南宋時，當新蜀本杜集刊行後，五代之蜀本則被稱爲"舊蜀本"。嚴羽云："舊蜀本杜詩，並無注釋，雖編年而不分古近二體，其間略有公自注而已。"（郭紹虞《滄浪詩話校釋·考證》，頁二三一）可見無他人注，編年而不分古近體，乃是舊蜀本的主要版本特徵。

入宋，則有"鄭文寶序《少陵集》二十卷，别題《小集》二卷，孫僅一卷，《雜篇》三卷"（王洙《杜工部集序》，《杜詩詳注·附編》，頁二二四〇）。以上諸集，名稱各異，卷數多寡不一，所謂"集無定卷，人自編摭"。鄭文寶，《宋史》卷二七七有傳，初以蔭仕南唐，入宋時年紀尚輕，嘗官東川梓州録事參軍，歲餘召試翰林，改著作佐郎，後召拜殿中丞，使川陝均税，往來於渝州、涪州、夔州等地，其序《少陵集》二十卷"當成于宋初，萬曼先生謂此本係南唐本，疑誤"（《杜詩早期流傳考》），所言甚是。鄭氏歷官巴蜀，光憲累官荆南，舊蜀本編輯者自應爲蜀人，三家皆與杜甫舊游之地及杜甫子孫寄居地岳陽有緣，有輯録杜甫散佚作品的地利條件，所以皆得杜詩達二十卷之多。

杜詩早期流傳的情形大致如上述。唐五代及宋初，學者們爲輯存整理杜詩做出了重要貢獻。

宋人對杜詩的輯集整理，應是自蘇舜欽編輯《老杜别集》才正式開始的。舜欽，字子美，仁宗景祐元年（一〇三四）進士及第，官至湖州長史。景祐三年，其《題杜子美别集後》略曰：

> 杜甫本傳云"有集六十卷"，今所存者才二十卷，又未經學者編輯，古律錯亂，前後不倫，蓋不爲近世所尚，墜逸過半，吁！可痛惜也！天聖末，昌黎韓綜官華下，於民間傳得號《杜工部别集》者，凡五百篇。予參以舊集，削其同者，餘三百篇。景祐僑居長安，於王緯主簿處又獲一集。三本相從，復擇得八十餘首，皆豪邁哀頓，非昔之攻詩者所能依倚，以知一出於斯人之胸中。念其亡去尚多，意必皆在人間，但不落好事家，未布耳。今以所得，雜録成一策，題曰《老杜别集》，俟尋購僅足，當與舊本重編次之。……景祐三年十二月五日長安題。（《蘇舜欽集》卷十三，沈文倬校點，上海古籍出版社一九八一年二月新一版，頁一七一至一七二）

蘇氏以二十卷本、韓綜本、王緯本，三本互勘，去其同者，共得三百八十餘首，編成《老杜别集》。這是第一部真正經過學者整理的杜集。不過據蘇氏跋文，該集似未分卷，且因蘇氏後來遭遇不偶，其繼續"尋購"、"重編"杜集的願望未能實現。

稍後，寶元二年（一〇三九）翰林學士王洙也編成了一部杜集，王洙《杜工部集後記》叙此事甚悉，其略曰：

> 甫集初六十卷，今秘府舊藏、通人家所有稱大小集者，皆亡逸之餘，人自編摭，非當時第叙矣。蒐裒中外書，凡九十九卷。（古本一卷，蜀本二十卷，集略十五卷，樊晃序《小集》六卷，孫光憲序二十卷，鄭文寶序《少陵集》二十卷，别題《小集》二卷，孫僅一卷，《雜編》三卷）除其

重複，定取千四百有五篇，凡古詩三百九十有九，近體千有六，起太平時，終〔湖〕南所作，視居行之次，與歲時爲先後，分十八卷。又别録賦筆雜著二十九篇爲二卷，合爲二十卷。意兹未可謂盡，他日有得，尚副益諸。寶元二年十月，王原叔記。（宋刻《杜工部集》，《中華再造善本》）

王洙此次編輯，用力最勤，成就也最大，特點有三：一是數量多。王洙廣羅衆本，故輯得作品多達一千四百五篇，此後諸家雖續有補遺，但爲數也不過五十篇左右。二是體例新。此本分體加編年，即先將千餘篇杜詩以古、近二體分編，然後二體諸詩各依年編次。三是文字精。《蔡寬夫詩話》稱贊此本曰："今世所傳《子美集》本，王翰林原叔所校定，辭有兩出者，多並存於注，不敢徹去。"（《苕溪漁隱叢話》前集卷九，頁五九）校勘審慎得法，故而保存了當時傳世各古本、近本的真貌，極具參考價值。職是之故，此本一出，後出各種杜集皆宗此本。

與蘇、王差不多同時輯録整理杜詩者還有王安石、劉敞。安石所編《老杜詩後集》成書於皇祐四年壬辰（一〇五二），安石發現了世人誤認作古詩、而實爲杜詩者二百餘篇，因而非常高興，其《老杜詩後集序》略曰：

余考古之詩，尤愛杜甫氏作者，其辭所從出，一莫知窮極，而病未能學也。世所傳已多，計尚有遺落，思得其完而觀之。然每一篇出，自然人知非人之所能爲，而爲之者惟其甫也，輒能辨之。予之令鄞，客有授予古之詩世所不傳者二百餘篇。觀之，予知非人之所能爲，而爲之實甫者，其文與意之著也。然甫之詩，其完見於今者，自予得之。世之學者，至乎甫而後爲詩，不能至，要之不知詩焉爾。嗚呼！詩其難，惟有甫哉！自《洗兵馬》下，序而次之，以示知甫者，且用自發焉。皇祐壬辰五月日，臨川王某序。（《臨川先生文集》卷八十四，四部叢刊本）

這個本子之所以稱爲《老杜詩後集》，是因爲在安石看來，杜詩再補此二百餘篇，便可成爲完璧。可見所謂《後集》，即杜甫最末一部分詩歌之謂，换言之安石以爲杜集傳世的本子雖然不少，但皆有闕佚，而最終使杜集成爲完璧者，乃其所編這部《後集》。所以安石很興奮，遂録《洗兵馬》以下，序而次之，公之於世。《分門集注杜工部詩》（詳下）卷首《集注杜工部詩姓氏》有"臨川王氏"，下注"名安石，字介甫，撫州臨川人，拜左僕射，謚文公"。可見這個本子後世有人使用過，不過安石謂其所録皆"世所不傳"則不儘然。王洙本早於此本十多年，其中就有《洗兵馬》，然因王洙本纂成而未刊行，安石未能獲見，因有“世所不傳”的誤判。元豐五年（一〇八二）陳應行纂成《杜詩六帖》，宋宜撰序云：“子美不見知於上，愈窮而愈工。然世之所傳，尚有遺落而不完。頃者處士孫正之得所未傳二百篇，而丞相荆公繼得之，又增多焉。及觀内相王公（洙）所校全集，比於二公，互有詳略，皆從而爲之序，故子美之詩，僅爲完備。……元豐五年二月二十三日序。”（《分門集注杜工部詩序》，四部叢刊本）可見宋宜是見過王安石所編《後集》的，與王洙本“互有出入”，表明安石所録並非皆“世所不傳”者。宋人所編杜集，至蔡夢弼《草堂詩箋》（詳下）收録已基本完備，首數也不過千四百五十餘首，與王洙本相較，僅溢出五十首左右。可見安石謂其所録二百餘篇皆“世所不傳”者，乃是未見王洙本而作的誤判。

劉敞，字原甫，臨江人，慶曆進士，編有《杜子美外集》五卷，其《編杜子美外集》與《寄王二十》二首七律，大略記述了編輯杜集的情形，後詩云：“昔借君家杜甫集，無端卧疾不曾編。近從霅上吴員外，復得遺文數百篇。夫子删詩吾豈敢，古人同疾意相憐。新書不惜傳將去，悵望秦城北斗邊。”詩題下自注云：“先借王《杜甫外集》，會[集]〔疾〕未及録，近從吴生借本，增多於王所收，因悉抄寫，分爲五卷，又爲作序，故報之。”（《公是集》卷二十四，影印文淵閣四庫全書本）由於詩句過簡，《序》文無存，所以有關劉本的具體情形，今已無從考詳了。

宋代杜集的第一個刻本，乃嘉祐四年（一〇五九）王琪用諸本將王洙本重校後，於姑蘇鏤版刊行的。王琪《杜工部集後記》載此事甚悉，其略曰：

> 近世學者，争言杜詩，愛之深者，至剽掠句語，迨所用險字而模畫之，沛然自以絶洪流而窮深源矣。又人人購其亡逸，多或百餘篇，少數十句，藏[去]〔弆〕矜大，復自以爲有得。翰林王君原叔，尤嗜其詩，家素畜先唐舊集，及採秘府名公之室，天下士人所有得者，悉編次之，事具于記，於是杜詩無遺矣。子美博聞稽古，其用事，非老儒博士罕知其自出，然訛缺久矣。後人妄改而補之者衆，莫之遏也。非原叔多得其真，爲害大矣。子美之詩……原叔雖自編次，余病其卷帙之多而未甚布。暇日與蘇州進士何君瑑、丁君脩，得原叔家藏及古今諸集，聚于郡齋而參考之，三月而後已。義有兼通者，亦存而不敢削，閱之者固有淺深也。而又吴江邑宰河東裴君煜取以覆視，乃益精密，遂鏤于板，庶廣

> 其傳。或俾余序于篇者，曰：如原叔之能文，稱于世，止作記于後，余竊慕之，且余安知子美哉，但本末不可闕書，故概舉以附于卷終。原叔之文，今遷于卷首云。嘉祐四年四月望日，姑蘇郡守太原王琪後記。（宋刻《杜工部集》，《中華再造善本》）

可見此本乃是以王洙原編，用古今衆本重新校勘，録存異文，最後又經吴江縣令裴煜覆視後上版刊行的，所以這個刻本，無論是文字質量抑或收詩數量，堪稱爲當時最可徵信的本子，因而被稱爲“王琪本”或“嘉祐本”。此本刊行還有一段嘉話，曰：

> 嘉祐中，王琪以知制誥守郡，大修設廳，規模宏壯，假省庫錢數千緡。廳既成，漕司不肯除破，時方貴杜集，人間苦無全書，琪家藏本讐校素精，既俾公使庫鏤板，印萬本，每本爲直千錢，士人争買之。既償省庫，羨餘以給公厨。（范成大《吴郡志》，録自《杜詩詳注・附編》，頁二二四二）

王琪本的出現，不僅結束了杜集版本零亂的局面，也結束了杜集僅靠傳鈔，流布不廣的情形。南宋時公使庫、郡齋刻本頗多，王琪實開風氣之先。范成大所記王琪刊行杜集的緣起雖然蹊蹺，刷印萬本也有些誇張，但卻反映了當時杜詩已頗受士林重視，所以後五年，即英宗治平元年（一〇六四）裴煜升遷蘇州太守後，復取王琪本版片，增補佚文四篇、佚詩五篇爲《補遺》卷，補版附後，重加印行，世稱“裴煜本”或“治平本”。與嘉祐本相較，治平本的不同僅在增加了《補遺》卷，這是杜集有“外集”或“集外詩”的開始。對此，陳振孫所記最爲簡明扼要，其略曰：

> 《杜工部集》二十卷……《唐志》六十卷，《小集》六卷。王洙原叔蒐裒中外書九十九卷，除其重複，定取千四百五篇，古詩三百九十九，近體千有六。起太平時，終湖南所作，視居行之次若歲時爲先後。别録雜著爲二卷，合二十卷，寶元二年記，遂爲定本。王琪君玉嘉祐中刻之姑蘇，且爲後記。元稹《墓銘》亦附第二十卷之末。又有遺文九篇，治平中太守裴集刊，附集外。蜀本大略相同。而以遺文入正集中，則非其舊也。（《直齋書録解題》卷十六，頁四七〇）

由於二本區别並不大，所以後世往往將二者皆稱爲“姑蘇本”。經過二王校理、裴煜補遺的姑蘇本，是當時一個相當完備的本子，因而成爲後世各種形式杜集的祖本，正如近代杜詩學者洪業所云："自是以後，學者之於杜集，或補遺焉，或增校焉，或注釋焉，或批點焉，或更轉而爲詩話焉，爲年譜焉，爲集注焉，爲分類焉，爲編韻焉，或如今之爲引得焉；溯其源，無不受二王所輯刻《杜工部集》之賜者。"（洪業《杜詩引得序》，頁二）可惜的是這兩個刻本，都未能流傳下來。

由於在王洙前後成書的舜欽、安石、劉敞三家所編各集，王洙皆未取用，今存各種杜集亦均未引及，三家所記各有數百首之多，這些詩的存佚，乃杜詩研究長期未決之謎。王洙與舜欽同時，且有詩文交往，王洙未取用舜欽本，萬曼先生曾深表遺憾。今經陳尚君先生考證，舜欽本並未佚失。因進奏院事削籍後，舜欽移居蘇州滄浪亭，既卒，其妻杜氏抱其遺文歸南京，由妻父杜衍及歐陽修哀序成集。嘉祐、治平間，王琪與裴煜於蘇州兩次刊行杜集，其時舜欽集已編成，王琪與歐陽修有較好關係，且蘇州刻書時尚有書信往來，所以舜欽所編杜集不被利用，是不太可能的。安石所編杜集，據上引宋宜序陳應行《杜詩六帖》可知，陳氏是見過安石本的，故安石本溢出的杜詩，《六帖》不可能不收。今《六帖》雖佚，然南宋初吴若所刊杜集、清錢謙益所注杜集均曾引及《六帖》，其中即有王洙本未收詩，可見安石本杜詩亦未佚失。至於劉敞本，編輯年代雖不明，然敞《宋史》卷三一九有傳，年輩略後於歐陽修、王琪等，與諸人亦較多往來，故所編杜集湮没不傳的可能性亦不大（以上《杜詩早期流傳考》）。

治平本刊行後，其翻刻本今知者有三：一爲蜀刻本，另兩個爲南宋初吴若本與浙刻本。蜀刻本，即上引陳振孫《書録解題》著録的"蜀本"，此本"大略同"治平本，即也爲古、律二體分編，古詩三百九十九，近體千有六，凡十八卷，文二卷，共二十卷；唯將《補遺》九篇散入正集而已。顯然此本即治平本的翻刻本，與王洙徵用的舊蜀本古、律不分者不同。另，嚴羽所見"鎮江蜀本"，則是此蜀本的下位本。嚴羽云"今豫章庫本，以爲翻鎮江蜀本，雖無雜注，又分古律，其編年亦且不同"（《滄浪詩話校釋·考證》，頁二三一）。據嚴羽所述豫章庫本的版本特徵，可知鎮江蜀本亦古、律分編，因知其爲此蜀本的下位本無疑。可惜此蜀本今已無傳，有關其版本的具體情形，已無從知詳了。

吴若本，乃南宋初吴若於建康翻刻本。若字季海，相州（今河南安陽）

人，南渡後居福建荆溪。嘗入太學，文學優贍，以上舍釋褐爲修職郎，娶張邦昌姪女爲妻，吴若因常勸張諫徽宗花石之事，張未從。除太學正。靖康元年，上書彈劾宰相吴敏、李邦彦交結蔡京父子，誤國害民，力諫欽宗罷除吴、李，"收拾人心，訓齊戎旅，恢復土疆，雪祖宗之大恥"。南渡初除建康通判，生平事跡具《三朝北盟會編》卷四十一至四十二，《宋史》卷三七〇。吴若乃忠貞直誠，慷慨愛國之士，此本乃其爲建康通判時所刻，蓋因於兵燹之中有感於杜詩熾熱的愛國之情，故梓以行世也。此本今唯存一殘帙，明末清初間，書賈將殘帙與南宋初浙地所刻杜集殘帙拼合爲一部宋本《杜工部集》，雖非全豹，亦彌足珍貴。而此拼合本的發現，還經歷了一個頗爲曲折的過程。拼合本卷後，毛扆《跋》云：

先君昔年以一編授扆曰："此《杜工部集》，乃王原叔（洙）本也。余借得宋板，命蒼頭劉臣影寫之，其筆畫雖不工，然從宋本抄出者。今世行杜集不可以計數，要必以此本爲祖也，汝其識之。"扆受書而退，開卷細讀。原叔《記》云……。二十卷末，有嘉祐四年四月望日，姑蘇郡守王[祺]〔琪〕後記。此後又有《補遺》六葉。其《東西兩川説》僅存六行而缺其後，而第十九卷缺首二葉。扆方知先君所借宋本，乃王郡守鏤板於姑蘇郡齋者，深可寶也。謹什襲而藏之。後廿餘年，吴興賈人持宋刻殘本三册來售，第一卷僅存首三葉，十九卷亦缺二葉，《補遺》《東西兩川説》亦止存六行，其行數字數悉同，乃即先君當年所借原本也。不覺悲喜交集，急購得之。但不得善書者成此美事，且奈何！又廿餘年，有甥王爲玉者，教導其影宋甚精，覓舊紙從鈔本影寫而足成之。嗟呼！先君當年之授此書也，豈意後日原本之復來？扆之受此書也，豈料今日原本復入余舍？設使書賈歸于他室，終作敝屣之棄爾。縱歸于余，而無先君當年所授，不過等閑殘帙視之爾，焉能悉其源委哉！應是先君有靈，不使入他人之手也。抄畢記其顛末如此。歲在己卯重九日，隱湖毛扆謹識，時年六十。（宋刻《杜工部集》，《中華再造善本》）

顯然毛晉父子誤將此拼合本當成王琪原刻了。毛家書散出後，輾轉至晚清，拼合本爲藏書家潘祖蔭收得，故首卷卷題下鈐有"宋"、"本"朱文二小方印，下方鈐"潘祖蔭藏書記"朱文長方印。祖蔭字伯寅，吴縣人，咸豐二年壬子（一八五二）進士，官至工部尚書，其藏書處名"滂喜齋"，所蓄金石圖書之富甲於吴中。《滂喜齋宋元本書目》有"宋版杜詩，二匣"，當即此本。《滂喜齋藏書記》卷三著録此本曰：

> 北宋刻杜工部集二十卷，一函十册。題"前劍南節度參謀宣義郎檢校尚書工部員外郎賜緋魚袋京兆杜甫"。每卷先列其目，目後接詩，前有王原叔記，嘉祐四年蘇州郡守王琪刻本也。浣花全集當以此爲最古，其餘槧本不下數十家，皆雲礽矣。秘帙流傳，海内恐無第二本，能不視爲鴻寶耶？王琪後記有近質者，下注云："如'麻鞋見天子，垢膩腳不襪'之句凡十三字，今本皆脱。"每半葉十行，行二十字。宋諱缺筆甚嚴。舊爲汲古閣藏書。宋刻存者卷一首三葉、卷十至十二、卷十七至末，共七卷。餘皆影鈔。結構精嚴，毫髮不苟，斧季之甥王爲玉筆也，後有斧季手跋。王琪之"琪"誤作"祺"。(《滂喜齋藏書記》卷三，頁七二)

潘氏亦斷此拼合本爲"王琪刻"，其誤蓋沿毛氏父子。潘家書散出後，拼合本輾轉入藏上海圖書館，二十世紀五十年代，張元濟先生借得此本，經勘驗，發現宋諱避至"完"、"構"等字，遂判爲南宋初年刻本。又據此本字體、行款、注例並不統一，復斷此本乃由"宋刻兩本相儷，缺卷爲毛氏鈔補，亦據兩本"。由於兩種宋本同爲南宋初刻本，字體、紙墨又十分相似，不具慧眼，萬難甄辨。張氏記云：

> 其一存卷一第三四五葉，卷十七至二十及補遺。每半葉十行，行十八至二十一字。毛氏鈔補自卷一第六葉起至卷九，卷十五卷十六。每卷先列子目，目後銜接正文。其二爲卷十至十二，每半葉十行，行二十字。毛氏鈔補卷十三及十四，每卷先列子目，目後重銜書名卷次及詩體首數各一行。兩本字體紙墨均甚相似，驟不易辨，但從行款注例審之，顯有不同。(《宋本杜工部集跋》，商務印書館一九五七年十二月初版《續古逸叢書》第四十七種)

張氏還從刻工的角度考證，前一種宋本刻工：洪茂、張逢、史彦、張由、余青、吴圭、洪先、張謹、牛實、劉乙、宋道、徐彦、施章、田中、張清、吕堅、王伸、方誠、駱昇、葛從、朱贇、蔡等，見於南宋初期浙地所刻多種典籍中，其中與南宋初年刊《資治通鑑目録》同者十二人，與紹興茶鹽司本《資治通鑑》同者十七人，等等，"於是確定爲紹興初年之浙本無疑"。後一本刻工有楊茂、言清、言乂、王祐、熊俊、黄淵、楊誂、鄭珣、翟庠等，尚未見於他書。然行間夾注"樊作某"、"晉作某"、"荆作某"、"宋景文作某"、"陳作某"、"刊作某"、"一作某"等校記，與錢牧齋《箋注杜工部集》所載吴若《後記》所云版本注例若合符節，因判後一宋刻乃吴若本。吴若《後記》作於"紹興三年六月"，張氏因判後者爲紹興三年吴若建康刻本。《景定建康志·書籍門》云："《杜工部詩》，五百二十版。"應即此本，張氏於是斷定云：

> 兩本雕版，異地同時。……吴本雖後于王本，牧齋已推爲近古，由今觀之，兩本實爲希世之珍。近人之疑吴本爲烏有，而深譏虞山之作僞者，觀此亦可冰釋。(《宋本杜工部集跋》，《續古逸叢書》第四十七種)

至於兩宋本的版本淵源，張氏判定皆北宋治平本的下位本，只不過浙本乃直接翻刻，吴若本又重加校勘並詳出校記而已。故張氏繼曰：

> (治平)公使庫鏤板，印萬本，每部值千錢，彼時傳本不謂不多，竟無遺存。幸七十餘年後有覆刻、有重校，不則恐絶響人間矣。從殘存三册覈之，知當時已爲牉合之本，錢氏述古堂亦嘗景寫一部。(《宋本杜工部集跋》，《續古逸叢書》第四十七種)

當時張氏已届九十高齡，仍親自主持，將新發現的牉合宋槧，影入商務印書館《續古逸叢書》，精神令人感佩；使兩種宋本《杜工部集》化身千百，功莫大焉。而吴若本的意外發現，圓滿地解決了一個歷史疑案。近人洪業曾臚舉"十大疑點"，懷疑宋吴若本乃錢謙益"僞造"(參《杜詩引得序》，頁五六至六九)。張氏所謂疑吴本爲子虚烏有之"近人"，正指洪業。洪氏後來見到影印牉合本，取與《錢注杜詩》對勘後心悦誠服地説："昔所疑，而今涣然冰釋！"牉合本再見了吴若本的真面，雖非全豹，但亦足以證明吴本"並非錢謙益所妄加、妄改"(洪業《我怎樣寫杜甫》)。

不過澳門曹樹銘以爲：張氏所判定的吴若本，實非吴若原槧，而是稍後受吴若本影響的另一種宋槧；而張氏判定的浙刻本，則"更爲接近吴若本"(曹樹銘《杜集叢校》，中華書局香港分局一九七八年版，頁一八六)。筆者經過勘驗後以爲，曹氏的説法並不妥當。吴若《杜工部集後記》云：

> 右《杜集》，建康府學所刻版也。教授劉常今亘，初得府帥端明李

公本，以爲善，又得撫屬姚令威寬所傳故吏部鮑欽止本，較定之。末得若本，以爲無憾焉。凡稱樊者，樊晃《小集》也。稱晉者，開運二年官書本也。稱荆者，王介甫《四選》也。稱宋者，宋景文也。稱陳者，陳無己也。稱刊及一作者，黄魯直也、晁以道諸本也。（《杜詩詳注》附編，頁二二四五至二二四六）

可見吴若本乃是一個用衆本重新校定的新本子。考其所用校本，除了王洙曾用的樊晃《小集》、晉官書本外，又新增王洙未見的王安石《四選》、宋祁本、陳師道本、黄庭堅本、晁以道本等諸種杜集；更爲可貴的是，吴氏還於校記中一一記載各種版本的名稱，爲考察杜詩文字的版本淵源，提供了寶貴的史料。如今這些文字與校本，在張元濟判定的宋刻五卷吴若本中還可充分得到印證；但是在張氏判定的十五卷浙刻本中，一處也没有。可見張氏斷定的牉合本中之五卷吴若本，應當没有問題。而曹氏謂張氏所説的吴若本，乃是受吴本影響的另一種宋槧，證據顯得不足。

至於浙刻本，據張元濟考證，乃是與吴本異地同時所刻的杜集，故其所據底本，亦應爲治平本。然浙本所出校記統爲“一作某”，並未具體顯示諸種校本的名稱，曹氏判浙本“更爲接近吴若本”，至少在這一點上是難以解釋得通的。此本與吴若本之所以可貴，乃因二本爲南宋最早刊行的杜集，故其所據底本，應爲北宋治平本，因而直接繼承了二王本的優點。可惜的是，二者今已俱非全豹了。

關於牉合本中浙本的刊刻者，《唐集叙録》引元好問《中州集》卷二“祝太常簡”條爲證，判定浙刻本乃王原叔之孫寧祖所刻。寧祖（《中州集》作“祖寧”，似誤——筆者）所傳杜集名《改正王内翰注杜工部集》，《苕溪漁隱叢話》有記載：“子美詩集，余所有者凡八家：《杜工部小集》，則潤州刺史樊晃所序也。《注杜工部集》，則内翰王原叔洙所注也。《改正王内翰注杜工部集》，則王寧祖也。《補注杜工部集》，則學士薛夢符也。……”（《苕溪漁隱叢話》後集卷八，頁五六）寧祖刊行杜集的原因，《中州集》下面一段話説得很明白，其略曰：

（祝）簡字廉夫，單父人，宋末登科，國初倅某州，仕至朝奉郎、太常丞兼直史館。有《鳴鳴集》行於世。其《詩説》有云：“……舊注：馬邑屬雁門，與杜子美作詩處全無關涉，後人遂謂王源（“源”乃“原”字之誤。

> 下同——筆者)叔謬於牽引,不知源叔初不注杜詩。予識其孫彦朝,彦朝不説杜詩非其大夫注。蓋彦朝不學,見流俗皆讀舊注,因而認有,可歎可歎。"好問[常]〔嘗〕以此問趙禮部,趙云:"廉夫前輩必不妄,試更考之。"今日見吴彦高《東山集》,有《贈李東美詩引》云:"元祐間秘閣校對黄本。鄧忠臣字慎思,余柳氏姨之夫,今世所注杜工部詩,乃慎思平生究竭心力而爲之者,鏤板家標題,遂以託名王源叔……"彦高此説正與廉夫合。近歲得浙本杜詩,是源叔之孫祖寧所傳,前有《序引》,備言其大父源叔未嘗注杜詩。廉夫、彦高益可信,故併記於此。(《中州集》卷二《祝太常簡》條,《中華再造善本·金元編》)

據此,杜詩僞王洙注,作者實爲鄧忠臣,書賈爲招徠讀者,上版時假託王洙大名。然因注文存在不少疑誤,頗受世人詬病,寧祖不得已,特借刊行杜集,以申明其祖父根本不曾注杜詩;而其所刻浙本,很可能就是牉合本中的浙刻本,且所據底本應爲治平本。

正因爲吴若本文字質量較高,所以錢謙益以爲"杜集之傳于世者。惟吴若本最爲近古",其箋注杜詩"字句異同。則一以吴本爲主。間用他本參伍焉"(《錢注杜詩·注杜詩略例》),較好地保存了吴若本的文字面貌。又錢曾《述古堂書目》亦曰:"《杜工部集》吴若本,二十卷,四本。注云:'宋本影鈔。'"錢曾的宋版書及影宋鈔本,多據錢謙益藏書,此影鈔吴若本,乃下吴若本真跡一等,在吴若本殘存的情况下,此本的版本價值非常珍貴。洪業之所以懷疑錢氏自謂注杜以吴若本爲底本乃"作僞",應因錢氏注杜在絳雲樓大火之後,洪氏蓋判吴若本毁於火,故生此疑。其實絳雲樓失火雖真,然吴若本卻不一定必毁於火;洪氏推斷存在邏輯上的疏漏,故有此誤。錢箋杜詩崇禎八年(一六三五)左右即已開始,所據杜集就是吴若本(詳下"錢箋杜詩"),而絳雲樓失火在清順治七年(一六五〇),前後相差十五六年。吴若本既爲錢氏手頭常用之書,絳雲樓失火未必一定殃及吴若本。退一步言,即便吴若本毁於絳雲樓之火,今有《述古堂書目》爲證,知錢氏有吴若本影鈔在,《錢注杜詩》仍有影鈔吴若本可據,就文字而言,與原槧並無差異。三百年之後,經洪業勘驗,不僅證實了吴若本的存在,同時也證實了錢箋杜詩所據底本的確就是吴若本。可惜的是,宋吴若本今不知尚在天地之間否?

治平本的傳鈔本,今知有明定府寫本。此本近人鄧邦述《寒瘦山房鬻存善本書目》有著録。鄧氏乃近現代著名藏書家兼文獻學家，字孝先，號正闇，江寧人。光緒二十四年（一八九八）進士，入翰林院，爲編修。曾歷訪歐美，民國初爲東北鹽運使，後入清史館（鄭偉章《文獻家通考》，頁一三六六）。《羣存書目》云："《杜工部集》二十卷《補遺》一卷，唐杜甫撰。景宋鈔本。前有寶元二年王洙《記》，後有嘉祐四年王琪《後記》。有'定府圖書'一印。此書每半葉十行，行二十字，乃從宋本景鈔。中多避諱字，如桓、完、徵、殷、竟、樹等字，皆缺末筆，而慎、敦字不缺，似是北宋刊本，故不避南宋諱也。書用舊皮紙，畫烏絲欄所寫。字雖不工，而雅飭整潔，首尾一律，可稱精好。己巳五月正闇寫記。"己巳乃民國十八年（一九二九）。由鄧氏所記版本特徵看，此本蓋據治平本影寫而成者。"定府"，明太祖朱元璋第五子橚由吴王改封周王，藩府建於開封；《明史》卷一一六《周定王傳》稱"橚好學，能詞賦"。是此本蓋橚或其嗣王依宋本影寫，故卷中有"定府圖書"印記。治平本原槧今已無存，此本乃其影寫本，可謂下真跡一等，非常寶貴，惜今不知尚在天地之間否？

另錢曾、毛扆父子，兩家均謂有"影鈔治平本"《杜工部集》二十卷，其實不然。錢鈔本今藏國家圖書館（見《中國古籍善本書目》），《讀書敏求記》著録此本曰：

> 嘉祐四年四月，太原王[淇]〔琪〕取原叔本參考之，鏤板姑蘇郡齋，又爲《後記》附於卷終，而遷原叔之文於卷首。牧翁箋注《杜集》一以吴若本爲歸，此又若本之祖也。予生何幸，於墨汁因緣有少分如此，斯文未墜，珠囊重理，知吾者不知何人，蓬蓬然有感於中，爲之放筆三歎。（《錢遵王讀書敏求記校證》卷四上，頁一八六）

據此，錢曾判此本乃據治平本寫出，與《述古堂書目》著録的"宋本影鈔"之"《杜工部集》吴若本二十卷，四本"，顯係兩種不同的本子：前者乃"若本之祖"，即出自治平本；後者爲宋吴若本的影鈔本。但是據筆者考察，錢氏之言，大謬不然。錢氏書散出後，此本輾轉至嘉慶前後爲藏書家張金吾所得，《愛日精廬藏書志》判爲"影寫宋刊本，絳雲樓藏書"，張氏記曰：

> 唐前劍南節度參謀宣義郎檢校尚書工部員外郎賜緋魚袋京兆杜甫撰，宋王洙編。凡詩十八卷，雜著二卷。後附遺文九篇，爲《補遺》，元稹《墓銘》附二十卷末，均與《直齋書録解題》合，蓋即王原叔編定本

也。杜集以吴若本爲最善，此又若本之祖。中遇宋諱皆缺筆，板心有刻工姓名，如張逢、史彦、余青、吴圭等名，蓋從宋雕本影寫者。絳雲樓、述古堂俱有印記。（《愛日精廬藏書志》卷二九，頁五一四）

此本絳雲樓和述古堂皆有印記，表明錢謙益亦見過此鈔本。張氏謂此本出自王原叔編定本，這自然不錯；然張氏沿襲錢曾之説，判此本乃吴若本之祖、即據治平本録出，則非是。此本國圖館藏目録著録爲《杜工部集》二十卷補遺一卷，清錢曾述古堂影宋鈔本，左欄外側上方有"虞山錢遵王述古堂藏書"字樣，行款、版式、文字與牉合本（已見）皆相同，且卷十至十二出校的"樊作某"、"晉作某"、"荆作某"、"宋景文作某"、"陳作某"、"刊作某"、"魯直作某"等校記，與牉合本中吴若本原槧異文皆相同，可見此本所據並非治平本，而是牉合本。又張氏所列四位刻工姓名張逢、史彦、余青、吴圭等，也與牉合本中浙刻本之諸刻工姓名相同，亦可證此本所據乃牉合本而絶非治平本。錢氏謂此本出自治平本，乃是沿襲了毛氏父子之誤。此本藏印有："禮邸珍玩"朱方、"禮府藏書"白方、"無悔齋"朱文長方、"曾居無悔齋中"朱文長方、"人生一樂"朱方、"蘭□主人"朱方、"趙元方藏"朱文長方、"曾在趙元方家"朱文長方、"趙鈁"白方、"鈁"朱方等。此本卷一第一、第二兩葉，乃宋浙本原槧，内容恰爲王洙《杜工部集記》之全文。這一點張元濟以前竟無人發現。此本既爲鈔本，何來原槧兩葉？張元濟解釋爲"毛、錢交摯，殆即斧季撤贈者"。然據毛扆跋文（已見），其所得宋牉合本中的浙刻本，卷一並無首二葉，如何能撤贈於錢家？不過無論如何，張元濟發現宋槧卷一首二葉後，遂將其與牉合本中宋浙本所存卷一第三、四、五葉珠聯璧合地銜接起來。張元濟慧眼識珠，爲宋浙本的進一步完善作出了可貴貢獻。又牉合本所缺卷十二第二十一葉後半葉、卷十九首二葉及《補遺》第七、八兩葉，亦用錢鈔本配齊，並與牉合本中的吴若本一起影印，題曰《宋本杜工部集》，收爲《續古逸叢書》第四十七種。而吴若本與浙刻本，二種版本之所以能牉合爲一部《宋本杜工部集》，也證明二本内容與版式十分接近，均爲治平本的下位本。

汲古閣鈔本，即上文提及的毛晉命蒼頭劉臣影宋鈔本，此本自毛家散出後，輾轉至晚清爲陸心源收得，《皕宋樓藏書志》卷六十八有著録，陸氏判爲"影寫宋刊本，汲古閣舊藏"。陸家藏書後爲日本人購去，此本亦隨其他藏書東渡，今藏日本静嘉堂文庫，嚴紹璗《日藏漢籍善本書録》著録爲"原毛氏汲古閣、陸心源皕宋樓等舊藏”。然嚴氏判此本“從宋嘉祐本影寫，有毛扆手識文，叙其始末”(《日藏漢籍善本書録》，頁一四三八)，則非是。上文已證明，此本所據底本乃牉合本《宋本杜工部集》，而非治平本，更非嘉祐本。又，陸氏著録此本時並未言其爲殘帙，故應爲全本；而嚴氏謂前三卷已散佚，則今已成殘帙矣，且其底本今仍存中土，所以該鈔本價值遂減太半矣。

宋人整理的杜集白文本，還有《杜工部集》五十卷、《外集》一卷、《文集》二卷，蔡夢弼集録，戴覺民校刻。蔡夢弼嘗編纂《杜工部草堂集詩箋》五十卷《外集》一卷(詳下)。戴覺民字希尹，天台人，宋理宗景定三年(一二六二)進士。此本原爲度宗咸淳五年(一二六九)戴覺民《李杜合刻》之《杜工部集》，此集應是就蔡氏《草堂詩箋》删除注文而成者，故題“蔡夢弼集録”；《文集》二卷，應爲戴氏所補。蔡氏《詩箋》成書於南宋後期，既校勘文字，又正音讀，故文字方面自有優長。戴氏合刻《李杜集》，《杜集》自應取用蔡本。此本張鈞衡《適園藏書志》著録曰：“《杜工部集》五十卷，舊刊本，唐杜甫撰，蔡夢弼本，無注。行字尺寸行款，均與李集同。疑同時所刻，然不敢決。”未提《外集》及《文集》，是否宋本，也未斷定，因疑張氏所藏有殘缺。

宋人在輯集、校理杜甫作品的同時，便開始對杜集加以注釋。周采泉先生云：“《杜集》在北宋治平(一〇六四～一〇六七)以前，大致皆白文，無注。自王琪姑蘇郡齋刊本行世後，有爲之注者數家，如王得臣、孫洙、劉克等，皆爲北宋之早期注家，今其書皆不傳。南宋初期，集注之風漸啓，率以王洙注列爲第一，稱爲‘洙注’。”(《杜集書録》内編卷一，頁二三)是今存注杜衆家中，以王洙注爲最早。王洙注杜，《宋史·藝文志》著録三十六卷。《苕溪漁隱叢話·後集》卷八曰：“《注杜工部集》，則内翰王原叔洙所注也。”《分門集杜工部詩》卷前所列《集注杜工部詩姓氏》亦云：“太原王氏名洙，字原叔，翰林學士，兵部郎中知制誥，史館修撰，注子美集，先古詩，後近體，計三十六卷。”(《分門集注杜工部詩》卷首，四部叢刊本)由古體、近體分編的情形看，此注本所據應是王洙編次的二十卷本《杜工部集》。然而前文已言及，這個注本並非出自王洙，洪駒父《詩話》亦曰：

> 世所行注老杜詩，云是王原叔，或云鄧慎思，所注甚多疏略，非王、鄧書也。其甚紕繆者，佛經稱善巧方便，僧璨、惠可二祖師名。故詩曰：“何階子方便。”又曰：“吾亦師璨、可。”注乃云：“子方，田子方；璨

> 可，詩僧。"顧愷之小字虎頭，維摩詰是過去金粟如來，故《乞瓦棺寺顧愷之畫摩詰像詩》卒章云："虎頭金粟影，神妙獨難忘。"注乃云："虎頭，僧像；金粟，金地當飾。"此殊可笑也。余嘗見一老書生，忘其姓名，自言注老杜詩，取而觀之，注"紈袴不餓死，儒冠多誤身"云："冠，上服，本乎天者親上，故稱冠譬之君子；袴，下服，本乎地者親下，故舉袴譬之小人。"雖不爲無理，然穿鑿可笑。(《苕溪漁隱叢話》前集卷九，頁五八至五九)

洪駒父名芻，紹聖進士，靖康中官諫議大夫，工詩。駒父所舉的老儒注杜，穿鑿可笑自不待言，所示王、鄧注文，於佛禪常識方面的舛誤同樣庸淺可笑。職是之故王洙注杜一書，洪氏判爲"僞注"是有道理的。晁公武亦不信王洙注杜一説，有云"皇朝自王原叔以後，學者喜觀甫詩，世有爲之注者數家，率皆鄙淺可笑。有託原叔名者，其實非也"(《郡齋讀書志校證》卷十七，頁八五七)。王國維《宋刊分類集注杜工部詩跋》，則判所謂王洙注杜爲"書肆中人一手所爲"，王氏曰：

> 此書所集諸家注，其名重者，率僞作也。東坡《注》之僞，宋洪容齋已言之。餘如王原叔仁宗時人，徵引新《史》(按：指《新唐書》)猶可説也，乃引沈存中《夢溪筆談》，豈不可笑！蓋書肆中人一手所爲也。(《觀唐别集・補遺》)

可見王洙注杜之僞已成定案。然而上文已述及，吴彦高《東山集》已明確指出，"僞洙注"的撰者乃鄧忠臣；王國維謂"蓋書肆中人一手所爲"，那么"僞洙注"的作者究竟是誰呢？今人梅新林《杜詩僞王注新考》進一步證實，僞王洙注的作者就是鄧忠臣(《杜甫研究學刊》，一九九五年第二期)。忠臣字慎思，長沙人，元祐間與張耒、晁補之、蔡肇等十一人唱和同文館，有《同文館唱和詩》十卷(《四庫全書總目》卷一八六，頁一六九三)，後入"元祐黨籍"，有《玉池集》，已散佚。鄧氏注杜，精核之處在在有之，南宋諸多杜集注本皆奉爲典要，大量徵引，這就不是書肆人的水準所能達到的了。所以"僞洙注"並不像王國維推斷的那樣"蓋書肆中人一手所爲"。然因此書並非由鄧氏上板刊行，而是出於"鏤版家"之手，所以原書當已改動，只是改動得並不高明，出現諸多庸淺可笑之處，《王直方詩話》曾謂：近世注杜詩者，注文中有"真可發觀者一笑"之處六條，其中五條即出自"僞洙注"(莫礪鋒《杜詩

“僞蘇注”研究》,《文學遺産》一九九九年第一期)。王直方卒於大觀三年(一一〇九),是知“僞洙注”在大觀元年(一一〇七)以前即已廣爲流傳,這是今知杜集的第一個高品質注本。而王洙未注杜詩,世人共曉,學者們遂攻其一點,貶斥此書不值一顧,這顯然有失公允。

關於“僞洙注”的作者問題,另有一説以爲“洙”指孫洙,楊慎、胡應麟即持此説(見《詞品》,《少室山房筆叢》卷二一),未知何據。孫洙注杜之説,不見宋人記載,至楊慎方持此説;胡應麟則從楊慎,亦未言所據爲何,蓋楊氏臆説耳。

無獨有偶,杜詩僞書除僞洙注外,還有“僞蘇注”,亦稱“假坡注”(《滄浪詩話校釋·考證》,頁二三二)。“僞蘇注”並非一人,所著亦非一書,有稱《杜陵句解》,或名《注詩史》、《詩史》者,乃李歜所編。但也有學者謂李歜並無其人,胡仔即以爲:“必好事者僞撰以誑世,所謂李歜者,蓋以詭名耳。”(《苕溪漁隱叢話》前集卷十一,頁七五)或謂王銍撰而託名李歜,如張邦基《墨莊漫録》曰:“又有李歜注杜甫詩、注東坡詩,皆性之(王銍字)一手,殊可駭笑。然則爲王銍所作無疑矣。”(《四庫全書總目》卷一四〇《雲仙雜記》十卷,頁一一八六)周采泉先生則以爲:“王銍爲得臣之姪,明清之父,爲趙宋文苑舊家,著作等身。陸游曰:‘王性之記問該洽,尤長於國朝故事,莫不能記。對客指畫誦説,動百千言,退而質之,無一語謬。予自少至老,惟見一人……其藏書數百篋,無所不備。’(《老學菴筆記》卷之六)據此,王銍之博洽,爲陸游所推崇如此,‘僞蘇’非出於銍手,明矣。大致皆出於坊賈所爲,李歜爲假名,而王銍則係誤傳,其真實姓名,則無從究詰。”(《杜詩書録》内編卷十一,頁六四二)王銍既著作等身,自有世名,無須靠僞書欺世盜名,周氏所言,頗中肯綮。

又有《東坡事實》或《老杜事實》者,或謂乃鄭昂假託。朱熹曰:“《東坡事實》者,非蘇公作,聞之長老,乃閩中鄭昂尚明僞爲之。”(《跋章國華所集注杜詩》,《晦庵先生朱文公文集》卷八四,四部叢刊本。版本下同)可見鄭昂託名蘇軾注杜,乃朱熹所聞,並無確證。所以“僞蘇注”作者究竟是誰,一時還難以確定。與“僞蘇注”所不同者,“僞洙注”雖假名王洙,然注文絶大部分還是可靠的,而“僞蘇注”除少部分確爲蘇氏評論杜詩之語外,餘皆鑿空虚造,誑世欺人,故同是僞注而情形有别。胡仔曰:

余觀《注詩史》是二曲李歜,述其《自序》云:“歜上書之明年,言狂意妄，聖天子不賜鑊樵，全生棄逐嶺表，東坡先生亦謫昌化，幸添門下青氈，又於疑誤處，授先生指南三千餘事，疏之編簡，聊自記其忘遺爾。”然三千餘事，余嘗細考之史傳小説，殊不略見一事，寧盡出於異書邪？以此驗之，必好事者僞撰以誑世，所謂李歜者，蓋以詭名耳。（《苕溪漁隱叢話》前集卷十一，頁七四至七五）

朱熹亦曰：“《東坡事實》者……所引事皆無根據，反用杜詩現句，增減爲文。而傳其前人名字，託爲其語，至有時世前後顛倒失次者。舊嘗考之，知其決非蘇公書也。”（《跋章國華所集注杜詩》，《晦庵先生朱文公文集》卷八十四）宋翌揭穿得就更徹底了，其略曰：“近世傳《東坡注杜詩》，李歜編者，誕妄無根，不可名狀……有灼然有出處而歜不知者。又東坡雜説中論杜詩及録出處者極多，無一字及此，以是知其尤妄誕。小兒輩好奇，未多讀書，真以爲東坡所注，故爲辨之。”（《猗覺寮雜記》卷上，影印文淵閣《四庫全書》第八五〇册，頁四五九）就是説《東坡志林》、《仇池筆記》等雜記中有不少評論杜詩處，李歜注竟無一字與之相同，可證“僞蘇注”乃好事者欲借東坡大名，僞造故事以誑世授僞。可惜的是“僞蘇注”被輾轉徵引，宋代《分門集注杜工部詩》、《王狀元集百家注編年杜陵詩史》等注本均有徵引者（詳下），經郭知達《九家注》等批駁删削後，引用者始大爲減少，但仍不斷有人徵引，直到清代依然如此。仇兆鰲《杜詩凡例》曰：“僞蘇注，古人本無是事，特因杜句而緣飾首尾，假撰事實，前代楊用修，力辯其謬妄。邵國賢、焦弱侯往往誤引。凌氏《五車韻瑞》援作實事。張邇可又據《韻瑞》以證杜詩，忽增某史某傳，輾轉附會矣。吴門新刊《庾開府集》亦誤采《韻瑞》，皆僞注之流弊也。”（《杜詩詳注·杜詩凡例》）可見僞蘇注遺害之廣。元劉塤《隱居通義》卷七曰：“家藏小册一本，字畫甚古，題曰東坡《老杜詩史事實略舉》。”清錢曾《述古堂書目》亦著録有宋槧《老杜詩史》十卷，則僞蘇注直到清代仍有傳本。經錢謙益、仇兆鰲嚴格撻伐，僞蘇注等書方銷聲匿跡，然而從影印的注杜古本中，仍可看到其影子。

此外，程千帆《杜詩僞書考》一文所揭示的注杜僞書，還有託名宋黄庭堅的《杜詩箋》（見程氏《古詩考索》），此乃元代僞書，這裏就不再論及了。

杜集注本出現之後，北宋後期，繼起者若雨後春筍，首如政和三年（一一一三）王得臣《增注杜工部詩》四十六卷。得臣字彦輔，號鳳臺子，另有《和杜少陵詩》三卷及《麈史》行世（見宋王明清《揮麈録》）。《集注杜工部詩姓氏》云："鳳臺王氏，彦輔，和注子美詩四十九卷，自號鳳臺子。"（宋刻本《分門集注杜工部詩》，四部叢刊本）所謂四十九卷，則是並其《和少陵詩》三卷而言者。《宋史·藝文志》唯著録《和杜詩》三卷，而疏漏其杜集注本四十六卷。此本前有王氏自序曰：

> 逮至子美之詩，周情孔思，千彙萬狀，茹古涵今，無有端涯；森嚴昭焕，若在武庫見戈戟布列，蕩人耳目。非特意語天出，尤工於用字，故卓然爲一代冠，而歷世千百，膾炙人口。予每讀其文，竊苦其難曉。如《義鶻行》"巨顙拆老拳"之句，劉夢得初亦疑之，後覽《石勒傳》方知其所自出。蓋其引物連類，掎摭前事往往而是。韓退之謂"光焰萬丈長"，而世號爲"詩史"，信哉！予時漁獵書部，嘗妄注緝，且十得五六。宦遊南北，因循中輟。投老掛冠，杜門家居，日以無事，行樂之暇，不度蕪淺，既次其韻，因閲舊注，惜不忍去，搜考所知，再加鐫釋……自王原叔内相再編定《杜集》二十卷，後姑蘇守王君玉得原叔家藏於蘇州進士何瑑、丁修處，及今古諸集相與參考，乃曰："義有兼通者，亦存而不敢削。"故予之所注，以蘇本爲正云。時洪宋八葉，明天子之在御，政和紀元之三禩下元日序。（宋刻本《分門集注杜工部詩》卷首，四部叢刊本）

可見王得臣注杜的緣起，在於杜詩每字皆有來歷及掎摭前事之繁富所造成的"難曉"，是此注本應重在字詞和事典出處的詮釋。又此本正文所據，乃王琪蘇州刻本，文字上保存了蘇州本的校勘成果。可惜的是此本已佚，今已無從見其真面了。

次如鮑慎由撰《注杜詩文集》二十卷，書成於政和七年丁酉（一一一七）（已見）。此本又名《杜詩説》、《注杜詩》。蔡夢弼《草堂詩箋》作鮑欽止《詩譜論》，非是，《詩譜論》乃鮑彪作。鮑慎由字欽止，元祐六年（一〇九一）進士，歷知明、海二州，曾從王安石、蘇軾遊，撰有《鮑慎由文集》五十卷及《鮑欽止集》二十卷，《宋史·藝文志》均有著録，事蹟見《東都事略》卷一一六《鮑由》傳。慎由既爲當時知名學者，故其所注杜集頗受世人稱道，祝簡《詩説》云："予政和丁酉任洺州教官，是時括蒼鮑慎由欽止出所注《杜詩説》，'天王守太白'，'守'，讀如'狩於河陽'之'狩'。'高秋登寒山，南望馬邑州'，'馬邑州'，在城州界。予檢《唐書·志》，寶應元年徙馬邑州于鹽井城。欽止爲有據矣。舊注馬邑屬鴈門，與杜子美作詩處全無關涉，後人遂謂王

[源]〔原〕叔謬於牽引，不知[源]〔原〕叔初不注杜詩。"(《中州集》卷二"祝太常簡"條，《中華再造善本・金元編》)顯然，鮑氏注在前人基礎上已大有進步，只是此本也已散佚，只能從集注本中約略窺見其面貌了。

此外，北宋注杜者還有薛蒼舒、魯詹、洪擬諸家。薛蒼舒字夢符，河東人，翰林學士，著有《補注杜工部集》，爲胡仔所藏杜集八種之一。另《宋史・藝文志》著録"《杜詩補遺》五卷、《續注補遺》八卷，均薛蒼舒作；《杜詩刊誤》一卷，亦薛[倉]〔蒼〕舒作"。以上四書，現均無傳本，然"杜詩九家注"(詳下)中趙彦材常常徵引薛夢符語，知蒼舒早於趙氏。後三書，周采泉先生以爲似是《補注杜工部集》的附屬部分，後似又各自單行，因而撰者或題蒼舒、或題倉舒、或題夢符，其實爲一人，《集千家注》及《分門集注杜工部詩》所列《集注杜工部姓氏》以蒼舒、夢符爲二人，大誤。魯詹字巨山，海鹽人，魯訔之兄，崇寧五年(一一〇六)進士及第。其《杜詩傳注》十八卷，已佚(見《魯詹傳》，載錢儀吉《邗石齋記事稿》)。此本與魯訔所撰《編次杜工部集》十八卷，卷數相同，書名略異。周采泉先生謂："兄弟注杜，卷數相同，書名略異，未知是一是二?"(《杜集書録》内編卷一，頁三三)由於魯詹書已佚，無從比勘，只好存疑。洪擬字成季，洪興祖叔父，進士甲科登第，紹興中爲徽猷閣直學士，《宋史》本傳稱其撰"《注杜甫詩》二十卷"，然《宋史・藝文志》失載。清光緒《丹陽縣志・藝文志》著録洪擬"《杜詩注解》二十卷"，下注"未見傳本"。民國《台州府志》作《杜詩注》三十卷，多出十卷，未知何據。

另外，這裏須澄清一下趙子櫟《杜詩注》的問題。子櫟字夢授，宋宗室，元祐進士，紹興中官寶文閣直學士，《宋史》卷二四七有傳。子櫟撰有《杜工部年譜》，又稱《杜工部草堂詩年譜》，簡稱趙《譜》，《四庫全書》采入。而子櫟注杜詩的問題，蔡夢弼《草堂詩箋跋》有云："其次如徐居仁、謝任伯、吕祖謙、高元之暨天水趙子櫟、趙次翁、杜修可、杜立之、師古、師民瞻亦爲訓解。"(元槧《杜工部草堂詩箋》，《中華再造善本・金元編》)蔡氏明言子櫟嘗注杜詩，且《草堂詩箋》於《玄元皇帝廟》"猗蘭奕葉光"句下，《何將軍山林》"萬里戎王子"句下，及《贈田九判官》等詩，均引有"趙子櫟曰"，這些皆非《年譜》所有者。周采泉先生正是以此爲據，斷言"趙氏注杜當可信，《年譜》特《杜詩注》之附録耳"(《杜集書録》，頁二五)。然而經今人蔡錦芳考證，《草堂詩箋》"所引的趙子櫟注都是趙次公注"，故"所謂趙子櫟的《杜詩注》也就不存在了"(參《趙子櫟未嘗注杜考》，載蔡錦芳著《杜詩版本及作品研究》，上海大學出版社，二〇〇七年十二月第一版，頁三九。版本下同）。又"杜立之"，最早徵引《王直方詩話》的是託名王十朋的《王狀元集百家注編年杜陵詩史》，然只稱"立之曰"；最早爲"立之"冠以"杜"姓者乃宋無名氏《分門集注杜工部詩》，經蔡錦芳考證，"杜立之就是王立之，即王直方"之訛（參《宋代杜詩注本中的"立之"、"杜立之"、"王立之"實爲王直方》，《杜詩版本及作品研究》，頁六五）。蔡氏之言是建立在確鑿證據基礎之上的，故其結論可以信據。

南宋時，由於飽嘗亂離的宋人對杜甫憂國憂民的詩歌體會更加深切，遂轉化爲巨大動力，使杜集整理注釋形成高潮，不僅注家越來越多，而且出現了"集注"性的所謂"九家注"、"百家注"、"千家注"等等。集注者，著名的郭知達、黄氏父子、蔡夢弼三家，皆出現於南宋時期，這決不是偶然的，而是時代使然。

南宋注杜者，首先是鄭卬《杜少陵詩音義》，然此本已佚，唯鄭氏《自序》尚存，其略曰："國家追復祖宗成憲，學者以聲律相飭，少陵矩範，尤爲時尚。於其淹貫群書，比類賦象，渾涵天成，奇文險句厭人目力，讀者未始不以搜尋訓切爲病。卬近因與二三友質問，爰就隱奥處著爲《音義》。至夫人物地理，古今傳志，咸極討論，施之新學，不亦可乎！時紹興改元，歲次辛亥（一一三一）長至後五日長樂鄭卬序。"（宋刻本《分門集注杜工部詩》卷首，四部叢刊本）可見此本旨在正音釋難，與書名相副。《分門集注杜工部詩》徵引此本相當多，《分門集注》本行，此本失去了獨立存在的必要，故後世也就自動亡佚了。鄭卬家長樂，與鄭昂皆閩中人。東坡《老杜詩事》，朱熹以爲鄭昂作，或將"昂"與"卬"混而爲一，其實昂爲北宋蔡京時人，卬爲南宋初人。

鄭卬之後，師尹《杜詩詳注》亦當撰成於南宋早期，尹字民瞻，生於北宋，官終夔州通判，紹興二十二年（一一五二）卒，魏了翁爲撰《朝奉大夫通判夔州累贈正奉大夫師君墓誌銘》，譽其所注杜工部詩、蘇文忠公詩"明辯閎博，心竊好之"。可見師尹不僅注杜詩，還注蘇詩，乃南宋初頗有成就的注釋家，另有《文集》二十卷。郭知達《九家注》所引之"師曰"即師尹注文，徵引雖不多，尚屬雅馴，且於杜詩異文多所考訂，並無僞撰故事、强釋文詞之弊。《王狀元集百家注》所引之"師曰"，乃指師古（詳下）；仇兆鰲《杜詩詳注》所引也以師古爲多，而混稱"師氏"，不妥。再者，鮑彪有《少陵詩譜論》，彪字文虎，建炎二年（一一二八）進士，官至尚書郎，所撰還有《戰國策注》；

鮑氏《詩譜論序》稱紹興十七年(一一四七)書成,爲胡仔所藏八種杜詩之一。集注本出現後,多稱引其注,郭知達《九家注》所引尤多,宋人詩話徵引也不少,這表明鮑彪注釋價值頗高。此本南宋疑有刻本,後集注本盛行,此本逐漸亡佚。復次,杜田有《注杜詩補遺正謬集》十二卷,或名《杜詩拾遺》、《補遺正謬注》等,當爲同書異名,《分門集注杜工部詩》卷首《集注杜工部詩姓氏》(詳下)作"城南杜氏,名田,字時可,著《補遺》",當即此本。杜田一字汝耕,號樗叟,官大邑縣丞,此本亦爲胡仔所藏杜詩八種之一,已佚,然郭知達《九家注》徵引此本也比較多,可見杜田亦爲注杜之佼佼者,觀其所正之謬,主要糾正僞王洙注之訛,間有正師氏之謬者,因知行輩略後於師氏。杜田另有《杜詩博議》,未詳卷數,雖爲清人惠棟編《漁洋山人精華録訓纂》注文所徵引(見該書卷十上《題小長蘆三首爲竹垞作》),因該書已佚,詳情未知。又,師古《杜詩詳說》二十八卷,蓋亦南宋較早的注杜之作,見《分門集注杜工部詩》卷首《集注杜工部詩姓氏》。師古乃蜀人,《王狀元集百家注》所引之"師先生"即指師古,因知在《王狀元集百家注》之前,《宋史・藝文志》著録《杜甫詩詳說》二十八卷,不知作者,疑即此書。嚴羽曰:"《杜注》中'師曰'者,亦'坡曰'之類。但其間半僞半真,尤爲淆亂惑人。此深可歎,然具眼者自默識之耳。"(《滄浪詩話校釋・考證》,頁二三五)所斥即師古注文。錢謙益曰:"蜀人師古注尤可恨,"王翰卜鄰",則造杜華母命華與翰卜鄰之事。"焦遂五斗",則造焦遂口吃,醉後雄譚之事。流俗互相引據,疑誤弘多。"(《錢注杜詩・注杜詩略例》)故洪業云:"若師古之《杜詩詳說》,多以淺文總解全篇,惜亦捏造故事,欺惑流俗,其爲患幾與僞蘇舊注等。"(《杜詩引得・序》,頁九)周采泉據此本所引其他注家,或稱名,或稱字,以别於師尹,而引師古則稱"師先生",因疑此本乃師古之門生,託師古之名爲之者,實爲僞書。此本南宋時似有刻本,集注本盛行後逐漸亡佚。另,《分門集注杜工部詩》卷首《集注杜工部詩姓氏》所列"城南杜氏,修可,《續注子美詩》",經蔡錦芳考證,"修可"一名,始見於託名王十朋的《王狀元集百家注編年杜陵史詩》,而首次給"修可"冠上"杜"姓的,乃是宋無名氏《分門集注杜工部詩》(此言非是,"杜修可"於《門類增廣十注杜詩》已見——筆者),然而"'杜修可'是用杜田注和趙次公注及其他一些注拼合出來的一個人物,這個人物實際上是不存在的";又宋代注杜諸家中"所謂的'杜定功'也是一個'莫須有'的名字,他的注文主要也是由杜田注和趙次公注拼合起來的,同時也雜進了少量的其他的注文"(《宋代杜詩注家杜修可和杜定功二家真實存在嗎?》,蔡錦芳《杜詩版本及作品研究》,頁四七、五六)。蔡氏是在仔細比勘多種相關杜集注本,獲得大量佐證的情況下得出結論的,所言頗可信據。

注杜之家漸多,各有所長;讀者綜覽頗覺不便,於是遂有集注之本。洪業曰:"竊疑集注之起當在紹興中葉,或其稍前。……初爲之者、所收家數尚寡;後來十家、二十家、六十家、百家、千家,乃或續有所獲,踵武增華;或虚張數目,以相誇耀也。"(《杜詩引得·序》,頁九)道出了集注本彙聚注家由少到多,虚張數目,以相誇耀的特點。然集注本博取衆長,使單注本漸漸失去存在的必要,所以今天所能見到的宋人注杜,大多賴存世的幾種較好的集注本而得窺其仿佛。

不過,集注本的濫觴並不在南宋初,北宋《趙次公注杜詩》,簡稱"趙注",又稱《趙次公集注杜詩》三十六卷,應爲最早的名副其實的杜詩集注本。趙次公,名彦材,以字行,蜀人,宋宗室之後。此本錢曾《也是園書目》即著録爲"《趙次公集注杜詩》三十六卷",而《述古堂書目》著録爲"《趙次公注杜甫集》三十六卷,三十本,宋版",《宋版書目》作"《趙次公注杜甫詩集》三十六卷、三十本"(錢曾撰,瞿鳳起編《虞山錢遵王藏書目録彙編》卷七,上海古籍出版社二〇〇五年十一月第一版,頁二〇三)。三者卷數相同,書名略異,當爲同一種宋本。然而此本,晁公武《讀書志》、馬端臨《文獻通考·經籍考》著録爲五十九卷,恐誤。錢曾即糾正曰:"予觀《通考·經籍志》云:趙次公《注杜詩》五十九卷。今按趙《注》散見於蜀本(即郭知達《九家注》),曾《序》已稱其最詳,卷帙安得有如此之富;恐端臨所考或未核,書此以諗世之讀《杜詩》者。"(《述古堂藏書目》)故疑"五十九"當爲"三十六"之訛。清《世善堂書目》著録的"趙次公《杜子美詩集》",既不言爲注本,也不著卷數,蓋非據實著録。元好問《杜詩學序》引此書只作《正誤》,仇兆鰲《杜詩詳注》引作《杜詩正誤》,蓋均非據實著録。

趙次公所注《杜集》,現僅有鈔本流傳,然題作《新定杜工部古近體詩先後並解》,凡二部,一爲明鈔本,藏國家圖書館,有清沈曾植跋;另一爲清鈔本,原藏安徽文史館,今歸成都杜甫草堂庋藏,有清許承堯跋,成帙卷尾有"右《杜詩先後解》,宣和原刻,共十本,丙寅重鈔"一行,因知所據爲北宋刻本。二部皆殘帙,所存卷帙完全相同:巳帙八卷,成帙十一卷,未帙七卷,凡二十六卷，知此本所出同源。周采泉以爲“成帙”當爲“戊帙”傳鈔之誤，甚是；二本“祇存全集十分之三，自永泰元年五月杜下戎州起，至大曆五年四月止，所解乃杜最晚六年作詩”（《杜集書録》内編卷一，頁三二）。許承堯跋所謂“分析杜詩先後”，即以年代先後編次杜詩，因知此本首先是一個編年本，所佚當爲子、丑、寅、卯、申等五帙，故足本應爲三十六卷。此本書名又稱“並解”，知此本還是一個注釋本。北宋人所注杜集，現大都亡佚，故此趙《注》本，乃北宋杜集注本之唯一傳世者，雖崑山片玉，亦彌足珍貴。沈曾植即云：“次公此注，於歲月先後，字義援據，研究積年，用思精密，其説繁而不殺……要就全書論之，自當在蔡、黄數家之上。埋沉七百年，復見於世。沅叔其能圖鼎鐫，毋令黎氏《草堂》專美也。”許承堯跋云：“次公蜀人，於蜀中地理最詳，分析杜詩先後自可信。且爲注杜最古之書，惜神龍但見尾耳。”可見此注價值之高。另《避地》一詩，僅見此本，則趙氏於杜甫佚詩亦有所輯補。今人林繼中已將趙《注》輯集爲《杜詩趙次公先後解輯校》一書，一九九四年由上海古籍出版社出版。然該書《前言》謂趙次公注杜詩“當在紹興四年至十七年之間”，未知何據。

從現存鈔本看，趙注中徵引有多家注杜之文，故此本實爲“集注本”的濫觴，錢曾《也是園書目》著録此本爲“《趙次公集注杜詩》”，稱“集注”蓋以此也。唯當時注杜家數尚少，次公徵引注家爲數不會太多。南宋集注之風大盛，此本實開先河。這樣看來，趙《注》實將編年、注釋、集注三者彙於一本，加之注釋精審，所以趙《注》頗爲南宋注杜家重視，徵引極多。曾噩《重刻九家注杜序》曰“惟蜀士趙次公爲少陵忠臣”，劉克莊甚至將趙次公注杜與杜預注《左傳》、李善注《文選》、顔師古注《漢書》相提並論（《跋陳教授杜詩補注》，《後村先生大全集》卷一〇〇），可見評價之高。直到清初錢謙益，雖對“千家注”多有不滿，但以爲中有三家較善，而趙《注》稱首（見《錢注杜詩・略例》）。

迨南宋初期，集注本較早者有《卞氏集注杜詩》三十卷，乃卞大亨、卞圜父子撰。彭叔夏《文苑英華辨證》曾引用此書，又名《改注杜詩》，見明王圻《續文獻通考》。大亨字嘉甫，泰州（一作海陵）人，隱居象山，自號松隱居士，靖康中以遺逸薦。圜字養直，一作子東，又作子車，大亨子，紹興三十年（一一六〇）進士，倅揚州，著有《論語大意》。《劉賓客嘉話録》有乾道癸巳（九年，一一七三）卞圜《跋》（見《四庫全書總目》卷一四〇，頁一一八四），知乾道時圜尚在世。此書雖佚,然叔夏嘗徵引隻言片語;“集注”二字表明,撰者有意彙集杜注各家,這是目前所知最早以“集注”命名的杜集注本。周必大《二老堂詩話》“辨杜詩閲殷闌韻”條論卞氏此書云:“世言杜子美詩兩押‘閑’字,不避家諱……其實非也。卞圜杜詩本云‘留懽上夜關’,蓋有投轄之意。‘卜’字似‘上’字,‘關’字似‘閑’字,而不知者或改作‘夜閑’,又不在韻,卞氏本妙不可言。”(《歷代詩話》下册,頁六七三)可見謂杜甫不避家諱者,乃據誤本言之耳。又《草堂詩箋》卷一《贈李白》“豈無青精飯”句,卞圜曰“青”一作“菁”,一作“食飿”,一作“饑”,一作“粹”;“苦乏大藥資”,卞圜曰“大”一作“買”,諸如此類甚多,可見此本在文字方面頗具校勘價值。另《草堂詩箋・外集》有《酬唱附録》一卷,目録中名爲《湖海諸公酬唱附録》,海陵卞圜集,疑即此本原有之附録。然《附録》所收有唐太宗、張説等人的酬唱詩,不全是與杜甫有關的唱和之作,故顯得有些文不對題。又唐太宗、張説君臣列入“湖海諸公唱和”之内,也有些名不副實。可見卞氏此本編輯品質並不高,此本失傳,也不見其他注杜家徵引其注文,就一點也不奇怪了。

南宋前期的杜集注本中,較早且重要者爲郭知達《杜工部詩集注》三十六卷,即後世盛稱的“杜詩九家注”或“九家集注杜詩”,簡稱“九家注”。淳熙八年(一一八一)郭知達《序》曰:

> 杜少陵詩世號“詩史”,自箋注雜出,是非異同,多所牴牾。至有好事者,掇其章句,穿鑿附會,設爲事實,託名東坡,刊鏤以行。欺世售僞,有識之士,所爲深歎!因輯善本,得王文公安石、宋景文公祁、豫章先生黄庭堅、王原叔洙、薛夢符蒼舒、杜時可田、鮑文虎彪、師民瞻尹、趙彦材次公凡九家,屬二三士友,各隨是非而〔去〕取之。如假託名氏,撰造事實,皆删削不載。精其讎校,正其訛舛,大書鋟版,置之郡齋,以公其傳。庶幾便於觀覽,絶去疑誤。若少陵出處大節,史有本傳,及互見諸家之叙,兹不復云。淳熙八年八月,成都郭知達謹序。(《杜集書録》内編卷二,頁五一)

據此可知郭氏爲成都人,此本亦應刊行於成都,故世人稱爲“蜀本”;又此本的最大特點,就是删削僞蘇注,精擇九家注文彙爲一編。但因蜀地偏於一隅,此本流傳未廣,宋以後即已散佚,歷代公私書目均未見著録。幸而宋理宗寶慶元年(一二二五),曾噩於廣東漕司會諸士友,對蜀本重加校勘後上版刊行，書名改爲《新刊校定集注杜詩》，即世人盛贊的“漕臺本”或“羊城漕本”。此本流傳頗廣，陳振孫《書録解題》最先著録此本曰：“《杜工部詩集注》三十六卷，蜀人郭知達所集九家注。世有稱東坡《杜詩故事》者，隨事造文，一一牽合，而皆不言其所自出。且其辭氣首末若出一口，蓋妄人依託以欺亂流俗者，書坊輒勦入《集注》中，殊敗人意，此本獨削去之。福清曾噩子肅刻板五羊漕司，最爲善本。”（《直齋書録解題》卷十九，頁五五九）陳氏亦謂漕司本最善，甚是。此本傳至清中葉，除内府藏有一全本外，百宋一廛、皕宋樓分别藏有一本。陸氏所藏乃殘本，僅存卷六至十一，凡六卷（見《儀顧堂書目題跋彙編》，頁四一四），皕宋樓藏書後爲日本人購去，此本亦隨之東流，今藏日本静嘉堂文庫，嚴紹璗《日藏漢籍善本書録》有著録。百宋一廛藏本，後歸常熟瞿氏，《鐵琴銅劍樓藏書目録》卷十九有著録。二十世紀三十年代，張元濟假瞿氏藏本製成鉛皮版，因抗戰事起未能付印。後原書下落不明，而鉛版倖存。一九八二年中華書局用鉛皮版“打樣重新製版影印，以存宋本真跡”（中華書局編輯部《新刊校定集注杜詩・影印説明》），故今天仍可見到其真面：此本半葉九行十六字，小字雙行同，左右雙欄，細黑口，版心雙魚尾間上題“注杜詩幾”，下爲葉碼，上魚尾上記本版字數，下魚尾下記刻工姓名。各卷首題“《新刊校定集注杜詩》卷某”，次行署詩體名稱；各卷尾題後隔一行鎸“寶慶乙酉廣東漕司鋟版”牌記一個，末卷尾題後分四行署“進士陳大信”、“潮州州學賓辛安中”、“承議郎前通判韶州軍州事劉鎔同校勘”、“朝議大夫廣南東路轉運判官曾噩”等銜名。卷前郭、曾二《序》已佚，且闕卷十九，卷二十五至二十六，卷三十五至三十六，因以鈔本補全。此本古、近體詩分編，前十六卷古詩，後二十卷近體。曾噩《序》曰：

> “讀書破萬卷，下筆如有神”，此杜少陵作詩之根柢也。觀杜詩者誠不可無注。然注杜詩者數十家，乃有牽合附會，頗失詩意，甚至竊借東坡名字以行，勇於欺誕，夸博求異，挾僞亂真，此杜詩之罪人也。惟蜀士趙次公爲少陵忠臣。今蜀本引趙注最詳，好事者願得之，亦未易致。既得之，所恨紙惡字缺，臨卷太息，不滿人意。兹摹蜀本，刊於南海漕臺，會士友以正其脱誤，見者必當刮目增明矣。……寶慶元年（一二二五）重九日義溪曾噩子肅謹序。（清刻本《九家集注杜詩》，上圖藏）

噩字子肅，福建閩縣人，七歲能屬文，紹熙四年（一一九三）進士，尉上高，轉監行在惠民局。嘉定元年（一二〇八），上書言事，十四年（一二二一）遷大理正，出知潮州，治最，擢廣東運判，寶慶二年（一二二六）卒，此本即其在運判任上所刊。噩喜讀書，至老未嘗一日廢書，著有《義溪集》十卷、《班史録》二十卷，見陳宓《復齋集·運判曾公墓誌》。《萬姓統譜》以爲字噩甫，非是；《書録解題》以爲福建福清人，亦誤（參《儀顧堂書目題跋彙編》，頁四一四）。曾噩於數十家杜詩注本中最贊賞趙次公注，可謂慧眼識珠，而蜀本引趙注最詳，故曾氏會諸士友"正其訛脱"，"刊於南海漕臺"。其實所謂"九家注"，不過六家而已，頻繁徵引者首爲趙次公，杜時可、薛夢符次之，鮑文虎、師民瞻等又次之，凡注文不冠某某云，或稱曰"舊注"者，皆僞王洙注也；六家之外的黄庭堅，其《豫章黄先生文集》中《大雅堂記》一文，早已明言自己未曾注杜詩，元好問《杜詩學引》亦謂"山谷不注杜詩"（見《元遺山文集》卷三六），今存《説郛》黄庭堅《杜詩箋》僅數條，近人洪業疑乃後人從詩話中輯出者（《杜詩引得序》，頁一四注六八）；且《九家注》中無"黄云"，偶有"魯直云"，亦源自詩話雜著之屬，豈有黄氏《注杜詩》一書以供采擷哉？宋祁、王安石二人亦無注杜之作，九家注偶有所引，輒見於趙次公及杜田二家注文中，故二人亦無注杜之作，所以洪業謂"九家注杜"其實不過六家而已。

此本所據底本，近人洪業以爲，乃是就《門類增廣十注杜詩》"改編"而成者（《杜詩引得·序》，頁一四）。此言非是，據筆者考察，《門類增廣十注杜詩》屬於分類本，二十五卷（詳下），而《九家注》乃古、近體分編本，凡三十六卷，故以《門類增廣》二十五卷爲底本，不便之處頗多。而趙次公注本與此本卷數、編次完全相同，故筆者以爲此本乃是以趙次公注本爲底子編輯而成者，此本保存趙次公注文最多，這一點亦可證明此本的底本是趙注本。换言之，此本並非分别就九家單注本逐一采摭，彙爲"九家注"者，而是在趙次公《集注》的基礎上，加上薛夢符、杜時可、鮑文虎、師民瞻四家注文編輯而成的，其中保存趙次公注最多且精，故爲曾噩所推許。

清内府所藏全本，《天禄琳琅書目》有著録，其略曰："宋郭知達集九家注，三十六卷。前郭知達《序》、宋曾噩《序》……書後有承議郎、通判韶州軍州事劉鎔，潮州州學賓辛安中，進士陳大信同校勘，銜名列於噩銜之右。考明凌迪知《萬姓通譜》，載噩，字噩甫，閩縣人。學問淹貫，文章簡古。慶元間，尉上高，有聲。後遷廣東漕使。鎔、安中、大信，俱無考。噩之刻是書也，集諸僚友，精其校讐，固非苟焉付剞劂者，故字畫端整，一秉唐人，而刻手印工皆爲上選。”(《天禄琳琅書目》卷三，頁六〇至六一)可見編臣對此本之贊賞。然而由於編臣未加細勘，竟未發現此本乃是一個修訂本，而非原槧。據近人洪業考證：乾隆時武英殿翻刻此本，世稱殿本；嘉慶時又據殿本再次翻刻(均詳下)，但是嘉慶本卷二十五、二十六兩卷中，卻摻有蔡夢弼《草堂詩箋》和元初劉辰翁評杜之語；而郭知達蜀本刊於淳熙八年(一一八一)，卷二十五與二十六不可能摻入二十餘年後《草堂詩箋》之注，曾噩漕臺本刊於寶慶元年(一二二五)，該兩卷也不可能摻入元初劉辰翁評杜之語。據此可見，嘉慶本所據之武英殿本、殿本所據之内府藏全本，卷二十五與二十六兩卷應爲贋品無疑。至於兩卷贋品何時補刻入曾噩版中？洪氏以爲“殆曾板殘闕，後人乃依目録就蔡本及高崇蘭本，取詩並注、補刻之耳”(《杜詩引得·序》，頁八〇)。此言甚是。周采泉曾將嘉慶本、引得本、蔡夢弼草堂詩箋本及元高崇蘭本等(均詳下)對勘，發現“其所補刻之詩與注，確爲高崇蘭本。所不同者與高本編次略異，此蓋由於就目補刻之故，非有意更張也”(《杜集書録》内編卷二，頁五五)。曾噩版中刊入元高崇蘭本之劉辰翁評語，可見其絶非宋槧宋印本，而是宋槧元以後的修補本無疑，具體修補的時間，則難以遽定。今臺北故宫博物院圖書館所藏漕臺全本，蓋即清内府所藏宋槧元以後的修補本。

漕臺本刊行後流傳既廣，宋以後翻刻和傳鈔的本子亦頗多，今知者有以下幾種：(1)明刻本。刊刻年代不詳，丁日昌《持静齋書目》有著録，今不知尚有存世者否。(2)四庫本。文淵閣《四庫全書》所收九家注本，其底本即内府藏宋槧元以後的修補本。此本前有乾隆御筆題詩二首，以及館臣所撰《提要》，唯書名已改，與底本稍異。臺灣商務印書館一九八六年影印文淵閣《四庫全書》本較爲通行，唯乾隆與四庫館臣皆誤將内府藏本視爲宋本，而不知爲宋刻元以後修補本也。(3)武英殿本。乾隆間，武英殿據内府藏本用聚珍版擺印本。此本葉德輝嘗見之，且記曰：“《九家集注杜詩》三十六卷，武英殿聚珍版本。……自曾噩刻版後，元、明以來無翻刻。世所傳宋本，内府所藏外，黄丕烈《百宋一廛賦注》載所藏本同，亦詳《百宋一廛書録》，今歸常熟瞿氏鐵琴銅劍樓。向以無人重刻爲恨，初不知武英殿聚珍版固擺印也。《武英殿聚珍版叢書》内無此種，不知何故，意者館臣於彙印叢書時未曾編入耶？杜詩舊注善本無過此九家。後來盛稱‘千家注杜詩’，實則不滿百家，其爲夸大之辭，不及此之精審簡要，斷可知矣。"(《郎園讀書志》卷七，頁三三五～三三六)葉氏稱《九家注》乃宋代各家杜詩注本中之"精審簡要"者，此言甚是；然謂澧臺本元明以來無翻刻者，則非是，《持静齋書目》即著録有明翻刻本。又，上文述及洪業已考證清内府藏本乃元以後的修補本，然卷前乾隆御題詩二首，極贊其"本仍寶慶及淳熙"原槧；《四庫全書總目》、《天禄琳琅書目》亦皆稱其爲宋本中之佳槧。聚珍版刊印後，編臣蓋發現書中摻有贋品，欲諱其品鑒之誤，遂抑之，故後來所編《聚珍版叢書》未將其列入。葉德輝不明真相，所以有聚珍版九家注未編入《聚珍版叢書》不知何故之疑。(4)嘉慶本。嘉慶間武英殿本的翻刻本。此本今上海圖書館、浙江圖書館有藏。半葉九行二十一字，四周文武雙欄，白口單黑魚尾，上象鼻内鐫"九家集注杜詩"，魚尾下鐫卷次和葉碼。卷前有郭、曾二《序》，次乾隆御製題宋本《九家集注杜詩》七律二首，次《四庫提要》一則，次目録。卷後無附録。各卷卷端題"九家集注杜詩卷某"，次行題"唐杜甫撰，宋郭知達編注"。此本避清諱至"顒"、"琰"等，爲嘉慶間刻本無疑。上文已述及，洪業正是據此本證成内府藏九家注全本，乃宋槧元以後修補本者。(5)燕京本。民國二十九年(一九四〇)原哈佛燕京學社引得編纂處據嘉慶本所編杜詩引得本。此本卷後附録仇兆鰲《杜詩詳注》所補佚詩二十四首。《引得》先將杜集各詩編號，每詩各句亦編號。《引得》部分則詳細到杜詩每字、每句之索引，讀者稱便。書前冠以洪業長篇《序》文，考述杜集歷代版本的源流系統，頗見功力。上海古籍出版社一九八五年影印《引得》本，使之化身千百，頗易得之。

南宋另一重要集注本，即黄希、黄鶴父子撰《黄氏補注杜詩》三十六卷。黄希字仲得，一字夢得，臨川宜黄人，乾道二年(一一六六)登進士第，博學嗜古，有詩學。官永新令，嘗作春風堂於縣治，楊萬里爲撰《春風堂記》，收入《永新縣志》。晚年詩學少陵，號師心。鶴字叔似，自號牧隱，著有《北窗寓言集》，已佚。黄鶴《黄氏補注杜工部年譜辨疑·後序》記其父子撰此書經過甚悉，其略曰：

> 鶴先君未第時酷嗜杜詩，頗恨舊注多遺舛，嘗補緝，未竟而逝。又欲考所作歲月於逐篇下，終不果運力，未必不賫恨泉下也。鶴不肖，常恐無以酬先志，乃取槧本集注，以遺稿爲之正定。凡經據引者，不復重出，又輒益以所聞，於是稍盈卷帙。每詩再加考訂，或因人以核其時，

或蒐地以校其迹，或摘句以辨其事，或即物以求其意，所謂千四百餘篇者，雖不敢謂盡知其詳，亦庶幾十得七八矣。吕汲公《年譜》既失之略，而蔡、魯二《譜》亦多疏鹵，遂更爲一《譜》以繼于後……嘉定丙子三月望日臨川黄鶴書。（元詹光祖月崖書堂刻《黄氏補千家注紀年杜工部詩史》，《中華再造善本·金元編》）

據此知黄希因"頗恨"舊注多有遺漏和舛誤，遂而"補注"杜詩，又欲考證各詩"所作歲月"，注於各篇之下，稿未成而逝。鶴承父志，"乃取槧本集注"，依父遺稿"爲之正定"，凡已徵引他人注文者，"不復重出"自家注文；父補注未竟部分，鶴"輒益以所聞"，並撰《年譜辨疑》"繼於後"。前後用功凡三十餘年，寧宗嘉定九年丙子（一二一六）書始成。又十年，理宗寶慶二年（一二二六），鶴方請董居誼爲序。董氏《黄氏補注杜詩序》評此書曰：

晚歲杜門，公之子鶴過而道舊，出其《紀年補注詩史》一編，蹙然請曰："鶴先人生平嗜此，恨舊注舛疏，補訂未竟，齎志以歿。不肖勉卒先業餘三十年，所謂千四百篇者，不敢謂盡知工部意，庶幾十七八矣，盍爲我序之。"退披其編，詩以年次，意隨篇釋，冠以《譜辨》，視舊加詳……吾於是編，又得以窺黄氏家學之懿，慰滿夙心云。寶慶二年三月清明日郡人董居誼仁甫序。（月崖書堂刻《黄氏補千家注紀年杜工部詩史》，《中華再造善本·金元編》）

據此知黄希所著書名"紀年補注詩史"，這與楊萬里的説法是一致的。楊氏曰："夢得之學，奄有古今，晚年作詩，慕少陵句法，有《補注杜詩》，搜剔微隱，皆前人所未發。未成而卒，子鶴續成之，重定《年譜》，名曰《黄氏補注杜詩》。"（《天禄琳琅書目》卷三，頁六四）綜黄、董、楊三家所言，黄希所著原名"紀年補注杜詩"，鶴續成之後，定名爲"黄氏補注杜詩"。黄氏父子積兩代之功成一書，故《補注杜詩》當時即倍受世人重視，寶慶丙戌（二年，一二二六）吴文跋此書曰：

黄氏之於此詩，蓋如班馬父子之作史，凡兩世用工矣。積兩世之學，以研精覃思，是宜援據淹該，非諸家之所敢望也。博洽君子，以諸家舊注與此合而觀之，則是非得失當有能辨之者。寶慶丙戌仲夏富沙吴文跋。（月崖書堂刻《黄氏補千家注紀年杜工部詩史》，《中華再造善本·金元編》）

將黄氏父子注杜，比作班馬父子作史，可見評價之高。黄希補注，主要在詞語和名物上；黄鶴補注，則主要在引史證詩與作品繫年方面。如《高都護驄馬行》，師古以爲“高都護”是高適，黄鶴駁正曰：“按新舊史，適未嘗爲安西都護，乃高仙芝。按本傳，開元末爲安西副都護，四鎮都知兵馬使。”所考甚是。黄鶴引史證詩，所注有理有據，故後世注家多所服膺，清仇兆鰲《杜詩詳注》徵引特多，唯引文往往有錯訛。又，此本所附黄鶴《年譜辨疑》亦極精核，《四庫全書總目·黄氏補注杜詩》曰：“故冠以《年譜辨疑》，用爲綱領。而詩中各以所作歲月注於逐篇之下，使讀者得考見其先後出處之大致。其例蓋始於黄伯思。後魯訔等踵加考訂，至鶴父子而益推明之。鈎稽辨證，亦頗具苦心。”(《四庫全書總目》卷一四九，頁一二八一)評價頗爲公允。杜詩編年，始於黄伯思；繼之者有魯訔等家，然皆失於過簡，且多疏鹵。迨黄氏父子，積兩代之工，使杜詩編年“益加精密”。而詳盡精密的《年譜辨疑》，使得杜詩的編年更加準確，對作品的理解更切實情，從而將宋人注杜推進到一個嶄新的里程。當然此本也有缺陷，如《贈李白》一首，鶴以爲是開元二十四年遊齊魯時作，不知李杜天寶四載方相識於洛陽。正如《四庫全書總目》所言：“似此者尚數十條，皆爲疏於考核。又題與詩皆無明文，不可考其年月者，亦牽合其一字一句，强爲編排，殊傷穿鑿。然其考據精核者，後來注杜諸家亦往往援以爲證。故無不攻駁其書，而終不能廢棄其書焉。”(《四庫全書總目》卷一四九，頁一二八一)所言頗爲辯證客觀。

《黄氏補注杜詩》成書後，似未上版刊行。後來宋槧《黄氏補注杜詩》，書名已改爲《黄氏補千家注紀年杜工部詩史》。將“黄氏補注”與“千家注”聯繫起來，幌稱“千家”，以招徠顧客，此蓋坊肆一手所爲，亦牟利之慣用手段。《四庫全書總目》謂“蓋坊行原有千家注本，鶴特因而廣之，故以補注爲名”。此言非是。“黄氏補千家注紀年杜工部詩史”，乃由《黄氏補注杜詩》改頭换面而成，焉得謂“蓋坊行原有千家注本，鶴特因而廣之”？乃館臣疏於考證，將二者後先顛倒耳。《四庫全書總目》又云：

> 書首原題《補千家集注杜工部詩史》。所列注家姓氏，實止一百五十一人。注中徵引則王洙、趙次公、師尹、鮑彪、杜修可、魯訔諸家之説爲多，其他亦寥寥罕見。而當時所稱僞蘇注者，乃竝見採綴。……其郭知達《九家注》，蔡夢弼《草堂詩箋》，視鶴本成書稍前，而注内無一字引及。殆流傳未廣，偶未之見也。……大旨在於案年編詩，故冠以《年

譜辨疑》，用爲綱領。（《四庫全書總目》卷一四九，頁一二八一）

館臣這段話大旨不錯，但有以下三個誤點：此本注文所謂“師曰”，並非師尹，而是師古。郭知達《九家注》有師尹，然其注文與此本中的“師曰”無一語同者，館臣不加深考，望文生訓，故有此張冠李戴之誤。館臣既云黄氏未引郭知達《九家注》，這等於説此本未引師尹注，此其一。其二，此本並非“案年編詩”的編年本，而是古近體分别編次，唯於各詩題下注明作詩時間，今有通行的文淵閣《四庫全書》所録建本在，一覽便知。館臣蓋據董居誼《序》“詩以年次”的説法，未加考按，致生此誤。館臣所撰叙録時有粗疏，於此可見一斑。《寶禮堂宋本書録・集部》亦謂此本“詩以年次”，蓋據《四庫總目》云然，亦誤。其三，宋代注杜諸家中，杜修可乃子虚烏有之人，其注文乃宋坊間刊行的諸種杜集注本將杜田、趙次公及其他諸家注文拼凑而成的（已見），而此點館臣並不知情，謂注家有杜修可，亦一誤也。另外，黄鶴所説的“槧本集注”既不是“千家注本”，那么黄鶴所據底本究爲何種注本呢？王學泰先生《評杜甫詩集的“黄氏補注”》一文曾推斷：“槧本集注”可能就是“僞洙注”的《注杜工部集》三十六卷，黄氏父子即以“僞洙注”爲底本，把自己的意見寫到裏面，故黄氏父子《補注》本與僞洙注不僅卷數相同，編次也大致相同（《文學遺産》，一九八三年第三期）。此説非是。考《黄氏補注杜詩》之注杜各家，除去黄氏父子補注者外，餘下的數十家，顯爲“槧本集注”所原有，其中收録有南宋張孝祥、王十朋、師古等人的注文。而“僞洙注”成書於北宋，當時注杜者尚少，遠未達數十家之多，更不會收入南宋人的注文。可見“槧本集注”絶非“僞洙注”。但是“槧本集注”乃“僞洙注”的派生本，理由有三：第一，《黄氏補注杜詩》内有大量的“僞洙注”文字。第二，《黄氏補注杜詩》亦三十六卷，古體與近體分編，與“僞洙注”本相同。可見“槧本集注”應是一個以“僞洙注”的南宋派生本爲底子，而後彙集南宋前期多家注杜成果而成的新集注本、即“槧本集注”。黄鶴正是用此“槧本集注”爲底本，續成其父書的。王學泰先生曾將《黄氏補注杜詩》與王狀元《百家注》、《分門集注杜工部詩》（二書詳下）三本對讀，發現三者注文幾乎完全相同（黄氏父子補注除外），甚至連注家的次序也完全一樣。筆者曾將元槧《黄氏補注杜詩》與《分門集注杜工部詩》對勘，證明王氏之説不謬，唯黄氏父子對各家注文略有删冗正訛，餘皆相同。這表明《黄氏補注杜詩》與《百家注》、《分門集注》皆是以“槧本集注”爲底本加工改編而成的，只是《百家注》采用魯訔編年,已改編成三十二卷的編年本;《分門集注》則依《門類杜詩》所分之門目,改編成了分類本;而《黄氏補注杜詩》據黄鶴所言,則據"槧本集注",補入其父子注文而成。可見《黄氏補注杜詩》與《百家注》、《分門集注》同爲"槧本集注"的派生本。第三,上述三種注本内,均有王十朋注,雖不算多,但亦隨處可見。如《洗兵馬》"身長九尺鬚眉蒼"句下,《奉先劉少傅新畫山水障歌》"愛畫入骨髓"、"若耶溪雲門寺"二句下,《百舌》結句下,《游龍門奉先寺》"天闕象緯逼"句下等,皆有"十朋曰",據黄鶴《年譜辨疑・後序》所言,黄鶴除補入其父子的注文外,並未增入他人注文。日本島田翰亦云:"鶴之《補注》,謂取父及己説補之,非謂取他説補之也。"(島田翰《宋槧本考》,載《宋版書考録》,頁四六九)故"槧本集注"内的王十朋注,當爲底本所固有。若是則所謂"槧本集注",其實就是王十朋的《百家注》本,《百家注》也是古近體分編的三十六卷本,可惜此本原刻已經失傳,後世所傳的編年本《王狀元集百家注編年杜陵詩史》三十二卷,應是據古近體分編的《百家注》本改編而成的。洪業疑此"槧本《集注》"就是"建安吴元之刻本……黄鶴殆即就吴元刻本填入其父與己所爲之補注而已"(《杜詩引得・序》,頁二一至二二)。此説非是。周采泉云:吴元根本"無集注本",洪氏"以爲黄氏父子之注據吴元刻本,則屬臆測"(《杜詩書録》内編卷二,頁六八)。周氏之言,符合實情。

宋槧《黄氏補千家集注杜工部詩史》,《郡齋讀書志》趙希弁《讀書附志》著録一本,謂有《外集》二卷,趙氏曰:

> 《黄氏補千家集注杜工部詩史》三十六卷《外集》二卷,右唐杜甫少陵之詩也,嘉定中臨川黄希夢得及其子鶴叔似所補也。《外集》上卷詩二十九首,下卷《祭遠祖當陽君文》、《祭外祖祖母文》、《爲閬州王史君進論巴蜀安危表》、《東西兩川説》,凡四篇,以《唐書》本傳冠于前,而吕汲公《年譜》附于後云。(《郡齋讀書志校證・讀書附志》,頁一一七〇)

據此,此本以《唐書》本傳冠首、吕大防《年譜》殿後,有《外集》二卷。然而明清以來公私書目如錢謙益《絳雲樓書目》、錢曾《述古堂書目》、《四庫全書總目》、《天禄琳琅書目》、潘宗周《寶禮堂宋本書録・集部》、《藏園群書經眼録》等著録的宋槧本,均無《外集》二卷。考黄鶴《年譜辨疑・後序》及董居誼《序》、吴文跋,均不言《黄氏補注杜詩》有收録文章的《外集》二卷。故《讀書附志》著録本應爲宋人重刊《黄氏補注杜詩》時增入《外集》二卷。考建本每半葉十一行、行十九字。而《郘亭知見傳本書目》卷十二著録一《黄氏補注杜詩》宋槧，半葉十行，行十九字（見傅增湘《藏園訂補郘亭知見傳本書目》卷十二，頁九八〇）。可見“黄氏補千家注”本，宋時至少有兩種刻本，或《讀書附志》所著録者，爲十行本且有《外集》二卷者歟？

宋槧《黄氏補千家集注杜工部詩史》三十六卷，今國圖藏有一部，卷一配另一宋刻本，亦無《外集》二卷。此本半葉十一行十九字，小字雙行二十五字。左右雙欄，亦有四周雙欄者，版心細黑口，雙魚尾間鐫“杜詩幾”、“杜幾”、“詩幾”，抑或“土言幾”、“土寺幾”、“寺幾”等等，與王狀元《百家注》本相同（詳下），可見坊間刻本版式草草之不能劃一。各卷卷端所題書名也不一致，或題“黄氏補千家集注杜工部詩史卷第某”，或省去“集”字，或於“千家注”下增“紀年”二字，或以“諸儒”代“千家”二字等等。卷端次行具銜名“前劍南節度參謀宣義郎檢校尚書工部員外郎賜緋魚袋杜甫撰”，三四兩行分别署“臨川黄希夢得補注”，“臨川黄鶴叔似補注”。書中注文，凡徵引他人者皆標明“某曰”；黄氏父子的補注，則分别標以“希曰”、“鶴曰”以别之，非常醒目。卷前首董居誼、吴文二序，次序傳碑銘，次集注杜詩各家姓氏，次目録。卷後無附録。卷前黄鶴撰《杜工部年譜辨疑》亦已佚去。宋諱至“敦”字。此本原爲汲古閣舊藏，卷中有毛晉鑒藏印記多枚。毛晉書散出後，乾隆時此本爲常熟浦祺收得，祺字玉田，一字揚烈，藏書處名“留與軒”，卷中有浦氏鑒藏印記多枚。浦氏書散出後，嘉慶時此本爲吴縣監生袁廷檮所得，廷檮字又愷，又字壽階，藏書處有“五硯樓”、“貞節堂”等，藏書數萬卷，多宋元舊槧及傳鈔秘本，此本卷中有“五硯樓”等鑒藏印記多枚。袁氏之後，迨近代此本爲滿人景賢收得，景賢後將此本轉售袁世凱二子克文，克文書目《寒雲手寫所藏宋本提要廿九種》著録有此本，且云

> 《黄氏補千家注紀年杜工部詩史》三十六卷，宋刊宋印，六册……《杜工部詩史》，建本之絶精而罕見者。惟天禄藏有一部，惜經朱筆批抹圈點，爲可憎。紙色深黄，以宋黄羅紋紙爲衣，得自滿人景賢家。（《宋版書考録》，頁一六三至一六六）

袁氏判此本爲建刻本。袁氏還謂，天禄琳琅亦藏一部，蓋袁氏嘗見清内府藏本，知内府所藏亦建本也，《天禄琳琅書目》卷三所録即内府藏本，一函十

三册，黄鶴撰《年譜辨疑》尚存，然亦無《外集》二卷。克文後居滬上，因生活窘迫，將藏書抵押給銀行家潘宗周，故潘氏《寶禮堂宋本書録·集部》著録有此本。潘氏晚年將所藏百餘部宋本全部留給第七子世兹，新中國成立後世兹任復旦大學教授，將此本連同全部宋本獻給北京（今國家）圖書館（參鄭偉章《文獻家通考》"潘宗周"條，頁一二三七）。另，羅振常《善本書所見録》卷四所録之宋槧"千家注本"，據所記版本特徵辨之，亦建本也，可見建本流傳之廣。

宋槧《黄氏補千家集注杜工部詩史》三十六卷，今臺北故宫博物院藏一部，見《中國古籍總目》，因未見原本，不知與國圖藏本是否爲同一種版本？又，蔣光煦《東湖叢記》載有一宋刊殘本《黄氏補千家注紀年杜工部詩史》。"後有'國子監崇文閣官書，借讀者必須愛護，損壞闕失，典掌者不許收受'印記。考《元史·仁宗紀》曰：'皇慶二年（一三一三）六月，設崇文閣於國子監。'則此本當是元代官書也。"（别下齋刊本，引自《杜詩書録》内編卷二，頁五九）因蔣氏記載過簡，未知此本具體情形如何。

《黄氏補注杜詩》的翻刻本，其主要版本有以下幾種：(1)元麻沙本。元世祖至元十九年（一二八二），麻沙鎮翻刻三十七卷本。此本近人洪業嘗見一殘帙，存卷前目録，卷四至卷七、卷十三至十五、卷二十至二十三，凡十一卷，行款與潘宗周《寶禮堂宋本書録·集部》所記宋本同。此本所以爲三十七卷者，據目録，卷二十五之末四首，别爲卷二十六，故增多一卷，"於是其後卷數遂遞增一數也"（《杜詩引得·序》，頁二〇注一〇八）。(2)元月崖書堂本。至元二十四年丁亥（一二八七）詹光祖月崖書堂刻《黄氏補千家注紀年杜工部詩史》三十六卷。此本國圖、山東省博物館有藏。半葉十一行，行大字十九、小字二十五，四周或左右雙邊，版心細黑口，雙對魚尾，上魚尾下署"杜幾"、"寺幾"、"杜寺"等，下方記葉碼。卷三十二末有"武夷詹光祖至元丁亥重刻於月崖書堂"牌記一個。卷前首寶慶二年三月清明日郡人董居誼仁甫《序》，次寶慶丙戌仲夏富沙吴文《跋》，次《集注杜工部詩姓氏》，次建安吴元景秀集録《少陵先生杜工部草堂詩史傳序碑銘》，次黄鶴《年譜辨疑》，後有黄鶴跋，次《目録》。《中華再造善本·金元編》即據山東省博物館藏本影印，唯前三卷漫漶處甚多。又，一九七〇年山東鄒縣九龍山朱檀（明魯荒王）墓出土有此本，書影見《一九七二年出版出土文物》第一輯，頁一三六。周采泉以爲此本"蓋亦建安刻也"，因"行格同宋刻"（《杜集書録》内編卷二，頁六二）。(3)元刻本。題《黄氏補千家注紀年杜工部詩史》三十六卷《年譜》一卷，黄鶴撰。此本《中國古籍善本書目》著録爲元刻本，國家圖書館藏，存卷一至二十九，卷三十二至三十六，凡三十四卷。考此本卷前首董居誼《序》，次吴文《跋》，吴元景秀集録《傳序碑銘》，黄鶴《年譜辨疑》一卷等。半葉十一行十九字，小字雙行二十五字，細黑口，雙對魚尾間鐫“杜幾”、“杜詩某”等。相其版式、行格及卷前附録等，實爲元月崖書堂刻本。(4)四庫本。《四庫全書》所録《黄氏補注杜詩》。此本卷前首館臣《提要》，次董居誼序、次吴文跋、次傳序碑銘、次黄鶴撰《年譜辨疑》及黄鶴跋、次集注杜詩姓氏。卷後無附録。各卷次行上方題“補注杜詩卷某”，下方署“宋黄希原本”，三行下方署“黄鶴補注”。《四庫全書總目》曰：

> 《黄氏補注杜詩》三十六卷，内府藏本。……書首原題《補千家集注杜工部詩史》。所列注家姓氏，實止一百五十一人。注中徵引則王洙、趙次公、師尹、鮑彪、杜修可、魯訔諸家之説爲多，其他亦寥寥罕見。而當時所稱僞蘇注者，乃竝見採綴。(《四庫全書總目》卷一四九，頁一二八一)

此本所據底本，館臣謂爲“内府藏本”，因知所據爲内府藏建安原刻。據筆者考察，國家圖書館藏本無黄鶴撰《年譜辨疑》，而此本有之，可見内府藏本較世間流傳的本子要全。此本原題《補千家集注杜工部詩史》，然《四庫全書》録入時改爲“黄氏補注杜詩”，《四庫全書總目》著録時亦采用該題，周采泉《杜集書録》以爲乃“館臣所擅改”，不知館臣正用黄氏父子原著書名也，而《補千家集注杜工部詩史》乃書估所擅改。館臣統計書中所引注家，“實止一百五十一人”，其中徵引較多者爲王洙、趙次公、師尹、鮑彪、杜修可、魯訔六家。上文已述及“師尹”乃“師古”之誤；杜修可乃子虚烏有之人，其注文是由王洙、趙次公及其他諸家的注文拼湊而成的；至於其他注家“亦寥寥罕見”，故而館臣譏斥所標“千家注”，仍改用黄氏父子原書題目。又，周先生當年因未見文淵閣本《四庫全書》“千家注”，而其所見文瀾閣本“千家注”，乃是經丁丙鈔補的本子，訛誤頗多，周先生歸結爲：卷前既無董、吴二序，亦無傳序碑銘，無黄鶴撰《年譜辨疑》；四庫本非足本，有漏收者；作品編次混亂、編年訛誤，且有重出者；館臣擅改書名，等等。因疑《四庫全書》所據底本非天禄所藏宋本，乃是“元麻沙復刻之三十七卷本，以自來皆稱黄氏本爲三十六卷，故逕將末卷删去以符其數，而《聞惠二過東溪》等十五首詩，遂並被刊落矣”（《杜詩書録》，頁六五一六八）。文瀾閣本“千家注”，因原本只存二卷，其餘皆爲丁丙所鈔補，故而訛誤重重，然這並不等於文淵閣本“千家注”亦是如此。由於時代的局限，周先生當年看不到文淵閣本“千家注”，出於一個有良知的學者，因而提出百思不解的種種疑問。而在今天，只須將文淵閣本“千家注”拿來稍加對勘，一切疑問，即刻便煙消雲散了。

宋人整理杜集的另一種形式，就是編年。最早的杜集編年本，乃徽宗時黄伯思《校定杜工部集》二十二卷。伯思（一〇七九～一一一八）字長睿，自號雲林子，官至秘書郎，著有《東觀餘論》，《宋史》卷四四三有傳。此本成書於北宋，而上版刊行，據其子黄仍《東觀餘論後記》稱，已是高宗紹興初了，地點是福唐，卷前有丞相李綱《重校正杜子美集序》，其略曰：

> 杜子美詩，古今絶唱也。舊集古律異卷，編次失序，不足以考公出處及少壯老成之作。余嘗有意參訂之，時病多事，未能也。故秘書郎黄長睿父，博雅好古，工於文辭，尤篤喜公之詩。乃用東坡之説，隨年編纂，以古律相參，先後始末，皆有次第，然後子美之出處及少壯老成之作，燦然可觀。蓋自天寶太平全盛之時，迄於至德、大曆干戈亂離之際，子美之詩，凡千四百三十餘篇。其忠義氣節，羈旅艱難，悲憤無聊，一見於詩。句法理致，老而益精。平時讀之，未見其工；迨親更兵火喪亂之後，誦其詩如出乎其時，犁然有當於人心，然後知其語之妙也。（《杜詩書録》内編卷一，頁一八至一九）

可見此本的最大特點，就是首次對杜詩“隨年編纂，以古律相參，先後始末，皆有次第”。《四庫全書總目》“讀杜愚得”條曰：“考黄伯思《東觀餘論》，稱嘗撰《杜詩編年集》，則編年實始自伯思。其本今已不傳。”（《四庫全書總目》卷一七四，頁一五三二）所言正指此本。李綱是親經兩宋間兵火喪亂的名將，正是讀了杜甫至德到大曆十餘年間干戈亂離的編年之作，才産生“若出其時”之感，從而深深領略了杜詩的精妙，這就是杜集編年的功用。李氏又説：

> 公之述作行於世者，不爲不多；遭亂亡逸，又不爲少。加以傳寫謬誤，浸失舊文，烏三轉而舄者，不可勝數。長睿父官洛下，與名士大夫游，裒集諸家所藏，是正訛舛，又得逸詩數十篇參於卷中。及在秘閣，

> 得御府定本,校讎益號精密,非世所行者之比。長睿父殁後十七年,余始見其親校定集卷二十有二於其家。朱黄塗改,手蹟如新,爲之愴然!竊歎其博學淵識,而有功於子美之多也。……紹興四年甲寅六月朔序。"(《杜詩書録》内編卷一,頁一九)

據此,黄氏除將杜詩編年外,復加校勘,丹黄塗改,頗費心力。故此本爲胡仔所藏杜集八家之一(《苕溪漁隱叢話·後集》卷八,頁五六)。陳振孫《書録解題》著録此本曰:"《校定杜工部集》二十二卷,秘書郎黄伯思長睿所校。既正其差誤,參攷歲月出處異同,古、律相間,凡一千四百十七首。雜著二十九首,别爲二卷。李丞相伯紀爲序之。"(《直齋書録解題》卷十六,頁四七〇)清王士禛云:"雲林博雅擅宋代,編校必精,今不知尚存否?"(《帶經堂詩話》)可見評價之高。另,此本所收杜詩,李綱稱"凡千四百三十餘篇",《文獻通考》謂凡千四百四十七首,幾乎接近現存杜詩的數目,可見此本在輯佚杜詩方面亦頗有功績;此本又附散文二卷,二十九首,與王洙本所附文章相同,收録杜甫作品相當齊全。可惜的是明代以後,此本不見流傳。

北宋後期,爲杜集編年者還有蔡興宗和趙次公二家。興宗,字伯世,徽宗朝與韓駒等友善,韓有贈《蔡伯世》詩。興宗《重編少陵先生集》二十卷,有洪州府學刻本,南宋初汪應辰嘗跋此書云:"此書詮次先後,考索同異,亦已勤矣。"(汪應辰《文定集》卷十)是此書應撰成於徽宗朝。汪氏《跋》言此本有《正異》、《年譜》與正文相輔而行。正因爲此本打破了王洙本以來古、近體分編的舊次序,改爲按年編排,故書名冠以"重編"。卷後附有《年譜》一卷,與正文編年相互對照,頗便讀者,因而受到世人重視。《年譜》一卷,今天仍有傳本。不足之處是,此本在校勘方面對不同版本的異文"皆定從某字",甚至"直以己意所見,徑行竄定",即晁公武《讀書志》所不滿的"頗以意改定其誤字"。武斷專任,故校勘成果不爲世人所重。到南宋孝宗時,此本已不多見,元明以後,就完全散逸了。唯闡述勘定正文理由的《杜詩正異》一卷,因不乏可資借鑒之處,後世尚有流傳。《詩話總龜》後集卷十八《正訛門》,尚存《正異》文字,從中亦可窺見蔡氏校勘杜詩的大概。

北宋杜集編年本,影響較大者當屬《趙次公注杜詩》三十六卷,又名《趙次公注杜甫詩集》(見前)。而杜集編年後來居上者,則爲南宋初魯訔《編次杜工部詩》十八卷。魯訔字寄欽,海鹽人,紹興五年(一一三五)進士擢第,官至直敷文閣學士。此本編年,在前人吕大防、黄伯思、趙次公等的基礎上

益加精詳,紹興二十三年癸酉(一一五三),魯訔《編次杜工部詩序》曰:

> 騷人雅士,同知祖尚少陵,同欲模楷聲韻,同苦其意律深嚴難讀也。……名公鉅儒,譜叙注釋,是不一家,用意率過,異説如蝟。余因舊集略加編次,古詩近體,一其後先,摘諸家之善,有考於當時事實及地理歲月,與古語之的然者,聊注其下。若其意律,乃詩之"六經",神會意得,隨人所到,不敢易而言之。叙次既倫,讀之者如親罹艱棘虎狼之慘,爲可驚愕;目見當時甿庶被削刻,轉塗炭,爲可憫。因感公之流徙,始而適,中而瘁,卒至爲少年輩侮忽以訖死,爲可傷也。紹興癸酉五月晦日,丹丘冷齋魯訔序。(《杜集書録》内編卷一,頁三四)

正因爲魯訔的杜詩編年能"摘諸家之善",所以廣爲南宋注杜各家采用,而注釋則很少爲人徵引,益知其所長在編年。此本南宋初曾刊行,又名《編注子美詩》或《編注少陵詩》。宋槧《分門集注杜工部詩》卷首《集注杜工部詩姓氏》,有"嘉興魯氏訔《編注子美詩》一十八卷"(四部叢刊本)。周必大《魯公墓誌》載:"《編注杜少陵詩》十八卷、《年譜》一卷。"然魯訔《序》不言撰有年譜,故周采泉《杜集書録》以爲《年譜》一卷,"其始當亦爲以詩繫年之《詩目譜》,此其所以名爲《詩年譜》也。《王狀元集百家注》,原題爲魯訔編次,僅爲編年本,而無《詩目譜》之目,則彙而成卷者,其出於集注者之手乎"(《杜集書録》外編卷三,頁八〇九)。可見魯訔《年譜》、《詩目譜》之類,並非出於魯訔之手,而是集注者據其編年本彙集而成的。宋人所撰《杜甫年譜》,始於吕大防,繼起而隨之者夥矣,然《四庫全書》據以録入者,僅趙子櫟與魯訔兩家,其餘皆全集之附録。至清代,張縉、朱鶴齡"所注杜詩,其《年譜》大率仿"魯訔《年譜》"而推拓之,知密於趙子櫟《譜》多矣。雖間有附會,又烏可以一眚掩乎"(《四庫全書總目》卷五十七,頁五一五)。可見對魯氏此《譜》評價相當高。魯訔注杜,今存者唯《杜工部詩年譜》一卷,《杜詩書録》謂其所注杜集有朝鮮翻刻本,不知尚存世間否?

魯訔之後,編年本影響較大者爲託名狀元王十朋的《王狀元集百家注杜陵詩史》三十六卷,簡稱"百家注本"或"王狀元本",亦有直斥爲"僞王注"者。王十朋(一一一二~一一七一)字龜齡,永嘉人,紹興二十七年(一一五七)以進士第一名及第,《宋史》卷三八七有傳。上已述及,王十朋注杜,原爲古近體分編的《王狀元集百家注杜陵詩史》三十六卷。後出的編年本《王狀元集百家注編年杜陵詩史》三十二卷，乃是據古近體分編的三十六卷本改編而成的。《分門集注杜工部詩》卷前所附《集注杜工部詩姓氏》曰："永嘉王氏名十朋，字龜齡，集注編年詩史三十二卷。"（四部叢刊本）正指此種編年本。編年本後世流傳甚少，除清初季振宜《季滄葦書目》著録"王龜齡《集注杜詩》十本"外，清以前不見其他書目著録。今蘇州市圖書館所藏宋刻本《王狀元集百家注編年杜陵詩史》三十二卷，題"魯訔編年並注"，"王十朋集注"，即爲編年本（見《中國古籍善本書目》及《中國古籍總目》）。近人劉世珩、繆荃孫亦見宋刻編年本，並加影刻，劉世珩跋影刻本曰：

> 《王狀元集百家注編年杜陵詩史》三十二卷，宋刻宋印。每半葉十三行、行二十四字，白口單邊，口上有字數，魚尾下作"杜詩"，亦作"寺"，一又作"六十家杜詩"，一云"千家注"，"百家注"，口上又云"六十家注"，種種不同，皆坊本故態。首行作"王狀元集百家注編年杜陵詩史一卷"，次行"前劍南節度參謀宣義郎檢校尚書工部員外郎賜緋魚袋杜甫子美撰"，三行"嘉興魯訔編年並注"，四行"永嘉王十朋龜齡集注"……凡詩之有關時事者皆於題下注明，故謂之詩史。所引前人注均各標名，而作白文以别之……此《杜集》雖宋時坊本，注有省減，然爲世所稀有，又經歷代藏書家所寶貴，亟爲影刊。（《杜詩引得·序》，頁一五）

劉氏影刊本，一九一三年收入《玉海堂景宋叢書》。劉氏以爲，此本乃宋代坊刻，不爲無見。近人洪業論此編年本曰："原書不知何人所編。試就翻本檢閲，逐葉皆有僞蘇之注，通儒如龜齡，何至爲所欺。蓋猶所謂《王狀元集注東坡詩集》者，同爲妄人所假託也。書中所載'十朋曰'者，並不多，所言恐亦竊自他人，妄歸王氏耳。"（《杜詩引得·序》，頁一五）所言頗有道理。"僞蘇注"託名蘇東坡（詳下），注文多庸妄可笑，博學如王十朋豈能不知。且此本魚尾下或稱"六十家注"，或稱"百家注"，甚或稱"千家注"，書名簡稱的混亂，正是出自書賈之手的明證。據周采泉先生統計："所謂《集百家》，實際僅五十餘人，姓名大致如下：王昱、王禹稱、李彭……所引注家，大致均爲兩宋詩詞名家。除各有專集或《詩話》等外，十分之八均不聞曾注杜詩。"（《杜詩書録》内編卷十一，頁六五二）再者，王十朋與朱熹友善，而同時各家、包括朱熹的文字中，均未提及十朋集注杜詩一事，可證此本確非出自十朋之手，而是書賈假託十朋的狀元大名，就世間通行的集注本，略事增添些“十朋曰”之類的注文草率而成的，故此本中的王十朋注並不多，而且這些少許的“十朋注”，也可能如洪業所云乃竊自他人者。世上通行的集本，可能就是所謂的“六十家”本，因其書不傳，今僅知其書名而已（參《杜詩引得·序》，頁一四）。周采泉先生云：“注家中或稱名，或稱字，體例混淆。唯於師古稱師先生，此書或與師古有關，恐成於師古門人之手，亦未可知。”（《杜集書録》内編卷十一，頁六五二）不過，此本既託名王狀元，則成書當在紹興二十七年（一一五七）十朋狀元及第以後；而編年本《百家注》，宋諱避至“慎”字，而“敦”、“廓”不避，則刊刻當在孝宗朝（一一六二～一一八九）。且此本注文，有冠以“希曰”字樣者，“希”指黄希，與其子鶴撰《黄氏補注杜詩》（已見），故疑劉世珩所藏宋本並非原刻，而是理宗寶慶後的翻刻本，因“偶有闕葉，遂盜取黄鶴補注本，删減其注，以爲補足者也”（《杜詩引得·序》，頁一六）。然而此本的“魯訔編年”，大部分還是準確的，缺點只是没有説明編年的具體依據，因此很難據以知人論世。又，此本成書較早，在《分門集注》本、《黄氏補注杜詩》及編年本《百家注》之前，保存有數十家注文，爲後世瞭解杜詩早期的注釋情況提供了豐富的材料。

王狀元《百家注》之後，編年集注本尚有蔡夢弼《杜工部草堂詩箋》五十卷《外集》一卷。此本於寧宗嘉泰四年甲子（一二〇四）刊行，簡稱“草堂詩箋”。夢弼，字傅卿，建安人，生平刻書甚多，以《史記》爲最著名，故其人應爲陳起一類的書商。蔡氏《草堂詩箋跋》叙此本編纂情形甚悉，其略曰：

> 夢弼因博求唐宋諸本杜詩十門，聚而閱之，[圭]〔三〕復參校，仍用嘉興魯氏編次先生用捨之行藏，作詩歲月之先後，以爲定本。每於逐句本文之下，先正其字之異同，次審其音之反切，方作詩之義以釋之，復引經子史傳記以證其用事之所從出，離爲五十卷，目曰《草堂詩箋》。凡校讎之例：題曰樊者，唐潤州刺史樊[冕]〔晃〕《小集》本也；題曰晉者，晉開運二年官書本也；曰歐者，歐陽永叔本也；曰宋者，宋子京本也；王者，乃介甫也；蘇者，乃子瞻也；陳者，乃無己也；黄者，乃魯直也。刊云一作某字者，係[張]〔王〕原叔、張文潛、蔡君謨、晁以道及唐之顧陶本也。又如宋次道、崔德符、鮑欽止暨太原王禹玉、王深父、薛夢符、薛蒼舒、蔡天啓、蔡致遠、蔡伯世皆爲義説。其次如徐居仁、謝任伯、吕祖謙、高元之暨天水趙子櫟、趙次翁、杜修可、杜立之、師古、師民瞻亦

> 爲訓解。復參以蜀石碑諸儒之定本，各因其實以條記之。至於舊德碩儒，間有一二説者，亦兩存之，以俟博識之抉擇……大宋嘉泰天開甲子正月穀旦，建安三峰東塾蔡夢弼傅卿謹識。（元槧《杜工部草堂詩箋》，《中華再造善本·金元編》）

據此，此本是以魯訔本爲底子，校勘文字，糾正音讀，彙聚衆家注文而成者，書成於嘉泰四年甲子（一二〇四）。此本宋槧諱至"廓"字，乃"建陽書肆第一刻本"（《中國版刻圖録》增訂本，頁三六）。今存者唯殘帙，國家圖書館藏本存卷一至二十、卷二十二至三十五、卷三十九至四十四、卷四十八至五十，其中卷一至三配清影宋鈔本；北大圖書館藏本存卷二十三至五十，有鈔配；成都杜甫草堂藏本存卷一至二十二、卷二十六至五十、《外集》一卷，其中卷十四至二十二配另一宋刻本（以上見《中國古籍總目》）。老一輩學者如萬曼、周采泉等先生，曾希望把宋槧五十卷本《草堂詩箋》，想方設法合成完璧影印出來，以免湮没。而今《中華再造善本》所收宋槧《杜工部草堂詩箋》，即是用國家圖書館、北京大學圖書館所藏宋刻殘帙拼合成一部《杜工部草堂詩箋》影印的，可惜只有四十八卷，尚有闕卷和鈔配卷，且卷前目録及卷後各種附録皆闕（另一《再造善本》影印上圖藏元刻四十卷、《外集》一卷、《補遺》十卷本皆有之，可以參看。詳下）。此本各卷首題"杜工部草堂詩箋卷第某"，次行下方署"嘉興魯訔編次"，三行下方署"建安蔡夢弼會箋"，四行頂格署作詩時間。半葉十一行十九字，注文雙行二十五字，四周或左右雙邊，版心細黑口，雙順魚尾，上魚尾下題書名簡稱"杜詩箋"或"杜箋"、"詩箋"等，亦有誤題"杜寺箋"抑或"寺箋"者等等。卷二七、卷四〇、卷四一、卷四三、卷四四、卷四八後均有"雲衢俞成元德校正"一行。筆者曾將此本注文與《分門集注杜工部詩》（詳下）對勘，發現注文的内容基本相同，蔡氏只不過抹去了各注家之名字，將校勘、正音的文字移前，而後變動次序，删改注文以成此"會箋"，其中真正出於蔡氏本人之見者並不多，文字舛誤卻新增不少。而《分門集注杜工部詩》與王狀元《百家注》，兩本的注文幾乎完全相同（詳下），且《百家注》亦有編年本，故洪業疑《草堂詩箋》"多所取於僞王集注以成書者也"（《杜詩引得·序》，頁二二），乃頗有見地之言。職是之故，此本雖較《黄氏補注杜詩》早出，但卻並不爲世人重視，《黄氏補注杜詩》甚至一字不取蔡氏《詩箋》，原因蓋在於此。

此本清以前未見著録，錢謙益《絳雲樓書目》著録有"宋板"，然不言卷數及刻書年月。其餘各家書目著録的宋槧皆殘本。《鐵琴銅劍樓藏書目録》即著録一宋刻殘本，其略曰："原書五十卷附《外集》一卷。今存卷第二十六至末，每卷標明作詩時地，案年編集。卷五十爲《逸詩拾遺》，《外集》爲倡酬附録。其二十七卷後有'雲衢[余]〔俞〕成元德校正'一行，他卷或有或無……卷中有'玉蘭堂'、'季啓'、'季滄葦圖書記'、'長白敷槎氏'、'謹齋'、'昌齡圖書印'諸朱記。"(《鐵琴銅劍樓藏書目録》卷十九，頁二七七)"玉蘭堂"乃明文徵明藏書處，此本既有"玉蘭堂"印記，表明此本明代曾爲文徵明舊藏，明初歸季振宜，故卷中有"季滄葦圖書記"等印記。王國維《傳書堂藏善本書志》亦著録有五十卷宋槧殘本，其略曰：

> 存卷四至卷八、卷十四至卷二十、卷二十七、卷二十八、卷四十至卷四十四，共十九卷。首有目録，存卷三至卷三十一，前後皆闕……案虞山瞿氏所藏宋刊殘本存卷二十六至卷五十，後又《外集》一卷，卷數行欵並與此本相同。……杜詩自南宋後，分類本盛行，編年之本惟有此帙，而傳世頗希，惟錢氏絳雲樓、翁氏蘇米齋並有此書，今不知存亡。光緒初巴陵方氏刊一鈔本，僅存前二十二卷，其編次並與此本同。此本雖殘闕，然足證黎本之失。雖零縑斷壁，彌可寶已。有"九松迂叟藏書記"、"周良金印"二印。(《傳書堂藏善本書志・集部》)

王國維謂杜詩自南宋後分類本盛行，編年之本唯有此"草堂詩箋"一種，又謂此本"傳世頗希"，所言皆是。王國維著録本後歸涵芬樓，見《藏園群書題記》卷十一。涵芬樓還藏有另一宋刻殘卷，亦見《藏園群書題記》卷十一，卷中有"華亭朱氏珍藏"、"大宗伯章"、"榮慶堂"、"季振宜字詵兮號滄葦"各藏印。二本後皆入藏國家圖書館(見上)。

《草堂詩箋》宋槧，還有一種麻沙本，凡四十卷，半葉十二行，今北大圖書館有藏，李盛鐸跋。此本清黎庶昌曾得一帙，唯前四十卷；黎氏配以高麗刻四十卷本之《補遺》十卷、《外集》一卷，刻入《古逸叢書》中。黎氏記其覆刻情形曰：

> 予所收《草堂詩箋》，有南宋、高麗兩本。宋本闕《補遺》、《外集》十一卷，今據以覆木者，前四十卷南宋本，後十一卷高麗本。兩本俱多模糊，而高麗本刻尤粗率，然頗有校正宋本處，即如陳景雲所指"何假將軍佩"，"佩"字宋本原作"蓋"，是其一也，今從高麗本正之。原書每卷

首葉第二、三行，或題嘉興魯訔編次，建安蔡夢弼會箋；或單題嘉興魯訔編次；亦間有不題者。《補遺》卷中或題臨川黄鶴集注，建安蔡夢弼校正，或單題臨川黄鶴集注。至第十卷則又題嘉興魯訔編次，建安蔡夢弼會箋。梓人木村嘉平，病其不一，僅存正、補兩首卷題名外，餘皆削去，使歸一律。而將行款逐卷移前，費此苦心，不知其與原本不合也。刻成後始知之，已追改不及，附識於此，無令讀者滋疑。黎遮昌記。（《杜詩書録》内編卷二，頁八一至八二）

黎氏所據宋麻沙本，繆荃孫曾見之，繆氏《高麗本〈草堂詩箋〉跋》曰："黎星使原《跋》云：'得南宋麻沙本四十卷，高麗本《補遺》、《外集》十一卷，付梓。'此書在日本琳琅閣，今歸胡研生糧儲。缺《補遺》、《外集》，前後有黎星使圖書，疑即星使所取之餘。"（《藝風堂續集》卷八）黎氏所刊《古逸叢書》本，傅增湘嘗細勘之，而後曰：

取黎氏翻本勘之，卷第凌亂，注文脱失，不可勝計。兹舉其最大者言之：宋刻原爲五十卷，無所謂補遺也；黎刻本書四十卷後别出《補遺》十卷，於是魯氏編年之意全失，此一異也。宋刻與黎刻自卷一至十九次第相符，下此則顛倒混淆。如卷二十各題，黎刻在卷二十五者九首，在《補遺》卷一者三十七首；宋刻卷二十一至二十四黎刻爲《補遺》卷二至五，宋刻卷二十五至二十九黎刻爲卷二十至二十四，此後逐卷參差，未可僂指，此二異也。宋刻每卷標題"杜工部草堂詩箋"，"嘉興魯［訔］〔訔〕編次，建安蔡夢弼會箋"；黎刻於書名或加"增修"，或加"集注"，或改題"黄氏集千家注杜工部"，或題"黄氏杜工部草堂詩箋"，其下或單題蔡氏，或單題魯氏，或題"臨川黄鶴集注"（黎跋言爲刻手删去）。歧見雜出，不可致詰，此三異也。黎刻卷七第十二葉、卷十第十葉、卷十二第七葉、第十葉，其注文視宋刻無一字相合，意必宋刻闕葉，不可復得，於是後人乃望文生訓，嚮壁虚造，以彌其失，減葉數，併行款，强與下文銜接，此四異也。此外佚字奪文，訂正者又數千焉。（《藏園群書題記》卷十一，頁五八八）

可見《古逸叢書》本的舛誤，有卷次錯亂不堪者，有標題錯出者，有注文脱失者，有訛文奪字者等等，這些舛誤，應皆自麻沙本而來。麻沙本致誤之由，傅增湘的分析頗合情理，其略曰：

憶昔年遇楊惺吾於海上,語及《古逸叢書》,謂其中惟《草堂詩箋》原本最劣,當時力阻,星使竟不見納,異日必爲通人所詬。余叩其故,笑而不言。由今觀之,乃知其謬至於此極也。黎氏跋謂,得南宋本四十卷,據以覆木,餘則取高麗本補之。今黎氏所藏高麗本亦入涵芬樓,實衹四十卷,並無《補遺》,又不知其號南宋刊本者究爲何本也。嗣謁德化李椒微師,師言藏有宋本殘帙,其卷數似可補此兩帙之闕。又言别藏宋刻十二行本,與高麗本正同。據此推之,則十一行者爲宋代之初刻,十二行者乃坊市之陋刻,凡卷第淆亂,注文脱失,標題錯出,皆自此坊刻始,高麗本即從兹出。黎氏所見必十二行本,宜其凌雜謬妄,如出一轍也。嗚呼! 此書出世垂五十年,鄰蘇翁發之於前,椒微師證之於後,而余得藉手以抉其覆,寧非幸哉! 寧非幸哉!

又考,光緒初元,巴陵方柳橋翻宋本於粤東,言宋本得之吴荷屋家,爲卷二十有二,蓋亦未完本也。檢卷七、卷十、卷十二各葉注文,其妄補與高麗本正同,疑宋時初刻歲久殘缺,坊賈率意足成,於是一覆於朝鮮,再覆於扶桑,三覆於羊城,謬種流傳,遍海内外。世人以其源出宋刻,鐫印精妙,震其名而不究其實,珍爲善本,不敢啓口而致疑,得勿爲鄰蘇翁竊笑於地下乎? 丙寅立秋後一日,記於龍龕精舍。書潛。(《藏園群書題記》卷十一,頁五八八至五八九)

楊守敬,字惺吾,號鄰蘇翁。據傅氏所言,麻沙本乃以五十卷之殘帙爲底本,胡亂拼合成四十卷本刊之,後來又增《補遺》十卷,遂成卷次顛倒混亂、舛訛百出之本,謬種流傳,遍海内外。日本澀江全善《經籍訪古志》曰:"《杜工部草堂詩箋》四十卷,宋刻元修本,海保氏傳經廬藏。"這表明不僅麻沙本,且麻沙本的元修本在日本也有流傳。不過,傅增湘謂高麗本無《補遺》與《外集》凡十一卷並不確切,繆荃孫於日本曾見黎氏藏高麗本,證明高麗本確有《外集》與《補遺》十一卷。但是上引傅氏謂李盛鐸"别藏宋刻十二行本,與高麗本正同"。這表明麻沙本《草堂詩箋》始刊時,只有四十卷,而無《外集》與《補遺》十一卷。然四十卷本闕佚太多,後來覓到全本,又不欲費工重刊,於是隨補刻十一卷以塞責,坊肆刻書的弊端,暴露無遺。這一點,王國維講得更爲清楚明白些:

遵義黎氏所藏宋末刊本及高麗復刊本,僅四十卷《外集》一卷,而附以《拾遺》十卷，黎氏曾刊入《古佚叢書》。今以此殘本目録校之，則黎本奪卷二十至卷二十四，及卷四十三、卷四十四，而以此七卷入《拾遺》中（即《拾遺》卷一至卷五，及卷八卷九七卷，惟前卷二十之首十一首，誤入卷二十五）。知《拾遺》所增，皆本書所奪也。蓋宋末書肆初得殘蔡本刊之，後得全本，乃别刊所闕爲《拾遺》十卷，殊失魯氏編次之意。非得此本，不能發其覆也。（《傳書堂藏善本書志·集部》）

所言頗中肯綮。近人洪業説得更爲犀利痛快，“蔡氏《詩箋》成書在前，黄氏補注，成書在後”，相去二十二年，“本風馬牛之不相及；何來黄補蔡遺，而蔡復爲之校正？……且就檢十卷《補遺》之箋注，多是夢弼云云，全無叔似之語，可見此乃奸商既盜蔡氏之書，復盜黄氏之名耳”（《杜詩引得·序》，頁二九）。這是對宋元書坊胡亂拼湊整合此本的最好評判。

這裏順便澄清一個問題：即除宋刻《草堂詩箋》五十卷十一行本外，還有十二行本的問題。宋槧五十卷《草堂詩箋》除了十一行本外，還有十二行本，此乃近人洪業《杜詩引得·序》首先提出來的，其根據主要有二：一是清翁方綱《跋宋槧〈草堂詩箋〉》，二是清方柳橋光緒二年的覆宋本。其實，這是洪氏的一個誤解。先看翁氏《跋》文，其略曰：

此本雖題建安蔡夢弼《草堂詩箋》，而卷前闕其《序》，且卷前題云魯峕編次，而卷内又有魯峕曰。至於詩注之語，或稱杜公，或又稱甫。其每卷之首，或稱“增注”，又或稱“集諸家”，此蓋南宋末坊賈之所爲也。至爲《義鶻行》謂指回紇言，《茅屋爲秋風所破歎》謂譏明皇、肅宗，諸如此類，荒謬可笑者甚多。又多謁造東坡之説，誠有如陳直齋《書録解題》之所訶者。然其間如第二十卷内《暫如新津縣四首》，第廿一卷《暫如青城縣五首》之類，則是杜公原本如此，今已久爲注本所删，而此幸尚存。又如第一卷内《過宋員外舊莊》二首，“右二篇，歲月莫可考”，猶見舊本闕慎之義，而諸家之本皆删去之。是則雖南宋書坊妄輯之本，而尚足爲考見古本之一助爾。（《復初齋文集》卷一八，引自《杜集書録》内編卷二，頁七二）

翁氏此《跋》雖不言藏本之卷數，亦不記行格，然據《跋》文可見，題“增注”、題“集諸家”之各卷，乃五十卷十一行本所無，而爲四十卷十二行本所有。第二十卷有《暫如新津縣四首》、第廿一卷有《暫如青城縣五首》，卻是五十卷十一行本的特有標誌，這兩種截然不同的版本特點，出現在同一部書内，表明翁氏所據乃一胖合本。這一點，萬曼先生早已指出："據翁記則胖合之跡顯然，這種胖合本，在日本也有。"(《唐集叙録》，頁一二九)然而洪業卻只注意到後一版本的特點，而忽略了前一版本的特點，因而誤判翁氏藏本爲《草堂詩箋》五十卷十二行本。請看洪氏的推斷：

> 按翁所見當爲五十卷本，蓋四十卷本内之第二十卷中無"暫如新津縣四首"，第二十一卷中無"暫如青城縣五首"也。正德八年(一五一三)歙鮑松刻《李杜全集》，其中《杜工部集》五十卷、《文集》二卷、《外集》一卷。五十卷之詩殆出於五十卷之《草堂詩箋》去注而存詩耳。"暫如新津縣四首"果在其第二十卷内，"暫如青城縣五首"果在其第二十一卷内。又繆荃孫《藝風藏書再續記》(一九四〇燕京大學圖書館校印)三/二 a"《杜工部集》五十卷、《外集》一卷，建安蔡夢弼集録，無注，亦無刊板年月，惟字體與咸淳本《李太白集》同。然不敢斷爲宋版"。業未見此本，然疑鮑松所刻即從此本出也。(《杜詩引得・序》，頁二三注一一五)

據此，洪氏顯然忽略了翁《跋》提示的"增注"、"集諸家"等這些四十卷本才有的版本特徵，而將這些特徵皆認作五十卷本的版本特徵，於是判定翁氏藏本屬於五十卷本，進而推斷出五十卷《草堂詩箋》也有十二行本，這當然是不正確的。

洪業的另一根據爲方柳橋(名功惠)覆宋本。此本前有陳澧《序》及方氏《凡例》。陳氏《序》略曰："近者方柳橋太守得《詩箋》宋刻本於南海吴荷屋(榮光)中丞家。太守好聚書，官粤東三十年，歲歲購藏，凡數十萬卷，而此書爲最。以《四庫》所未有，乃付剞劂，使復流傳於世。"方氏《凡例》略曰："原本第一卷首葉有魯訔編次、蔡夢弼會箋二行。其第二卷至第十三卷則無，而第十四卷至第二十二卷又有。今仍其舊。"因方氏所據宋刻，乃一殘本，故覆刻本僅二十二卷，收入《碧琳琅館叢書》。洪業復據此覆宋刻本，進一步判定五十卷《草堂詩箋》必刊行有十二行本。洪氏推斷曰：

> 業按其書每半葉十二行，行二十六字，注雙行，亦行二十六字。知其爲五十卷本者，以其各卷詩次與鮑松刻本相同故也。陳序方凡例皆云原本是宋或元刻本，惜未云其言何據，且未道原本行格如何。(《杜

詩引得·序》，頁二四注一二五）

洪氏以爲，方覆宋刻十二行《草堂詩箋》"各卷詩次"，與鮑松覆宋刻五十卷《草堂詩箋》編次相同，因而推斷方氏所據宋本《草堂詩箋》，亦爲五十卷十二行本。但是洪氏萬萬没有料到，方氏所據的宋刻殘卷，雖然只有二十二卷，卻也是一個拼合本。此宋刻殘本今藏成都杜甫草堂，李一氓《擊楫書跋》於《杜工部草堂詩箋》跋文中鑒定此本曰：

> 《杜工部草堂詩箋》，宋本。（存第一卷至二十二卷）第一卷至十三卷，半葉十二行，行二十字，《古逸叢書》本同，但字體絶異，當是兩本。目録、第十四卷至二十二卷，半葉十一行，行十九字，季滄葦藏本（今在北京圖書館）同。第二十三卷至五十卷，佚。是《草堂詩箋》有三本，十二行本有二種。此書鑒藏印依順序爲（一）顧仁效（二）汲古閣—毛扆（三）謹齋—昌齡（四）筠清館—吴榮光（五）碧琳琅館—方柳橋（六）孫遲（七）丁菊甦（黄縣）。書出自濟南，丁氏當爲最後之藏家。查《郘亭知見傳本書目·草堂詩箋》下："近湘潭袁芳映得宋刻二十卷至五十卷，爲汲古閣毛扆所藏。"袁氏所未得之二十二卷，自即是本。方氏得書後，曾於光緒初據以翻刻《草堂詩箋》二十二卷於粤中，陳澧有《序》，即稱方氏書得自筠清館。按：十一行本爲宋刻，十二行本亦爲宋刻，方翻本陳《序》及《凡例》皆著爲宋本，唯扉葉題翻元本，殊失之。兩本皆匡、慎、敦三字缺筆，蓋嘉泰以後鐫本矣。杜甫紀念館藏《詩箋》十一行本自二十五卷起，雖合以此本，仍差二十三、二十四兩卷。自濟南爲成都草堂收得，因並志之。（《社會科學戰綫》，一九七八年第二期，引自《杜集書録》内編卷二，頁八二）

可見方氏所據之宋刻殘本，前十三卷爲十二行本，後九卷爲十一行本。但是方氏覆刻本二十二卷，卻只采用了十二行本的行款，恰恰是這一點，掩蓋了底本的儷合面目；洪氏的失誤，原因正在於此。又，上引傅增湘的話已明言：十二行四十卷本，與十一行五十卷本，兩種宋刻卷一至十九各卷，各詩的編次"相符"。職此之故方氏覆刻本，前十三卷底本雖爲十二行四十卷本，然各詩編次卻與十一行五十卷相同；而卷十四至二十二，乃據宋刊十一行五十卷本，編次自與十一行五十卷本無異，這樣一來，宋刻十二行四十卷本第二十卷以後編次淆亂不堪的情形，恰巧被掩蓋過去了。洪業只據方刻二十二卷本之編次，與宋刻十一行五十卷本編次及二首詩“相符”這一點，來判定方氏所據宋刻，亦爲五十卷十二行本，從而得出宋刊五十卷《草堂詩箋》亦有十二行本的結論，豈能不誤。文獻研究，徵實性特强。洪業未見宋刻原本，依據一儷合，且行格已經改變的覆刻本爲據下結論，豈能不誤。此誤導致洪氏下文所謂“以業所考：姑以十一行本爲原刻本、謂之甲本，方氏舊藏之本姑稱乙本，方氏所刻之本姑稱丙本，黎氏舊藏十二行本姑稱丁本，黎氏所刻之本姑稱戊本；乙出於甲，而丁又出於乙者也……故疑翻刻甲本以爲乙本者……翻刻乙本以爲丁本者”（《杜詩引得·序》，頁二九—三〇）等一大段版本傳承的推論，也就站不住腳了。上文已經考明，洪氏所謂的“乙本”，乃是一個牉合本，由甲本、丁本儷合而成，若此怎麽能説乙出於甲呢？同樣丁本更不是出於乙本，而是據甲本殘損後的剩餘部分翻刻而成的。乙本（洪氏所謂五十卷十二行本）既不存在，洪氏的議論也就失去了基礎。

洪氏宋槧《草堂詩箋》五十卷亦有十二行本之説雖誤，卻也有認同者。周采泉《杜集書録》卷二《杜工部草堂詩箋》五十卷“版本”項之下，即赫然標出“宋刻，十二行本，五十卷”，並録入了揚州吴氏《測海樓舊本書目》之著録文字，以及翁方綱的兩段《跋》文。上文已經述及，依據翁氏《跋》文，根本看不出宋刻五十卷《草堂詩箋》有十二行本的任何根據。由吴氏《測海樓舊本書目》的著録文字，同樣看不出宋槧《草堂詩箋》五十卷有十二行本的任何蛛絲馬跡。宋槧《草堂詩箋》五十卷十二行本，乃子虛烏有之事。李一氓先生謂“《草堂詩箋》有三本，十二行本有二種”，謂宋刊《草堂詩箋》十二行本除四十卷一種外，五十卷本也有十二行本，此乃坐實洪業誤説，當然也是應該糾正的。

羅振常《善本書所見録》所記宋刻《草堂詩箋》，尚有“半葉十行，行二十字本。存十四、十六至二十五卷。單框，雙魚尾，線口，下有字數”（《杜集書録》内編卷二，頁七三）。此本已佚，其具體情形，已無從知詳了。

《草堂詩箋》宋以後翻刻和傳鈔的本子頗多，今擇其要者介紹如下。(1)元刻《杜工部草堂詩箋》四十卷、《外集》十卷、《補遺》一卷。此乃宋麻鈔本的翻刻本，上海圖書館藏本有明朱承爵《跋》；北京大學圖書館藏本有近人李盛鐸《跋》，唯存卷一至十八、卷二十至四十，凡三十九卷；臺灣“中央圖書館”亦藏一殘帙，乃元大德間陳氏桂軒刻本，存卷一至三、卷九至十四。

《中華再造善本》乃據上國家圖書館本影印，首卷卷端題“杜工部草堂詩箋卷第一”，次行、三行分别具款“嘉興魯訔編次”、“建安蔡夢弼會箋”。卷一尾題後有“雲衢俞成元德校正”八字。以下各卷卷題或加或不加“增修”、“集注”等字樣，也不再題款。半葉十二行、行大字十九至二十，小字雙行二十五六字。左右雙邊，版心細黑口，雙魚尾。卷四十爲“逸詩拾遺”。卷前有《目録》，卷後有《外集》一卷、《補遺》十卷、蔡夢弼輯録《詩話》二卷、俞成元德《跋》、《傳序碑銘》、魯訔撰《年譜》上下二卷。然而由於裝訂者不慎，將《詩話》二卷、俞成《跋》和《傳序碑銘》錯簡於《補遺》十卷之卷二與卷三之間了。洪業所指出的此本翻刻時，因底本所缺而插入的卷七第十二葉，卷十第十一葉，卷十二第七、第十葉凡四葉，“乃漫取《六十家集注》、《百家集注》之屬，删削其注，以爲補耳”（《杜詩引得·序》，頁三十），經筆者檢核，洪氏所言皆是，該四頁明顯與蔡氏箋注不同，甚至有的補葉文字與前後葉並不銜接，可見編刊之草率粗惡。（2）高麗覆刻本。此本乃曹致刻於朝鮮世宗十三年（明宣德六年辛亥，一四三一），蓋覆元刻本。繆荃孫曾親見此本，其《高麗本〈草堂詩箋〉跋》曰：“黎星使原《跋》云：得南宋麻沙本四十卷，高麗本《補遺》、《外集》十一卷，付梓。此書在日本琳琅閣，今歸胡研生糧儲。缺《補遺》、《外集》，前後有黎星使圖書，疑即星使所取之餘。而正書又闕卷五、卷六、卷七、卷八、卷九、卷二十五、卷二十六。至高麗本佳處，陳景雲曾舉‘何假將軍佩’，牧齋謂〔佩〕較‘蓋’字爲穩，其爲善本可知。雖太璞不完，不害其爲瓌寶也。”（《藝風堂續集》卷八）（3）方功惠刻本。光緒元年（一八七五）方功惠刻於廣州。功惠字柳橋，巴陵人，時官廣東。此本題《草堂詩箋》，然僅二十二卷，卷前有陳澧《序》，方氏《凡例》及《詩話》二卷，《年譜》二卷，收入《碧琳琅館叢書》，世稱“碧琳琅館本”。前文已言及，此本所據乃兩個宋本的儷合本，今成都杜甫草堂有藏。（4）清黎庶昌覆宋本。黎庶昌，字蓴齋，遵義人。光緒間嘗出使日本，獲宋刻麻沙殘本及高麗本《草堂詩箋》。麻沙本乃四十卷十二行本。黎氏遂用高麗本之《補遺》及《外集》十一卷拼合覆刻，收入《古逸叢書》，黎氏有《序》。此本因底本不佳，且用元刻拼湊而成，故舛訛甚多，傅增湘曾細加考辨，指摘舛誤（已見）。商務印書館曾據《古逸叢書》本影印，收入《叢書集成初編》。又，上海文瑞樓有據《古逸叢書》本影印之單行本，《續修四庫全書·集部·别集類》又據黎氏本影印收入，頗爲易得。（5）日本覆刻本。宋刻四十卷十二行本，在日本亦有覆刻本，見沈德壽《抱經堂藏書志》卷五一，可見舛訛多端的四十卷十二行本流播之廣。

宋人整理杜集還有一種形式，就是分類。仇兆鰲《杜詩詳注·凡例》曰："分類始於陳浩然。"周采泉《杜集書録》内編卷十一（四）《類書之屬》列有"《杜詩六帖》十八卷，宋陳應行撰"，且云"應行，字浩然，建安人"。仇氏所説的"分類"，蓋指陳應行所撰《杜詩六帖》十八卷。今《杜詩六帖》已佚，然宋宜於元豐五年（一〇八二）所撰《序》尚存，其略曰："陳君浩然授予子美詩一編，乃取其古詩近體，析而類之，使學者悦其易覽，得以沿其波而討其源也。"（宋槧《分門集注杜工部詩》卷首，四部叢刊本）所謂"古詩近體，析而類之"，蓋指《杜詩六帖》而言。陳振孫《書録解題》亦曰："《杜詩六帖》十八卷，建安陳應行季陵撰。用《白氏》門類，編類杜詩語。"（《直齋書録解題》卷十四，頁四三一）用《白氏六帖》"門類，編類杜詩語"，遂使《杜詩六帖》成了《白氏六帖》式的"摘句"分類之類書，所以《杜集書録》將其歸入類書類是有道理的。《杜詩六帖》乃方便典故事類查尋之工具書，職是之故該書不能歸入一般意義上的杜集分類本，因而陳應行也不能算作《杜集》分類的首創者。唯《書録解題》所説的陳應行字（或名）季陵，並非字"浩然"，未知二者是否爲同一人？或陳氏又字（或名）季陵也？

南宋初，何南仲有《分類杜詩》，此本已佚，不知卷數。南仲仕履未詳，蓋爲高宗紹興時人，李石《方舟集》尚存此書一《何南仲分類杜詩序》，其略曰："子美詩固多變，其變者必有説。善説詩者，固不患其變，而患其不合於理，理苟在焉，雖其變無害也……吾友南仲取子美之詩句，分爲十體，體以類聚，庶幾得子美之變者也。"（《方舟集》卷十，影印文淵閣四庫全書本）由李石之言可知，此本先分體，再分類，以觀杜詩體格變化的規律。如此編次杜詩，宋代尚少見。且此本已佚，未能知其版本詳情。

宋代一般意義上的分類本，乃指依詩歌題材分類編次的本子。若是則杜集最早的分類本，當數《門類杜詩》二十五卷。陳振孫《書録解題》曰："《門類杜詩》二十五卷，稱東萊徐宅居仁編次，未詳何人。"（《直齋書録解題》卷十九，頁五六〇）《草堂詩箋跋》列徐氏於謝任伯、吕祖謙之前，故周采泉疑徐宅爲南宋初人（參《杜集書録》内編卷一，頁三五），所言不無道理。此本蓋以僞王洙注爲底子，將杜詩分類編次而成，故卷數與僞王洙注同。然此本已佚，其分類若干今已無從而知了。

今存杜詩的分類本爲《門類增廣十注杜工部詩》二十五卷，宋佚名撰，此本宋槧，今國家圖書館藏有殘帙，唯存卷二、卷七至九、卷十一至十二，共六卷。此本原爲鐵琴銅劍樓舊藏，《鐵琴銅劍樓藏書目録》有著録，瞿鏞曰："宋刊殘本。不著何人編輯。卷首題'前劍南節度參謀宣義郎檢校尚書工部員外郎賜緋魚袋杜'一行。其書分類，每類分古、律體。後來徐居仁編《千家注杜詩》亦依之分類。原二十五卷，今存卷一卷二'紀行'、'述懷'門，卷七'居室'、'鄰里'、'題人居室'、'田圃'門，卷八'皇族'、'世胄'、'宗族'、'外族'、'婚姻'門，卷九'仙道'、'隱逸'、'釋老'、'寺觀'門，卷十四'時'門，凡六卷。自一二兩卷外，板心及每卷首行皆爲作僞者剜改，今爲是正之如此。諸家之注，俱出宋人。'坡云'者，東坡有《老杜事實》，朱子謂閩人鄭昂僞爲之者也。'趙云'者，西蜀趙次公字彦材，著有《杜詩正誤》者也。'薛云'者，河東薛蒼舒，有《續注杜詩》者也。又'薛云'者，薛夢符，有《廣注杜詩》者也。'杜云'者，城南杜修可，有《續注杜詩》者也。'杜田云'者，字時可，有《詩注補遺》，舉其名，以别於修可也。'鮑云'者，縉雲鮑彪，字文虎，著有《譜論》者也。又有'新添'、'集注'等目，新添者，各家成書以外之説，不專一人；集注者，采他書之注也。詩篇每首後俱有切音。每半葉十二行，行大字二十二，小字夾注三十。宋諱殷、鏡、徵、讓字有減筆。是書各家書目俱未著録，舊爲吴中袁氏藏本。卷中有'袁與之氏'、'袁褧印'、'袁尚之氏'、'袁季子'、'汝南袁褧'諸朱記。"(《鐵琴銅劍樓藏書目録》卷十九，頁二七六至二七七)由瞿氏"其書分類，每類分古、律體"之言可知，此本蓋以《門類杜詩》爲底本，增入注家至十位，故名"增廣十注"。然瞿氏只列出七位，且其中薛蒼舒、薛夢符實爲一人，而杜修可乃子虚烏有之人(皆見前)，託名東坡者實爲僞注，是此本注家，知名者只有四位。至於門類，因書成殘帙，瞿氏僅列出了十六門，其總共多少門類，則不得而知。唯此本乃杜詩分類本中存世之最早槧本，故雖爲殘本，亦彌足珍貴。另，國圖藏一宋槧《門類增廣集注杜詩》，唯存第八卷，全書幾卷，已不得而知。從書名看，此本蓋《門類增廣十注杜工部詩》的翻刻本，只不過將書名稍加更動而已。

《增廣十注》本之後，較有影響的分類本爲《分門集注杜工部詩》二十五卷附《年譜》一卷，亦不出撰人姓名。此本宋刻，今國家圖書館有藏，原爲毛晉舊物，後歸銀行家兼藏書家潘宗周，其《寶禮堂宋本書録》著録有此本。潘氏庋藏此本時，張元濟嘗假以影印入《四部叢刊》，今《中華再造善本·唐宋編》即據國圖藏本按原大影印收入，極便閲覽。此本卷前首《分門集注杜工部詩序》，凡録王洙、魯訔、王安石、王琪、宋宜、元稹、宋祁等諸家序跋誌傳等。次爲《分門集注杜工部詩門類》目録，將杜詩依題材事類分爲七十二門，如月門、星河門、節序門、千秋節門、邊塞門、文章門、慶賀門等等。次爲《集注杜工部詩姓氏》，凡列韓愈、元稹、王洙、蘇軾、趙次公、王十朋等共百四十九家。次吕大防《年譜》，次全書目録。半葉十一行二十字，小字雙行二十五字。卷中有"毛氏子晉"、"謙牧堂藏書記"、"廣圻審定"等印記。至於此本編纂，周采泉以爲"是書以《門類本》爲底本，參酌《百家注》改編而成"(《杜集書録》内編卷十一，頁六五三)。此説非是。筆者以爲乃是以《百家注》爲底本，參之《門類本》編輯而成的，對書賈而言這是最爲省事，也最爲便捷的辦法，因爲以《門類本》爲底子，還需移録《百家注》中大量的注文；而以《百家注》爲底本，則只須參酌《門類本》將各詩按類劃分開來即可。王學泰先生曾將此本與《百家注》對勘，發現兩者的注文完全相同，甚至連各注家的次序也完全一樣，就很好地證明了這一點。近人洪業也説："《集注姓氏》既云，'永嘉王氏名十朋字龜齡《集注編年詩史》三十二卷'，而諸詩之注又輒與僞王本相同，且並其'十朋曰'者亦有之，則《分門集注》殆以僞王集注爲藍本矣。"(《杜詩引得·序》，頁一六～一七)此本中王十朋的注文，乃是此本以《百家注》爲底本的明證。洪氏又曰："唯以今二本相較，所載杜詩之出入，尚有可注意者。僞王本有杜詩一千四百四十六首，而其《江漲》一首重見於卷十二及卷三十。《分門》本有杜詩一千四百五十四首而其《奉送崔都水翁下峽》一首及五言絶句《復愁》一首皆前後複見於異卷中。《分門》本較僞王本多載者，有《塞蘆子》一首、《遣興》三首、《江漲》一首、《長吟》一首、《樓上》一首、《又上後園山腳》一首、共八首。僞王本有，而《分門》本闕者，《秦州雜詩》中一首。由是觀之，《分門集注》本雖爲僞王集注之支流，究非直接出於今所及見之僞王本也。"(《杜詩引得·序》，頁十七)其實，此本重在"分門"與"集注"二項，至於多出《百家注》八篇，應爲參之他本所補入者。故從大體上看，説《分門》本以《百家注》爲底本，變編年本爲分類本還是不錯的。至於此本的編纂時間，《四部叢刊書録》以爲：《集注姓氏》只有徐居仁，没有黄鶴，故當在《集千家注分類杜工部詩》之前。這一推斷自然是正確的。此本卷首所列《集注杜工部詩姓氏》凡百四十九家，周采泉先生曾加以考察，結果發現這百四十九家，或稱名，或稱字，體例不一；有一人而兩見者，如趙彦材與趙次公，李希聲與李錞（李錞之“李”，誤作“季”——筆者），薛蒼舒與薛夢符，可見審核不嚴；更有三國時之薛綜，亦誤列爲注家，益見編纂者之媕陋。而考察全書注文，竟有五十一人不曾引及一字，其仕履亦難知詳，是否注杜，大可懷疑。名家如胡銓、汪藻、尹洙、夏竦、王昱、秦觀、秦少儀、僧祖可、僧善權等九人，注中亦無一字引及，可見此百四十九人之不可靠。書中實際引及者僅八十餘人，而此八十餘家注杜者，以王洙、趙次公、鮑彪、蘇軾、師古、王十朋、鄭卬、杜修可、薛蒼舒等九人爲多。此外如余葵、王紆兩家注，均屬轉引二人之語，所以不能以注家目之。因此之故周先生感慨，所謂百四十九人“蓋坊賈虚張人數，以售其詐耳”（《杜集書録》内編卷十一，頁六五四）。其實周先生不知，上述九人中，杜修可乃子虚烏有之人（見前）。這種虚張聲勢的做法，所謂“百家注”、“千家注”亦然。王國維嘗跋此本曰：“此書所集諸家注，其名重者，率僞作也，東坡注之僞，宋洪容齋已言之。餘如王原叔，仁宗時人，徵引新史，猶可説也；乃引沈存中《夢溪筆談》，豈不可笑，蓋書肆中人一手所爲也。杜詩須讀編年本，分類本最可恨，偶閲數篇注，支離可哂。少陵名重身後，乃遭此酷毒，真不幸也。”不過此種分類本，因爲可爲讀者提供查找與模仿杜詩同類作品之便，故在宋代曾盛行一時。經諸家批評之後，僞蘇注逐漸減少，而此本保存僞蘇注獨多，所以對了解宋代僞蘇注的面貌，仍有一定的參考價值。

至於分類本的集成之作，當屬《集千家注分類杜工部詩》二十五卷，題“徐宅編次、黄鶴補注”。此本之宋槧，國内久佚，亦不見公私書目著録。唯日本島田翰謂其父曾獲一宋理宗紹定四年辛卯（一二三一）婺州刻本殘帙，其《古文舊書考》卷二《宋槧本考》著録該本曰：

> 《集千家注分類杜工部詩》二十五卷者，宋東萊徐居仁所輯纂編次，而臨川黄希及其子鶴所補注也。鶴之補注，在就居仁排纂千家注本，取父及己説補續之，非謂取他説補居仁所未及收……夫鶴之書，成於嘉定丙子（一二一六），婺州之刊板，在紹定辛卯（一二三一），其間不過十餘年，即是書當最得其真者矣。而其所載諸説，則昌黎韓氏以下七十五家，至鳳臺王氏而止。王彦輔增注，成於政和初，是則徐氏之編成，蓋在政和紹興[開]〔間〕。政和之與嘉定，其相距又幾歲，若鄭卬魯訔皆卓卓可觀，而是書俱不援引。且七十五家之説，皆標其姓，希及鶴説，則稱希曰、鶴曰。由是言之，鶴未嘗加增減於徐氏書，無論郭知達

《九家注》、蔡夢弼《草堂詩箋》，即精審如鄭魯二注，亦未之有補增也。於是可見，鶴之補注，謂取父及己説補之，非謂取他説補之也……宋槧本缺首尾序跋，首有目録，次《集注姓氏》，目録末有"紹定辛卯趙氏素心齋鏤刻施行"十三字，題"集千家注分類杜工部詩卷之一"，次行"東萊徐居仁編次、臨川黄鶴補注"二行聯署，次行"紀行上"三字，又次行"古詩四十首"五字，又次行"北征"二字，以下記注文。左右雙邊，半板界長七寸一分，幅五寸五釐，十二行爲半板，行則二十一字，小字雙行二十五六字。楮墨極精，尤爲可喜。（島田翰著《宋槧本考》，載《宋版書考録》，頁四六七、四六八至四六九、四七〇至四七一）

據此，可大體了解宋紹定辛卯素心齋刻本的概貌。然而島田氏此記，有以下兩個誤點：(1)《集千家注分類杜工部詩》二十五卷並非"居仁排纂"，居仁所纂乃《門類杜詩》二十五卷，成書在高宗紹興年間（見前）；《黄氏補千家注》三十六卷，成書則在半個多世紀後的嘉定九年丙子（一二一六），若是，居仁焉能排纂"千家注本"？且黄鶴所補"槧本集注"乃古近體分編本，居仁所編乃分類本，二書體例也不相符。(2)黄鶴並非"就居仁排纂《千家注》本，取父及己説補續之"。前文已述及，黄氏父子所著書名爲《黄氏補注杜詩》，所補乃"槧本集注"之缺，上版刊行時，書賈爲了牟利，方改名《黄氏補千家注杜工部詩史》。"千家注"本既出現於《黄氏補注杜詩》之後，黄鶴焉得就《千家注》取父及己説補之？顯然島田氏所言本末倒置了。據以上兩點可見，此本輯纂編次者應爲無名氏，其假託徐居仁與黄氏父子大名，乃書賈招徠顧客，牟取暴利的常法。至於島田氏的其他考證，乃有關宋紹定本版本情形的唯一記載，非常可貴。

正因爲《集千家注分類杜工部詩》乃分類注本的集大成者，故元明兩代覆刻者甚多，甚至朝鮮也有翻刻本。元代的覆刻本，首爲皇慶元年壬子（一三一二）余志安勤有堂刊本，今南京圖書館、成都杜甫草堂、臺北故宫博物院等均有藏，半葉十二行二十字，小字雙行二十六字，四周雙邊，粗黑口，雙順魚尾間鐫"杜詩注卷某"，下魚尾下爲葉碼。首卷卷端題"集千家注分類杜工部詩卷之一"，二三行下方分署"東萊徐居仁編次"、"臨川黄鶴補注"，四行低一字標類目"紀行上"，五行低二字署"古詩四十首"，六行低三字題"北征"。以下各卷不再題署編注者姓名。此本寫刻俱佳，各注家姓名用墨線圍起來，非常醒目。卷前首《傳序碑銘》，後有"建安余氏勤有堂刊"篆書木記；次《杜工部詩年譜》，題臨川黄鶴撰；次《杜工部詩目録》，目後及卷二十五後皆鎸有“皇慶壬子余志安刊於勤有堂”牌記；次《杜工部詩門類》目録，門目尾題前鎸“皇慶壬子”鐘式木記、“勤有堂”鼎式木記；次《集注杜工部詩姓氏》。此本清内府亦曾庋藏，《天禄琳琅書目》著録曰：

《集千家注分類杜工部詩》一函，十册……按：皇慶壬子，爲元仁宗皇慶元年。前余氏所刊《李太白集》係至大辛亥，與此刻僅隔一年，蓋欲以李、杜詩集並行於時，故刻手印工亦復相等也。

闕補卷二、十六。卷五、十一。卷七、十七之二十二。卷十五、三十二、三十三。卷十九。十四、十五、二十七。（《天禄琳琅書目》卷六，頁一八二至一八三）

清内府藏本，民國十六年（一九二七）傅增湘參加查點故宫圖書時，嘗於位育齋見之，《藏園群書經眼録》卷十二譽爲“字體圓美，刊刻甚精”。《鐵琴銅劍樓藏書目録》云：“余氏歷宋及元世，以刻書爲業，勤有堂之號亦相承弗替。是本與《分類補注李太白詩》同時刊行，繕刻清朗，檢校無譌，雖出後印，亦足貴也。”（《鐵琴銅劍樓藏書目録》卷十九，頁二七七）

除勤有堂本外，元代的覆刻本還有葉氏廣勤堂本。不過廣勤堂本乃是用勤有堂的版片重印的，唯重印前將勤有堂的堂名、牌記剜改爲葉氏堂名、牌記；待二次重印時，又於卷後增刻《文集》二卷。所以廣勤堂本共有兩種，但是兩種版本的二十五卷正集，實與勤有堂本相同。廣勤堂本今國家圖書館、上海圖書館、南京圖書館等皆有藏本，公私書目亦多有著録。《天禄琳琅書目》著録其第二種版本曰：

《集千家注分類杜工部詩》二函，二十册。篇目同前，後附《文集》二卷。

此書即前版，惟將《傳序碑銘》後“建安余氏”篆書木記劖去，别刊“廣勤書堂新刊”木記。《門類》目録後鐘式、鑪式二木記尚存，而以“皇慶壬子”易刊“三峰書舍”，“勤有堂”易刊“廣勤堂”。其《詩題》目録後别行所刊之“皇慶壬子余志安刊於勤有堂”十二字，雖亦鑱去，而卷二十五後所刊者，當時竟未檢及，失於削補。所增附之《文集》二卷，槧印草草，較之前二十五卷亦不相類。此拙工所爲，雖欲作僞，亦安能自掩也耶？（《天禄琳琅書目》卷六，頁一八三至一八四）

編臣斥責廣勤堂作僞,可謂證據確鑿,鐵案如山。廣勤堂本清代多家書目皆有著録,大同小異,此不贅舉。唯王國維嘗見清查慎行舊藏一廣勤堂第二種印本,卷二十五後原刊"皇慶壬子余志安刊於勤有堂"牌記雖已鑱去,但尚未及補刊廣勤堂的牌記,剜跡猶存,後人於此處補書"至正戊子潘屏山刊于圭山書院"一行,查慎行未識此本真面,看到補書的"圭山書院"牌記後,遂於卷首跋文中誤判該本"刊於元順帝至正八年",查氏跋略曰:

> 此本刊於元順帝至正八年,余房師汪東山先生家藏書也,康熙庚子忽從江西購得,謹識數語。查慎行跋。

跋文末鈐"更名慎行"白文方印、"悔餘"朱文方印。此本清末民初爲上海藏書家蔣汝藻收得,一九一二年,王國維受蔣氏之聘,爲蔣編藏書目録時獲見此本,王國維遂駁正查氏之誤曰:

> 《集千家注分類杜工部詩》……此即余氏勤有堂刊本。後其板歸廣勤堂,故《傳序碑銘》後有"廣勤書堂新刊"牌子。《集千家注杜詩門類》後有"三峰書舍"鐘式墨印,"廣勤堂"鼎式墨印,卷二十五後又有明人補書"至正戊子潘屏山刊于圭山書院"一行。此處原有牌子云"皇慶壬子余志安刊于勤有堂",歸廣勤堂後乃剜去此牌,未曾補刊,此本剜跡猶存,即爲勤有本之證。圭山書院本則翻刊勤有堂本。後人以二本行欵相同,故補書于此。查跋乃爲所誤,實則非一本也。有"喬松年印"、"鶴儕"、"太原喬松年收藏異書"、"玉輪汪繹"、"平陽季子"、"陳寶儉珍藏記"諸印。(《傳書堂藏善本書志·集部》)

查氏題跋本今藏上海圖書館,卷前查氏跋文及卷中"喬松年印"、"鶴儕"等各印俱存。筆者曾詳勘此本,王國維謂此本乃勤有堂版歸廣勤堂後剜去牌記重印的,此言信然,因有《傳序碑銘》後"廣勤書堂新刊"的牌子,及門類目録後"三峰書舍"鐘式墨印與"廣勤堂"鼎式墨印爲證。該本既爲廣勤堂本,則卷二十五後補書的"至正戊子潘屏山刊于圭山書院"的牌子就站不住腳了,因爲圭山書院本乃另一刊本。王國維所考,字字珠璣,確然不易。以查氏之學問,尚有此誤,版本鑒定之不易,於此可見一斑。此本今上圖館藏目録及電子版目録重複著録兩次,一曰"圭山書院刻本","清查慎行跋",大誤;一曰"廣勤書堂刻本","清查慎行跋",則是。此本雖出廣勤堂後印本,然正文二十五卷,實與勤有堂本無異,故而也十分珍貴。

海源閣所藏廣勤堂本附《文集》二卷，故亦應爲廣勤堂二次印本，《楹書隅録》曰："此本《姓氏》中，則知達之九家及夢弼均已采列（惟知達亦未載），並以時賢劉氏會孟殿之，凡一百五十六人。"（《楹書隅録》卷四，頁五一一）廣勤堂本所用既爲勤有堂舊版，而黄氏《集千家注杜工部詩》原無蔡夢弼箋注語（見前），而劉辰翁評杜乃宋末元初之事，若是無名氏編纂《集千家注分類杜工部詩》，其時蓋在元初歟？所以洪業云："就諸家題録審之，疑是坊估所爲，取黄鶴《補注》本，改依《分門》本排列焉，更從高崇蘭本采擷蔡注、劉評以增益之。於是崇蘭所糞除之舊注，歷歷復現，而崇蘭所輯録之劉評，反寥寥無幾，蓋欺世之陋本也。"（《杜詩引得·序》，頁四〇）洪氏疑《集千家注分類》本乃"坊估所爲"，非出學者之手，故所謂的"東坡注"、"十朋注"等高崇蘭所删除的舊注，又歷歷復現，所論極是。然就分類本的演進一點看，此本在《分門集注杜工部詩》二十五卷的基礎上，將後出現的諸家注，尤其蔡夢弼會箋、黄氏父子補注、劉辰翁評語等等皆彙入其中，亦不可謂無益也。唯將劉辰翁評語補入勤有堂本者，蓋爲余氏，而非島田氏所見宋本所原有也。楊紹和云："按元有兩壬寅，一大德六年，一至正二十二年。此不知爲大德爲至正也？"（《楹書隅録》卷四，頁五一一）今案勤有堂本刊於皇慶元年壬子，廣勤堂所用既爲勤有堂舊版，則廣勤堂所署"壬寅"，自當爲後一壬寅，即至正二十二年壬寅（一三六二）無疑。

勤有堂本與廣勤堂本之外，元代還有一個重要的本子，即圭山書院本。圭山書院本，乃元至正八年戊子（一三四八）潘屏山積慶堂於圭山書院刻《集千家注分類杜工部詩》二十五卷《文集》二卷。此本今國家圖書館、上海圖書館及青島博物館有藏，北大圖書館藏本乃一殘帙。此本版式及行格等悉如勤有堂本。門類目録後有篆書"至正戊子"鐘式木記、"積慶堂"鼎式木記，乃此本覆刻廣勤堂本的明顯標記；詩題目録卷於尾題前鐫"至正丁亥潘屏山刊于圭山書院"牌記，又卷二十五後亦鐫有"至正戊子潘屏山刊於圭山書院"牌記一個；傳序碑銘後有篆書"積慶堂刊"牌記一個。上引王國維之言，謂此本乃覆刻廣勤堂本者，信然。陸心源《儀顧堂續跋》著録此本曰：

> 《集千家注分類杜工部詩》二十五卷，次行題"東萊徐居仁編次"，三行"臨川黄鶴補注"。首爲杜工部傳序碑銘，次杜工部年譜，題"臨川黄鶴撰"，次集注杜工部詩姓氏，次目録。卷二十五後有"至正戊子潘屏山刊於圭山書院"一行。每葉二十四行，每行二十字，小字雙行，每

行二十六字。居仁仕履未詳,杜詩分門編類始于居仁,故首題居仁名,見姓氏。建安蔡氏夢弼亦在姓氏中。集注曾採及,惟郭知〔逵〕〔達〕注不及一字耳。(《儀顧堂續跋》卷十二,見《儀顧堂書目題跋彙編》,頁四一三)

此本公私書目多有著録,另日本澀江全善《經籍訪古志》、嚴紹璗《日藏漢籍善本書録》亦有著録。據上可見,積慶堂本即圭山書院本,二者乃同一種版本的不同稱謂,但《杜集書録》與《中國古籍總目》既著録圭山書院刻本,又别出"元積慶堂刻本",大謬不然。

明代《集千家注分類杜工部詩》的翻刻本,首爲金臺書院本,即正德十四年己卯(一五一九)汪諒於金臺書院刊《集千家注分類杜工部詩》二十五卷《文集》二卷。此本今上海圖書館、浙江省圖書館、清華大學圖書館有藏,版式、行格與廣勤堂本大體相同,然書版已改爲白口,且注家名字多用括號括起來,與勤有堂本多用黑線圍起來明顯不同。卷前有《序傳碑銘》、黄鶴撰《年譜》及李廷相、陸深二人《刻杜詩序》。門目後鐘式木記中鐫"汪諒重刊"四字,而鑪式木記中"廣勤堂"三字仍存其舊。卷二十五尾題後鐫"正德己未春正月吉旦金臺書院汪諒重刊"一行。廷相,字夢弼,濮州人,官至户部尚書,其《序》略曰:"旌德汪諒氏以鬻書名京師間。獲《杜詩千家注》一帙,凡若干卷,蓋勝國(指元代)時舊物也。廼捐貲鋟諸梓,且丐余言以傳。"陸深,字子淵,上海人,弘治進士,官國子祭酒充經筵講官、太常卿兼侍讀學士等,《明史》卷二八六有傳。其《序》略曰:"近時杜學盛傳,而刻杜者亦數家矣。予所蓄《千家注》者,於杜詩爲備。間付汪諒氏重翻之,以與學杜者共誦其詩,讀其書,且以論其世也……工既成,因爲之序。卷帙次第,固無改於舊云。正德己卯重陽日承德郎國子監司業雲間陸深書。"(上圖藏金臺書院本)據李、陸二《序》,知汪諒乃旌德人,正德前後爲北京書賈,此本乃據國子司業陸氏藏《千家注杜》翻刻者。但陸氏所藏《千家注杜》,李廷相《序》僅言爲"勝國(元代)"舊物,而陸氏所藏究爲何種版本,李《序》並未説明。今據此本門類目録後仿鐫之鼎式木記中依舊存"廣勤堂"三字,且有《文集》二卷,知此本所據底本實爲廣勤堂第二次印本。《天禄琳琅書目》著録此本曰:"《集千家注分類杜工部詩》,二函,二十六册。篇目同前。此書乃以前版重加翻刻,故將建安余氏前後所列之名盡爲削去,其'廣勤書堂新刊'木記亦復不存,惟以鐘式木記中'三峰書舍'四字易刊'汪諒重刊',而鑪式木記中之'廣勤堂'則仍其舊。汪諒,無考。觀其去'廣勤書堂新刊'木記,則是堂亦非汪諒所有矣。書中注字本小,一經翻刻,筆畫未免較肥,然紙質印工實出前二部之上。闕補卷十一、全。卷十五、全。"(《天禄琳琅書目》卷六,頁一八四至一八五)編臣所記各項大體不錯,唯廣勤堂乃元福建建安葉氏書坊,汪諒乃明北京書賈,廣勤堂焉能爲汪氏所有?《唐集叙録》謂此本乃汪諒得廣勤堂版片重印者,故筆畫較肥,此言亦非是。此本與廣勤堂本不僅版式不同,文字也有校改,如廣勤堂本卷十九《奉贈韋左丞丈二十二韻》"儒官多誤身"句,"官"字誤,此本改作"冠",等等。萬先生因未考原書,因而致誤也。京師(今北京)距建安數千里,時間相隔二百年,汪氏焉能得葉氏書版而重印之?

金臺書院本有嘉靖元年壬午(一五二二)重修本,國家圖書館、上海圖書館有藏;南京圖書館所藏原爲清丁丙舊物,乃明公文紙印本,存卷二、卷二十三至二十五、《年譜》配清鈔本,丁丙跋,《善本書室藏書志》著録此本曰:"此爲明汪諒所翻,行欵字數與元刊無異,唯筆畫稍肥耳。刷印用明時官牘殘紙,頗多古趣。汪諒乃金臺書估,柯氏《史記》、張氏《文選》皆其所刊者。"(《善本書室藏書志》卷二十四)謂此本乃明公文紙印本,筆畫稍肥乃翻刻所致耳。王國維撰《傳書堂藏善本書志》亦著録有此本,謂汪諒乃蘇州人,其書爲明文徵明所藏,有文氏"玉蘭堂圖書記",另有"蒼巖山人書屋記"一印(《傳書堂藏善本書志·集部》)。

至於朝鮮翻刻的《集千家注分類杜工部詩》,今上海圖書館藏有兩部,版本相同,然書名已改爲《纂注分類杜詩》,凡二十五卷,目録一卷。此本半葉九行十七字,四周單邊,亦有四周雙邊者,白口,雙對三葉花魚尾間上鐫杜詩某,下爲葉碼。此本開版宏敞,行格疏朗,字大如錢,綿紙印本,各注家名字以墨底白字的陰文表示,頗宜眼目。此本卷前後無任何附録,亦無任何刊刻年月標記。各卷首題"纂注分類杜詩卷之某",次行標類目,三行署詩體及首數,下接正文。首卷次行低一字標"紀行上",三行低二字署"古詩四十首",四行低二字署《北征》。此本乃木活字印本,但館藏卡片及電子目録等皆著録爲"朝鮮刻本",非是,乃活字本也。此本卷二十二最末一葉倒數第六行"洙"字爲陰文,排版時不小心,"洙"字給擺顛倒了,這是只有活字本才能出現的訛誤,可證其的確爲活字本。此本文字校勘頗精,很少錯訛,在朝鮮印行的漢籍中,可謂上乘。

另外日本足利時代，有《集千家注分類杜工部詩》十五卷無注翻刻本，未見。

宋代杜集的分類本，還有方醇道《類集杜甫詩史》三十卷，《宋史·藝文志》著録。方氏字温叟，莆陽人。此書久佚，未知其詳，周采泉先生以爲"其書應屬於分門類，且爲全集本"(《杜集書録》内編卷二，頁九二)，雖出推測，當亦近實。又，南宋末年有曾季輔《杜詩句外》，亦爲分類本，不詳卷數。季輔自號北山子，新淦人。此本不見於各家書目，唯文天祥曾爲此本作《新淦曾季輔〈杜詩句外〉序》，其略曰："淦北山子曾季輔平生嗜好於少陵最篤，編其詩，倣《文選》體，歌、行、律、絶各爲一門，而紛紛注釋，自以意爲去取。意之所合，列於本文下方，如《東萊詩記》例，而總目之曰《少陵句外》。予受而讀其凡，蓋甚愛之。既録其副，則復慨然曰：世人爲書，務出新説，以不蹈襲爲高。然天下之能言衆矣，出乎千載之上，生乎百世之下，至理則止矣。虚其心以觀天下之善，凡爲吾用，皆吾物也。是意也，東萊意也，而北山子得之。觀舞劍而悟字法，因解牛而知養生，予也受教于北山子矣。"(《文山集》卷十三，影印文淵閣《四庫全書》第一一八四册，頁五九四)可見此本乃依詩體而分門，集衆家注文之合於己意者列於本文下方，故名《句外》。但此本與一般意義上的分門别類本迥異，乃分門集注本的特例。周采泉先生曰："書雖不傳，有文山一《序》亦足不朽。"(《杜集書録》内編卷二，頁九二)信然。

除了編年、集注和分類之外，杜詩還有一種始於宋末劉辰翁的批點本。洪業曰："宋人之於《杜詩》，所尚在輯校集注，迨南宋之末，黄蔡二本已造其極。元人别開生面，一轉而爲批選。雖天水之世已有《諸家老杜詩評》、《少陵詩格》二書，可謂濫觴所始。顧惟劉辰翁以逸才令聞，首倡鑒賞，於是選儁解律之風大起。"又云："(辰翁評)流風所被之大且長。明末錢謙益曰'元人及近時之宗劉辰翁……奉爲律令，莫敢異議'，殆紀實之言。"(《杜詩引得·序》，頁四〇至四一，頁四三)。然而由於這種批點是與杜詩的集注相輔而行的，所以仍屬於集注本中一個特殊的類别，對後世影響頗大，元明兩代刊行的《杜集》，以帶劉批者爲最多，所以這裏專就劉批本作如下考述。

第一種劉批杜詩本，乃元代元貞元年(一二九五)彭鏡溪編《須溪批點選注杜工部詩》二十二卷，前有元羅履泰《序》，故又稱"羅履泰本"。羅氏《序》曰：

舊見《後村詩話》中,評王楊盧駱,證以杜詩,頗有貶數子意,嘗疑後村誤認杜詩爲貶語。一日,須溪談此,先生因出所批本示僕曰:"吾意正如此。"時《興觀集》未出也,惟末章僕有欲請者,客至而罷。每自恨賦遠遊、病索居,望先生之廬有不能卒業之愧。後嘗思之,蓋謂區别裁正浮僞之體,而親風雅爲師,則於數公之上,轉益多師,而汝師盡在是也……今《興觀集》行,不載此,每念復見先生所示本不可得。族孫祥翁得其本以示僕,視《六絶句》批語,則昔所見也。其舅氏彭鏡溪又銓摘舊注,不失去取,刻之以便覽者。使學者人人得窺前輩讀書法度,觸類求之,豈獨興於詩而已哉。先生教人初意,於是有所推廣云。後學羅履泰以通謹序。(《杜集書録》内編卷二,頁九四至九五)

據此,此本乃彭鏡溪依劉氏"批本",增以"銓摘舊注"編輯而成的。若是劉批本刊行伊始,即與杜集注釋相輔而行,只不過並非全部迻録舊注,而是有所"銓摘",故删去"千家注",標以"選注",而冠以"須溪批點"字樣。元貞元年,距劉辰翁下世僅一兩年。此本原槧,今已不可見,今所見者唯明覆刻本,故據明覆刻本可間接窺見此本的大概情形:此本將所選舊注置於句下,劉批則均在注後,以方框鐫"批"字以示之,頗便省覽。此本所收辰翁《戲爲六絶句》批語,《興觀集》卻失載,後出的高崇藍輯劉批本(詳下)亦未收録,歷來解釋《戲爲六絶句》者亦未引及,所以周采泉先生曰:"倘與高本相互校勘,自能得其異同,決不止《六絶句》然也。"(《杜集書録》内編卷二,頁九六)明代多有翻刻此本者,原因蓋在於此。

彭槧本之明代覆刻者有:(1)明初翻刻本《須溪批點選注杜工部詩》二十二卷,存卷二至三、卷七至二十二,凡十八卷。原涵芬樓舊藏,今藏國家圖書館。此本半葉九行十八字,細黑口,左右雙邊。《藏園群書經眼録》卷十二、《藏園訂補郘亭知見傳本書目》卷十二、《中國古籍善本書目》等均有著録。(2)正德四年己巳(一五〇九)黎堯卿雲根書屋於河南刻《須溪批點選注杜工部詩》二十四卷,今國家圖書館、南京圖書館、浙江圖書館、社科院文學所圖書館等均有藏本。黎氏字廷表,號東川,忠州人,弘治六年癸丑(一四九三)進士,官兵部尚書。此本半葉十一行十八字,白口,版心上方有"雲根書屋之記"六字篆書,下方有"紹續箕裘永寶無斁"八字篆書。前有羅履泰《序》,後有黎堯卿《跋》。黎《跋》略曰:"頃居秣陵,乃得劉須溪批本,讀之如獲拱璧。續見趙東山五言批評,又復明備不揣,並虞伯生七言注,統三子合爲一編，以便檢閱。其缺解，質以全集補之。噫！騷壇亦幸矣。東川黎堯卿跋。"《跋》末有"癸丑進士"、"司馬大夫"、"廷表"三印(《杜集書録》内編卷二，頁九九)。據此，彭槧劉批本原二十二卷，黎氏翻刻時增入趙、虞二家批注，故卷數增爲二十四卷。王國維《傳書堂藏善本書志》著録此本更清楚一些，曰：

> 《須溪批點選注杜工部詩》二十四卷，明初刻本。須溪劉辰翁批點，七言增元虞集伯生注解，五言增東山趙子常批評。
>
> 羅履泰序，黎堯卿跋。每半葉十一行，行十八字。目録首題"集千家注批點杜工部詩集"。卷二十三首，上題"增趙東山類選杜工部詩"，下題"東山趙訪("汸"之訛)子常選注批點"。卷二十四首題"增虞伯生注杜工部詩"。乃黎堯卿所合也。每葉版心有"雲根書屋之記"及"紹續箕裘永寶無斁"十四字，有"梅會里朱氏潛采堂藏書"、"聖清宗室盛昱伯羲之印"二印。(《傳書堂藏善本書志·集部》)

是王國維所見原爲朱彝尊藏書，今已不知尚在天地之間否。周采泉先生也見一部，卷二十三後有短跋一則，末題"歲己巳重九跋"，卷二十四首第二行下别有一跋曰："此皆爲增輯人題記，均不署名。其所題之己巳，亦不知爲何年，就刻本之風格觀之，疑爲明中葉刻。"周采泉先生以爲，短《跋》乃黎氏所作，並據以判定此本爲明正德四年己巳所槧(《杜集書録》内編卷二，頁九七至九八)。此本阮元《天一閣書目》、瞿鏞《鐵琴銅劍樓藏書目録》、《成都杜甫草堂收藏杜詩書目》均有著録。(3)正德十二年(一五一七)馬質夫重慶刻本，今成都杜甫草堂有藏，李一氓《擊楫題跋》鑒定此本曰：

> 《集千家注批點杜工部詩集》(殘本)，明正德鐫本，有正德十二年丁丑(一五一七)東川劉春《序》。劉春，字仲仁，巴縣人，《明史》有傳，時正丁憂在籍。書殘存五卷，已佚過四分之三，目録尾有挖補痕。依劉《序》此乃據正德四年(一五〇九)黎堯卿(廷表)河南刊本重刻者。《序》復稱："蜀藩少參增城盧公朝言恒閲而愛慕，謂不可不廣其傳也。乃委重慶守金齒馬君質夫、同知荆門程君天質重鋟梓……"是此本乃刻于四川，爲明代蜀刻杜詩之一標本。此殘帙，且後印，殊不足重；重其爲蜀刻，差足供草堂之展覽，正本地風光耳。——書藏成都杜甫草堂。(吉林《社會科學戰綫》，一九七八年第二期；引自《杜集書録》内編

卷二,頁九八)

此本爲翻刻黎槧本者,乃彭刻本的再生本,書名冠以"集千家注",故與原刻稍異耳,然"批點"二字尚存。另,今南京圖書館藏一元刻明印本,亦題《集千家注杜工部詩》,但已有趙汸(東山)注。元彭槧本至明黎堯卿始增趙虞二家注;故周采泉先生以爲,此本若非佚去虞注,"則此刻或在黎堯卿以前"(《杜集書録》内編卷二,頁九八)。所言甚是。

第二種劉批杜詩的編刊本,乃元大德本,即大德七年癸卯(一三〇三)高崇蘭輯刻《集千家注批點杜工部詩集》二十卷,或簡稱《劉辰翁批杜詩》。高崇蘭,字楚芳,廬陵人,其事蹟見劉將孫所撰《高楚芳墓誌》。此本半葉十一行二十二字,黑口。卷前首劉將孫《序》,《序》後鐫有"須溪劉氏"、"將孫"、"尚友父"等五木記,次《杜工部年譜》一卷,次目録。周采泉判此本"原無《年譜》",恐非是。首卷卷端題"集千家注批點杜工部詩集",次行題"須溪先生劉會孟評點"。各卷後有補注,刻於葉末。將孫乃辰翁之子,其《序》略曰:

有杜詩來五百年,注者以二三百數。然無善本,至或僞蘇注,謬妄鉗劫可笑。自或者謂少陵詩史,謂少陵"一飯不忘君",於是注者深求而彊附,句句字字,必傅會時事曲折,不知其所謂史,所謂不忘者,公之天下,寓意深婉,初不在此。詩有風有隱,工部大雅,與《三百篇》相望,詎有此心胸哉?此豈所以爲少陵!第知膚引,以爲忠愛,而不知陷於險薄。凡注詩尚意者,又蹈此弊,而《杜集》爲甚。諸後來忌詩、妬詩、疑詩、開詩禍皆起此而莫之悟,此不得不爲少陵辨者也。先君子須溪先生每浩歎,學詩者[名]〔各〕自爲宗,無能讀杜詩者,類尊丘垤而惡睹昆侖。平生屢看《杜集》,既選爲《興觀》,他評泊尚多,批點皆各有意,非但謂其佳而已。高楚芳類萃刻之,復刪舊注無稽者、泛濫者,特存精確必不可無者,求爲序以傳。坡公謂杜詩似《史記》,今聞者特以坡語,大不敢異,竟無能知其所以似《史記》者。予欲著之此,又似評杜詩爲僭。獨爲注本言之,注杜詩如注《莊子》,蓋謂衆人事、眼前語,一出盡變事外意、意外事。一語而破無盡之書,一字而含無涯之味。或可評不可注,或不必注,或不當注。舉之不可徧,執之不可著,常辭不極於情,故事不給於弗也,然詎能爾爾。是本浄其繁蕪,可以使讀者得於神，而批評摽掇，足使靈悟，固《草堂集》之郭象本矣。楚芳於是注用力勤，去取當，校正審，賢他本草草籍吾家名以欺者甚遠。相之者，吾門劉郁云。大德癸卯（一三〇三）冬，廬陵劉將孫尚友書。（據明初刻本，上海圖書館藏）

據此，此本乃高崇蘭就當時刊行的《集千家注》本，芟其繁蕪，存其精華，附以劉辰翁批點，冠以劉將孫《序》而後刊行於世的。此本乃是在分類本《集千家注》的基礎上，改爲大體依行年編次，附以劉辰翁批點，故將書名由"分類"改爲"批點"也；且因高氏對"千家注"多有糞除，所以卷數也由分類本二十五卷，縮編爲二十卷。這是此本不同於《集千家注》本的兩大突出特點。將孫所斥"草草藉吾家名欺世者"，當指羅履泰《序》刻之彭鏡溪本。經將孫貶斥，彭本遂不爲世重，故元明以迄於清，《集千家注》本大多爲高本的衍生本。此本孫星衍《平津館鑒藏記書籍》補遺"元版"、《孫氏祠堂書目》内編卷四、莫友芝《持静齋藏書記要》及《郘亭知見傳本書目》卷十二上等均有著録。

元代，高本的覆刻本主要有以下諸種。

(1)至元本。至元元年乙亥（一三三五）刻《集千家注杜詩》二十卷《文集》二卷。此本卷前首劉將孫《序》，次《目録》，署"須溪先生劉會孟評點"，次爲《附録》，凡録各家序跋及須溪《總論》，次爲《年譜》。卷一及《文集》卷一題"會孟評點"，餘卷則無之。此本楊守敬《日本訪書志》有著録，其略曰："其詩亦分類（案"分類"應爲"依年"之誤——筆者）編次，而與魯訔、黄鶴本皆不甚合。明代白[陽]〔昜〕山人、金鸞、許自昌等所刻，皆從之出；而并遺劉將孫序，遂不知編此本者爲何人。朱竹垞竟謂出之蔡夢弼，尤失考矣。《四庫》著録本但稱前載王洙、王安石、胡宗愈、蔡夢弼四序，知其所見亦明刊本。蓋此四序原在《附録》中，明刊本删存此四序，並劉會孟《總評》十一（應爲"三"）則盡删之，篇中評語竟不題'會孟'名，其爲庸妄何可勝言！……《提要》稱篇中所集諸家之注，真贋錯雜，蓋指僞東坡注而言，不知此編絶不載東坡注，劉將孫已明言之。《提要》未見劉序，又未暇細核全書，故意此千家注中必有東坡注，遂漫爲此説也。"（續修四庫本《日本訪書志》卷十四，頁七〇二）此本内無刊刻年月，楊氏僅判爲元刊元印本；《杜集書録》據此本的版本特點，判爲元至元元年（一三三五）所槧，並指出楊氏誤"白昜"爲"白明"；"白昜山人"即金鑾，楊氏作二人，"此亦疏略處"（《杜集書録》内編卷二，頁一〇四）。其實“白易山人”亦非是，應爲“明易山人”方是（詳下）。

（2）至正本。元至正十一年辛卯（一三五一）潘宅積慶堂刊《集千家注批點杜工部詩集》二十卷、《年譜》一卷，凡七册。劉辰翁批點，高楚芳編。嚴紹璗《日藏漢籍善本書録》著録有此本，日本大谷大學附屬圖書館有藏，原神田喜一郎（鬯庵）舊藏。

（3）元刻八行本。元刻《集千家注批點杜工部詩集》二十卷，半葉八行十八字。卷前首劉將孫《序》、次《年譜》、次《目録》，首卷卷端題“須溪先生劉會孟評點”。《楹書隅録》著録此本曰：“元本《集千家注批點杜工部詩集》二十卷……此本以《年譜》冠首，《目録》及卷一前標題‘須溪先生劉會孟評點’，皆明刻所無。紙墨古雅，的屬元時舊雕。惟將孫《序》亦闕失者，則俗賈割去，欲充宋槧耳（卷首有“宋本甲”等印，亦書賈作僞）。是書專主須溪評點，故楚芳删附諸注，僅存其半，殊未若《分類集千家注》本之詳。然分類本所采須溪語絶寥寥，正宜合觀，庶可參證。將孫自《序》，先著不嫌以郭象注《莊》爲媲，新城乃沿其説，誠如《總目》所譏。顧須溪評點，雖未盡當，而足使靈悟處要自不乏，亦讀杜詩者所不容廢也。……每半葉八行，行十八字。”（《楹書隅録》卷四，頁五一〇至五一一）卷中有“毛晉私印”、“席鑑之印”、“張月霄印”等鑒藏印記多枚。近代瞿鏞曾見一元槧“《集千家注批點杜工部詩》二十卷，元刊本。題‘須溪先生劉會孟評點’，不著何人編輯。須溪子將孫《序》，謂高楚芳以舊注删訂重刊。詩中舊注俱各標名，其不標名及圈點，皆須溪筆”（《鐵琴銅劍樓藏書目録》卷十九，頁二七七）。此本與《楹書隅録》所載“書名同，題名同，卷數亦同”，故周采泉“疑爲同一板刻”，唯“瞿目漏載行格耳”（《杜集書録》内編卷二，頁一〇二至一〇三）。若是則此本前尚有將孫《序》。

（4）元刻十二行二十二字本。元刻《集千家注批點杜工部詩集》二十卷《文集》二卷、《年譜》一卷、《附録》一卷。半葉十二行二十二字，注文雙行同，黑口，四周雙邊，間有左右雙邊者。卷前首將孫《序》，次目録，首題“須溪先生劉會孟評點”，次《附録》名家序跋及須溪《總論》，次《年譜》。首卷卷端題“會孟評點”，餘卷則無。此本嚴紹璗《日藏漢籍善本書録》著録有四部，天理圖書館藏有二部，一部九册，一部十一册，《文集》二卷、目録、《年譜》皆爲鈔配；廣島大學附屬圖書館藏一部，十册；大東急記念文庫藏一部，共十三册。楊守敬《日本訪書志》亦著録有此本，楊氏謂“爲元代坊刻本”，“塗抹滿紙，遠遜是本”。所謂“是本”，乃至元本也（續修四庫本《日本訪書志》卷十四，頁七〇二）。

（5）元刻十二行二十四字本。元刻《集千家注批點杜工部詩集》二十卷、《文集》二卷、《年譜》一卷、《附録》一卷。半葉十二行二十四字，注文雙行，黑口，四周雙邊，間有左右雙邊。卷前首將孫《序》，次《目録》，次《附録》，次《年譜》，次《文集目録》。此本嚴紹璗《日藏漢籍善本書録》著録有二部，一爲内閣文庫藏本，一爲石井積翠軒文庫藏本。

（6）元刻九行本。元刻《須溪批點杜工部詩注》，半葉九行十八字，小字雙行同。《涵芬樓燼餘書録》著録有此本，“卷首序目及卷四、五、六均佚。餘均殘缺，有鈔配，均明人筆。有唐荆川、唐寅等印”（《杜集書録》内編卷二，頁一〇四）。

（7）建陽小字本。元建陽刻小字本《集千家注批點杜工部集》二十卷、《文集》二卷、《年譜》一卷、《附録》一卷。《天禄琳琅書目後編》著録此本曰：“前有《年譜》，後附録元微之《誌銘》，《唐書》本傳，王洙序，王琪後記，王安石序，胡宗愈序，歐陽修、王安石詩，蔡夢弼《草堂詩箋跋》。又十三條，則辰翁文集中評論杜詩之説也。注有遺者，補附每卷之後。建陽小字本。”（《天禄琳琅書目後編》卷六，頁五二一）有“吉氏敬光”、“渡春開印”、“瑶華亭上人家”、“萬書樓”各印。

（8）元刻十三行本。元刻《集千家注批點杜工部詩集》二十卷、《年譜》一卷、《附録》一卷。半葉十三行二十二字，小黑口，雙邊。前有劉將孫《序》，次《年譜》，次《附録》。題唐杜甫撰、須谿先生劉會孟評點，與高本同。清《學部圖書館善本書目》、徐乃昌《積學齋藏書記·集部》均有著録。然《學部圖書館善本書目》著録黄鶴爲“元人”，乃坊賈隨意亂題，亦可能爲著録之誤。又，上海圖書館藏一部，行格相同，然卻判爲元大德刻本，非是，大德原槧乃十一行二十二字（見上）。唯上海圖書館藏本卷端首行無“唐杜甫撰，元黄鶴注”一行，周采泉以爲“當以上海館藏本爲正”（《杜詩書録》内篇卷二，頁一〇四），所言可從。

（9）元明間刻十行本。元明間坊肆刻《集千家注批點杜工部集》二十卷、《年譜》一卷。半葉十行十六字，注文同，四周單邊，白口雙魚尾。卷前首將孫《序》，次《年譜》。羅振常《善本書所見録》著録此本曰：“每卷次行題須溪先生刻，會孟評點……板式古雅，殆明翻元刻也。"《杜集書録》據此本前有將孫《序》，因判爲元明間刻本；然據題款誤作"須溪先生刻，會孟評點"，隨判此本"出於傖父之手明矣"（《杜集書録》内編卷二，頁一〇五）。所言可從。

降及明代，高崇蘭本的覆刻本，其主要者有以下諸種。

（1）洪武本。洪武元年戊申（一三六八）雲衢會文堂刻《集千家注批點杜工部詩集》二十卷、《文集》二卷、《附録》一卷。半葉十四行二十四字，間有二十五六字者，注雙行，黑口，四周雙邊。卷前首將孫《序》，次《目録》，目後有雙行"雲衢會文堂戊申孟冬刊"木記大字占六行，次《年譜》，次附録。各卷首題"集千家注批點杜工詩集"，次行署"須溪先生劉會孟評點"。每家注文前各以黑底白文，標示注家名氏。此本國家圖書館、天津圖書館、復旦大學圖書館及成都杜甫草堂有藏。《藏園群書經眼録》卷十二、周采泉《杜集書録》内編卷二判爲"元至大元年"戊申（一三〇八）刻本；《中國古籍善本書目》與《中國古籍總目》則判爲洪武元年戊申（一三六八）刊，今從後者。《藏園群書題記》著録此本曰："此本大板匡，密行細字，半葉十四行，雕鐫亦精，特爲希覯，徧檢各家目録中，唯《孫祠書目》及日本《經籍訪古志》有之……卷首劉將孫原序係以草書上版，此後各家翻刻皆佚去，即將孫之《養吾齋集》亦不載此文。今此帙劉序宛然尚存，藉以拾遺補闕，尤足貴也。"（《藏園群書題記》卷十一，頁五九〇）日本澀江全善《經籍訪古志》與嚴紹璗《日藏漢籍善本書録》亦著録有此本，且二目還著録有此本在日本的覆刻本，其中室町時代（一三九二～一五七三）覆刻一種，行格與原刻完全相同。不過，《訪古志》判此本爲"楚芳原刊"，非是。

（2）明初刻十行十六字本。此本《藏園群書經眼録》卷十二著録，然無《文集》二卷、《年譜》一卷、《附録》一卷，十行十六字，有評點。《中國古籍善本書目》著録明初無名氏刻《集千家注批點杜工部詩集》二十卷、《文集》二卷、《年譜》一卷、《附録》一卷，今存二部，一部藏國家圖書館，另一部藏北京大學圖書館，然無《文集》二卷、《年譜》一卷。三者未知爲同一版本否。

（3）明初刻十二行二十三字本。此本上圖有藏，半葉十二（偶有十三）行，行二十三字，小字雙行同。四周雙邊，粗黑口雙魚尾間鐫"杜詩某"，下魚尾下爲葉碼。卷前首劉將孫《序》，次《杜工部年譜》，次附録，次目録，目録卷題下方署"須溪先生劉會孟評點"。各卷首題"集千家注批點杜工詩集卷之某”。此本乃高楚芳删削“集千家注分類”本，而成此“集千家注批點”本，其中蓋有高氏删削過當處，故後世翻刻者以“補遺”形式，綴於相應卷次之後，此本即其一也。此本原爲徐乃昌藏書，故將孫《序》題首鈐“徐乃昌暴書記”朱文長方印、《年譜》題首鈐有“南陵徐氏”朱文方印，《附録》卷題下方鈐“積學齋”朱文長方印，目録卷題下方鈐“積學齋徐乃昌臧書”朱文長方印，首卷卷端上方鈐“唐島書屋”朱文橢圓印，下方鈐“徐乃昌馬韻芬夫婦印”朱文長方印等。此本不少卷葉字裏行間標有日文訓點，因知此本爲徐乃昌獲自日本者，不少書葉天頭有墨筆批注。

(4)永樂本。永樂十二年甲午(一四一四)清江書堂刊《集千家注批點杜工部詩集》二十卷、《年譜》一卷。此本半葉十二行二十字，注文雙行同。卷前首劉將孫《序》，序後鐫“永樂太歲甲午清江書堂新刊”兩行木記，次《年譜》。嚴紹璗《日藏漢籍善本書録》有著録，今藏御茶之水圖書館。

(5)正德本。正德十四年己卯(一五一九)劉宗器安正堂刻《集千家注批點補遺杜工部詩集》二十卷、《附録》一卷、《年譜》一卷。此本半葉十行二十三字，注文雙行，黑口雙邊。卷前首謝中《序》，次正德十三年(一五一八)胡纘宗《序》，次目録，次附録，凡收傳序碑銘等，次《杜工部年譜》。卷後有“正德己卯年仲夏劉氏安正堂刊”牌記一個，並有署名“書林後學詹以來謄録”。此本國家圖書館、上海圖書館及邗江檔案館、成都杜甫草堂等均有藏本。《杜集書録》内編卷二，判此本爲正德八年癸酉(一五一三)刻，非是。葉德輝《書林清話》卷五記此本，謂書名無“補遺”二字，亦無《年譜》，非是；《杜集書録》據葉氏所記，因疑此本爲另一刻本，亦非是(參《杜集書録》内編卷二，頁一〇五)。

(6)靖江藩本。嘉靖八年己丑(一五二九)靖江王朱邦薴懋德堂刻《集千家注批點杜工部詩集》二十卷、《年譜》一卷。邦薴，明宗室靖江王朱守謙八世孫，嘉靖四年(一五二五)襲封，隆慶六年(一五七二)薨，事跡具《明史》卷一一八《諸王傳》三。此本半葉八行十八字，小字雙行同，四周雙邊，粗黑口，雙黑對魚尾間鐫“杜詩卷某”，白綿紙。卷前有嘉靖八年己丑靖江藩府懋德堂《序》，次《年譜》，次《杜氏世系》。卷後有嘉靖己丑吴朝喜《後序》。懋德堂《序》曰：“杜少陵之詩古人稱之者多矣。有曰詩之《史記》，有曰詩之《六經》，有曰詩之大成。是三代以下，風雅不作之後，少陵一人而已。予始因其言取其詩而讀之，且病其注意之深，寄興之遠，而舊注淺易或未足以盡發蘊奥。及一日得蜀郡所刊《集千家注批點杜詩》者而觀之，因其注，索其理，則少陵之微辭奥旨，愛君憂國之意，宛然在目，真可以匹休風雅之盛，而爲三代以下一人……遂因其舊本重刻以傳，工既完畫，是庸贅言簡首……嘉靖己丑仲春既望，靖江懋德堂書。”（上海圖書館藏懋德堂刻本）可見此本乃是據蜀刻本翻刻者。王國維嘗見天一閣舊藏本，曰：“此明靖江恭惠王邦［寧］〔薴〕刊本。昔人以王阮亭、汪鈍翁、查聲山、張種松評點録於其上，前有題識，署‘乾隆丁丑’，而不署姓名，不知何人筆也。天一閣藏書。”（《傳書堂藏善本書志·集部》）王國維判此本爲靖江王朱邦薴刻本，甚是。傅增湘《藏園訂補郘亭知見傳本書目》卷十二、《北京圖書館善本書目》、王重民《中國善本書提要》、《中國古籍善本書目》、《中國古籍總目》等皆判此本爲朱邦薴刻。然周采泉先生以爲：“邦薴爲經扶之子，其時尚未襲封，應作經扶爲是。”周氏又曰：“經扶，爲明宗室靖江王朱文正第四世孫，正德十二年（一五一七）襲封，卒於嘉靖九年（一五三〇）。事蹟詳《明史》卷一一八《諸王傳》三……刻此書在其卒前一年，末署靖江懋德堂。”（《杜集書録》内編卷二，頁一一四）案周氏所記，多有誤處。考之《明史》卷一一八《諸王傳》三，朱文正並未封靖江王，封靖江王者乃文正子守謙；又經扶亦非文正四世孫，而是七世孫；又經扶亦非卒於嘉靖九年，而是嘉靖四年；又邦薴襲封靖江王，依《明史》本傳在嘉靖四年，周氏謂嘉靖八年“尚未襲封”，不知何據？其所示文獻出處亦《明史》卷一一八《諸王傳》三，是其所據文獻亦爲《明史》，若是則周氏所言應誤，此本乃朱邦薴所槧無疑。不過周氏謂“《杜集》歷代刻本，書品之佳，以此爲最”，又曰：“此本句旁有小直，即爲劉辰翁所加之批點，其批語多列句下，不另標出，與其他《集千家注》面目亦略有不同。”（《杜集書録》内編卷二，頁一一五至一一六）所言或是。此本今國家圖書館、上海圖書館、浙江圖書館、北京大學圖書館有藏。

（7）王九之本。嘉靖九年庚寅（一五三〇）王九之刻《集千家注批點補遺杜工部詩集》二十卷、《年譜》一卷、《附録》一卷，南京圖書館、成都杜甫草堂均有藏本；南京圖書館藏本有丁丙跋，杜甫草堂藏本有李一氓跋（《中國古籍總目》）。半葉十二行二十三字。卷前有陳沂《序》及《年譜》一卷、《附録》一卷。卷後有正德十三年胡纘宗《後序》。沂字宗魯，後改名魯南，正德十三年戊寅（一五一八）進士，著有《維楨録》等（《杜集書録》内編卷二，頁一〇六）。丁丙跋南圖藏本曰：“《集千家注批點補遺杜工部詩集》……是書元槧本無‘補遺’二字，題‘須溪先生劉會孟評點’，前爲大德癸卯劉將孫序……每卷後有補注刻葉。”（跋文又見《善本書室藏書志》卷二十四）據此，大德本雖書名中無“補遺”二字，然“每卷後有補注刻葉”，已具補注之實。李一氓鑒定杜甫草堂所藏此本曰：“《集千家注批點補遺杜工部詩集》……明嘉靖九年重刊本，有陳沂《序》，卷末有正德十三年胡纘宗《後序》，知是本重刊，蓋據正德本。北京圖書館藏正德十四年劉氏安正堂重刊本，亦有《補遺》……按《補遺》恐自明始，全書僅卷之一補兩目，之三補三目，之四補四目，之六補二目，之八補一目，之十三補一目，之十五補二目，之十七補六目，計八卷，共補遺十九目。惟卷十七所補，有四目應分列卷之六、七、八、十四。蓋原書刊刻時一據原本，别於注釋，偶有添綴，遂隨時附卷末，不成次序也。有元大德劉將孫《序》本，當爲其祖本，惜無原本可借核對。——書藏成都杜甫草堂。”（《社會科學戰綫》一九七八年第二期；引自《杜集書録》内編卷二，頁一〇六至一〇七）李氏因未見大德本，故疑“《補遺》恐自明始”，實則大德本已有補遺。但是據李氏所列補遺情形，並非每卷皆有之，故丁丙謂“每卷後有補注刻葉”，亦非是。另，周采泉云南京圖書館别藏一本，乃“明嘉靖初王九之刻。首《附録》一卷、《年譜》一卷。半葉十行、行二十二字，白口，四周單邊。有陳沂《序》”。並判定嘉靖初所槧，乃王九之本，嘉靖九年所槧，乃陳沂序刻本；前者“有《年譜》，無‘補遺’二字”，後者“無《年譜》，同有陳沂《序》”（《杜集書録》内編卷二，頁一〇六）。然據周氏言，此二本周氏“均未過目”。其實，二本原爲一本，周氏所記大誤。《中國古籍善本書目》及《中國古籍總目》均著録《集千家注批點補遺杜工部詩集》二十卷、《年譜》一卷、《附録》一卷，乃嘉靖九年刻本，均有《年譜》一卷，亦皆爲王九之刻。可見二本原爲一刻。周氏謂“嘉靖九年刻本與王九之刻本行格顯然不同”，其所謂嘉靖初王九之刻本“十行、二十二字”的記載，所據有誤。

(8)玉几本。嘉靖十五年丙申（一五三六）玉几山人曹道刻《集千家注杜工部詩集》二十卷、《文集》二卷、《附録》一卷，今國家圖書館、上海圖書館、天津圖書館、南京圖書館、山東省圖書館、浙江圖書館、遼寧省圖書館、湖北省圖書館、湖南圖書館皆有藏本。道字達之，號玉几山人，休寧人。此本半葉八行十七字，注文雙行同。四周雙邊，白口雙對白魚尾之間上鐫“杜集某”，下爲葉碼，最下爲刻工姓名。此本楷書結體，字大如錢，刻印俱佳，覽之令人神爽。卷前首王洙序、次王安石《杜工部詩後集序》、胡宗愈《成都草堂詩碑序》、蔡夢弼《杜工部草堂詩箋跋》等凡四家序跋，次目録。卷後《杜集附録》唯元稹《杜工部墓誌銘》和《新唐書》本傳。首卷卷端題“集千家注杜工部詩集卷之一”，次行下署“大明嘉靖丙申玉几山人校刻”一行，故世稱“玉几山人本”。《天禄琳琅書目》著録此本凡兩部，編臣記曰：“《集千家注杜工部詩集》二函，二十三册……前元版中有是書，展轉翻刻，木記互異，然標題俱稱‘集千家注分類杜工部集’。此則明人所梓行者，删去‘分類’二字，所收序文亦與元刊不一。按：後一部標題次行稱‘玉几山人校刊’，此本無之，所空一行亦未别刊姓氏，則知玉几山人者必爲明人書賈，欲僞作宋槧，嫌其名而掩之，固瞭然也。”至於第二部，編臣判爲“此爲前版初印之本，字畫較爲清朗，紙質之潔膩亦遠勝之”(《天禄琳琅書目》卷十，頁三三六)。編臣謂此本“删去分類二字，所收序文亦與元刊不一”，此言非是，編臣不知此本所據底本乃高崇蘭本，故删去的不是題中的“分類”二字，而是“批點”二字。此本南圖藏本有丁丙跋，《善本書室藏書志》卷二十四有著録。民國十二年(一九二三)盧靖影印此本入《湖北先正遺書》，蓋因杜甫原籍襄陽，或稱襄陽先生，盧氏因收此本入地方叢書。唯《先正遺書》乃縮印本，書品略小耳。此本乃高崇蘭本的翻刻本，然《文集》二卷當爲翻刻時增入。《皕宋樓藏書志》卷六十八著録一明刊本《集千家注杜工部詩集》二十卷，不著編輯人名氏，卷前有王洙、王安石、胡宗愈、蔡夢弼四《序》，周采泉曰：“此殆亦爲高崇蘭本，而被挖去‘玉几’字樣者，故陸氏僅能據板刻紙張定爲明刻耶？”(《杜集書録》内編卷二，頁一〇九)所言甚是。

此本因版片鐫刻較精，萬曆間爲金鸞所得。金氏號明易山人，陝西人。金氏挖去原版片“玉几”二字，改爲“明易”，重加印行，故此本又稱“明易山人本”，今國家圖書館、上海圖書館、山東省圖書館、南京圖書館等有藏。《中國古籍善本書目》判爲“明嘉靖十五年玉几山人刻明易山人印本”，甚是。《天禄琳琅書目後編》卷十八《明版集部》亦有著録。王國維編《傳書堂藏善本書志》著録凡二部，謂：“無刻書序跋，惟卷一第二行署‘大明嘉靖丙申明陽山人校刻’。天一閣藏書。”(《傳書堂藏善本書志·集部》)

(9)金刻本。萬曆九年(一五八一)金鸞於關中刻《重刊千家注杜詩全集》二十卷、《文集》二卷、《附録》一卷、《年譜》一卷。此本半葉八行十七字，小字雙行同。左右雙邊，白口雙魚尾間鐫“杜集卷某”。卷前有黄芳、黄陞二人《序》各一篇。黄芳，字仲實，嶺南人。其《序》略曰：“子美之詩……舊注凡數十家，惟此本詳實不爲臆説。須溪劉會孟批點，亦極平婉，其他《分類》、《補注》、《選注》、《演義》等皆祖之而龐雜迂衍，吾無取焉。隴西金生鸞從吾遊，憫此集久湮於世，請刻以傳。予既嘉其志，進之以學，因僭爲之序。"(《杜集書録》内編卷二，頁一一八至一一九)黄陞，睢陽人，萬曆二十六年(一五九八)進士，官山東道監察御史、翰林院庶吉士等。其《序》略曰："不佞觀風兹土，覽終南白閣之勝，訪赤谷隴首之墟，以求工部遺蹟，緬然追慕其人。感時撫事，間託篇詠，因格合唐，因唐合杜，亡不一一爲此公心折。遂念工部群集，轉相鋟播於他處，獨此地無有梓以傳者，貞魂有知，亦竟何以副地下眷念之懷也。因出篋中舊本，參以諸家本，逐體詮次，正其豕亥，剖其疑似，互存者標之，逸散者補之，要於分體中不失編年遺法。使讀之者由各體以詳按軌則之變，亦即由各體以究稽歷履之實，衡驗諸本，此其近便，或者工部志也夫……是編之輯，不識有當與否？爲捐俸授梓，貽三原令吴江沈琦、臨晉李棲鳳勖工告成事。賜同進士出身、山東道監察御史、欽差提督南畿學政、前奉敕巡茶按陝西、翰林院庶吉士睢陽後學黄陞撰。"(《杜集書録》内編卷二，頁一一九至一二〇)據此《序》，此本乃以黄陞所藏舊本爲底本，經黄氏認真校勘補遺後翻刻而成的，故與前明易山人本是有差異的，但仍屬於高崇蘭本系統，且爲明代西北地方所刻的唯一一部杜集，故自有其寶貴價值。此本今首都圖書館、浙江圖書館、四川省圖書館、中國科學院圖書館、北京師範大學圖書館均有藏。此本日本亦藏有多部，其中一部署"(元)高崇蘭編次"(嚴紹璗《日藏漢籍善本書録》)。

(10)許刻本。萬曆三十一年癸卯(一六〇三)許自昌刻《集千家注杜工部詩集》二十卷、《文集》二卷。自昌，字玄祐，長洲人。主要活動在萬曆年間，富有藏書，喜刻古籍。此本上海圖書館、湖南師範大學圖書館有藏。半葉九行二十字，注小字雙行同。四周單邊(亦有左右雙邊)，白口單黑魚尾上頂邊欄鐫"杜詩(文)集注"，魚尾下爲卷次、葉碼，最下爲本版字數。各卷首題"集千家注杜工部詩(文)集卷之某"，次行下署"明長洲許自昌玄祐甫校"。卷前首王洙序、次王安石《杜工部詩後集序》、胡宗愈《成都草堂詩碑序》、蔡夢弼《杜工部草堂詩箋跋》等凡四家序跋，次詩題目録。卷後《杜集附録》，凡元稹《杜工部墓誌銘》和《新唐書》本傳。周采泉先生以爲："是書亦應屬於高崇蘭本體系，但第一行題'唐杜甫撰，長洲許自昌玄祐校刻'，無'劉須溪評點'一行。原爲《李杜合刻》，但亦有單行者。其祖本恐出於玉几，但玉几爲每半葉八行，此則改爲九行，並有所删節，於劉批刊落特多，故不再標劉辰翁姓氏。"（《杜集書録》内編卷三，頁一四一）周氏曾持以對勘玉几本，發現訛字頗多，遠不及玉几本之善。然清初人注杜，大多以此本爲底本，或因較之他本，此本更爲簡明故也。陳式《讀杜漫述》謂："杜詩編年而繫之以注，莫善於長洲許玄祐之《千家注》，注事注意，義取相足。"（《杜意》，卷首《讀杜漫述》）所評並不公允，乃坐井觀天之言也。《藏園訂補郘亭知見傳本書目》卷十二上、《中國古籍善本書目》、《唐詩書録》等均著録有此本。

（11）天啓本。天啓四年甲子（一六二四）楊人駒校刻《杜子美詩集》二十卷，《劉須溪評點九種》之一。人駒，錢塘人。此本原題《杜子美集評點》二十卷，無《文集》。卷前有劉將孫《序》、劉須溪《杜詩總論》十三則。此本以録劉辰翁批點爲主，是其特點。而成都杜甫草堂藏有楊人駒本，僅題《杜子美詩集》，無"評點"二字，或爲楊人駒本之翻刻本歟？另，洪業曾提到："明末尚有一種《杜子美詩集》，二十卷，次行題'劉辰翁會孟評點'，卷首有劉將孫序、《須溪評杜總論》及《杜詩目録》。詩句旁間有辰翁圈點，句下間有辰翁評語，其注則删存'公自注'、'魯訔曰'、'鶴曰'、'趙曰'、'夢弼曰'等，並不多，蓋僅留其注詩篇本事者。此殆後人取高崇蘭本又加删芟，劉將孫序有'特存精確，必不可無者'之言，故更認真以求符焉也。每半葉九行、行二十字。清諱全不避。刻工頗似出明末江南匠手。"（《杜詩引得·序》，頁四三）周采泉據洪氏所述，疑即此天啓四年刻本，今藏杜甫草堂（《杜集書録》内編卷二，頁一〇八）。今姑從其説。

（12）汲古閣本。崇禎三年庚午（一六三〇）汲古閣刻《杜工部詩集》二十卷、《文集》二卷、《附録》一卷、《年譜》一卷。此本半葉九行。卷前有王洙、王安石、胡宗愈、蔡夢弼四家《序》及《年譜》，另增劉將孫《序》。正文句下先録劉辰翁評語，然無圈點，後録高崇蘭所集之注。周采泉所見者無《文集》二卷，或已佚去也（參《杜集書録》内篇卷二，頁一〇八）。

（13）孫刻本。明孫文龍刻《集千家注杜工部詩集》二十卷、《文集》二卷。文龍，字明卿，號見田，太倉人。萬曆進士，官承天知府。此本北京大學圖書館有藏，半葉八行十七字，雕印精工，不讓宋本。卷前有王洙、王安石、胡宗愈、蔡夢弼四家《序》，《目録》。書内鈐有"翁方綱印"。《北京大學圖書館善本書目》著録有此本，然未著梓行之確切年月及行格版式，周采泉云："當爲高本而非彭鏡溪本。"（《杜集書録》内篇卷二，頁一〇九）所言甚是。

(14)明無名氏本。明無名氏刻《集千家注批點補遺杜工部詩集》二十卷、《附録》一卷,上海圖書館有藏。半葉十二行二十三字,小字雙行同;行楷結體,竹紙印刷,墨色欠佳。然此本乃點版書,編刊者以爲可圈可點的佳句,便於旁邊加墨線示之。四周單欄,白口雙黑魚尾間鐫"杜某"或"杜詩某",下魚尾下爲葉碼。首卷卷端題"集千家注批點補遺杜工部詩集卷之一",次行下方署"須溪劉會夢評點";以下各卷題中不再出"補遺"二字,次行也不再署評點者姓名。卷前首《杜工部集附録》,凡收元稹《墓誌銘》、《新唐書》本傳及王洙《序》,次《目録》,二、三行下方分署"須溪先生劉會夢評點","臨川先生黄鶴補注"。此本不少卷後有補充注文,故卷一及目録卷題中有"補遺"二字,然此"補遺",乃指增補注釋,而非補散逸作品也。據此一點看,應爲翻刻明初一類刊本者。此本原爲清季振宜舊藏,卷前《附録》首葉鈐有"季振宜藏書"與"季滄葦藏書印"二朱文長方印。

另,明周弘祖《古今書刻》卷上著録河南府、重慶府各刻有"劉須溪批點杜詩",因著録過簡,故其版本詳情已無從得知了。

迨清代,高崇蘭本之傳鈔和翻刻的本子,其主要者有以下一些。

(1)摛藻堂本。乾隆《摛藻堂四庫全書薈要》本。此本與四庫本乃同一種版本(詳下)。

(2)四庫本。文淵閣《四庫全書》所收《集千家注杜詩》二十卷。《四庫全書總目》曰:

> 《集千家注杜詩》二十卷,江蘇巡撫採進本。不著編輯人名氏。前載王洙、王安石、胡宗愈、蔡夢弼四序……其句下篇末諸評,悉劉辰翁之語,朱彝尊謂夢弼所編入。然夢弼所撰,本名《草堂詩箋》,其《自序》内標識注例甚詳,與此本不合。宋犖謂杜詩評點自劉辰翁始,劉本無注,元大德間有高楚芳者,删存諸注,以劉評附之。此本疑即楚芳編也……編中所集諸家之注,真贋錯雜,亦多爲後來所抨彈。然宋以來注杜諸家鮮有專本傳世,遺文緒論,頗賴此書以存,其蓽路藍縷之功,亦未可盡廢也。(《四庫全書總目》卷一四九,頁一二八一)

館臣謂劉評本原無注文,而此類集注批點的本子,乃元大德間高楚芳删存諸注,以劉評散附文中編輯而成的,這無疑是正確的。然而館臣據以録入四庫者，卻非高崇蘭原刻，而是明人翻刻高崇蘭本者，卷前唯王洙等四序，而無劉將孫序；書名無"批點"、"補遺"等字樣，職是之故，館臣亦未知江蘇巡撫所進究爲何本，卻譽其有"篳路藍縷之功"，故《杜集書録》内編卷二斥爲"見聞之不廣也"，是有道理的。

(3)明善堂本。乾隆七年壬戌(一七四二)怡府明善堂刻《集千家注杜工部詩集》二十卷、《文集》二卷、《附録》一卷，弘曉校梓。此本國家、上海、中山大學圖書館及成都杜甫草堂均有藏本，《中國古籍善本書目》、《中國古籍總目》等均有著録。半葉十行二十字，小字雙行同，白口，四周雙邊。《中國版刻圖録》(增訂本)《目録》第八十六頁説明云："此書據舊刻本翻刻，紙墨精瑩，爲乾隆初期北京地區刻本代表作。"可見評價之高。弘曉與其父胤祥皆封怡親王，弘曉係清代宗室諸王中愛好風雅者，明善堂即弘曉的藏書處。藩府財力充裕，故校刻精工。《中國版刻圖録》著録爲黄鶴注，弘曉刻；但是成都杜甫草堂題作劉辰翁評，高楚芳編輯，刻書人則題胤祥，二者略有不同。當以弘曉翻刻高楚芳本爲是。

元明兩代，宋人那種如火如荼的整理注釋杜集的情形，已難乎爲繼，稍稍可以提及者，乃是繼劉辰翁批點杜詩之後，"選雋解律"之風興起；而整部杜集的整理注釋則較少成就。此乃元明兩代杜集整理研究之大概情形。據近人洪業統計，元明兩代有關杜集整理研究的著作，總計達百種之多，良莠不齊，今唯擇其精要者考述如下。

元人選批杜詩，首爲范梈《杜工部詩范德機批選》六卷，又名《杜工部詩批選》、《杜工部詩千家注》，或簡稱《范批杜詩》。梈(一二七二～一三三〇)字亨父，一字德機，清江人。官翰林院編修、福建閩海道知事等，著有《清江詩法》，生平事蹟具《元史》卷一八一、《新元史》卷二三七。此本元槧，係與李白詩范氏批選合刊，鄭鼒編次，半葉十行二十一字，前有虞集序，後有鄭鼒跋，王國維《傳書堂藏善本書志》著録此本云：

> 《杜工部詩范德機批選》六卷《李翰林詩范德機批選》四卷，元刊本。□高密鄭鼒編次。虞集序(序杜工部詩選)，鄭鼒跋(跋李翰林詩選)。繆藝風手跋。每半葉十行，行二十一字。此書四庫未著録，僅見于盧抱經《補元史藝文志》。天一閣藏明刻范選李詩，今在余家，無杜詩。此元刊元印，二種具存，尤爲罕見，每卷"高密鄭鼒編次"下均有"鄭氏鼎夫"木記。有"嘉樹齋"、"龔仁百印"、"餐芝客"三印。(《傳書

堂藏善本書志·集部》)

曹元忠《批選李杜詩跋》略云:"高密鄭鼒編次、范德機《批選李翰林詩》四卷、《杜工部詩》六卷。皆每半葉十行,行二十一字本,爲元槧之精者。"(《杜集書録》内編卷六,頁二八二)所記與王國維合。然大通書局一九七四年出版《杜集叢刊》第一輯,收入元刊《杜工部詩范德機批選》影印本,每卷次行下方署"高密鄭鼒編次",接有"鄭氏鼎夫"陰文木記一個,均與王國維所記相同,唯版式爲每半葉十一行,行二十二字,與王國維所記不同,或此書元槧非止一本。然周采泉先生謂"鼒爲明嘉靖間人",且疑元刻本的存在(參《杜集書録》内編卷六,頁二八三),蓋周氏因未見原書,僅據所見曹元忠跋等材料間接加以推斷,故而生出種種疑問來。虞集《序》稱鄭鼒曾"承德機之教",是鄭鼒爲虞集門生。虞《序》又謂鼒"他日從容賡歌,出以鳴國家之盛",可見鼒其時年紀尚輕。虞集爲元朝名臣,有文名,據《元史》本傳及所附《范梈傳》,梈與虞氏爲摯交。鄭鼒既受教於梈,則其請虞氏序梈書自情理中事。鄭《跋》對范氏所批杜詩頗加推許,其實范批極其簡略,新見並不多,許多篇章甚至不置一辭。然此本值得注意者,首在編次,所批六卷三百十一首詩,先分體,再編年:第一卷五古,第二卷七古,三卷五律,四卷五言長律,五卷七律,六卷七言長律、七絶,除五絶和聯句未收外,幾乎囊括杜詩的所有體裁。明人風行重編唐集,且喜好分體本,范氏此選,實開風氣之先,因此之故,明人頗重此本,張綖之子守中《杜工部詩通·序》曰:"范德機先生《批選杜詩》共三百十一篇,皆精深高古之什,蓋欲合《葩經》之數,悉有深意。"(《杜集叢刊》第一輯影元刊《杜工部詩范德機批選》,大通書局一九七四年出版)可見對此書推許之至。此本明代亦有刻本,今臺灣圖書館有藏。

元人選批杜詩著名者,其次爲虞集《杜律虞注》二卷,又名《杜律邵菴注》、《杜律七言注解》等,書名不同,卷數也各異。虞集(一二七二～一三四八)字伯生,號邵菴,臨川崇仁人。元仁宗朝官奎章閣侍書學士,卒謚文靖,事蹟具《元史》卷一八一。著有《道園學古録》,學者稱"道園先生"。《杜律虞注》,虞集著述中不載;長久以來,亦未有人謂虞有此著。但迨明宣德四年己酉(一四二九),朱熊始刊行此書於江陰,上距集去世已踰百年,卷前有楊士奇、楊榮、黄淮三人《序》。黄淮《序》曰:《虞注》"深得少陵之旨趣。然而未有刻本,所傳不廣也。江陰朱熊維吉匠於京師,録而歸之,持歸將鋟諸梓,求二楊少傅先生《序》以冠其端”(《杜集書録》内編卷六,頁二八一)。可見宣德四年(一四二九)以前,此書並未刊行於世。楊士奇《杜律虞注序》曰:“百年之前趙子昂、虞伯生、范德機諸公皆擅近體,亦皆宗於杜。伯生嘗自比漢庭老吏,謂深於法律也。又嘗取杜之七言律爲之注釋。伯生學廣而才高,味杜之言,究杜之心,蓋得之深矣。觀其《題桃樹》一篇,自前輩已謂不可解,而伯生發明其旨,瞭然仁民愛物以及夫感歎之意,非深得於杜乎?或疑此編非出於虞,蓋謂歐陽原功所撰墓碑不見録也。伯生以道學文章重當世,碑之所録,取其大而略其小,故録此未足以見伯生,然必伯生能爲此也。”(明刻《杜律虞注》,上圖藏本)由於楊、黄等三位名人揄揚,《杜律虞注》明清兩代聲名鵲起,刻本頗多,公私書目如《百川書志》、《文淵閣書目》、《千頃堂書目》等多有著録,今上海、北大等圖書館藏有明宣德間朱熊刻本,國圖藏有正統間石璞刻本,上圖藏有正德三年(一五〇八)羅汝聲刻本等(《中國古籍善本書目》)。

然虞注杜詩實乃僞書,乃明人注杜而冒虞氏大名者,故本書將此本放在范德機之後加以考察。楊士奇《序》已提及有人疑僞的問題,然而何人作僞?楊氏未言。此後楊慎、胡應麟、胡震亨,清代黄生、四庫館臣及近人姚際恒、余嘉錫、程千帆等人,皆對《杜律虞注》的真僞問題作過考證,如《四庫全書總目》云:

> 《杜律注》二卷,内府藏本。舊本題元虞集撰。……是編所注杜詩,凡七言近體一百四十九首。卷首楊士奇《序》,稱其解《題桃樹》一篇,瞭然於仁民愛物之旨,深得杜意,必伯生所爲。然歐陽元撰集墓碑,不載其有此書。觀其詞意,亦皆淺近。考元趙汸學詩於集,而所注杜詩乃無一語及其師。董文玉爲趙注作《序》,亦疑虞注之非真,然不云實出誰手。案曹安《讕言長語》,稱元進士臨川張伯成著《杜律演義》,曾昂夫作《傳》有此名,又有刊版,惜其少傳,往往誤以爲虞伯生。李東陽《懷麓堂詩話》亦云:“徐竹軒以道嘗謂予曰,《杜律》非虞伯生注,宣德初已有刊本,乃張姓某人注,渠所親見。”合二家之言觀之,則此注實出張伯成手,特後人假集之名以行耳。王士禎《池北偶談》謂:“伯成名性,江西金谿人,嘗注《尚書補傳》。吴伯慶有挽詩云:‘箋疏定令傳杜律,誌銘誰與繼唐碑。’”此尤可爲明徵也。(《四庫全書總目》卷一七四,頁一五三二)

館臣考證，證據確鑿，結論可信。《懷麓堂詩話》所謂"《杜律》……宣德初已有刊本，乃張姓某人注"，即宣德四年（一四二九）臨川刊《杜律演義》二卷，上海圖書館有藏本（見《杜集書録》内編卷六，頁二八五）。若是《杜律演義》的刊行與《杜律虞注》的刊行，同在宣德四年；《演義》前載曾昂夫撰《元進士張伯成先生傳》，《傳》後附獨足翁吴伯慶《哭張先生詩》及《刊版告語》，三文皆謂《杜律演義》乃張性撰。據此可見，《演義》的刊行蓋專在戳穿《杜律虞注》之僞，尤其《刊版告語》的用意格外明確，其略曰："伯成張先生所注《杜律七言演義》，極爲精詳，足以啓發後學。傳寫恐有舛訛，告諸朋友，共刻於版，則斯文之傳庶廣……卷首刻曾昂夫所著《張先生傳》文，以表其實云耳。宣德四年十月良吉，坶叟吴鞏子固敬告。"（《杜集叢刊》影印明嘉靖十六年王齊刻《杜律演義》二卷，大通書局一九七四年版）。所謂"傳寫恐有舛訛"，不僅指文字方面的，更指作者歸屬虞集之誤。《杜律演義》乃張性所作，曾氏《張伯成傳》亦言之甚明，曰：

金溪一邑，當元之世，士之學文章其知名於時而可傳於後世者，有六君子焉：朱貢士元會氏，危翰林太朴氏，先學士子白氏，劉集賢良甫氏，葛經筵元喆氏，張貢士伯成氏。貢士諱性，伯成字也。其族散居石門東曹里……其文贍富而明暢，不獨可以决科而已。會兵起，科舉廢，迺日取經子秦漢唐宋之書與文章讀之，學爲碑銘序記論説箴諫之文，刮陳剔垢，馳鶩開闔，演繹含蓄，言其所當言，紀其所當紀，是非之公，不以時廢，不以俗存，務在追古作者。嘗將所著《尚書補傳》、《杜詩演義》、雜文若干手抄成編，謂門人宋季子曰："吾志在斯，惟求吾師曾先生正之而已。"未達而卒，人悲其志。傳其學者，同知澥州事陳介，今國子學正邛益文績。（王齊刻《杜律演義》，臺灣大通書局《杜集叢刊》本）

據此，《杜律演義》確爲張伯成撰。《傳》後附獨足翁吴伯慶《哭張先生詩》曰："何處重逢説别時，斯文千載盡交期。學憐知己先登早，生愧同庚後死遲。箋疏空令傳杜律，誌銘誰與繼唐碑。寡妻弱子將焉託，節傳遺文只益悲。"《懷麓堂詩話》亦曾引此詩證明《杜律演義》乃張性所著。筆者曾將《杜律虞注》與《杜律演義》二本比勘，發現二本在分卷、編次及分類方面雖有不同，但選詩數量相同，論詩部分，文字也基本相同。可見二本乃同書異名，其爲張氏著可鑿然無疑也。其託名虞集的始作俑者，當爲刊行者朱熊；楊、黄等三人之《序》，當亦朱熊假人僞託。清人黄生《杜工部詩説·杜詩概説》曰："《虞注》本元人張伯成僞撰，假虞以行，此則非獨杜不幸，並虞亦不幸矣。"（黄生《杜工部詩説》，齊魯書社《四庫存目叢書》集部第五册，頁三四〇）黄氏以爲，假託虞集者乃張性本人，大誤。黄氏因未見宣德四年（一四二九）《杜律演義》刻本，因而致誤。又嘉靖十六年丁酉（一五三七）新蔡王齊湛一堂刊《杜律演義》，卷前有明天順元年丁丑（一四五七）臨川黎近《杜律演義·序》，亦明言《杜律演義》乃其鄉人張伯成撰，其略曰："近時江陰諸處，以爲虞文靖公注而刻板盛行，謬矣。其《桃樹》等篇，'東行萬里'等句，復有數字之謬焉。吾臨川故有刻本，且首載曾昂夫、吴伯慶所著《伯成傳》並《挽詞》，叙述所以作《演義》甚悉，奈何以之加誣虞公哉？按文靖早居禁近，繼掌絲綸，嘗欲釐析《詩》、《書》，彙正'三禮'弗暇，獨暇爲此乎？昨少師楊文貞公固疑此《注》非虞，惜不知爲伯成耳……因辨而正之，庶文靖得釋此誣，而伯成之功弗昧云。天順丁丑秋臨川黎近久大序。"（王齊刻《杜律演義》，臺灣大通書局《杜集叢刊》本）可見宣德四年僞《杜律虞注》行世不久，即有人戳穿其爲僞書；然因虞氏爲元代大儒，文名藉甚，加之假託楊、黄等三位名人揄揚，故而《杜律虞注》仍盛行於世，雖屢屢經人糾駁，而始終無濟於事，故而清初尚有傳本，上海圖書館有藏。直到《四庫全書》編臣藉御敕纂集的威權，戳穿其僞書真面後，這種現象才得以扭轉。但是由於《杜律演義》傳本稀少，一般學者又不易將二書比勘，澄清真相，故而"終疑二《注》或相抄襲，未必雷同"（程會昌《杜詩僞書考》，載《古詩考索》，上海古籍出版社一九八四年十二月第一版，頁三六三）。周采泉先生指出：此"蓋程氏未見天順本之黎近《序》，臨川固有舊刻也"（《杜集書録》内編卷六，頁二八八）。所言是有道理的。

元人選批杜詩著名者，還有趙汸《類選杜工部五言律詩》二卷，又名《杜詩類選》、《趙子常選杜詩五律》、《趙子常選杜律五言注》等。汸（一三一九～一三六九）字子常，休寧人。仕元爲樞密院都事，入明預修《元史》，棄官歸隱。汸出虞集之門，入明號經學大家，著作等身，學者稱"東山先生"，事蹟具《新元史》卷二三六、《明史》卷二八二。趙汸選杜五律二百六十一首，分朝省、宴遊、感時、羈旅、閒適、宗族、送别、哀悼、登眺、朋友、感舊、節序、天文、禽獸、題詠十五類編次之，其注則置於題下、句下，篇末綴以趙評。其評或言背景，或述内容，或論詩藝，不一而足。董玘《序》曰："此編出東山趙子常氏，獨取杜五言律分類附注，詩家謂可與七言律《虞注》竝傳，而未有梓之者，近始梓於鮑氏。然予嘗聞長老先生言：《虞注》亦後人依託爲之者，非伯生所自注。若此編所選雖略，然不爲勦説曲喻，篇才數語，而意象躍如，庶幾善注杜者，其出子常氏無疑。而宋太史景濂嘗叙子常所著書，有《春秋屬辭》、有《師説》、有《集傳》、有《左氏補注》而不及是編者，蓋所重在經也。子常名汸，歙休寧人，工古文辭，尤邃於諸經，隱居東山，學者稱東山先生。鮑氏名松，字懋承，歙人，雅好圖籍云。"（康熙刻《趙子常選杜律五言注》，上海圖書館藏）董氏謂趙注"篇才數語，而意象躍如，庶幾善注杜者"，可見推許之至。然總的來看，趙注有話則長，無話則短，精彩者固有之，泛泛而論者亦不少。由於汸乃虞集門生，且名聲甚大，故是書明清兩代翻本亦多，趙琦美《脈望館書目》、黄虞稷《千頃堂書目》、錢謙益《絳雲樓書目》、瞿鏞《鐵琴銅劍樓藏書目録》等均有著録。流傳於今者，有明宣德間朱熊刻本，浙江圖書館有藏；正德八年鮑松刻本，上海圖書館、安徽省圖書館有藏；嘉靖七年穆相刻本，北京大學圖書館有藏；清初查慎行刻批校本，山東省博物館有藏；查弘道亦山草堂刻查弘道、金集補注《趙子常選杜律五言注》三卷，上海圖書館有藏等等（《中國古籍善本書目》）。周采泉先生言，趙注明洪武間已有鮑志定序刻本，而董玘謂此書"未有梓之者"，知董氏雖正德前後人，尚未見二鮑刻本也。

不過，與《虞注》一樣，《趙注》也存在一個真僞的問題，只是前此尚無學者提起過，直到周采泉先生才首次提出，疑點有三：其一，虞注七律而趙注五律，似欲相輔而行，以補虞注之不足；而《虞注》既僞，則《趙注》因而也值得懷疑。其二，杜詩分類始於宋代坊刻，向爲通人所譏，今以二百餘首五律，分類多至十五，且注釋媕陋，不類出於汸之淹雅。其三，董《序》謂宋景濂叙子常書不及此著，蓋所重在經也；此與楊東里叙《虞注》謂歐陽原功撰《墓碑》未及注杜由於取大略小，措辭如出一轍，亦令人懷疑。有此三疑，《趙注》的真僞問題也頗值得懷疑。可能因爲這些，錢謙益《絳雲樓書目》著録有此書，但《錢注杜詩》未引此書，仇注《杜詩》也極少徵引。這表明清人對此書即有懷疑，然而卻没有指明（《杜集書録》内編卷六，頁二九三～二九五）。周氏所言，自有道理；然而要確定其爲僞書，尚待進一步證明。

由於虞、趙二人原有師生之誼，且虞注七律，趙注五律，遂有將二書合刊爲《杜工部五七言律詩》，又名《杜律二注》，各種刻本頗夥，書名互有不同，卷數也各異，流傳於今者，有明嘉靖二十六年（一五四七）郏縣退省堂刻《杜律二注》四卷，天津圖書館有藏；明龔雷刻《杜律五七言》四卷，國家圖書館、華東師大圖書館有藏；《趙虞選注杜工部五七言近體合刻》六卷，清華大學圖書館、遼寧省圖書館有藏。關於各種合刻本的具體情形，這裏不再贅述。

元人注杜者，還有黄虞稷《千頃堂書目》著録的傅若川《杜詩類編》三卷、曾巽申《韻編杜詩》十卷、劉霖《杜詩類注》無卷數。錢大昕《補元史藝文志》還有申屠致遠《杜詩纂例》十卷、劉應登《杜詩句解》卷數未詳、黄鍾《杜詩注釋》卷數未詳，等等。《杜集書録》外編卷一著録者還有陳方《夾注杜詩》卷數未詳、陸昌二《杜詩補注》卷數未詳，等等。

明人整理杜集的著作，其主要者有以下幾種：

（一）單復《讀杜詩愚得》十八卷，又作《讀杜愚得》或《讀杜偶得》。復，字陽元，會稽剡（今浙江嵊縣）人。明洪武中舉"懷才抱德科"，授漢陽知縣。著述極富，爲明初浙東名士。單氏著爲此書，意在發杜甫"作詩之旨意"。其《讀杜詩愚得自序》曰：

> 余初讀杜子美詩，茫然莫知其旨意。注釋者雖衆，率多著其用事之出處耳。或有指其立言之意者，又復穿鑿傅會，觀之令人悶悶。至若杜子作詩之旨意，卒莫能白，深竊疑焉。且近世咸重須溪劉氏《評點杜詩》，家傳而人誦，亟取讀之……乃知須溪所評，大抵止據一時己見而言，亦未明作者立言之旨意……余於是屏去諸家注，止取杜子詩反覆諷詠，似略見大意，亦未昭析。既又得范德機氏分段批抹杜詩觀之，恍若有得，則向所謂莫知而可疑者，始釋然矣……讀每篇，必先考其出處之歲月、地理、時事，以著詩史之實録。次乃虚心玩味，以《三百篇》賦比興例，分節段以詳其作詩命意之由，及遣詞用事之故，且於承接轉换照應處，略爲之説。其諸家注釋之當者取之，而删其穿鑿傅會者，庶以發杜子作詩之旨意云。未知然否，積久成帙，留之巾笥，以與同志者商榷，題曰《讀杜詩愚得》，蓋取"愚者千慮，必有一得"耳！非欲多上人也。（《杜集叢刊》第二輯影印明宣德九年江陰朱氏刻《讀杜詩愚得》，末段文字缺脱）

此《序》作於洪武十五年壬戌（一三八二），謂舊注舊評，包括宋人所謂"千家注”及劉辰翁批點，對理解杜詩“旨意”並無多大幫助，於是止取杜詩“反覆諷詠”、“虚心玩味”，以發明杜詩立言之意。范德機《杜工部詩批選》雖對單氏略有影響，但因只選了三百餘首，所以影響並不大。單氏此書，蓋以高崇蘭本爲底子，録其正文，不出校記；對諸家注文，多有删正，凡留存者皆標明“某曰”，諸如王洙、趙次公、魯訔、蔡夢弼、黄希、黄鶴、杜修可、杜時可等等，而劉須溪批點，亦存於注内。然杜修可乃子虚烏有之人，其注文由坊賈將趙次公、杜田及其他注家的注文拼合而成者（見前），惜單氏未能糾正。此本的版本淵源，筆者以爲所據乃高崇蘭本，删存其舊注舊評，其闡發杜詩旨意之語，則綴於各詩之後，少則數語，多達千言，準《三百篇》賦比興例，劃段分節，於杜詩命意之由、遣詞造句之故、承接轉换照應處，加以解説。由於單氏才華出衆，用功又深，不乏真知灼見。如《兵車行》一篇，單氏在疏通詩義的基礎上發明詩旨云：“此詩首言人哭，末言鬼哭，中言内郡凋弊，民不聊生而不敢伸恨，吁！爲人君而有窮兵瀆武之心者，讀此詩亦當爲之惻然興閔，而以憮安中夏爲心，羈縻四夷爲事，斯可致雍熙之治矣。”（宣德間江陰朱氏刻《讀杜詩愚得》卷一，《杜集叢刊》第二輯）對此千古名篇的匠心獨運和深刻旨意的歸結，確有獨到之處。似此者，書中還有不少。然《四庫全書總目》卻謂此書“箋釋典故，皆剽掇《千家注》，無所考證。注後檃括大意，略爲訓解，亦循文敷衍，無所發明。至每篇仿《詩傳》之例，注興也、賦也、比也字，尤多所牽合矣。”（《四庫全書總目》卷一七四，頁一五三二）所評雖不無合理之處，但總的來看未免偏頗。此書注文，作者於《自序》中已明言所重並不在注，唯存舊注之當取者，且於正文部分皆以括弧注明爲“某曰”，而删其穿鑿傅會者，故館臣“剽掇舊注”之説，與實際並不相符。館臣對明人著作心存偏見，所以批評往往言過其實，仇兆鰲《杜詩詳注》對此書徵引相當多，就是對此書價值的最好説明。此書版本，有明宣德九年江陰朱氏初刻本，黄永武博士主編《杜集叢刊》第二輯所收《讀杜詩愚得》，即據此本影印，大通書局一九七四年出版，然卷前首楊士奇《序》，次作者洪武十五年壬戌《自序》，均已脱去；又《四庫總目》謂“是編前有宣德九年黄淮《序》，稱楊士奇得其本於湖湘，以授江陰朱善慶兄弟刻之”。故卷前亦有楊氏《序》。此本卷前還有《凡例》五條，《杜子世系考》，元稹《墓誌銘》，《舊唐書》杜審言、杜甫傳，及《重定杜子年譜詩史目録》。半葉十二行二十四字，箋注統低一格，各詩末綴單氏之言，則以墨圈隔開，極便省覽。四周雙邊，粗黑口，雙黑魚尾，上魚尾下署“杜詩卷幾”，下魚尾下記葉碼。書體爲趙字，書寫秀勁有力。臺灣大通書局影印所據，當爲後印本，故個别處字跡已不甚清晰，因有描補痕跡。天順元年（一四五七）江陰朱熊亦有刻本，版式與宣德九年朱善慶本同，今北大圖書館所藏乃天順元年刊本的弘治十四年重修本，齊魯書社《四庫全書存目叢書》集部第四册影印者即此重修本。王國維《傳書堂藏善本書志》著録此本曰：

> 《讀杜詩愚得》十八卷，明刊本。古剡單復陽元讀。楊士奇序，自序、洪武壬戌，朱熊識語、天順元年，《凡例》，《重定年譜》，《詩史目録》，黄淮《跋》、宣德九年。
>
> 半葉十二行，行二十四字，卷末有牌子云“江陰朱維吉覩先君竹泉翁所刊《讀杜愚得》，板字湮没，不便覽。因命二[字]〔子〕世寧、世昌躬録考對，辨正次第，由是蒙昧一新，樂與四方共之。天順元年春，貿工重刻于文林孝義門之梅月軒”云云。有“林泱”、“希説”二印。（《傳書堂藏善本書志·集部》）

朱熊，字維吉。據王國維所録牌記，朱熊乃善慶之子，此本乃宣德九年善慶本的覆刻本，故二本行格相同。再有隆慶間（一五六七～一五七二）刻小字本，《中國書店書目》有著録。另，朝鮮有銅活字本，書名《讀杜偶得》，並改爲十五卷，刊刻年月似當明代中葉（見《杜集書録》内編卷三，頁一二五），可見此書當時影響並不小。此書乃宋元注解、批點杜詩之後，明清兩代繼起，深入探求杜詩立言旨意類著作的先導，開創之功不可没，明王嗣奭、清浦起龍、楊倫等一批上乘之作，皆受其影響。清中葉以後，此書流傳漸少。

（二）萬曆二十年壬辰（一五九二）刊《刻杜少陵先生詩分類集注》二十一卷。此本上海圖書館有藏，唯存卷一至卷四。半葉十行二十字，小字雙行同，楷書結體，整秀端嚴，刻印俱佳。四周單邊，白口單黑魚尾，上象鼻内鐫“杜詩集注”，魚尾下爲卷次、葉碼，下象鼻内右側鐫刻工姓名，左側爲本葉字數。此本開板大方，行格疏朗。各卷首題“刻杜少陵先生詩分類集注卷之某”，次行署“錫山二泉邵寶國賢父集注”，次行署“同邑最木過棟汝器父參箋”，三行署“三吴雲望周子文岐陽父校梓”，五行署詩體名稱，六行署類目名稱，下接正文。卷前首周子文《序》，末署“萬曆壬辰之秋九月既望周子文題”，次過棟《序》，次目録。卷後無附録。過氏《序》曰：“注杜詩者無過數十百家，紛然若聚訟矣。大要人守其説，家執其見，駁而不純，涣而無緒，迂疎而弗切于事實，支離附會而靡當于作者之旨，讀者往往病之。獨虞、趙二説稍似簡明，然僅注二律而不及其他，故亦偏長之論耳。當弘正之際，梁谿邵文莊公以詩名于海内，執牛耳以臨騷雅之壇，其詩沉深典雅，清融𢡟達，意與境適，情隨事愜，取才定格，一一本之于杜。家食之年取工部之詩，手自抄録，悉加訓詁，品列類分，井然不紊，參之國史，質之家乘，事則核而不訛，詞則直而易解，取喻顯而無艱深之病，據理近而寡牽合之嫌，而賦而比而興，咸法考亭氏之遺……公之疏通博遠，委曲精詳，所謂金聲而玉振之者乎！"(《邵二泉先生分類集注杜詩》，上海圖書館藏清刻本）可見推許之至。此本集諸家之注而參以己見，先串解字句，疏通文義；然後講解全文大意。解釋字句與講解大意，均置於詩後，且於斟酌諸家注解後，徑取正確者，既不出注家之名，亦不出引書出處；講解全文大意亦然。若此以來，文本省净，極便省覽。注釋要言不繁，頗便初學。此本編次先分體，再分類，故不少類目反復出現，亦編次之一病也。

由於邵氏解杜自有特點，故至清時此本亦有翻刻本，今上海圖書館有藏，半葉十一行二十一字，小字雙行同。四周雙邊，白口單黑魚尾，上象鼻内鐫"杜詩全集"，魚尾下爲卷次、葉碼。各卷首題"邵二泉先生分類集注杜詩卷之某"，次行署"錫山過棟汝器箋，瑯琊王元弼良輔重訂"，三行署"三吴周子文岐陽參、繡州沈廷植中立校梓"，四行標詩體名稱，五行標類目，下接正文。卷前首周子文《序》，次過棟《序》，次目録。卷後無附録。顯然此本乃翻刻明萬曆本者。然此本時有闕文，蓋所據底本如此。然也有因避清諱而闕者。此本寫刻俱佳，蓋爲康熙間所鐫歟？

（三）張綖《杜工部詩通》十六卷。綖（一四八七～一五四三）字世文，高郵人。正德八年癸酉（一五一三）舉人，官光州知州，著有《南湖詩集》，學者稱"南湖先生"。《杜工部詩通》是在范德機《杜詩批選》六卷三百十一首的基礎上，批選杜詩增至三百四十六首，分編十六卷。范氏批而不注，批文極簡，故只有六卷。張氏《詩通》，於一般篇章首先解釋生字僻辭，典制名物，再循文疏通文義，長篇則劃段分節、歸結大意，最後綴以張氏評論。評論或就内容，或就詩藝，或就篇章結構、承接照應等發表見解，平淡之論較多，精闢之見亦時有之。如於"三吏"、"三别"後張氏曰："觀此數詩，唐之調兵，其與閭左之役殆有甚焉。然唐得以存，而秦遂亡者何也？秦上首功，暴於兵非一日矣，唐則貞觀遺澤在人，又肅、代雖非有爲之才，亦能憂勤自奮，有愛人之心焉，此所以得僅存者。然唐亦由是不振矣……玄宗早平内難，資非不哲；夙愛同氣，性非不仁；其致老幼之民，至此極者。徒以一妃子之故，唐人'一曲霓裳四海兵'，可謂一言以蔽之矣。《書》云：'明王慎德，肆夷咸賓。'然則閨門之地，其慎德之原乎！"唐與秦皆逢變亂，原因頗多；張氏以爲大唐内亂，責在玄宗不慎閨門之德。這顯然比一般文士把唐朝内亂的原因歸結爲楊妃禍水要高明一些。此類例子並不多，故《四庫全書總目》曰："《杜詩通》十六卷，《本義》四卷……是編因清江范德機《批點杜詩》三百十一篇，每首先明訓詁名物，後詮作意。頗能去詩家鉤棘穿鑿之説，而其失又在於淺近。《本義》四卷，皆釋七言律詩，大抵順文演意，均不能窺杜之藩籬也。"（《四庫全書總目》卷一七四，頁一五三二）《本義》四卷，指張綖《杜工部七言律詩》四卷，簡稱《杜律本義》。館臣謂范氏疏解七律乃"順文演義"，其實張氏《詩通》對文義疏通亦是如此。至於批解之語，精彩者並不多，故仇氏《杜詩詳注》很少徵引。不過對於杜詩生字僻辭、名物典制以及文義的疏通，確如館臣所言能去詩家穿鑿鉤棘之説，明白通暢，亦不爲無益。《詩通》成書後並未刊行，迨隆慶六年壬申（一五七二），其子守中刊於浙江，半葉十行二十二字，四周單欄，白口無魚尾，版心上部鐫"杜詩通"，中爲卷次，下象鼻内署刻工許倫、郭昌言、錢世英等十六人姓名。卷前有侯一元、侯一麟兄弟及綖子守中《序》各一篇，卷後有張鶱《跋》。臺灣大通書局一九七四年將《杜工部詩通》十六卷與《杜律本義》四卷影印合刊，唯《詩通》有缺頁及漫漶之處，美玉微瑕也。此書，劉氏嘉業堂等亦有藏；上海圖書館、北京大學圖書館藏有全本，齊魯書社版《四庫全書存目叢書》集部第四册收有《詩通》十六卷，惜未收《本義》；上海圖書館藏《本義》四卷，卷前目録、卷四末及守中跋有殘損。

（四）胡震亨《杜詩通》四十卷。此書有明末和清初兩種刻本，明末刻本，近人洪業曾見之。清初順治刻本，今上海圖書館、浙江圖書館有藏。此書卷前有胡氏《自識》述其撰寫緣起，其略曰：

> 《唐·藝文志》：《甫集》六十卷，《小集》六卷，潤州刺史樊晃編。五代而後，孫光憲、鄭文寶、孫僅諸家，各有編本。寶元初，翰林王洙取古詩、近體分爲二類，約略其所作之時先後之，爲十八卷。後趙次公、黄長睿及吾鄉魯泠齋復合而一之，參改其先後之序，臨川黄鶴，尤加詳辨

焉。元大德中，廬陵高楚芳據鶴所辨先後爲定本，删諸家注釋附之，今行世《千家注杜詩》二十卷者是也。讀杜詩即不可不稍知其歲月，然亦何至每首必定以所作之年，强爲穿鑿，而於體例多紊乎？今仍依古本，分體爲編，一體之中，各以題類爲次。一類之中，除長安、秦州、蜀中、夔府、湖南，確然可見者爲次外，其餘無可定者並以題類相附，一切牽强之説，概從芟去。舊注繁蕪，百存一二。其旨未經前人發明者，略抒膚見，以資商搉。杜詩雖云僞撰爲少，然王安石嘗益二十餘篇，黄鶴本亦有新添數什，皆王洙舊本所無，沿襲既難盡删，鑒定終俟明哲爾。(《杜集書録》内編卷三，頁一四〇)

據此，復檢視全書，可知胡氏此著要點有三：第一，杜詩編次，先分體，再分類，每類再依時地先後大略編次之。體分五、七古，五、七律，五、七排，五、七絶，聯句凡九體。這種編次體例，明顯是明人分體重編唐集風會的反映，也是胡氏此前編纂《唐音統籤》采用的體例，與宋人整理杜詩普遍采用的分體、編年、分類本截然不同。然而這種體例，確實避免了宋人在杜詩編年方面每詩務必稽考年月，以至牽强附會的缺陷，自有可取之處。第二，删存宋人杜詩舊注之繁蕪者，這方面元人高楚芳已做了不少工作；迨胡氏，則在高本的基礎上更進一步，唯采趙、魯、蔡、黄注文之可取者，餘皆芟去，使注釋更爲精粹，簡明扼要。對舊注之訛謬者，則重加考證，駁反前案，雖然不多，但輒可觀。如《秋日荆南述懷三十韻》，胡氏以爲舊注及劉辰翁全失老杜本旨，於是重爲稽考，謂是篇乃追詠房琯之作，可謂自有見地。第三，杜詩評點，胡氏雖徵引鄭善夫之語不少，然而對杜詩的評點，真知灼見所在多有。胡氏乃明代著名的唐詩學者，一部《唐音統籤》對唐詩研究貢獻頗大，唐詩文獻搜集所獲亦贍。學力既深，識見又高，故對杜詩的批評新見勝義，往往出人意表。其子胡夏客淹博，尤勝其父，此書經夏客校補，益加邃密。周采泉先生稱贊“明人注杜當以此爲首選矣”(《杜集書録》内編卷三，頁一四一)，誠非虚譽。仇兆鰲《杜詩詳注》徵引此書極多，於此可見胡氏創獲之富。又杜詩字句之佳者，胡氏則圈之點之，然大致點多而圈少，其拙者則作一豎於其旁，以警心目。另外，胡氏還以神品、妙品、能品、具品四格區分杜詩，標於該詩上方。神品最少，具品最多，全無標識者亦不少。有的則赫然標以“删”字，足見品評之大膽。胡氏以四品評杜，自詡具眼；近人洪業責之以文人習氣；然又云：“彼注中考定之説，亦大略爲錢謙益及其後之注杜者所取，其功固不可泯也。”（《杜詩引得·序》，頁四六）可謂善評。

胡震亨《唐音統籤》所收《杜甫集》四十卷，編卷自一百七十二至二百十一，丙籤六十。此本編次略似《杜詩通》，先分體，每體復略依時代爲序，卷一百七十二至一百八十七爲五古二百七十二首、七古百五十三首，凡五七言古詩四百二十五首。卷一百八十八至二百十一爲五律六百二十一首、七律百五十一首、五排百二十二首、七排四首、五絶三十一首、七絶百七首，律詩包括排律凡八百九十八首，絶句百三十八首，凡近體千三十六首；另有聯句一首；合計千四百六十二首，殘句二則。卷前爲胡氏所撰《杜甫傳》，次《杜甫簡譜》。此本異文皆移於每詩末。《統籤》於清代曾加刊刻，但並未全刻，然丙籤内他家皆爲刻本，獨杜集爲鈔本，蓋當時此本尚未編爲定本也。每半葉十行十九字。由於鈔後疏於校勘，故筆誤較多，卷一七二《奉贈韋左丞丈二十二韻》“早充觀國賓”句，“賓”字，此本誤作“兵”；卷一七三《九成宫》“其陽産靈芝”句，“芝”字，此本誤脱等等。此本所據底本，從文字方面看與《九家注本》、《箋注杜工部集》多同，而與錢謙益《箋注杜工部集》更接近，可見胡氏所據應是一個與《箋注杜工部集》的底本相同或接近的本子，先將各詩分體鈔出，每體再依時地先後編次而成的，换言之，此本與錢氏《箋注》本屬於同一系統的本子。正因爲此本改變了宋本原編的面貌，加之筆誤較多，故清編《全唐詩》采用季振宜《全唐詩稿本》之《杜甫集》，而不用《唐音統籤》之《杜甫集》。

明人注杜者，《四庫全書總目》著録者，尚有唐元竑《杜詩攟》四卷、林兆珂《杜詩鈔述注》十六卷、傅振商《杜詩分類全集》五卷、楊德周《杜詩解》八卷，等等。黄虞稷《千頃堂書目》著録者，尚有熊釗《杜甫詩注》、周旋《杜詩質疑》、南大吉《少陵純音》十卷。晁瑮《寶文堂書目》著録者，還有張羅峰《杜詩釋義》。丁丙《八千卷樓書目》著録者，還有邵寶《杜少陵先生分類詩注》二十卷。周采泉《杜集書録》著録者，還有李齊芳《杜工部分類詩》十一卷《賦》一卷、鄭壬《杜詩集注》八卷、李應吉《杜詩集注》卷未詳、李堯《杜詩注》卷未詳、邵濬《杜詩注解》卷未詳、趙志《杜詩注解》十二卷、趙建郁《杜詩注》卷未詳、蘇希栻《杜詩全集注》卷未詳、全大鏞《杜詩彙解》卷未詳。陳伯海、朱易安《唐詩書録》著録者，尚有張文棟《杜少陵詩》十卷，等等，兹不一一贅述。

明代刊刻的《杜集》白文，值得一提者則有無名氏《杜少陵集》十卷，及劉世教《杜工部詩分體全集》六十六卷。無名氏編刊白文《杜少陵集》十卷，今上海圖書館有藏，半葉十行，行二十或二十一字，楷書結體。四周單邊，白口無魚尾，上象鼻内鐫卷數，下象鼻内鐫葉碼。各卷首題“杜少陵詩(文)卷某”，次行署文體名稱，下接正文；各卷均另有子目冠前。卷前唯《杜少陵集總目》，《總目》僅記各卷詩體及首數。此本詩文均分體編次，卷一至二爲五古二百六十六首，卷三七古百四十四首，卷四五絶三十一首、七絶百六首，卷五至六五律六百二十一首，卷七五言長律百二十二首，卷八七律百五十一首、七言長律五首，卷九附録他人唱酬詩十五首，卷十賦表讚記述説策狀文志三十二首，合計詩凡千四百四十六首，文三十二首，詩文共千四百七十八首。上海圖書館藏本原爲明張文棟舊物，卷後有張氏跋文一則云：“《杜集》刻板至多，訓詁則厭其繁，編類則悼其紊。兹刻盡削厥注，壹次以體，攬之轉覺爽然，然猶恨其剔劂欠精爾。萬曆乙未八月十七日買，遂記此。張文棟任甫。”下鈐張氏白文方印。“乙未”乃萬曆二十三年(一五九五)，是此本乃萬曆二十三年以前刊本。張文棟字伯任，崑山人，官太常，著有《木雁軒詩文集》，平生藏書甚富，事蹟具《明史·列傳》。此本從張家散出後，清康熙間爲著名金石學家王昶所得，王氏於卷前另紙跋曰：“元槧《杜少陵集》皆注本，而無注本極少。是集尾册有明張太常跋語，據云，勝國時無注本杜集尠少見也，依此可以確信。夫溯有元迄明季累百年矣，明季迄今又累百年矣。獨是集文字俱古，楮墨猶新，晝長無俚，展閲一過，彌不禁盥露瓣香虔奉云。乾隆甲寅春日後學王昶謹書。”由張、王二人跋語可見，集注本的繁蕪，分類本的淆亂，遂使此種白文本杜集繼形形色色的注釋本之後刊行於世，令人有耳目一新之感，故頗受士人歡迎。

劉世教《杜工部詩分體全集》六十六卷，萬曆四十年壬子(一六一二)刊行，又名《杜工部分體編刻》(與李白合刊)。此本今上圖有藏，明趙士春批，清翁同龢跋，半葉九行十八字，左右雙欄，白口單白魚尾下鐫“杜集卷某”，下爲葉碼。書名雖唯“詩”字，其實乃詩文全集本，具體而言，前二卷收賦並表，卷三至十八爲五古，卷十九至二十六七古，卷二十七至四十六五律，卷四十七至五十一七律，卷五十二至五十八五排，卷五十九五排、七排，卷六十五絶，卷六十一至六十二七絶、聯句及闕題二首，卷六十三至六十六雜文。分卷顯得有些瑣碎。卷前首世教《杜工部詩分體全集序》，次王洙、王琪、蔡夢弼等舊《序》，黄鶴《年譜》，兩《唐書》本傳，元稹《墓誌銘》，次目録。

卷後爲其侄劉鑒《後序》。劉氏此刻，亦有單行者。世教《序》述刻書緣起曰："每讀昔人所箋詁，往往未終簡而輒棄去。竊不自量，間嘗區分其體裁，擬盡蒐諸家訓詁之籍，筆削爲一家之言。方屈首俗業，困京兆者十年已，困公事者又十年，鉛槧屢更，殺青未竟。客歲南邁，從子進而請曰：先生必將箋而後行乎？夫解者不必箋，而箋者之不必解也……今而後，庶幾有並擷其精，而上探盛漢，以直遡《風》、《雅》之緒者，必自兹籍始矣。"（《杜集書録》内編卷三，頁一三六至一三七）據此可知，對宋元以來諸家注杜的不滿，而"筆削爲一家之言"一時又未能成就，乃劉氏刊行白文《李杜全集》的重要原因。顯然劉氏所言，與張文棟希望刊行白文本杜集的説法如出一轍。此本編輯體例，先分體，各體再編年，這正如李維楨《合刻李杜分體全集叙》所云："其集以古近諸體分，而先後仍本編年，古賦及雜文如之。其體則古近律絶，各以類從，而删長短句之〔作〕。"（《合刻李杜分體全集》之《李翰林全集》，上海圖書館藏本）之所以如此，劉氏《凡例》説得很明白，其略曰："今世盛行（李杜集），不越二種，一曰編年，一曰分類。編年者不惟諸體淆雜，且集中歲月可考者固多，而傅會臆度亦復不少。分類則錯亂割裂，更益無謂。至有一題數篇，而篇繫一類，攬者愈多扼腕。兹刻悉以古近諸體區分，而先後仍本編年。其古賦、雜文，並從舊本，分編先後，庶體裁既無淆慁，而次第亦復犁然。凡我同好，無不欣賞。"（《合刻李杜分體全集》之《李翰林全集》，上海圖書館藏本）杜集分體加編年，並非始於明無名氏和劉世教，而分類與編年，兩種方法各有缺陷；劉氏欲取二者之長，避二者之短，故而在分體的基礎上，各體再行編年，這種編輯體例於當時衆多杜集中，獨具特色，豁人耳目，而爲後來胡震亨編纂《唐音統籤》所采用。爲了確保"分體"名副其實，劉氏對各體諸詩一一重加鑒裁，俾此本成爲真正的分體本。對杜集舊注，此本盡行芟汰，只録正文，然對舊注中混入的杜甫原注，則細心搜尋，悉加保存。至於文字校訂，劉氏也着實下過一番功夫，斟酌異文，訂正訛舛，辨别疑似，且撰爲校記，置於各篇之後，使文本更可信據，且便覽誦。劉氏還剔除誤收作品，輯補佚作。職是之故，元明兩代刊行的杜集白文，從文本校勘角度而言，此本是較爲審慎的，因而版本價值頗高。

清代杜集整理，是自錢謙益、朱鶴齡兩家開始的。錢、朱等清代參與杜集整理的多爲學者，特别是乾嘉樸學鼎盛時期，學術務精求實，遂使杜集整理無論校訂、注釋、箋評、編年、輯佚等等，都達到了前所未有的高度，各種杜集專著也倍增於前，據周采泉《杜集書録》統計，總數可達百種之多，今擇其要者考述如下。

（一）錢箋本。錢謙益《箋注杜工部集》二十卷，又名《錢注杜詩》，簡稱“錢箋”。謙益（一五八二～一六六四）字受之，號牧齋，又號蒙叟，又稱東澗老人，常熟人。明萬曆進士，官至禮部尚書，降清後授内秘書院學士兼禮部侍郎，旋稱病，歸老虞山，注杜而終。錢氏箋注杜詩，前後斷續長達三十年，頗經曲折。始因盧德水而著《讀杜小箋》三卷，其《讀杜小箋序》曰：

> 歸田多暇，時誦杜詩，以銷永日。間有一得，輒舉示程孟陽。孟陽曰：“杜《千家注》繆僞可恨，子何不是正之以遺學者？”予曰：“注詩之難，陸放翁言之詳矣。放翁尚不敢注蘇，予敢注杜哉？”相與歎息而止。今年夏，德州盧户部德水刻《杜詩胥鈔》，屬陳司業無盟寄予，俾爲其叙。予既不敢注杜矣，其又敢叙杜哉？……德水北方之學者，奮起而昌杜氏之業，其殆將箴宋、元之膏肓，起今人之廢疾，使三千年以後，涣然復見古人之總萃乎？苫次幽憂，寒窗抱影，紬繹腹笥，漫録若干則，題曰《讀杜詩寄盧小箋》，明其因德水而興起也。曰《小箋》，不賢者識其小也。寄之以就正于盧，且道所以不敢當序之意。癸酉臘日虞鄉老民錢謙益上。（《牧齋初學集》卷一百六，上海古籍出版社一九八五年九月第一版，頁二一五三至二一五四）

癸酉乃崇禎六年（一六三三）。據此，錢氏原本並無箋杜之心。此《小箋》三卷，不過是錢氏讀杜的心得，偶有所記而已，並不系統。此後又續成《讀杜二箋》上下卷，並撰《注杜詩略例》若干則。崇禎十六年，門人瞿式耜合《小箋》三卷，附於《初學集》之後刊行於世。二《箋》總共只有數十篇，然由《注杜詩略例》可見，二《箋》完成之後，錢氏已萌生注杜之志，唯因崇禎末年國事多艱，著述細事，自然無暇顧及。明朝鼎革後，錢氏雖曾短暫出仕，然豐功偉業既已無望，轉欲隱居著述揚名於世。不巧順治七年庚寅（一六五〇）絳雲樓失火，多年蓄積的大量宋元珍本孤本化爲灰燼。然最終促其決心注杜者，則與遇朱鶴齡有關。朱氏其時正點校蔡夢弼《草堂詩箋》（詳下），“會粹群書，參伍衆説，以爲輯注，謙益好之”（《杜詩引得·序》，頁四九）。遂欲借朱氏之力，以成杜集箋注，故聘朱氏館於家達三年之久，以己所箋之吴若本及《九家注》，命朱氏合鈔以成書。朱氏後辭館，數年後告錢曰書已成；錢見朱氏補輯的書稿，大出意料，因批駁朱注之誤，兩人不歡而散。錢氏《復吴江潘力田書》叙其情形曰：

> 既而以成書見示，見其引事釋文，檀釀難〔雜〕出，間資嘔［噱］〔噱〕，令人噴飯。聊用小籤標記，簡别泰甚，長孺大愠，疑吹求貶剥，出及門諸人之手，亦不能不心折而去。亡何又以定本來，謂已經次第芟改，同里諸公商榷詳定，醵金授梓，灼然可以懸諸國門矣。乘間竊窺其藁，向所指紕繆者，約略抹去，其削而未盡者，瘡瘢痂蓋，尚落落卷帙間。(《牧齋有學集》卷三十九，四部叢刊本)

顯然，因朱氏"簡别泰甚"，一改錢著面目，赫然成了另著，故而引起錢氏不滿。這一點，錢氏後來在其《草堂詩箋元本序》中借族孫錢曾之口，講得十分清楚，其略曰：

> 吴江朱長孺，苦學强記，冥搜有年，請爲余摭遺決滯，補其未逮。余忻然舉元本畀之。長孺力任不疑，再三削槁。余定其名曰《朱氏補注》……族孫遵王謀諸同人曰："《草堂箋注》，元本具在，若《玄元皇帝廟》、《洗兵馬》、《入朝》、《諸將》諸箋，鑿開鴻蒙，手洗日月，當大書特書，昭揭萬世。而今珠沉玉錮，晦昧於行墨之中，惜也。考舊注以正《年譜》，倣蘇注以立《詩譜》，地里姓氏，訂訛斥僞，皆吾夫子獨力創始，而今不復知出於誰手，慎也。句字詮釋，落落星布。取雅去俗，推腐致新，其存者可咀，其闕者可思。若夫類書謭語，掇拾補綴，吹花已萎，嚥飯不甘，雖多亦奚以爲？今取《箋注》元本，孤行於世，以稱塞學士大夫之望。其有能補者續者，則聽客之所爲。道可兩行，羅取衆目，瑜則相資，纇無相及，庶幾不失讀杜之初指，而亦吾黨小子之所有事也。"余曰："有是哉！"(《錢牧齋先生箋注杜工部集》，康熙六年季振宜静思堂刻本，上海圖書館藏)

由"鑿開鴻蒙，手洗日月"八字，可見錢曾對二《箋》評價之高。"類書謭語，掇拾補綴，吹花已萎，嚥飯不甘，雖多亦奚以爲"，顯然是對朱注的評價。錢氏不欲他人隨意改變《杜詩箋》的原貌，乃學者著述自信的普遍心理，亦是最終與朱氏分道揚鑣的根本原因。錢氏《復吴江潘力田書》曰："竊謂士君子凡有撰述，當爲千秋萬古計，不當爲一時計；當爲海内萬口萬目計，不當爲一人計。注詩細事耳，亦必須胸有萬卷，眼無纖塵，任天下函矢交攻，磋椎擊搏，了無縫隙，而後可以成一家之言。若猶是掇拾叢書，丐貸雜學，尋條屈步，捉襟見肘。比其書之成也，旦而一人焉刺駁，則憒而求敵；夕而又一人焉刺駁，則趣而竄改。刺駁頻煩，竄改促數，前陳若此，後車謂何？杜詩非易注之書，注杜非聊爾之事，固不妨慎之又慎，精之又精。"(《牧齋有學集》卷三十九，四部叢刊本）這種慎於著述的態度，極其難能可貴；而"大書特書"自己"鑿開鴻蒙，手洗日月"的箋注之見，以"昭揭萬世"，不使其"珠沉玉錮"，晦昧於朱注的"行墨"之中，使得錢氏最終下定決心，完成箋注。錢曾嘗述及謙益晚年注杜的動人情形曰：

> 我牧翁箋注《杜詩》也，年四五十即隨筆記録，極年八十書始成。得疾著床，我朝夕守之。中少間，輒轉喉作聲曰："杜詩某章某句，尚有疑義。"口占析之以屬我，我執筆登焉。成書而後，又千百條。臨屬纊，目張，老淚猶濕。我撫而拭之曰："而之志有未終焉者乎？而在而手，而亡我手。我力之不足，而或有人焉。足謀之而何恨而？"然後瞑目受含。(《箋注杜工部集序》，静思堂刻本，上海圖書館藏）

錢氏最終成就了自己的宏願，《箋注杜工部集》二十卷，在其逝世三年後，由季振宜於康熙六年出資刊行。此本内封面正中大字雙行題"錢牧齋先生箋注杜工部集"，右上署"季滄葦先生校閲"，左下署"静思堂藏板"，半葉十一行二十字，小字雙行，行三十字，或低一格，行二十八九字不等。此本寫刻皆精，紙墨俱佳，四周文武雙欄，細黑口，版心雙黑對魚尾間上鐫"杜集卷某"，下爲葉碼。各卷首題"杜工部集卷之某"，次行下方署"虞山蒙叟錢謙益箋注"，三行低一字署詩體首數，下注作詩時地。各卷尾題或有或無，末署本卷校勘人姓氏。卷前首錢謙益《草堂詩箋元本序》，後鐫"錢謙益印"、"牧翁蒙叟"陽、陰二木記；次季振宜《序》，末題"康熙六年仲夏泰興季振宜序"，《序》末鐫"季振宜印"、"滄葦"陰、陽二木記；次《少陵先生年譜》；次《注杜詩略例》；次《諸家詩話》，由錢氏删補舊本所附詩話而成，故選録較精；次《唱酬題詠附録》，錢氏删除舊本所録諸如唐太宗、張説等與杜甫無關的作品，保留確屬與杜甫唱酬者，甚是；次《杜工部集附録》，收録志傳集序，其中樊晃《杜工部小集序》與吴若《杜工部集後記》二篇，皆他本所無，專賴此本得以留存；次《杜工部集目録》。卷後無附録。此本前十八卷詩，其中前八卷古體詩凡四百十五首，後十卷近體詩凡千零九首，合計千四百二十四首；

卷十八附録錢氏輯補的遺詩四十八首。後二卷文，凡表賦記説讚述策問文狀表碑誌等三十二篇，詩文共千五百四篇。較之此前各種杜集，此本收録作品最多。此本刊行，參與校勘者多達十餘人，其中季振宜、錢曾、毛扆等著名人士皆親予其役，在明清兩代杜集刻本中，此本品質堪稱上乘。至於錢箋，顯然具有以下優長，顯示出學者箋注杜詩的鮮明特點。

第一，校勘精審。錢氏《注杜詩略例》曰："《杜集》之傳於世者，惟吴若本最爲近古，他本不及也……若其字句異同，則一以吴本爲主，間用他本參伍焉。"前文已述及，宋吴若本自北宋治平本出；治平本原槧失傳後，正如錢氏所言，吴若本即《杜集》傳世之"最爲近古"的本子，職是之故錢箋文本"一以若本爲主"，從校勘學的角度而言，錢箋底本的選擇是頗爲理想的。錢氏還"間用他本"如《九家注》、《草堂詩箋》、陳浩然本等爲校本，並以《文苑英華》、《唐文粹》等諸總集參校，字裏行間夾注了許多校文，在《杜集》校勘方面極具參考價值。故此可以説錢箋文本，乃明清以來刊行的杜集中最爲精粹的本子。

第二，注釋準確。《注杜詩略例》曰："杜詩昔號千家注，雖不可盡見，亦略具于諸本中，大抵蕪穢舛陋，如出一轍……注家錯繆，不可悉數，略舉數端，以資隅反。"《略例》接着臚列了宋以來注杜的種種繆誤：諸如假託古人、編造故事、傅會前史、僞撰人名、改竄古書、顛倒事實、强釋文義、錯亂地理等等，誤例多達八項。錢氏以爲，宋以來注杜諸家唯趙次公、蔡夢弼、黄鶴三家較善，然趙失之短，蔡失之雜，黄失之愚，錢氏"於三家截長補短，略存什一而已"，餘則一概屏除。所以錢箋對此前舊注有廓清蕪穢之功，加之錢氏博覽强記，好學深思，故注釋精審邁往，從而使宋以來的杜詩注釋至此而面貌一新。正如潘耒《書杜詩錢箋後》所云："牧齋學問閎博，考據精詳，家多秘書，兼熟内典。其箋杜也，鉤稽奥義，抉擇異聞，他人所不能注者一一注出，誠有功於少陵矣。其斥舊注之病數條，尤爲切當。但錢氏求新太過，亦時有此失。如以'黄河十月冰'，爲櫝蓋之冰；《塞蘆子》非壅塞之塞，以'煎膠續絃'爲美饌愈疾，以范叔歸秦爲欲去國忠……種種曲解，皆迂僻難通，所謂目睹秋毫不能自見其睫也。然文義小失，猶無大害。"(《遂初堂文集》卷十一，引自《杜集書録》内編卷四，頁一六一）所論應該説是符合實際的。清黄生更云："錢牧齋箋注杜詩，引據該博，矯僞釽譌，即二史(《新》、《舊唐書》)之差謬者，亦參互考訂，不遺餘力，誠爲本集大開生面矣。"《竹林

答問》陳僅亦曰："《杜詩注》自當以《錢箋》爲第一。"（以上引自《杜集書録》内編卷四，頁一五六）

第三，箋解獨到。《注杜詩略例》曰："宋人解杜詩，一字一句皆有比託……辰翁之評杜也，不識杜之大家數……近日之評杜者，鉤深抉異，以鬼窟爲活計，此辰翁之牙後慧也，其横者並集矢于杜陵矣。余之注杜，實深有慨焉，而未能盡發也，其大意則見於此。"近人洪業曰："錢氏求於言外之意，以靈悟自賞，其失也鑿；朱氏長於字句之釋，以勤勞自任，其病也鈍。後來作者，大略周旋於二家之間，故清代杜詩之學當以二書爲首，而錢氏實開其端，功尤不可没也。"（《杜詩引得·序》，頁五六）此言頗辯證，錢氏精熟唐代歷史，以史證詩，且能刺取兩《唐書》之謬，以還歷史真面，從而弄清杜甫詩歌的創作背景，並以此爲契機，深入杜甫心曲，探求杜氏當時背景下的心態，以體會杜詩的創作意旨，正因爲如此，錢箋杜詩多有他人體悟不到處。周采泉先生云："錢氏熟精《唐史》，其所考證，引據詳明，筆陣縱横，不愧爲精闢之史論。若《哀江頭》爲詠貴妃事無疑，而傖父則斥爲'無人臣禮'；《洗兵馬》'刺肅宗也'，一語破的，其自詡爲'鑿開鴻蒙，手洗日月'，信非虚語。而浦起龍竟謚之爲'輕薄人'，以爲出於'私智結習，揣量周内'，此蓋胸中横梗'少陵每飯不忘君'，以及'温柔敦厚，詩之教也'陳腐之見，以爲詩人對於帝王決不應有所諷刺，'何儒者之易愚也'（語見同書《洗兵馬》又箋）。世皆稱杜詩爲'詩史'，若上引二詩之箋語，抉隱發微，能探得詩人心事，正是卓有見地。蓋杜甫之貶黜由於疏救房琯，房琯、張鎬先後罷相，實由於肅宗之猜忌上皇舊臣，錢氏於肅宗作誅心之論，義正辭嚴，'詩史'得此，差無餘藴，而淺人群起而攻之，是與葉公之好龍之情何異，安在其能讀杜詩耶？"（《杜集書録》内編卷四，頁一六〇至一六一）所論可謂愷切。至於錢曾所説"考舊注以正《年譜》，倣蘇注以立《詩譜》"，則尚在其次。

當然，錢箋也確有穿鑿附會處，然不過是白璧微瑕耳。上海古籍出版社一九七九年十月新一版《錢注杜詩·出版説明》評價就更爲客觀些："錢氏着重以史證詩，相當注意歷史背景，通過對歷史事實的鉤稽考核，進一步闡明杜詩的思想内容。而對交遊、地理、職官和典章制度等方面的箋注，也頗有特色，大都資料翔實，論證精當。雖然，錢氏的某些箋釋，因過於求深，不免有穿鑿附會之處，但總的説來，本書對我們今天理解和研究杜詩還是有一定的參考價值。"

錢箋的版本，情形較爲複雜。此書雖爲清初杜集整理之佼佼者，但因錢氏降清後心繫南明，特别是鄭成功大舉進攻南京敗退後，錢氏擬《秋興八首》成詩一百二十四首，深表惋惜，諸詩收入《投筆集》中。後乾隆見之，怒斥錢氏爲“反復小人”，列其名於《貳臣傳》，並下令盡毁其所有著作和書版。但因錢箋較好地利用了吴若本的文字優長，文本質量較高，且注釋準確，箋解獨到，所以禁毁書版不久，乾隆四十九年秋，鄭澐校刻玉勾草堂袖珍本白文《杜工部集》二十卷，即録自静思堂本。而清代的白文本杜詩，因玉鉤草堂本最善，故頗爲世人重視，據以刊行者頗多，據筆者所知有同治十一年壬申（一八七二）致一齋校刊玉勾草堂本，版式全仿玉勾本，上海圖書館藏有“鄂城謙益堂初印本”，非常精美；十三年又有重刻本；光緒十三年（一八八七）復重刻之；又南海鄧氏愛日長樓翻刻本，上海圖書館有藏，刻印俱佳；民國二十三年（一九三四）則有中華書局《四部備要》聚珍版排印本；新中國成立後一九五七年有再次重印的單行本。另，日本文化九年（一八一二，清嘉慶十七年）有崇文書堂覆刻本。而静思堂原版，乾隆年間可能有挖去錢氏名字重印者。迨清末宣統二年（一九一〇），復有國學扶輪社和寄青霞館據何焯批點的排印本。民國四年（一九一五）則有廣益書局據何焯批點的排印本；二十四年，有上海世界書局排印本。新中國成立後，則有一九五八年中華書局上海編輯所排印本；一九七九年上海古籍出版社訂正了中華書局本的某些錯字和斷句不妥之處，予以再版，極爲通行。而澳門曹樹銘，亦對中華書局本加以校勘，發現錯訛百餘處（《杜集叢校》，香港中華書局一九七八年版，頁三四一）。至於静思堂原刻本，今國内各大圖書館尚藏有三十多部；上海古籍出版社《續修四庫全書·集别·别集類》、北京出版社《四庫禁毁書叢刊》皆據静思堂本完本影印。另，臺灣大通書局一九七四年出版《杜集叢刊》收有静思堂本的影印本，然卷二、卷三似有缺頁。

（二）朱注本。朱鶴齡《輯注杜工部集》二十二卷、《集外詩》一卷。其中《杜工部詩集輯注》二十卷、《文集輯注》二卷。鶴齡（一六〇六～一六八三）字長孺，吴江松陵人。明諸生，入清不仕，長於箋疏之學，著述頗豐，深得顧炎武賞識，其事蹟具《清史稿·儒林傳》。朱氏此著，原名《草堂會箋》，或名《杜詩輯注》，亦稱《杜詩新解》，簡稱“朱注”。前文已述及，朱氏因與錢謙益見解不同，二人各不相讓，或當面糾詰，或書信攻訐，因成怨隙。經過調解無效，二人所著遂各自出版。學術争論，本屬常事，當仁不讓，乃孔門之後中華學人的傳統美德。洪業即云:“雖然,注《杜》之争,乃錢朱二人之不幸,而《杜集》之幸也。考證之學,事以辨而愈明,理以争而愈準。錢氏求於言外之意,以靈悟自賞,其失也鑿;朱氏長於字句之釋,以勤勞自任,其病也鈍。後來作者大略周旋於二家之間,故清代《杜詩》之學當以二書爲首,而錢氏實開其端,功尤不可没也。”(《杜詩引得·序》,頁五六)此論可謂精彩公允。清宣州沈壽民爲此本所撰《後序》,雖有不滿錢氏而袒護朱氏之意,然亦不得不謂:“杜詩之學,至今日而發明無餘藴矣。虞山錢宗伯實爲首庸,吾友長孺朱子增華加厲,輯諸本之長,而芟其蕪舛,至雞林賈人亦争購其書,烏呼盛矣!……蓋二公從經籍起見,非有所齮齕而然。故兩持之説,各傳千古。今之論杜者,亦求其至是而已矣。異己之見,豈所以爲罪乎?”(《輯注杜工部集》葉永茹萬卷樓初刻本,上圖藏)所言甚是。朱氏《自識》其著書經過曰:

> 愚素好讀杜,得蔡夢弼草堂本點校之,會稡群書,參伍衆説,名爲《輯注》。乙未(一六五五)館先生家塾,出以就正,先生見而許可。遂檢所箋吴若本及《九家注》,命之合鈔。益廣搜羅,詳加考覈,朝夕質疑,寸箋指授,丹鉛點定,手澤如新。卒業請序,篋藏而已。壬寅(一六六二)復館先生家,更録呈求益。先生謂所見頗有不同,不若兩行其書。時虞山方刻《杜箋》,愚亦欲以《輯注》問世,書既分行,仍用《草堂》原本,節采箋語,間存異説。謀之同志,咸謂無傷。(《輯注杜工部集》葉永茹初刻本,上海圖書館藏)

據此可見,朱氏勤於搜求宋元以來衆家注杜之作,彙集衆長,沙汰蘩蕪,總成一編,其長在於“輯注”,並參以己見。較之錢箋,此書在詞語典故、職官地理、名物典制及人物史事的注解方面頗多可取,不僅可補錢箋之不足,且可糾正錢箋之舛誤。閻若璩即云:“蓋至《草堂詩箋》注本出,而杜一開生面矣。朱長孺故與錢氏異者,亦能補箋所不逮。”(閻若璩《讀書堂杜詩注解序》,康熙三十七年張溍刻《讀書堂杜詩注解》)所言甚是。且此本取蔡夢弼《草堂詩箋》之編年,參以他本而纂次各詩,“於各卷之首,標爲公某時某地作,庶幾師編年之法而無其陋云”,對確定杜詩的編年頗多貢獻;且對杜甫《文集》“鉤貫《唐史》,考正文義,允稱《杜集》備觀”(朱鶴齡《輯注杜工部集凡例》,上海圖書館藏葉永茹初刻本),對杜甫的《文集》加以輯注,亦此本超出錢箋之處。

此本不足之處在於，對於杜詩的言外之意很少發明，不及錢箋多有獨到見解，足以發人深省，故洪業譏諷朱氏"其病也鈍"。洪氏還從版本學的角度，貶斥此本乃"非驢非馬之本……貽誤後學"(《杜詩引得・序》，頁六九)。朱氏謂此本以蔡氏草堂本爲底本，但據洪業考證，"朱固未嘗有蔡本也"，遂判朱氏《自志》謂得蔡氏草堂本，實謊言欺衆。因爲蔡本分杜詩爲五十卷，而朱氏依《集千家注杜工部詩》分爲二十卷；蔡書從魯訔本編次，而朱氏從《千家注》或錢箋本編次，故而舛誤層出不窮，據洪業統計，此書與蔡本正文不同者多達數百處，而朱氏卻謂咸出蔡本，究其原因，在於朱氏手頭並無蔡本，而是從他本或錢箋轉録異文，而誤以爲出自蔡本，以致舛誤比比皆是(參《杜詩引得序》，頁六八)。所以從版本學的角度而言，朱注確係"非驢非馬之本"。然瑕不掩瑜，朱注所長原不在文本考訂，而在"集注"。

朱注成書後，康熙九年(一六七〇)由葉永茹萬卷樓付梓，内封面正中大字楷書"杜工部全集"，右上方小字署"朱長孺先生輯注"，下方有朱文牌記"金陵書鋪廊萬卷樓葉永茹發兑"；左下方小字署"金陵葉永茹梓行"，天頭横鐫"錢牧齋先生鑒定"七字。半葉九行十九字，小字雙行同，左右雙邊，白口單黑魚尾，上象鼻内鐫"杜工部詩(文)集"，魚尾下爲卷次及葉碼。各卷首題"杜工部詩(文)集卷之某"，次行下署"松陵朱鶴齡輯注"。卷前首朱氏《輯注杜工部集序》，次錢謙益《序》，錢序後有朱氏題識，次《附録舊序》，凡收樊晃、王洙、王琪、王安石、李綱、吴若、郭知達、蔡夢弼等序，次《編注杜集姓氏》，僅録二十四人(其中薛夢符、杜修可並無其人，已見)，次《凡例》，次朱鶴齡編訂《年譜》，次元稹《墓係銘并序》，次《舊唐書》本傳。卷前無總目，各卷另有子目冠前，子目卷題後列本卷參定者，有施閏章、申涵光、王士禛、彭孫遹、徐乾學、陳維崧等名人皆與參定之役，參與者凡四十六人。卷後《集外詩》一卷，凡輯補佚詩四十八首，最後爲《杜詩補注》一卷。此本國家圖書館所藏有倫明跋並録清錢載、翁方綱、浦起龍評注；上海圖書館藏有多部，其中一部有清齊召南批點；南京圖書館藏本有清方貞觀批並跋；另中科院、杭州大學、吴縣等圖書館均有藏本(《中國古籍善本書目》)。因朱注本自具優長，故葉氏本刊行不久即有翻刻者，今上海圖書館藏一部，版式與葉氏本相同，然書品遠不及葉刻，不少書葉漶印草草，字跡幾不可辨識，然其爲葉氏本的翻刻本，則是可以肯定的。

（三）全唐詩本。康熙敕修《全唐詩》所收《杜甫詩》十九卷。《全唐詩》是在胡震亨《唐音統籤》和季振宜《全唐詩稿本》兩書的基礎上修訂而成的。康熙《御製〈全唐詩〉序》云："朕此發内府所有《全唐詩》，命諸詞臣，合《唐音統籤》諸編，參互校勘，蒐補缺遺，略去初盛中晚之名，一依時代，分置次第。"季氏《稿本》中的《杜甫詩》十九卷，乃是將上述静思堂本《箋注杜工部集》二十卷原刻入編，删去注文及卷前、卷後之《序》文、《諸家詩話》、《唱酬題詠附録》、《志傳集序》等，然後將《舊唐書》本傳、韓愈《調張籍》詩、元稹《墓誌銘》及蘇軾《王定國詩集序》等詩文中有關杜甫生平與詩歌評論的文字，删削爲小傳，置於卷前；卷中保存了題下注及正文夾注，頗具校勘價值。《稿本》由静思堂本直接上承宋吴若本，故文字視現存各種《杜詩》爲優。康熙敕編《全唐詩》所收《杜甫詩》，便是將季氏《稿本》之《杜詩》原樣入編，删去第十九至二十兩卷文，將第十八卷末所附《補遺》詩單獨作爲一卷，故共十九卷。卷前有編臣所撰《小傳》一則，卷後補入據《文苑英華》輯佚的七律《九日登梓州城》一首，由《合璧事類》輯補殘句四聯，於是杜詩遂大備於此。後世學者雖經努力，也只是由《古今歲時雜詠》卷十一輯補五律《寒食夜蘇二宅》一首，殘句四則。另一首七絶《畫像題詩》，學界多以爲非杜甫作品（陳尚君《全唐詩補編》頁三六四、八七九）。所以《全唐詩》成爲一時收詩最多的本子。文字方面，編臣也作了進一步校勘，如卷二《蘇端薛復筵簡薛華醉歌》"歌辭自作風格老"句，"歌辭"二字下原有"一云醉歌"四字，編臣删之；卷四《戲作花卿歌》"綿州副使著柘黄"，"柘"字下，錢氏《箋注杜工部集》、季氏《稿本》皆無校文，全唐詩本校曰"一作赭"，顯爲編臣所加；再如同卷《丈人山》題下原無注文，編臣依據正文注，節成"山在青城縣比，黄帝封青城山爲五嶽丈人"二句，作爲題下注，對理解本詩顯然是有幫助的，等等。這表明編臣確曾作過校勘，故文字方面全唐詩本《杜詩》視錢本、季氏稿本更精。

（四）吴見思《杜詩論文》五十六卷。見思，字齊賢，武進人。不樂仕進，閉户著書。此書成於康熙十一年壬子（一六七二），當年即由寶翰樓付梓，上圖有藏本，内封面題"杜詩論文"，左旁小字題"吴郡寶翰樓"。半葉九行二十二字，小字單行同。左右文武雙欄，白口無魚尾，版心上頂邊欄鐫"杜詩論文"，中部右旁鐫時地、卷次，左旁鐫葉碼。各卷首題"杜詩論文某"，次行低三字署"吴興祚伯成定，武進吴見思齊賢注"，三、四行下方分署"宜興潘眉元白評","武進董元愷舜民參"。卷前首龔鼎孳《序》,次吴興祚、潘眉、陳玉堪、董元愷諸《序》,及吴見思《自序》;次《杜詩論文凡例》,《凡例》卷題下壓行鐫"岱淵堂校定本"六字;次《杜詩論文目録》,目後有"共詩一千四百四十八首"。卷後無附録。此本乃點版書,正文及評論凡句讀處,皆刻一圓圈表示,潘眉評點吴見思之論説,也以花點鐫於文句旁,版刻之精,於此可見。龔氏《序》曰:"虞山宗伯《箋注》,尊重藝林,殆非一日。今吴子互相發明,虞山論其事,吴子論其文。文既剖析無晦,事更可考而知矣。"吴氏大抵從章法、句法、字法等方面着眼,以精究杜詩文法(本書《凡例》),可見此書有意與錢箋、朱注專門於詞語、史實及作者旨意箋注不同,轉而剖析杜詩文法。正如董《序》所云:吴氏對杜甫"古律長篇,循端竟委,縷析條分,凡一千四百四十餘章"。可見用功之勤。陳氏《序》亦云:"今吴先生齊賢爲《論文》,不事鉤棘,據詩意條貫之,嫋嫋成文,得解而不解,不解而解之妙,學者了然心目,知少陵之詩本如是坦白,從此掃諸家支離牽合之病,如迷者之得路。然則齊賢於少陵其遇合之故,豈偶然者哉!"(以上,寶翰樓刻本,上海圖書館藏)準確道出了此書優長所在。自宋人大興詩話,特别是劉辰翁批點杜詩以來,論章法、句法、字法者比比皆是。吴氏總其所長,其中不乏新見,遂使此書成爲首家全面探討杜詩文法的專書。本書編次,大略依高崇蘭《集千家注》,然除杜甫自注外,悉摒舊校、舊注,因而文本省净,頗便誦讀,而吴氏論文之語,則綴附各篇之後。又全書依年代、寓地先後編次,分編五十六卷,亦别出心裁之舉。較之錢、朱二著,此書與之先後刊行於世,成一家之言,同爲清初治杜詩的先導。仇兆鰲《杜詩詳注》徵引此書頗多,稱曰"吴論"。然《四庫全書總目》卻謂此書"但詮釋作意,謂之《杜詩論文》。夫箋注典故,所以明文義也。論事自論事,論文自論文,是已兩無據矣。而所論之文,又皆敷衍"(《四庫全書總目》卷一七四,頁一五三三)。如此評價,亦欠公允。如《春望》,錢《箋》未置一詞,《九家注》、《分門集注》、《黄氏補注》等解釋此詩旨意,不過援引《温公詩話》及梅堯臣論此詩之語,均極簡略,而吴氏解説此詩長達百餘字,多角度楬櫫詩的特點,這是寥寥數語的點評所做不到的。他如《自京赴奉先詠懷五百字》,吴氏的解説更長達八百餘字,頗多真知灼見,均爲前此箋注家所不及。總之,吴氏雖有泛泛而論者,而可稱道處亦復不少。此本國家、湖南、北大、清華等圖書館均有藏本;又齊魯書社版《四庫全書存目叢書》集部第七册,臺灣大通書局出版黄永武博士主編《杜集叢刊》第四輯均收有影印本，故爲易得之書。

（五）盧元昌《杜詩闡》三十三卷。元昌，字文子，號觀堂，華亭人。明諸生，幾社名士，著有《明紀本末》、《左傳分國纂略》，《四庫全書》均有著録。此書刊行於康熙二十五年丙寅（一六八六），内封面題“思美廬杜詩闡全集”，上方框外横署“康熙二十五年盧文子著”，左下方署“書林王萬育、孫敬南梓行”。半葉十行二十二字，小字雙行低一格二十一字。四周單邊，粗黑口，單黑魚尾下署“杜詩闡卷之某”。各卷卷端題“杜詩闡卷之某”，次行、三行下方分署“同學王日藻卻非氏閱、華亭盧元昌文子氏述、武林弟璉漢華氏訂”。卷前有年家社弟魯超《序》，次盧元昌《杜詩闡自序》。盧氏《自序》略曰：

> 世稱少陵詩之難讀也，古今注家，奚翅數十。顧有因注得顯者，亦有因注反晦者。一晦於訓詁之太雜，一晦於講解之太鑿，一晦於援證之太繁。反是者，又爲膚淺凡庸之詞，曰“吾以杜注杜也”，則太陋。況長篇而所發明者只一二言，數首而所發明者只一二首，其衆所曉者及之，衆所不曉者仍置焉，如是者又太簡。予於雜者芟之使歸於一，於鑿者核之使確，於繁者約之使不多指而亂視，於陋者澤之使雅，於簡者櫛比而遍識之使不罣漏，而又加以鎔鑄組織之功焉。以意逆志，既又發其言中之意，意中之言，使當年幽衷苦調曲傳紙上，而又旁羅博採，凡注家所未及者約千有餘條，名之曰《杜詩闡》。蓋自乙巳至壬戌，凡十八年矣，何朝夕何寒暑不手是編，今日得授梓也……康熙壬戌夏日，盧元昌文子氏題於思美廬。（康熙二十五年書林刻本，上海圖書館藏）

此篇《自序》，針砭宋元以來衆家注杜的弊端，針針見血，遂使《杜詩闡》撰寫的目的性和針對性均極明確，即芟削雜蕪者使歸於一，檢核穿鑿者使更加確切，約簡繁冗者使不多指亂視，潤澤陋俗者使趨雅飭，補苴簡略者使無罣漏之敝。爲達此目的，盧氏十八年間不分朝夕寒暑，手不釋卷，可謂勤矣。難能可貴的是，盧氏更能發杜詩“言中之意，意中之言，使當年幽衷苦調曲傳紙上，而又旁羅博採”，得注家未及使用的材料千有餘條。魯超此書《序》亦曰：“盧子文子潛心學杜二十餘年，所著《杜闡》一書穿穴鉤摘，直能取古人精意於千百載之上，舉前此諸家卮詞曲説牽合傅會之陋，一掃而空之，事類、意義兩者兼盡，可謂至當而無遺議者矣……盧子之注杜，不逞臆解，不務鑿空，語而詳，擇而精，斯可尚也已矣。舊注叢雜蕪穢，幾如雺霧之翳白日，得盧子一爲湔洗，而古人之精神始出，少陵有知，當莫逆於千載之前，不獨令後之觀者曠若發蒙已也。”（同上）以此之故，此書成了清初繼錢、朱之後又一箋釋杜詩的大著。如《春望》，錢氏《箋注》未置一辭，而此本徵引大量史事闡發道：“按史，至德二載正月，史思明寇太原，李光弼掘濠自固，蔡希德又圍。二月，安守忠寇武功，郭英乂戰不利，郭子儀遣子旰濟河，攻潼關，安慶緒救潼關。僕固懷恩退保河東。三月，尹子奇攻睢陽，賊圍不輟。安守忠將騎二萬，復寇河東。‘烽火連三月’，的是實録。”（同上）徵引史實之詳，爲前此注家所不及。此書撰述，蓋用明許自昌或其相近的本子爲底本，録詩不録異文。詩分段，段有大意。詩後則先譯詩爲文，最後綴以己論，或徵引史實，或引杜甫他詩以闡發詩旨。《四庫全書總目》謂此書“其注如《四書講章》，其評亦如‘時文’批語”，蓋謂此也。然盧氏議論中亦不乏新見，頗多可采者，不能因其體例通俗而輕之。此書康熙書林本，齊魯書社《四庫全書存目叢書》集部第七册，上海古籍出版社《續修四庫全書·集部·别集類》皆有影印本。然續修本卷前另頁介紹所據乃“康熙二十一年刻本影印”，“二十一”實爲“二十五”之誤。另一九七四年臺灣大通書局出版黄永武博士主編《杜集叢刊》第三輯亦有影印本。

（六）黄生《杜工部詩説》十二卷、《杜詩概説》一卷。黄生（一六二二～?）原名琯，字扶孟，號白山，歙縣人。明遺民，著有《字詁》、《義府》二書，《四庫全書》有著録，事蹟具《清史稿·儒林傳》。黄氏以爲，杜詩的訓詁及注釋，宋元以來注家，特别是錢箋、朱注已盡其能事，故此書略於訓詁箋注，專重“以意逆志”以解説杜詩。其《杜詩説序》略曰：

> 竊怪後之説詩者，不能通知作者之志，其爲評論注釋，非求之太深，則失之過淺，疏之而反以滯，抉之而反以翳，支離錯迕，紛亂膠固，而不中窾會，若是者何哉？作者之志，不能意爲之逆故也。詩之變極於唐，而集詩之大成者稱杜公子美。説唐詩者，大率踵前弊，而尤莫甚於杜詩。良由杜公之志，非猶夫人之志，加以腹綜萬卷，筆掃千軍，淺智膚聞之士，輕以説詩自任，其不中窾會，豈止文害辭，辭害意而已哉！不慧出入杜詩餘三十年，不敢漫爲之説，唯以我之意，逆杜之志，竊比於我孟子，兢兢免賓主相失之誚。書成，將請益於海内大雅君子，取其中者，而彈射其不中者，期於杜公之志無憾而後即安，是固余所深願也

夫。康熙丙子仲春,白山學人黄生書。(齊魯書社《四庫全書存目叢書》集部第五册,頁三三六)

丙子乃康熙三十五年(一六九六),後於《杜詩闡》整十年,因而對宋元以來箋注杜詩"支離錯迕"、"不中窾會"的原因在於不能"以意逆志"認識得更加深刻。而爲了"以意逆志",箋注者應深悉杜甫生平,綜貫其全集,從而達到對每首詩融會全詩大旨,若此才能"通知作者之志",而不至於評其細而遺其大,評其一字一句而失其全篇,從而把握杜甫的真精神。由於黄氏對宋元以來諸家箋注的得失看得分明,所用方法得當,故而頗多精當之説。如《四庫全書總目》即肯定其判《行經昭陵》詩非禄山亂後所作,《寄裴施州》據《文苑英華》本增入"遥憶書樓碧池映"七字於詩末等,箋釋與考證,都是正確的;他如杜甫屢試不第,卒以獻賦受明皇特達之知;甫交遊雖廣,然能振其窮而善遇之者,唯嚴武一人,故君恩、友誼時縈心志,終身不忘,逆此志以讀杜詩,即可見其於明皇、嚴武只有感慕,全無譏刺;又如望京華、思故國乃《秋興八首》之本意,以此意逆文,自然絲絲入扣,葉葉歸根。若以爲譏明皇,則支離已甚,害辭害旨(參《杜詩引得·序》,頁七一)。諸如此類能發前人所未發者尚多。此書首有康熙三十五年丙子(一六九六)一木堂刻本,今上海、北大、清華、中國人民大學等圖書館有藏,《四庫全書存目叢書》集部第五册所收此本,即據人民大學藏本影印,半葉九行二十一字,小字雙行同。左右雙邊,粗黑口,單黑魚尾。各詩以圓圈斷句,且雋語妙句旁以黑點示之,乃典型的點版書,頗便閲讀。周采泉《杜集書録》謂此書"康熙二十三年(一六八四)一木堂刻,越三年刻成"。所言非是,此書成稿於三十五年,何得二十三年便刊刻行世耶?

(七)張溍《讀書堂杜工部詩集注解》二十卷、《讀書堂杜工部文集注解》二卷、《杜工部編年詩史譜目》一卷,又名《讀書堂杜詩注解》。溍(一六二一～一六七八),一作"縉"誤,字上若(又作尚若,古上尚通),磁州人。順治九年壬辰(一六五二)進士,官翰林院庶吉士,著有《澹寧集》,事蹟具《清史稿·儒林傳》本傳。張溍去世後,康熙三十七年(一六九八)此書刊行。内封面正中大字題《杜詩注解》,右旁署"滏陽張上若先生遺著",左下方署"讀書堂藏板"。半葉九行二十二字,小字雙行低一格,行二十一字。左右雙欄,粗黑口,單黑魚尾下鐫"杜詩(文)注解卷某",最下方鐫"讀書堂"三字。各卷首題"讀書堂杜工部詩(文)集注解卷某",三行上方署"滏陽張溍上若評注”,下方分三行署“男椰璟子孚、榕端楧園、橋恒子久校訂”。各卷尾題前有孫及重孫輩參與正字者數人署名。此本版刻和印刷俱佳,字體仿宋,勁健閲目;正文除標句讀外,還以圓圈、黑點或小字標於評點之處,呈現出鮮明的點版書特徵;此本評點滿眼,而版刻精緻,不惜工時,乃清代家刻本中的佼佼者。注文凡采自《千家注》者,皆標以“原注”二字,極得著述體例。卷前有張溍所編《杜工部編年詩史譜目》,宋犖《序》,張氏《批注杜集卷末遺筆》六則,王洙、蔡夢弼《序》、《杜氏世系考》,元稹《墓誌銘》、《新唐書》本傳及《目録》等。《文集》二卷版式同。據張溍《批注杜集卷末遺筆》言:其讀杜詩始於登第前的順治六年己丑(一六四九),十五年後,至康熙三年甲辰(一六六四)再讀《杜詩》時,覺“悟地通塞,大有區别”,至七年戊申二十卷《杜詩》已注兩遍,“不獨其佳者知之,即其間疑字悶句,亦漸豁然”,九年庚戌“照錢牧齋注,又閲杜一匝,疑者解十之九,不特知其用意佳處,即率筆晦筆具得其故”,十二年癸丑再“採朱長孺《杜注》,疑難盡豁,此後但玩其妙境可也”。張氏爲著此書前後長達二十五年,可見其用功久且鉅。以明許自昌刻《千家注》爲底本,博采錢謙益、朱鶴齡及明人邵寶、胡震亨、顧宸等各家的箋注成果,而益之以張氏的“注解”。“注解”或説明背景,或點出題旨,或指示起承轉合之法,或加以評論,或對舊注之誤加以批駁,新見勝義時時有之,内容非常廣泛。故宋犖此書《序》曰:“上若先生壯歲成進士,讀中秘書,澹於仕宦,林居二十餘年,以著述自娱。尤耆讀杜,自言於是書起己丑迄癸丑,閲二十四寒暑,五易稿而成,蓋用心之勤如此……原注能疏瀹《千家》之踳駁,棄瑕而存瑜,評點往往獨標新雋,間亦攸助以近代諸名人,可謂粹諸家之長,而擅其勝者。韓愈氏有言‘用功深者其收名也遠’。則是書之傳,亡疑往時須溪評杜有盛名……是書不啻方駕須溪而上之。”雖有溢美,還是符合實際的。《四庫全書總目》曰:“是編乃其晚年家居所作。以《千家注》爲本,而稍節其冗複。凡稱原注者,皆《千家注》。每詩下評語及圈點,則溍所增入也。自稱起己丑迄癸丑,閲二十四寒暑,五易稿而成。其用功甚勤,然多依傍舊文,尚未能獨開生面。”(《四庫全書總目》卷一七四,頁一五三三)評價顯失公允。此本一九七四年臺灣大通書局有影印本,然將《文集》二卷倒置於前。齊魯書社版《四庫全書存目叢書》集部五至六册,亦據康熙刻本影印收入。道光二十一年(一八四一),其裔孫張籛重刊此書,改名《詩集注解》二十卷,裔孫張璿《跋》,而《文集注解》二卷由於楊倫將其附於《杜詩鏡銓》之後而流傳甚廣，故重刊時没有收入。

（八）仇兆鰲《杜詩詳注》，又名《杜少陵集詳注》，簡稱“仇注”。兆鰲（一六四〇～一七一四?）字滄柱，號章溪老叟，晚號知幾子，鄞縣（今屬浙江）人。康熙二十四年（一六八五）進士，嘗官翰林院編修、吏部右侍郎等。此書乃康熙三十二年爲編修時所進呈。上海圖書館藏有仇氏奏呈稿本二十四卷（卷五佚），黄綾封面，金箋題籤，非常珍貴，半葉十行二十二字，小字雙行同，工筆正楷，一筆不苟，楷法精美，寫於統一刷印的格子紙上，四周文武雙欄，白口單魚尾，上象鼻内鎸“杜詩詳注”，魚尾下爲卷次。各卷首題“杜詩詳注卷之某”，次行下方具銜名“翰林院編修臣仇兆鰲輯注”。卷前首《進書表》，次仇氏《自序》、《凡例》、《年譜》、《舊唐書》本傳、《歷代名家評注杜詩姓氏》等。康熙御覽後，頗予嘉獎。於是三十四年仇氏還鄉，又數加考訂；四十一年春補《逸詩》，夏又作《諸家詠杜》。四十二年春，武林三餘堂刻版告竣，卷數增至二十五，卷前除稿本所列各項外，又增入《新唐書》本傳、諸家序跋碑誌等。卷後《附編》二卷，凡《逸詩》、《諸家詠杜》，而《諸家論杜》尚有目無文，題曰“嗣出”，此爲初印本。迨五十二年癸巳重印本，不僅《諸家論杜》已補齊備（《杜詩詳注・出版説明》，中華書局編輯部），且於《諸家論杜》前增入《杜詩補注》，署名“經延講官吏部右侍郎兼翰林院學士臣仇兆鰲注”。此本半葉十行二十二字，小字雙行同。左右文武雙欄，粗黑口，單魚尾上頂邊欄鎸“杜詩詳注”，下爲卷次及葉碼。各卷首題“杜詩詳注卷之某”，次行下方具銜名“翰林院編修臣仇兆鰲輯注”，下接正文。句旁加有圈點，亦點版書也。書名題“進呈本新鎸”，右旁題“史官仇兆鰲誦習”，書名末有“本文校正無訛名注搜羅悉備武林藏版”牌記。此本前二十三卷爲詩詳注，後二卷爲文詳注。然末卷既有杜文，也混編有他人之文，似非。仇氏花去半生心血著爲此書，其最大特點是“彙各家之長，成一家言。釋文解句，無愧《詳注》。其所引證之書，僅釋典道藏亦引至一二百種。唐宋以來所有注杜與各種詩話，幾乎搜羅無遺”（《杜集書録》内編卷四，頁二〇五）。其編輯體例爲：每首題下先注時地，交代相關問題，並兼釋題中詞語。長篇劃分段落，先詮釋文意，次疏解詞語典故，探明出處必欲詳備，評論箋疏，時有發揮。對古今注家之長，廣徵博引，務求不掩一善。篇末輯集各家評論，以助篇旨和藝術的理解把握。此書所采唐宋元明清評注杜詩名家一百七十九人，對宋趙次公、黄鶴，明王嗣奭，清錢謙益、朱鶴齡等人徵引尤多。復將别集、雜著、詩話、筆記等書中有關杜甫詩文的評論，包括宋人不及徵引者，也概行徵引。至於文字校勘，此本博采衆長，不主一本，然多近於文字優長的錢箋杜詩。各詩編年，依朱鶴齡《輯注》而時有糾正其不當之處者。正因爲比書有諸多優長，故清代注杜家雖夥，《四庫全書》僅收此一部。

不過，"詳注"雖是本書之長，但因此亦有"繁冗"的缺陷。仇氏批評他人"穿鑿支離"，其注也不免有附會穿鑿之處；且歷代論杜之語，唯采"羽翼杜詩"者，而"凡與杜爲敵者，概削不存"（《杜詩詳注・凡例》），未免失於偏頗；再者徵引多用類書，引文與原著常有出入，而誤處往往有之。這些《四庫全書總目》已約略指出，《杜詩鏡銓》、《讀杜心解》亦對其有補正，尤其施鴻寶《讀杜詩説》更是專攻其誤。然而瑕不掩瑜，《四庫全書總目》謂其"援據繁富，而無千家諸注僞撰故實之陋習。核其大局，可資考證者爲多，亦未可竟廢也"（《四庫全書總目》卷一四九，頁一二八二），此評不失爲公允之論。

正因爲《詳注》有諸多優長，所以刊行不久，康熙五十二年即有大文堂翻刻本，上海圖書館有藏；乾隆時録入《四庫全書》，更是莫大榮耀（卷前附録被館臣全部删除）；道光中有湖南芸生堂刻本，民國時則有掃葉山房石印本，先後印刷兩次，又有商務印書館排印本並收入《萬有文庫》；新中國成立後則有上海古籍刊行社用商務印書館紙型重印本；一九七九年中華書局則用康熙五十二年武林三餘堂版後印本重排，把《逸詩》移至第二十三卷末，把《杜詩補注》連同詩後、卷後增加的補注，一起移到各詩相應的位置，對正文間夾注校語的舛誤，則用《續古逸叢書》影印宋本《杜工部集》和《杜工部草堂詩箋》改正錯字，並另作《校勘記》附於書後。對仇注引書所出現的錯誤，也酌情加以改正，此外還對全書加了標點，並把注文加上注碼，移至每段之後，一題多首者，則增以"其一"、"其二"諸小題以示區别，等等，從而使此本成爲《杜詩詳注》各種版本中品質最高、最方便讀者的本子。康熙刻本，上海圖書館藏有多部，其中一部有張元濟跋。

（九）周篆《杜工部詩集集解》四十卷，又名《杜詩集説》。篆（一六四二～一七〇六）字籀書，號草亭，青浦人。顧炎武弟子，布衣，著有《草亭文集》。其《集解自序》曰："今注杜者，愈闡愈晦……予不能知李，而于杜詩尤不能知，惟于其顛倒折挫、困頓流離之作，讀之往往如我意所欲出。又嘗南自吴越、北過燕趙，經齊魯鄭衛之區，荆楚之域，極于夜郎、滇僰。復浮彭蠡，泛洞庭，窺九嶷，臨溟海而回。跡環三萬，歲週二星，凡舟軒車騎，旅郵店亭，尤于其詩之跋涉高深，出入夷險者，相須如行資。行侶苟有不解，則就擔簦問之，窺之既久，時見一斑。雖其官拜拾遺，從容朝右，卜居錦水，情事悠然，與予境遇絶不相謀之所爲，亦莫不心知其意。扃鐍既開，户牖斯在，解釋所及，都爲四十卷。"(《杜集書録》内編卷四，頁二〇九)篆既炎武弟子，自有學問功底，然其言曰對杜詩"尤不能解"，自是語含譏刺。讀杜詩"往往如我意所欲出"，顯然是以杜甫千載而下一知音自居。又有意循杜甫行跡，足半天下，故能於杜詩"莫不心知其意"，"以意逆志"，理解深刻獨到。周篆如此下實際功夫去解釋杜詩，在衆多注杜者中是僅見的一家。清代徽派學人代表惠棟此書《跋》曰："本朝注杜者數十家，牧齋而下，籀書次之，滄注以高頭説約之法解詩，爲最下矣。"(《杜集書録》内編卷四，頁二〇九)謂此書次於錢謙益而遠勝於仇兆鰲，可見評價之高。此書未有刊本，傳世的稿本今藏國家圖書館，惠棟《跋》仍存。周采泉先生呼吁"似應從速翻印以廣其傳，毋使孤本之不幸散佚也"(《杜集書録》内編卷四，頁二一〇)，信然。

(十)張遠《杜詩箋注會稡》二十四卷，又名《杜詩箋注全集會解》，簡稱《杜詩會稡》。前二十三卷詩，後一卷文。遠字邇可，蕭山人。貢生，官縉雲教諭，著有《張邇可集》。此書有康熙四十四年乙酉(一七〇五)文蔚堂刻本，上海圖書館有藏，内封面中間大字題"杜詩箋注全集會解"，右旁小字署"蕭山張邇可先生輯"，左下小字署"文蔚堂梓行"。半葉九行二十字，小字雙行同。四周單邊，白口，無魚尾，版心上頂邊欄鐫"杜詩會稡"，中爲卷次，下爲葉碼。各卷首題"杜詩會稡"，每卷前另有子目冠首，目録次行下方署"蕭山張邇可編"。卷前首文淵閣大學士太倉王掞康熙乙丑《序》，次作者康熙戊辰《自序》，次總目，次《凡例》，次《世系》，次《舊唐書》本傳，次《年譜》，次元稹《墓銘》，次《較閲姓氏》表等。張氏《自序》謂其未成童時，其父即以《少陵詩集》相示。精研既久，悟入自深，所得益多，"遂爾分章别句，總之則陳其大意，[柝]〔析〕之則抉其字義。當日情緒，躍然紙上，若日月經天，江河行地，無格格不可解。因嘆前此注者，或拾其糠秕，或得其片臠，或任意牽合，或僞語假託，九京可作，必當俛首含冤。集中薙夷盡力，寢食出處，動必相隨，性之所近，永矢弗諼爾……集成，名曰《會稡》，蓋取兼綜諸書之義，其原則本《爾雅序》云爾。康熙戊辰(一六八八)元旦，蕭山張遠邇可氏題于蕉圃。"(文蔚堂刻《杜詩箋注全集會解》，上海圖書館藏本)據此，此書自康熙十四年(一六七五)屬稿,至四十四年(一七〇五)始成,前後長達三十一年,剔除諸家訛舛,而會粹衆説之長,益之以自心所得,故名《會稡》。此書體例,各詩依《年譜》編次,每詩總則陳其大意,分則釋其字義。長詩分段,並歸結段意。在清初研究杜詩的著作中,也算是特點鮮明的一家。毛奇齡謂:"此書出,詩説爲一正矣。"(《西河詩話》卷六"子規夜啼山竹裂"條)可見推崇之至。《四庫全書總目》評此書曰:"是書採諸家之注而成,故曰《會萃》。其分析段落,訓釋文意,頗便初學。然不免尋行數墨。詩依《年譜》編次,與諸本互有異同,考核亦未爲詳審。"(《四庫全書總目》卷一七四,頁一五三三)所言亦爲公允。此書康熙間復有刻本,卷數同,《四庫全書存目叢書》集部第六册收有此書,即據康熙間翻刻本影印。

(十一)浦起龍《讀杜心解》六卷。起龍(一六七九～一七五九?)字二田,號山伧,無錫人。雍正二年甲辰(一七二四)進士,所著尚有《史通通釋》、《不是集》等。浦氏謂其撰此書首重於解,其次才是注;其解也"攝吾之心印杜之心,吾之心悶悶然而往,杜之心活活然而來,邂逅於無何有之鄉,而吾之解出焉……吾還杜之詩以心,吾敢謂信心之非師心與,第懸吾解焉,請自今與天下萬世之心乎杜者潔齊相見。命曰《讀杜心解》"(《讀杜心解》卷首,齊魯書社《四庫全書存目叢書》集部第八册,頁五一七)。正因其心中確有所得,反覺錢謙益"率以私智結習,揣量周内,因之編次失倫,指斥過當",而覺劉辰翁以來的評點"每喜摘一句、兩句,甚或一兩字,别出新論。不顧篇幅宗主如何歸宿,上下文勢如何連綴。此最害事",違背了原詩之意。至於注釋,浦氏以爲宋人注杜,"援據亦略備矣。其謬者,牧齋、長孺駁正特多。近時仇本搜羅更富,集中節採,大率本此三書。間有參易論著,十得二三耳"。而對杜詩中"時事"的注釋,或沿用成説,或改用自己的新説,"務使本文主意與當年故實,若符節之合,水乳之投。此中頗費苦心,異同殆參半焉"(《讀杜心解》卷首,《四庫全書存目叢書》集部第八册,頁五一九上、頁五一八上)。由此可見,此本的主要成就有二,一是以史證詩,二是心解獨到。近人洪業曰:"今按起龍書中注解評論,與錢朱盧仇輩立異之處甚多,雖未必處處的確可依,要是熟於考證者心得之作,未可嫌其編次體例之怪,而遽輕其書也。"(《杜詩引得·序》,頁七三至七四)評價是公允精確的。所謂"嫌其編次體例之怪",乃指《四庫總目》對此書的過分指責:一責其"於分體之中又各自編年,殊爲繁碎";二責其將"賦及雜文"散附相關"各詩之後”,“自有别集以來,無此編次法也”;三責其“詮釋之中,每參以評語,近於點論詩文,彌爲雜糅”。而浦氏所長,單在“考訂年月,印證時事,頗能正諸家之疏舛”(《四庫全書總目》卷一七四,頁一五三四)。館臣多所否定,少所推許,顯然有失公允。其實,此本除分體加編年外,卷前還有《少陵編年詩目譜》,題下各注該詩在某卷某子卷(中華書局排印本,改爲題下直接注明葉碼,極便檢索),使分體與編年相互對照,以補没有依年次詩的缺陷。對此浦氏曾明確解釋曰:

> 編杜者,編年爲上,古近分體次之,分門爲類者乃最劣。蓋杜詩非循年貫串,以地繫年,以事繫地,其解不的也。余此本則寓編年於分體之中。
>
> 忽古,忽近,忽五言,忽七言,初學觀詩每苦之。今統分六卷:一、五古;二、七古;三、五律;四、七律;五、排律;六、絶句。而每卷篇數不均,則竊取詩傳之例,各就卷内析之,使楮葉停匀。其七排、五絶篇數最少,則一附卷五之末,一附卷六之前。(《讀杜心解》卷首《發凡》,《四庫全書存目叢書》集部第八册,頁五一九下)

可見《心解》的編次,並非浦氏隨心所欲,雜亂爲之,而是經過深思熟慮的;編年的優長,浦氏不是不知,然其采取寓編年於分體之中,卷首再附以《編年詩目譜》,實欲兼顧分類與編年二者之長,以便讀者。至於館臣責浦氏“賦及雜文”散附相關“各詩之後”,“自有别集以來,無此編次法”;筆者則以爲,編次形式,畢竟要服務於内容,將“賦及雜文”散附相關各詩之後,使其相互發明,以助於揭示杜詩的深旨奥義,此正浦氏在杜詩編次方面的一大創獲,何能因自有别集以來無此編次之法,便因循守舊,不敢創新使用呢?“起龍書中注解評論,與錢朱盧仇輩立異之處甚多”,這甚多“立異之處”,得益其巧妙的編次之法,正不在少數。而館臣“詮釋之中,每參以評語,近於點論詩文,彌爲雜糅”的指責,亦應作如是觀。另外,此本對異文、逸詩等方面的處理,明顯優於他書,因而在清人的杜集注解中,是特點頗爲鮮明的一家。至於沈日霖謂浦氏“屑屑焉於起承轉合間求之,以文法律詩法,若老杜得力全從八股中來”;陳詩香謂浦氏於“出郊載酸鼻”,“載”字如“出郊載贄”之“載”,反覆辨疏,愈解而愈不通,則所言自有道理。蔣士銓謂《心解》:“編輯頗有考據,而繁冗亦多附會。”周采泉先生以爲蔣氏“評騭最爲允當”(參

《杜集書録》内編卷五，頁二二三）。

此書雍正二年（一七二四）由浦氏寧我齋開雕，三年版竣。半葉十行二十二字，小字雙行三十二三字。左右雙邊，白口單黑魚尾，上象鼻内鐫“讀杜心解”，魚尾下鐫卷次、葉碼，最下鐫“寧我齋”三字。首卷卷端題“讀杜心解卷一”，次行下方署“無錫前磵浦起龍二田講解”，三行下方署“弟起麟三王參讀”。卷首附録上、下兩卷，卷首上卷凡浦起龍《題辭》、《凡例》、新舊《唐書》杜甫傳、元稹《墓係銘并序》，卷首下卷凡《總目》、《杜氏世系表略》、《少陵編年詩目譜》、《讀杜提綱》。齊魯書社版《四庫全書存目叢書》集部第八册收有此書的影印本。而最爲通行者，乃中華書局一九六一年出版的點校本《讀杜心解》，最便讀者。

（十二）張甄陶《杜詩集評》四十四卷，一名《杜詩詳注集成》，一名《批點杜詩》。甄陶（一七一三～一七八〇）字希周，號惕庵，閩福清人。乾隆九年（一七四四）進士，官至知縣，著有《正學堂經解》等。蔣士銓《杜詩詳注集成序》曰：“惕庵先生既撰《四書翼注論文》發明正學，懼士之爲儒所腐也，乃取《九注杜詩》略爲删訂，彙鈔西樵、阮亭、厚菴、義門四先生所評騭者，並列卷端，又附益以平居聞於師友，得之考據者，參互其間，題之曰《杜詩詳注集成》，以立風雅之宗。嗚呼！成之不易集也，如是編者允矣哉……後生小子讀古人書，茫乎不知其逕竇，瞢然不辨其是非，今得四賢指授，而後肄業有所循依，不致惑於邪説，先生導引之功何其大也。”（《忠雅堂文集》卷二，引自《杜集書録》内編卷五，頁二二四至二二五）是此書編輯，以《杜詩詳注》爲底子，删削精練其注文，而後彙鈔王士禄、王士禛、李光地、何焯四家評杜之語於注文後，再綴以張氏之見而成，故名《杜詩詳注集成》，卷數也由《詳注》的二十五卷，增至四十四卷，幾乎增多一倍。且士禄、士禛、何焯三家批語，各種集評本多有移録，李光地之批語，則少有轉録者，而此集保存李氏批語獨多，亦可貴也。《杜詩鏡銓》對此書多有徵引。此書，中國科學院圖書館藏有鈔本。

（十三）江浩然《杜詩集説》二十卷、《集外詩》一卷，原名《杜詩詳注》，又名《杜少陵全集詳注》，後改今名。浩然，字孟亭，嘉興人。乾隆諸生，著有《北田集》。清代著名學者馮浩此書《序》曰：“詩藉説而明者也。惟説杜詩者，注釋論述，傳本紛繁。闡發固無餘蘊，而未免純疵錯出之議。囿於一知半解者淺也；墮入旁門側徑者僻也；拘牽文義，逞其臆見者舛也；影附時事，强合史傳者鑿也。其或糾正諸失，兼足發明詩指矣，而專行散見，各自成書，未獲薈萃于一。學者墨守一編，既苦考證無自，即博觀參伍，而昧於折衷，亦難奉爲依據。此吾鄉江孟亭先生所以有《杜詩集説》之著也……是書也，搜羅富而抉擇精，謬誤悉除，義藴畢備，從此進求作者之源流指趨，當有心領神會於詮解之外者，其嘉惠來學，豈淺鮮與？……乾隆戊戌長至，桐鄉馮浩書。"（本立堂刻《杜少陵全集詳注》，上海圖書館藏本）此序對江氏撰爲此書緣起的説明，可謂簡要精切。宋元以來，迄於乾隆中期，注杜者頗衆，其間精蕪雜陳，良莠不齊，迫切需要加以去粗取精，去僞存真，進而薈萃衆家之長，以存杜詩真面貌、真精神；加之此時正值乾嘉樸學興起，學術求實的精神正發揚光大，江氏應時而起，著爲此書，廣爲搜羅注杜之書，精加抉擇，剔除謬誤，並參以己見，使杜詩精旨勝義，畢備於一編，可謂得時。正如張九鉞此書《序》所説："江孟亭先生績學博聞，以詩古文辭雄南北幕府間，於《杜集》有獨嗜，入其堂而嚌其胾。憫諸家之説泛濫無歸也，廼發篋衍所藏宋元明及國朝注本，去其踳駁，存其醇粹，條於詩後。闡明大意而不失之簡，分載疏注而不失之繁，仍以己所得參酌其間，統曰《杜詩集説》，諸家紛拏之論，庶乎少定矣。"（本立堂刻《杜少陵全集詳注》，上海圖書館藏本）此書的編輯，據《凡例》所説："朱氏《輯注》、仇氏《詳注》二書，先後行世，操觚家圭臬奉之。兹編卷帙次第，一依《朱注》定本，而采取則《仇注》較多。"是此書正文，乃以朱鶴齡《杜工部集輯注》爲底本，而注釋部分，則多采自仇兆鰲《杜詩詳注》。而實際情形是，此書編次亦時有變更，注釋部分則增入清王士禄、姜宸英、查慎行、邵長蘅、浦起龍等人的評杜之語，而江氏的新見並不多。據其子壎所識，乾隆十三年戊辰（一七四八）江氏書始脱稿，二年後江氏即去世；四十三年戊戌（一七七八），壎以遺稿付梓，而張九鉞《序》作於四十八年癸卯（一七八三），當爲版竣之時，若是則此書較楊倫《杜詩鏡銓》的刊行早出八年。此種集説類的書，可謂楊倫《杜詩鏡銓》的先導。迨集成性的《杜詩鏡銓》出，此類杜詩著作遂不爲學者所重。此書今上海藏有多部，另惠州市圖書館亦有藏本。内封面正中大字書"杜少陵全集詳注"，右上方雙行署"史官仇兆鰲原注，嘉興江孟亭編輯"；右下方鐫"本立堂藏板"。半葉九行二十一字，小字雙行同。左右雙邊，白口單魚尾上鐫"杜詩集説"，下爲卷次和葉碼。各卷首題"杜詩集説卷之某"，次行下方署"嘉興江浩然孟亭氏纂輯"，三行下方署"男壎聲先校"。卷前首張九鉞、馮浩二《序》，次附録舊序碑傳墓銘等,次《例言》,次《年譜》,次目録。卷後除《集外詩》一卷外,别無附録。此本亦點版書,編者以爲佳句者,旁邊以頓點示之,又正文旁時以小字或注釋文義,或指示文脈及作法,或作點評等等,較之一般置於篇後者,頗覺有直指之趣。

(十四)楊倫《杜詩鏡銓》二十卷。倫,字西河,亦作西穌,又字敦五,號西禾,陽湖人。登進士第,歷任邑宰,事跡具《清史稿》卷四八五《文苑傳》。比書乃楊氏以二十年之力,迨爲江漢書院山長時成稿。畢沅爲撰《序》,其略曰:"楊君是書,非注杜也,將各家注杜之説,勘削紕繆,盪滌蕪穢,俾杜老之真面目、真精神洗發呈露,如鏡之不疲於照,而無絲毫之障翳也……乾隆壬子孟春下澣,鎮洋畢沅書於武昌節署之叢桂軒。"(九柏山房本《杜詩鏡銓》,上海圖書館藏)可見此書所長,在綜合古今注家之長,甚至前輩如盧德水、王右仲、申鳧盟、黄白山、張上若等家,及王西樵、阮亭兄弟,李子德、邵子湘、蔣弱六、何義門、俞犀月、張惕庵諸公評本,未經刊佈者,亦悉行載入,庶足爲學者度盡金針。郭紹虞先生云:"《杜詩鏡銓》以精簡著稱。不穿鑿,不附會,不矜奇,不逞博,而平正通達,自使少陵精神躍然紙上,這就是這部書的長處。"(《杜集書録》内編卷五,頁二三九)楊倫撰寫此書的緣起,畢沅《序》説得很透徹,曰:"公之詩卷流傳天地間,原自光景常新,無注而公詩自顯,有注而公詩反晦矣。宋元明以來,箋注者不下數十家,其塵羹土飯,蟬聒蠅鳴,知識迂繆,章句割裂,將公平生心蹟與古人事蹟牽連而比附之,而公詩之真面目真精神,盡埋没於坌囂垢穢之中,此公詩之厄也。注杜而杜詩之本旨晦,而公詩轉不可無注矣。"(九柏山房本《杜詩鏡銓》,上海圖書館藏)於是鳩集衆家箋注,删削蕪穢,博取精華,以存老杜之真精神、真面目之《杜詩鏡銓》便應時而出。周樽《杜詩鏡銓序》曰:"楊子研精二十餘年,乃盡得其要領,章疏節解,珠聯繩貫,於異説如蝟,一一爬羅而剔抉之,以求其至是。如鏡燭形,一經磨瑩,而其光愈顯,使凡讀公詩者,有以知公之志,悄然興悲,肅然起敬,信足動天地而感鬼神。"(九柏山房本《杜詩鏡銓》,上圖藏)近人洪業曰:"其書蓋删減仇本繁注,而稍增前人論詩之評,其意欲便學詩者之用也。"(《杜詩引得·序》,頁七五)然楊倫於杜詩注亦非無新見,如周樽《序》所指出的"棲屑"之出《北史》,"扶侍"之出《漢書》,《寄韓諫議》詩"楓香"之當引《十洲記》,《江樓夜宴》詩"海查"之當引《拾遺記》,皆舊注所未及者。又《昔游》詩商山、吕尚,當指汾陽、鄴侯,《瞿唐出峽》詩,伊吕韓彭,斷指杜相、崔盱，皆“考證詳確，尤能發前人所未發。然後歎其用心勤而學博，有功於子美之多也”（九柏山房本《杜詩鏡銓》，上海圖書館藏）。周氏此評，尚屬公允。另此書對以往編年的失誤處，及連章體各詩之間章法各自獨具而又彼此照應的作法，也有發明。此本乃編年本，於每卷卷題之下，説明本卷各詩創作的時地背景，而注附句下，章法字句之評，則以小字刻於行間或天頭上，昔人評語擇其精者附於各篇之末，簡明扼要，頗便閲覽。

《鏡銓》最初由江漢書院於乾隆五十六年辛亥（一七九一）刊行，次年又有楊倫九柏山房刻本。九柏山房本蓋爲補書院本之不足，故前後相隔僅一年便再行刊刻。九柏本内封面中間楷書大字題“杜詩鏡銓”，右上方小字署“畢秋帆、王蘭泉兩先生鑒定”，左下方小字署“九柏山房藏版”。半葉九行二十字，小字雙行三十字，四周單邊，白口單黑魚尾，上象鼻内題“杜詩鏡銓”，魚尾下署卷次、葉碼。首卷卷端題“杜詩鏡銓卷一”，次行下方具款“陽湖楊倫西河編輯”，以下各卷不再具款。卷前首湖廣總督畢沅序，次朱珪序，次周樽序，次楊倫《自序》，次《凡例》，次新舊《唐書》本傳，次《年譜》，次元稹《墓係銘并序》，次杜子美戴笠像，次王安石《題子美畫像》，次目録；卷後《附録》諸家論杜。後來道光、咸豐間有翻刻本。同治十一年壬申（一八七二）吴棠爲四川總督時，又以其書房“望三益齋”之名覆刻此本，《鏡銓》原不收杜文，吴氏翻刻時將張溍《杜文注解》二卷附卷後，世稱“望三益齋本”，書品極佳，字大宜覽，唯邊框改爲左右雙邊耳。民國時《鏡銓》有多次翻刻本、石印本等。新中國成立後，一九六二年中華書局上海編輯所將此書標點排印，一九八〇年上海古籍出版社重版此書，郭紹虞爲作序，讀者稱便焉。

（十五）許寶善《杜詩注釋》二十四卷。寶善，字穆堂，青浦人。乾隆進士，官至監察御史，著有《自怡軒詩草》。許氏撰爲此書，旨在糾詰張遠、浦起龍二家注杜之誤，正如錢大昕《杜詩注釋序》所云：“穆堂侍御，閎覽博物，無所不通，而尤肆力於詩……暇時閲近時張、浦兩家注本，雖號詳贍，而尚或有扞格窒礙，强爲附會者，穆堂皆一一疏通而證明之。聞其説者，靡不涣然冰釋，而欣然頤解。是非寢食於杜數十年，安能臻斯詣哉？……嘉慶七年壬戌（一八〇二）十月望日，竹汀錢大昕序。”（《杜集書録》内編卷五，頁二四四至二四五）許氏《自序》亦曰：張、浦二家“尚或有兩可者，解釋或間有未的者，蓋以卷帙繁多，百密豈無一疏之處，不揣固陋，爰取而訂正之……採兩先生之所長，而略參卑意，由是一目了然，無所窒礙而難解矣。至某人釋注，則各標姓氏於上，示不敢掠美也"(《杜集書録》内編卷五，頁二四五)。比書體例，各詩編年悉依浦氏《少陵編年詩目譜》，卷次則依張遠《杜詩會稡》。詩句之下删存張、浦二家注，許氏之補正，則用按語形式以别之。近人洪業曰："寶善潛心數十年於杜詩之所得者，多在分解段落，領會篇意。詩後輒加案語，略述所見，間亦取張、浦二氏之説以代之。稍檢讀其案語，動人之處甚少；姑舉其書於此，以見杜詩之學之衰也。"(《杜詩引得·序》，頁七五)此書主旨，原不在箋疏評論，唯在考訂事實，糾舛訂訛，謂其動人之處甚少，誠然。

(十六)范輦雲《歲寒堂讀杜》二十卷。輦雲，字楞阿，嘉興人。生當嘉道之際。此書乃輦雲去世後，由其子玉琨於道光二十四年甲辰(一八四四)刊刻行世。時玉琨官河道，因貴而刻其父書。玉琨《序》曰："此先大夫《讀杜》手蹟原本也……體例不一，原非有意著書。惟先大夫畢生勤苦，手澤是存。且自作詩文，又已散失無存。玉琨哀慕垂五十年，僅得此本，不敢没而不彰。謹就正於金匱錢梅溪、武威張介侯、錢塘錢叔美、新城陳雲乃、丹徒楊子堅、儀徵吴熙載，不立凡例，不分款類，亟付剞劂，以廣其傳。"(《杜集書録》内編卷五，頁二五一至二五二)然而近人洪業已考定：此書"只是張溍之書而更删去張氏所留許本之原注；中間偶見數處微删改張氏評語，未見其佳；嗚呼著書如此，而有子刻之，豈足以爲其父榮哉"(《杜詩引得·序》，頁七〇)。其實，范玉琨刻此書顯親故甚拙劣，然而由此也顯示了嘉、道之際列强入侵之前，清代政治的衰落所引發的杜學之衰微。此書出版，張澍、吴廷颺、錢泳等一班名人大事揄揚，而無人出一言諫止之。周采泉《杜集書録》所列清代全集性的《杜集》著述，此書恰爲最後一部，杜詩之學隨時代衰微而衰微亦於此可見。

清人注杜者還有：《清史稿·藝文志》著録的汪灝《知本堂讀杜》二十四卷、又名《樹人堂讀杜》，吴瞻泰《杜詩提要》十四卷，顧宏《杜詩注解》十二卷，毛張健《杜詩譜釋》二卷，李文煒《杜詩通解》四卷，陳之壎《杜工部詩注》五卷，范遷謀《杜詩直解》五卷；《八千卷樓書目》著録者有金麟振《唱經堂杜詩解》四卷；《販書偶記》及《續編》著録者有陳式《問齋杜意》二十卷、《温述》一卷，顧宸《辟疆園杜詩注解》十七卷，沈寅《杜詩直解》六卷，齊翀《杜詩本意》二卷，盧生甫《杜詩説》二十八卷、一作三十六卷，吴馮栻《青城説杜》無卷數，史炳《杜詩瑣證》二卷，夏力恕《杜文貞詩增注》二十卷末一卷、一作二十八卷；周采泉《杜集書録》著録者有徐樹丕《杜詩執鞭録》十七卷，張甄陶《杜詩集評》四十四卷、一作《杜詩詳注集成》，鄭澐《杜工部集》二十卷附《唱酬題詠》一卷、《諸家詩話》一卷，梁運昌《杜園讀杜》二十卷、《附録》四卷，鄧維賢《杜工部集》二十卷、《補遺》一卷、《諸家詩話》、《唱酬題詠》各一卷，陳遠新《杜詩言志》十六卷，富琰《杜詩全集注解》卷未詳，沈三秀《杜詩詳解》卷未詳，胡慶豫《杜詩集注》十八卷，梁詩正《箋注杜詩》二十卷，江中時《讀杜參解》二十一卷，龔纓《讀杜志忘》十二卷，儲蟾貴《杜詩繹評》二十卷；陳伯海、朱易安《唐詩書録》著録者有李長祥《杜詩編年》十八卷，陳如岳《杜詩會意詳説》三十卷，張雝敬《杜詩評點》十八卷，陳光緒《杜文貞公詩集》十八卷，盧坤《杜少陵全集》二十卷，湯啓祚《杜詩箋》十二卷，施鴻保《讀杜詩説》二十四卷，等等。

宋元明清注杜之作，當然不只以上所列這些。據《杜集書録》統計，元明兩代有關《杜集》注釋批評的各種著作凡一百五十多種，有清一代則多達三百七十多種，還不包括詩話、年譜、傳記、類書等撰述。不過，其中全集性的、較有分量的整理本、注釋本、編年本、分類本、評點本等等，絶大部分已在本書重點考述之列了。

晚清以來，杜甫研究著述雖數量不少，然而整理《杜甫全集》的有分量著作一部也没有。迨二〇一四年，人民文學出版社始出版蕭滌非主編的大著《杜甫全集校注》，此書耗時三十餘年，克服了數不清的艱難曲折方始完成（見該書張忠綱《統稿後記》），覽之令人感慨注杜之不易。全書皇皇六百八十萬字，十二册。因杜集以詩爲主，故全書詩文分編，先詩後文；全書采用編年體；他集互見與可考訂之僞作及近人發現而尚待辨證的作品，皆置於卷末，不入正集。此本校勘，以上海圖書館所藏現存最早的南宋初浙地與南京兩個刊本的牉合本《杜工部集》二十卷（已見）爲底本，所闕篇章，以其他宋本最先録存者爲正文；校本有錢曾影宋鈔本、南宋刊《草堂先生杜工部詩集》殘本、宋刊郭知達九家注本、宋王狀元百家注本、宋刊黄鶴父子補注本、宋刊《分門集注杜工部詩》、宋刊《門類增廣十注杜工部詩》殘本、宋刊蔡夢弼《杜工部草堂詩箋》五十卷殘本、宋刊蔡夢弼《杜工部草堂詩箋》四十卷本、宋刊蔡夢弼《杜工部草堂詩箋》五十卷殘本、元刻《黄氏補千家注紀年杜工部詩史》、元刻《集千家注分類杜工部詩》、明鈔趙次公注本、元范德機批選本等凡十四種宋元明清刊本、鈔本。參校者有《太平御覽》、《文苑英華》、《樂府詩集》、《永樂大典》等總集及類書所徵引者，其他各書徵引者隨文參詳；底本之訛脱衍倒，凡校本可訂正者擇善而從，改正底本並出校記；底本與校本有異而非誤者，一般以底本爲據。此本注釋，“力求在理解全詩大旨之前提下，對詞句作出確切詮釋，避免釋事忘義，務使詞語明而詩義彰”；注釋包括釋詞、本事、典故、史實、輿地、詞語出處、句意詩旨，兼及詩人遣詞造語之匠心，並視各篇“疑難所在而分别疏解”；對南宋迄清末汗牛充棟的數百家注本，爬梳剔抉，“力求兼采衆説之長，去蕪存菁。然於諸書中輾轉鈔襲、離題泛論、史實背謬、文辭欠通之處，亦多所删削”；凡有所取必“追溯至最先之注家，逕引原注而標明作者”；對“注釋有歧異，乃至聚訟紛紜，莫衷一是者，則擇其言之有據，於領會詩旨較有助益之説，兼取而並存之，以供裁取。如有必要，則參伍己見，加簡單按語，以備參考”；“凡難以苟同，又確有一得之見，頗具參照價值者，則别列於‘備考’”；前人無注或注而語焉不詳者，即加己注，詞語通達易曉者不再加注；方輿地理則詳加考辨，並注明今之地名或方位所在；凡難字、僻字、别讀，必注音義；前人注釋徵引文獻未標明出處者，“均酌情予以注明”。詩文題目之後有解題。長篇巨製，約略分節並概括段落大意，附於注文之内。此本集評，則彙聚“歷代杜詩評注、諸家詩話、前人文集、筆記、雜著，以及今人著述中”論杜者；“於解杜無所補益者，概捨而不取”；凡批評杜詩“拙句累句”者“間亦選録，以廣見聞”（以上該書《凡例》）。卷後附録《年譜》、元稹《墓係銘》、序跋選録、諸家詠杜論杜、百種杜集評注本簡介、篇目音序索引等，以饗讀者。此書乃三十多年前國務院古籍整理出版規劃小組重點項目，曾因蕭先生去世而中途停頓。後經國家、山東大學鼎力支持，方使這一偉大的文化工程得以最終完成。全書校勘精確，注釋詳明，編年準確，附録豐富，是宋以來杜集整理的集成之作。此書的出版，功德無量，乃杜集之大幸，中華民族文化之大幸，亦廣大杜詩愛好者之大幸也。

【參考文獻】洪業《杜詩引得序》，載《杜詩引得》，上海古籍出版社一九八五年三月影印哈佛燕京學社本　　萬曼《杜工部集》，載《唐集叙録》頁一〇六至一三七　陳尚君《杜詩早期流傳考》，《中國古典文學叢考》第一輯，復旦大學出版社一九八五年七月　周采泉《杜集書録》，上海古籍出版社一九八六年十二月版　莫礪鋒《杜詩"僞蘇注"研究》,《文學遺産》一九九九年一期　蔡錦芳《杜詩版本及作品研究》,上海大學出版社,二〇〇七年十二月第一版